완월회맹연 5

갈등하는 부부들

5

현대역

완월회맹연

갈등하는 부부들

하루는 정인광이 녹섬을 불러 한 봉의 편지와
두 알의 환약을 주어 장성완에게 들여보냈다.
장성완이 천천히 편지를 뜯어보니 칼과 비단
끈으로 목숨을 끊지 못하겠거든 이 두 알 환약
을 삼켜 빨리 죽어 죄를 만의 하나라도 씻으라
고 되어 있었다.

완월회맹연 번역연구모임

조선시대 최장편 국문소설 《완월회맹연》

완월회맹연(玩月會盟宴, 달구경을 하면서 굳은 약속을 하는 모임 혹은 잔치). 이는 18세기 조선의 장편소설 제목이다. 달밤의 약속이라니, 낭만적이다. 무슨 이야기일까? 《완월회맹연》은 고전문학 연구자들에게는 익숙한 작품일 터인데, 일반 독서 대중들에게는 낯선 소설일 수도 있겠다.

《완월회맹연》의 교주본과 현대역본 출판을 앞두고 쓰는 서문은 각별하다. 궁금한 작품이었고 또 널리 알리고 싶은 작품이었지만 너무나도 방대한 분량에 압도되어 오늘날의 독서물로 번역할 엄두를 내기 어려운 작품이었기 때문이다. 번역을 하기 위해서는 원문 교주본이 필요하다. 제대로 된 번역을 하기 위해서는 원문에 대한 정확한 이해가 확보되어야 하는데, 이 긴 분량을 교감 작업을 하면서 주석하는 일 역시 엄두가 나지 않기는 마찬가지였다. 그런데 지금 그 1차 교주본과 현대역본의 출간을 앞두고 서문을 쓰고 있다. 1976년 창덕궁 낙선재에서 《완월회맹연》이 발견된 이후 첫 번째 교주 및 현대역 작업의 결과물이 이제 첫선을 보이는 것이다.

창덕궁 안에 있는 낙선재에 소장되어 있었던 장서각본 《완월회맹연》의 독자는 비빈과 상궁, 궁녀 등 궁중에 거처하는 여성들이었을 것이다. 조선시대에는 소설을 읽기도 했지만 남이 읽어주는 것을 듣는 방식으로 즐기기도 했다. 그렇기 때문에 '독자'라는 단어를 사용하기가 조심스러운 부분이 있는데, 180권이나 되는 작품을 듣는 방식으로 즐긴다는 것은 엄두가 나지 않을 것으로 보이기에 이 같은 국문장편소설의 경우는 독자라는 단어가 적합할 것으로 보인다.

이 최장편 국문장편소설의 작가는 안겸제의 어머니로 알려진 여성이다. 이를 뒷받침하는 것은 조재삼(1808-1866)이 쓴《송남잡지(松南雜識)》의 기록이다.

> 또 완월은 안겸제의 어머니가 지은 바로, 궁궐에 흘려 들여보내 이름과 명예를 넓히고자 했다(又玩月 安兼濟母所著 欲流入宮禁 廣聲譽也).

안겸제의 어머니가《완월》을 지었는데, 궁중에 들여보내 자기 이름이 알려지고 명예가 더해지기를 바라서 이 소설을 지었다는 내용이다. 조선시대 소설은 작가가 밝혀진 경우가 드문데, 이 장편 거질은 작가가 거론되고 창작 이유까지 언급되어 있다. 더구나 작가가 여성이라니 더더욱 눈길이 가지 않을 수 없다.《완월》은《완월회맹연》을 가리키는 것으로 보인다. 조재삼의 기록은 신뢰할 만한 근거가 있다. 조재삼 집안과 안겸제의 모친 전주 이씨는 외가이자 사돈지간으로, 조재삼의 외고조부가 안겸제 모친과 재종지간이며 조재삼의 큰며느리도 전주 이씨이다. 이런 경로로 조재삼은 집안끼리의 왕래를 통해 안겸제 모친에 대한 소식을 들었을 수 있다. 안겸제의 모친 전주 이씨는 1694년에 아버지 이언경과 어머니 안동 권씨 사이에서 태어나 20세 무렵 안개(1693-1769)와 혼인했으며, 안겸제는 그녀의 셋째 아들이다. 지금도 파주에 가면 전주 이씨가 남편인 안개와 함께 묻힌 묘소가 있다. 무덤 앞의 비석에 새겨진 비문을 보면 전주 이씨는 부덕을 갖췄으며 여사(女史)의 풍모가 있는 여성이었음을 알 수 있다. 이런 자질은 《완월회맹연》의 작가로서 잘 어울리는 요소이다. 그뿐만 아니라 안겸제 모친 전주 이씨의 친정 가문 여성들에게 소설을 즐기는 문화가 있었다는 연구 결과도 보고되어 있다. 다만 소설 분량이 너무 방대하고 후반부에 약간 결이 다른 서술들이 발견된다는 점을 염두에 두고 볼 때 《완월회맹연》을 지은 작가가 전주 이씨 한 명만이 아닐 가능성은 있다. 중국의 장편소설인 탄사소설 《재생연(再生緣)》도 공동 창작 작품으로, 원래 작가였던 진단생이 마무리를 못 하고 죽자 후에 양덕승이라는 여성이 그 뒤를 채워 결말을 맺었다.

《완월회맹연》은 180권으로 이루어진, 단일 작품으로는 가장 긴 서사 분량을 지닌 한글소설이다. 지금 우리가 보기에 180권이나 되는 소설 작품은 돌출적인 작품인 것처럼 보일 수도 있다. 그러나 17세기 중후반부터 조선에서는 국문장편소설을 창작하고 즐기는 여가 문화가 펼쳐졌을 것으로 보인다. 17세기 작품인 《소현성록》 연작이 그 효시가 되는 작품이며, 소위 삼대록계 국문장편소설로 불리는 다수의 작품이 있고, 이 같은 장편대하소설들은 18, 19세기까지 지속적으로 창작되고 독자들을 확보했다. 세책가라고 불리는 책 대여점에서도 국문장편소설은 중요한 비중을 차지했다. 이런 소설들은 가문소설이라고 불리기도 하는데, 그 까닭은 이런 소설에서는 대개 두세 가문이 등장하여 혼인 관계로 사건이 얽히고 삼대에 걸쳐 가문의 흥망성쇠를 보여주는 서사가 펼쳐지기 때문이다.

　'완월회맹연'이라는 제목처럼 이 작품은 아름다운 달밤에 자식들의 혼인 약속을 정하는 것이 서사의 근간을 이룬다. 그 이야기의 세계는 우아하고 유장하고 섬세하고 구체적이며 때로는 격렬하며 역동적이고 선악의 길항이나 인간 내면의 여러 겹 층위를 다양하게 드러내어 보여주고 있다. 《완월회맹연》 서사 세계의 정교함과 풍부함 그리고 문제적 징후를 포착해 내는 시선은 중국의 《홍루몽》에 비견할 만하다. 또 《완월회맹연》의 방대한 서사는 여느 연의소설에 견주어도 못지않은 장강 같은 흐름을 보여준다. 이 작품에는 조선시대의 상층 문화가 상세하게 재현되어 있다. 배경은 중국이지만 이 작품이 다루고 있는 내용은 조선시대 상층 양반들의 이야기이자 그들의 생활 문화이다. 180권에 달하는 서사 분량 속에 당대 문화의 규범과 일상의 디테일들이 풍부하고도 섬세하게 담겨 있는 것이다. 그러나 그렇다고 하여 이 작품이 상층의 인물만을 재현하는 것은 아니다. 《완월회맹연》은 하층 인물들 또한 구체적으로 실감나게 재현하고 있으며 하층 인물의 경우에도 인물마다 이야기를 만들어주고 있다. 이 교주와 번역 작업을 통해 《완월회맹연》의 서사 세계와 그 가치가 드러날 수 있기를 기대한다.

《완월회맹연》 교주 및 현대역 작업 과정

　《완월회맹연》 교주 및 번역 작업은 이화여자대학교 고전소설 전공자들이 진행하고 있다. 박사 논문을 쓴 선배부터 석사과정 학생에 이르기까지 이화여대에서 고전소설을 전공하는 이들이 모여 매주 열너덧 명의 인원이 강독 스터디에 참여하고 있으며, 그중 국문장편소설을 번역할 역량을 갖춘 구성원들이 주축이 되어 교주 및 번역 작업을 담당하고 있다. 《완월회맹연》 강독은 2016년 무렵부터 시작하여그 이후 매주 토요일에 각자 입력하고 주석한 원문과 번역문을 가지고 와서 안 풀리는 부분을 함께 풀어가고 있다. 이 모임에는 이미 삼대록계 국문장편소설을 번역·출판한 경험을 비롯하여 다수의 한문소설을 번역한 경험을 지닌 연구자들 여럿이 함께하고 있는데, 《완월회맹연》 번역은 기존에 했던 어떤 국문장편소설보다도 난도가 높은것으로 보인다. 방학 동안에는 조금 더 집중적으로 작업을 해왔으며코로나 이후로는 토요일마다 계속 줌(zoom)을 통해 같은 작업을 이어가고 있다. 혼자서는 도저히 안 풀리던 구절이 여럿이 함께 의논하면 신기하게도 풀리곤 하는 경험을 반복하고 있다. 여럿의 입이 난공불락의 글자들을 녹여 뜻을 드러내는 듯하다. 이렇듯 노력을 기울이고 있지만 그 과정에서 툭툭 오류들이 발견되고 수정될 때마다 아차싶고 교차 검토에서도 오류가 바로잡히는 것을 보게 된다. 첫 번 시도하는 《완월회맹연》 교주 및 번역 작업에 만전을 기하고자 노력하지만 여전히 발견하지 못한 부분들이 남아 있을 수도 있다. 이어지는또 다른 작업에서 오류가 시정되기를 바라면서 《완월회맹연》의 첫번 교주본과 현대역본을 세상에 내보낸다.

《완월회맹연》은 180권으로 이루어진, 단일 작품으로는 가장 긴 서사 분량을 지닌 한글소설이다. 이 작품은 현재 두 개의 완질본이 있는데, 하나는 한국학중앙연구원 장서각본(180권 180책)이고 다른 하나는 서울대학교 규장각본(180권 93책)이다. 장서각본은 원래 창덕궁 낙선재에 소장되어 있었다. 이 두 이본은 책수가 다르고 필사 과정에서 약간의 차이를 보이는 부분들이 있으나 전체적인 내용과 분량은 서로 유사하다. 이 두 이본 중에는 장서각본이 전체적으로 더 보관 상태가 깨끗하며, 상대적으로 구개음화나 단모음화가 일어나지 않은 표기가 빈번하므로 필사 시기도 앞설 가능성이 높을 것으로 논의되고 있다. 그러므로《완월회맹연》의 교주 작업 역시 장서각본을 대상으로 했으며, 규장각본으로 교감 작업을 병행하여 장서각본의 원문이 불확실한 부분을 보완했다. 이같이 본격적으로 규장각본을 함께 검토하고 교열하면서 교주 및 번역 작업을 해오고 있다.

《완월회맹연》은 한글소설이지만 한자 어휘 및 용사나 전고 등의 한문 교양이 대거 사용되고 있다. 교주본 작업을 하면서 각주를 통해 용사나 전고 등의 전거를 최대한 정확하게 밝히고자 했다. 미진한 경우에는 맥락에 따라 추정을 하고 그 추정 근거를 밝히는 방식으로 작업했다. 각자 교열 및 주석 작업을 한 후에는 수차례에 걸쳐 서로의 교주본 파일을 교차 검토하면서 교주본의 완성도를 높이기 위해 노력했으며 오류가 발견되는 경우 강독 모임을 통해 그 경우의 수들을 공유하면서 각자 수정을 하여 교주 및 번역의 일관성을 유지할 수 있도록 했다.

국문장편소설에는 길이가 긴 문장들이 자주 보이는데《완월회맹연》도 한 문장의 길이가 매우 긴 경우들이 빈번하게 등장하며 그 안에서 초점화자가 바뀌는 경우들이 있기에 주술 관계나 수식 관계를 파악할 때 각별한 주의를 기울였다. 긴 문장 속에서 자칫하면 서술어의 주체를 놓치기 쉽고, 경우에 따라서는 인물들의 호칭도 헷갈릴 수 있기에 조심스럽다. 남성 인물들은 대개 성씨에 관직명을 더해 부르는데 두세 가문의 인물들이 주로 나오므로 같은 성씨가 반복되는 데다가 여러 인물들이 같은 벼슬을 할 수도 있고 같은 인물이라 해도 승진이나 부서 이동에 따른 호칭 변동이 있을 수 있다. 여성 인물의 경우에도 용례는 다르나 비슷한 어려움에 처할 경우가 생긴다. 친정의 맥락에서는 남편 성씨에 따라 부르기도 하기 때문이다. 예를 들어 서씨 성을 가진 여성이 정씨 집안으로 시집을 가면 시집 맥락에서는 계속 서부인으로 불리다가 친정의 맥락에서는 정부인으로 불리는 식이다. 더군다나 친족 관계 호칭도 상황에 따라 변할 수 있기에 인물들 간의 관계를 잘 따져가면서 확인할 필요도 있다.

《완월회맹연》 번역은 특히 이런저런 신경을 늘 쓰고 있어야 맥락이 풀리는 경우가 많다. 매주 하는 강독 모임에서 발견하는 즐거움이 있다면 그것은 이런 문제 해결에서 온다. 혼자서는 맥락이 잘 안 잡히던 부분이 여럿의 공동 고민을 경유하면 툭 하고 풀리는 시원함을 경험한다. 이러니 힘들지만 우리는 서로에게 책임을 느끼며 모이는 데 열심을 낼 수밖에 없다. 《완월회맹연》 교주와 번역은 이화여대 《완월회맹연》 번역팀의 열너덧 명이 한마음으로 진행하고 있다. 이렇게 작업할 수 있음에 감사하고 또 묵묵하게 힘든 작업을 해내는 구성원들 모두에게 존경을 보낸다. 보다 구체적인 번역 원칙은 교주본의 일러두기에 적어놓았다. 현대역본을 내면서는 별도로 두 가지 일러둘 부분이 있는데, 하나는 가계도에 대한 것이고 다른 하나는 원문 세주에 관한 것이다. 가계도의 경우, 교주본에서는 아들을 먼저 적고 그 뒤에 딸을 적었는데 현대역본에서는 밝힐 수 있는 한 정리를 해서 태어난 순서대로 적는 방식을 택했다. 또 원문 세주의 경우, 교주본에서는 원문 세주 부호를 따로 두어 구별을 했고 현대역본은 가독성을 높이기 위해 현대역 본문에 원문 세주 내용을 풀어 넣거나 세주 부호를 사용해서 번역문 가운데 삽입했다. 《완월회맹연》 작품 자체에 대해서는 《완월회맹연》 작품 자체에 대해서는 이 팀의 공동 저서인 《달밤의 약속, 완월회맹연 읽기》에 미룬다.

우리 팀은 우선 교주와 번역을 시작했는데 막상 이런 장편 거질을, 그것도 원문 입력과 주석까지 더한 학술적 성격의 초역을 출판해 줄 출판사를 만나는 것이 또 하나의 숙제였다. 이처럼 방대한 작업의 출판을 기꺼이 결정해 주신 휴머니스트 출판사에 마음 깊은 곳에서 우러나는 감사를 드린다.

이야기는 인류의 유산이자 자산이다. 지금도 새로운 이야기들이 만들어지고 있다. 《완월회맹연》은 18세기 조선에서 만들어진 유례없는 장편소설이다. 이 작품이 지니는 여러 매력적인 지점들과 의미 있는 부분들로 인해 《완월회맹연》에 대해서는 지속적으로 연구들이 쌓이고 있다. 이런 《완월회맹연》의 첫 교주본과 현대역본을 낼 수 있게 되다니 감개가 무량하다. 《완월회맹연》 교주본과 현대역본 출판은 학문적 연구의 활성화는 물론이며 다양한 문화콘텐츠의 원천으로도 충분히 활용 가능할 것이다.

조혜란 씀

차례

정잠과 정삼 집안

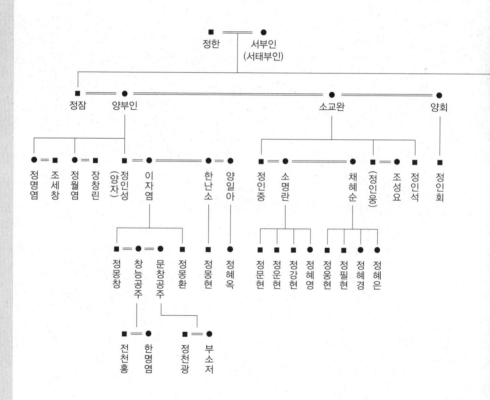

인 물 관 계 도

■ 남자
● 여자

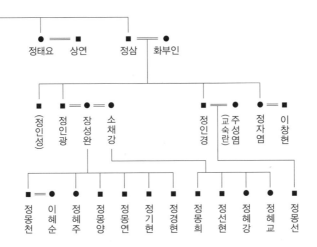

정태요 ● ══ ■ 상연 　 정삼 ■ ══ ● 화부인

■ (정인성) 　 정인광 ■ ══ ● 장성완 ══ ● 소채강 　 정인경 ■ ══ ● 주성염 (교숙란) 　 정자염 ● ══ ■ 이창현

정몽천 ■ ══ ● 이혜순 　 정혜주 ● 　 정몽양 ■ 　 정몽연 ■ 　 정기현 ■ 　 정경현 ■ 　 정몽희 ■ 　 정선현 ■ 　 정혜강 ● 　 정혜교 ● 　 정몽선 ■

* 원문에서 동일한 인명이 다르게 표기되는 경우, 현대역에서는 원칙적으로 처음 나오는 표기를 따르되, 뒤에 나오는 표기가 다수일 경우 그 표기를 따른다.

정흠과 정염 집안

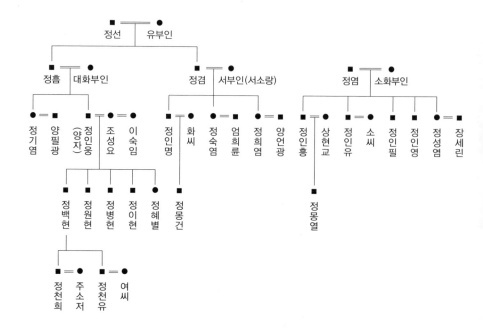

조세창 집안

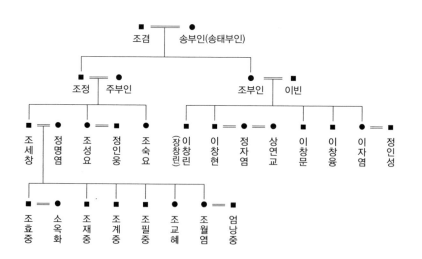

장헌 집안

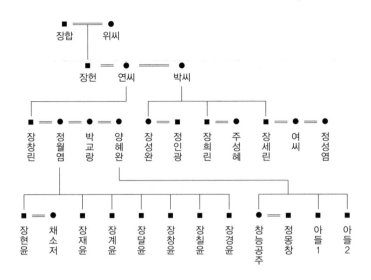

소교완 집안

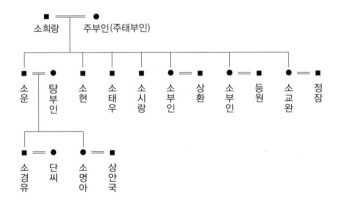

상연 – 정태요 집안

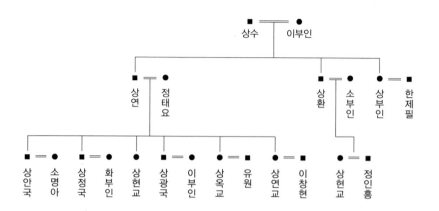

주성염(교숙란) 집안: 정인경 처가

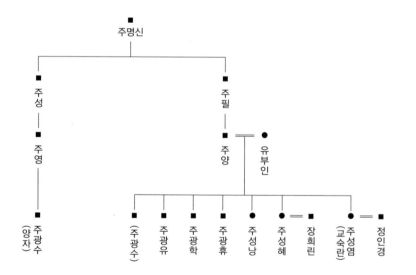

완월회맹연 권 41

출정하는 정잠 부자

정잠 부자는 안남 등지로 출정하고

정명염은 아들을 출산하다

첩이 되지 않겠다고 고집하는 한난소

이때 부마(한제선)가 들어와 영릉공주와 한난소의 모습을 보고, 정 잠 형제에게 들은 것을 공주에게 전한 후 탄식하며 말했다.

"정씨 집 아들은 몸가짐과 도량이 남달라 미인인 월녀나 천제의 손 녀가 하강한다 해도 마음을 헛되이 쓸 사람이 아닙니다. 간악한 시비 가 재앙을 만들어 우리 딸을 해치려 했지만, 정인성의 엄중한 기상이 라면 아무리 담대한 시비라도 허무맹랑한 일을 꾸며 우리 딸의 죄로 몰아가지 못할 것이고 정인성을 방탕한 사람으로 몰지도 못할 것입 니다. 다만 정씨 집안에 무언가 별스런 변고가 있는 듯한데, 남의 집 일을 세세히 물을 수 없어 알려 하지 않고 혼자 곰곰이 생각을 해보 았습니다. 그 집안에서 원통한 일임을 알고 억울함을 풀어준다고 하 지만, 딸아이의 귀걸이가 정씨 아들의 주머니에 들어 있는 것이 마음 에 걸리고 정인성의 초패(貂佩)가 딸아이의 경대에 들어 있는 것 역시 너무나 놀라운 일입니다. 대장부가 꿈을 믿을 수는 없겠으나, 딸아이를 찾을 때 일들이 꿈속에서 돌아가신 아버지가 하신 말씀과 하나도 틀린 것이 없었습니다. 그 때문에 아버님의 말씀에 따라 뜻을 낮추어 정씨 집 아들의 첩으로 들어갈 것을 청했지만, 이는 문호를 추락시킬 뿐 아니라 딸아이의 앞길에 빛이 없어지니 무척이나 가련한 일이 될 것입니다. 하지만 천하를 돌아다녀 신랑을 구한다 해도 정인성보다 나은 사람은 없을 것이며, 하늘이 내린 인연이 아니라면 딸아이가 서부인(정겸의 부인)에게 길러졌더라도 그와 같은 누명은 쓰지 않았을 것이라 생각합니다. 그렇기에 정운백(정잠) 형제가 여차여차하여 의남매를 맺자고 했으나 내가 군이 받아들이지 않고 혼인을 청한 것입니다. 딸아이가 황실의 핏줄이지만 일이 이렇게 되어 다른 집에 시집가는 것은 생각하지 못하게 되었으니 저 아이를 어쩌겠습니까? 빛나는 가문의 후손인 소위공(소수)도 사위를 선택할 때 딸의 지위가 낮아지는 것을 거리끼지 않고 정인광의 첩으로 보냈습니다. 내가 비록 귀주(貴主)[1]의 배필이 되었으나 소위공의 고매한 덕행을 감히 우러를 수 있겠습니까? 그러니 딸아이를 정인성의 첩이 되게 하는 것은 꺼릴 바가 아닙니다. 귀주께서는 우리 아이의 권세로 선후 차례와 지위의 경중을 따져 이 혼인을 거리끼지 마십시오."

영릉공주가 조용히 다 듣고는 참으로 불운하다 여기고 한편으로는 놀랍기도 했으나, 꿈이 그대로 들어맞으니 하늘의 뜻이자 기이한 인

---

1 귀주(貴主): 공주를 높여 부르는 말.

연이라는 생각이 들었다. 또 본래 여자의 슬기를 남자에게 자랑하지 않으며 대사에 관여하지 않는 터라, 차분한 눈빛으로 고개를 반듯이 한 채 한동안 말을 잇지 못하다가 천천히 말했다.

"당신께서 간절하게 청혼하셔도 정공(정잠)이 달가워하지 않아 허락하지 않으면 어찌 좋은 인연을 이룰 수 있겠습니까?"

한제선이 말했다.

"운백 등의 진심은 우리 부녀를 나무라며 물리치려는 것이 아닙니다. 스스로 번화한 것을 피하고자 하며 분수에 넘치는 것을 달가워하지 않아 그러는 것이니, 딸아이가 그 집을 바라고 내가 다른 사위를 구하지 않는 것을 보면 어찌 감동하지 않겠습니까?"

한난소는 그 자리에서 부모가 나누는 말을 듣고는 너무나 놀라고 부끄러웠다. 아름다운 얼굴이 붉어져 발그레한 빛이 은은하고 빼어나게 황홀한 모습은 절묘하니, 이를 바라보는 부모의 사랑을 굳이 말할 필요가 있겠는가? 한제선이 난소를 쓰다듬는데 애처로운 마음은 뼈마디가 녹는 듯했다. 손을 잡고 걱정하며 눈물을 머금고는, 난소가 누명을 쓰고 우물에 떨어졌던 일을 눈앞에서 본 듯 안쓰러워하고 분통스러워했다. 이에 한난소가 거듭 절하고 자신의 회포를 말했다.

"제가 배우지 못하고 자라 예의를 알지 못하지만, 부모님이 계시니 규방의 여자가 어찌 인륜을 마음대로 하여 염치도 없이 해괴한 말을 할 수 있겠습니까? 다만 제가 쓴 누명은 차마 윤리와 기강을 생각할 수도 없는 것입니다. 비록 정공께서 그 억울함을 밝혀주셨으나 제 마음속 부끄러움은 사람을 대할 면목이 없으니, 앞날이 남과 같기를 바라지 못할 것입니다. 이제 부모님 슬하에서 사랑을 받고 남매의 정을 즐기게 되었으니 제게 이보다 더 즐거운 일은 없습니다. 제가 태어난 근본을 모를 때에도 오늘을 미처 기다리지 못하고 우물에 빠져 죽으려 했는데, 이제는 부모님께 돌아와 만사가 뜻대로 되었으니 한 칸 별실에 몸을 감추고 인륜과 세상일을 모두 잊은 채 부모님을 모시며 평생을 보내고자 합니다. 제 뜻을 굳이 꺾으려 하신다면 차라리 한번 죽어 제 마음을 밝히겠습니다. 제가 이미 부모님께 효성스러운 자식이 되지 못하여 낳아주시고 길러주신 드넓은 은혜를 조금도 갚지 못한 마당에, 이제는 문호를 추락시키고 조상님을 욕되게 하였으니 어찌 부끄럽다고 말하지 않을 수 있겠습니까? 그러니 부모님을 생각하면 너무나 슬프지만, 그렇게 하지 않을 다른 방도 역시 모르겠습니다."

말을 마치고는 얼굴을 가리고 슬프게 울었다. 구름 같은 근심이 눈썹에 어리고 안개 같은 시름으로 뺨에 붉은 기운이 번지니, 흰 연꽃이 푸른 물에 나와 광풍에 시달리는 듯 가련하고 애처로운 태도는 비길 데가 없었다. 한제선과 영릉공주가 딸의 말을 듣고서 목이 메고 눈물이 흘러 슬픈 마음을 걷잡을 수 없었으나, 고집을 부리면 안 된다고 재차 타일렀다. 그럼에도 한난소의 강한 뜻이 철로 된 감옥과 같기에 한제선은 크게 근심했다. 딸의 마음을 한 번에 돌이키지 못할 것이라 생각하고 어루만져 위로하면서 아직 닥치지 않은 일까지 걱정하지 말라고 했다. 한난소가 공손히 사례하고 다시 말을 하지는 않았으나, 이후로 영릉공주의 침소에 있는 협실에서 《예기》와 《열녀전》을 강독하고 《효경》과 《논어》를 외어 뜻을 해득하며 깊이 새길 뿐 자매와 사촌들이 있는 곳에도 자주 나가지 않았다. 한제선 부부는 자신들의 뜻을 더 강요할 수 없어 일단은 그대로 두었지만, 딸의 굳은 뜻으로 마침내 인륜과 세상사를 저버리게 될까 우려했다.

한난소가 본가에 돌아온 지 열흘가량 지난 후 둘째 오라비 수형이 혼인하여 신부를 맞이하는데 부부의 아름다움이 구슬꽃과 옥나무 같았다. 한제선과 영릉공주는 맏며느리인 유씨의 남다른 정숙함이 당대에 독보적이라 생각했는데, 둘째 며느리 위씨의 뛰어남이 유씨보다 못하지 않자 마음속으로 매우 기뻐했다. 그러나 딸의 고집이 괴이해 군자를 맞아 혼례를 이루는 것이 뜻대로 되지 않을 듯하니 몹시 안타까워 근심거리가 되었다. 한공자 형제도 한난소를 대할 때면 부모의 애타는 근심을 덜고 천지와 세상사에 순응하여 별다른 뜻을 품지 말라고 했지만, 난소는 한결같이 자신의 생각을 굽히지 않았다.

안남 등지로 출정하게 된 정잠 부자

영종황제가 복위한 이후 온 나라의 백성이 기쁨에 가득 차 있었으나, 안남 땅이 멀고 왕의 덕화가 미치지 못해 교지와 남월 등에서 백성들이 도적 떼로 변하여 난을 일으켰다. 교지 참정 왕흠이 남해 절도사 석홍과 함께 방어했지만 힘이 미치지 못해, 왕흠은 전투 중에 전사하고 석홍은 겨우 목숨을 보전해 황성에 이르러 패배한 죄를 청하니 고을마다 사망자가 셀 수 없이 많았다. 이러한 난은 단지 하늘을 거스르는 무도함에 그치는 것이 아니었다. 교지와 남월 등의 흉악하고 교활한 백성들이 월왕과 남왕을 부추겨 변을 일으키면서 조정의 형세를 일일이 탐지하는 데까지 이르니, 그 날카로운 공격을 막아내기가 매우 어려웠다. 병마도통사 석현의 아우인 절도사 석흥은 무용이 뛰어나고 힘이 세 항우에 버금갈 정도였지만, 적병을 막아내지 못하고 목숨을 겨우 보전해 돌아왔을 뿐이었다. 지략과 용맹을 겸비하여 문무를 모두 갖춘 왕흠도 전투에서 패해 전사하고 말았다. 황제가 이 소식을 듣고는 너무나 놀라고 슬퍼하며 편히 잠을 이루지 못했고 조정 역시 매우 소란스러웠다. 좌각로 이빈은 이미 강좌 팔십 주를 순무하라는 명을 받들어 춘정월에 출발하기로 정했고, 우각로 양선 역시 광동 진무사 교지를 받들어 떠날 날이 머지않은 상황이었다. 이에 교지와 안남 등에 출정할 사람이 없자 조정의 신하들이 모두 정잠을 천거하면서, 정잠의 덕망이 아니면 역적을 진압하지 못할 것이고 안남 지역의 항복을 얻어내지 못할 것이라고 했다. 상서 서유전·장제·장예 등 역시 우반무장 병마도통사 석현과 금포장군 진가숙, 오위도총관 곽창석 등과 함께 황태부 참지정사 정잠을 천거하면서 남방 진유사 평남대원수를 겸하여 교지와 남월 등을 평정하게 할 것을 아뢰었다. 황제 또한 같은 뜻을 가졌으나, 정잠이 육칠 년간 오랑캐 땅에서 온갖 변고를 겪으면서도 목숨을 부지한 것이 천우신조인데 돌아온 지 일 년 만에 차마 다시 이역만리에 보낼 수 없어 망설이며 결단을 내리지 못했다. 정잠이 처음에는 국가의 중대사에 자원하는 것을 감당할 수 없다고 생각하다가, 조정의 모든 관료들의 뜻이 같고 황제 역시 그런 생각이지만 결단을 내리지 못하는 것을 헤아려, 자신의 사정을 돌아보지 않고 이역만리를 마치 영화로운 땅인 것처럼 흔쾌히 자원했다. 그 굳건한 열의와 해를 꿰뚫고 하늘과 나란할 정도의 충성은 주나라 때의 강태공이요 한나라 때의 제갈공명이었다. 황제가 문득 얼굴색을 바꾸며 말했다.

"내가 재주와 덕이 없는 채로 왕위를 이으니 진실로 선왕과 같은 다스림이 없어 백성들이 뿔뿔이 흩어지는 사태가 극에 달했도다. 흉적 왕진을 총애하여 충신열사를 해치고 축출한 이후 노영에 억류되어 견융 오랑캐에 의해 주나라가 동주로 도읍을 옮겼던 것 같은 변을 당했으나, 조정의 충렬지사와 정(정잠)·조(조세창) 두 공의 지극한 충성에 힘입어 참화를 면하고 모든 충신의 큰 공으로 다시 복위할 수 있었다. 그러나 덕이 천하를 덮어 흐르지 못해 사해에 인의를 보이지 못하니, 모반하는 제후와 도망하는 백성이 곳곳에서 변을 일으켜 노나라의 약함과 주나라의 위태함을 방불하게 되자 그대가 문무 제신들의 추대로 이처럼 중차대한 사업을 자청하게 되었구나. 그대는 나를 보좌할 능력이 있으며 승운이 따르는 재주가 있으니 안남을 쉽게 평정하고 반드시 만민을 진정시켜 복종하게 할 수 있을 것이다. 이는 남만 백성이 다시 하늘과 해를 보고 갓난아기가 어진 어미를 얻는 것이 되리라. 육칠 년간 오랑캐 땅에서 온갖 고초를 당하다가 무사히 돌아온 지 일 년이 못 되었는데, 다시 위험한 곳으로 보내 적들의 공격에 맞서게 하는 것은 차마 못 할 일이다. 하지만 그대의 충성스럽고 큰 재주를 믿고 부득이 허락하는 것이니, 오늘부터 사직을 그대에게 맡겨 나라의 존망을 의탁하고자 한다. 제나라 72성을 함락시키고 망한 연나라를 회복한 것은 악의이고, 어지러운 천하를 바로잡고 제후들을 규구에 모아 주나라 황실을 계승하여 제나라 백성들로 하여금 오랑캐 풍속을 면하게 한 것은 관중이다. 그대가 관중과 악의를 아우르는 재주로 천하를 바로잡고 우리 백성으로 하여금 남만 오랑캐의 원한을 면하게 한다면 내 죽어도 여한이 없을 듯하다. 정인성이 비록 나이는 적으나 요순 임금의 덕을 지녀 문학과 대도가 여러 사람의 스승이 될 것이니 그대가 데려가 군무를 상의하고 승전 후 즉시 돌려보내도록 하라. 다만 그대는 더 머물러 있으면서 교지와 남월 등을 다스려 선태부(정한)가 사해와 구주를 돌보던 사업을 이어 월상·교지·남만 등지가 자주 변을 일으키는 것을 완전히 차단해 위엄으로 제어하고 인덕으로 교화하는 것이 마땅할까 하노라."

그러고는 문무 대신들의 천거에 따라 정잠에게 제남진무정토사 대원수를 제수했다. 정잠이 머리를 조아려 사은하고 성스러운 명을 감당하기 어려우나 오직 죽기로 작정하고 만의 하나라도 갚겠다고 했다. 황제가 다시 명을 내려 병마도총사 석현을 부원수로, 진가숙과 곽창석을 좌우 선봉으로, 이부시랑 중서사인 동궁직학사 정인성을 중군호위 체찰사로 삼았다. 정인성이 너무나 황공하여, 중군호위 체찰사의 명을 거두어들이시면 다만 아버지를 좇아 군중에 있겠다고 간절히 아뢰었다. 원래 중군호위 체찰사는 대원수의 군무를 총괄하는 법은 없으나 선봉 이하를 총괄하므로, 소임의 중대함이 부원수보다 위이고 대원수 다음가는 것이기에 정인성이 감당하기 어렵다며 고사한 것이었다. 그러나 황제가 이미 뜻을 정하고 순순히 따르라 하자 어쩔 수 없어 머리를 조아리며 사은했다. 이날 군신 상하가 대사를 정하고 바로 출정일을 택하니 춘정월 십칠일 경진(庚辰)이었다. 절도사 석홍은 패군한 장군이므로 백의로 종군하여 공을 세우라 하니, 석홍이 남만 백성들의 위급한 상황을 근심해 출정일이 오히려 너무 면 것을 절박하게 여겼다. 그러나 이미 신년이 임박했고 그전에는 길일이 없어 감히 너무 더디다고 말하지는 못했다.

정잠이 자식 조카들과 함께 조정에서 물러 나온 후 태운산에 돌아와 서태부인을 뵈었다. 정염과 정겸 역시 경연 자리에 함께 있다가 왔으나, 서태부인에게 정잠 부자가 출정하게 된 일을 알리지 못했다. 만약 예사 출정이면 승전 후 즉시 회군할 것이지만, 교지와 남월 등의 진유사를 겸하게 되었으니 긴 이별이 아득하여 빨리 오면 오륙 년이요 더디면 십 년 가까이 될 것이었다. 그래서 서태부인이 놀라고 슬퍼할까 먼저 말을 꺼내지 못한 것이었다. 정잠 역시 서태부인의 얼굴을 우러러, 위험한 곳에 가 적들의 공격에 맞서게 돼 긴 이별의 아득함이 오륙 년 가까이 될 것을 차마 고하지 못했다. 저녁을 다 먹고 잠자리를 봐 드린 후 정삼과 함께 물러나 서헌으로 나오니 정염과 정삼이 물었다.

"형님은 어찌 출정하게 된 일을 아뢰지 않으셨습니까?"

정잠이 슬픈 빛을 띠며 말했다.

"충신이 효자가 될 수 없다고 하는 것이 바로 이 형을 말하는 것이다. 내가 감히 충의가 있다고 할 수는 없으나 돌아가신 아버님의 충열과 대도를 추락시키지 않기 위해 사사로운 일을 돌아보지 못하니 더 이상 불효를 쌓을 곳이 없을 정도구나. 어머님께 우려를 더할 일을 바로 말씀드리지 못한 것은 오늘까지라도 편히 주무시게 하려는 것이었다. 급히 말씀드려 좋을 것이 무엇이 있겠느냐? 하물며 이 형의 가정사가 한참 어그러져 인중이가 친형제 간의 변고를 만들고서야 그칠 듯하니 더욱 걱정이구나. 너희들이 있기는 하지만 인중이에 대해서는 친자식과 달리 조카로서 거리를 두어 그 아이의 원망하는 말을 듣지 않으려 할 것인데 이는 진정 내가 바라는 바가 아니다. 이후로는 여백(정삼)부터 은백(정염)과 수백(정겸) 모두 그 아이를 볼 때마다 엄히 타일러, 어진 도에 이르게 하지는 못할지라도 내가 집을 떠난 사이 참혹한 변고나 다시 없게 하기를 바란다."

정삼이 미처 대답하지 못한 상태에서 정염이 탄식하며 대답했다.

"제가 성품이 본래 맹렬하지 못하지만 아들과 조카의 과실에 대해서는 추호도 너그럽게 용서할 뜻이 없어, 인홍이와 인성이 등을 친자식과 조카의 구분 없이 소견을 다해 잘못을 깨우치도록 가르쳐 왔습니다. 그렇기에 지난번 인중이가 인성이를 교묘하게 해치려는 마음을 품은 것을 알아채고는 너무나 놀랐을 뿐 아니라, 형님께서 항상 인중이를 순임금의 이복동생 상의 후신이 아니면 위각의 넋이라 하시던 것을 깨달아 불행하고 한심하기 이를 데 없었습니다. 그러니 어찌 내 자식의 사나움을 본 것과 다르겠습니까? 친형제에게 상해를 입히는 것은 고금의 큰 변고이니 형님께서 그때 천륜을 돌아보지 않고 매를 치셨어도 저는 말리지 않았을 것입니다. 열 살을 넘지 않은 아이의 교묘한 간계로, 화살로 형을 쏘려 하고 제 형수의 죄를 만들려 하다가 형님의 뛰어난 식견에 일이 뜻처럼 되지 않자 초패를 훔쳐 전혀 관련 없는 여자에게 죄를 씌웠습니다. 또한 남녀의 머리털을 가져다가 동심결을 만들어 한씨(한난소)로 하여금 다른 가문에 시집갈 수 없게 만들었습니다. 이 일과 관련해서는 한씨의 근본이 혁혁한 집안임을 알게 되면, 정작 한씨는 그 고결한 성품에 처녀로 늙어 가려 할 것은 모르고, 인성이가 한씨를 맞아 혼인하여 권세가 더욱 대단해질 것을 시기하며 자신이 한 일을 뉘우칠 것입니다마는, 우리 문중에는 진정 있을 수 없는 괴이하고 놀라운 아이입니다. 소인의 태가 어릴 때부터 있었고 부엉이의 심술이 날로 자라 올빼미의 성질을 아울렀으되, 풍모가 매우 아름답고 민첩해 악행을 하려 하면 무슨 일을 못 생각하겠습니끼? 형님께서 집에 계시고 나이가 어린데도 그러했는데 앞으로 형님이 집을 떠나시고 그 간교함이 더 심해지면 어찌 되겠습니까? 엄하게 단속하라고 당부하시나 보통의 교활하고 방자한 아이와 달라 요악함까지 있으니, 말로는 마음을 돌리지 못하고 갑자기 제어하기도 어려울 것입니다."

말을 마치자 정인성이 놀라움을 감추지 못하며 무릎을 꿇고 말했다.

"둘째가 혹시 잘못한 일이 있다 하더라도 숙부님들과 사촌들이 잘못을 깨우치시어 허물을 면하게 하는 것이 화목하는 덕일 텐데, 무슨 이유로 저의 못난 죄를 둘째에게 다 떠넘기시고 차마 못 할 말로 둘째를 한낱 소인으로 몰아붙이십니까? 옛사람이 '악한 말로 자식과 조카를 꾸짖지 않는다.'라고 말한 것을 생각하지 못하시니, 저희가 평소 숙부님을 우러르던 바와 참으로 다르십니다."

정염이 말을 다 듣고는 천천히 정인성을 쳐다보며 미소를 짓고 말했다.

"내가 밝지 못하고 아는 게 없으나 네 동생을 몰라보지는 않을 것이다. 인중이가 벽서정에서 한 달 동안 지내면서 개과천선하여 다시 불인한 행동을 하지 않는다면, 내 당당히 조카 앞에서 눈을 감고 경솔하게 말한 것을 사과하겠다. 그러니 조카는 성내지 말고 앞날을 보아 인중이의 악행이 어디까지 미칠 것이며 내 말이 과연 허망한지 두고 보거라."

정인성이 미처 대답하지 않은 상태에서 정잠이 탄식했다.

"은백의 말이 내 생각과 다름이 없는데 인성이 너는 어찌 그렇지 않다고 따지느냐? 무릇 군자는 안과 밖이 다르지 않은 법이니 너도 인중이의 간흉한 사람됨을 모르지 않을 것이다. 그것을 알면서도 은백이 옳은 말을 하는 것에 놀라니 어찌 정직하다고 할 수 있겠느냐?"

그러고는 정삼을 돌아보며 말했다.

"은백의 말이 진실로 마땅하니 다시 부탁하는 것이 우습지만, 그래도 자주 꾸짖어 망극한 변고나 없게 해라."

정삼이 거듭 절하고 말했다.

"말해서 듣지 않고 매를 쳐도 고치지 못하면 별 도리가 없지만, 어찌 제 마음대로 아무도 없는 듯 행동하도록 버려둘 리가 있겠습니까?"

정잠이 한탄하면서 말없이 앉아 있었다. 잠시 후 정인성 등이 아버지와 숙부의 침구를 펴고 밤이 깊었으니 주무시기를 청했다. 정잠은 세 아우와 더불어 침상에 오르고 아들과 조카들은 침상 아래에서 자게 했다. 정염과 정겸, 정삼이 베개를 맞대고 누워 이불을 함께 덮고는 정잠의 손을 만지고 얼굴을 우러르면서 슬프게 눈물을 흘리며 말했다.

"칠팔 년을 만 리 이국에서 헤어져 지내면서 밤낮으로 형제가 함께하지 못하는 것을 안타까워하며 살았는지 죽었는지 생각하던 것이 마음속 병이 되었습니다. 그러다 이제 가족이 모두 모인 지 일 년이 못 되어 다시 위험한 땅으로 가 오랜 이별을 하게 되었으니, 저희들의 갈가리 찢기는 마음을 어디에 비하겠습니까?"

정잠 역시 세 아우의 팔을 어루만지고 슬프게 눈물을 흘리며 말했다.

"만백(정흠)을 억울하게 여의고 우리 넷만 남아 항상 서로 함께하며 그림자가 얼굴을 좇는 것과 같을까 했는데, 내가 못나고 운이 없어 홀로 계신 어머님의 외로움과 아우들의 우애를 돌아보지 못하고 자주 긴 이별을 하게 되는구나. 어머님의 비통함과 아우들의 슬픔은 곧 내 죄라 무엇을 한하겠는가? 그렇지만 내가 집을 떠나도 집안에 믿을 만한 사람이 있어 어머니를 봉양하고 동기들과 화목하며 슬하에서 아낌을 받을 것이니 근심이 크지는 않다. 다만 이상한 별종이 하나 있어 자신의 요악함을 감추고 유순한 부인인 체하며 유덕한 숙녀의 예절을 흉내 내니 이것이 적은 불행이 아니라 걱정이 되는구나. 소씨(소교완)가 분명 맏아이 부부를 그냥 두지 않을 것이고, 인웅에게는 모친 여태후에 의해 이복동생이 독살당했던 한나라 혜제의 탄식이 있을 것이니 분명 내 집이 뒤집힐 것이다. 어머니가 우려하실 것을 생각하면 내 마음이 언제인들 평안하겠는가마는, 결국은 어둡고 용렬하여 결단을 내리지 못하고 떠나게 되는구나. 모쪼록 세 아우는 유심히 살펴 우리 어진 며느리를 잘 지켜주도록 해라."

정삼과 정염 등이 이에 대해 매우 잘못 안 것이라며 소교완의 성품과 예덕이 조금도 불미한 태도가 없다고 했으나, 정잠은 한결같이 악으로 치부하며 조금도 어질게 여기지 않았다. 정인성과 정인웅이 침상 아래에서 이를 듣고 너무나 비참하고 부끄러웠으나 아버지와 숙부의 대화에 감히 끼어들 수 없었다.

다음 날 새벽, 밤사이 서태부인의 안부를 묻는 자리에 남녀 할 것 없이 모두 모였는데 정명염은 시댁에 있고 정월염은 이씨 부중에 있어 참석하지 못했다. 정잠이 서태부인의 안부를 묻고 아침을 다 먹고 나서, 그제야 출정하게 된 연유를 말했다. 서태부인은 미처 다 듣기도 전에 크게 놀라고 슬퍼했다. 하지만 그러면서도 이전에 노영으로 떠나는 놀랍고 긴 이별도 잘 견뎌 스스로 가는 것을 권했고, 정인성의 형제와 남매가 다 생사와 거처를 모르게 뿔뿔이 흩어졌을 때도 슬픔을 참으며 세월을 보냈음을 떠올렸다. 또한 교지와 안남 등에 도적이 많고 매우 위태하지만 노영보다 더하지는 않을 것이라 생각했다. 정인성마저 떠나보내는 것이 더욱 애절하나 월청강에서 도적을 만나 죽은 것은 아닌가 염려하던 때와는 비할 바가 아니라는 생각도 했다. 이 부자의 충렬과 대효가 나라를 구하고 집안을 마침내 저버리지 않을 것을 굳게 믿었기에, 슬픈 얼굴로 정잠의 심회를 돋우는 것이 옳지 않다고 여겨 억지로 참으며 온화한 표정을 지으려 했다. 하지만 자연히 눈썹에 근심스러운 기색이 가득하고 두 눈에는 자기도 모르게 눈물이 어려 한참 동안 말을 잇지 못하다가 이내 탄식하며 말했다.

　"네 선군께서 평생 사사로운 일을 돌아보지 않으며 충의를 다하셨기에, 구주를 돌아보고 사해를 살펴 형초 땅을 가르치고 연위 땅을 안정시킬 때 3년을 전장에서 괴로움을 겪어내고 마침내 큰 공을 세우셨다. 네가 이미 몸을 나라에 허락했고 인성이 또한 선조의 업을 이어 황제의 은혜를 갚고자 하니 그렇게 하지 않고 어쩌겠느냐? 다만 이 어미의 구구한 사정은 온 가족이 만난 지 일 년 만에 또다시 긴 이별을 당하여 아들과 손자를 위험한 땅에 보내게 된 것을 슬퍼하는 것이니, 이는 부인네가 면할 수 없는 인지상정이라 말할 것이 못 된다. 무릇 임금이 근심하면 신하가 치욕을 당하더라도 근심을 풀고, 임금이 치욕을 당하면 신하가 목숨을 바쳐 치욕을 씻는 법이다. 대대로 나라의 녹을 받은 신하로서 선군의 충렬대도를 이어받지 않아 임금의 근심을 덜지 못하면, 위로는 나라를 저버리고 아래로는 돌아가신 아버지가 남긴 뜻을 모르는 것이니 그 불충불효를 어찌 다 말할 수 있겠느냐? 이 어미는 살날이 얼마 남지 않은 노인이 아니고, 소씨 며느리가 너를 대신해 공경하고 봉양하기를 지극히 할 것이니 걱정할 것이 없다. 또한 세 아이와 두 조카가 있으며 손자들도 모두 장성했으니 슬하가 적막할 틈이 없어 오히려 너희 부자를 잊을 때가 많을 것이다. 다만 너희 부자가 만 리 전쟁터에서 고생하는 중에 고향을 생각하고 여러 친지와 형제들을 그리워하다 도리어 병이 될 수 있으니 그것이 근심될 따름이다."

정잠 부자가 고개를 숙이고 가르침을 다 들은 후 다시 일어나 거듭 절했다. 비록 위험한 전쟁터에 가지만 부자가 서로 위로하고 의지하여 위태한 일은 없을 것이라고 하면서, 그사이 안녕히 계시어 못난 자식 때문에 괜한 염려를 하지 않으시면 마치 흰 망아지가 담장 틈 사이를 지나가는 것처럼 시간이 금세 지나갈 것이니 얼마 안 있어 돌아올 수 있지 않겠느냐고 했다. 또한 헤어지고 만나는 것이 오 년 남짓일 것이니 이번에 이별을 아뢰는 것이 너무나 애가 타지만, 돌아오는 날의 기쁨은 이번 이별이 없던 것에 비하지 못할 것이라 하면서 밝은 음성으로 위로했다. 정잠은 비록 화평한 모습이되 마음속 슬픔이 말에 비쳐 나오는 것을 면치 못했다. 그러나 정인성은 온화한 웃음과 부드러운 안색이 화창한 봄바람 같으니, 정잠이 더욱 기뻐하고 서태부인은 어루만지며 칭찬했다.

"진정 아비보다 낫다고 할 수 있겠다. 네 아비는 긴 이별을 앞두고 겨우 슬픈 얼굴을 가릴 뿐인데 너는 말과 안색이 더욱 화평하구나. 내 마음이 지극히 기쁘기는 하지만 떠나고 나면 더 생각이 날 것이니 너를 그리워하는 마음을 누르기 어려울 듯하다."

정인성이 어쩔 줄 몰라 하며 사례하고 말했다.

"너무나 황공한 말씀입니다. 제가 집을 떠나지만 인광 등은 능숙한 말솜씨가 있고 인웅은 기이하고 재미있는 이야기를 잘하니, 한 아이면 저 같은 아이 셋은 충분히 대신할 수 있을 것입니다."

아들을 얻은 조세창 부부

말을 나누는 중에 조세창과 장창린이 왔음을 알리자 정잠이 아들과 조카에게 맞아 들어오라고 명했다. 두 사람이 당에 올라 예를 마친 후 서태부인의 안부를 묻고, 장인과 정인성의 출정이 놀라운 일이지만 재주와 덕행이 있기에 두려움을 근심할 것은 아니라며 서태부인을 위로했다. 서태부인 또한 걱정하는 기색을 드러내지 않고 화평한 안색으로 대화를 나누었다. 그러면서 조세창에게 손녀(정명염)를 돌려보내 부녀와 남매가 오래 이별하는 회포를 풀게 하라고 청했다. 조세창이 뒤로 물러나며 대답했다.

"사람의 인정과 도리상 당연히 여기에 와 이별을 하는 것이 마땅하겠으나 지금 산기가 있어 움직이기 어려울 듯합니다."

자리에 있던 사람들이 모두 놀라고 기뻐하는 중에 평소 준엄하던 정잠과 과묵하던 정삼도 환하게 웃는 얼굴을 했고, 서태부인은 너무나 기뻐하며 웃음을 머금고 말했다.

"우리 사위의 나이가 서른이 머지않았고 손녀 또한 스물을 지난 지 오래되었는데, 그동안 만 리 이국에서 계속되는 환란을 만나 자식 보는 경사가 늦어지는 것을 답답하게 생각했었지. 요행히 금년에 재회하게 되었으나 임신을 했으리라고는 생각도 못 했고, 만삭에 이르도록 손녀의 행동거지가 전과 다른 것이 없어 전혀 관심을 두지 못했다네. 이번 달이 산달이라는 것을 미리 알았다 해도 유익할 것은 없지만, 아이의 성정이 너무 소심해 나에게조차 말하지 않으니 이는 제 어미 대신 나를 친정어머니처럼 여기지 않기 때문일 것일세. 그 아이가 비록 재주가 없고 부덕하지만 지금은 자네의 영귀함으로 인해 국부인의 봉작을 받게 되었지. 그럼에도 내가 다른 손주들보다 더 불쌍히 여기는 까닭은 그 사람됨이 너무나 조심스러워, 친정의 보살핌이 아니면 영귀한 중에도 몸을 편히 할 아이가 아니기 때문이라네. 그렇기에 내 마음이 더 지극하긴 했지만 임신의 경사가 산달에 이른 것까지는 알지 못했네. 그런데 자네는 먼저 알고 있었는가?"

조세창이 몸을 굽혀 공경을 표한 후 대답했다.

"소생이 본래 세심하지 못하니 어찌 미리 알았겠습니까? 오늘 아침 취성각 하녀들이 주인의 산기가 있다는 것을 알리기에 듣게 되었습니다."【조세창의 답이 비록 이와 같으나 정명염이 임신하던 달부터 자식 보는 경사가 있을 것을 이미 알고 있었다.】

정잠이 미소를 지으며 말했다.

"자의(조세창)의 부부 관계가 아주 남다르구나. 임신한 줄 몰랐다가 막 들었다 했는데, 그렇다면 해산이 임박한 위태한 상황임에도 오히려 산기를 알고 피해서 이리 온 것은 무엇 때문인가?"

조세창이 웃으며 말했다.

"경연 자리에서 나온 후 즉시 인사드리려 했다가 날이 저물어 못 왔기에 오늘은 인사를 반드시 드려야 할 듯해 온 것인데 장인께서 어찌 이상하게 여기십니까? 설사 산기가 급하다 해도 제가 산파도 아닌데 어찌 내당을 지키고 앉아 있겠습니까? 아까 약만 내어둔 후 이리 온 것입니다."

정염이 웃으며 말했다.

"쾌활하게 말하며 세심하지 못한 사람인 척하지만 자의의 심사는 어지럽게 요동치고 있을 걸세. 해산을 우려하는 것 말고도 남자인지 여자인지 몰라 아들을 낳을 수 있을까 하는 조바심으로, 그 애타는 마음속은 원숭이가 뛰놀듯 심란함을 면하지 못하고 있을 게야."

조세창 역시 웃으며 말했다.

"서른이 넘어 아들 낳기를 희망하는 것이 무슨 특별한 일이겠습니까마는, 원숭이가 날뛰는 줄은 몰라도 마음이 태평하지는 못합니다."

정염이 손뼉을 치며 크게 웃은 후 말했다.

"이전에는 나이가 어려 자식 보는 경사의 유무를 거리끼지 않더니, 이제는 나이가 많고 자식 없는 것을 근심하여 떨어져 있다 재회한 즉시 아이를 가졌으니 그 조화가 신기하다 할 수 있겠군."

조세창이 웃음을 띠며 다시 대답하려 할 때 조씨 부중의 시녀가 이르러 정명염이 해산한 소식을 알렸다. 정잠이 먼저 성별을 묻자 시녀가 아들인지 딸인지는 알지 못하고 다만 출산한 것만 안다고 대답했다. 정잠이 조세창을 돌아보면서 함께 가자고 하고는 조씨 부중으로 향했다. 정염과 정인성 형제 등이 일제히 뒤를 따라 조씨 부중에 이르렀는데, 서실이 비어 있고 조겸 부자는 자리에 없었다. 이에 정잠이 심부름하는 아이에게 자신들의 행차를 알리려 하자 조세창이 장창린을 돌아보며 장인을 모시라 하고 내당으로 들어갔다. 할머니와 어머니가 모두 취성각에 가셨다 하니 즉시 취성각으로 향했다. 할아버지와 아버지는 청사에 앉아 있고 할머니와 어머니는 방 안에 있었는데, 갓난아기의 울음소리가 큰 종이 울리는 듯 맑고도 우렁차 구만리 먼 하늘에서 봉황이 처음 우는 듯하니 이는 분명 남자아이의 소리였다. 조세창이 속으로 너무나 기뻤으나 할아버지와 아버지가 계신 것이 민망하여, 찬 바람이 심한데 청사에 계신 것은 마땅치 않으니 방으로 들어가실 것을 청했다. 조겸이 매우 기쁜 마음에 흐뭇하게 웃으며 말했다.

"아까 네 아비와 함께 이곳에 왔는데 오늘 같은 경사를 맞으니 몸이 비록 얼음 위에 있다 해도 추운지 모를 정도였다. 하물며 털로 만든 옷을 챙겨 와 몸을 녹이고 있는데 무슨 문제겠느냐? 네 나이 서른이 머지않았는데 부부가 멀리 떨어져 있어 손주 보는 즐거움을 말하지 못하다가 올해 재회한 후 이런 큰 경사가 생겼으니, 이 할아비는 저녁에 죽어도 여한이 없구나."

그러고는 갓난아이가 아들인 것에 너무나 즐거워하면서도 바로 보지 못하는 것을 답답해했다. 조세창이 할아버지와 아버지의 기뻐하는 얼굴을 우러르고는 그 역시 너무나 다행스러워하고 기뻐하면서 창밖에서 어머니를 청해 말했다.

"할아버지께서 갓난아이를 보지 못해 답답해하시니 산모를 병풍으로 가리고 갓난아이를 병풍 밖으로 내어 할아버지께서 보시게 해주십시오."

주부인이 그러겠다고 하며 산모를 병풍으로 가리고 갓난아이를 병풍 밖으로 내어놓은 후 조세창에게 알렸다. 이에 조세창이 할아버지와 아버지를 모시고 방으로 들어가 갓난아이를 보았다. 처음에는 기이한 향내가 풍기는 것을 괴이하게 여기다가 아이를 보니 진실로 종묘사직의 큰 보물이요 국가의 경사스런 징조이며 가문의 경사이자 조씨 집안의 기린아였다. 방에는 상서로운 빛이 가득한 가운데 바닷가의 해가 떨어지고 천상의 다람화가 스스로 솟아난 듯 두렷한 체형을 갖춰, 수려하고 깨끗한 모습은 보통 사람의 자식과 아주 달랐다. 조겸과 조정은 체면과 위엄을 잃고 웃느라 벌린 입을 다물지 못했고, 송태부인은 조세창의 등을 어루만지며 기쁜 얼굴로 말했다.

"이 할미가 이미 손부에게는 충분히 축하를 했지만 너에게 다시 축하를 해야겠구나. 늦게 얻은 아들이라 해도 어찌 이처럼 드물게 기이한 아이를 낳아, 우리 두 늙은이의 보는 즐거움뿐 아니라 후손의 영화까지 얻게 될 줄 생각했겠느냐? 이는 다 우리 가문의 곧은 충성과 큰 효는 물론 손부의 정수한 덕에 하늘이 감응하여 기린아를 낳게 한 것이다. 나는 오늘 죽어도 한이 없을 뿐 아니라 네가 형제가 없어 외로운 것도 더 이상 한스럽지 않구나. 보통 사람이 평범한 자식 열을 두었던들 어찌 내 손자 하나에 미치며, 일찍 아이를 낳아 자녀가 슬하에 많다 해도 어찌 오늘 태어난 아이처럼 특별한 아이를 바랄 수 있겠느냐? 이 할미는 비로소 조상의 충렬로 자손이 복을 받는다는 것과 조상의 선행으로 인해 경사가 생긴다는 것을 알겠구나.”

조세창이 거듭 절한 후 너무 과한 말씀이라고 하면서 비로소 조정에게 정잠 형제가 온 것을 아뢰었다. 조정이 웃으며 말했다.

“이미 들었는데 손자 보는 것이 급해 즉시 나가 보지 못했구나.”

그러고는 산모가 먹는 것에 문제는 없는지 물은 후 천천히 조겸을 모시고 서헌에 이르러 정잠 형제를 반기니 주인과 손님 모두 아주 기뻐했다. 조정이 며느리가 순산한 것과 갓 태어난 손자가 남다른 것을 전하자 정잠 등이 더욱 기뻐하며 웃음을 머금고 거듭 축하해 마지않았다. 정염이 다시 웃으면서 말했다.

“성방(조정)이 아이를 낳게 돕는 산파도 아닌데, 비록 며느리의 해산이 중대하다고 하나 어찌 취성각을 지키면서 나오지 않을 수 있습니까?”

조정이 웃으며 말했다.

“저는 며느리가 임신한 것도 모르고 있었답니다. 그런데 살갑지 못한 아들애가 며느리에게 산기가 있다는 말을 듣고 약을 준 후 어디로 갔다고 하기에, 너무나 놀랍고도 기뻐 취성각에 가보니 벌써 아이를 낳았더군요. 비록 산파는 아니지만 기뻐서 갓난아이까지 보고 나오느라 자연히 늦어질 수밖에 없었습니다.”

정염이 웃으며 말했다.

“사촌 형님(정잠)이 자의에게 여차여차 이르시니 자의의 대답 또한 여차여차하기에 아이 낳는 것을 지키는 사람이라며 심히 배척했는데, 형은 며느리 해산에 한낱 근실한 할미가 되셨군요."

조정이 웃으며 말했다.

"할미가 아니라 아주 어린 아이라도 갓 태어난 아이를 보면 기쁘지 않을 수 없으니, 어찌 곁을 지키며 해산을 돕는 것을 꺼리겠습니까? 다만 우리 아이가 철이 없고 사리에 어두워 해산의 중대함을 모르고 오히려 가벼운 일로 여겼는지 자리를 피해 어디로 갔었으니 그런 괴이한 일이 어디 있겠습니까?"

좌중이 일시에 웃음을 터뜨리고 조세창 또한 얼굴을 숙인 채 웃음을 띠었다. 정잠 형제가 이야기를 나누다가 해가 지자 귀가하여 서태부인 침소에 가 인사를 드렸다. 정명염이 아들을 낳은 일과 조겸과 조정 부자가 기뻐하던 것을 아뢰었다. 서태부인 역시 기뻐해 마지않았고 정삼과 정염 등도 한가지로 기뻐했으며, 여러 부인들이 경사스러워하는 것도 친딸을 대하는 것과 마찬가지였다. 그런 중에도 소교완은 태연한 모습으로 기뻐하되 도를 넘지는 않았다.

소교완의 악행을 예견한 화부인

서태부인이 아주 기뻐하면서도 소교완의 사람됨이 마음에 걸려 정잠을 돌아보면서 타일렀다.

"인중이를 가둬두어도 하루아침에 성품이 바뀌기 어렵고, 긴 이별을 앞에 두고 부자와 형제가 한집에 있으면서 이별의 회포를 풀지 못하는 것도 마음이 편치 않구나. 인중이를 용서하여 부자간의 도를 잃지 않게 하는 것이 좋지 않겠느냐?"

정잠은 인중을 못마땅하게 여기는 마음이 아직 풀리지 않았으나, 자기가 있을 때 용서하는 것이 옳고 어머니의 말씀도 이와 같기에 서태부인의 명을 작은 것 하나까지도 어길 뜻이 없었다. 이에 어머님께 절하고 말씀대로 인웅에게 인중을 부르라고 하자, 인성 형제가 너무나 기뻐하며 급히 가서 아버지의 말씀을 전했다. 정인중이 즉시 태전에 이르렀으나 중계(中階)에서 엎드린 채 죄를 청하며 감히 당에 오르지 못했다. 서태부인이 오르라 명하고 정잠 역시 할머니의 말씀을 받들라고 하니 그제야 당에 올라 절을 올렸다. 고개를 숙인 채 꿇어앉아 있는데, 너무나 두려워하고 조심스러워하는 모습이었다. 옥 같은 얼굴은 촛불 아래에서 더욱 찬란히 빛나고 버드나무 같은 풍채는 오래 보지 못한 눈들을 놀라게 했으며 푸른 눈썹은 이마에 비껴 있고 맑은 눈에는 영롱한 기운이 어른거렸다. 자질이 호탕하며 총명이 남달라 당대에 보기 드문 풍채와 기질이었다. 그러나 정인중은 마음속에 온갖 악을 구비하고 교만함까지 갖추어 정직하지 못하고 진실됨과도 아주 먼 인물이니, 형제와 사촌들이 붙들어 반기는 가운데 기상이 너무나 달라 군자의 무리에 난데없이 소인이 끼어든 듯했다. 서태부인은 그 사람됨이 이와 같고 심술이 괴이한 것을 다시금 안타까워하고 한탄했다. 곁에 나아오라고 한 후 지난 일은 다시 말하지 않고 앞일에 대하여 아주 엄하게 경계했다. 정인중이 원래 할머니를 어렵게 여겼기에 마음속으로 원망스럽게 생각하는 부분이 있었으나 감히 드러낼 수 없어 순순히 사죄할 뿐이었다. 정잠이 그 거동을 볼수록 너무나 못마땅하여 말없이 있다가, 잠시 후 서태부인이 잠자리에 든 것을 보고 나서야 서루로 물러 나왔다. 동생들과 이불을 함께 덮고 멀리 떠나는 회포를 푸는데, 정삼이 정인성의 손을 잡고 정잠에게 말했다.

"인성이는 전쟁에서 승리한 후 바로 돌아올 것이니 불과 일 년 남짓 이별할 것이지만, 저의 아쉬운 마음은 형님과의 오랜 이별과 크게 다르지 않습니다. 자식을 향한 마음이 형님을 우러르는 정성보다 더하며 형님에 대한 제 우애가 하찮은 것을 알겠습니다."

정잠이 탄식하며 말했다.

"부자가 10년 동안 이별하였다가 바로 다시 먼 곳으로 떠나게 되었으니, 곧 돌아올 것이라 하여 아쉬워하지 않는다면 인정 있는 사람이라 할 수 없을 것이다. 그러니 동생이 어찌 자식 사랑이 과하고 형제간 우애는 깊지 않다고 하겠느냐? 동생은 오히려 남자라 잊을 때도 있겠지만, 제수씨는 인성이를 낳아 나에게 보낸 후로 하나도 좋은 일을 보지 못하고 지금 또 먼 곳으로 떠나보내게 되었으니 심사가 한탄스러울 것은 묻지 않아도 알 수 있을 것이다. 그럼에도 한 번도 내색하지 않으니 내가 참으로 그 도량을 공경하면서도, 고인이 된 양부인의 사람 보는 눈이 밝았던 것을 생각하며 자연히 슬퍼지는구나. 예전에 내가 인성이를 양자로 정할 때 양부인이 기대 이상으로 기뻐하면서 매번 내게 이렇게 말하였다. '사람이 아들을 두지 못하고 양자를 얻는 것은 대부분 어쩔 수 없는 상황이지만, 우리는 못난 아들을 낳지 않은 것이 오히려 다행한 일입니다. 태임이 태교를 하여 문왕이 성인이 되고 맹자 어머니가 세 번 이사하면서 교육을 했기에 맹자가 큰 유학자가 되었는데, 동서(정삼의 부인 화부인)의 태도가 어찌 태임이나 맹자 어머니에 미치지 못하겠습니까? 인성이가 학문이 성숙하여 군자나 큰 유학자가 되면 어머니를 지극히 기쁘게 하고 빛낼 것이니 그러면 저는 큰 죄를 면할 수 있겠습니다. 설혹 인성이를 괴롭게 하는 일이 있다 해도 동서는 저와의 화목하고 공경하는 정을 상하지 않을 것입니다. 또 혹시 제가 죽고 제 뒤를 이을 사람이 인덕을 갖추지 못했다 하더라도 우리 아이가 성효로 감화시킬 것이고, 동서도 공경하고 화목하게 지내 함부로 변고를 일으키지 못할 것입니다.' 그런데 지금 그 말이 딱 들어맞는 것을 보니 양부인이 제수씨에 대해서는 아주 밝게 알았더구나. 다만 자신이 죽은 뒤에 들어올 사람이 이런 정도일 줄은 생각하지 못했던 듯하다. 인효로 감화하면 변고를 일으키지 않을 것이라 한 말은 인정을 미루어 헤아린 것이지만, 이 사람은 진정 인정을 넘어서는 인물이니 이 괴란을 어찌 막을 도리가 있겠느냐?"

말을 마치고 탄식하며 불편한 심기를 드러내자, 정삼과 정염 등이 양부인의 온화한 덕을 다시금 생각하며 슬픔에 잠겼으나 굳이 말을 하지는 않았다. 다만 정인성은 너무나 가슴 아파하며 아버지의 말씀 하나하나마다 슬픈 얼굴을 가리지 못하면서도, 소교완을 극악한 사람으로 모는 것에 속이 타고 민망하여 고개를 조아리고 울며 그렇지 않다고 했다. 이에 정잠이 도리어 웃으며 손을 잡고 위로했다.

"부질없는 말대답을 하지 말거라. 내가 지금까지 그랬듯 앞으로도 너와 인웅이를 위해 싫어하는 기색을 드러내지 않을 것이니 그것 말고 더 할 일이 또 있겠느냐?"

말을 마치고는 눈을 감고 다시 말을 꺼내지 않았다. 정잠이 집을 떠난 후 소교완의 악행이 어떠할지는 다음 회를 보아야 알 것이다.

이때 정삼은 정잠이 다시 말을 하지 않는 것을 보고 정인성을 곁에 오게 하여 이불로 감싸주었는데, 마치 어머니가 상보의 어린아이를 품에 안은 듯했다. 이에 정인성이 너무나 감동하고 황공하여 오히려 편히 쉬지 못했으니, 부자간의 깊은 정과 천륜의 무한한 뜻을 어디에 비할 수 있겠는가? 정인성이 조용히 눈물을 흘리며 멀리 떠나는 서운함을 참을 수 없어 잠을 이루지 못했다.

다음 날 아침 정잠이 교장(敎場)에 나아가 군대의 사무를 점검하고 날이 늦은 후에 돌아왔다. 서태부인을 뵙고 잠자리 시중을 들려 하자 서태부인이 웃으며 말했다.

"오늘 밤은 화씨 며느리가 여기서 잘 것이라 인성이가 함께 들어와 할미와 어미를 모시고 멀리 떠나는 회포를 위로할 것이다. 너는 취각에 가서 밤을 지내는 것이 좋겠구나."

정잠이 그러겠다 하고 다시 웃음을 띠며 말했다.

"인성이의 아비 된 자는 몸에 대장군의 인수(印綬)가 있음에도 부인 침소에 가 멀리 떠나는 회포를 풀어야 하는 구구함을 면치 못하는데, 인성이는 이런 일을 안 해도 되는지요?"

서태부인이 웃으며 말했다.

"내가 인성이를 운각으로 가라고 권하지 않은 것은 아니지만, 오늘은 꼭 여기에서 자려고 하니 그 뜻을 꺾지 못하겠구나."

정잠이 정인성을 돌아보며 말했다.

"오늘은 할머니를 모시고 자더라도 내일 밤은 운각에 가서 지내는 것을 사양하지 마라."

정인성이 절을 하며 그러겠다고 대답했다. 그러고는 정잠을 모시고 취일전(소교완의 처소)에 가 편히 잠자리에 든 것을 보고 다시 정삼과 두 숙부의 잠자리를 살핀 후에야 비로소 서태부인의 침소로 갔다. 방에 들어가니 서태부인은 이미 잠들었으나 화부인은 아직 앉아 있었다. 이에 침구를 펴고는 편히 쉬시기를 청하며 화부인의 손을 받들고 무릎에 머리를 대며 말했다.

"제가 이제 슬하를 떠나면 내년에나 돌아올 듯하니, 어머니께서 저 때문에 매사에 노심초사하실 것을 생각하면 제 마음이 한때나 편하겠습니까? 하지만 두 아이의 효성이 지극하고 장씨(장성완)와 소씨(소채강) 제수가 현숙하며 덕이 있어 시어른들을 봉양하는 데는 근심할 일이 없을 듯합니다. 어머니는 마음을 편히 하셔서 저 때문에 노심초사하지 마시고 건강히 지내시어, 만 리 먼 땅에서 제가 소망하는 바를 저버리지 말아주십시오."

말을 마치고는 화부인의 팔을 붙잡고 계속 연연해했다. 화부인이 장복을 벗고 이부자리에 들며 정인성에게 곁에 누우라 하고는, 머리를 어루만지고 애써 웃으면서 말했다.

"네 곁에 있으니 십여 년의 시간이 하룻밤 같아 세월이 너무나 빨리 지나가는 것을 알겠구나. 네가 오늘 밤 나를 따라와 잔다고 해서 뭐 좋은 일이 있겠느냐? 내 비록 부녀자의 가벼움이 있으나 이 이별을 과도하게 슬퍼하지는 않는단다. 또 네가 먼저 돌아올 때 아주버님(정잠)께서 서운해하시고 네가 슬퍼할 것을 생각하니 내 마음이 좋지는 않지만, 시간이 금방 지나가니 아주버님이 돌아오실 날도 멀지는 않을 것이다. 너는 몸을 잘 지켜 만 리에 떨어져 있어도 부모에게 걱정을 끼치지 말고 전장에서 공을 세워 성은을 만분의 일이라도 갚도록 해라."

정인성 역시 아버지를 모시고 가지만 혼자 돌아올 때 슬픔에 잠길 것을 생각하고 자신도 모르게 마음이 요동치던 중에, 화부인이 가슴 아픈 것을 참고 이렇게 일러주자 다시금 옛일이 눈앞을 스치는 듯했다. 돌아가신 영일전 어머니(양부인)가 품어 길러준 것과 모자로 정해지자 두 누이를 둔 것보다 더 기뻐하시던 것을 생각할수록 마음이 끊어지는 것 같았다. 오랜 세월이 지나도 그 지극한 아픔은 한결같아 참기 어려우니, 옥같이 깨끗한 얼굴은 시름으로 그늘지고 가늘고 긴 눈에서는 눈물이 흘러 귓가에 잠겼다. 이에 목메어 울며 말했다.

"어머니께서 저를 돌봐 주시게 되었다고 영일전 옛일이 아스라해지는 것을 생각하니, 비록 토목같이 무지한 불초자라 해도 참기 어렵습니다. 돌아가신 어머니께서 저를 친자식보다 더 사랑해 주시고 과분하게 대해주시던 은혜를 털끝만큼도 갚지 못한 채 집을 떠나게 되어, 아침마다 문묘에 배알하는 것도 마음대로 하지 못하고 제사도 참여하지 못하게 되니 어찌 가슴이 찢어지지 않겠습니까?"

말을 마치고는 마음을 풀고 참아보려 애썼으나 도저히 억제할 수 없었다. 화부인 역시 서글픈 마음을 누르지 못하고 슬픈 표정을 지으며 위로했다.

"형님(양부인)께서 일찍 세상을 뜨신 것은 굳이 자식의 마음만이 아니라 친척 간에라도 너무나 애통하고 가슴 아픈 일이니 너의 지극한 아픔이 어찌 그렇지 않겠느냐? 하지만 매사에 중도를 지키는 것이 마땅하고 어머님과 아주버님의 극진한 사랑과 대우를 돌아보지 않을 수도 없을 것이다. 네가 어릴 때의 아픔을 깊게 품어 안으로는 간장이 삭은 것이 쌓여 피를 토하고 밖으로는 근심스러운 낯빛이 되어 모습이 초췌한 적이 많았다. 내 생각에 네가 밥을 한 번 먹지 못하면 아주버님께서는 사흘을 드시지 못하고, 네가 하룻밤 잠을 못 잔 걸 아시면 열흘을 주무시지 못할 것이다. 그러니 친부모의 정은 굳이 말할 것도 없고 아주버님의 천륜을 넘어서는 특별한 사랑을 생각하면 네 몸을 여린 옥같이 더욱 조심히 다루고 돌아가신 형님이 남긴 가르침을 폐부에 새기는 것이 큰 효가 될 것이다. 그런데 너는 어찌하여 넓은 바다처럼 마음을 너그럽게 갖지 못하느냐? 나는 네가 총명하고 도량이 넓어 훤칠한 장부가 될까 했는데 이제 보니 아주 속 좁은 아이로구나. 효에 대해서는 증자와 순임금보다 나은 사람이 없다. 후세 사람들은 신생이 아버지를 죽이려 했다는 누명을 벗지 않은 채 순순히 죽은 것에 대해 효라 일컫지 않고, 순임금이 계모가 죽이려 우물을 파고 가두자 옆으로 굴을 파서 피하고 또 계모가 창고에 불을 질러 죽이려 하자 지붕에서 뛰어내려 불을 피한 것에 대해 더 지극한 효라고 말한단다. 이러한 순임금의 행동은 단지 스스로 목숨을 끊지 못해서가 아니라 만약 죽으면 부모의 평판이 안 좋아질 것을 두려워해서이니, 이것이야말로 지극히 조심스러운 태도가 아니겠느냐? 지금 아주버님은 애첩 여희의 참소에 넘어가 아들 신생을 죽게 만든 진나라 헌공과는 천지만큼이나 차이가 나시고, 우리 집안에는 전실 자식인 신생을 참소하여 죽게 만든 여희 같은 사람도 없다. 혹시 이런 일이 있다 해도 너는 형 신생이 억울하게 죽자 망명길에 오른 중이

(진문공)를 본받지는 않을 것이다."

화부인이 말을 마치고 길게 탄식했다. 정인성이 다 듣고는 어머니가 늘 밝은 모습으로 태연히 걱정이 없는 듯 보였으나, 그런 중에도 의심과 염려가 여기까지 미친 것에 놀라고 슬퍼하여 자신의 불효를 깊이 한탄했다. 또 덧붙여 말하지는 않았으나 양어머니(소교완)를 여희에게 빗댄 것을 어찌 모르겠는가? 이에 너무나 놀라 이런저런 말들로 변명을 하고 싶었지만, 그러다가 혹 할머니가 깨어 들으시게 될까 봐 다만 손사래 치며 말했다.

"어머니의 가르침이 처음 말씀은 마땅하시더니 나중 말씀은 잘못되었습니다. 저에게는 신생의 공순함도 없고 순임금의 지극한 효도 없으니 빗대어 말할 것이 못 되고, 집안에 여희 같은 무리도 없으니 당치 않은 말씀이 어찌 괴이하지 않겠습니까? 어머니께서 저를 생각하던 것과 다르다고 하시니 저 또한 황공하지만, 어머니의 덕과 법도로써 닥치지도 않은 일에 대해 의외의 말씀을 하실 줄은 생각지 못했습니다."

화부인이 미소 지으며 말했다.

"그렇구나. 우리 모자가 서로의 사람됨을 알지 못했던 모양이다. 하지만 네가 모르지 않을 것이니 생각해 보거라. 요즘 네가 사리에 어두워 우스운 일이 있었는데 장부가 어찌 그만한 지혜가 없겠느냐? 너의 초패가 한씨의 경대에 들어 있는 기이한 사건이 일어나자 모든 일을 이미 벌을 받은 시녀의 탓으로 돌렸지만, 너는 미화당 여자의 얼굴도 보지 못했을 뿐 아니라 그 일이 실제 있었는지도 알지 못한 상태였다. 그때 명명백백히 아뢰어 네가 빙옥같이 깨끗함을 밝히고 한씨의 원통함 역시 네 입으로 밝혔다면 지금 같은 일은 없었을 것이다. 근본을 알지 못하는 아이라 할 때는 서매(庶妹) 관계를 맺으려 했다가 영릉후(한제선)가 찾아와 존귀한 근본을 안 후에는 남매의 의를 맺으려 했다 한들 그것이 무슨 의미가 있겠느냐? 애초에 네가 사실을 밝혔다면 저 한씨가 우물에 빠지고 이제는 또 아예 시집을 가지 않겠다고 결심하는 일도 없었을 것이다. 작은 사정을 거리껴 큰 계획을 어지럽히고 공주님의 귀한 따님의 평생을 훼방 놓게 되었으니 이게 과연 잘한 일이겠느냐? 지금도 한결같이 한씨의 말이 나오면 스스로 머리를 굽혀 음행을 저지른 듯 행동하며 아예 변명도 안 하니 네 어미는 진정 받아들이기 어렵구나. 그러니 인중이를 일시에 감화하여 모든 사람들이 인중이를 옳다고 말하게 할 수 있겠느냐?"

정인성은 한난소의 근본이 아주 존귀하다는 것을 들은 후로 마음속 불평이 더 심해졌을 뿐 아니라 남녀의 머리털을 합해 동심결을 만든 것 자체를 이상한 일로 여겼다. 그렇기에 절개 있는 여자가 시집가지 않겠다는 결심을 했다는데도 결국은 말을 내어 거들지 않았고, 정인중의 죄라고 진상을 밝히지도 않은 채 다른 사람들이 한난소에 대한 말을 해도 자기는 못 듣는 것처럼 해왔다. 그러다 이에 대해 오랫동안 억울하고 분한 마음을 품고 있던 화부인이 밤이 깊어 좌우가 고요한 틈을 타 이처럼 말하는 것을 듣게 된 것이었다. 정인성 역시 이를 생각하지 못한 것은 아니지만, 아버지의 노기를 돋우어 인중의 몸에 더 큰 죄를 씌울 수는 없는 일이었다. 또한 한난소를 보지 못해 귀한 기품을 모르니 다만 서소랑이 얻어 기른 일개 천한 아이일 뿐이라 생각하여, 자신이 방탕하다는 소리를 들을지언정 그 여자의 나중이 근심될 것에 대해서는 황망하고 가슴이 찢어지는 중에 헤아리지 못했다. 물론 마음에 걸리기는 했지만 아버지가 인중이를 아주 죽이려 하는 상황이 되자 너무나 참혹하고 두려운 나머지 다른 생각을 할 여유가 없었던 것이다. 그래서 자신의 앞날에 해로운 누명일지라도 해명할 뜻이 없었기에 다시 그 말을 하게 된 것을 불행히 여겼다. 이에 어머니의 손을 받들고 나직이 웃으며 대답했다.

"제가 어리석고 사리에 어두운 것에 대해 어머니께서 놀라시지만, 이 역시 저의 천성이라 고치지 못할 것입니다. 어머니께서는 만사를 다 씻어버리고 그만 편히 주무셔서 몸을 해롭게 하지 마십시오. 작은 일도 지나간 일은 잘못 말하기 쉽고 제갈공명의 지혜로도 놓치는 부분이 있는 법인데, 하물며 저처럼 평범하고 못난 경우는 어떻겠습니까?"

화부인이 웃으며 말했다.

"너도 자러 들어왔으면 잠이나 편히 잘 것이지 왜 자지 않고 어미만 자라고 하느냐? 내가 어미의 마음으로 이러저러한 형세와 먼 이별에 태연할 수는 없지만 오히려 네 뜻과 같지는 않으니 과연 너는 남자의 몸에 부인네의 마음을 지녔구나. 또 어미를 대하여 형제간에 불미스러운 말을 하는 것을 수치스러워하니 아녀자의 모양이 아니겠느냐?"

정인성이 웃으며 대답했다.

"제가 본래 영욕에 흔들리지 않고 희로애락에 좌우되지 않아 천균(千鈞)으로 성품과 도량의 중심을 삼았는데 무슨 일로 아녀자의 모양이 있겠습니까? 제게 자라고 하셨으니 어머니께서도 이제 그만 주무십시오."

그런 후에 다시 말을 하지 않았으나, 밤새 자주 일어나 할머니의 잠자리를 살피고 어머니의 손을 받들어 밤을 새웠다. 이날은 손님을 모시느라 한시도 쉴 수 없겠기에 아침이 되자 할머니와 두 모친께도 급히 인사만 드리고 나가야 했다. 서태부인은 정잠 부자가 떠날 날이 가까워오는 것에 상심하면서도 이들의 회포를 돋울 수 없어 참고 있었다.

이날 정잠은 정삼과 함께 서태부인의 잠자리를 모시면서 정인성에게 제운각(이자염의 처소)으로 가라고 했다. 정인성이 감히 사양하지 못해 취일전과 봉일루(화부인의 처소)에 잠자리 인사를 올린 후 제운각에 이르렀다. 이자염이 일어나 맞이한 후 자리를 정해 앉자 정인성은 장인(이빈)이 강좌로 가실 날이 며칠 남지 않았다는 이야기를 하며, 두 어르신이 먼 지방으로 가는 것과 떠나는 자신의 초조하고 우려되는 바에 대해 말했다. 이자염은 남편과 다시 만난 후 여러 해가 바뀌었음에도 말을 나눈 적이 없다가 오늘 부득이 대답을 하게 되었는데, 시아버님의 출정과 친정아버지의 발행에 대해 서운한 마음과 초조함을 잠깐 드러냈다. 그 행동과 몸가짐이 모두 규범에 맞는 것이었으며, 가늘고 아름다운 목소리가 나직하게 울려 어린 봉황이 단혈에서 우짖는 듯했다. 아름다운 눈썹과 가지런한 별 같은 눈에서는 광채가 나고, 고운 태도는 밝게 빛나 먼 산의 그림자가 강물에 떨어지며 해의 정기가 푸른 파도에 부서지는 모습이었다. 가을 서리같이 맑은 골격은 자연스러운 덕행과 문명을 겉으로 드러내 보였고, 남달리 현숙한 심성은 효의를 안으로 감추고 있었다. 광활한 거동은 가을 바다가 넓디넓어 티끌과 먼지가 끼지 않는 것과 같고, 봄 하늘이 자욱하여 상서로운 구름이 떠 있는 듯한 모습이었다. 은근한 수심이 하얀 얼굴에 비치니 황홀하고 곱기가 만고를 기울여도 비길 사람이 없었다. 그러나 정인성은 다만 공경하며 조심스럽게 대할 뿐 가볍게 사랑하는 눈빛을 보내는 일도 없었다.

다음 날 정인성은 세수를 한 후 정당으로 향하면서 이자염을 돌아보고 희미하게 웃으며 말했다.【정인성이 이자염에게 시어른들을 봉양하는 법에 대해 한마디도 부탁하지 않은 것은 이자염의 사람됨에 따로 부탁할 말이 없었기 때문이다.】

"지난달에 곰 꿈을 꾸었으니 반드시 임신하는 경사가 있을 것이고, 제가 돌아올 즈음에는 아기가 태어난 지 벌써 여러 달이 되어 있을 것입니다. 부자의 천륜은 중차대한 것이니 어수선한 가운데 변고나 생기지 않도록 하십시오."

말을 마치고는 온화한 웃음을 지었다. 이자염이 부끄러워 눈길을 나직하게 하고 아름다운 얼굴에 훈훈한 기색을 띠었으니 한 덩이 붉은 옥을 흰 비단에 싼 듯했다. 비록 쉽게 답을 하지는 못했지만 정인성의 이야기가 우연한 말이 아님을 알아차렸다.

이날은 정월 보름날로 문묘의 겨울 제사를 받들어 큰 제사를 지낸 후에 대궐에 가 조회하게 되었다. 정인성이 아버지와 숙부를 모시고 조정으로 나아가는데 이날 이빈은 동쪽으로 떠날 예정이었다. 이자염은 시아버지의 출정 때문에 친정아버지께 작별 인사를 하겠다고 청하지 못했는데, 시할머니와 시아버지께서 화려한 가마를 차려주며 잠깐 가서 송별하고 오라 하여 비로소 친정에 가게 되었다. 하지만 아버지를 잠시 모시지도 못한 채 가마에서 내리자마자 즉시 이별하게 되니 효녀의 서운한 정을 비길 데가 없었다. 조금 더 머물면서 조부모님과 부모님은 물론 동기간의 그리던 회포도 풀고 싶었지만, 그러지 못하고 급히 정월염과 함께 태운산으로 돌아왔다.

황제의 전별 하에 출정하는 정잠 부자

황제가 벼슬아치들을 거느리고 이빈을 동교에서 송별한 이야기는 《성호연》에 자세히 쓰여 있다. 정인성은 일가친척들과 함께 장인 이빈을 교외에서 송별한 후, 황제가 궁으로 돌아가자 아버지와 숙부를 모시고 집으로 왔다. 서태부인께 문안을 올리고 물러나 명광헌에 이르니, 정인웅이 사촌들과 함께 관등(觀燈) 놀이를 하지 않고 혼자 정인성을 쫓아왔다. 인웅은 인성의 얼굴을 우러르며 손을 잡고 먼 이별의 아득함을 슬퍼했다. 눈썹에 근심이 가득하고 두 눈에는 눈물이 어린 채 마음을 추스르지 못하자, 정인성이 어루만져 위로하고 웃으며 말했다.

"네 과연 심히 궁상스러운 아이로구나. 높은 누각에 올라 등 다는 것이나 구경하고 술과 안주나 먹을 것이지, 무슨 일로 여기에 와 슬프고 걱정스러운 얼굴로 마음을 걷잡지 못하느냐? 내 십 년간 집을 떠나 타국을 떠돌 때나 아버님의 병세가 급하실 때의 초조하고 망극함을 어디에 비할 수 있겠냐마는, 다행히 목숨을 보전하여 아버님을 모시고 고국에 돌아올 수 있었단다. 만일 너 같았다면 애를 태우고 간장이 녹아 뼈마디도 남지 못했을 것이다."

정인웅이 길게 탄식하며 말했다.

"제가 본래 생각이 편협하고 속이 좁으니 모든 것에 통달한 형님의 넓은 마음을 어찌 바라겠습니까? 그러나 부자와 형제가 오랜 이별을 하게 될 때는 당연히 서운함을 참지 못하기 마련입니다. 하물며 지금 우리 집 형세나 제 입장에서 아버지와 형을 멀리 떠나보내는 회포만한 것은 없으니, 무슨 흥이 있어 술에 취하고 높은 누각에 올라 등불 구경을 하겠습니까? 모레 출정하실 일을 생각하니 저의 심사는 더욱 초조하고 근심스러울 뿐입니다."

말을 마치고는 비 오듯 눈물을 흘리니 정인성이 그 효성과 우애를 아름답게 여기면서도 슬픔을 북돋우는 것이 무익하여 근심과 슬픔을 드러내지 않은 채 여러 번 위로했다. 밤이 깊어지자 사촌 형제들이 모두 와서 정인성을 우러르며 멀리 떠나는 회포를 억누르지 못했다.

다음 날 일가가 모두 모여 잔을 들어 정잠 부자와 오래 이별하는 정을 나누고, 공을 세우고 승리해 빨리 돌아오기를 기원했다. 서태부인이 심회를 억제하지 못하여 정잠 부자가 없는 곳에서는 눈물을 흘리며 더없이 마음 아파하고 슬퍼했다. 소교완·화부인·정태요가 며느리와 딸들을 거느리고 밝은 목소리와 표정으로 위로하고, 정삼 역시 정염 등과 함께 특별한 일이 없으면 서태부인 곁을 떠나지 않았다. 정잠이 불효를 슬퍼하면서도 출정을 멈출 수 없어 이날 밤 태전에서 서태부인의 잠자리를 모시다가 닭이 울자 대궐로 들어가 황제께 하직을 고했다. 황제가 친히 황금 도장을 채워준 후 정잠의 소매를 붙들며 국가의 대사를 부탁하고, 중군호위체찰사 정인성을 가까이 불러 남쪽 지방을 정벌하는 일에 대해 물었다. 정인성의 말과 생각이 시원스럽고 의지가 넘쳐나니, 그 마음이 넓고 뜻이 맑은 것에 좌우의 신하들이 모두 경탄하며 귀를 기울였다. 황제가 매우 기뻐 감탄하며 칭찬하여 말했다.

"그대 부자는 진실로 왕을 보좌하여 큰 공을 세울 인재로다. 개국 공신인 여상과 장량, 진평보다도 낫다고 할 수 있도다."

그러자 모든 신하들이 연신 칭송했고, 정잠 부자는 가당치 않다고 했으나 황제가 다시 위로하며 말했다.

"원수(정잠)의 홀어머니께서 문에 기대어 기다리실 것이고 체찰(정인성)은 부모가 모두 계시니, 마땅히 돌아가 위로해 드린 후에 남강에 진을 치면 짐이 교외에서 전송하리라."

정잠이 진심으로 황제의 은혜에 감사한 후 대궐 문을 나와 친구들과 작별 인사를 하고 정씨 부중으로 갔다. 집에 이르니 멀고 가까운 친족들이 모두 중당에 모여 작별 인사를 하는데, 노소를 불문하고 한 명도 참여하지 않은 사람이 없었다. 정잠이 인성을 데리고 서태부인을 우러러 작별의 절을 올렸다. 정잠은 홍금일월포를 입고 허리에 양지백옥대를 둘렀으며 면류총천관을 쓰고 발에는 구장보은니를 신었는데, 허리 아래 옥결금인과 상방검이 빛나니 황제에 버금가는 융성함은 전날과 다르고 용과 범의 기상이 뛰어난 것도 이전과는 달랐다. 이는 이른바 용과 같은 용맹한 장수요 범과 같은 호방한 장수라는 것이니 도리어 신기할 일이 아니었다. 그러나 융복을 입은 정인성의 모습은 위의가 찬란하고 혁혁하여, 그 기개와 도량이 소년 장군의 영준함 가운데도 빼어날 뿐 아니라 비범한 생김새와 기이한 품수는 완연히 신성한 용의 형상이요 성인의 규모를 방불할 정도였다. 준엄한 모습을 보고 있노라면 모든 신이 호위하자 만물이 어찌할 바를 모르는 듯하고, 규강이 한번 움직이자 구름과 비가 모이는 듯했으며, 구름과 안개 사이의 늙은 용이 하늘로 승천하자 팔룡과 칠해신이 서로 보호하는 듯하고, 태산의 맹수가 한 번 부르짖자 온갖 짐승이 두려워 떠는 듯했다. 이에 바라보는 사람들은 자기도 모르게 혼이 사라지고 놀라운 마음을 진정할 수 없었다. 조모와 부모 역시 이러한 모습을 보며 지극히 사랑스럽고 황홀하여 뭐라 형용할 수 없는 마음이었다. 두 사람이 급히 절하며 하직을 고하니, 가는 사람과 보내는 사람의 정은 어느 것이 더하다 할 수 없었다. 정잠이 서태부인의 평안하심을 기원하고 며느리 이자염의 손을 어루만지며 제발 별 탈이 없기를 당부하는데 그 연연한 것은 두 딸보다 더하고 소중히 여기는 것은 아들보다 더했다. 또한 정삼을 돌아보고 정인중을 가리키면서 자신이 돌아오기 전에 대단한 변괴나 없게 하라고 당부했다. 그리고는 정인성과 함께 문묘에 하직하니 눈물이 비 오듯 하여 쉽게 그칠 수 없었으나 시간이 지체되었음을 알고 남강으로 향했다.

황제가 수레를 남문에 머물게 하고 정잠을 전별하기 위해 열두 누각 위에 자리를 벌여놓았다. 이때는 춘정월 스무날 즈음으로 초겨울과 한가지여서 푸른 바람이 소슬한데 상서로운 구름은 장막을 두르고 있었다. 높디높은 친제의 궁궐에 구름이 가득하고 사면에 얽힌 듯한 가운데 문무의 일천 관원이 위계에 따라 관복을 갖춰 입고 좌우에 늘어섰다. 진주 발을 황금 갈고리로 높이 걸었으니 궁궐의 풍악이 하늘에 미치고 보배의 침향 내음이 비단 장막에 가득했다. 정잠이 융복을 갖춰 입고 단 아래 나아가 만세를 부르며 황제에게 절을 했다. 황제가 반기며 물었다.

"그대가 교지를 평안히 다스려 민심을 진정시킨 후에 다른 곳은 미처 돌아보지 못해도 안남은 즉시 가 정벌할 것이니, 어느 때나 다시 만날 수 있겠는가?"

정잠이 아뢰었다.

"성상의 당부가 중차대하시어 이 미약한 신하로서는 감당하지 못할 바입니다만, 이른 아침부터 밤까지 내내 삼가고 조심하여 백성들이 도탄에 빠지거나 왕실이 불타는 듯 위태로워질 일이 없게 할 것을 약속드립니다. 교지를 먼저 인(仁)으로 다스린 후 늦여름에서 초가을 사이에 안남을 정벌할까 하오니, 성패와 상관없이 군대가 돌아오는 것은 다음 해 봄과 여름 사이가 될 것이고 제가 돌아오는 것은 오륙 년 후가 될 것입니다."

황제가 고개를 끄덕이며 말했다.

"그대 부자가 문사(文士)로서 병기를 담당하지는 않았으나 모략이 정통함은 잘 아는 바이다. 짐이 한번 군율을 보고자 하니 그대는 대군을 지휘하고 인성은 중군을 지휘하게 하라."

정잠이 삼가 사례하고 물러나 평원 광야에 군진을 벌이고 군율을 다스려 황제의 명을 기다렸다. 군사들의 행군하는 질서와 기세는 태공이 맹진에 임한 것이나 와룡이 기산에 진을 친 것과 같았다. 육화천문과 팔문금쇄의 대오가 정제하고 규율이 엄숙하니, 비단 깃발이 붉은 대에 나부끼고 갑옷 물결은 햇빛에 부서지며 검과 창이 서릿발 같은 가운데 징과 북이 일제히 울렸다. 이에 황제가 칭찬하며 말했다.

"대단한 재주로다. 말세나 혼탁한 세상이라면 이와 같은 부자가 있 겠는가?"

그러고는 많은 군사들이 멀리 행할 때까지 바라보며 칭찬해 마지 않았다. 이 모습은 어린 성왕을 대신해 섭정한 주공이 동쪽 정벌에 나설 때 성왕이 전별하던 것과 흡사했다. 정잠을 필두로 한 만군 장 졸은 집 떠나는 괴로움을 잊고 모두가 기쁜 뜻으로 임했는데, 이는 모두 정잠의 덕에 고무된 것이었다.

황제의 수레가 대궐로 돌아가자 모든 벗들이 호위를 마치고 남강 에 와 정잠을 전송했다. 산에는 이미 석양이 지고 초봄의 바람은 오 히려 겨울 기운을 띠었다. 하늘 색은 매서워 가는 눈발이 날리고 공 기는 차가워 쓸쓸한 분위기를 자아냈다. 정잠이 대군을 강 기슭에 머 무르게 하고 병사와 말에게 밥을 먹이자, 함께 공부한 옛 벗들과 자 식과 사위며 모든 조카들은 물론 멀고 가까운 친척들이 막차에서 고 별인사를 했다. 흰 달은 강가에 비치고 까마귀와 까치는 의지할 나뭇 가지를 찾지 못해 슬피 우니 눈 닿는 곳마다 온갖 수심이 켜켜이 생 겨났다. 부자와 형제가 무릎을 맞대고 손을 맞잡고는 이별을 슬퍼하 는데 말마다 부모님께 진심으로 봉양할 것을 부탁하고, 모든 벗들을 대해서는 나랏일에만 생각이 미치니 말 하나하나가 모두 충효에서 비롯된 것이었다. 이 모습에 좌우가 모두 진심으로 존경하고 감복했 다. 이렇듯 담론하며 밤이 가는 줄 모르다가, 이윽고 새벽 닭이 울고 군중에서 새벽 북소리가 둥둥 울리며 날이 밝으려 하자 드디어 작별 하게 되었다. 정엽과 정겸이 차마 손을 놓지 못했고, 정잠은 군마에 의지하여 채를 잡고 뒤를 돌아보는데 두 눈 가득 눈물이 흘러내리는 것을 어찌할 수 없었다.

정염과 정겸 역시 이별의 눈물이 한삼 자락에 가득한 채 아들과 조카들을 데리고 정씨 부중으로 돌아왔다. 정삼은 서태부인의 곁을 떠날 수 없어 강촌까지 나가 보지 못하고 집에서 형과 아들을 이별했던 터라 그제야 눈물이 끝없이 흘러내렸다. 하지만 억지로 참고서 밝은 목소리와 온화한 말로 서태부인을 위로하며 기쁘게 해드리는 데 정성을 다하느라 자신의 마음에는 신경 쓸 겨를이 없었다. 정염·정겸과 정인광이 여러 사촌 형제들과 함께 들어와 문안 인사를 마친 후에, 정잠과 정인성이 보인 군율이 한신과 제갈량보다 못하지 않았던 것을 일일이 전하니 마치 그 신기한 거동을 눈앞에서 보는 듯했다. 서태부인은 매우 기뻐했으나 만금같이 아끼고 의지하는 아들과 손자가 멀고 위험한 지역으로 향하게 되어 큰 성이나 높은 산처럼 믿을 바가 없어졌기에 마음 깊은 울적함을 이기지 못했다. 이에 정삼은 더욱 근심되어 정염·정겸과 함께 서태부인의 침상 아래에서 밤낮으로 모시면서, 노래자가 색동옷을 입고 기쁘게 해드렸던 것을 본받아 재미있는 말들로 즐겁게 해드리며 시간을 보냈다. 그러면서도 서재로 물러 나오면 곧 상심하여 어두운 얼굴을 한 채 정잠과 정인성의 만리 행군을 염려하며 지극한 우애와 아들에 대한 연연한 정을 누르지 못했다. 정인광 또한 너무나 근심되어 조정에 말미를 얻고서 한시도 할머니와 아버지 곁을 떠나지 않고 인경·인웅과 함께 할머님의 걱정을 위로했다. 인광은 아버지와 형의 도학 성행을 이어받아 공손하고 효성스러운 거동에 밝고 부드러우면서도 탁 트인 말솜씨를 지녀 보는 사람의 근심을 사라지게 했다. 그 덕분에 서태부인과 정삼 부부는 정잠 부자와의 오랜 이별을 슬퍼하면서도 정인광 형제를 대하면 자연히 잊을 수 있었다.

집안사람 몰래 이자염을 괴롭히는 소교완

이처럼 세월을 보내면서 정잠 부자가 승전의 공을 세우기를 일가친척이 모두 희망하는 가운데 부모 형제 간의 지극한 효도와 우애는 물론 가족 간의 화목한 가풍이 여러 해가 지나도록 한결같았다. 집안의 하인들도 한 솥의 밥을 나눠 먹고 일가친척이 한 가족과 같은 정을 나누니, 아홉 세대의 친족을 한집에서 거느리며 생활했던 장공예를 본받을 정도였다.

다만 그런 중에도 통탄할 일은 소교완이 재주를 드러내지 않아도 세속의 평범한 사람과 비교해 논하기 어렵고 총민하며 영달한 것도 세상에 독보적이건만, 사납고 불인한 심술을 가져 스스로를 이임보와 왕망에 비기며 어지러운 세상이 오지 않았음에도 간사한 영웅이 되려 하는 것이었다. 그러면서도 겉으로는 정씨 가문의 가풍을 좇으며 매사에 큰 덕을 흉내 내어 일가친척을 화목하게 하는 데에 힘쓰기를 입에 꿀을 바른 듯이 하니, 누가 그 배에 칼을 감추고 있는 것을 알겠는가? 처음의 계교가 물거품이 되어 정인성 형제가 살아 돌아와 입신하는 데에까지 이르자 소교완의 심사는 평안할 수 없었다. 게다가 길인의 복록이 하늘의 도움에 응하여 군자는 아무 어려움 없이 요조숙녀를 얻고 숙녀는 〈표매(摽梅)〉 시를 읊지 않고도 군자를 만난 듯 각각 잘 맞는 배필이 되었으니 이 또한 소교완의 화를 돋우었다. 한 쌍의 백옥이 맑음을 더하고 두 개의 명주가 고운 빛을 띤 것과 같이 정월염과 장창린, 정인성과 이자염, 정인광과 장성완의 만남은 모두가 하늘의 인연이자 기이한 만남이었다. 이처럼 자신이 너무도 없애고 싶어 하는 아이들은 모두 다 기이하고 비상하니, 사람 없는 곳에 혼자 앉아 있으면 혀를 물고 이를 갈며 마치 큰 원수에게 복수를 하지 못한 것처럼 분해하였다. 그러니 어디에 모자의 정이 있겠는가마는, 순임금 같은 아들과 아황·여영 같은 며느리와 조아 같은 효성스러운 딸이 한결같이 큰 효를 다하여 그 정성이 성인의 예와도 같기에 민자건이나 왕상 같은 효자를 일컬을 필요도 없을 정도였다. 그러나 소교완은 정인성이 먼 땅에서 종군하는 재앙을 당했음에도 근심하기는커녕 도리어 남쪽 오랑캐를 평정하는 공을 세워 그 이름이 높아지고 위엄이 천지에 들썩일 것을 분통스러워했다. 그래서 새벽부터 저녁까지 정인성의 주검이 전쟁터에 버려져 백골도 돌아오지 못하도록 남몰래 빌고 또 빌었다.

또한 소교완은 정잠이 취일전을 자주 왕래하게 되면서 이자염을 괴롭히는 일을 마음대로 하지 못해 분통함을 품고 미워한 지가 오래되었기에 정잠이 없는 때를 틈타 다시금 일을 도모하고자 했다. 이에 정잠 부자가 출정한 후로부터 병세가 더 심하다고 하여 이자염을 자신의 처소에 두고 물러가는 것을 허락하지 않았다. 그리고 이목이 번거롭지 않은 때와 고요한 밤이 되면 온갖 빌미로 이자염의 죄를 들추고 질책했는데, 하지도 않은 말과 없는 허물을 말하니 죽을죄라도 만들어낼 만하고 듣다 보면 모골이 송연할 지경이었다. 그럼에도 이자염은 말씨가 평온하고 행동거지도 조용하여 언제나 공손히 듣는 효순함으로 소교완의 모질고 독한 분노를 풀어버렸다. 소교완은 이자염의 사람됨이 정인성과 비슷하여 남녀가 다를지언정 품격은 서로 같은 것을 시기했다. 그래서 다른 사람 앞에서는 이자염을 앞에 누고 자기 병세를 돌보게 하는 척하지만, 이때를 틈타 없앨 생각이 급해 자주 아침저녁 밥을 주지 않았다. 혹 밥을 주는 날에도 독한 약을 섞어 장이 썩고 뼈가 녹아 네다섯 달 고생하다가 자진할 약을 먹였다. 그럼에도 이자염이 병이 나지 않고 드러눕지도 않으니 도리어 이상하게 여기면서도 그만둘 마음은 없어, 음식을 주는 날이면 꼭 독약을 섞고 그렇지 않으면 한 그릇 보리죽도 주지 않았다. 화부인이 이를 눈치채고 서태부인도 의심하여 문안 인사를 할 때면 맛있고 진귀한 음식을 간간이 먹게 하니 이 덕분에 굶주림을 조금은 면할 수 있었다.

장성완을 위해 여승을 초청한 박씨

장헌의 둘째 아들 장희린은 박씨의 소생으로, 어릴 때부터 그 부모의 무식하고 불인함과 사촌들의 어리석고 무지함을 보면서 자라 배운 바가 없었다. 그러니 근후한 행실이나 정직함이 없어 다듬지 않은 황금이나 밝지 못한 명주 같았다. 그러다가 맏형 장창린이 돌아오면서 효우와 학행을 본받아, 비록 따라가지는 못할 정도이나 백분의 일이나마 우러르며 힘써 익히고 길러 이제는 어진 선비나 인재라 할 만하게 되었다. 그러다 보니 부모의 사랑이 만금보다 더 커져 며느리에 대한 기대가 높고 큰 산에 비길 정도였다. 하지만 맏이인 장창린은 부귀를 보지 않고 문벌과 사람됨을 중시하여 송나라 염계선생의 후예인 처사 주양의 둘째 딸과 장희린을 혼인시키고자 했다. 주양은 정한의 제자로 맑고 고고하며 학식이 매우 뛰어나 장창린이 공경하고 흠복하던 터라 힘써 혼인을 주선한 것이었다. 그러나 장헌과 박씨는 그가 맑고 고고한 선비인 것을 기꺼워하지 않았다.

혼인날 장희린이 백 대의 수레로 신부를 맞아 대례를 치르는데, 신부의 얼굴빛은 백설 같고 두 눈은 맑은 거울 같으며 길고 굽은 눈썹에 붉은 입술을 가지고 있었다. 그런데 이마가 너무 나오고 코가 높으며 키가 매우 크니 어찌 장헌과 박씨의 뜻에 맞겠는가? 마음에 들지 않아 얼굴빛이 변한 채 박씨는 장창린을 꾸짖고 장헌은 한마디도 하지 않았다. 하지만 신부는 예의 있는 용모와 엄숙하고 가지런한 모습에 행동거지가 조용하여 진퇴(進退)의 절조에 이치를 아는 군자의 풍을 지니고 있었다. 이에 연부인과 장창린 부부는 매우 기뻐하고 장성완 역시 다행으로 여기며 기뻐했다. 장희린은 매사에 연부인과 장창린의 말을 그대로 따라 사사로운 의견을 두지 않는 편이었다. 그렇기에 부친과 모친은 너무 놀라 실망했지만 형이 칭찬하는 것을 보고는 신부가 용속한 사람이 아닐 것이라 생각했다.

혼인을 한 후 두 사람의 금슬은 무산의 운우지정을 이루고 교칠과 같은 끈끈한 정은 백년해로의 뜻이 있으니, 장헌과 박씨는 아들에게 신부를 박대하라 권하지는 못하고 다만 며느리를 사랑하지 않을 뿐이었다. 그러나 시간이 지나면서 신부의 성품과 행실이며 맑은 덕이 아름다운 것을 점차 알게 되자, 장헌은 비로소 기꺼워하며 사랑하는 마음이 조금씩 동하게 되었다. 박씨 또한 처음에는 그 용모와 기질이 장부와도 같아 아름답고 고요한 맛이 없음이 안타깝고, 또 검소하고 정고함이 보통 사람과 같지 않은 것이 달갑지 않았다. 하지만 점차 그 효성스럽고 온화한 성격을 아름답게 여기게 되어, 처음 분통스러워하던 때와는 마음이 많이 달라졌다. 그러면서도 여전히 며느리 정월염과 딸 장성완에 비해서는 천지 차이가 나는 것을 아쉬워했다.

장성완은 훌륭한 기질로 정인광 같은 딱 맞는 배필을 얻었으니, 이는 구슬 같은 꽃과 옥 같은 나무의 만남이라 할 만했다. 그런데 정인광은 그 고집이 너무도 한결같아, 과거에 급제했을 때 정삼과 함께 장씨 부중에 찾아온 것 외에는 한 번도 처가에 발을 디딘 적이 없었다. 이번 장희린의 혼인날에도 역시나 찾아오지 않았으니 이것이 박씨에게는 절절한 고민거리였다. 이에 박씨는 딸의 적인(소채강)을 없애고 정인광의 마음을 돌리기 위해 요괴로운 무녀와 간사한 점쟁이들을 불러들여 동서로 널리 요도(妖道)를 구했다. 그러던 어느 날, 박 상원 부인의 시녀 교춘이 주인의 편지를 받들고 왔다가 박씨에게 문득 아뢰었다.

"제가 오는 길에 신기한 도승을 보았사옵니다."

박씨가 다 듣기도 전에 너무나 기뻐하며 급히 물었다.

"어디서 어떤 선승을 만났으며 무슨 일로 신기하다고 하느냐? 분명하게 말해 내가 자세히 알 수 있도록 하고, 진정 기특하거든 그 선승을 불러오너라."

교춘은 본래 교묘한 데가 있어 날랜 혀를 놀려 사람을 혹하게 하는 인물이었다. 그가 보고 들은 바를 전할 때면 듣는 사람으로 하여금 마치 눈앞에서 보는 듯하게 만드는 재주가 있었다. 교춘의 이야기에 따르면, 길에서 흰 옷을 입은 노승을 만났는데 신선의 풍채와 기이한 골격으로 보아 도를 닦아 장생불사를 기약한 승려로서 사람을 한번 보면 얼굴만으로 팔자와 길흉을 훤하게 아는 능력을 지녔다고 했다. 또한 소리를 들으면 품은 뜻을 분명하게 알고 현명함과 어리석음, 선과 악을 모두 깊이 꿰뚫으며 재액을 낱낱이 알아, 옅은 복은 두터이 하고 짧은 수명을 길게 만드는 생불임을 조목조목 전했다. 박씨가 귀를 기울여 듣고는 너무나 기이하고 신통하게 여겨, 낯을 가리는 예법만 없다면 얼른 길에 가서 맞아 오고 싶은 뜻이 불과 같이 일었다. 이에 발을 동동 구르고 한편으로 교춘의 등을 떠밀며 말했다.

"그 생불이 벌써 어디로 갔으면 어쩌느냐? 얼른 가서 청해 오거라. 만일 순순히 오겠다고 하거든 대문을 지나 오지 말고 후원을 따라 바로 이리로 데려오거라."

교춘이 그러겠다 하고 다시 나와 여승에게 이야기한 후 박씨가 일러준 대로 후문을 돌아 바로 처소로 왔다. 박씨가 자리를 정돈한 후 손을 씻고 향을 피운 채 여승을 간절히 기다리다가, 교춘이 온 것을 보고 급히 내려가 공경하며 맞이했다. 여승은 한낱 산간의 걸승으로서 얄팍하게 사람의 사주와 길흉을 알 수는 있으나, 태어난 이후 존귀한 재상가 안사람이 마당까지 내려와 맞이하는 영화로운 예우는 한 번도 받아본 적이 없었다. 황공하여 합장배례하며 만복을 축원하고 천천히 박씨와 함께 당에 올랐다. 박씨는 진정한 생불을 만난 듯 말마다 사부라 하고 혹은 부처라 일컬으며 지극한 존경을 표했다. 그런 후 백은 십 냥과 두 쌍 황촉과 한 필 비단을 복채 삼아, 먼저 장헌과 자기의 나이를 알려주며 화복을 점치게 했다. 여승이 은화를 보고는 심신이 황홀하여 평생의 재주를 다 쏟아부으니, 대체로 지나온 바를 잘 맞히고 지금의 형세를 눈앞에서 보는 듯이 말했다.

(책임번역 탁원정)

완월회맹연 권 42

박씨로 인해 심각한 병이 든 장성완

박씨가 장성완에게 불경을 보내고

정인광이 병든 장성완을 간호하다

장성완에게 불경을 보낸 박씨

여승이 은화를 보고는 심신이 황홀하여 평생의 재주를 다 쏟아부으니, 대체로 지나온 바를 잘 맞히고 지금의 형세를 눈앞에서 보는 듯이 말했다. 장성완의 수복(壽福)을 매우 칭찬하며 반드시 제후의 아내가 되어 왕후의 존귀함을 누릴 것이라 하면서도, 지난 액화에 대해서는 고개를 가로저으며 다시 재액이 없지는 않을 것이라고 했다.

"제가 깊은 산에서 수도하는 중으로 세상과 단절한 지 여러 해가 되었는데 지난밤에 관음대사께서 나타나셔서 말씀하시기를 '어느 집 귀한 딸이 복을 받게 되었으나 너무나 큰 뜻밖의 변고를 만날 것이니, 네가 반드시 구해 옥황상제께서 사람을 생겨나게 하신 덕과 석가세존께서 사람을 살리시는 은택을 널리 알리거라. 경사의 여차여차한 집을 찾아가면 된다.' 하시었습니다. 그리하여 제가 산에서 여기에 이르렀으니 부인은 잘 생각하셔서 따님의 액막이에 정성을 다하십시오."

박씨가 이 말을 더욱 기이하게 여겨 얕은 소견과 괴이한 뜻을 낱낱이 말하며 딸의 적인인 소채강을 없앨 것을 의논했다. 만일 소씨를 죽이고 사위의 고집을 누그러뜨릴 수만 있다면 만금이 든다 해도 아끼지 않을 것이라 하면서 딸의 재액을 없앨 방도를 물었다. 여승은 청정한 도승이 아니라 무한한 탐욕을 지닌 속승이기에, 박씨의 속없는 거동을 보고는 재물을 많이 빼앗으려 잔다하게 제수를 적으니 거의 백금에 가까웠다. 그러나 박씨는 아까워하지 않고 축원할 날을 정한 후에 소채강을 어떻게 해야 없앨 수 있는지 그 계교를 급하게 물었다. 여승이 웃으며 말했다.

"이런 일은 따님의 재액을 먼저 소멸한 후에 의논하십시오. 서투르게 하다가는 따님께서 정실 자리를 보전하지 못하게 될 것입니다. 먼저 불전에 정성을 들여 기도하고 수십 냥 은화로 불경을 장만하여 따님께서 새벽마다 친히 경 읽기를 삼십 일만 하시면 재액을 소멸하고 반드시 아들을 낳으실 것입니다."

박씨는 정실 자리를 지키기 어렵다는 말에 더욱 놀라고 슬퍼 마음이 온통 서늘해졌다. 자신이 본래 후실로 들어와 정실을 내치고 그 자리를 빼앗아 기뻐했던 경험이 있기에 더욱 그럴 수밖에 없었다. 소채강의 진실된 마음과 총명한 행실을 알지 못하고서, 없애지 않으면 분명 딸의 정실 자리를 빼앗기는 폐단이 있을까 근심하고 미워하던 차에 여승이 이같이 말하자 너무 놀라 책값을 얼른 주었다. 그리고 자기에게는 교춘만큼 영리한 시녀가 없다고 하면서 박상원 부인에게 교춘을 잠시 빌려 산사에 왕래시키고자 했다. 여승은 재상가의 내실에 오래 앉아 있자니 너무나 두렵고 혹시라도 아는 사람이 있어 박씨가 재물을 허비하는 것을 말릴까 염려도 되어 축원 제사에 드는 비용을 아예 준비해 달라고 했다. 박씨는 조금도 의심하지 않고 일일이 제수 비용을 물어 말하는 대로 내주고, 다시 왕래하면서 오래 사귀는 사이가 되자고 했다.

여승이 합장한 후 비로소 문을 나섰는데, 사실 이 여승은 본래 교춘과 각별히 친하던 사이였다. 오늘 정신 나간 부인을 만나 큰 재물을 얻은 것이 너무나 즐거우면서도 우습고 기괴하여, 교춘과 함께 한바탕 크게 웃으며 구석진 곳에 가 은화를 나누어 가졌다. 여승은 사오 냥 은화를 써 불전에 올릴 진향차를 장만해 산사로 올라갔다. 그리고 칠팔 일이 지나자 《능엄경》부터 군데군데 빠져 있고 조각조각 해진 잡스러운 경서 삼십여 권을 금빛 실과 붉은 보자기로 싸서 교춘 편에 보내 박씨에게 드리라고 한 후 여차여차 일렀다. 교춘이 즉시 장씨 부중에 와 박씨를 만나, 산사에 올라가 축원을 드린 것에 대해 전하면서 무궁한 정성과 한없는 수고가 있었다고 유리하게 꾸며 말했다. 여승은 경을 외고 설법을 끝낸 후 기력이 다해 내려오지 못해 자기 혼자 불경을 받들고 내려왔다며 여승은 나중에 조용히 찾아뵐 것이라 했다. 박씨는 조금도 생각이 없는 사람이니 어찌 이런 일에 의심을 두겠는가? 교춘이 여러 날 수고한 것에 대해 각별히 상을 내리고 급하게 장성완에게 편지 한 장을 부쳤다. 불경 삼십여 권을 얻어놓았으니 그곳에서 경을 외는 것이 불편하면 삼십 일 기한을 두고 집에 돌아와 큰 재액을 없애라고 하면서, 만일 자기 말을 듣지 않으면 직접 가서 소채강을 난타하고 정인광을 욕한 후 장성완을 데려올 것이라며 엄포를 놓았다. 장성완이 편지를 다 보고는 너무나 놀랍고 슬펐으나 어머니의 사람됨을 알기에 간언해도 들을 리가 없고 책을 빨리 가져오지 않으면 이곳에 와 무슨 해괴한 짓을 할지 몰라 차라리 순순히 따르는 척하기로 했다. 책을 가져오는 즉시 불태우리라 마음을 정한 후, 다음 날 유모를 보낼 것이니 그 편에 책을 보내고 다른 시녀에게 주어 보내지 말라고 하며 경 읽기를 게을리하지 않을 것이라고 답장을 썼다. 그러나 박씨는 너무 기쁜 나머지 급한 마음에 다음 날 설난이 와서 가져가기를 기다리지 못했다. 날이 저물 무렵 시녀에게 책을 맡겨 장성완에게 전하게 하면서 다시 편지를 써, 다음 날 새벽부터 경을 읽는 것이 옳으니 설난이 오기를 기다리지 못해 먼저 보낸다고 했다. 또한 백의관음 같은 성승(聖僧)이 경 읽을 길일을 택일한 것이 다음 날이며, 경서에 정성을 다하면 큰 액운을 없앨 뿐 아니라 상서로운 꿈을 꾸고 임신하는 경사를 얻을 것이라고 했다. 그간 들은 신통함을 누누이 전하면서 장성완이 가볍게 여기지 못하도록 신신당부하기도 했다. 심부름을 하게 된 시녀 소취는 본래 문밖을 자주 나다니지 않는 데다 그 어미를 따라 올라와 장씨 부중에서 일한 지 겨우 열흘이 되었기에 동서를 분별하지 못했지만 천성은 매우 순결하고 정직했다. 박씨는 다른 시녀를 보내면 혹시 바로 가지 않고 중간에서 빼돌리는 폐단이 있을까 염려하여 소취에게 맡겨 보낸 것이었다. 그런데 소취는 정씨 부중에 왕래하는 것이 처음이니 어찌 장성완의 침소를 알아 바로 들어갈 수 있겠는가?

이때 정씨 집안 도령들이 명광헌에 모여 이야기를 나누고 있었는데, 소취가 장성완의 침소인지 잘못 알고 이곳으로 들어왔다. 소취가 서동에게 장씨 부중에서 왔다고 하며 책 싼 것과 편지를 주고 들여 보내 달라고 했다. 서동이 무슨 연고인지 알지 못하고 장창린 형제와 서로 바꿔 보던 책을 시녀가 가져왔는가 하여 여러 상공들 앞에 내어 놓으니 이 일이 어찌 될 것인가? 이날 정인광은 여러 사촌들과 함께 저녁 문안을 드리러 가려던 차에 마침 외사촌 화시랑 등이 와서 이야 기를 나누고 있었는데, 서동이 책 싼 것을 앞에 놓는 것을 보고 어디 서 온 것이냐고 물었다. 서동이 장씨 부중에서 온 것이라고 하자 정 인흥이 웃으며 말했다.

"내가 백승(장창린)에게 구해달라고 한 책이 있었는데 오늘 보내 왔 구나."

그러면서 먼저 편지를 펴 보려고 하는데, 화시랑 등이 동시에 한 권씩 집어 보려 하다가 제목을 보니 잡스러운 경서인 것을 알고 너무 놀라 도로 놓아버렸다. 화시랑이 정색을 하고 말했다.

"원보(정인흥)는 유학을 하는 사람으로 사리에 밝고 예의와 충절을 알 터인데, 어찌 불경의 거짓되고 망령됨을 취하여 굳이 구해다 보려 하느냐? 우리가 동생을 그런 위인으로 알지 않았는데 오늘 음송하려 고 가져온 책을 보니 한심하고 해괴하기 그지없구나."

정인흥이 편지를 들어 읽어보다가 장창린이 쓴 것이 아님을 알고 놀라 즉시 놓고는 화시랑에게 사죄하며 말했다.

"제가 불서의 망령됨을 모르지는 않지만 그 의론은 통달한 면이 있 어 한번 보려고 했는데, 사촌 형께서 이렇게 책망하시니 제 허물을 비로소 깨닫겠습니다. 즉시 돌려보내겠습니다."

말을 마치고는 도로 책을 쌌다. 그런데 정인광은 정인흥과 어깨를 나란히 하고 앉아 있었던 터라 정인흥이 편지를 들고 펼쳐 볼 때 옆에서 보고 박씨의 편지인 것을 알아차렸다. 생각 없는 인물이 딸에게 불경 보낸 일은 책망할 것이 못 되지만, 장성완이 모친의 잘못을 고치려 하지 않고 도리어 설난을 보내 책을 가져오려 했던 일에 대해서는 너무나 놀라고 화가 났다. 이에 눈썹에 가을의 찬 서리 같은 노기가 가득한 채로 이렇게 말했다.

"동생이 장씨(장성완)를 위해 사촌 형님의 책망을 감수하면서까지 없는 허물을 자랑하는 것은 무엇 때문이냐? 불서는 사람이라면 볼 것이 아니요 더욱이 군자가 있는 곳에는 있을 게 못 되니 도로 보내는 것이 마땅하다. 그런데 우리 집안에 불경을 음송하는 여승의 새끼가 들어와 조상의 가르침과 할머니와 부모님의 법도를 어그러뜨리는 것은 생각지도 못한 일이구나."

정인광의 말을 듣고서 박씨가 그 딸에게 보낸 책임을 모두가 알아챘다. 하지만 장성완이 불경을 음송할 사람이 아니라는 것을 모두 알고 있었기에 반드시 무슨 내막이 있으리라 생각했다. 정인흥이 공손히 몸을 굽히고 답했다.

"제가 불경에 뜻을 둔 적이 없고 그 편지가 백승이 보낸 것이 아님을 알고 속으로 놀랐으나, 말이 길어질 듯해 사촌 형님의 책망을 스스로 감수한 것이었습니다. 그런데 형님께서 벌써 편지를 보셨군요. 하지만 원래 형수님은 성인에 가까운 분이라 허망한 곳에 뜻을 두셨을 리가 없습니다. 그 모친의 뜻에 따라 경서를 가져온 후 바로 없애고 거짓으로 음송하는 것처럼 하시려는 것이겠지요. 형님의 그 뛰어난 통찰력으로 어찌 생각지 못하시고 불쾌하게 여기십니까? 우리가 아는 척하지 않고 책을 들여보낸 후, 그 책이 형수님 침실에 하루라도 머무르게 된다면 제가 죄를 당하겠습니다."

정인광이 차갑게 웃으며 말했다.

"원보는 어떤 사람이기에 관계 없는 일에 죄를 당하는 것을 그렇게 즐기느냐? 책이야 아무리 괴이한 것인들 모녀간에 보내고 받는 것을 내가 아는 척할 필요는 없을 것이다. 다만 불경 보는 것은 머리 민 나귀의 소임이지 어찌 부녀가 음송할 바이겠는가?"

그러고는 서동에게 책과 편지를 도로 내어주라고 명하는데 노한 기색이 역력했다. 화시랑이 도리어 다독이며 정인홍의 말이 옳다 하고 상생 등은 일시에 웃으며 말했다.

"우리가 남의 부인네 일에 시시비비할 것은 아니지만, 장상서(장헌) 둘째 부인의 성미가 좁아 사리를 제대로 꿰뚫어 보지 못한다는 것은 들어 알고 있지. 경서를 보낸 것은 분명 재보(정인광)의 아내 대접하는 도리가 야박한 것에 불만이 있어 제수씨의 큰 액을 없애려는 것일 듯하네. 비록 아름답지 않은 일이나 부인네에게는 괴이한 것이 아니고, 또 실상은 재보의 지나친 박정함이 허물이니 어찌 자네 잘못은 생각지 않고 박부인만 원망하는 것인가? 원보도 알고 있는 장씨 제수의 진실된 효와 덕행을 동생은 부부간임에도 알지 못하니 너무 어두운 것이 아닌가 하네."

하지만 정인광은 끝내 놀랍고 불쾌한 표정을 거두지 않다가 화시랑 등이 돌아가자 동생과 사촌들을 데리고 서태부인 침소에 들어갔다. 모든 공자의 부인네들이 서태부인을 모시고 있었는데 장성완만 그 자리에 없었다. 상생 등은 정인광이 아까 분노하던 거동을 생각하고서 그윽이 웃음을 머금었다. 서태부인이 정인광을 돌아보며 말했다.

"장 손부(장성완)가 오랜 근심으로 마음이 상하여 시도 때도 없이 피를 토해 침식을 온전히 못 하더니, 오늘 오후부터는 세 번 피를 토하고 정신을 차리지 못한다 하여 네 아비가 친히 가 보았다. 그러니 너도 가서 살펴보고 의술로 병을 빨리 낫게 하거라."

정인광이 고개를 숙이고 엎드려 말씀을 듣고는 대답했다.

"장씨가 병이 없어도 내일 새벽부터 삼십 일을 기약하고 공부하느라 밖으로 다니지 않을 것이니 할머님은 염려하지 마십시오."

서태부인이 듣고는 장성완이 공부한다는 말을 괴이하게 여겨 그 연고를 자세히 묻자 정인광이 일어나 벌을 청하며 말했다.

"제가 어둡고 못나 집안 다스리는 법도를 세우지 못하여 장씨의 망측함이 도를 넘어섰습니다. 불도에 몸을 맡겨 제가 평생 듣지도 보지도 못했던 불서를 산같이 날라다 쌓아놓고 내일이 경을 읽을 길일이라 하여 공부를 등한히 하지 않겠다 결심하기에 이르렀으니 어찌 한심하지 않겠습니까? 제가 먼저 정신을 차리도록 꾸짖지 못한 죄를 받은 후 장씨를 친정으로 돌려보내 석가의 도와 노자·장자의 허망한 바로 집안을 어지럽히는 것을 막고자 합니다."

서태부인이 미소 지으며 말했다.

"네가 어찌 어진 아내의 진실된 마음과 정숙한 행실을 알지 못하고 괴이한 말로 흠집을 내느냐? 장 손부가 보통 사람을 넘어서는 기특한 노릇은 하지 못하지만 그 같은 이단의 도는 원수처럼 알 것인데 불경을 쌓아놓고 공부한다는 것이 무슨 말이냐?"

정인광이 다시 대답했다.

"제가 어찌 그 사람이 대단히 말할 바가 없다고 해서 도리어 털끝만큼이라도 흠을 잡으려 하겠습니까? 불경을 쌓아놓고 공부하려는 것은 우리들이 모두 본 바이니 물어보시면 아실 것입니다."

서태부인이 공자들을 돌아보며 곡절을 묻자 상생 등이 본 대로 전했다. 비록 불경을 가져오기는 했으나 장성완의 뜻은 아니라는 것과 정인흥이 박씨의 편지를 장창린의 편지로 알았던 일도 대강 이야기했다. 그러면서 장성완의 허물이 아닌 것을 정인광이 지나치게 거북해하는 것은 옳지 않다고 고했다. 서태부인이 자초지종을 다 듣고는 웃음을 머금고 말했다.

"불서를 보내 딸에게 음송하게 하여 재액을 없애려는 부인과 그걸 보고 화가 나 어진 처를 내쫓으려는 인사가 거의 비슷하니, 그 장모와 사위가 사리를 깨칠 날이 아직도 멀었구나. 경운당 안에 불경이 쌓이고 장손부가 스스로 괴이한 도를 행하려 하는 것을 직접 본 후에 보내도 늦지 않을 것을, 윤리와 기강이 가장 중한데도 너는 어찌 내쫓는다는 말을 그리 쉽게 하느냐? 또한 네 비록 집안을 다스리는 데 엄숙하다 해도 장공이 잘못 인도한 박씨까지는 제어하지 못할 것인데, 장모의 허물을 어찌 안다고 네가 죄가 있느니 하면서 다스려 달라 청하느냐? 내가 정신이 흐릿하여 잘 알지 못하지만 대단한 일은 아닌 듯싶구나. 장손부가 분명 불경을 없앨 것이니 너 또한 가장의 도량으로 없던 일로 하는 것이 옳으니라."

정인광이 너무나 유감스러우나 부친이 들은 척도 하지 않고 할머니는 이와 같이 말하니 어찌 감히 우길 수 있겠는가? 이에 거듭 절하며 명을 받드는데, 서태부인이 다시금 정인광에게 장성완의 병문안을 꼭 하라고 했다.

박씨로 인해 심각한 병이 든 장성완

이때 장성완은 오래 근심되었던 것이 하루 사이에 병으로 재발하여 온 사지와 뼈마디가 고통스러울 뿐 아니라 시도 때도 없이 피를 토했다. 병세가 가볍지 않으니 안색은 찬 옥 같고 기운을 전혀 차릴 수가 없는 지경이었다. 정태요의 둘째 딸 상숙교가 경운당에 왔다가 이 거동을 보고는 놀라고 근심스러워 즉시 정삼에게 알렸다. 정삼이 직접 경운당에 와 살펴보니 장성완이 황공하고 불안하여 급히 일어나려 했다. 정삼이 편히 누워 있으라고 누차 말했으나 장성완은 감히 눕지 못했다. 정삼이 두 손을 잡고 진맥을 했는데 맥이 뜨고 빠르게 뛰어 비록 일시에 나타난 병이라 해도 그 쌓인 병근은 가볍지 않았다. 이에 너무 놀라고 걱정되어 아침저녁 문안은 뒤로 미루고 조심하여 조리하라고 하면서, 직접 약을 처방해 열 첩을 지어 설난에게 날마다 두 첩씩 달여 먹이라고 했다. 속으로 근심이 쌓여 생긴 병과 그동안 겪어온 일을 슬퍼하며 애중하는 정이 친딸보다 조금도 덜하지 않았지만, 편히 누워 있게 하려고 즉시 일어나 서태부인의 침소로 돌아왔다. 서태부인이 병세가 어떤지 묻자 정삼은 다만 근심이 쌓여 병을 이루었으며 피를 자주 토하고 아픈 곳도 다소 있다고 대답했으나 위중한 것은 말하지 않았다. 그럼에도 서태부인은 걱정을 내려놓지 못하고 정인광에게 문병을 하라고 일렀다. 정인광은 장성완의 사람됨으로 불교의 법을 숭배하여 허무탄망한 책을 몰래 읽지는 않을 것을 모르지 않았다. 하지만 기이한 불서를 집에 들인 것이 불쾌해 고집이 다시 생겨나니 어찌 좋은 안색으로 문병할 뜻이 있겠는가? 하지만 할머니가 누차 당부하시는데도 차갑게 굴면서 문안 가지 않는 것은 옳지 않은 일이라 여겨 순순히 그러겠다 하고는, 잠자리를 봐드린 후 물러 나와 명광헌으로 왔다. 정인홍은 내당에서 자고 정인유는 당직을 서느라 없었으며 정인명은 부친을 모시고 정심헌에서 자느라 정인경 등도 따라간 상태였다. 정인광은 사촌 형제들이 없는 것을 보고는 서동에게 경운당 시녀를 다 잡아 오라고 명했다. 잠시 후 장성완의 유모 설난과 시녀 춘홍 등이 다 잡혀 왔다. 정인광이 수려한 눈썹에 묵묵히 노기를 띤 채 먼저 설난을 태형으로 다스리면서 엄히 물었다.

"너 이 천한 것이 비록 아는 것이 없다 하나, 여기에 온 지 시간이 꽤 지났으니 가법과 문풍을 거의 알게 되었을 것이다. 부인의 소임은 다만 집안 살림을 주로 하고 여자로서의 행실을 으뜸으로 하여 시부모님을 효로 받들고 남편을 잘 따르면 되는 것이다. 이단의 도와 불서의 탄망함을 유가의 가문에 끌어들이는 것은 내 집의 보잘것없는 천한 종들도 안 하는 일이다. 그런데 네 주인은 홀로 거리낌도 없이 잡다한 불서를 모으니 무슨 도리가 이러하냐? 내 결단코 기도하는 방술과 경을 읽는 부인을 집안에 용납하지 않을 것이니, 이는 모두 너희들의 잘못으로 주인으로 하여금 유가 가문의 죄인을 만든 것이다. 이번은 처음이니 매로 징계하여 본보기를 보이고자 한다."

말을 마치고는 하나하나 짚어가며 삼십 대를 세차게 때리고 그 외의 여러 시녀들은 각각 수십 대씩 때린 후 물러가게 했다. 그리고 시녀를 불러 소채강을 청하며 말했다.

"이곳은 우리 형제가 머무는 처소이지만 실상은 외당이 아니고 그대의 처소에서 멀지 않으니, 잠깐 나오면 경운당에 말을 전하고자 합니다."

이때 소채강은 경운당에서 장성완을 구호하고 있다가 서헌의 서동이 정인광의 명을 전하며 설난 등 시녀를 모두 잡아가는 것을 보게 되었다. 이후 설난 등은 매를 심하게 맞고 돌아와 비 오듯 눈물을 흘리며 애달파하고 슬퍼했다. 장성완은 아까 소취의 일을 들은 후 무슨 일이 있을 낌새를 눈치챘으나 이미 엎어진 물같이 되었으니, 소취에게 잘못해 책을 명광헌으로 가지고 갔던 일을 말하지 말라고 당부했다. 소취는 겨우 장성완의 처소를 찾았으나 처음에 일을 그르쳐 박씨의 당부를 어기게 된 죄가 두려워 초조해하다가, 장성완이 이같이 당부하자 다행으로 여기며 급히 감사의 인사를 하고 돌아갔다. 장성완이 아예 제목도 보지 않고 책을 모두 불태우려 하다가 혹시 박씨가 찾을까 하여 추연에게 깊숙이 넣어두라고 하던 차에 시녀가 급히 들어와 소채강에게 정인광이 부른다는 명을 전했다. 소채강이 천천히 일어나 명광헌으로 향했다. 멀리서 바라보니 그 모습에는 상서로운 기운이 어리어 있어, 아침 해가 운대(雲臺)에 밝게 빛나고 맑은 달이 호수에 나온 듯했다. 구름 같은 귀밑에는 무산의 저문 빛이 성하고 안개 같은 머리는 초대(楚臺)의 봄빛이 무르녹은 듯하니, 아름다운 향기는 저녁 그림자의 공교함을 물리치고 옥 같은 피부는 괵국

부인의 화장하지 않은 얼굴과도 같았다. 가을 물이 어린 듯한 골격과 맑고 깨끗한 기질은 탁 트였고 고고하고 청아하여 혼탁한 세상의 흐린 기운이 머물지 않았는데, 하늘거리는 허리와 아름다운 향기는 인간 세상 밖 사람이었다.

소채강이 명광헌 층계에 다다르니 정인광이 팔을 들어 당에 오르기를 청했다. 소채강이 머뭇거리며 쉽게 오르지 못하자 정인광이 흔연히 말했다.

"이곳은 본래 외당이 아닙니다. 내당에 재변이 있으면 피하여 이곳에 머무시기도 하고 사촌 형제들이 조용히 독서하기 위해 머물기도 하지만 손님을 이곳에서 맞이한 적은 없었습니다. 다만 친척 간이 형제와 다르지 않기에 오늘 외사촌 형님이 마침 오셔서 이곳에서 이야기를 나누기는 했으나, 그 밖에는 외부인의 자취가 없었으니 꺼림칙하게 여길 필요는 없습니다. 제가 비록 무식하지만 여자의 발자취를 거북한 곳에 이르게 하지는 않습니다."

소채강이 부득이 당에 오르자 정인광이 안색을 가다듬고 말했다.

"그대는 내 말을 경운당에 전하십시오. 우리 선조가 가르침을 두시어 기도하는 방술을 집에 용납하지 않고, 할머니와 어머니가 신임하시는 보잘것없는 여종이라도 노자와 장자의 도를 알지 못하며 불서의 허무함을 감히 말하지 않습니다. 그런데 부인의 고집된 생각은 진나라와 월나라가 먼 것만큼이나 우리 가풍과 먼 듯하군요. 한갓 법도가 서로 맞지 않는 정도가 아니고, 생각해 보면 부인 가문의 풍속은 본래 우리 가문과 천양지차로 달라 책망하는 것이 도리어 우스운 일입니다. 그럼에도 할머님과 부모님께서 해와 달 같은 은혜를 드리우

시어 슬하에서 아끼는 정을 끊지 못하시니, 제가 본래 효자는 아니지만 사람의 자식으로 어찌 부모의 뜻을 거역할 수 있겠습니까? 하지만 그 뜻에 굴복할 뿐 기쁨은 알지 못했는데, 하물며 이제는 경을 읽고 불도를 숭상하기까지 하는 지경에 이르고 말았습니다. 그리하여 설난 등에게 약간의 매를 내려 후일을 징계하였으니, 이는 그런 일이 대개 말 많은 종들의 입에서 비롯되기 때문입니다. 부인네의 본성이란 원래 한쪽으로 기울기 쉽고 혹 듣는 것이 허무탄망해도 오히려 더 믿으면서 단호히 물리치지를 못하기에, 집안에 분란을 일으키거나 변고를 만드는 경우가 없지 않습니다. 내 비록 어리석지만 집안을 어지럽히는 지경에 이르러서는 한결같이 좋은 안색을 지으며 화평하게 있지는 못할 것입니다. 그러니 할머님과 부모님이 아끼신다고 자만하여 나를 부모님의 명으로 억누를 수는 없다는 것을 분명히 아십시오.”

말을 끝낸 얼굴빛이 매우 엄해 사람이 감히 우러러보지 못할 정도였다. 그러나 소채강은 공경하며 듣기는 하면서도 두려워하거나 겁을 먹지 않아, 이마는 구김살 없이 반듯하고 눈동자도 거의 미동이 없는 채 바로 대답했다.

“임금이 근심하면 신하가 욕되고 임금이 욕되면 신하는 죽어 그 욕됨을 씻는다 했습니다. 부인께서는 곧 제 여주인이시니 낭군의 온당하지 않은 말씀이 이와 같아 부인이 너무나 불안하실 상황에서 내외 구분도 없이 부르셨지만 어찌 사양할 수 있겠습니까? 마땅히 이르시는 대로 고하겠습니다마는, 이단의 도와 불서는 부인께서 배척하시는 것입니다. 박부인께서 보낸 것을 지나치게 문제 삼고 심지어 부인의 유모와 시종에게 매까지 내리신 것도 모자라, 저에게 말씀을 전하라 하여 아예 용납할 여지를 두지 않으시니 원망스럽지 않을 수 있겠습니까? 부인네의 본성이 한쪽으로 기울기 쉽고 혹 듣는 것이 허무탄망하다 하신 말씀도, 박부인이 잘못 보내시기는 했으나 부인께서는 어머니의 가르침이라 해서 받든 적이 없으니 맞지 않습니다. 그럼에도 모녀간에 주고받은 편지로 허물과 죄를 언급하시니 군자의 넓은 덕이 있는지 알지 못하겠습니다."

말을 마치고 엄숙하게 정색을 하니, 이마는 흰 눈이 부서지는 듯하고 눈썹은 초승달처럼 가늘며 맑은 눈은 거울을 걸어놓은 듯했다. 붉은 뺨은 복숭아꽃이 화려하게 핀 것과 같고 붉은 입술은 도톰하며 하얀 이는 가지런히 고왔다. 절세의 풍모에 씩씩한 위의는 눈 쌓인 봉우리가 겨울 해 아래 솟아 있고 가을 서리에 계수나무 가지가 흔들리는 듯 당당하고 고고하며 세차고 굳세니, 이런 거동은 소수의 딸이 아니라면 나올 수 없는 것이었다. 정인광이 장성완을 애중하며 소채강을 아끼고 공경하는 뜻이 보통 부부의 등한한 금슬과는 많이 다르지만, 천성이 여름 해처럼 뜨겁고 굳세며 강직하고 엄준하여 규방에 구구하게 머물면서 부부간에 친밀히 대하는 사람들을 변변찮게 여겼다. 그렇기에 장성완이나 소채강을 대할 때 여러 말을 주고받지 않고 두 사람 역시 듣기만 할 뿐 말이 없는 것이 날로 더해져 신혼 때와 다름이 없었다. 그러니 소채강에게 경운당에 말을 전하라고 하면 분명 입을 다물고 침묵하며 말을 하지 않을 것이라 생각했는데, 뜻밖에 소채강이 좀처럼 부끄러워하지 않고 장성완의 억울함을 드러내며 정인광의 과도한 행사를 이야기하고 있는 것이었다. 더구나 이곳에 오는 것이 비례임에도 거의 위협에 가깝게 불러냈다는 불편함까지 내비치고 있었다. 정인광은 놀라고 어이없어 깊이 생각하다가 정색을 하고 말했다.

"그대가 본래 단중하고 말이 많지 않아 흠모하고 있었는데 어찌 오늘은 이렇게 말을 많이 하십니까? 그대가 이곳에 나온 것을 비천하게 여기는 듯한데, 이곳은 서헌이 아니고 어느 부인인들 못 나올 곳도 아닙니다."

소채강은 더 말하지 않고 천천히 일어나 경운당으로 갔다. 경운당에 이르니 장성완이 한참 동안 슬픈 빛을 띠고 있다가 말했다.

"제가 아우님을 대할 때마다 낯부끄럽기 짝이 없었는데 세상에 나처럼 배은망덕한 사람이 또 있겠습니까?"

말끝에 탄식하는 기미가 있으니, 이는 소채강이 정인광의 정실이 되지 못하고 그 어질며 고매한 사람됨으로 자기 아랫사람이 된 것을 안타까워했기 때문이었다. 하지만 소채강은 본래 장성완과 동기 항렬에 있는 것을 영화롭게 여기고 낮은 지위에 있는 것을 애달파하지 않던 차에 장성완이 배은망덕하다 하니, 도리어 자신의 위로가 충분하지 못함을 탄식하는 것으로 알고 불안해하며 말했다.

"부인의 넓은 은혜와 통달하심으로 어찌 부질없이 애석해하십니까? 제가 명광헌에 가게 된 것도 액운이요 부인의 명을 받들어 요란한 행동거지 없이 다녀왔으니 비록 고고하게 정숙한 여자가 지향할 바는 아니지만 이는 제가 당연히 할 일이었으니 어쩌겠습니까?"

장성완이 길게 탄식하며 말했다.

"분명 부군의 책망이 있었을 텐데 비록 기쁜 말은 아니겠으나 어찌 전하지 않으십니까? 아우님을 아랫자리에 있게 해 오늘같이 괴로운 걸음을 하게 한 것도 제 탓이 아니라고는 못 하겠습니다. 그러니 동생께서는 비록 한스럽지 않다고 하나 제 마음이 편할 수 있겠습니까?"

소채강이 온화한 안색을 바꾸지 않고 장성완을 위로하며 정인광의 말을 천천히 전하고 희미하게 웃음을 머금으며 말했다.

"부군께서는 원래 사람을 심하게 위협하는 분입니다. 부인의 유모에게 매를 치시니 제 좌우에서는 더욱 두려워하고 어찌할 바를 모르는 상황인데, 갑자기 부인의 형세가 쇠했다고 제가 방자할까 하여 저로 하여금 부인께 말씀을 전하게 하시기를 시비나 한가지인 것처럼 하며 엄격하게 다스리려 하시니 장부의 위엄은 약하지 않으나 그 덕은 넓지 못하다 하겠습니다. 제가 망령되게 시시비비를 가리려 하는 것은 아니지만, 예로부터 정실과 첩이 서로 존비의 차이는 있어도 간과 폐처럼 가까운 관계로 작은 일도 가슴속에 묻어둘 수 없기에 제 생각을 감추지 못하겠습니다."

장성완이 기꺼워하지 않으며 말했다.

"아우님은 거리낌이 없겠지만 저는 허물이 많고 박덕하니, 어찌 군자의 아내 자리를 맡으며 시부모님의 가르침을 우러르겠습니까? 일부러 운수를 사납게 만들려 하는 것도 아닌데 불민하고 슬기롭지 못한 일들이 계속 일어나기에, 오늘 유모가 벌을 받은 것만이 아니라 닥치는 곳마다 민망하고 부끄러울 따름이니 이를 어찌 다 말하겠습니까?"

소채강은 장성완의 이런 심사가 모두 장헌과 박씨가 덕을 잃고 실언을 했기 때문인 것에 애달파할 뿐, 박씨가 자기를 죽이려 하는 것을 알면서도 그런 인물에 뭐라 할 수 없기에 원망하지는 않았다.

다음 날 아침 문안 시간에 서태부인이 정인광을 돌아보며 말했다.

"장손부의 병세를 보니 어떠하더냐?"

정인광이 민망하지만 감히 속일 수 없어 머리를 숙이고 대답했다.

"제가 지난밤에 명광헌에서 마침 글을 볼 것이 있어 깊이 생각에 빠져 읽느라 제운각의 병세를 묻지 못했습니다."

서태부인이 웃으며 말했다.

"사람이 어찌 이처럼 무심하고 걱정이 없을 수 있느냐? 오늘은 문병을 꺼리지 말거라."

정인광이 절하며 명을 받들었으나, 직접 가서 병을 살필 뜻은 없어 머뭇거리며 며칠을 보냈다. 그러다 조정에 들어가 숙직하는 날이 되자 결국 문병 한 번 하지 않은 채 한림원으로 갔다. 열흘이 지나고, 장성완의 병세에 다소 차도가 있어 겨우 일어나기는 했으나 손님맞이는 어렵고 병세도 가볍지 않았다. 정삼이 염려하고 화부인이 보호하기를 강보에 싸인 젖먹이처럼 하니 장성완이 더욱 불안하고 황공할 따름이었다. 억지로 참으며 거슬리는 음식을 겨우 목구멍으로 넘기나 피를 토하는 증세가 날로 더하고 몸은 더욱 야위어 표연히 날개가 돋아 하늘로 날아갈 듯했다. 온 집안 식구들이 모두 그 병이 깊은 것을 근심하는데, 그런 중에도 정인광만은 전혀 걱정이 없는 듯 한림원에 당직 근무를 다니면서도 경운당에는 발길이 한 번도 이르지 않았다.

이렇게 한 달이 지나니 장씨 부중의 박씨는 딸이 불교를 숭상하며 경전 읽는 것을 게을리하지 않는 것으로 알아 소채강을 없앨 뜻이 더욱 급해졌다. 그런데 여승이 한 번 다녀간 후 다시 오지 않으니 속내를 드러내어 일을 꾀할 사람이 없자 오직 교춘을 최대의 모사로 알고 자주 불러 여승 청할 일을 의논하고 소채강을 없앨 계교를 물었다. 교춘은 한순간 은화를 탐내어 여승을 천거한 것인데, 여승은 처음에야 재주 없이 작은 법술로 박씨의 재물을 뺏을 수 있었지만 다시 만날 때는 그 청하는 일을 되든 안 되든 물리치지 못할 것을 알고 있었다. 그런데 정인광의 사주를 점칠 때 소채강의 명수를 보니 아주 명이 길고 복을 누릴 사람이라, 자신이 본래 평범한 사람의 생사를 좌우하는 방술은 쓸 수 있지만 귀인은 감히 해치지 못할 줄 알고 다시 장씨 부중에 이르지 않은 것이었다. 이에 며칠이 지난 후 교춘이 여승이 죽었다고 알리자 박씨가 아연실색하여 뜻대로 되지 못한 것을 뼛속 깊이 한스러워하며 교춘을 보채어 다시 뛰어난 무당과 점쟁이를 청해 오라고 했다. 교춘은 그런 사람을 못 만났다고 하면서 박씨가 매번 계교를 물을 때 한마디도 박씨의 뜻을 맞추지 못하는 것이 더 이상 재미가 없자 천인들의 망측하게 시기하고 투기하는 바를 웃으며 전했다.

"한림 부인(장성완)께서 적이 맹렬하시면 소소저가 아니라 궁궐의 공주님인들 남의 부실이 되어 일생이 편하기를 바랄 수 있겠습니까? 그런데 한림 부인께서 이처럼 어질고 유약하시어 정실의 위엄을 드러내지 않으시고 도리어 쇠한 군주의 미약함으로 강진의 핍박을 근심하지 않으시니 이는 운명이지만 어찌 애달프지 않겠습니까? 부인께서 한림 부인의 앞길을 위해 근심 걱정하시어 잠도 못 자고 먹지도 못하며 한림 부인 형세는 망하는 나라와 멸하는 집 같아 누란지세 같은 위급함이 있으니 지금은 출거 외에는 더한 방법이 없습니다. 그럼에도 그 천성을 고치지 못해 소소저께 차마 험악한 일을 하지 못하실 것이니 부인께서 위엄을 보이시어 소씨를 이곳에 옮겨 처리하시는 것이 옳을까 합니다."

박씨가 다 듣고는 매우 기뻐하며 말했다.

"너는 천인이라도 생각이 명쾌하니 내가 깊이 믿는 바이다. 내 쓸데없는 시녀 열을 둔들 어찌 너 하나를 당하겠느냐? 다만 소씨와는 친척의 정뿐 아니라 소공이 딸을 구해준 덕으로 친분이 두터우니, 소씨를 내 집에 옮겨놓으면 연부인과 아이들이 소씨를 사지에 빠지게 그냥 두지 않을 것이다. 차라리 방심하지 못할 정도로 시녀를 계속 보내 욕하게 하고 편지로 꾸짖어 이 크나큰 분을 만의 하나라도 풀고 조용히 묘한 꾀를 내어 소씨로 하여금 정씨 아들과 화락하지 못하게 훼방을 놓으리라."

그러고는 이날부터 담대하고 말 잘하는 시녀를 가려 소채강에게 가 욕을 하고 꾸짖은 후에 오도록 명을 내렸다. 그러나 비록 완전히 남이라 해도 정씨 부중처럼 삼엄하고 정숙하며 예의와 법도 있는 가문 어디에 가서 소채강을 만나며 무슨 말로 입을 버리겠는가? 그저 장성완을 찾아 인사하고 박씨의 명이 여차여차함을 아뢰니 장성완이 놀라움을 금치 못했다. 장성완은 모친의 성품이 한 번에 간하여 고칠 바가 아님을 알기에, 시녀에게 돌아가서 소채강을 욕하였다 아뢰고 이제 다시는 오지 말라고 했다. 그럼에도 박씨는 날마다 시녀를 보내 소채강을 욕하고 그 대답이 어떠한지, 또 집안 분위기는 어떠한지 자세히 알아 오라고 하여 스스로 위엄이 있음을 보이고자 했다. 장성완은 모친의 행사가 이 같은 것을 다른 사람이 알까 부끄러워하며 시끄러운 일이 생길 것을 염려하여 날마다 오는 시녀를 일일이 가르쳐 여차여차 보고하라 했다. 모든 시녀들이 장성완의 명을 그대로 받들어 돌아가 박씨에게 다음과 같이 아뢰었다.

"소소저는 무한히 욕을 하였으나 들어도 못 들은 듯이 하고 조금도 다른 기색이 없습니다. 또한 집안의 동정을 알려 해도 정당에 이유 없이 들어갈 수 없고 모든 상공들과 부인들이 너무나 엄숙하니 섣불리 엿보지 못하겠습니다."

박씨가 다 듣고는 매우 위엄 있는 척하며 욕하는 것을 그치지 말라 하고, 이후에도 자고 일어나면 시녀를 보내 어두울 때까지 소채강을 욕하고 오라고 했다. 하지만 시녀들은 정씨 부중에 가 종일 있는 것을 부질없게 여겨 이따금 자기 행랑에 가서 쉬곤 했다.

상연교와 이창현의 혼사를 권유하는 정인광

정염의 둘째 아들 정인유와 소문유의 딸이 정혼하여 길일이 되었다. 정인유가 백 대의 수레로 소소저(소수의 손녀이자 소채강의 조카딸)를 맞아 돌아오는데, 우러름을 받는 대갓집의 여자로서 부모의 가르침을 받아 은자(隱者)의 풍채와 숙녀의 뜻을 깊이 궁구하니 비단 얼굴만 아름다운 것이 아니었다. 정염 부부가 혼례연을 크게 열어 신부의 대례를 받으며, 그 아름다움이 바라던 것보다 더한 것에 기뻐 여러 손님들과 함께 즐기고 치하의 인사를 마다하지 않았다. 정삼 부부와 정겸 내외 또한 기뻐하여 온 집안이 다 한가지로 즐거워하는 것이 친자식과 조카 간에 차이가 없었다. 정인광이 이 혼인을 중매했기에 웃으며 정염에게 말했다.

"제가 아니면 제수씨 같은 어진 숙녀를 맞기 어려울 텐데, 숙부께서는 어찌 중매한 공을 생각하지 않으십니까?"

정염이 말했다.

"조카의 공이 없지 않다는 것이야 알고 있지. 하지만 조정의 이름난 신하로 부귀를 한 몸에 지녔으니 은화나 금백으로도 더하지 못할 것이요, 술과 안주를 각별히 주지는 않았으나 잔치 자리에 흔한 술을 조카 혼자 못 마실 일도 없으니 무엇으로 공을 갚을지 몰라 인사가 더디었구나. 그런데도 재보(정인광)가 이렇듯 먼저 요구하는 것을 보니 원래 주량이 무한한데 오늘 술이 아직 양에 차지 못한 모양이로다."

말을 마치고는 직접 잔을 잡아 정인광에게 권했다. 정인광이 재삼 사양하다가 받아 마시고 다시 자리에 들어가 앉았다. 정태요가 낭랑하게 웃으며 말했다.

"경조(정염)가 술을 아끼는 것이 평소와 달라 중매의 공을 갚는 것이 이와 같으니 조카가 중매를 자임한 것이 오늘날 아주 잘한 일임을 보려 한 것이구나."

정인광이 웃으면서 대답했다.

"몇 잔의 술이 중요한 게 아니라 숙부께서 술을 주시는 것이 영화로운 것입니다. 제가 이제부터 중매를 맡아 하려고 하니 고모님은 연교 누이의 고집을 따르지 마시고 인륜대사를 이루어 평생을 편안하게 하십시오."

정태요가 탄식하며 말했다.

"부모의 마음에 자식이 혼인하지 않는 것을 보고 싶겠느냐마는, 제 뜻이 죽어도 혼인하지 않겠다 하고 만일 혼인한다 해도 첩으로 들어가게 되는 것은 우리 같은 명문대가에는 매우 불행한 일이 아닐 수 없다. 연교를 위하는 내 마음이 밤낮으로 편치 못해 슬프고 잔잉한 것이 마치 칼을 삼킨 듯하지만 좋은 묘책이 없구나. 그 아이의 운수가 그처럼 험하고 얄은 줄 어찌 생각이나 했겠느냐?"

말을 마치고 자기도 모르게 주르륵 눈물을 흘리니 정인광이 위로했다. 그러면서 상연교가 첩으로 들어가는 것을 꺼리는 것이 옳지 않으며 이창현의 첩이 되는 것은 평범한 사람의 정실이 되는 것보다 잘된 일이라 하고 다시 웃으며 말했다.

"제가 어릴 때 연교 누이를 두고 놀리며 했던 말이 있는데, 지금에 와 보니 그 말이 딱 맞는 것이었습니다. 무릇 진주의 이름이 야광주와 한가지라 하니, 첩이 되는 것을 꺼려 혼인하지 않겠다 하는 것이 어디 있겠습니까?"

정태요가 말했다.

"연교가 덕이 있고 행실이 높다고 할 수 있는데 재보 혼자 어릴 때부터 어린아이에게 결점이 있는 것으로 몰아 한결같이 자염이의 아랫자리에 들어가라고 하니 이는 무엇 때문이냐? 옥교와 숙교는 타고난 성품과 기질이 연교만 못해도 유생과 연생의 정실이 되었고 또 첩이란 것도 보지 못했다. 세상에 연교만 못한 여자가 하고많지만 군자와 짝하고 준걸과 쌍을 지은 자들이 한둘이 아닌데, 연교가 정실이 되는 것이 그처럼 외람된 일이란 말이냐? 왜 굳이 첩의 비천함을 당해야 한다는 것이냐?"

정인광이 웃으며 사례했다.

"제가 불민하여 고모님의 뜻을 알지 못하고 어릴 때부터 생각을 감추지 못하여 바른 대로 말해 꾸중을 들으니 직언이 해롭다는 것을 알겠습니다. 하지만 옥교와 숙교 누이는 연교 누이만 못한 기질과 미모임에도 유생과 연생의 정실이 된 것을 자랑하시는데, 유생과 연생의 정실이 되는 것보다는 이생의 첩이 되는 것이 좋은 일일까 합니다. 유생과 연생이 못난 것은 아니지만 이백달(이창현)에 비하면 십분의 팔구에도 미치지 못합니다. 그러니 고모님은 연교 누이의 지위가 낮아지는 것을 생각지 마시고 당세의 제일인을 사위로 삼아, 연교 누이의 덕성과 기질을 저버리지 않는 것이 옳습니다."

정태요가 웃음을 머금고 정인광의 등을 치며 꾸짖었다.

"네가 나의 딸과 사위들을 다 못난 아이들로 치부해 유생과 연생의 학문과 재주가 이창현에게 십분의 팔구도 못 미친다고 하지만, 창현이 무슨 기특함이 있어 그와 같을 리가 있느냐? 위풍이나 기질이 현보(정인성)보다 못하니, 어진 선비라고 할 수는 있어도 현보가 있는 한 창현을 당세의 제일이라고 하는 것이 가당치 않구나."

정인광이 웃으며 말했다.

"숙모께서는 원래 사심이 가득하셨지요. 맏형님은 천고에 길이 남을 만한 큰 도를 지녔고, 이생은 맏형님에 대적할 높은 학문을 지닌 뛰어난 인물입니다. 지금 이 두 사람이 함께 있는 것이 괴이한 일이니, 고모님께서는 어찌 맏형님이 있고 이생이 있는 것에 대해 그 하나는 아니라고 하십니까? 또한 유생과 연생 역시 뛰어나기에 이생과 비교해 십분의 팔구라 하는 것이지, 그렇지 못하면 백분의 일인들 감히 우러를 수 있겠습니까?"

정태요가 정인광의 이창현에 대한 칭찬이 과도하다 하고 자신의 딸을 첩으로 들일 수는 없다고 하면서 고모와 조카가 다투기를 그치지 않았다. 정염과 정겸 또한 이창현을 칭찬하며 혼사를 권하자, 정삼이 천천히 웃으며 말했다.

"연교가 혼인하지 않겠다고 하나 상형(상연)과 누이께서 주관하실 일이니 어찌 어린 딸의 고집을 따르는 것이 옳겠습니까? 지금은 이석보(이빈)가 외지에 나가 있지만 돌아오는 날이라도 상의하여 혼례를 이루는 것이 마땅합니다. 소공(소수)은 인광이가 백달에 미칠 위인이 아님에도 만년에 얻은 막내딸이 낮은 지위가 되는 것을 거리끼지 않았고, 인성이는 백달보다 낫다고는 해도 한부마(한제선)가 그 딸이 첩이 되는 것을 거리끼지 않고 간절히 구혼을 했습니다. 한부마와 소공이 어찌 상형만 못하고 이부인과 영릉공주가 어찌 누이만 못하시겠습니까? 연교가 규수의 염치로 인륜을 마음대로 하지는 못할 것이니, 누이는 선후 자리의 경중을 더는 생각하지 마십시오. 작은 일도 운명을 벗어나지 않는 법이며 연교의 기질과 품성이 너무나 뛰어나고 남달라 사람의 아래에 자리하여 정실에 오르지 못하니 이를 어찌 면할 수 있겠습니까? 다만 위로할 바는 저 아이들이 자매나 다름없으니 외람되게 아황과 여영의 고사를 따를 만하고, 이생이 성인의 큰 도를 따르는 데 모자람이 없으므로 자염이와 연교의 일생 역시 빛나게 될 것입니다. 이는 평범하게 구해서는 얻지 못할 혼처인데 상형과 누이는 반기지 않으시고 연교는 죽기로 작정하고 사양한다 하니,

끝내 혼인하지 않는 괴이한 처사는 없을 터에 그렇게 구는 것은 결코 유익하지 않습니다."

정태요가 정염·정겸과 정삼의 말을 듣고는 탄식하며 말했다.

"이생의 아름다움이 공자님 이후 제일인이라 해도 우리가 만년에 얻은 막내딸을 첩으로 들어가게 하는 것은 차마 달게 여길 수가 없고 연교 또한 죽기를 각오할 정도로 사양하여 시간을 지체하게 되었는데, 모두가 권하는 것을 듣고 인광 조카의 예언도 있으니 결국은 그대로 따르는 수밖에 없겠지."

정삼이 오래 지체하는 것은 옳지 않다고 권유하고 동생들과 자식 조카들을 거느리고 서헌으로 갔다. 정삼이 나가자 방으로 피해 있던 안손님들이 다시 자리를 이루고 담화를 나누었다.

이날 잔치에는 친척과 인척을 불문하고 부인들 중 오지 않은 사람이 없었는데, 장헌의 정실인 연부인만은 모친의 병환으로 인해 성안의 친정에 갔기에 참여하지 못했다. 박씨는 묘한 꾀를 내고 큰 생각을 품은 것처럼, 분을 품고도 아픔을 잘 참는 사람인 듯이 '소씨 저 미운 것을 잠시 견디면서 정씨 집안 사람들의 기색을 염탐해야지.'라고 맹세하며 장성완에게 간다는 말 없이 박씨 부중에 간다고 해놓고 갑자기 화려한 가마를 준비해 태운산에 이르렀다. 정월염이 시어머니가 올 줄은 생각도 못 하고 있다가 뜻밖에 잔치에 참여한 것을 의아하게 여기며 또 무슨 추태를 보일까 염려했다. 장성완 역시 어머니의 행차가 반가운 것에 앞서 걱정이 되고 난처하여 숨을 길게 내쉬었다. 자기도 모르게 오랜 근심으로 상해버린 애간장이 다시 타들어 갔으나 보는 눈들이 많으니 무슨 말을 할 수 있겠는가? 정월염과 함께 당에서 내려가 맞이하니 박씨가 이를 떨치고 부인들의 자리에 나아가 손님과 주인이 서로 인사를 했다. 정월염과 장성완은 그윽이 박씨의 입을 쳐다보면서 또 어떤 괴이한 말을 할까 너무나 초조했는데, 잠시 후 여러 공들이 안으로 들어오자 안손님들이 다시 방으로 피하게 되어 미처 많은 말을 하지는 못했다. 장성완은 방에 여러 안손님이 없다면 어머니에게 실언이나 실수를 하지 말고 무사히 잔치에 참여했다 가기를 빌어보고 싶었지만, 여러 손님들이 가득한 데다 애걸한다고 해서 어머니가 듣지 않을 것이기에 입도 열어보지 못했다. 대신 급한 마음에 춘홍에게 일러 장희린과 입을 맞춘 후 여차여차 병이 났다고 알리라 했다. 춘홍이 명을 받고서 여러 공들이 외당으로 나가고 박씨가 다시 자리에 들자 급히 알렸다.

"둘째 공자님께서 곽란으로 혼절하여 꽤 오래 지났는데도 지금까지 깨어나지 못하고 계신다 합니다."

박씨가 이날 정씨 부중에 온 것은 잔치에 참여하려는 것이 아니라, 자기가 직접 사람들 앞에서 소채강을 심하게 면박 주고 정삼과 화부인에게 욕설을 퍼부어 정인광으로 하여금 소채광을 첩으로 들인 것이 너무나 무상한 일임을 책망하기 위해서였다. 또 정염 부부까지 욕하여 소씨 가문의 요사롭고 간악한 씨를 며느리로 삼은 것이 사람의 할 바가 아님을 말해 한바탕 시원하게 난리를 치고 돌아가려 했다. 그 때문에 자기 나름대로는 많이 참으면서 잔치가 끝나기를 기다리고 있었는데, 전혀 생각지 못하게 아들이 혼절했다는 말을 들은 것이었다. 박씨가 원래 본래 총명하지 못하고 속이 깊지도 않으니 어찌 거짓말인 줄을 알겠는가? 이에 계획했던 대사를 쉽게 이루지 못하고 급히 가마를 재촉해 돌아가는데, 그러면서도 다시 기회를 얻어 난리를 칠 것이니 이번까지는 좋은 얼굴로 돌아가겠다 생각하며 불평스러운 기색을 드러내지 않았다. 다만 소채강을 보면 이를 갈지 않을 수 없어 신부 소씨는 미워할 일이 없는데도 소채강의 조카딸이라 하여 집어삼킬 듯 미워하니, 신부를 보는 두 눈동자가 어수선한 것을 모두가 해괴망측하게 여겼다.

박씨가 아들이 병이 났다는 말을 듣고 급히 돌아가자, 정월염은 시동생이 혼절했다는 것이 진짜가 아님을 알아챘으나 사람의 도리상 마지못해 즉시 함께 돌아가니 서태부인이 너무나 아쉬워했다. 뒤이어 잔치가 끝나고 내외 손님들이 모두 돌아간 후 정삼과 정염·정겸이 들어와 서태부인을 모시었다. 정인광은 정월염과 어릴 때 시련을 함께 겪었기에 친남매보다 더한 각별한 정이 있어 서로 대하면 뜻과 생각이 잘 맞았으니, 정월염이 자리에 없는 것을 서운해하며 물었다.

"누이는 어디 가셨습니까?"

서태부인이 답했다.

"잔치 자리에 박부인이 참석했는데 여차여차한 일로 급하게 돌아가니 월염이도 뒤를 따라 벌써 돌아갔단다."

정인광은 장희린의 곽란을 보지 않았어도 허언이라는 것을 알아채고 웃으며 말했다.

"별로 긴요하지도 않은 행차가 잔치에 참여했다가 누이조차 머물지 못하게 훼방을 놓았군."

이때 장성완 등 여러 소저들이 저녁 문안에 들지 않았기에 정태요가 가만히 웃으며 말했다.

"무엇 때문에 그 행차조차 긴요하지 않다고 하겠느냐? 다만 전에는 청해도 온갖 일을 핑계 삼아 오지 않더니 오늘은 흔쾌히 잔치 자리에 참석한 것을 보니 행동이나 말이 많이 얌전해졌더구나. 지난번에 어머니께서 너희 장모와 사위인 너의 인사가 사람 되기에 심히 멀었다고 하셨는데, 그래도 박씨는 퍽 나아졌으나 재보는 지금도 나아지려면 멀어 장모가 온 것을 긴요하지 않다고 하는구나. 사위도 자식이나 다름없는데 자식이 어찌 저럴 수 있을까?"

정인광이 관을 숙이고 웃음을 머금은 채 답을 하지 않으니 정겸의 부인 서씨가 웃으며 말했다.

"조카가 예전에 여자로 변장해 장공(장헌)의 애첩이 되었을 때 박씨가 투기하러 나오던 행동거지가 매우 우습더라는 말을 잠깐 전해 들었다. 재보 자신은 장모의 과실이라고 하여 입 밖에 내는 법이 없었는데, 오늘 다른 사람 없이 조용한 틈에 한번 말해보시게."

정인광이 무릎을 꿇고 대답했다.

"한번 말씀드리는 것이 뭐가 어렵겠습니까마는 이는 곧 제 평생의 부끄러운 일입니다. 제가 남을 속인 허물이 더 중하니 어찌 남의 부녀자가 망측한 것을 말하겠습니까?"

정태요가 웃으며 말했다.

"동생 같은 단정한 사람이 기괴하고 포복절도할 일을 들으려 묻는 것이 희귀한 일이고, 이는 어머님을 한번 웃으시게 할 일이기도 하다. 그러니 조카는 마음에 넣어두고 매번 혼자만 웃지 말거라."

말을 하는 도중에 주양이 장씨 부중에 가 딸을 본 후 정씨 부중에 이르러 정삼을 청했다. 정삼이 즉시 일어나 밖으로 나가자 정태요가 정인광을 가까이 앉히고 박씨가 투기하려 내달리던 일을 다시 물었다. 정인광이 웃으며 대답했다.

"고모님처럼 진중하고 예가 깊은 분이 굳이 사리에 어긋난 일을 들으려 하실 줄은 생각도 못 했습니다. 굳이 물으셔야 할 바는 아니지만, 상민이나 천민 여자 중 흉악하고 막된 부류가 첩을 시기하는 것이 하나둘이 아니니 그것으로 상상해 보시면 될 것입니다."

정인흥이 웃으며 말했다.

"박부인에 대한 말은 남의 부녀자 일이니 웃음거리로 삼을 바가 아니지만, 장공이 형님을 애첩으로 대접하여 푸른 산과 물로 굳은 맹세를 했던 일은 다시 듣고 싶습니다."

정인광이 미소를 지으며 말했다.

"이 역시 내 허물이니 저 무지하고 불인한 짐승 같은 인간을 어찌 책망하겠느냐?"

정인흥이 박장대소하며 말했다.

"형님이 자기 허물이라고 하면서 장공에 대한 흉은 비껴 가는 것을 보니 비로소 장인이 중한 줄 알겠습니다."

정인광이 웃으며 말했다.

"원보가 나를 충동질하지 않아도 굳이 들으려 한다면 비록 새로운 얘기는 아니지만 한번 말하는 게 뭐가 어렵겠느냐?"

그러고는 드디어 기강 땅에서 장헌을 만난 것과 부득이 여장을 하고 속인 일부터 경사에 올라와 지냈던 일을 잠깐 말하니 장헌의 어리석고 우스운 거동을 눈앞에서 보는 듯했다. 나중에 앵혈이 없는 것을 보고는 칼을 들고 달려들던 일과 여러 번 빌어도 용납하지 않자 눈에 재를 넣고 얼굴에 침을 뱉고는 뺨을 친 후에 돌아온 일을 대강 얘기했다. 이는 전날 말하던 것보다 더 자세해 장헌의 망측하고 기괴한 면이 다시금 드러났고 그 와중에 겪은 액화는 놀랍고도 위태로운 지경이 많았다. 기강 옥중에서 곤란을 겪을 때 최언선이 아니었으면 어찌 살아날 수 있었겠는가? 좌중이 웃으면서도 놀라움을 금치 못했다. 정인홍이 웃으며 말했다.

"형님이 장공을 한스러워 하는 것이 화상(畫像) 일 때문만은 아니군요."

정인광 역시 웃으며 말했다.

"원보는 나를 그처럼 평범한 사람으로 여기느냐? 내가 한순간 짐승 같은 장헌의 해코지를 입어 옥중에서 곤란을 겪고 칼 아래 위태로울 뻔했으나, 이미 죽기를 면했으니 한스러워할 바가 아니고 이 또한 운수이니 저만 유독 책망할 수는 없을 것이다."

이에 좌중이 모두 정인광을 일컬어 어질다고 했다.

한편 장성완은 박씨를 빨리 돌아가게 한 후 잔치가 끝나자 침소에 물러 나와, 그 모친의 성질을 애달파하며 자신의 운수가 남 같지 못함을 슬퍼했다. 이때 정당에 있다가 온 설난이 그윽이 눈물을 머금고서 참담하고 수치스러운 표정으로 있으니 장성완이 그 까닭을 물었다. 설난이 탄식하며 대답했다.

"마침 태전 유모와 시종들이 두어 잔 술을 나누자 하여 난간에 이르렀는데, 주인 나리와 여러 상공들께서 하시는 말씀을 들으니 저도 모르게 얼굴이 화끈거리고 눈물이 났습니다. 아예 가지 말걸 하는 후회가 듭니다."

그러고는 서태부인과 정태요가 여러 소년 상공들과 나눈 말을 일일이 전하니, 장성완이 듣지 않았어도 어찌 그 부모의 괴이한 행사가 웃음거리가 되는 것을 모르겠는가? 그저 남의 시시비비를 막지 못하는 것을 애달파할 뿐이었다. 정인광이 말마다 짐승 같은 장헌이라 하면서 나무라는 일과 눈에 재를 넣고 침을 뱉어 때리고 욕하기를 무수히 한 후에도 오히려 너무나 이상하고 놀라운 일이라 하면서 원수같이 여기는 것을 오늘 처음으로 듣는 것은 아니었다. 하지만 차라리 모르는 것만 같지 못하기에 유모를 돌아보며 그만하라고 했다. 해를 쏠 듯한 강렬한 두 눈에는 눈물이 그렁그렁하여 화씨 구슬이 구르는 듯하더니, 이내 천천히 몸을 일으켜 저녁 문안에 나아갔다.

좌중을 압도하는 장성완의 바둑 솜씨

남자들은 마침 다 물러가고 부인들과 소저 등이 서태부인을 모시고 있었다. 정숙염과 상옥교가 촛불 아래에서 산호판에 바둑 구슬을 벌여놓고 나직이 승부를 다투는데, 원래 정숙염의 바둑 두는 솜씨가 아주 뛰어나 상옥교의 민첩하고 총명한 재주로도 당할 수 없었다. 손을 미처 놀리지도 못한 채 둘 곳이 막히자 상숙교와 여러 어린 소저들이 돌아가며 상대를 했으나 한 사람도 이기지 못하고 맞설 사람도 없었다. 정명염이 웃으면서 말했다.

"내가 평생 용렬한 자질로 잡기는 시도해 본 적이 없지만, 숙염 동생이 너무 자신 있어 하는 것이 보기에 분하고 여러 동생들이 하나도 당하지 못하는 것도 괴이하니 잠시 숙염 동생과 승부를 다뤄보겠다."

그러고는 판을 내와 바둑알을 놀리는데 정명염의 솜씨는 조용하고 침착하여 처음에는 다소 엉성한 듯하더니, 점점 사방이 완벽히 갖추어져 팔진이 정제하고 조화가 신기로우며 재주는 무궁하니 번복이 끝이 없어 예측하기 어려웠다. 이에 정숙염이 손을 놀리지 못하고 속수무책으로 둘러싸이는 것을 면치 못하니 서태부인이 즐거워하며 말했다.

"사람이 아주 작은 곳에서도 어버이를 닮는다고 하더니, 명염이의 솜씨가 처음에는 침착하다가 나중에는 신기하여 그대로 아버지를 닮았으니 어찌 기특하지 않겠느냐? 하물며 숙염이가 자만하던 높은 흥을 한 판에 꺾어 여러 아이들이 이기지 못한 분을 한꺼번에 풀어주니 아주 시원하구나. 숙염이는 다시는 명염이 듣는 데서 재주를 자랑하지 말거라."

정숙염이 낭랑하게 웃으며 대답했다.

"제가 여러 번 이겼으나 마음이 교만해 손 쓰기를 게을리하다가 명염 언니께 욕을 본 것입니다. 다시 본래 재주를 다하면 어찌 명염 언니의 아래가 되겠습니까?"

정기염이 조용히 웃으며 말했다.

"사람이 설령 재주가 있다 해도 어찌 저처럼 자부할 수 있을까? 하지만 명염 언니께는 이미 패배하여 말에 빛이 바랬으니 나와 한 판을 겨뤄보는 것이 어떻겠는가?"

정숙염이 웃으며 말했다.

"언니께서 잡다한 말로 저를 눌러버리려 하시지만 저 또한 가진 재주가 있으니 마음대로 속이지는 못할 것입니다."

그러고는 판을 벌여 잠깐 사이에 정숙염이 두 판을 진 후 한 판을 이겼는데 정기염의 재주는 처음부터 끝까지 모두 비상했다. 서태부인이 이자염의 재주를 마저 보려고 판을 가까이 놓은 후 이자염을 돌아보며 말했다.

"우리 며늘아기가 기염이와 한 판을 두어 이 할미를 구경하게 하는 게 어떻겠느냐?"

이자염이 감히 사양할 수 없어 그러겠다고 하니 서태부인이 곁에 앉도록 했다. 정기염이 이자염을 상대해 흑백 돌을 나누었다. 두 사람의 고운 소맷자락이 어지러이 나부껴 흑백의 돌을 벌여놓는데, 손놀림과 음양의 조화가 예상하기 어려워 바람과 구름이 사방에서 막고 우레가 진동하여 스스로 조화를 돕는 듯하니 누가 능하고 누가 신기한지 보통 눈으로는 알 수 없었다. 이자염의 비단 적삼이 팔랑팔랑 나부끼니 이는 마치 헌원씨의 신기함과 복희씨의 술법 같았다. 우뚝 솟은 산봉우리의 학이 상서로움을 지어내는 듯 조화가 신기하고 그 번복되는 것이 예상할 수 없는 가운데, 정기염의 맑은 눈이 잠시 변해 고운 뺨이 움직이며 놀라는 빛을 띠더니 수를 둘 곳이 막혀버렸다. 이자염이 천천히 바둑판을 밀고 손을 모아 단정히 앉으니 좌중이 너무나 놀라 일시에 그 신기한 솜씨를 칭찬했다. 화부인은 기분 좋게 웃는 얼굴로 정숙염을 돌아보며 말했다.

"조카가 평생 바둑에 능하다고 자부하더니 오늘 명염 조카에게 한 번 지고 기염 조카에게는 두 번을 패했는데 이제 또 이런 재주를 보니 어떠하냐? 기염 조카의 솜씨가 명염 조카보다 뛰어나고 너보다 세 배 뛰어나다 해도 내 며느리에게는 미치지 못할 것이니, 이것으로 사람의 재주란 것이 너무나 차이가 많다는 것을 알겠구나."

정숙염이 문득 칭찬하며 말했다.

"자염 형님의 솜씨는 제갈량이나 강태공의 신기함도 미치지 못할 정도이니 저의 하루살이 같은 재주로 어찌 형님의 솜씨를 당하겠습니까? 다만 형님이 장소저와 대국하는 것은 한번 구경해 보고 싶습니다."

이에 서태부인이 장성완에게 정기염과 한번 승부를 겨뤄보라고 하니, 장성완이 명을 받들고 정기염과 마주 앉아 판을 벌였다. 섬섬옥수를 느리게 움직이는 곳에 문명이 가지런하고 기율이 엄숙하여 조화의 신기함과 번복을 측량하기 어려운 것은 이자염과 흡사하니, 동쪽으로 막고 서쪽으로 에워싸 너무나 쉽게 막히게 되자 정기염이 판을 밀며 말했다.

"숙염 동생을 한 번 이긴 후로 이소저께 지고 또 장소저께 굴하니 동서로 모두 패한 장수가 어찌 용납될 수 있겠습니까? 숙염 동생에게는 신묘함을 자랑하다가 상좌를 당했고 두 소저에게는 머리를 숙였으니 다시는 바둑에 대해 얘기하지 않겠습니다."

자리의 모든 사람들이 크게 웃으며 두 소저의 신기한 재주에 연신 감탄하면서, 만사가 기이한 것이 보통 사람은 생각지도 못할 것이라고 했다.

정삼이 정염·정겸과 함께 자식과 조카들을 데리고 들어와 저녁 문안 인사를 드리는데, 정태요가 아까 여러 조카들과 이자염·장성완이 바둑을 두었던 것을 말하며 칭찬해 마지않았다. 정삼이 흔연히 말했다.

"사람이 재주가 있으면 온갖 일에서 우둔함을 면하기는 할 것입니다. 하지만 제 두 며느리가 바둑 같은 잡기에 능통한 것이 칭찬할 만한 일이겠습니까?"

정염이 웃으며 말했다.

"재보의 바둑 솜씨가 아이들 중 으뜸이라고 하더니 현보와 바둑을 둘 때 세 판 중 한 판을 겨우 이겨 웃었는데, 두 조카며느리의 재주가 이처럼 신기하다면 현보는 여기 없으니 재보라도 두 조카며느리와 승부를 겨루게 해보십시다."

서태부인이 항상 정인광 부부의 금슬이 소원한가 근심하던 터라 웃으며 말했다.

"노모도 그 아이들이 부부간에 바둑 두는 것을 보고 싶지만, 며느리가 지나치게 조심스러워해 손을 제대로 놀리지 못할 것이고 인광이는 능청맞아 며느리가 조심하는 것을 기회 삼아 위력으로 이기게 될까 싶어 권하지 못하겠구나."

정염이 웃으며 대답했다.

"인광이가 비록 능청맞지만 감히 할머니 앞에서 모든 눈이 보는데 어찌 위력으로 이기려 하겠습니까? 한번 두라고 해보십시오."

정삼이 웃으며 말했다.

"동생이 남의 며느리에게 보채며 민망해하는 마음을 살펴주지 못하니 그 심술이 참 괴이하구나."

정겸 역시 웃으며 말했다.

"경조 형이 우리에게 보채는 것은 본성이거니와, 백모님께서 보고 싶어 하시니 형님은 바둑을 두라고 하십시오."

정삼은 서태부인이 한 번 웃는 것을 천금을 주고도 바꾸지 못할 일로 알기에 정인광과 장성완을 돌아보고는 웃으며 말했다.

"며늘아기는 민망하겠지만 어머님이 보고 싶어 하시니 인광이와 바둑을 겨뤄 어머님을 웃으시게 하거라."

정인광은 절하고 명을 받들었으나 장성완은 부끄럽고 민망하여 어찌할 줄을 몰랐다. 서태부인이 나오라고 하여 가까이 앉히고 정명염은 바둑판을 옮겨 장성완 앞에 놓았다. 정인광이 대장부의 기상을 지녔지만 할머니 앞에서 부부가 바둑을 두는 것이 당황스럽고 수치스러워, 눈썹을 나직이 하고 두 눈은 가늘게 뜬 채 천천히 바둑판 앞에 나아가 앉았다. 정명염이 이번에는 장성완의 포갠 손을 풀며 말했다.

"동생이 사양한다고 될 일이 아니네. 이미 바둑을 겨뤄 승부를 가르기로 되어 있는데 어찌 손을 포갠 채 흑백 돌을 나누지 않는가?"

말을 마치고 섬섬옥수를 이끌어 바둑알을 나누게 했다. 장성완이 본래 근심이 셀 수 없을 정도여서 흥취가 전혀 없기에 동기나 동서들과도 바둑을 둔 적이 없다가 오늘 밤 정기염과 승부를 겨룬 것이 처음이었다. 그런데 또 정인광과 바둑을 두게 되니 죽기보다 싫었으나, 시아버지가 명하시고 서태부인이 보고 싶어 하시니 감히 그만둘 수가 없었다. 이에 전혀 흥미가 없는 채로 판을 살피지도 않고, 정인광이 바둑알을 다 놓기를 기다려 정명염이 이끄는 대로 자신도 바둑알을 벌여놓기는 했다. 그러나 정인광과 자리가 너무 가까워 옥 같은 얼굴이 붉어졌으니 마치 붉은 해가 동쪽 바다에서 떠오르며 빛나는 것 같았다. 정인광이 손을 옮겨두기 시작하고 장성완 역시 마지못해 소매를 움직이는데, 이마와 뺨에 구슬 같은 땀이 맺혀 홍도화가 아침 이슬을 머금고 연꽃이 소나기를 맞은 듯하니 그 고아한 태도는 더욱 뛰어났다. 눈은 바둑판에 있지 않고 마음도 승부에는 관심이 없었으나 타고난 기이한 재주는 스스로 힘쓰지 않아도 귀신이 돕는 듯 사람이 헤아릴 수 없는 정도였다. 거기에 천지의 조화까지 거두었으니 정인광의 솜씨가 제갈량과 강태공에 못 미칠 정도가 아닌데도 오히려 장성완에게는 첫 자리를 내줄 수밖에 없었다. 이미 둘러싸이고 잃어 손쓸 곳이 없으니, 내심 그 재주를 기이하게 여겼지만 내색하지 않고 몸을 일으켜 정인홍 윗 자리로 나아갔다. 모인 사람들이 장성완의 신이한 재주에 감동하고 탄복할 뿐 아니라 정인광이 허무하게 지고 물러난 것에 크게 웃었다. 서태부인이 기뻐하며 아름답게 여기면서도 정인광의 거동이 장성완을 가까이 대할수록 남의 집 상종 못 할 부녀자를 보는 듯 기운이 엄하고 안색이 단엄한 것이 마음에 걸렸다. 판을 벌여 승부를 겨루면서도 무심하게 눈을 들지 않으니, 장성완이 부끄러워 당황해하는 것은 말할 것도 없고 부부간의 그윽히 화락하는 정이 없는가 의심스럽고 근심되어 장성완을 안쓰럽게 여기는 뜻이 더욱 간절했다.

정삼이 천천히 침구를 펴며 서태부인에게 주무시기를 청하자 서태부인이 즉시 잠자리에 들었다. 여러 공들이 각기 물러나고 정인광은 부모님이 편히 쉬는 것을 본 후에 걸음을 옮겨 경운당으로 갔다. 진심은 생사를 함께할 바였으나 불경 같은 잡책을 집에 들인 것이 마음에 편치 않아 그 후 달이 지나도록 아직도 마음을 풀지 않은 상태였다. 촛불 아래에서 장성완을 마주했으나 묵묵히 말이 없다가 두 눈을 흘려 천천히 보니, 장성완의 얼굴이 자연스럽게 풀어져 겹겹의 구름 같은 머리채는 날아갈 듯하고 아름다운 얼굴에는 빼어난 푸른 빛이 서려 무협의 구름이 아침 하늘에 떨어진 듯 적막한 보조개는 연꽃이 이슬을 머금은 듯했다. 표연히 즐기지 않는 거동과 울울히 근심을 띤 형상에 병이 있어 신음하는 모양은 만고를 기울여도 비할 곳이 없으니, 누구든 한번 보면 자기도 모르게 정신이 혼미할 정도였다. 정인 광은 마음 가득 품었던 화가 하염없이 풀어졌으나 본래 강맹함이 남달랐기에 엄숙하게 정색을 하며 말했다.

"나는 본래 어리석고 못나 재상가 따님의 짝이 될 인물이 아닙니다. 스스로 외람됨을 모르지 않아 혼인을 바라지 않았는데, 부인께서는 부질없이 지엄한 명을 듣지 않고서 괴로이 낯가죽을 벗기고 귀를 잘라 우리 가문에 들어왔으니 신세에 무슨 좋을 일이 있겠습니까? 다만 내가 부인의 높은 절개에 감동하고 온 집안이 칭찬하기는 하였지요. 그런데 오늘 부인의 행사는 내 생각과 많이 다르더군요. 잘 모르겠습니다. 불교를 숭상하고 불경을 읽어 팔자에 무슨 유익함이 있고 또 무슨 액을 막으려 하는 것입니까? 불법을 숭상하여 만복이 제일가게 된다 하더라도, 내 집에서는 결단코 불도를 믿어 조상님의 죄인이 될 수는 없을 것입니다. 그대가 불도를 믿고 불경을 읽으려 한다면 그럴 수 있는 산속 도관이 한두 곳이 아닌데, 어찌 우리 집에서 부처의 말을 읽고 이단의 도를 행하려 합니까? 원래 산사의 비구니 무리는 일찍 지아비를 잃거나 커다란 설움을 당해 석가가 남긴 도를 이어 부처를 존숭하고 불경을 읽는 것으로 업을 삼으나, 그대의 신세와 운명은 그런 부류와 다릅니다. 제가 만일 죽었다 해도 그대는 친부모님과 우리 부모님이 계시니 삼종의 도가 있어, 갑작스럽게 산문에 들어가 머리를 깎고 두문불출하기 어렵습니다. 하물며 지금은 내가 이렇게 살아 있지 않습니까? 또한 백부님과 형님이 만 리 먼 곳에서 위기에 처해 계셔 조카와 동생 된 마음에 초조한 염려가 지극한데다 아버님과 할머님께서 울적해하시니 너무나 근심되어 마음이 놓이지 않는 상황입니다. 그런 이유로 오래 이곳에 들어오지 못했으니 이는 어른들을 모시느라 겨를이 없었기 때문입니다. 여자의 성정이 맑으면 남편의 출입을 입에 올리지 않을 텐데, 그대는 일마다 마음을 써 제가 들어오고 나가는 것을 일일이 기록했다가 어르신들께 고하기라도 하는 것입니까? 오늘도 할머니께서 여차여차 말씀하신 것을 그대도 들었을 것입니다. 제가 불초하여 세세한 곳에 마음을 쓰시게 한 것이 제 허물임을 깨달았으니, 이후로는 경운당 숙직을 게을리하지 않겠습니다."

말을 마치는데 그 기운이 차고 매서웠으며, 장성완이 조용히 듣자니 온통 자기의 허물이라 몸 둘 바를 알 수 없었다. 다만 마지막 말에 대해서는 억지로 잡아두려 보챘다는 것을 인정할 수 없었지만, 그저 한스러움을 안으로 삼키고 밖으로는 내색하지 않은 채 죄를 청했다. 그러면서도 겁나고 두려워 구차한 모양은 없고 겉과 속이 한결같으니, 정인광의 지중함과 강처럼 깨끗한 마음인들 어찌 감복하고 경탄하는 뜻이 없겠는가? 그럼에도 한결같이 위엄을 부리며 정색을 하고, 불서를 모아들인 치욕을 다시금 물었다. 소리가 점점 맹렬해지고 기개는 더욱 엄숙하되 장성완은 다만 눈길을 나직이 하고 들을 뿐이요 다시 대답하지 않은 채 마치 듣거나 말하지 못하는 사람과 같아 온화한 기운에는 변함이 없었다. 평소와 같이 평안하되 높은 기상이 아스라하여, 높고 아득한 하늘에 고요히 머무는 것 같고 해와 달에 사사로움이 없는 것 같으니 사람의 고집스러운 뜻을 일시에 사라지게 했다. 이에 정인광은 말없이 그 기색을 살필 뿐이었다.

이날 서태부인은 정인광이 경운당으로 간 것을 알고 시녀 비취에게 정인광과 장성완의 기색을 살펴보라고 했다. 원래 장성완의 유모와 시녀들이 매를 맞은 것을 집안에서는 전혀 몰랐는데, 명광헌에서 시중드는 서동 소학이 정인광의 유모 난취의 아들이어서 설난 등이 매를 맞은 것을 알고 아우인 비취에게 잠깐 말하며 그 억울함을 슬퍼했었다. 이에 이날 비취가 경운당의 동정과 그간의 일들까지 자세히 고하자 서태부인이 언짢아하며 눈썹을 찡그리고 말했다.

"남자가 규방의 일에 구구할 것은 아니지만 인광이는 너무 엄준하여 어질고 관대한 덕이 없는 듯하다. 제 아내가 불경을 모으려 한 것이 아님을 알면서도 죄 없는 유모와 시녀를 벌하고, 이미 오래 지났건만 아직도 풀어버리지 않고 며느리를 험하게 대하니 참으로 고집스럽구나. 내가 권해 경운당에 가게 된 것을 모두 며느리 탓으로 돌리니 어찌 밉지 않으며, 또 어찌 며느리를 못살게 굴도록 그저 두겠는가?"

말을 마치고는 난취에게 장성완을 불러오라고 하니 잠시 후에 장성완이 명을 받들어 이르렀다. 서태부인이 잠이 오지 않아 며느리를 불러 바둑을 다시 시험해 보려 한다며 상옥교와 상숙교에게 각각 한 판씩을 두게 했는데, 두 사람이 잠깐 사이에 수가 막히고 정신이 묘연하여 손을 움직이지 못하며 나무 인형처럼 앉아 있을 뿐이었다. 서태부인이 웃으면서 장성완에게 침상 아래에서 자라고 하고 손을 어루만져 사랑하기를 마치 갓난아기처럼 하며 경운당에는 돌려보내지 않았다. 장성완은 감히 청할 수는 없지만 본래 바라던 일이니 어찌 정인광 생각을 하겠는가? 이날 이후로도 계속해서 잠자리를 모시고자 했는데, 정태요가 장성완이 없는 틈을 타 웃으며 서태부인에게 말했다.

"인광이가 어젯밤에 무료하여 잠을 이루지 못했을 것이니, 오늘 밤에는 장씨를 침소로 돌려보내십시오."

서태부인이 웃으며 말했다.

"그 심술이 한스러워 돌려보내지 않으려 한다."

정태요가 웃으며 대답했다.

"그렇지 않습니다. 인광이의 본심은 장씨를 박대하려는 게 아닌데, 고집스러운 아이가 괜히 험한 모양을 보이는 것뿐입니다. 어른이 너무 자질구레한 일까지 아는 척할 필요는 없으니 그냥 놔두시면, 장씨의 사람됨으로 도척 같은 불인한 인물도 감화될 것인데 하물며 인광이를 감동시키지 못하겠습니까? 어머니께서 이런 일을 신경 쓰지 않으시더니 인광이 부부의 일에 대해서는 유심히 살피시는군요. 자애가 과도하실 뿐 아니라 약해지시어 노파심에 그러시는 것 같습니다."

서태부인이 역시 웃으며 말했다.

"늙는 것이 죽는 것보다 괴롭다는 말이 이런 것 때문에 나온 모양이다. 인광이의 성정이 세차고 난데없는 고집이 심하니 이 노모가 며늘아기의 괴로움을 모른 척할 수 없어 안쓰러워한 것인데, 너는 어미의 노망이라 하면서 비웃으니 이것이 어찌 진심이 아니라 노망이겠느냐? 하지만 네가 며늘아기를 제 침소로 보내라고 하니 내가 더 우기지는 못하겠구나."

정태요가 낭랑히 웃으며 말했다.

"어머니께서 며느리를 아끼시는 것이 한결같아 노파심에 그런 것이라고 말씀드렸지만 어찌 진심이심을 모르겠습니까? 어머님이 이처럼 말씀하시니 너무나 황공합니다."

말을 마치고는 모녀가 함께 웃었다. 그런 다음 서태부인이 장성완에게 침소로 가 편히 쉬라고 하니 장성완이 어찌 사양할 수 있겠는가?

토혈하는 장성완을 간호하는 정인광

장성완은 서태부인의 명에 따라 마지못해 경운당에 돌아왔다. 그런데 경운당에 오고 나서 갑자기 머리가 어지럽고 온몸이 부서지는 듯 심하게 앓게 되면서 토혈이 시작되었다. 그릇이 넘치도록 피를 계속하여 토하니, 유모와 시녀가 황급히 장성완을 붙들고 한편으로는 토하는 피를 받았다. 유모가 오열하며 말했다.

"본부의 부인께서는 소저의 이처럼 중대한 병환을 염려하지 않으시고, 날마다 해괴망측한 일을 생각하여 오늘도 소소저를 욕하고 오라며 다섯 번이나 시녀를 보내셨습니다. 시녀들이 비록 말은 하지 않고 돌아갔지만 너무 자주 찾아오는 것을 보고 사람들이 다 괴이히 여기니 어찌 민망하지 않겠습니까?"

장성완은 유모의 말이 쓸데없다고 생각했으나 토혈이 그치지 않아 말을 하지는 못했다. 안색이 점점 차가운 옥과 같아지고 손과 발은 얼음이 되어갔다. 유모와 시녀가 장성완의 이런 증상을 모르지 않고 처음 보는 것도 아니지만, 마음이 아프고 다급해하면서도 다른 데는 알릴 곳이 없어 소채강이나 청하여 함께 구호하려 했다. 그런데 뜻밖에 정인광이 문을 열고 방으로 들어왔다. 장성완이 나오는 피를 머금고 억지로 일어나자 유모가 그릇을 물리며 밖으로 나갔다. 정인광이 장성완의 토혈이 시도 때도 없다는 것과 병세가 중하다는 것을 듣긴 했으나 이런 광경은 처음 보는 것이었다. 토한 피가 몇 되가 넘고 얼굴에 생기가 없는 것에 크게 놀라 물었다.

"부인의 토혈 증세가 본래 심하다 하더니 병이 도지면 날마다 이렇습니까?"

장성완이 피를 머금은 상태라 즉시 답하지 못하고 고개를 돌리어 삼키려 했지만 한없이 나오는 피를 멈출 수 없었다. 형색이 이처럼 위태로우니 정인광이 어찌 부리는 종 대하듯 업신여길 수 있겠는가? 곁에 나아가 두 손을 잡았는데 이미 얼음이 되어 있었다. 이에 더욱 놀라 다시 맥을 짚으니 육맥이 모두 쇠약하여 원기가 다 사그러들었으며, 그런 중에 걱정이 심해 병을 더 키우니 증세가 가볍지 않아 너무나 위태로웠다. 이에 유모 설난에게 명해 명광헌 서동을 불러 세 공자에게 알리고 약상자를 가져오게 했다. 설난이 급한 걸음으로 달려가 약상자를 즉시 받들어 오니, 정인광이 인삼차에 환약을 개어 장성완에게 마시라고 했다. 장성완이 받아 마시고는 정신이 어둑하고 심하게 아픈 것을 겨우 참고 몸을 일으켜 자리에 나아가려 했는데 병을 이기지 못하는 거동이었다. 정인광이 춘홍에게 이부자리를 펴게 하고 본인도 잠자리에 오른 후 장성완에게 누워 안정을 취하라고 했으나, 주저하면서 따르지 않아 숨이 끊어질 듯 형색이 점점 위태로워졌다. 정인광이 너무나 놀라고 걱정스러워 몸을 일으켜 장성완을 붙들어 이부자리에 누이고 편히 쉬게 하면서 조금도 움직이지 말라고 했다. 자신도 천천히 웃옷과 띠를 끄르고 홑옷만 입은 채 침상에 비스듬히 누웠으나, 눈을 맞출 뜻이 없으니 자주 고개를 돌려 상태를 살펴볼 뿐이었다. 그런데 장성완이 침상에 누운 후에는 더욱 죽은 듯이 정신을 차리지 못하자 정인광이 다시 일어나 촛불을 내와 앞에 놓고 장성완의 얼굴과 가슴에 손을 대보니 온기가 없어 너무도 슬프고 마음이 아팠다. 이에 이불을 끌어 덮어주고 약상자를 내와 두어 개 환약을 간 후에 깨끗한 물에 개어 입에 흘려넣었다. 장성완이 처음에는 정신이 없어 모르다가 한 종지를 목으로 삼킨 후 겨우 정신을 차렸는데, 그제야 정인광이 앞에 앉아 있는 것을 보고 놀라 일어나려 했다. 정인광이 움직이지 못하게 하며 손을 주물러 한참 후에 온기가 돌자 그제야 베개를 받치고 반쯤 누웠다. 하지만 잡은 손을 놓지 않은 채 밤새도록 잠을 자지 않다가, 새벽이 되자 일어나 설난을 불러 일렀다.

"네 주인의 병세가 가볍지 않으니 할머님께 아침 문안 드리기가 어려울 것이다. 어머님께는 병이 심하다고는 하지 말고 다만 병이 나서 참석하지 못한다는 말씀만 아뢰고 소씨를 청해 구호하도록 해라."

말을 마치고 아침 문안을 드리러 들어가니 서태부인이 장성완은 왜 오지 않았냐고 물었다. 화부인이 병이 났다고 전하니 서태부인이 정인광을 돌아보며 말했다.

"이번에는 지난번처럼 속이지 말고 제대로 가서 약을 쓰고 병구완을 하거라."

정태요는 지난밤 경운당 일을 비취가 엿보고 아뢰었기에 알고 있었으나 서태부인이 심하게 걱정할까 하여 장성완의 병이 위중한 것을 알리지 않았기에 웃음을 머금고 말했다.

"조카가 아내를 보고 처음으로 병세를 제대로 알게 되어 크게 놀랐을 것이다. 혹 붙들고 울지는 않았느냐?"

정인광이 웃으며 대답했다.

"그 사람이 죽지는 않았기에 울지 않았습니다."

좌중이 크게 웃었으며, 상옥교 역시 웃음을 머금고 말했다.

"재보는 장공을 통한스럽게 여기니 그 딸이 죽었다 해도 무엇이 비통하여 울겠습니까?"

정인광 역시 웃으며 말했다.

"인정과 선악은 다 한가지입니다. 누이가 세상을 버리는 날 내형이 곡 한 번 안 하면 누이의 넋은 고마워하겠습니까?"

상옥교가 낭랑히 웃으며 말했다.

"재보가 하는 일이 인정에 가깝지 않아 장씨가 죽어도 울지 않는 것은 아닐까 한 것인데, 왜 살아 있는 나를 두고 남편이 울지 안 울지를 거론하는지 모르겠구나. 또한 살아서 편치 않게 굴던 사람이 죽고 난 뒤 울어준다고 무엇이 고마울까?"

정인광이 빛나는 고운 얼굴에 부드러운 웃음을 띠며 기분 좋게 이야기를 나누었다. 정삼이 천천히 정인광을 돌아보며 말했다.

"근심 때문에 생긴 네 처의 병세가 가볍지 않다. 네가 꼼꼼하지 못해 병을 고치는 데 힘쓰지 않을 것이니 내 직접 구호하고 싶지만, 며느리가 심히 불안해하니 병중에 마음이 편하지 않으면 해롭기만 할 것이라 들어가 보지 못하겠구나. 네가 반드시 진심으로 약을 써 소홀함이 없게 해라."

장성완이 박대당한다고 오해한 장헌

정인광은 명을 받고 서재에 나와 약을 지어 경운당으로 보냈다. 소채강으로 하여금 약을 달여 쓰게 한 후 다시 들어가 간병하려 할 때 갑자기 장헌이 이르렀다. 비록 대놓고 피하려 하지는 않았으나 본래 마주치는 것도 괴로워했기에, 이날도 장씨 부중과 통하는 협문으로 동자가 앞장서 들어오는 것을 보고 분명 장헌이 오는 줄 알고 즉시 몸을 빼 내헌으로 향하니 주변 사람들은 으레 그러려니 했다. 정삼을 만나 며칠 격조했다고 인사하며 딸을 보고 싶다 하니, 정삼이 정인경에게 경운당으로 모시라고 했다. 장헌이 경운당에 이르러 문을 열고 들어가자 장성완이 일어나는데, 움직일 힘이 없는데도 겨우 아픈 것을 진정하고 혼미한 정신을 수습하여 천천히 몸을 일으켰다. 그리고 나직이 자리에 나아가 거듭 절하고 다시 꿇어앉아 안부를 물었다. 반기는 빛과 효순한 거동은 따뜻한 해가 봄의 신을 맞이한 듯하고, 도톰한 붉은 입술과 가지런한 흰 이와 반듯한 이마에 그윽한 눈빛은 먼

산 그림자가 장강과 한수의 맑은 물에 떨어지는 듯하며, 눈동자는 푸른 강물에 부서지는 듯 밝고 맑았다. 빛나는 비단이 아름다운 피부를 가리고 있으니 백옥을 쪼아 진흙에 묻은 듯하고 명주를 건져 수풀에 던진 것 같았다. 파리한 병든 몸의 위태로운 거동은 꺾어지고 쓰러질 듯하여, 도를 배우지 않았으나 표연히 신선이 되어 날아오를 것 같았다. 장헌이 비록 사람을 알아보는 눈이 밝지 못하지만 딸의 병이 중한 것을 어찌 모르겠는가? 이에 경악하여 편히 누우라고 한 후 손을 잡고 아픈 곳을 물으니 장성완이 대단치 않다고 대답했다. 장헌이 재차 누우라고 했으나 장성완이 끝내 눕지 못하는데, 기운이 막혀 금방이라도 위태로워질 상황이었다. 이에 장헌이 너무나 분하고 초조해 설난 등을 불러 물었다.

"딸아이의 병세가 이와 같은데 한림이 끝내 들어오지 않았느냐?"

설난이 장헌의 위인을 알기에 해롭게 고할 수 없어 급히 대답했다.

"주인 나리께서 극진히 간호하시어 조금도 소홀하지 않게 하셨습니다."

장헌은 눈앞에 정인광이 없는 것이 마음에 들지 않아 혀를 차고 말없이 있다가, 직접 딸을 붙들어 베개에 눕힌 후 청사에 나와 정인광을 불러 달라고 했다. 장성완이 겨우 기운을 내어 일어나 앉아 있을 때는 정신이 들었으나, 베개에 머리를 던지니 정신이 가물가물해 장헌이 정인광을 부른 것을 알지 못했다. 추연이 그 앞에 나아와 말했다.

"아씨 아버님께서 주인 나리를 부르시니 무슨 곡절인지 모르겠습니다."

장성완이 너무 놀라 다시 일어나 앉으며 장헌을 들어오게 한 후 물었다.

"아버님께서 한림을 불러 무슨 말을 하려 하십니까?"

장헌이 눈썹을 찡그리며 말했다.

"다른 것이 아니라 네 병이 이처럼 위중하니 불러서 약을 의논하려는 것이다. 그리고 이곳에서는 정성으로 간호할 도리가 없으니 우리 집으로 데려가겠다 말하려 한다."

장성완이 옳지 않다고 간하려 할 때 정삼이 이르러 기침을 한 번 하고 지게문을 여니 더 이상 말하지 못하고 급히 일어났다. 그런데 그 거동이 너무나 위태로웠기에 정삼이 크게 놀라 바삐 나아가 앉으며, 그 손을 잡아 곁에 앉히고 말했다.

"우리 며느리가 요즘 심히 수척하여 보기 놀라우니 염려를 놓지 못하기는 했지만, 어찌 하룻밤 사이에 이런 정도가 되었을 줄 알았겠는가? 몸을 일으켜 움직이지 말고 조리나 잘하도록 해라."

그러고는 맥을 짚어보고 너무나 근심되어 설난 등에게 장성완을 붙들어 편히 눕게 하고 청사에 나오니 장헌이 눈썹을 찡그리며 탄식했다.

"딸아이의 병이 이렇듯 위중한데 저런 시비 무리만 좌우에 있어 약과 미음을 제때 쓰지 못하니 참으로 놀랍습니다."

(책임번역 탁원정)

완월회맹연 권43

장성완의 자결을 재촉하는 정인광

박씨가 정씨 부중에 가 욕설을 퍼붓고

정인광은 장성완에게 자결할 것을 재촉하다

정씨 부중에 가 한바탕 욕설을 퍼부은 박씨

장헌이 눈썹을 찡그리며 탄식했다.

"딸아이의 병이 이렇듯 위중한데 저런 시비 무리만 좌우에 있어 약과 미음을 제때 쓰지 못하니, 참으로 놀랍고 걱정될 뿐 아니라 너무나 안쓰럽습니다. 그래서 재보를 불러 집에 데려가 간호할 것을 의논하려 했는데 재보가 끝내 외면하니 무척 무안하군요."

정삼이 흔연히 말했다.

"며느리의 병세가 염려스럽지만 본래 근심이 쌓여 생긴 병이니 갑자기 쾌차하기 어렵고, 댁에 데려가는 것은 비록 가마에 실어 간다 해도 병에 해로울 것입니다. 그러니 조금 회복하기를 기다려 댁에 데려가는 것이 옳을 듯합니다. 제 아들은 분명 부르신 것을 몰랐을 것입니다."

말을 마치고는 좌우에 명하여 정인광을 불러오라고 했다. 이때 정인광은 장헌을 피해 봉일전에 있었는데 장헌이 부른다는 말이 전해지자 내키지 않아 가만히 앉아서 움직이지 않고 있었다. 그런데 정삼이 부른다는 명이 이르자 감히 지체할 수 없어 즉시 부름에 응했다. 정인광은 엄숙한 안색과 부드러운 목소리로 부모를 공경하는 지극한 효성만 보일 뿐 억지로 응하는 기색은 조금도 나타내지 않았다. 정삼이 장헌을 가리키며 말했다.

"형님께서 벌써 오셔서 너를 불렀는데 너는 어찌 오지 않았느냐?"

정인광이 대답했다.

"제가 내당에서 어른들을 모시느라 장인께서 오신 것을 알지 못했습니다."

그러고는 머리를 숙이며 장헌을 향해 부득이 예를 행하고 물러나 말석에 앉았다. 장헌이 문득 기운과 위엄을 보이고자 하여 홀연 얼굴을 찌푸리며 크게 기침한 후 다시 소리를 가다듬어 말했다.

"딸의 병세가 이렇듯 위중해 위태할 지경인데도 물색 모르는 시비들만 들이밀어 놓고 들여다보는 사람이 전혀 없으니, 누가 약물과 미음을 때에 맞추겠는가? 이곳에 두어서는 성한 사람도 병이 나고 병든 사람은 분명 죽게 될 것이네. 오늘이라도 데려가 간호하려 하는데 사돈께서 허락하지 않으시니 너무나 근심스러울 따름일세. 무릇 곤궁하고 비천하게 자란 부류는 고난을 당해도 괴로움을 알지 못하겠지만, 부귀한 집에서 태어나 호사롭게 사라 세상의 고난을 당해보지 않은 사람은 결코 견딜 수 없는 법이지. 내 딸의 얼음처럼 맑고 옥처럼 깨끗한 기질은 난초나 혜초 같으니, 부귀가 한 몸에 가득하여 계단에 발을 디딜 때는 미풍을 근심하고 계단에서 몸을 움직일 때는 티

끝이 묻는 것도 꺼릴 정도였다네. 그런데 이 가문에 시집온 이후 그처럼 높고 큰 예도를 지키느라 약한 아이가 많이 상한 것인가 싶군. 이런 말을 덧붙이는 것이 우습기는 하지만, 재보는 딸아이를 단순한 아내로 알지 말게나. 내 딸이 재보를 위해 낯가죽을 벗기고 귀를 자른 후 강에 몸을 던져 죽음으로써 이름을 지키고자 했던 것을 슬퍼해야 하지 않겠나? 그러니 위태로운 병을 돌아보아 죽음은 면하게 하는 것이 인자의 덕일 것이네."

정인광이 속으로 가소롭고 해괴하게 여겼지만, 다시금 책망할 필요가 없고 부친에게 해로운 말을 한 것도 없기에 그저 듣고 있을 뿐이었다. 장헌이 다시 정삼을 향해 말했다.

"내가 딸 데려가는 것을 허락하지 않으니 이 댁에서 몇 칸 별당을 마련해 딸을 옮겨두면 우리 부부와 아이들이 왕래하면서 간호하도록 하겠네. 이 댁에서는 내 딸 하나 있고 없고가 별로 관계없는 일이라 생사가 긴급하지 않겠지만, 나는 하나뿐인 딸이 죽는 것을 차마 볼 수 없으니 절박한 사정을 돌아봐 주길 바라네."

정삼이 대답했다.

"별당이 아니라 이곳에 형과 형수님이 왕래하며 간병하셔도 불편할 일이 없고, 며느리가 비록 병이 있으나 아직 젊은 나이라 혈기 왕성하며 타고난 기질이 요절 박명할 아이가 아니니 불길한 생각을 하실 필요도 없습니다. 지나치게 걱정하지 마십시오. 또한 며느리의 근심이 쌓인 것은 제 아이 때문이므로, 결자해지하여 며느리의 병세를 고치게 하고 점차 회복하게 돕는 것이 옳을까 합니다."

장헌이 비록 정인광이 박정한가 하여 화가 나 못마땅한 회포가 있었으나, 정삼이 화평하게 말하고 정인광도 밖으로는 공순하게 대하니 더 이상 불평을 늘어놓지 못했다. 눈썹을 찡그리고 입을 다문 채 오랫동안 말을 하지 않다가, 약 쓰는 것에 대해 물은 후 설난 등을 불러 간호를 게을리하지 말라 하고는 일어나 돌아갔다. 정삼이 나와 서헌에 자리하니 정인광이 손을 모으고 그 곁에 섰다. 정삼이 너른 이마를 찡그리며 말했다.

"며느리의 병을 살피고 맥을 보니 전보다 더 위태하더구나. 너는 절대 간호를 게을리하지 말거라. 원기가 다 소진되고 맥도 허약하여 믿을 것이 없으니 어찌 근심되지 않겠느냐?"

정인광이 아버지가 우려하는 것이 민망해, 젊은 나이의 왕성한 혈기로 잠시 병을 얻었을 뿐이니 걱정하실 필요는 없다고 말했다.

이때 장성완은 그 부친의 염치 없는 말을 듣고는 다시금 부끄러움이 더하고 심사가 요동하여, 소채강의 손을 잡으며 눈물을 머금고 슬프게 말했다.

"동생아, 세상 사람들 중 근심을 품고 심사가 절박한 것이 나 같은 사람이 또 있을까?"

소채강 역시 눈물을 흘리며 말했다.

"부인께서 일찍이 평안하신 날이 없었으며 근래에는 불인한 저 때문에 더욱 불안하신 것을 알았으니 제 마음이 또 어찌 평안하겠습니까? 부인의 어머니께서 그러시는 것은 자애가 지극해서이니, 제가 조금도 한을 품지 않았는데 부인께서는 어찌 괜한 심려를 더하십니까?"

장성완은 소채강이 훤히 아는 것을 더욱 괴이히 여기며, 본래 마음을 서로 속이지 않는 사이라 얼굴에 근심을 띠고 길게 탄식하며 말했다.

"내 불안함은 굳이 동생 때문에 비롯된 것만이 아니라 스스로 운명을 슬퍼해서 그런 것이네. 자포자기한 외로운 몸이 스스로 목숨을 끊어 세간의 영욕과 비환을 사절하려 하나 뜻대로 할 수 없으니 누굴 한하겠는가?"

말을 마치고는 두 사람이 서로의 회포를 달래며 탄식해 마지않았다.

이날 장헌의 둘째 아들 장희린도 정씨 부중에 이르러 누이의 병세를 보았는데, 그 증세가 가볍지 않은 것을 크게 우려하여 정인광을 보면서 말했다.

"형은 어른들을 모시는 여가에 누이의 병을 살필 겨를이 없을 것이니, 방을 한 칸 마련해 저희들이 누이를 간호하게 해주시면 동기의 정으로 소홀함 없이 살피고자 합니다."

정인광이 천천히 웃으며 말했다.

"내 집은 성한 사람도 병들게 하고 죽이니, 너희가 누이를 살리고 싶으면 자주 와서 간호를 해라. 문승(장희린)은 그저께 곽란으로 거의 초상이 날 지경이라 들었는데 어느새 쾌차해 안색은 복숭아꽃처럼 발그레하고 기운도 충천하니 무슨 병이 그처럼 위급하더냐?"

장희린이 웃으며 다른 말을 시작해 조용히 이야기를 나누다가 이윽고 돌아갔다. 정인광은 서태부인 침소에 들어가 날이 저물자 저녁 문안을 드린 후 다시금 경운당에 들어가라는 정삼의 명을 받았다. 정인광은 굳이 정삼의 명이 없어도 스스로 장성완의 병이 염려되어 여러 날 잠을 못 자는 괴로움도 모르는 채 간호에 몰두했다. 옷과 두건도 벗지 않고 쓴 약을 맛보며 미음의 온도가 적절한지도 살펴 입에 딱 맞게 하는 것이 신기할 정도였다. 그럼에도 조금도 구구하거나 자질구레하지 않고 준엄한 위의를 결코 잃지 않았다. 이처럼 정인광이 밤낮을 머물며 장성완을 간호하는데, 열흘이 지나도 조금도 게으른 모양이 없으며 잠시 조는 일도 없으니 부부의 정이 박하다면 어찌 이럴 수 있겠는가? 그럼에도 장헌과 박씨는 사위의 사람됨을 제대로 알지 못하고, 날이 오래 지나도록 딸이 회복하지 못하는 것을 사위 탓으로 돌렸다.

하루는 박씨가 편지 한 장을 써서 시녀 소추에게 주면서 말했다.

"너는 이 편지를 가져가 정씨 부중의 화부인께 드린 후 소저의 병을 자세히 알아 오거라."

소취가 정씨 부중에 이르렀을 때 마침 화부인이 경운당에 와 장성완의 병세를 묻고 미음을 직접 가져가 먹으라고 권하고 있었다. 이때 갑자기 장씨 부중의 시녀가 와 편지를 올리기에 천천히 뜯어보니, 편지 내용이 온통 해괴한 것을 어찌 다 말할 수 있겠는가? 첫머리부터 문안을 묻는 예사 편지가 아니었다. 정인광의 박정함과 무심함이 무죄한 아내를 죽이려 한다고 할 뿐 아니라, 정삼과 화부인이 자애가 없어 포사와 달기 같은 요악한 음녀 소채강만 사랑하고 장성완이 정숙하며 성녀의 풍모를 지녔음은 생각지도 못한다고 했다. 장성완의 병은 소채강이 간교한 수단으로 독을 쓰거나 저주하는 흉서를 지었기 때문에 생긴 것인데도 화부인이 시어머니가 되어 선악을 제대로 살피지 못해 소채강의 간악함을 밝히지 않으니 분하고 통한함을 금할 수 없다며 앞으로는 직접 간여할 것이라고 했다. 그러면서 이 글을 본 후에도 소채강의 죄를 다스리지 않으면 스스로 직접 간계를 밝힐 것이고, 그날에는 정씨 가문 전체가 한바탕 큰 욕을 면치 못하리라 하면서 으르고 꾸짖기를 기탄없이 하고 있었다. 화부인이 속으로 놀라기는 했으나 안색은 한결같이 화평하게 한 채 편지를 도로 봉하여 손에 쥐고 고개를 돌렸다. 장성완이 자리 아래 엎드려 명을 기다리며 죄를 청하는데, 초췌한 안색과 안쓰러운 병든 몸이 두려워 떨고 두 눈에는 눈물이 그렁거리며 눈썹에는 근심이 가득했다. 흰 얼굴은 수치스러움을 머금어 붉어지고 푸른 머리는 달 같은 이마에 엉키었는데, 안개 같은 귀밑에 이어진 교옥 같은 두 뺨에는 복숭아꽃 같은 보조개가 폭 패여 향기를 뿜어내는 듯했다. 단장하지 않은 모습이 아픈 상황에서 더 뛰어나고 병든 형상이 성한 때보다 더 고운 중에 죽을 결심을 한 듯 살려는 기운은 하나도 보이지 않았다. 화부인이 너무나 안쓰러워 급히 그 손을 잡고 머리를 쓰다듬으며 슬픈 빛으로 말했다.

"네가 곧 숨이 끊어질 듯 위중한 몸을 움직여 이유도 없이 이러는 것을 보니 내 마음이 아프구나. 무슨 일로 당치 않게 죄를 청하느냐? 박부인이 잠시 생각을 잘못하여 내게 과도한 말씀으로 인광이의 좋은 면에 대해 흠을 내려 하실지라도 내 결코 따지며 화를 내지 않을 것이다. 하물며 이 편지는 과도한 것이 아니라 의심이 당치 않은 곳에 이르자 나로 하여금 살펴보게 하신 것이니, 너는 차도가 있기를 기다려 친정에 돌아가는 날이라도 그렇지 않다고 말씀드리면 될 것이다. 그런데 어찌 마음을 요동하여 병든 몸을 해롭게 하느냐? 네가 나를 시어머니라 생각해 이런 일을 수치스러워하지만 내 진실로 너를 친딸과 다름없이 대하고자 하며, 네 어머니의 실덕하신 것에 대해서는 널리 말을 전할 일이 없으니 이 편지 한 장 때문에 불만을 품겠느냐? 그러니 안심하고 조리나 잘해 빨리 차도가 있게 되면 효도는 그것 외에 다른 길이 없을 것이다. 다시는 죄를 청한다는 말 따위는 절대 꺼내지도 말거라."

말을 마치고는 장성완의 유모를 불러 박부인께 다음과 같이 전하라고 했다.

"보내신 글월을 받들어 보니 얼굴을 뵌 듯 반가웠으나, 마침 며느리의 병문안을 와 있어 주변이 조용하지 못해 답장을 하지 못하니 다른 날 답장을 써 사례하겠습니다."

그러고는 엎드려 있는 장성완을 붙들어 일어나게 했다. 장성완이 눈물을 줄줄 흘리며 성덕을 사례했으나 모친의 허물이 자기가 불초한 연고라 하여 죄를 기다리며 감히 일어나지 못했다. 화부인이 박씨의 일을 애달파하며 장성완이 너무 안쓰러워 불을 가져오도록 명해 편지를 불태우고 말했다.

"네 어머니의 편지를 태우는 것이 도리가 아니지만, 이를 그냥 두면 너의 불편함이 더할 것이다. 내가 태워버린 편지 그대로 말을 전하지 않을 것이니, 너는 조금도 거리끼지 말고 조리하여 빨리 회복하도록 해라."

장성완이 너무나 황공하고 감사하여 자기도 모르게 눈물을 흘렸다. 그때 정인광이 모친을 뵙기 위해 들어왔다가 장성완이 슬퍼하고 모친의 표정이 좋지 않은 것을 보았다. 이것이 박씨의 편지 때문인 줄은 생각지 못한 채 장성완이 매사에 너무도 뛰어난 인물이라 시어머니 앞에서도 삼가지 않는 것인가 짐작하여, 그윽이 불쾌하면서도 내색은 하지 않은 채 화부인에게 말했다.

"날이 찌는 듯이 무더워 방 안이 매우 덥고 또 좌우 창문을 열지 못하니 사람이 들어앉아 있으면 열이 날 수밖에 없습니다. 어머니께서 오래 계실 곳이 못 되니 이제 그만 정침으로 돌아가십시오."

화부인이 날이 이미 저물어 시어머니의 저녁상 올리는 것을 보려고 부득이 일어나면서 장성완에게 잘 조리하라고 재삼 당부한 후 정침으로 향했다. 정인광이 따라 들어가 할머니와 두 부모님을 받들어 저녁을 먹은 후 모시고 앉아 있었는데 정인명이 들어와 웃으며 말했다.

"장공은 과연 의심 많고 괴이한 위인입니다."

소화부인이 물었다.

"무슨 일로 새삼스레 괴이하다고 하느냐?"

정인명이 대답했다.

"다름이 아니라 형수님의 병이 오래 위중하자 의심스러운 일이 있다 하며 술사를 들여 망기술(望氣術)로 경운당을 살피려 하였다고 합니다. 숙부께서 그런 일이 없다고 조용히 말씀하시니 더 우기지는 못했으나, 무척 불쾌해하며 형수님도 보지 않고 돌아갔습니다."

서태부인이 웃으며 말했다.

"장헌이 그러는 것은 괴이한 일이 아니지만, 오늘은 연씨가 어머니 병환으로 친정에 가고 어사(장창린) 역시 멀리 나가 그 실언과 실수를 간할 사람이 없어 일이 그리 된 모양이다. 월염이 또한 연태부인이 병환 중에 보고자 하여 연씨 부중에 갔다가 다시 이씨 부중으로 갔다 하니 그 집안이 오죽하겠느냐?"

정인홍이 말했다.

"할머니께서는 희린이 등은 보지 못하셨습니까? 희린이도 아름답지만 세린이의 뛰어남은 아주 비상한 정도이니, 어찌 그 집에 사람이 없다고 하십니까?"

서태부인이 미소 지으며 말했다.

"희린 등의 풍채와 문장이나 언론과 기상 등이 비록 아름답다고 하나 그 형과 비교하면 반에도 미치지 못하니 어찌 부모의 실수를 잘 감출 수 있겠느냐?"

정인광은 장헌의 행사를 더욱 해괴하게 여겨 한마디도 하지 않았다. 촛불을 밝힌 후 정삼이 들어와 서태부인의 이부자리를 펴고 편히 쉬시기를 청할 뿐 장헌에 대해 말하지 않으니, 서태부인 역시 묻지 않고 망기술에 대해서도 아는 척하지 않았다. 정삼이 정인광을 돌아보며 장성완에게 가보라 하니 정인광이 천천히 물러 나와 경운당에 이르렀다. 장성완이 혼자 있다가 혼절하여 인사를 모르는 지경이 된 지 오래되었으나, 소채강 역시 이날은 서태부인을 모시느라 없고 설난 등만 어찌할 줄 몰라 허둥대고 있었다. 정인광은 아까 모친 앞에서 장성완이 슬퍼하는 모습을 보인 것이 마음에 들지 않아 비록 병이 중한 상태지만 준절히 타이르려 들어왔는데, 또 혼절하여 위태한 것을 보니 근심이 깊어 직접 약을 흘려넣으며 손을 주물러 구호했다. 그 정성은 자기 몸이 곤한 것을 깨닫지 못할 정도였다. 비록 눈을 마주치지 않는 것은 그대로였지만 괴로워하는 빛은 조금도 없었다. 한참 시간이 지난 후 장성완이 숨을 내쉬며 잠깐 정신을 차려 정인광이 곁에 앉아 있는 것을 보고는 몸을 움직여 일어나려 하자 정인광이 손으로 막으며 일어나지 못하게 했다. 미음을 들어 마시라고 권하니 장성완이 마지못해 미음을 먹었다. 정인광이 그릇을 물린 후 아까 모친 앞에서 슬픈 얼굴로 어머니의 근심을 더하던 것에 대해 말하며, 비록 효로써 받들지는 못하더라도 걱정을 끼치는 것은 옳지 않다고 했다. 기운이 엄숙하고 말이 엄정하여 격렬한 위엄은 태산을 약하다 할 만하고 묵묵한 기상은 여름 해가 두려워할 만하니 장성완은 불안하고 마음이 편하지 못했다. 모친의 편지를 시어머니가 볼 때 잠깐 보고 짐작했기에 생각할수록 너무나 두렵고 부끄러워 얼굴을 들 수 없고 몸 둘 바를 알 수 없었다. 이처럼 난처한 운수를 타고난 것을 절절히 슬퍼하면서도 근심스럽고 가슴 아픈 내색을 하지 않았다. 정인광은 박씨로부터 망측한 편지가 온 것을 알지 못하나 장성완의 심사가 부모 때문에 끓는 것을 모르지 않았다. 이에 눈앞에서 그 위태로운 모습을 대하여 계속 미워하는 마음을 품는 것이 옳지 않다고 여겨 한 번 준절하게 타이른 후에는 더 이상 말을 하지 않았다. 그리고 약상자를 내오게 한 후 장성완의 베개 가장자리에 누웠는데, 문득 지난해 오늘이 장성완과 혼인하던 날임을 생각해 내고 희미하게 웃으며 말했다.

"부인은 작년 오늘을 기억하십니까?"

장성완이 묵묵히 답하지 않으니 정인광이 자기도 모르게 갑자기 은근한 정이 일어나 부채를 들어 촛불을 끄고 옷과 두건을 벗고는 침상에 올랐다. 장성완이 너무나 놀라고 당황했으나 어찌 그 위태로운 약질로 힘센 장사를 능히 막을 수 있겠는가? 무협의 운우를 지어 양대의 춘풍 같은 즐거움이 가득하니 금슬이 화하고 예악이 풍성하여

'〈국풍〉은 색을 좋아하면서도 음란한 지경에는 이르지 않았고 〈소아〉
는 원망을 하면서도 어지러운 지경에는 이르지 않았다'는 것에 비할
만했다.

새벽이 되어 정인광은 세수를 하고 부모와 할머니께 문안 인사를
드린 후 설난 등이 약을 달였는지 보려고 다시 경운당으로 향했다.
그때 문득 경운당 주변이 어지럽고 목 놓아 울부짖는 소리와 욕설이
들리는데 이는 전에 들어보지 못하던 음성이었다. 뒤이어 갑자기 어
떤 사람이 손을 내젓고 발을 구르며 밖으로 내달아 청사를 울리더니,
어지럽게 소리 높여 욕을 퍼부으며 정인광을 꾸짖었다. 너무나 놀라
고 괴이해 발걸음을 멈추고 자세히 들으니 이는 다른 사람이 아니라
장모 박씨였다. 박씨가 손뼉을 두드리며 큰 소리로 정인광에게 욕을
하고 있었다.

"도적놈 인광이는 들어라. 간악한 도적과 같은 네 아비 정삼과 네
어미인 요녀 화씨는 눈은 있어도 눈망울이 없어 소씨 채강의 간음함
과 교활함을 알지 못하고, 도적놈 너 또한 소씨의 교언영색에 빠져
우리 딸의 훌륭한 덕과 정숙한 행실을 노비 보듯 하며 박대하니 놀
라울 정도이다. 그런데도 정삼 부부는 부모가 되어 방탕한 아들을 꾸
짖지 않고 도리에 어긋나는 행동을 도와, 어진 아내를 사랑하지 않고
간악한 여자를 편애하게 하는구나. 소씨가 요악한 수단으로 우리 딸
을 죽이려 하는 것은 저주이거나 독을 쓴 것이 분명하거늘, 우리가
절박한 사정을 참지 못해 술사에게 망기를 살피자고 청했으나 정삼
이 예의를 지키는 척하며 혹시라도 소씨의 간악한 계략이 발각될까
두려워 성화같이 거절하였다. 또한 화씨 흉물은 내 편지를 보고도 한

자 답장도 하지 않고 소씨의 악행을 덮어 우리 딸이 죽을 날만을 기다리니, 너희들은 무슨 원수를 졌기에 내 딸을 죽이려 하는 것이냐? 이제 내 딸이 살 길은 없으니 내 직접 칼을 날려 소씨의 머리를 친 후 정삼 부자를 베어버리겠다."

이렇듯 말을 쏟아내며 큰 소리로 울부짖으니, 원망과 비분함으로 경운당을 흔드는 모습은 미친 원숭이나 성난 고양이와 같았다. 정인광은 전혀 생각지 못했던 이런 광경을 보자 사람의 자식으로 차마 듣지 못할 욕설이 부모에 미치는 데다, 자신이 여덟 살부터 여러 화란을 만나왔음에도 일찍이 들어보지 못한 욕에 경악할 수밖에 없었다. 정인광이 평생 가장 분하고 원통하게 여기는 것은 장헌이 아버지와 숙부의 얼굴을 그려 해치려 했던 흉악한 뜻으로, 이는 꿈속에서 생각해도 놀라울 지경이었다. 그런데 오늘 박씨의 욕설은 이 그림 일과는 비교할 수도 없는 것이라, 다 듣기도 전에 뼈에 사무칠 정도로 화가 나고 하늘을 뚫을 듯한 분노가 일었다. 이에 장성완이 아니라 월녀 같은 미인이나 천제의 손녀라도 안면을 거리낄 바가 없고, 박씨가 아니라 옥황상제의 부인이라도 공경할 뜻이 없어져 버렸다. 마음 같아서는 즉시 들이달아 그 욕하는 입을 쥐고 혀를 빼며 장성완의 뼈와 몸을 갈갈이 부숴 분을 풀고 싶을 정도였으니, 어찌 너그러이 관용을 베풀 도리를 생각할 수 있겠는가? 경운당에서 명광헌 사이는 중문이 가리고 있을 뿐 매우 가까움에도 걸음을 옮기려 하자 몸이 떨리고 열화와 같은 분노가 치솟아 올랐다. 눈썹이 거꾸로 선 채 두 눈을 부라리며 겨우 협문으로 들어가, 경운당 난간을 잡고 부채로 창문을 두드리면서 사납게 큰 소리로 말했다.

"천지간에 인두겁을 쓴 흉물이 어찌 이렇듯 흉악하고 사리에 어긋나는 말로 짐승이나 오랑캐 같은 행사를 내게 덮어씌우는가? 내 비록 용렬하나 원수의 씨를 부부라고 하지 못하겠으니 오늘로 큰 결단을 내겠지만, 흉악한 장씨의 아내가 감히 이곳에 와 난리 치는 것은 한시도 그냥 둘 수가 없다. 빨리 붙들어 돌아가지 않으면 설난 등의 머리를 베어 분을 풀리라."

정인광이 말을 마치는데 분기가 북받쳐 가슴이 막히며 갑자기 거꾸러졌다. 정신을 잃어 인사를 모르는 가운데에도 그 엄정한 기운은 남산이 높고 높아 옥석이 험한 가운데 늙은 호랑이가 바람과 구름을 만드니 모든 짐승이 떨며 두려워하는 듯하고, 북해의 큰 물고기가 성을 내자 큰 바다가 크게 요동쳐 물고기와 용이 울부짖는 듯하니 어느 담대한 시녀가 나아가 붙들겠는가?

박씨는 본래 망령된 성정과 기운으로 평생 존비와 귀천을 모르고 천하에 자기 위에 누가 있겠는가 하며, 속없는 장헌 앞에서 고약한 성미를 마음대로 부리며 두려울 것이 없는 듯 살아왔다. 게다가 지극히 어진 효자인 장창린 부부가 조심스레 떠받들며 섬기다 보니 더욱 교만해져, 박교랑이 죽은 후 몇 달간 두려워하던 마음도 다 사라진 상황이었다. 이에 연부인 모자가 없는 때를 타 한바탕 해괴한 짓을 마음대로 한 것인데, 정인광의 호령이 떨어지자 죽기를 작정한 유모 등에 붙들려 결국 장씨 부중으로 가는 신세가 되었다.

장성완을 출거시키려는 정인광

이때 정인광이 스스로 정신을 차려 명광헌으로 돌아오니 사촌 동생 정인영이 혼자 있었다. 정인광이 급히 의대를 끄르고 할머니와 부모님 계신 곳을 향해 석고대죄하며 정인영에게 이르기를, 흉인 박씨의 욕과 함부로 지껄인 말이 부모님에게까지 미쳤으니 원수의 씨를 다스리지 않으시고 자신이 불효를 면하지 못하는 상황에서는 뻔뻔하게 형제들과 함께 어른들을 모시지 못할 것임을 전하라고 했다. 정인영이 놀라서 급히 들어가 이를 알렸다. 이날 정삼은 화흡이 청해 화씨 부중으로 간 터라 자리에 없었다. 이야기를 들은 서태부인과 화부인은 너무나 안타까워했고 정염과 정겸, 그리고 여러 부인들은 장성완을 걱정했다. 서태부인이 즉시 답을 전하게 했다.

"아무리 큰 변고가 있다 해도, 네 아비가 날이 저물지 않아 돌아올 것이니 그때를 기다려 의논하거라."

정인영이 명을 받아 도로 나가자 정염과 정겸이 뒤따라 나갔다. 이때 정인광은 정인영을 보낸 후 화를 참지 못해 좌우를 호령하여 경운당 시녀를 모두 잡아 오라고 하면서 장성완에게도 말을 전하게 했다.

"내가 불행하여 짐승이나 오랑캐 같은 부류의 자식을 배필로 삼아 욕과 패설이 부모님께 미치게 되었으니, 세상에 나가고 조정에 들 낯이 없어 스스로 벌을 내려 불초함을 면하고자 하거니와 그대의 죄는 또 어디에 미쳤는가? 흉언과 패설을 차마 다시 옮기지 못하겠으니, 사람이 세상에 머물면서 흉악을 그처럼 부리고 또 무슨 짓을 못하겠는가? 원수의 씨를 한시도 부부라고 할 수 없으니 바로 빙채와 문명을 보내줄 것이고, 지은 죄로는 재상가 부인 자리에 뻔뻔하게 있지 못할 것이니 급히 자결하여 속죄하시오."

그러고는 사령을 꾸짖어 먼저 설난을 매우 치라 하고는 소리를 높여 일일이 죄를 물었다.

"내가 처음부터 네 집의 오랑캐 같은 행사를 흉히 여겨 불인의 씨를 아내로 맞지 않으려 했는데, 이름을 바꾸고 굳이 내게 돌아와 첩첩이 원수가 되고 흉악한 패설이 부모님께 미치게 하니 이 무슨 심술이냐? 내 비록 용렬하나 너희 천한 시녀와 주인을 처치하지 못하랴?"

호령이 산악 같고 위엄이 거센 천둥과 비 같으니, 하나하나 따져가며 수십 장 매를 내리자 설난이 혼절하여 인사를 모를 지경이 되었다. 이에 끌어낸 후 다시 춘홍 등 여러 시녀를 이어서 벌하여 모두 혼절케 하였다. 그리고 이를 모두 물리치고 비로소 하리(下吏)에게 명해 예부원 최태강을 불러 성친록(成親錄)을 가져오라고 했다. 그러고는 붓과 먹을 내와 박씨의 온갖 불인함과 장성완 때문에 부모께 참담한 욕이 미친 것을 법에 의거해 처치하고자 하는 바를 표로 올리려고 대략 초를 잡았다. 그리고 예부에 올릴 문서를 먼저 만들었는데, 참담한 욕이 부모에 미친 것은 칠거지악은 아니지만 내쫓고 이혼할 사유는 된다고 고하는 내용을 홧김에 비바람 날리듯 써내려 갔다. 이때 정인영이 이르러 말했다.

"제가 진작 나오려고 했는데 상숙부(상연)께서 와 계셔서 이제야 왔습니다."

그러고는 서태부인의 말을 전하니 정인광이 분을 참지 못하고 다시 경운당에 말을 전해 자결하여 속죄할 것을 재촉했다. 정인광의 이와 같은 언사가 별똥별처럼 급하니 정인영은 말을 붙이기 어려워 그저 마당에 서 있었다. 이때 정염과 정겸이 상연과 함께 아들과 조카들을 데리고 왔는데, 정인광이 관을 쓰지 않고 일어나 맞으니 정염과 정겸이 웃음을 머금고 말했다.

"무슨 일로 마당에 거적을 깔고 죄를 기다리며, 또 무슨 일로 성친록을 가져오라 하면서 요란스럽고 분주하게 구느냐?"

정인광이 슬픔의 눈물을 흘리며 말했다.

"제가 무상하긴 하오나, 무식하고 완악한 부녀자가 저를 업신여겨 흉언과 참담한 욕을 부모님께 미치게 하니 천지간에 이런 큰 변은 또 없을 것입니다. 결단코 오랑캐나 짐승 같은 부류를 집안에 머물게 하지 못할 것이니 성친록을 가져오지 않고 어쩌겠습니까?"

정염과 정겸이 탄식하며 말했다.

"네 처사가 정상적이지 못한 것을 넘어 너무 과도하구나. 어찌 너 그렇게 생각할 줄 모르며, 또 어찌 형님께 알리지도 않고 네 마음대로 하는 것이냐?"

정인광이 두 숙부의 말을 듣고는 다시금 분한 마음을 금치 못해 대답했다.

"부모를 욕하는 자는 곧 원수입니다. 제가 원수를 갚으려 하는데 어찌 다른 것을 돌아보겠습니까? 다만 이대로 궁궐에 나가 표를 올리고 싶으나 아버님께서 돌아오시기를 기다릴 것이니, 사람의 자식이 되어 마음대로 할 리가 있겠습니까? 아버님께서 만일 제 뜻을 막으시면 제가 부끄럽고 애달파 불효와 통한스러움을 금할 수 없을 것이니, 차라리 죽어 천하의 불효를 면하고자 합니다."

정염과 정겸이 크게 안타까워하며 말했다.

"네 생각이 그른 것은 아니지만 형님께서 온당하게 처분하실 듯하니 너무 고집부리지 말거라. 하물며 표를 올리는 것과 예부에 아내를 내쫓고 이혼하겠다는 문서를 올리는 것은 더욱 옳지 않다."

정인광이 분을 참지 못하고 대답했다.

"오랑캐같이 완악한 부녀자의 무상하고 패려한 행사를 표를 올려 알리지 않고 어찌할 것이며, 아내를 내쫓고 이혼하겠다는 것을 예부에 알리지 않고 또 어찌하겠습니까?"

상연이 납채와 문명이 정인광 곁에 놓여 있는 것을 보고 도리어 웃으며 말했다.

"저 빙채와 문명을 누가 가져간다고 이처럼 붙들고 있느냐?"

정인광이 슬픈 빛으로 대답했다.

"아내를 내쫓고 이혼하려 납채와 문명을 찾는 것이 어찌 괴이한 일이겠습니까?"

상연이 웃으며 말했다.

"재보의 일시적인 분노는 괴이하다고 말할 바 아니지만, 네 아버지가 어진 며느리를 죄도 없이 내치는 일은 없을 것이다. 또한 표문이 황제께 오를 리도 없고 설사 그렇다 해도 황제께서 장씨의 효와 절행을 기특하게 여기시니, 어찌 모친의 소소한 죄를 그 딸에게 물어 재보의 소원을 들어주시겠느냐?"

정인광이 너무나 한스럽고 분해 다시 말을 하지 않고 오직 부친이 돌아오기만을 고대했다.

순과 우임금의 고사를 들어 정인광의 뜻을 꺾은 정잠

이날 정삼은 화흡 형제를 찾아가 의논하던 일을 확정한 후, 모친을 모실 사람이 없고 집안에 우환이 있어 둘째 며느리의 병이 가볍지 않은 것을 이야기하며 즉시 돌아오려 했다. 그러나 그 거리가 가깝지 않아 돌아왔을 때는 이미 해가 서산에 질 무렵이 되었다. 이에 바로 태전에 들어가 서태부인을 뵙고 낮 동안의 문안을 여쭈었다. 서태부인이 얼굴에 근심스러운 빛을 감추지 못해 눈썹을 찡그리며 탄식했다.

"이 어미야 한나절 동안 별다를 게 있겠느냐마는 장손부가 큰 화를 만난 것이 걱정이다. 인광이가 강한 성질을 참지 못해 그 처단이 조용하지 못할 것이니 집안 전체가 놀라 걱정하고 있구나. 이 어찌 작은 불행이겠느냐?"

그러고는 박씨가 와서 정인광에게 욕을 퍼붓던 일을 전했다. 정삼이 크게 놀랐지만 내색하지 않고 화평한 말로 모친의 우려를 덜었다. 그리고 시종에게 정인광을 불러오게 하면서 일렀다.

"일의 급함과 중함을 떠나 부자가 상의해 결단하는 것이 옳으니 빨리 들어와라."

정인광이 아버지가 돌아온 것을 알고 그제야 명에 따라 태전으로 향했다. 관대는 여전히 끄른 채로 가 섬돌에 엎드려 죄를 청하니, 정염·정겸과 상연이 뒤를 이어 들어와 당에 올랐고 여러 소년들도 다 섬돌 앞에 섰다. 정삼이 안색을 화평하게 하고 목소리도 밝은 채로 말했다.

"너는 어찌 죄가 아닌 일을 스스로 죄로 삼아 이처럼 괴이하게 행동하느냐?"

정인광이 거듭 절하고 이마가 땅에 닿도록 몸을 굽힌 채 말했다.

"이 불초자가 오랑캐 같은 부류의 딸을 배필로 잘못 삼아 욕이 부모님께 미치게 되었으니, 이 어찌 제가 스스로 죄를 범한 것과 다르겠습니까? 장가 아내(박씨)의 무상함을 황제께 아뢰어 법에 의거해 처분하시기를 청하고, 예부에 문서를 올려 아내를 내쫓고 이혼할 것을 고하기 위해 아버님을 기다렸습니다. 아버님께서 돌아오시면 말씀드리고 처결하려 했는데, 날이 벌써 저물어 지체하게 되었으니 참으로 절박하지 않을 수 없습니다."

그러면서 기운과 목소리를 한껏 낮추어 분기를 억제하려 했으나, 이미 옥 같은 얼굴은 잿빛이 되고 노한 기색이 엄하여 제 스스로 견디기 힘들어하는 모습이었다. 정삼이 더욱 화평하게 말했다.

"부자의 뜻이 굳이 다를 것이 없고 어린 사람은 나이 든 사람의 말을 따르는 것이 옳다. 꼭 아비가 아니라 해도 나이로만 봐도 너의 두 배가 넘으니 생각하는 바가 너보다 나을 것이고, 일이 너무 급하면 뒤에 뉘우치게 되는 법이다. 그러니 의관을 갖추어 오르면 부자가 함께 조용히 가부를 확정하는 것이 좋겠다. 내 아이라면 선배의 글을 읽어 효자의 도가 부모를 받들 때 마음을 편하게 하는 것이 옳음을 알 터인데, 네 거동을 보니 나의 마음이 불편하고 기쁘지가 않구나."

말을 마치고는 정인경에게 명하여 정인광에게 관과 띠를 주라고 했다. 정인광은 부친의 말과 기색이 이렇듯 온화한 것을 보고, 마지못해 의관을 갖추어 당에 오른 후 머리가 땅에 닿도록 고개를 숙이고 엎드려 있었다. 정삼이 일어나라 하고 수염을 어루만지며 웃음을 머금고 한참을 지긋이 바라보다가 말했다.

"너는 순임금을 어떻게 생각하느냐?"

정인광이 다시 일어나 거듭 절하고 말했다.

"만고의 대성인이시니 효자의 도로 말하면 오직 순임금이 최고라고 할 수 있겠습니다."

정삼이 또 말했다.

"그러면 무왕과 무경【은나라 주왕의 아들】은 또 어떻게 생각하느냐?"

정인광이 대답했다.

"곤【하우시(夏禹氏)의 아버지】이 비록 사납지만 요임금과 순임금이 부친을 위해 복수하여 치욕을 씻은 일이 없었습니다."

정삼이 웃으며 말했다.

"그렇다. 무경의 아버지는 문왕을 가두고 백읍고【주나라 문왕의 장자】를 죽였으니 아버지와 형의 원수로 이보다 더할 것이 없으나, 무왕이 왜 무경을 봉하여 은나라 종사를 맡겼겠느냐?"

정인광이 또 대답했다.

"사람의 종묘사직을 멸하며 성시(盛時)를 그치게 하는 것은 대성인이 차마 못 할 일이기에 무경을 봉해 은나라 사직을 잇게 한 것이고, 이미 그 아비를 죽여 크게 복수했으니 무경을 또 어찌 벌하겠습니까?"

정삼이 또 웃으며 말했다.

"이는 네 말이 옳으니 내 소견은 너만 못하지만 네 아비로서의 소견은 다르다. 너는 아비가 늙어 정신이 없다고 하겠지만, 고수가 사납지 않았다면 순임금을 어찌 어지시다 하겠는가마는 그 효가 지극하여 아들의 도를 다했으니 천하가 다 순임금을 착하다고 한 것이며, 일 년에 읍을 이루고 삼 년에 도성을 이루었으니 요임금이 순임금의 지극히 어지신 것을 기뻐하시어 천하를 넘겨주신 것이다. 또 곤이 사납지 않았으면 우임금이 어찌 착한 것을 알았겠는가마는 사해의 풍부한 문명을 대신하게 하셨으니 순임금이 우임금의 어지심을 버리지 못하신 연고이다. 네 아비가 평생 혼암하여 아는 바가 없으나 성인의 덕을 아끼고 재주를 사랑하시던 대도를 우러러 만분의 일이라도 따라가고자 한들 닿을 수 있겠느냐? 옛날과 지금은 다르겠지만 어버이가 사납다고 한들 고수와 곤만 못한데 자식의 어짊이 순임금이나 우임금의 덕에 방불함이 있다면 차마 버릴 수 있겠느냐? 후백의 아내가 네 아비를 꾸짖은 것은 고수의 사나움이나 곤이 홍수를 잘못 다스린 것에 비하면 그 경중이 어떠하며 며느리의 어짊이 순임금이나 우임금의 성덕을 이었으니 네 아비가 어찌 버릴 수 있겠느냐? 나는 버릴 수 없구나. 네가 만일 나를 사랑해 그 치욕을 씻어 복수하려 한다면 네가 차마 견디지 못하는 것을 억지로 하게 하겠냐마는 사람의 자식이 되어 부모의 잘못이 있어도 세 번 간하여 뜻대로 되지 않으면 흔쾌히 받아들이는 법인데 하물며 어버이가 어진 사람을 아끼는 것이 무슨 허물이라고 명을 거스르며 좇지 않으려 하느냐? 네 충분히 생각해 보거라."

정인광이 엎드려 말씀을 듣고 머리를 땅에 닿도록 굽혀 거듭 절하고 눈물을 흘리며 대답했다.

"가르치심이 이와 같으니 불초자가 감히 무슨 말씀을 드리겠습니까? 하지만 이는 슬하의 정에 연연하여 은혜를 넓게 드리우고자 하시는 것으로, 이 불초자는 저 불인하고 간사한 장씨 부인에게 한 터럭의 분이라도 갚지 못하면 이 지독한 한과 불효를 어디에 둘 수 있겠습니까? 장씨를 애초에 없었던 사람으로 치는 것이 마음 편할까 합니다."

정삼이 넓은 이마를 찡그리며 말했다.

"어찌 일러도 듣지 않고 또 그런 말을 하느냐? 며느리를 아무리 없는 사람으로 친다고 해도 완월대의 맹약 후에 벌써 내 며느리로 알아왔고, 옛 약속을 이뤄 슬하에 두게 된 후에는 그 지극한 효와 절개에 탄복할 뿐 아니라 성인의 덕이나 숙녀의 풍모와 흡사한 것을 친애하여 슬하에 두게 된 것을 외람되게 여길 정도였다. 그런데 이런 괴이한 재앙이 있어 네가 며느리를 원수로 아니 불행하고 놀랍기가 그지없구나. 네가 이처럼 이를 갈며 분해하는 것이 네게 미친 욕을 한해서가 아니라 어버이에 대한 욕이 분하여 그런 것임은 알고 있다. 하지만 네가 치욕을 씻는 것만 중히 여겨 어버이가 오히려 근심하고 즐기지 않는 것을 모르는 듯하기에, 내가 이렇듯 허다한 말들을 하여 너를 타이르고자 한 것이다. 그런데 너는 어찌 마음을 돌이키지 않는 것이냐? 나는 차마 며느리를 돌려보내지 못할 뿐 아니라 어머니께서 며느리를 걱정하시어 너무나 불행해하고 염려하시니, 네가 혹여 내 말을 듣지 않는다 해도 나는 차마 어머님의 걱정을 더해드릴 수가 없구나. 일이 비록 온당하지는 않으나 시아버지와 며느리의 정은 바뀔 수 없는 것이라, 네가 비록 며느리와의 의를 끊는다고 해도 내 마음을 돌이킬 수 없다면 며느리를 내쫓고 이혼하는 일은 있을 수 없다. 너는 어찌 그것을 생각하지 못하느냐?"

말을 마치고는 표문(表文)과 예부에 낼 고장(告狀)을 가져오라고 하여 손에 쥐고 정인광을 보면서 말했다.

"내가 이것들을 불태워 없애려 하는데, 네가 굳이 황제께 표를 올리고 예부에 문서를 넣으려 한다면 두 번 쓰는 수고가 없게 여기 그냥 둘 것이니 잘 생각해 보거라."

정인광이 미처 대답하지 못하자 서태부인이 한숨을 쉬며 한탄했다.

"박씨의 잘못된 말과 행동은 책망할 거리가 아닌데도 네가 욕을 하고 무죄한 설난 등을 죽도록 벌하였으니 치욕은 이미 거의 씻은 것이 아니냐? 이제 다시 거론할 것이 무엇이 있느냐? 납채와 문명을 찾아 내어주고 성친록을 예부에 바친다 하니 그 행동거지가 참으로 옳지 않구나. 다시 생각해 아비의 경계를 듣고 이 할미의 손부를 위한 근심을 덜면 이것이 효가 아니겠느냐?"

정인광이 할머니의 걱정 어린 얼굴을 우러러보고 아버지의 말씀을 들으니 자신의 분노를 풀 길이 없고 박씨는 더욱 거리낄 것이 없을 듯하여 분하고 한스러운 것이 한층 더해졌다. 하지만 유달리 효순함을 타고난 데다 가풍의 엄숙한 예모를 지녔기에 아버지의 명을 거역하는 것을 이상한 변고로 아는 터였다. 그러니 아버지가 정성스럽고 간절한 말씀으로 타이르는 바를 듣지 않는다면 부자간의 친애를 소원하게 할 것이라 여겨 거듭 절하고 머리를 조아리며 말했다.

"흉익한 아녀자의 참혹하고 난잡한 욕설에도 아무렇지 않은 듯 공순히 머리를 굽혀 한 터럭의 화도 갚지 못한다면, 제가 못나고 용렬한 것일 뿐 아니라 불효 또한 산같이 높이 쌓는 것이라 할 수 있겠습니다. 하지만 할머니께서 이 일로 우려하시고 아버님의 가르침이 말씀마다 은혜를 드리우시어 저의 분한 마음은 생각하지 않으시니, 제 개인적으로는 너무나 통한스럽지만 아버님의 가르침을 어찌 거역할 수 있겠습니까? 표문과 예부에 낼 고장을 없던 일로 하겠습니다."

정삼이 기뻐하며 표문과 고장을 즉시 불에 태워 없애고 정태요에게 물었다.

"이씨 며느리와 조카딸들이 모두 어디 갔습니까? 제가 장씨 며느리를 만나 위로하고자 하니 조카딸들에게 경운당에 가서 먼저 알리라고 해야겠습니다."

정태요가 슬픈 기색으로 말했다.

"장씨 며느리는 그 모친이 왔을 때 혼절하였다가 인광이가 설난 등에게 매를 때릴 즈음 비로소 정신을 차리고는 누추한 방에서 석고대죄하고 있다네. 소씨 역시 편안히 있을 수 없어 장씨 며느리를 따라가 있고, 조카며느리들도 그곳에 가 걱정을 나누고 함께 슬퍼하며 마치 자신들이 당한 일처럼 여기고 있지. 그러니 동생이 가보려면 시녀 등에게 가서 전하게 하는 것이 좋을 듯하네."

정삼이 시녀로 하여금 여러 소저들에게 말을 전하도록 하여 장성완을 부축해 경운당으로 들어가게 하고 친히 며느리를 보고 위로하겠다는 뜻을 알렸다. 정인광은 마음이 좋지 않고 장성완의 죄가 없다 해도 분노하고 미워하지 않을 수 없었으나, 어찌 아버지의 엄명을 어기고 다른 말을 할 수 있겠는가? 분을 참고 화를 가라앉혀 아버지의 얼굴빛을 살피며 즐겁게 해드리려 했으나 끝내 그 기색을 감출 수는 없었다. 정삼이 아들의 기색을 모르지 않았으나 아는 척하지 않고 천천히 몸을 일으켜 경운당으로 향하며 정인광에게 말했다.

"성친록을 가져오지 말라고 세세히 분부하고 또 납채와 문명도 다시 들여보내라."

정인광은 모든 일이 자신의 뜻대로 되지 못한 것을 애달파했지만 감히 거역하지 못해 명대로 했다. 상연이 웃으며 말했다.

"그만하면 재보의 분주하던 행동거지가 고요해졌구나. 아까는 몹쓸 바람이 속을 뒤흔들더니 이제야 진정이 되었다."

정인광은 농담할 기분이 아니어서 고개를 떨구고 말없이 있다가 천천히 밖으로 나갔다. 정겸이 웃으며 말했다.

"형님이 엄하게 타이르시고 숙모님께서 우려하시는 걸 보고 마지 못해 별난 행동을 그쳤지만, 그 분함이 온몸에 가득하고 받은 치욕을 씻어내지 못하는 애달픔은 제 몸을 쳐 죽고 싶을 정도일 것입니다. 그런데 상형은 어찌 눈치 없는 농담으로 분을 돋우십니까?"

상연이 웃으며 말했다.

"아비가 아니면 그 아들의 행동을 멈추지 못했겠지. 하지만 분노는 미처 풀리지 않았으니 아내를 향해 분명 불평스러운 행동을 할 텐데 내 말이 분을 돋울 일이 있겠는가?"

정염 역시 웃으며 말했다.

"나이가 어리지만 심지가 남달라 세차고 어려운 면이 있는 아이지요. 아버지의 명을 거역하지 못해 이런저런 말대답을 하지는 않았으나 그 분노가 꺼지려면 멀었으니 장씨의 괴로움 역시 오래갈 것입니다. 그 부모가 딸의 신세를 망치는 재앙이 아니라 할 수 있겠습니까?"

서태부인이 그 말이 맞다고 하면서 장성완에 대한 안쓰러운 염려를 놓지 못했다.

이때 장성완이 혼절해 있다가 겨우 정신을 차려보니 집안이 떠들썩하고 어지러운 가운데 유모와 시녀 등이 붙들려 가고 죽기를 재촉하는 정인광의 전갈은 별똥별보다 급한 상황이었다. 그제야 비로소 박씨가 이르러 상식과 도리에 맞지 않는 말들로 시부모와 남편을 무한히 욕되게 하는 변을 일으키고 돌아갔다는 것을 들었다. 자신이 죄를 지은 것보다 더한 두려움과 망극함이 비할 곳이 없으니, 세상에 태어난 것이 불행하고 애달프게 느껴질 뿐이었다. 하지만 시부모님의 명이 없이 남편이 죽으라는 재촉만 받들어 목숨을 끊는 것은 도리에 맞지 않으며, 자기 운명이 스스로 죽으려고 급하게 굴지 않아도 살기 어렵다는 것을 알기에 그윽이 죽을 날을 기다리고자 했다. 이에 즉시 혼서와 빙물을 내어보낸 후 푸른 치마와 홑저고리 차림으로 누추한 방에 거적때기를 깔고 죽을 죄를 지은 중한 죄인으로 자처했다. 소채강이 이를 보고는 자신이 이 일의 발단이 되었기에 죄를 쌓은 듯 너무나 불안하고, 정실인 장성완이 석고대죄하는데 자신이 편안히 있을 수도 없다고 생각했다. 관패(冠佩)를 끄르고는 장성완을 부축해 거적때기로 옮기고 그 옆에서 자리를 지켰다. 이자염과 상씨·화씨 자매와 동서들도 함께 모여 너무도 참혹한 그 형상에 애석해하며 죽기를 재촉하는 정인광의 박절한 명에 불만을 드러냈다. 상옥교와 상숙교는 눈물을 흘리며 탄식했다.

"한 조각의 허물도 없다는 것을 모르지 않으면서 어찌 이런 말을 할까? 이는 인정상 할 말이 아니지."

그러면서 모두들 장성완을 위해 슬퍼하며 근심하는 것이 자신들이 당한 액화인 것처럼 했다. 더구나 이자염은 남모르는 고생과 깊은 근심에 한시도 편안히 지내지 못하던 터라, 장성완의 이 같은 형상을 보니 안쓰러워 자기도 모르게 눈물을 흘렸다. 이때 시녀가 와서 정삼이 장성완을 부축해 경운당으로 돌아가라고 했다는 것과 친히 와서 위로하겠다는 말을 전했다. 소저들이 매우 다행스러워하며 바로 장성완에게 경운당으로 돌아가라 하고 이자염 또한 시아버지의 명이 있었다는 것을 전했으나 장성완은 움직일 생각을 하지 않고 말했다.

"아버님의 크고 너른 은혜가 미칠수록 못나고 불초한 제가 천지 사이에 용납되지 못할 죄를 범한 것이 더욱 망극할 뿐입니다. 무슨 마음으로 편안히 고대광실에서 평상시처럼 지낼 수 있겠습니까? 오직 누추한 방에서 엎드려 죽기만을 기다릴 뿐입니다."

이자염이 말했다.

"그렇지 않습니다. 부인의 참담한 마음이 이러한 것은 괴이하지 않지만 시아버님께서 부인을 경운당으로 돌아가라 명하시고 친히 오시어 부인을 위로하겠다 하시는데 부인이 침소로 가지 않으면 시아버님께서 이 누추한 곳으로 오셔야 합니다. 이는 더욱 황공한 일이니 차라리 경운당 계단에서 죄를 청하는 것이 옳을까 합니다."

장성완이 그렇게 하는 것이 맞다고 생각해 거적을 가지고 경운당 계단으로 향하자 소채강 역시 뒤를 따랐고 소저들도 함께 경운당으로 향했다. 정삼이 경운당에 이르러 장성완과 소채강이 땅에 엎드려 죄를 청하는 것을 보고, 상심한 얼굴로 좌우에 명하여 붙들어 올리라 한 후 장성완에게 말했다.

"인광이가 하는 짓이 너무나 요란스러워 네가 편안치 못하겠지만, 그 아이 위에 내가 있어 너에게 한 조각 허물도 없다고 하여 잘못된 행동을 그치게 했다. 그러니 너는 이제 안심하고 당에 오르거라. 내이미 시녀에게 말을 전해 이렇게 하지 말라 했는데 어찌 이런 모습으로 나를 대하느냐? 네가 죄가 없는데도 죄를 청하는 것을 보니 내 마음이 참으로 불편하구나. 인광이가 설사 조급하고 불통하여 네게 인정상 할 수 없는 포악함을 부리더라도 너는 시아비의 뜻을 생각해 오로지 중도를 행하여 과도한 거동을 하지 않는 것이 옳으니라."

목소리가 화평하고 안색이 부드러우니 그 사랑하고 아끼며 돌보는 마음은 친딸보다 덜하지 않았다. 장성완이 계단에 엎드려 시아버지의 은혜로운 가르침을 듣고 다시 일어나 거듭 절하는데, 감격스러움은 골수에 박히고 두려움과 송구함은 비할 데가 없었다. 스스로 염치없는 사람이 될지언정 시아버지의 명을 여러 번 거역할 수는 없어 어쩔 수 없이 당에 올라 그 앞에 엎드렸다. 정삼이 너른 소매에서 흰 손을 내어 장성완의 손을 잡으며 한숨을 쉬고 탄식하며 말했다.

"너의 기구하고 험한 액운이 남달라 먼저 겪었던 일도 보통 사람으로서는 견디지 못할 바인데, 오히려 작은 액운이 다하지 못해 이처럼 난처한 지경을 당하니 너무나 안쓰럽구나. 네 마음이 황망하여 어찌해야 할지 모르겠지만, 어머님과 우리 부부가 너의 큰 효와 맑은 덕행을 깊이 알고 집안사람들 모두가 네게 허물이 없다고 하니 무슨 부끄러움이 있겠느냐? 인광이가 본래 성품이 편벽되고 급해 군자의 덕이 부족하고 과격한 면이 없지는 않지만, 그 아이도 너의 깊고 그윽한 덕행을 모르지는 않을 것이다. 그러니 너는 내 말을 우매한 것으로 알지 말고 이 또한 너의 액화를 마저 겪는 것이라 생각하거라. 부디 아픈 몸을 상하게 하지 말고 몸조리를 등한히 하지 않도록 해라."

말을 마치고는 직접 장성완을 일으켜 방 안으로 들어가게 하고 소채강을 돌아보며 말했다.

　"며늘아기가 석고대죄하니 네가 아무 일 없는 듯 편히 있을 수는 없겠지만, 그 아이가 이미 침소로 들어갔고 네 스스로 지은 죄가 없는데 어찌 관패를 풀고 죄인 형상으로 있는 것이냐? 얼른 복색을 고쳐 평상시처럼 하거라. 그리고 주위를 살펴보니 며늘아기의 시녀라 할 만한 사람이 전혀 없구나. 인광이가 과도하게 패악을 떨어 며느리의 유모와 시녀들을 심하게 벌해 거의 죽게 되었음을 짐작할 만하지만, 굳이 물어볼 필요는 없으니 네가 난취와 함께 곁에 있으면서 며늘아기를 간호하거라."

　그러고는 즉시 약을 주면서 달여 오라고 한 후 직접 온도를 맞춰 장성완에게 먹이고, 난취를 불러 혼서와 빙폐를 도로 들여오라고 했다. 이때 정인광은 분기로 가슴이 막힐 듯했으나 아버지의 명을 거역할 수 없어 한마디도 하지 않고 빙폐와 문명을 도로 보냈으니, 정삼이 장성완에게 주면서 두었던 곳에 도로 넣으라 한 후 다시 훈계하며 마음을 편히 하고 조리를 잘할 것을 거듭 당부했다. 장성완은 뼈에 사무치는 은혜에 감격하면서도 한편으로 두렵고 조심스러워 순순히 명에 따를 뿐 감히 한마디 대답도 할 수 없었다.

　이윽고 정삼이 밖으로 나가자 화부인과 친척 부인들이 모두 찾아와 한결같이 위로하며 불쌍히 여기고 그 두렵고 처참한 마음을 안쓰러워했다. 특히 화부인은 마치 친딸이 액화를 만난 것처럼 대하니 철없는 박씨의 체신 없는 욕설을 꿈에서라도 거리끼겠는가? 그 병이 위중한 것만을 우려하여 모든 일을 잊고 괜한 걱정을 만들지 말라고 했다. 이렇듯 시어머니와 여러 친척들의 은혜가 넘쳐나니, 장성완은 이를 어떻게 갚아야 할지 알지 못해 망극할 따름이었다.

서태부인이 기력을 보충할 맛있는 음식과 신선한 과일을 보내 빨리 회복하기를 당부했다. 장성완은 음식을 먹고 살려는 생각이 없었으나 시할머니의 은혜와 시부모님의 은덕을 저버리지 못해 억지로 참고 삼켰다. 화부인이 거듭 잘 조리하라 당부하고 여러 부인들과 함께 서태부인 침소로 향하면서 소채강과 난취에게 간호를 게을리하지 말라고 명했다.

장성완에게 자결하라고 재촉하는 정인광

이때 정인광은 백만 장이나 되는 높은 분과 뼈에 사무치는 노기를 터럭만큼도 풀지 못한 채 지독한 한과 미움을 모두 장성완에게로 돌렸다. 그러니 부부의 중한 의와 생사를 함께하려는 뜻이 추호라도 있겠는가? 이날 사촌들이 다 저녁 문안에 들어가기를 기다려 서동에게 명하기를, 경운당 시녀 중 정신을 차려 말을 전할 만한 사람이 있거든 운신이 평소 같지는 못하더라도 끌고 오라고 했다. 서동이 행각에 나와 살펴보니 설난은 반쯤 죽은 듯하고 홍영 등 시녀들도 다 주검이 된 듯한 상태인데, 녹섬만이 정신을 조금 차리고 겨우 몸을 움직여 경운당으로 들어가려던 중이었다. 서동이 정인광의 명을 전하며 함께 가자고 하니 녹섬은 이제 다시 불려 가면 반드시 죽을 것이라는 생각에 원통함이 더해졌다. 그러나 장성완의 황망한 심사를 생각하니 혼자 살 마음도 없어 서동을 따라 명광헌에 이르러 계단 앞에 엎드렸다. 정인광이 하늘 같은 분노가 조금도 누그러지지 않은 채로 봉황 같은 두 눈을 움직이자 눈동자에서는 가을 물결 같은 맑고 차가운 기운이 뿜어져 나왔다. 녹섬에게 큰 소리로 엄하게 꾸짖으며 말했다.

"네 주인이 완악하고 무지하며 흉악무도한 오랑캐의 자식으로 한 조각 염치도 없는 인물인데, 거기에 더해 인두겁을 쓰고 우리 부모님께 그 같은 참람한 욕을 끼쳐 나와 겹겹이 원수 사이가 되었다. 이제는 더 이상 편안히 정실 자리에 머물지 못할 뿐 아니라 나와 결코 양립할 수 없는 사람이 되었다. 내가 살려면 네 주인을 죽여야 할 것이고 네 주인이 내 집에 계속 머물러 있는다면 나는 이 불효막심한 죄를 감당하지 못해 차라리 죽어 모르는 게 나을 것이다. 그러니 빨리 자결하여 죄를 용서받으라고 일렀으나 완악하고 무지한 것이 그 오랑캐 같은 부모를 그대로 본받아 조금도 요동하지 않는구나. 도리어 우리 할머님과 부모님의 크고 너른 은혜만 믿고 내 뜻을 꺾어 의기양양하게 살려 하고 죽기를 거부하니 천지간에 이런 염치가 또 어디 있겠느냐? 내 이제 세 가지 죽을 수단을 줄 터인데, 스스로 선택해 독약을 마시고 조용히 죽을 마음이 없으면 단검으로 목을 찌르고 그게 괴로우면 석 자 비단을 묶어 죽어 속죄하기를 바라노라. 부질없이 목숨을 연명하여 내가 직접 칼과 비단으로 살인하는 박행을 저지르게 하지는 말라고 진해라."

말을 마치고는 한 그릇 독약과 석 자의 흰 비단과 함께 허리 아래 찬 단도를 끌러 서동으로 하여금 경운당 중문 밖에 가 녹섬에게 주어 가지고 들어가도록 했다. 그런 후 장성완의 회답을 즉시 와서 고하라

하면서 미처 녹섬의 대답을 기다리지도 않고 급하게 끌어내 경운당으로 들여보내게 했다. 녹섬은 장성완을 대신해 정인광이 보는 데서 독약을 마셔 이처럼 망극한 말을 장성완에게 전하지 않으려 했으나, 독약을 서동이 지니고 있고 미처 대답도 하기 전에 끌어내려지자 망망한 슬픔과 원망을 품고 경운당으로 돌아왔다. 장성완이 없는 일처럼 조용히 넘어가지 않을 것을 근심하면서도 마지못해 독약과 칼과 비단을 탁자 위에 놓고 장성완 앞에 나아가 애통하게 눈물을 흘렸다. 장성완이 눈을 들어 녹섬을 보고는 이윽고 물었다.

"주인 나리의 말씀이 있었을 텐데 어찌 울기만 하고 말을 하지 않느냐?"

녹섬이 정인광의 말을 차마 옮기기 어려우나 또 말하지 않을 수도 없어, 칼과 독약과 비단으로 빨리 목숨을 끊으라 했다는 것을 알리며 탄식하고 울면서 말했다.

"제가 불충하고 못나서 이처럼 망극한 말씀을 아무렇지도 않게 전하니 그 죄는 죽어도 용서받지 못할 것이옵니다."

장성완이 두 눈썹을 나직이 한 채 다 듣고는 회답할 말을 전했다.

"저의 불초한 죄가 넘쳐나 부월(斧鉞)이라도 달게 받을 상황이니, 어찌 돗 위에서 조용히 죽기를 명하시는데 받들지 않겠습니까? 하지만 천성이 느릿하고 어두워 결단을 내리기 어려울 뿐 아니라, 시부모님께서 진정으로 훈계하시며 죽는 것을 허락하지 않는 상황이니 황망하고 불편한 마음에 생사를 어떻게 해야 할지 알 수가 없습니다. 감히 시부모님의 은덕을 믿고 당신의 명을 거역하려는 게 아니라, 위로 할머님께 알려 뜻을 정하신 후에 저를 죽여 천하의 불효하고 인륜을 멸한 자들을 경계하시라는 것입니다. 제가 못나 세상에 머무르려는 탐욕이 크지만, 시부모님께서 죽지 말라는 명을 내리지 않으신다면 죄를 지은 채로 시간을 지체하면서 굳이 목숨을 도모하지는 않을 것입니다. 당신의 명이 지중하나 시부모님의 진심 어린 가르침을 한순간에 저버릴 수 없으니, 죽으라고 주신 세 가지 물건은 여기 두고 다시 시부모님의 말씀을 기다려 결단하겠습니다."

이렇게 아뢰라 하니 녹섬이 즉시 나갔고, 난취가 급히 독약을 들고 명광헌으로 나왔다. 정인광이 옷차림을 정제하고 정당으로 향하려하는데 녹섬이 이르러 마당에 꿇어앉아 장성완의 회답을 알렸다. 그 본심이 살고 싶어 살려는 것이 아님을 정인광이 어찌 모르겠는가마는, 분노를 풀 곳이 없어 눈을 부릅뜨고 크게 꾸짖었다.

"무식하고 완고한 부인네를 가까이 두어 우리 부모님을 욕하고도 스스로 아무 일 없는 듯 죽기를 꿈결에도 생각하지 않고, 말마다 어른의 말씀을 빙자해 내 말은 홍모(鴻毛) 정도로 여기는구나. 염치 없고 극악한 것이 참으로 그 부모에 그 자식이라 할 만하다. 내 비록 유학의 행실을 잃더라도 부모님을 위해 치욕을 씻고자 하니 어찌 머리 숙여 삼가고 두려워할 일이 있겠느냐? 한번 칼날을 휘둘러 오랑캐나 금수와 같은 무리의 자식을 두 조각 낸 후에야 그칠 수 있을 것이다."

말을 채 마치기도 전에 난취가 독약을 들고 나와 고개를 조아리며 울면서 말했다.

"상공께서 어찌 이처럼 도리에 어긋나는 행동을 하시려 합니까? 주인 어르신과 마님께서 친히 가시어 부인을 위로하며 아끼고 사랑하시는 것이 친생 딸에게도 비하지 못할 정도였고, 저희들에게 곁을 떠나지 말고 간호를 게을리하지 말라고 당부하시기도 했습니다. 그런데 상공께서 칼과 비단이며 독약으로 부인의 명을 재촉하시니 부인이 만약 심각하게 생각을 하신다면 어찌 태산을 가져다 홍모에 붙이는 격이 되지 않겠습니까마는, 크고 너른 덕과 효성으로 주인 어르신과 마님의 가르침을 받들고 상공의 과실과 도리에 어긋나는 행동을 가리어 스스로 목숨을 끊지 않으셨습니다. 이런 성품과 대처는 보통 사람은 참지 못할 바를 능히 견디신 것입니다. 제가 주인 어르신의 명을 받들어 부인의 병환을 간호하고 있는데 상공께서는 때마다 그 목숨을 재촉하시니, 제가 부인의 목숨을 대신해 이 약을 마셔 상공의 분노를 조금이나마 덜도록 하겠습니다."

말을 마치고는 그릇을 들어 입으로 가져갔다. 정인광이 본래 유모를 중히 여겨 평범하게 대하지 않았기에 너무 놀라 그릇을 빼앗아 던지며 말했다.

"죽을 죄를 졌으면 한 그릇 독약에 조용히 목숨을 끊는 것이 옳거늘, 군이 살고자 하여 어미를 시켜 내 앞에서 이와 같은 괴이한 행동을 하게 하는가? 하는 일마다 참으로 해괴하구나. 장씨의 죄과를 어찌 어미가 당하려 하는 것인가? 내가 치욕을 씻지 못한 통한이 뼈에 박혔는데 어미가 또 어지러운 말로 내 분을 돋우는구나. 내 이미 금수나 오랑캐 같은 무리의 자식과 배필이 되었으니 이는 운수가 사납기 때문이다. 그런 연고로 군자의 도를 다하기 어렵게 되었으니 원수를 갚는 데 삼갈 것이 무엇이 있겠느냐? 내 손으로 저 오랑캐를 도륙한 후에야 그만둘 것이다."

난취가 슬피 울면서 말했다.

"상공께서는 덕을 잃고 도에 어긋난 것은 생각지 않으시고 부인을 죽여 치욕을 씻는 것만을 쾌한 일로 아시는군요. 제가 주인 어르신의 명을 받들어 부인을 간호하다가 상공의 엄한 노여움을 간하지 못해 부인을 비명에 죽게 만든다면, 주인 어르신의 벌을 기다리기 전에 저 스스로 불충함과 부끄러움을 참지 못하고 상공 면전에서 죽어 미미한 마음이나마 밝히겠습니다."

정인광이 봉 같은 눈을 흘겨 한참을 쳐다보다가 정색을 하고 말했다.

"어미가 나를 삼 년 동안 젖 먹인 공이 중하기는 하지만, 늙어서도 하는 짓이 저처럼 괴이하다면 죽어도 아깝지 않을 것이다. 죽는 것을 앞세워 나를 위협하지 말고 어미 스스로 헤아려 죽든 살든 마음대로 하라. 부모에게 참혹한 욕이 미치게 한 분함도 설욕하지 못했는데 내 유모마저 죽게 한다면, 설난을 천 번 베고 만 번 죽여 분을 풀고 원한을 갚으면 되니 어미는 그렇게 알고 있게나."

말을 마치고는 소매를 떨쳐 존당으로 들어가니 난취와 녹섬이 눈물을 머금고 경운당으로 돌아와 장성완을 간호했다.

박씨의 부탁으로 장성완을 보러 온 정월염

이때 빅씨는 망령된 말과 미친 행동으로 정인광의 분노를 일으키고 딸에게 큰 화를 끼친 후 집으로 와 종일 명광헌 쪽을 바라보았다. 동산의 나무에 비스듬히 올라 명광헌을 엿보다가 다시 시녀 등을 보내 정씨 부중의 소식을 탐문해 오도록 했다. 그러던 중 정인광이 요란스럽게 굴면서 장성완을 영영 내쫓으려 한다는 것을 듣게 되자 분노가 치밀면서도 초조하고 두려워, 바삐 시종을 이씨 부중에 보내 정월염에게 바로 친정으로 돌아가 장성완을 간호하라고 했다. 심신을 진정하지 못해 자기 잘못을 뉘우치는 뜻도 없지 않았다. 날이 저물어 장희린 형제가 돌아와 모친이 보이지 않자 놀라 동산에 찾아와 보고는 말했다.

"어머니께서 어찌 이곳에 계십니까?"

박씨가 즉시 나무에서 내려와 침소로 돌아왔으나 차마 정씨 부중에 가 한바탕 욕을 하고 온 것은 말하지 못하고 머뭇거렸다. 장희린 형제가 동산의 나무에 오른 것이 괴이하다고 하자 그제야 매우 참담한 표정을 지으며 말했다.

"나인들 어찌 나무에 오르는 것을 즐기겠느냐마는, 정인광 그 도적놈이 하도 요란을 떤다고 하길래 잠깐 보려고 나무에 올라갔었다."

말하는 중에 장헌이 인척인 주양을 찾아보고 돌아오자 장희린 형제가 당에 내려와 맞이했다. 박씨는 장헌이 돌아오니 큰 세력을 얻은 듯하여 비로소 딸의 병을 보러 정씨 부중에 갔던 일을 말했다.

"딸아이가 혼절하여 거의 주검이 되었는데도 곁에는 시녀밖에 없고 한 그릇 미음과 한 첩 약도 쓰지 않고 있었습니다. 내가 분함과 설움을 참지 못해 정가 놈을 향해 두어 마디 원망하는 말을 했더니, 정가 놈의 사나운 성질이 불 일어나듯 하여 나를 꾸짖어 돌려보냈지요. 그러고는 딸아이의 유모와 시녀 등을 여차여차 매우 치고 이제는 딸을 죽이려고 분주하다 하니, 천지간에 저런 흉악하고 사나운 것이 어디 있겠습니까?"

그러면서 소리 높여 울며 분함과 원통함을 참지 못하니, 장헌은 진정 박씨의 천정배필이라 갑자기 크게 성을 내고 소리 치며 말했다.

"속 좁은 부인네가 잠깐 말을 삼가지 못한 것이 그 무슨 큰 일이라고 정가 놈이 우리 딸을 영영 내쫓고 또 죽이려고 저토록 요란스럽게 구는가? 이 분함은 과연 참기 어려우니 내 정처사를 직접 찾아가 아들 교육 잘못한 것을 꾸짖으리라."

장희린 형제가 매우 놀라 급히 머리를 조아리며 말했다.

"어머니의 실언과 체면 없는 행동으로 정씨 아들의 화를 일으켰으나, 아버지께서 아는 체하지 마시고 놔두시면 오히려 정씨 아들의 화가 풀릴 때가 있을 것입니다. 하지만 정처사를 찾아가 좋지 못한 말을 더한 후에는 정씨 아들의 분노가 한층 더해져 누이를 아주 보지도 않게 될 것이고 누이는 시댁에서 영원히 버려진 사람이 될 것입니다."

그러면서 이해 관계를 따져 간하고 찾아가는 일이 옳지 않다고 반대했다. 장헌이 비록 자식의 말이지만 자신의 불통하고 용렬하며 우매한 소견과는 달리 말마다 정대하고 엄준하니 무엇을 그르다고 하겠는가? 마음속으로는 정인광에 대한 화가 깊으나 두 아들이 바른 말로 간하는 것을 안 들을 수 없어 정삼을 찾아가 책망하는 것을 그만두겠다고 했다. 장희린 형제가 아는 척하지 말라고 거듭 청하고 모친의 실언과 체신 잃은 행동이 누이의 신세를 그르친 것에 대해 슬퍼하며 정씨 사람들을 볼 낯이 없는 것을 부끄러워하고 두려워했다. 박씨 역시 분울하고 상심하여 울면서 말을 못 하니 장희린과 장세린은 오늘 잠깐 나갔던 까닭에 모친의 체신 잃은 행동을 가리지 못한 것을 애달파하고 뉘우치며, 이후로는 아무리 긴급한 일이 있어도 형제가 함께 나가지 않을 것이라고 결심했다.

이때 정월염은 이씨 부중에 머물고 있었는데, 박씨의 시종이 이르러 다른 곡절은 말하지 않고 다만 지금 친정에 가 장성완의 급한 화를 구하라는 말만 전했다. 정월염은 분명 박씨가 만든 사단임을 알아채고 너무나 불행해했다. 정인광의 성정을 알기에 한번 분노가 일면 가볍게 풀 수 없다는 것을 모르지 않지만, 시어머니의 명을 거역할 수 없어 바삐 가마를 준비해 이씨 부중의 시할머니와 시어머니께 인사를 하고 급히 친정으로 돌아왔다. 이미 날이 저물어 정당에 촛불을 밝히고 여러 친척들이 모두 모여 저녁 문안 인사를 드리고 있었다. 정월염이 가볍게 발걸음을 옮겨 당에 오른 후 천천히 절하는 예를 올리고 자기 자리로 가서 안부를 여쭈었다. 서태부인과 숙부들이 반기는 표정을 띠며 조용히 말을 하면서도 굳이 장성완이 봉변당한 일은 말하지 않았다. 정월염이 먼저 말을 꺼내 묻는 것이 개운치 않아 머뭇머뭇하고 있는데 정태요가 물었다.

"네가 이씨 부중에 가 머무르다 밤에 이렇게 갑자기 돌아오니 무슨 소식을 들은 것이냐?"

정월염이 대답했다.

"요즘 시누이의 병세가 가볍지 않다는 말을 듣고 걱정을 놓지 못하다가 오늘 섬옥에게 병세가 어떤지 알아 오라고 했습니다. 그런데 미처 이씨 부중에 들어서기도 전에 시누이가 큰 화를 만났다는 소식을 듣게 되었습니다. 너무 놀라 다시 섬옥에게 자세한 곡절을 묻지 못하고 바로 이리로 오기는 했지만, 그 화의 근본과 죄의 경중은 자세히 모르니 알고 싶습니다."

정태요가 미처 대답하지 못했는데 정인광이 눈물을 가득 머금은 채 눈썹에 찬 서리 같은 기운을 띠고 나직이 말했다.

"화의 근본은 제가 오랑캐와 금수 같은 무리의 자식을 배필로 맞은 것이고, 죄의 중함은 참혹한 욕이 부모님께 미치도록 한 것입니다. 그 넘치는 불효의 죄를 다스리려 한다면 목숨을 남겨두지 못할 것입니다. 제가 용렬하고 못나서 흉악하고 완고한 부인네의 끝없는 욕을 순순히 받게 되었으니 장씨 집안만 생각해도 너무나 놀라운데, 누이께서 저 불인한 인물의 며느리로 오랑캐 같은 시누이를 구하려고 중요한 일인 양 이렇게 오신 것을 생각하니 놀라움이 한층 더하는군요. 초나라 귤이 변해 제나라 감이 된 것이 애달프고 안타깝습니다."

정월염이 두 눈을 곱게 뜨고 얼굴빛은 담담하고 태연한 채로 조금도 놀라거나 노한 기색 없이 천천히 말했다.

"나는 시누이의 병세가 가볍지 않다는 것을 듣고 근심하며 다시 화액을 만난 것에 놀랐을 뿐인데 지금 너의 말을 들으니 광증이 없지 않구나. 내 비록 편협한 여자지만 너의 미친 말과 망언에 맞춰 화를 낼 리 있겠느냐? 시누이의 액운이 원래 심하게 험하니 어찌 앞길이 밝아 미친 남편의 보채는 화를 받지 않을 수 있겠느냐? 그렇다고 너무 심하게 하지 말아라. 장인과 사위의 의는 언급하지 않는다 해도 돌아가신 할아버지의 제자이자 아버지와 숙부의 친구임을 돌아보면 욕하는 것이 도리가 아닐 것이다."

정인광은 정월염을 공경하고 남매간에 화목한 것 외에도 특별한 정이 친누나보다 더했다. 그런데 오늘 장씨 집안을 두터이 공경하라는 말을 듣자 더욱 분해 장헌과 박씨를 한바탕 심하게 욕하고 싶으나 부친이 자리에 있어 시원스럽게 말을 못 하고 다만 이렇게 말했다.

"저는 천성이 우직해 바꾸고 변하는 것을 쉽게 못 하는 것일 뿐 제게 어찌 광증이 있겠습니까? 다만 용렬하고 못난 욕이 부모님께 이르게 한 장씨의 딸을 다스리지 못한 것이 한이 됩니다."

정월염이 빙그레 웃으며 말했다.

"다스린다 해도 쫓아내기밖에 더하며 쫓아낸들 사납게 보채고 욕하는 것보다 못할 것이다. 더구나 이미 앞길이 트이지 못한 바에 쫓겨나는 것을 뭐 그리 두려워하겠느냐?"

정인광 또한 웃으며 말했다.

"누이의 말이 또한 장씨 집안의 며느리가 될 만하니, 누이가 이처럼 그릇되게 변한 것이 매우 분하고 원통합니다."

정태요가 참지 못하고 웃으며 말했다.

"너희 남매가 어릴 때부터 특별한 사이였는데 오늘 그 정을 상하게 할 작정이냐? 어찌 말다툼을 그치지 않느냐?"

정월염이 웃으며 대답했다.

"제가 비록 못났지만 마음이 병들지 않았는데 재보의 미친 말에 응해 다툴 리가 있겠습니까?"

정염이 웃으며 말했다.

"너희 남매가 서로 미쳤느니 그릇되었느니 하고, 혹은 응대할 가치가 없다거나 안타깝다 하면서 말다툼이 이어지니 저러고도 의가 상하지 않겠느냐?"

정인광은 분한 마음이 북받쳐 담소를 나눌 생각이 없었으나 정월염은 미미히 웃는 얼굴로 낭랑하게 담소를 나누었다. 이윽고 서태부인이 잠자리에 들자 정삼이 사촌 형제들과 조카들을 거느리고 물러났다. 화부인과 정태요가 서태부인을 모시니 정월염은 비로소 시녀에게 불을 밝히라 하고 유모에게 침구를 경운당으로 옮기라 한 후 천천히 경운당에 이르렀다.

이때 장성완은 시아버지의 명으로 침소를 떠나지 못하나 스스로 황공하고 두려워 차라리 벌을 받은 것만 못했다. 그러니 어찌 잠자리를 평상시처럼 할 수 있겠는가? 운모 병풍과 수놓인 휘장을 치우고 비단 이부자리와 대모 침상과 산호 책상을 없앤 후 초석 하나와 빛깔 없는 이부자리를 내와 누우니 정신이 가물가물하여 세상사를 마칠 듯하고 통증이 더욱 심했다. 난취와 녹섬이 초조해하고 소채강은 너무나 염려되어 그 곁을 떠나지 않고 있었다. 정월염이 이르러 장성완이 누운 침상 아래 나아가 나직한 소리로 말했다.

"아우님이 지금 정신을 놓아 사람이 들어오고 나가는 것도 모르십니까?"

장성완이 눈을 들어 살피고 일어나는데 눈썹에는 그늘이 가득하고 얼굴은 쓸쓸한 빛을 띠고 있었다. 눈물 흔적은 봄비가 잠깐 배꽃을 적신 듯하고 눈썹을 살짝 찡그리는 것은 붉은 내가 푸른 잎에 어린 듯했다. 운명을 서러워하고 한탄하여 스스로 몸이 세상에 머무는 것을 슬퍼하니 그 회포가 남다름을 묻지 않아도 알 수 있었다. 정월염 역시 근심하며 눈물을 머금은 채 손을 잡고 팔을 맞대고는 말했다.

"아우님의 험한 액운이 아직도 다하지 못해 이런 괴이한 사단이 일어나니 운명을 슬퍼할 뿐 무엇을 한하겠습니까? 아버님과 숙부님들이 조금도 꺼리지 않고 불평을 두지 않으시는데, 사촌 동생만 과격하고 성미가 급한 아이라 시어머님의 한때 실언을 깊이 한스러워하는가 싶습니다. 하지만 훗날 반드시 뉘우칠 것이니 아우님은 병 때문에 생긴 회포를 편안히 하여 병세가 더 악화되지 않도록 하는 것이 두 집안 어르신들께 효도하는 일이 될 것입니다."

장성완이 탄식하며 말했다.

"이 못난 몸이 세상에 머무는 것 자체가 무지하고 완악한 일입니다. 죽으면 불효가 되니 살아서 낳고 키워주신 은혜를 갚을까 했는데, 매사 불효를 끼치고 괴이한 변고를 일으켜 시부모님께 욕이 미치는 지경에까지 이르렀으니 목숨을 끊고 온몸을 부숴도 이 죄를 다 용서받기는 어려울 것입니다. 시부모님의 크고 너른 은혜가 뼈에 사무치고 온몸에 넘쳐 몸을 편히 하라고 명하시나, 제 마음이 두렵고 황송하여 죄를 받들지 못하는 것이 더욱 송구하니 어찌 편안히 병을 조리할 마음이 있겠습니까? 하지만 제가 결단력이 없고 못나서 죽어 죄를 씻지 못하니 두렵고 부끄러울 뿐 아니라 이 지극한 불효를 생각하면 한 치도 용납될 수 없을 것입니다."

말을 겨우 하기는 했지만 기운은 실낱 같고 거동은 위태로우니, 정월염이 더욱 놀라고 근심되어 편히 누워 말하라고 하고는 침구를 가까이 펴고 장성완과 나란히 누운 채 간호를 했다. 소채강 역시 함께 밤을 보내는데 세 사람이 속이 비치는 듯 뜻이 잘 맞아 서로 친자매가 아님을 깨닫지 못할 정도였다. 하지만 장성완은 만사에 뜻이 없어 스스로 세상일을 일체 모르고자 하여 정월염과 소채강이 곁에서 지극히 위로하고 간호하는 것에도 감사할 생각을 못 하는 듯했다. 그저 담담히 입을 다물고 말하는 것도 괴로워 한숨 쉬며 운명을 슬퍼할 뿐이니 정월염과 소채강은 잠을 이룰 수 없었다.

　다음 날 정월염이 정당에 가 아침 문안을 드리는데, 정삼이 소채강을 불러 비록 장성완을 간호하더라도 아침 문안은 빼놓지 말고 행동거지를 평상시처럼 하라고 했다. 소채강이 감히 거역할 수 없어 아침저녁 문안에는 참여하게 되었다.

장성완을 심하게 핍박하는 정인광

　정인광은 박씨가 너무나 원망스러워 장성완을 영원히 출거하고 소채강을 정실 자리에 올리려 했는데, 미처 의견을 내기도 전에 부친의 뜻이 달라 성친록 가져오는 것을 막고 장성완의 정실 자리를 그대로 유지해 침소에 편히 있도록 한 것에 분을 이기지 못하고 있었다. 그러던 차에 정월염이 찾아와 장성완의 침소에 머물며 지극히 간호하는 것을 짐작하고 더욱 원통스러워했다. 그래서 정월염이 할머니를 모시는 때가 되면 녹섬을 잡아내 장성완이 죽지 않는 까닭을 물었는데, 그 말이 점점 더 세차고 엄준하며 분노가 갈수록 더해져 한 조각 인정도 없는 듯했다. 밤낮으로 정인광이 장성완의 죽음을 재촉할 때마다 녹섬은 망극한에 어쩔 줄을 몰랐다. 난취 또한 애달프고 슬퍼 정인광의 언사가 인정과는 거리가 먼 것을 한스러워하면서도 감히 화부인에게도 알리지 못했다. 정인광이 혼이 나면 그 화가 장성완에게 미칠까 두려웠기 때문이었다.

하루는 정인광이 녹섬을 불러 한 봉의 편지와 두 알의 환약을 주어 장성완에게 들여보냈다. 장성완이 천천히 편지를 뜯어보니 세 줄 글에 죽지 않는 것은 진정 염치가 없고 지극히 흉악한 일임을 하나하나 거론하면서, 칼과 비단 끈으로 목숨을 끊지 못하겠거든 이 두 알 환약을 삼켜 빨리 죽어 죄를 만의 하나라도 씻으라고 되어 있었다. 장성완이 환약과 편지를 함께 경대 속에 넣은 후 고요히 누웠는데, 굳이 새삼 슬퍼할 것도 없고 놀랍고 두려울 것도 없지만 심신이 불안하고 근심스러운 것은 전에 비할 바가 아니었다. 스스로 초조하고 황망하여 병을 더하려 한 것은 아니나 기운이 날로 쇠하고 미음조차 거슬려 한 숟가락 물도 쉽게 넘기지 못할 지경이 되었다. 정삼 부부가 매우 걱정하여 날마다 찾아와 위로하고 어루만지며 진심을 다해 보살피는 것이 친딸보다 더했다. 또한 정월염이 소채강과 함께 밤낮으로 경운당에 있으면서 간호하는 정성이 그 병을 나누지 못하는 것을 애달파할 정도여서, 여러 날 잠을 자지 않고 몸이 곤해도 조금도 게을리함이 없었다. 이렇듯 간호하는 정성이 부족하지 않은데도 장성완의 병세는 날로 위중해져 어느 순간부터 앉고 눕는 것도 스스로 못 하게 되었다. 시부모가 찾아오면 겨우 부축을 받고 일어나 앉는 것을 송구스러워할지언정 기운이 없어 혼자 앉지는 못했다. 정삼 부부 역시 애처로운 마음에 걱정을 놓지 못해 음식을 먹어도 맛을 모르고 잠자리도 편치 않았다. 하지만 서태부인의 심려를 더할 수 없어 매번 위급한 병은 아니라고 하면서 서태부인 앞에서는 태연히 염려하지 않는 것처럼 했다. 그 때문에 서태부인은 자세히 알지 못하고 다만 오래 병상에 있는 것을 걱정해 기운을 보충할 음식과 향기로운 과일이 생기면 그때마다 장성완에게 보내 맛보라고 했다. 정삼과 화부인이 시녀에게 장성완이 음식과 과일을 잘 먹었다고 알리게 해 서태부인은 장성완의 병이 그처럼 위중한지를 더욱 알 수 없었다. 그러나 집안사람들은 모두 장성완이 회생하기 어려울 것으로 생각했다. 서태부인이 듣지 못하는 곳에서 그 애처로운 상황을 이야기하면서, 마음에 걱정이 생겨 병세가 더 심해진 것이 아닌가 하며 너무나 안타까워했다.

하지만 그런 중에도 정인광은 조금도 마음이 동요되거나 염려하지 않았다. 주변이 고요하고 경운당에 정월염 등이 없을 때면 녹섬을 잡아내어 장성완이 무슨 생각으로 지금껏 죽지 않는지를 물었다. 참으로 흉악하고 모질다고 욕하며 약을 먹고 어서 죽으라고 재촉하는데, 그 노기는 세차고 엄하며 말소리는 크고 쩌렁쩌렁하여 듣는 사람의 가슴이 철렁 내려앉아 곧 죽을 것 같을 정도였다. 녹섬이 너무나 막막하여 경운당에 돌아와 정월염에게 정인광이 장성완에게 죽으라고 재촉하는 것이 갈수록 더 심해진다고 말했다. 정월염은 참으로 사납다고 여기며 인정에 할 바가 아니라고 한탄했다. 그러면서도 한편으로는 치욕이 부모에게 미친 것이 너무나 분하고 원통해 부부의 사사로운 정을 단칼에 자르고 받은 치욕을 씻으려는 것 역시 괴이한 일은 아니라고 여겨 장성완을 지성으로 간호할 뿐 아는 척하며 참견하지는 않았다.

정염의 넷째 아들 정인영은 정인광이 장성완에게 죽음을 재촉하는 말을 전하면서 칼과 비단 끈이며 독약을 들여보낸 것을 명광헌 뒤 청사에서 보고, 인정상 할 바가 아닌 듯해 놀란 마음에 모친에게 알렸다. 소화부인이 듣고는 장성완의 운명을 슬퍼하며 근심스러운 안색을 띠고 있었는데 마침 정염이 들어와 보고 그 까닭을 물었다. 소화부인은 장성완의 병세가 위중한 것이 안쓰러워서 그렇다고 답했으나, 정인영이 참지 못하고 정인광이 장성완에게 죽기를 재촉한 일을 말했다. 정염이 놀라며 말했다.

"자식 된 도리로 부모에게 참담한 욕이 미친 것을 아무 일 없는 듯할 수는 없겠지. 하지만 장씨의 허물이 아니라는 것을 분명하게 알면서도 어찌 아직까지 화를 풀지 않고 그 위중한 병세를 염려하지도 않은 채 도리어 날마다 죽기를 재촉할 수 있는가? 재보가 이토록 과격한 것을 보니 운계 형님의 어질고 관대한 덕과 형수님의 참한 행실을 본받지 못했구나."

말을 마치고 외당으로 나가니 정삼이 장성완의 병을 걱정하여 직접 약재를 모아 약을 짓고 있었다. 정염이 다가가 앉으며 말했다.

"형님은 누구를 위해 직접 약을 만들고 계십니까?"

정삼이 답했다.

"며느리의 병이 다른 약으로는 효험을 보지 못했는데 그저 속수무책으로 있는 것이 참담하여 십여 첩 약을 지어 써보려고 한다."

정염이 또 말했다.

"형님께서 약을 짓는 것을 인광이가 알고 있습니까?"

정삼이 말했다.

"특별히 알 것도 없지만 이미 지었으니 모를 것도 없겠지."

정염이 눈살을 찌푸리며 말했다.

"원래 인광이가 인정과는 먼 아이입니다. 저 미치고 망령 난 부인이 설사 말을 삼가지 못해 형님과 형수님을 욕되게 한들 그런 인사를 굳이 책망할 필요가 있겠습니까? 자식 된 도리로 부모에게 욕이 미친 것을 그냥 넘길 수 없어 별별 행동을 다 하다가, 형님의 타이름을 받들어 장씨를 내쫓지 않기로 했으면 그만하고 화를 푸는 것이 옳을 것입니다. 그런데 인광이는 제 뜻을 세우지 못하고 분을 풀지 못한 화를 모두 장씨에게 돌려, 처음에는 여차여차 명을 재촉하다가 다음에는 또 이리이리 죽지 않는다며 장씨를 괴롭히고 있다 합니다. 날마다 명을 재촉하는 말이 목석이라도 견디지 못할 정도라 하니, 장씨가 속 좁은 사람이 아니기에 망정이지 그렇지 않았다면 남편의 편벽되고 몰인정한 것을 원망하여 이미 죽어 없어졌을 것입니다. 그랬다면 형님의 며느리 사랑도 헛곳에 돌아갔을 테지요. 그러니 인광이의 악행이 진정 놀라운 일이 아니겠습니까?"

정삼이 미처 다 듣기도 전에 정인광을 매우 못났다고 여기며 그 사나운 마음에 놀라 잠시 말을 잇지 못하다가 천천히 말했다.

"자식을 아는 것은 부모만 한 사람이 없다고 했는데, 이 형은 어둡고 못나 인광이가 호랑이나 승냥이처럼 흉악한 것을 도리어 모르고 있었구나."

(책임번역 탁원정)

완월회맹연 권44

정삼의 뼈아픈 가르침

정인광이 장성완의 마음을 멍들게 하자

정삼이 정인광의 볼기짝에 피멍을 새기다

정인광의 괴롭힘에 병이 생긴 장성완

정삼이 천천히 말했다.

"자식을 아는 것은 부모만 한 사람이 없다고 했는데, 내 어둡고 못
나 인광이가 호랑이나 승냥이처럼 흉악한 것을 도리어 모르고 있었
구나. 내 인광이가 전날처럼 요란한 행동을 그친 후로는 품은 분노가
채 사라지지 않았다고 짐작해서 저 아이를 대하면 다정스럽게 경계
하면서 항상 관대하고 속이 넓어야 한다고 말했더니 저 아이가 또 침
착히 내 말을 좇을 듯하여 흉포한 마음가짐을 나타내지 않았다. 내가
이를 보며 장모(박씨)의 실언을 아내(장성완)에게 탓하여 부부의 화합
이 더딜까 염려했지만 아버지가 되어 사사로운 일을 아는 척하는 것
이 괴로워서 말을 하지 않았을 뿐이지 저 아이의 성격이 저렇게나 인
정 밖에 있을 줄은 몰랐다. 그런데 이제 흉악한 심성이 날이 갈수록
극에 달해 며느리를 죽이고서야 그만둘 것 같으니 며느리가 그 독한

병을 앓으면서 어떻게 목숨을 보전할 수 있겠는가? 더 이상 두고 볼 수 없을 듯하다.”

그 자리에 있던 정겸이 웃으며 말했다.

“경조 형(정염)이 조카의 잘못을 지나칠 정도로 들춰내는 데 빠지신 것을 보면 아이들이 지긋지긋하게 여기는 게 이상하지 않습니다. 저러시니 인중이의 흘겨보는 눈초리를 받지 않을 수 있겠습니까?”

정염이 온화하게 웃으면서 말했다.

“아이들에게 어질다는 말을 들으려고 아첨하는 낯짝을 하며 버릇없이 행동하는 것을 보아도 입을 닫고 잠잠히 있을 수 있겠는가? 인중이가 나를 밉게 여겨 흘겨볼 뿐 아니라 화살로 쏜다 해도 그 요사스럽고 간악함을 꾸짖지 않을 수 없을 것이다.”

원래 정인중은 정염의 준엄함을 꺼리고 그가 자신을 매일 간악하다 꾸짖는 것을 원망했으며, 그가 자신을 예사로이 살피지 않는 것을 눈을 흘기며 미워했다. 그러다 정인홍에게 한바탕 꾸짖음을 당하니 부끄러운 와중에도 원한을 품어 정염 부자에게 이를 갈았다.

정삼은 약을 다 짓고서 직접 가지고 경운당으로 들어와 소채강에게 잘 달여 쓰라고 했다. 그리고 장성완의 가는 손을 잡아 맥을 살핀 후 죽 먹기를 권하고 이를 잘 넘기지 못하는 것을 염려했다. 그러다가 장성완이 피를 섞어 토하고 기절하더니 깨어나지 못하자, 참담한 마음에 직접 약을 만들어 간호하며 초조히 살펴보았다. 시간이 지난 후 장성완이 다시 숨을 쉬고 얼굴에 양기가 돌자 정삼은 정월염과 소채강에게 만일 또 위태로우면 알려달라 당부했다.

정삼은 경운당을 나와 서태부인께로 갔다. 그는 장성완이 위태롭던 것을 어머니께 내색하지 않고서 밝은 얼굴로 저녁 식사를 함께 했다. 서태부인이 잠자리에 든 후에는 물러 나와 봉일전으로 돌아왔다. 화부인은 장성완의 병을 살피려 경운당으로 가고 셋째 아들 정인경은 약을 달이느라 미처 돌아오지 않았으니 봉일전에서 정삼을 모시는 것은 정인광뿐이었다. 정삼은 정인광이 앞에서는 고분고분하다가 물러가서는 태도가 딴판으로 바뀌어, 장성완이 위태로운 것을 조금도 슬프게 생각지 않고 도리어 독약과 모진 호령으로 죽음을 재촉하는 것이 날마다 심해지는 것을 매우 이상하게 여겼다. 자신의 명을 어겨 사사로운 의견을 세우고 제멋대로 행동하는 것이 마음속으로 노엽기도 했다. 그러나 장성완의 병세가 위급한 것을 깊이 우려하며 모든 일을 급하게 처리하지 않기로 했다. 또한 아들에게 이미 간절히 설득하고 다정하게 타일러 관대히 처분하라 당부했는데, 아들이 헛곳에 빠져 웃어른의 뜻을 받들지 않는 것을 보니 다시 말하는 것이 쓸데없다는 생각도 들었다. 정삼의 봉황 같은 눈이 맹렬히 불타고 눈썹은 차가운 서리를 띠었으니, 아들이 자리 아래 모시고 서 있건만 그 얼굴을 본 척도 하지 않았다. 정인광은 감히 아버지 정삼의 얼굴을 바라보지 못했으나, 아버지가 밤이 깊도록 주무시지 않는 것을 안타깝게 여겨 두려움을 무릅쓰고 나지막한 목소리로 이부자리를 펴실 것을 청했다. 하지만 정삼은 들은 척도 하지 않고 몸을 움직이지 않았으니 다시 권유할 수 없었다. 정인광은 아버지가 자신에게 이런 행동을 하는 것이 처음이라 온 마음이 떨려 어찌할 바를 모른 채 어머니가 돌아오시기를 기다렸다. 아버지가 오래도록 꼼짝도 않고 계시니 더욱 답답하여 그저 관을 숙이고 머리를 굽힌 채 감히 낯을 들지 못했다. 이윽고 정인경이 돌아오자 정삼이 물었다.

"네 형수가 지금은 어떻다고 하더냐?"

정인경이 대답했다.

"조금 전에는 피를 토하고 정신이 없더니 약을 계속 쓰자 잠깐 정신을 수습하는 것 같았습니다."

정삼이 다시 묻지 않고 잠자코 앉아 있었다. 정인광은 부모의 잠자리가 편치 못하여 아버지는 밤이 반이나 지났는데도 계속 앉아만 있고 어머니는 경운당에서 장성완을 간호하면서 초조해하는 것을 근심하며 자신의 불효만을 한탄했다. 밤이 깊은 후에 화부인이 돌아와 앉으니 정삼이 말했다.

"나는 어리석어 자식의 세세한 일을 살피지 못하지만 부인은 여자의 자상함으로 며느리가 생사를 넘나드는 고생을 하는 것을 전혀 염려하지 않으십니까? 이는 내가 믿던 바가 아닙니다."

말이 끝난 후 잠잠히 있으니 화부인이 정삼이 이러한 말을 하는 것이 어떤 곡절이 있어서임을 짐작하고는, 그저 잘 살피지 못했고 밝지 못했다며 사과했다. 그 말이 간략하고 기운이 나직할 뿐 무슨 일이 있었는지를 다시 묻지 않았으니 정삼도 대강 깨달아 말하지 않고 침묵했다. 정인광이 부모가 편히 쉬지 못하는 것을 초조하게 여겨 정인경을 쳐다보았다. 정인경은 안타까운 마음에 바로 일어나 부모의 이불과 베개를 펴드리겠다고 했다. 정삼은 화부인의 불안한 기색을 보고 어쩔 수 없이 잠자리로 나아갔다. 정인광 형제는 어머니께 주무시라고 청한 후 물러났다. 정인경은 서재로 가서 자려고 했으나 정인광은 아버지의 은혜를 생각하니 마음이 싱숭생숭해 편히 쉴 뜻이 없어 봉일전 청사에 앉아 밤을 새웠다. 닭 소리가 날 때 세수하고 들어가 정인경과 함께 부모의 옷을 받들며 씻으실 물을 준비했는데, 온순한 얼굴빛과 삼가는 효성은 왕계를 모시는 문왕과 증석을 받드는 증자도 이보다 더할 수 없을 정도였다. 하지만 정삼은 원망하는 마음을 계속 품고 있으니, 어떻게 표정을 풀고 전날의 지극하던 자식 사랑을 나타내겠는가? 아들이 눈앞에 얼쩡거리려고만 하면 엄한 기색이 더해지고, 무심히도 그의 말을 못 들은 척하면서 말을 나누지 않았다. 그러나 서태부인 앞에서는 온화한 기색만을 내보이며 아들을 이상하게 여기는 모습을 나타내지 않았으니 서태부인은 이런 일을 전혀 몰랐다.

정인광은 아버지의 깊은 분노를 두려워하면서도 장성완에게 죽음을 재촉하는 것에는 변함이 없었다. 서재가 고요하고 좌우에 사람이 없으면 녹섬을 통해 장성완이 지금 사는 것이 무엇을 위한 것이고 또 누구에게 욕을 미치게 하려는 것인지를 물었다. 이렇듯 백 년 원수를 대하듯 원망을 품고 화내며 의심하니, 녹섬이 감히 어디에 장성완의 병세가 위독함을 고할 수 있겠는가? 그저 심장이 터질 듯 비통한 원한을 품을 뿐이었다.

장성완은 정삼이 처방을 내린 약효가 신기하게도 돌아 지독한 병세가 조금 나아지고 정신을 잠깐 수습할 수 있었다. 그러나 정신을 차릴수록 마음의 불편함은 더해졌다. 정월염은 이를 보고 애를 태우며 걱정했지만 자기 시부모의 성품을 알기 때문에 그 위태로움에 대해 함부로 전하지 않았다. 장희린 형제 또한 정씨 부중에 왕래할 면목이 없어 여동생의 병을 근심하면서도 이전처럼 쉽게 가보지 못하고 장헌이 혹여 정씨 부중에 가려 해도 다시 말실수를 해 여동생의 불편을 더할까 두려워 간절히 만류했다. 이에 장헌 또한 출입을 마음 대로 못 하여 몇 달 동안 정씨 부중에 가지 못했다. 하루는 정삼이 협문으로 나오다가 장헌과 서로 마주쳤다. 장헌은 두 아이의 간절한 말을 들었으므로 자신의 불편한 심기는 내색하지 못했지만 정인광을 원망하는 뜻이 없지 않았다. 정삼은 장헌을 보고는 반가운 얼굴로 기쁜 듯이 대하면서, 못난 아들의 망령된 행동을 거리끼지 말라고 했다. 그는 다만 며느리의 병세가 가볍지 않음을 깊게 염려할 뿐이었다. 이렇듯 불편한 기색이 없었으니 아무리 염치 없는 장헌이라도 그 봄빛 같은 기운을 대하여 어떻게 좋지 않은 기색을 내비치며 가을 하늘 같은 기개를 우러러 제멋대로 성난 얼굴빛을 나타내겠는가? 노여워하는 마음을 누그러뜨리고 함께 이야기를 나누었다. 정삼이 집으로 돌아가니 장헌 또한 정삼을 따라가 병든 딸을 위로했다. 이날 정인광은 조정에 들어갔으므로 이를 보지 못했다.

어느 날 소수가 정씨 부중에 와서 정삼을 만났다. 그는 친딸과 수양딸과 손녀가 모두 정씨 집안과 결혼했지만 구태여 자주 와 보지 않았는데, 장성완의 병이 깊은 것을 듣고는 염려하여 그 병세를 물었다. 정삼이 가볍지 않다고 하자 소수가 자리에서 일어나 경운당에 들어가 보려고 했다. 그러나 정인광은 길을 안내할 뜻이 꿈에도 없었다. 정삼은 아들과 서로 말하지 않은 지가 이미 며칠이 지났기에 아들에게 별다른 이야기를 하지 않고 친히 소수를 안내하여 경운당으로 갔다. 소수가 웃으며 말했다.

"재보(정인광)가 웃어른을 만나 애써 기뻐하는 표정을 지으나, 장씨 아이의 병세를 물으니 어물거리며 대답을 하지 않고 은근한 분노와 고통을 품고 있는 듯 보이니 정말 의아하오."

정삼이 대답했다.

"소견이 좁고 꽉 막힌 아이가 군자의 넓은 도량을 갖지 못해 제 장모의 한순간 실언을 깊이 원망하여 그런 것입니다."

소수가 이 일을 모르다가 오늘 처음으로 듣고는 박씨의 사람됨을 기괴하게 여겼다. 박씨가 기필코 사위와 사돈을 참혹히 욕해 딸에게 큰 화를 끼치리라고 짐작하니 매우 경악했으나 다시 묻지 않고 방으로 들어갔다. 양녀 장성완은 숨이 끊어질 듯 상태가 위태로웠으며 소채강 또한 장성완의 병세를 근심하느라 속절없이 야위어 있었다. 소수가 놀라 장성완의 손을 잡아 진맥하고 눈썹을 찡그리며 말했다.

"육맥(六脈)이 허약하고 기운이 다해 병의 뿌리가 깊으며 목숨이 위태로운 지경이니 어찌 놀랍지 않겠느냐? 게다가 걱정이 크게 일어 병을 더욱 해롭게 키웠으니 이 역시 마음이 좁기 때문이다. 어째서 넓은 마음을 가지지 못해 병세를 요란하게 하고 웃어른에게 근심을 끼치는 것이냐?"

장성완은 다만 머리를 숙여 들을 뿐이고 마음속에 품은 생각을 고하지 못했다. 소수는 장성완을 아끼는 정이 매우 커 누가 친딸이고 누가 수양딸인지를 알 수 없을 정도였다. 손녀인 정인유의 부인을 불러 함께 앉혀 이야기하면서 딸인 소채강에게 장성완을 돌보는 것을 게을리하지 말라 단단히 이르고 수양딸인 장성완에게 쾌차할 것을 당부했다. 소수가 손녀에게 작별 인사를 하고 정삼과 함께 천천히 외헌으로 나왔는데, 이때 정인광은 마침 내당에 들어가 있었다. 소수가 정삼을 향해 웃으며 말했다.

"후백(장헌)의 부인이 재보를 건드려 화나게 하고 욕까지 퍼부었으니 사람의 자식 된 자로서 차마 듣지 못할 바가 많았던 듯하오. 여백(정삼)이야 이를 마음에 거리끼지 않을 수도 있지만, 재보는 사람됨이 괴팍하여 한번 분노를 일으키면 다른 사람이 그를 대하기가 매우 어려울 것이오. 윗사람은 재보의 노여움을 항상 있는 일로 생각해 대수로이 여기지 않겠지만, 아랫사람인 부인은 남편의 분노를 당하면 감히 편안히 있기 힘들었을 듯하오. 비록 장씨 아이(장성완)에게 한 터럭의 허물도 없을지라도 재보가 그 어머니의 잘못을 장씨 아이의 죄로 삼으니 그 아이의 마음이 얼마나 편치 않고 괴로웠겠소? 재보의 성정이 너무 강경해 뒤끝을 쉽게 풀지 않으리니 장씨 아이에게 천만억울한 일이 있으나 죄를 짓고 벌을 받지 못하는 심사가 차라리 숨은 회포가 없는 것만 못하여 나아가고 물러날 때마다 불안이 심할 것이외다. 나의 생각으로는 지금 장씨 아이의 죄를 사하여 돌려보내면, 재보는 이를 내쫓는 것으로 치부할 것이오. 장아는 죄 때문에 돌아가는 것으로 처신할 것이니 액화를 마저 떼어내고 재보의 분노가 풀어진 후에 한 집에서 살게 하는 것이 마땅할까 하오. 여백의 헤아림이 어찌 이 노인만 못하겠는가마는 재보의 분노를 꺾으려 하는 것이 도리어 장씨 아이의 난감한 처지를 생각하지 못한 꼴이 되었소. 아무쪼록 여러 가지로 살펴 주기 바라오."

정삼은 소수의 말이 마땅하다는 것을 알지만 마음속으로는 여전히 정인광에게 큰 문제가 있다고 여겼다. 정인광을 꼭 한번 다스리고자 하는 마음을 접지 않은 채 소수의 말에 대답했다.

"인광의 못되고 망령된 성질을 밝히 아시고 며느리의 위태로움을 잠깐 덜고자 하여 이렇듯 말씀하시니 제가 어찌 받들지 않을 수 있겠습니까? 하지만 며느리의 병세가 매우 위태로워 지척이라도 움직이기 어렵게 되었으니, 잘 돌보아서 큰 고비를 넘긴 후에 보내겠습니다."

이때 정인광이 정인명 등 여러 형제와 함께 들어와 서자, 소수가 더 이상 장성완에 대해 말하지 않고 다른 이야기를 하다가 돌아갔다. 정삼이 형제와 아들 및 조카들과 함께 절하며 그를 배웅했다.

한편 박부인은 망령된 분노와 흉악한 말로 정인광의 노여움을 일으켜 딸에게 큰 화를 끼치고는 스스로 애달파하며 화를 이기지 못했다. 먹지도 못하고 자지도 못하니 몸에 큰 병이 생긴 듯했다. 허황되고 망령된 정신이 어떻게 병이 되지 않을 수 있겠는가? 화병이 심해 잠자리에 누워 밤낮으로 딸의 이름을 부르짖으며 슬퍼하는데, 그 모습이 마치 눈앞에 시체를 대하는 것 같아 그저 불길할 뿐이었다. 아들인 장희린과 장세린은 어머니의 행동거지가 괴이하다고 말씀드리며 끊임없이 위로했다. 정월염은 장성완을 돌보면서 시가에 빨리 돌아가는 것을 생각하지 않았는데, 시어머니의 병세가 가볍지 않다는 것을 듣고는 계속 있을 수 없어 시가로 돌아가고자 했다. 박씨가 편지를 써서 장성완과 함께 돌아오라고 간절히 말하니, 정월염이 서태부인과 정삼 부부에게 시어머니 박씨가 병든 중에 시누이 장성완을 생각하는 정이 해로울 지경이므로 시누이의 병이 비록 깊지만 함께 돌아가고 싶다고 했다. 정삼은 소수의 말대로 이미 며느리를 보내려고 했었기에 서태부인에게 이렇게 말했다.

"모녀가 병중에 서로를 생각하느라 아픔을 더할 것이니, 며느리를 잠깐 돌려보내어 박부인의 병이 나은 후에 데려오는 것이 마땅할까 합니다."

서태부인은 정인광이 장성완의 수명을 줄이고 있다는 것을 전혀 알지 못하다가 오늘 아침에야 연부인이 일러주어 비로소 알게 되었다. 그녀는 정인광이 매우 사납고 모질게 느껴지고 장성완에 대한 애처롭고 불편한 마음이 깊어져서, 장성완을 친정으로 잠깐 돌려보내 죽음을 재촉하는 정인광의 호령이라도 듣지 않게 해야겠다고 생각했다. 서태부인이 즉시 허락하자 정삼은 종들에게 가마를 준비할 것을 명하고 정월염을 돌아보며 말했다.

"며느리가 움직이는 것이 어려울 것이니, 너희는 며느리를 좌우로 붙들어 여기 와 어머님께 하직하게 하거라."

정월염이 명을 받고 바로 경운당으로 가서 장성완에게 서태부인이 친정으로 가는 것을 허락했음을 전하며, 잠깐 기운을 수습해 서태부인께 하직 인사를 드리자고 했다. 장성완은 움직일 힘이 없었으나 이번에 돌아가는 것이 겉으로는 부모님을 뵈러 가는 것이지만 실제로는 쫓겨나는 것이라 생각하여, 다시 돌아와 시부모를 모시기 어려울 것 같아 어렵사리 인사를 드릴 준비를 했다. 평생의 기운을 다해 옷매무새를 가다듬고 물 한 움큼으로 아름다운 얼굴을 씻었으나 구름 같은 머리칼은 빗기가 어려웠다. 준비를 한 후 정월염을 붙들고 일어나려 했지만 걸음을 옮길 수 없었기에, 정월염이 이를 민망히 여기면서도 장성완을 단단히 붙들며 어렵게 태일전으로 갔다. 장성완은 두려워하는 마음으로 머리를 조아리면서 불효가 깊고 고질병이 좀처럼 낮지 않아 오랫동안 새벽 문안 인사를 드리지 못하고 우려를 끼친 죄에 대해 고했다. 서태부인이 장성완을 붙들어 올리라 하니 정삼이 장성완을 볼 때마다 사랑하고 아끼는 마음이 더해져, 또다시 벌을 달라고 해서는 안 된다며 서태부인의 말씀대로 올라오라고 했다. 장성완이 감히 거절하지 못하여 다시 일어나 겨우 당에 오르는데 그 위태로운 거동은 보기가 두려울 정도였다. 서태부인은 장성완의 상태가 이 정도인 줄은 알지 못했기에, 얼른 그 손을 잡아 곁에 앉히고 눈물을 줄줄 흘리며 탄식했다.

"우리 며느리가 마음을 썩이는 병이 깊어 증세가 가볍지 않다는 것은 들었건만 이렇듯 숨이 끊어질 정도인 줄을 어찌 알았겠는가? 너의 움직임을 보니 회복할 날이 먼 것 같아 놀랍기 그지없구나. 네가 입은 재앙이 괴이하여 사나운 남편이 모질게 보채지만, 인광이가 그래도 호랑이나 승냥이는 아니라서 멋대로 사람을 죽이지는 않을 것이다. 부디 마음을 편히 가져 병을 낫게 하고 부질없이 걱정하여 병세를 더하지 말려무나."

장성완은 고개를 숙이고 듣다가 그 은혜에 절하여 예를 표하며 감히 한 마디도 대답하지 못했다. 정삼이 서태부인에게 고했다.

"우리 며느리가 움직임이 위태해 어머니 앞에서 오랫동안 모시고 있기가 어렵습니다. 빨리 돌아가 몸조리를 하여 차도가 생긴 후에 슬하에서 모시게 하시는 것이 마땅하겠습니다."

서태부인이 머리를 끄덕였다. 장성완을 보내는 것은 서운했으나 그 위태로운 병세를 염려했기에, 고운 손을 어루만지며 마음 놓고 몸조리하기를 다시금 당부했다. 시부모를 비롯한 숙부, 숙모들이 함께 목이 멜 정도로 울고 아쉬워하면서 병을 빨리 낫게 하라 당부하며 길이 이별하니 안타깝고 울적한 뜻이 아득한 이별을 당한 듯했다. 부인네들도 함께 근심하며 슬퍼하는데, 하물며 여러 소저는 장성완과 뜻을 합쳐 한순간이라도 헤어지는 것을 매우 꺼렸던 사람들이었다. 장성완이 이제 위중한 병을 몸에 실어 집으로 돌아가는데, 빨리 회복해 모이기를 기약하지 못하니 커다란 허전함과 섭섭함을 억누를 수가 없었다. 하지만 서태부인 앞이라 회포를 다 펴지 못하여 그저 아쉬운 정을 나누며 작별할 뿐이었다. 이때는 마침 아침 문안을 할 때였으므로 공자들도 자리에 모두 모였다. 정인광이 장성완을 보고 슬그머니 일어나려 하자 정겸이 그 소매를 잡아 앉히며 말했다.

"자식 된 자는 부모의 뜻에 따르는 것이 으뜸이다. 조카가 최근의 형님 은혜를 모르지 않을 것인데 또 어째서 예사롭지 않게 굴려 하느냐?"

정인광은 장성완을 마주 대하고 싶지 않았지만, 숙부가 잡아 앉히는 것을 감히 떨치지 못하여 어쩔 수 없이 앉아 눈을 아래로 내리깐 채 무심히도 듣지 않았다. 정월염과 장성완이 모두에게 절을 하고 떠나려 하자 정인광은 누이와 작별인사를 하지 않을 수 없어 몸을 일으켜 절했다. 장성완이 또 정씨 공자들과 이별하려 할 때 서태부인이 정인광을 돌아보며 말했다.

"우리 며느리가 오늘 아침에 떠나 저녁에 온다고 해도 네가 앉아서 보내서는 아니 되느니라."

정인광이 마음속으로 크게 분노했으나 할머니의 명을 거역하지 못하여 부득이하게 팔을 들어 다른 가족들처럼 답례하고 보냈다. 정월

염은 장성완과 함께 서태부인께 하직하고 한 가마에 올라가는데, 소
채강이 눈물을 머금고 정실부인을 배웅하니 장성완도 서운한 뜻을
이기지 못했다. 가마가 겨우 문을 나서자 소씨 집 시녀가 소수의 편
지를 받들어 정삼에게 드렸다. 정삼이 읽어보니 다른 말은 없고 다만
딸이 친정으로 오게 해달라고 부탁하는 것이었다. 이는 정월염이 어
제 저녁에 돌아갈 것을 먼저 의논했기에 소채강이 이를 그 자리에서
듣고 홀로 시가에 머물고 싶지 않아 아버지에게 친정으로 돌아갈 것
을 급하게 청했기 때문이었다. 정삼 역시 소채강의 마음을 헤아려 구
태여 막지 않으며 서태부인에게 알려 즉시 허락을 받았다. 소채강이
마음속으로 다행이라 여기고 서태부인과 시부모께 하직 인사를 했
다. 정인광은 소채강이 돌아가는 것을 원하지 않았으나 할머니와 부
모님이 허락하니 혼자 막지 못하여 그녀가 절하는 것에 손을 들어 답
례했다. 서태부인은 정월염과 장성완과 소채강을 한꺼번에 보내고 나
니 손안에 있던 아름다운 꽃을 잃은 듯했다. 그러면서도 장성완의 위
급한 병세를 같이 염려하며 정인광의 박정함을 뼈아프게 생각했다.

정인광을 곤장으로 다스리는 정삼

서태부인이 정삼을 돌아보며 말했다.

"장 손부가 목숨이 끊어질 듯한 병든 몸을 실어 돌아가니 좀처럼
잊기 어렵구나. 제 침소에서 병을 고칠 때에도 염려를 놓지 못했는
데, 죽으라고 하는 등 인정을 벗어난 일이 많았던 것을 내가 제대로

살피지 못하고 인광이가 하는 대로 버려두었다. 아이의 성품이 가문의 인자함을 닮지 않아 과격하고 모질며 덕성을 숭상하지 않는구나. 장 손부의 한평생이 편하지 못할 것은 물론이거니와 인광이의 성격이 사나운 것이 무엇보다 염려된다. 어째서 경계하고 타이르지 않는 것이냐?"

정삼이 엎드려 가르침을 듣다가 다시 절하며 말했다.

"못난 제가 어두워 자잘한 자애로움과 조용히 타이르는 것만 중히 여겨 아이들로 하여금 아비가 엄한 것을 깨닫게 하지 못하였습니다. 일마다 밝히 살피지 못한 것과 의리로써 경계하지 못한 것은 못난 저의 허물입니다. 요즘 인광이의 말실수가 심하여 제가 좋은 말로 타이르며 간절히 백년해로하라고 당부했으니, 제 말을 듣는다면 돌이나 나무라도 감동할 것입니다. 인광이 역시 우리 며느리가 죄가 없다는 것을 모르지는 않을 것입니다. 하지만 저 흉측하고 비뚤어진 성질과 괴상망측한 분노를 이기지 못하여 칼이며 독약이며 목을 맬 비단을 주어 죽으라고 재촉하면서 며느리의 수명을 하루하루 깎고 있습니다. 그럼에도 며느리의 도량이 하해처럼 넓고 천지처럼 멀기에 미친 사내의 행동거지에 역정을 내 죽음에 이르지 않았으며, 칼과 약을 감추고 원망을 드러내지 않았습니다. 그렇지만 마음으로는 경악할 것이니 어떻게 살아서 욕을 받고자 하겠습니까? 이 일을 저도 알지 못했습니다만 열흘쯤 전에 자세히 듣고서는 정말 놀랐습니다. 인광이는 제가 있다는 것을 생각지 못하여 이렇게 큰일을 터럭마냥 가볍게 여기고 있습니다. 저 아이가 이미 저를 무시하니 못난 저는 혼자서 자식이 무엇을 생각하는지 알기가 어렵습니다. 그래서 부모 자식의 사랑을 끊어 문밖에 내치고 눈앞에 얼씬거리는 것을 용납하지 않으려고 합니다. 그동안 어머니의 뜻을 알지 못해 감히 마음대로 결정하지 못하고 오랫동안 지체했습니다만, 오늘 어머니의 가르침도 이와 같으시고 인광이도 제 가르침을 좇지 않으려고 하니 이제 인광이를 내쳐서 아내를 죽이든 살리든 세간에 거리긴 것이 없게 하는 것이 마땅할까 합니다."

정삼의 목소리는 나직하고 안색이 부드러워 화난 기색이 나타나지 않았다. 이미 정인광과는 눈을 마주치지 않은 지가 오래된 중에 한번 눈길을 흘려보내니, 그 준엄한 빛이 정인광의 온몸을 두려움에 떨게 했다. 이에 정인광이 관을 벗고 섬돌 아래에 엎드렸다. 정인홍 등이 한꺼번에 당에서 내려와 정삼의 노기가 충천한 것을 보고 정인광이 어떻게 될지를 매우 근심했다. 서태부인이 눈썹을 찡그리며 탄식했다.

"자식 된 자가 제 아비의 인자함을 좇지 않으니 아비로서 화내는 것이 어찌 이상하다고 하겠는가? 아주 문밖으로 내쳐서 아끼는 마음을 거두고 부자 인연을 끊어버리는 것은 불가능하니, 장벌로 경계하여 아비의 엄함을 알게 하고 조용히 타일러 모진 성격과 욱하는 품성을 버리게 하는 게 옳다. 너희 부자는 내 말을 이상하게 여기지 말고, 하루아침에 여러 아이들을 떠나게 되는 것을 절박히 여기는 내 마음을 생각하거라."

정삼이 공손히 절하며 말했다.

"제가 어찌 지극하신 뜻을 받들지 않겠습니까? 인광이가 음험하고 흉악스러운 것이 비록 놀라우나, 어머니의 말씀을 받들어 부자지간의 정을 끊지 않고 조금만 매를 때려 일깨우겠습니다."

서태부인이 다시 말했다.

"내가 당부하지 않아도 네가 과격히 처치하지는 않겠지만, 너무 많이 때려 아이의 몸이 상하게는 하지 말거라."

정삼이 명을 듣고 온화한 기운과 부드러운 목소리 그대로 서태부인을 모시다가 천천히 계취정으로 나왔다. 여러 공자들이 정삼을 한꺼번에 모시고 나오고 정염과 정겸이 뒤를 좇으니, 정인광은 아버지가 자신을 아주 문밖으로 내쳐 눈앞에 용납하지 않으려 한다고 생각했다. 또한 할머니가 평소에 나를 사랑하시던 마음을 버리셨을까 하는 걱정에 심장이 뛰놀아 허둥거리며 망극함을 이기지 못했다.

'자식 된 자가 부모님의 눈앞에 뵈는 것을 허락받지 못하고 문밖에 내쳐지는 것은 천지간에 받아들여지지 못할 일이니, 어떻게 조금이나마 얼굴을 들어 사람 사이에 끼려고 하겠는가? 차라리 죽는 것이 낫다.'

이렇게 생각하니 눈물이 흘러 백옥 같은 얼굴을 적셨다. 그런데 뜻밖에 할머니께서 자기의 마음을 비추어 내쫓지 말고 다만 매질을 해서 가르치라는 은혜로운 말씀을 하였으니 정말로 죽는 날이 사는 날로 바뀐 것만 같았다. 엄한 매질의 몰인정함은 미처 생각할 겨를도 없이 무척 다행스럽게 여기니, 꽉 막힌 천지에 해와 달의 밝고 성대한 빛을 대한 듯하여 도리어 기쁨이 극에 달했다. 정인광은 눈물을 거두며 아버지와 숙부를 따라 나와 섬돌 앞에 고개를 숙이고 엎드렸다. 정삼은 정염, 정겸과 함께 마루 위에 앉고 정인흥 등 여러 소년은 좌우에서 손을 모으고 어른들을 모시고 섰다. 모인 사람들의 풍채와 자질이 모두 갖추어져 있어 왕발의 요절과 낙빈왕의 불길함, 태강의 초조함과 왕연의 방랑을 꺼리는 대군자의 두터운 품격이 있었다. 그 중에서도 정인광은 더욱 뛰어나고 늠름했으니 비록 관을 벗고 마당에 무릎을 꿇고 엎드려 한낱 죄수 꼴이 되었으나, 넓디넓은 본바탕은 위대한 현인 군자에 부족함이 없고 뛰어난 기상은 악와에서 용마가 내려온 듯했다. 그 삼가 조심하는 거동과 두려워하는 모습이 엄한 아버지의 분노를 풀고 다른 사람들의 마음을 감동케 했다. 정삼은 이미 정인광을 혼내리라 벼른 지가 오래되어 봄날의 따스함을 업신여겼으니 겨울 북풍이 흩어지고 서리가 매서워 먹구름이 낀 듯했다. 눈보라를 날리듯 호령하자 건장한 종과 사나운 노비들이 긴 매와 널을 대령했다. 정삼은 길게 죄목을 열거하지 않고 다만 이렇게 말했다.

"아버지를 알지 못하는 버릇없는 불효자가 아내는 더 알기 어려울 것이다. 흉악하고 잔인하며 무식하고 어그러져 목숨의 소중함과 부부 사이의 윤리를 알지 못해 마치 백 년 원수를 대하듯 하니, 사람이 차마 못 할 바로써 죽음을 재촉하는구나. 그토록 모진 행동을 하는데 이제 또 무슨 일인들 못 하겠느냐? 너를 다스리는 것이 흙이나 나무를 두드리는 것만도 못하지만, 어머니께서 멀리 내치는 것을 허락지 않으시고 벌을 주어 깨닫게 해 고치려 하시니 내가 차마 거스를 수 없어 너에게 장벌만 내리고 부자의 정을 끊지 않는 것이다. 할머니의 자애로움과 나의 어둡고 나약함을 더는 업신여기지 말고 앞으로는 어진 행동에 힘쓰도록 해라."

말이 끝난 후 대답을 기다리지 않고 정인광을 묶으라고 명령하는데 조용한 눈썹에 눈보라가 은은히 서렸다. 이렇듯 진노한 것은 정삼

평생에 처음이었다. 노비들은 숨을 죽이며 떨지 않는 자들이 없었고, 공자들은 지은 죄가 없는데도 두려워하여 식은땀이 옷을 적시고 얼굴이 잿빛으로 물들어 감히 머리를 들지 못했다. 그러나 정인광은 마음을 굳게 잡고서 조용히 매를 맞으러 나아갔다. 결박이 끝나자 노비들이 감히 인정을 두지 못하고 억세고 사나운 힘을 다해 치니, 매 끝이 닿는 곳마다 흰 눈처럼 연한 피부에 핏빛이 은근히 비쳤다. 십여 대를 더 때리니 비단 같은 가죽이 떨어지고 붉은 피가 낭자했지만 정삼은 조금도 그만둘 뜻이 없어 갈수록 세게 치도록 했다. 정염과 정겸도 입을 열지 않았다. 공자들은 황망한 가운데 함께 나누어 매를 맞지 못하는 것을 한스러워했으나 감히 어디서 그런 말을 할 수 있겠는가? 이렇듯 초조해하는 중에 정인광은 벌써 사십여 대를 맞아 피가 땅에 고일 정도였으나 그저 주검처럼 숨소리도 높이지 않고 삼가는 몸가짐으로 조금도 요동하지 않으니 공자들은 그가 기절했을까 봐 더욱 애가 탔다. 그들은 죽음을 무릅쓰고 머리를 조아리며 그가 맞을 매를 자신들에게 나누어 그 위태로움을 잠깐 멈추어줄 것을 간절히 고했다. 친동생이며 사촌 동생과 육촌에 이르기까지 울며 애걸하여 진심으로 아끼고 슬퍼하는 것이 한 몸 같았으니 그 정은 친형제보다 못하지 않았다. 특히 정인웅이 머리를 조아리며 애걸하는 바는 돌과 나무라도 감동시킬 듯 한 마디 한 마디가 특별했으며 속세를 벗어나 있는 듯했다. 다만 정인중 한 사람만은 난데없는 선한 척을 했으니 속마음과 겉모습이 너무나도 다르고 말과 행동 또한 판이하게 달랐다. 그가 어찌 정인광이 매 맞는 것을 신경이라도 썼겠는가마는 여러 형제뻘 되는 사람들과 함께 진정으로 비는 척하여 사람들의 모든 이목을 가렸다. 정삼은 크게 분노하는 중에도 정인중의 사람됨을 근심하며 정인광의 굳고 씩씩함을 도리어 별나다고 여겼다. 정염과 정겸이 비로소 정삼에게 말했다.

"재보의 허물이 없지는 않으나 형님이 잘못을 다스린 것이 이만하면 지은 죄에 합당한 듯합니다. 목숨을 돌아보아 그만 용서하시고 조용히 가르치시어 부자지간의 정을 온전히 하십시오."

곤장 사십 대를 맞고도 태연한 정인광

정삼은 원래 매우 자애로웠을 뿐 아니라 평소에는 집안의 종이 죄를 지었다 해도 살이 찢어지도록 매를 친 적이 없었다. 총명했던 아들이 강퍅한 분노를 이기지 못하고 죄 없는 아내에게 죽으라고 보채던 것에 놀라 무거운 형벌을 주었지만, 효성스러운 아들이 삼가는 행동을 하여 아픔을 견디고 자신을 문밖으로 내치지 않는 것을 다행히 여기며 백 번의 장벌도 감수했으니 한편으로는 불쌍하다고 생각되었다. 드디어 아들을 용서하여 장벌을 그만두고 명광헌에 가서 조금 진정한 후에 자신을 보러 오라고 했다. 정인광은 더욱 감사히 여겨 밧줄이 풀리자마자 일어나 고개를 조아리고 다시금 절하며 물러나 명광헌으로 향했다. 그 행동거지가 편안하고 걸음걸이가 전과 같아 평소와 다름이 없었으니 정염과 정겸이 이상하게 여기며 말했다.

"사람이 기운이 아무리 굳세다 해도 어찌 이 같을 수 있겠습니까? 40여 대나 매를 맞아 살점이 떨어지며 피가 흥건하여 보는 자들이 두려움에 떠는데도 본인은 도리어 태연하여 조금도 맞은 것 같지 않습니다. 저처럼 모두가 굳센가 하여 사납게 행동하는 것입니다."

정삼이 웃으며 말했다.

"인광이 또한 피와 살을 지닌 사람이라네. 마음이 망령되어 인정 밖의 행동거지를 한들 어찌 그 심한 형벌을 태연히 받았겠는가? 하물며 평생에 매질을 당한 것은 이번이 처음이네. 잘 견뎠으나 얼굴색이 푸르고 입술이 검어졌으니 이제 십여 대를 더 치면 기절했을걸세. 내가 원래부터 심하게 벌을 내린 적이 없었지만 오늘 광아에게 매질을 한 것은 평소에 노비들도 심히 벌주지 못하던 뜻과는 다르다네."

정염이 웃으며 말했다.

"저렇게 아끼며 후회하실 것이라면 아이에게 매질을 하지 마셨어야지요. 제가 인광이의 살점이 물러 터지는 것을 보고 그 참혹함에 놀랐지만 이제 행동거지가 평소와 같으니 염려를 놓았습니다. 하지만 제가 형님이었다면 오늘까지 참지도 못하고 벌써 크게 매질을 했을 것입니다."

정겸이 미소를 머금으며 말했다.

"자식이 비록 뜻처럼 되지 않으나 급급히 매질을 해서 자주 아프게 하는 것이 무엇이 시원하겠습니까? 저에게는 인명이밖에 없지만 은백(정염) 형님은 인홍 등 여러 아이가 조금이라도 뜻대로 되지 않으면 심하게 매질을 해 살점을 떨어지게 하며 피가 낭자해진 후에야 그만두시곤 합니다. 그런데 죄를 지은 하급 관리들이나 노비들은 열 가지 죄를 모아 한 번 다스리면서도 벌을 아주 가볍게 주시더군요. 대체 형님은 어떤 성격이기에 남에게는 인자하고 자식에게는 그토록 강경하신지 알지 못하겠습니다."

정삼이 웃으면서 말했다.

"무엇이 알기 어렵다는 말인가? 사사로운 정이 과하고 바라는 바가 남달라 자식들이 안연·맹자·증자·주자 같기를 바라다가 조그마한 잘못이 있으면 분노가 북받쳐서 왜 성인이 되지 못하는가 질책하며 과하게 다스렸으니, 이는 모든 행실이 중도에 맞기를 바라서이지. 하급 관리나 노비들은 허물이 있어도 놀랍지 않으며 천한 것들이 잘못을 하는 것은 항상 있는 일이라 하여 마음을 선뜻 풀어버리기에 게으르게 다스리는 것이지. 원래 황해 물이 천 년에 한 번 맑아지고 성인이 오백 년에 한 번 태어난다고 하니 성인이 세상에 나서 출세하는 것이 그 어떤 일이기에 은백의 아들들이 모두 성인 현자가 되겠는가? 속절없이 인홍의 혈육이 상하며 은백이 꾸짖는 것이 수고로울 뿐이네. 마침 인홍의 몸이 단단해서 망정이지 그렇지 않았으면 그 아비의 솜씨에 벌써 매를 맞고 죽었을 것이네."

정염이 크게 웃고 다시 말하지 않았다. 이때 여러 공자들이 정인광을 붙들어 명광헌에 돌아왔는데 아끼며 놀라워하는 마음을 진정하지 못했다. 정인광이 아픔을 억지로 참고 웃으며 말했다.

"이 형이 버릇이 없어 노여움을 사고 매를 맞아 이 지경에 이르렀지만, 마침 건장한 나이라 사십 대를 맞아도 죽지 않을 것인데, 동생들은 어찌 아버지 앞에서 슬피 눈물을 흘려 괴이한 행동거지를 보여드렸느냐?"

정인경과 정인명은 넓은 소매를 들어 눈물을 거두며 이부자리를 바르게 하고 베개를 받들어 정인광 옆에 눕기를 청했다. 정인흥은 눈물 자국이 채 마르지 않은 채로 정인광의 말을 듣고 도리어 웃으며 이렇게 말했다.

"형이 이렇듯 태연하리라고는 생각하지 못했습니다. 귀한 몸이 상하는 것이 차마 보지 못할 정도에 이르렀으니 저희가 어른들 앞이라고 어찌 삼갈 수가 있겠습니까? 정말이지 살이 떨리며 정신이 뛰놀아 죄를 나누어 받지 못하는 것이 한이 될 뿐이었습니다."

정인광이 웃으며 베개에 누워 말했다.

"모진 오랑캐 같은 부인에게 치욕을 당한 후에는 나의 불효를 만분의 일도 갚을 방법이 없어 원망스러웠는데, 오늘 매질을 당해 조금이라도 갚을 수 있었으니 마음이 편하구나."

공자들이 미처 대답하지 못하는 중에 정인웅이 문득 얼굴빛을 고치고 온화한 소리로 대답했다.

"형이 효성이 깊어 매를 맞으시고도 이렇듯 태연자약하실 줄은 생각하지 못했습니다. 그러나 작은아버지의 성덕이 풀과 벌레들에게도 미쳐 남에게 상처 주는 것을 차마 못 하시는데, 하물며 천륜이 있는 아들과 사랑하는 피붙이에게는 어떠하시겠습니까? 형님이 가르침을 어기시어 형수께 인정에 가깝지 못한 일을 많이 하셨기에 작은아버지께서 마지못해 매질을 하셨으나, 피부와 살이 물러 터질 때는 모르는 사람이라도 차마 눈을 들어 보기 힘든 지경이었습니다. 하물며 자식 사랑이 지극하고 덕성이 끝없는 작은아버지께서 어찌 마음이 아프지 않고 뼈가 저리지 않았겠습니까마는, 이미 시작한 후에는 화를 누르지 못하셔서 사십여 장을 때리셨던 것입니다. 형님은 작은아버지께서 형을 아끼시는 마음이 매질을 하는 마음보다 더하다는 것을 헤아리셔서, 낳아주신 몸을 상하게 하는 것을 슬퍼하고 다시는 잘못을 하지 않겠다고 뉘우치셔야 합니다. 어째서 아픔을 참고 기쁜 듯이 웃고 즐기며 박부인 욕하기를 여전히 그치지 않으십니까? 마음 좁은 부인의 망령된 말은 지겹게 책망할 것도 아님을 모르지 않으실 텐데 이같이 하는 것은 더욱 안 될 일입니다."

정인광이 고요히 듣기를 다하더니 얼굴색을 고치고 손을 들어 칭찬하며 말했다.

"현명하고 크나크구나. 아우의 인자하고 효성스러운 말씀이여! 못나고 버릇없는 내가 네 말을 한번 들으니 너무나도 감동스럽다. 내가 아버지의 성덕과 나를 아끼시는 바를 모르지는 않지만 하늘로부터 품부받은 효성이 아우에게 미치지 못하여 아버지께서 사람의 자식 된 도리를 다하라고 책망하시는 벌을 공손히 받았다. 죄가 있든 없든 물러나면서도 원망하지 않는 것을 으뜸으로 알아 부모님께서 낳아주신 몸을 상하는 것이 더욱 큰 불효이며 부모님께서 못난 나를 아끼시는 뜻이 나를 매질하려는 뜻보다 크다는 것을 오히려 그 다음으로 알았으니 어찌 버릇없지 않겠는가? 우리들이 저마다 단점이 있어서 허물이 없을 수 없으나 큰형님의 효성스러움과 아우의 어짊이 이와 같으니 우리가 잘못을 거의 면하고 죄를 벗어날 것 같아 기쁘다."

그러고는 비단을 뜯어서 상처를 싸매 흐르는 피를 막으려 했지만 쉽지 않았고 뼈마디가 울려 움직이기가 힘들었다. 정인웅은 어쩔 줄 몰라하며 감히 칭찬을 받을 수 없다 말하고, 여러 형제와 친척들과 함께 정인광의 곁을 떠나지 않고서 지극정성으로 간호했다. 정인광은 약을 구해 먹고 누워서 아픔을 진정하려고 했으나 울리며 쑤시는 것이 예사로운 상처 같지 않았다. 쉽게 원래대로 돌아가는 것은 바라지도 못하고 살아나는 것이 여의치 못할까 근심이 되었다. 이렇듯 마음을 놓고 누워만 있어서는 한 달 안에 매질을 당한 상처가 아물기를 장담할 수 없겠다는 데에 생각이 미치자, 억지로 기운을 내어 부모님께 인사하며 억척스레 일상생활을 해야겠다고 결심했다. 이에 핏자국이 낭자한 옷을 벗어 내팽개친 후에 새 옷을 입고 여러 공자들을 돌아보며 말했다.

"아우들은 여기에 있을 테냐?"

그러고는 자리에서 일어나니 정인경이 소매를 붙들며 말했다.

"어째서 몸조리를 하지 않고 일어나십니까?"

정인광이 대답했다.

"누워서는 아프지 않고 다니면 더 아프랴? 오뉴월 한여름에 어떻게 누워서 견디겠느냐?"

정인광이 억지로 기운을 내어 걸음을 옮기자 공자들이 한꺼번에 와서 정인광을 부축했다. 그는 계취정에 이르러 마루 아래 꿇어앉아 명을 기다렸다. 정삼은 마음속으로 불쌍하게 생각했으니 이미 엄히 꾸짖고 매우 친 후에 또 무슨 숨은 뜻을 품어 넘치는 아들 사랑을 덜겠는가? 이에 아들에게 당에 올라올 것을 명했다. 정인광은 감사하며 삼가는 몸가짐으로 고개를 조아려 질을 하고서 동생들과 힘께 당에 올라 아버지를 모셨다. 온화한 기운과 기쁜 듯한 안색이 따뜻한 봄날 같으니 정염과 정겸이 그 기운을 훌륭하게 여겼다. 하지만 정삼은 비록 눈을 들어 확인하지 않아도 아들의 모란 같은 얼굴에 창백함이 있고 버들 같은 눈썹과 별 같은 눈에 두려워하는 기색이 서렸음을 느꼈으니, 그가 견딜 수 없는 고통을 억지로 참은 채 일어나 다니려 한다는 것을 환히 짐작했다. 정삼은 아들이 매질을 당해 생긴 상처가 덧날까 염려하는 마음이 컸지만 구태여 말을 하지는 않았다.

이윽고 정삼이 정염과 정겸 및 젊은 공자들과 함께 태전에 들어가 서태부인을 모셨다. 서태부인은 정인광의 행동거지가 보통 때와 비슷한 것을 보니 매를 맞은 것이 그렇게 아프지는 않았던가 하고 생각했다. 하지만 평생토록 매 맞는 괴로움을 모르다가 갑자기 큰 장벌을 당했으니 기운이 편치 않으리라 짐작했다. 너무도 안타까워하면서 그를 불러 등을 어루만지며 말했다.

"어느 사람이 자식을 사랑하지 않겠느냐마는 네 아버지의 특별한 자식 사랑은 다른 사람과는 많이 다르단다. 평생 동안 개나 말조차도 꾸짖지 않은 사람이니 오늘날 너를 꾸짖고 나서는 네가 벌을 받고 아파하는 것보다 세 배는 고통스러웠을 게다. 이러니 자식 된 자가 어찌 뜻을 단속해 허물을 고치지 않겠느냐? 네가 이미 장벌을 당해 거동이 평소와 같지 않을 것이니 편히 누워 몸조리를 하고 회복한 후 일어나 다니는 것이 옳다. 왜 아픔을 억지로 이겨내고 기어코 나오려고 하느냐?"

정인광이 말씀을 듣고 다시 절하며 사죄하는데, 그 모습이 너무도 어여쁘니 철석 같은 간장과 승냥이 같은 마음을 가진 사람이라도 사랑하지 않을 수 없었다. 정염이 기쁜 마음으로 아끼며 손을 잡고 미소를 머금고서 말했다.

"너의 포악함을 형님은 완전히 몰랐는데 내가 여차저차 고해서 오늘 매를 맞게 해주었다. 네가 마음속으로 나를 고마워하지는 않겠지만 죄를 지은 후에 벌을 받아 마음을 고치고 덕을 수양하는 것이 옳으니, 이제라도 아내에게 박정하고 포악하게 굴지 말거라."

정인광이 고개를 숙이고 듣다가 봉황 같은 눈을 잠깐 들어 정염을 우러러보며 연꽃 같은 얼굴에 미미한 웃음을 머금었다. 이에 정겸이 웃으며 말했다.

"인광 조카에게 원망 들을 노릇을 하셨다면 조용히 계시는 것이 낫지, 심히 매질을 당하게 하는 것이 무슨 은덕이라고 자랑을 하십니까?"

정염이 웃으며 말했다.

"수백 너는 정말로 하잘것없는 사람이로구나. 내가 저에게 원망을 받기를 두려워하여 이미 한 말을 안 한 듯이 감추겠느냐?"

정겸이 또 웃으면서 말했다.

"구태여 감출 것이야 없겠지만, 제가 급히 말한 까닭은 저놈이 원망을 품는 듯이 형의 얼굴을 새삼 쳐다봤기 때문입니다."

정염이 웃으며 말했다.

"의심이 너무 심하구나. 재보가 어떻게 분노를 품고 나를 보겠는가? 내가 하도 광명정대해서 제 마음에 기이하게 여겨 우러러본 것이다."

말이 끝나자 모두가 크게 웃고 소년들은 미미한 웃음을 버들잎 같은 눈가에 둘렀다. 진중한 정삼도 쾌히 웃으며 말했다.

"사람이 알기를 저렇게 하고 있으니 저 스스로 남보다 낫다고 여겨 기뻐하겠구나."

정염이 웃으며 대답했다.

"제가 어찌 남보다 낫다고 하겠습니까마는 공변되고 온화하며 너그럽고 순수한 성질은 남보다 조금 나을 것입니다."

정삼이 웃으면서 말했다.

"화평하지만 광증이 있어 자식이나 조카에게는 엄격하고, 공명정대하나 사사로운 정이 과해 자식마다 성인이 되라고 보채니 그 버릇이 과연 남다르구나. 담백하고 너그러운 사람은 그렇지 않을 것이다."

정염이 크게 웃고 즐기는 말이 은은하여 담소가 그치지 않았다. 저녁 식사가 준비되자 정삼·정염·정겸 등이 서태부인을 모시고 아들 및 조카들을 거느려 저녁을 먹었다. 정인광이 마지못해 숟가락을 들었지만 밥을 입 안에 넣으니 모래를 씹는 듯하여 목구멍으로 넘기기 힘들고 비위에 거슬렸다. 하지만 할머니와 부모님이 염려하실까 두려워 억지로 참고 평소처럼 밥을 먹었으며 촛불을 이어 서태부인을 모셨다. 서태부인이 침전으로 나아가니 정삼이 물러나 정심헌으로 갔다. 정염과 정겸이 모두 내당에서 밤을 지내고 여러 공자들이 명광헌으로 돌아갔는데, 정인광은 정인경과 함께 아버지의 이부자리 곁에 모시고 앉아서 물러나지 않았다. 정삼이 아들이 쉬지 못하는 것을 걱정하며 말했다.

"밤이 깊었는데 왜 자지 않느냐? 인경이는 여기서 자고 인광이는 물러가서 몸조리를 한 후에 다니거라."

정인광이 땅에 엎드리며 대답했다.

"구태여 몸조리를 하지 않아도 일상생활이 불편하지 않으니 이부자리에서 아버지를 모시기를 원합니다."

정삼이 눈썹을 찡그리며 말했다.

"자고 싶으면 아무 데서나 자면 되겠지만, 심히 매질을 당하고도 힘들게 여기지 않아 행동거지를 온전하게 하는 것은 맷집 좋은 도적이 헛 기운과 거짓 용기를 자랑하는 것일 뿐 기특한 일이 아니다. 악정자춘은 부모님이 물려주신 발을 다치고 두 달을 시름했는데 너는 어째서 옛사람들을 본받아 물려받은 몸을 아끼려 하지 않느냐? 너의 버릇없고 패악스러움에 깜짝 놀라 너를 자식으로 취급하지 않으려 했으나, 어머니께서 너희와 하루도 떨어지는 것을 참지 못하셨기에 부모 자식 사이의 연을 차마 끊지 못해 매를 때려 너의 야박함과 패륜을 다스리고 사랑을 온전히 한 것이다. 모름지기 내가 약하다고 업신여기지 말고 마음을 고쳐 관대해져서 문풍을 추락시키지 말라고 한 것이니, 부모의 정과 아비 된 마음을 가지고 어찌 벌을 주지 않을 수 있었겠느냐?"

정인광이 무릎을 꿇고 엎드려 듣기를 다하니 자기도 모르는 사이에 감동의 눈물이 솟아올랐다. 천천히 넓은 소매를 들어 눈물 자국을 거두고 고개를 조아리며 말했다.

"못난 제가 버릇 없고 패악하여 아버지의 간절한 가르침을 받들지 못한 죄가 만 번 죽어도 씻기 어렵습니다만 지극히 가벼운 벌만을 받았습니다. 할머니와 아버지의 은혜가 천한 저를 이렇듯 정성스럽게 신경 써주시니, 못난 제가 비록 토목 같은 심장이이도 이렇게 감사한 마음을 이길 수 있겠습니까? 제가 모자라고 아둔하여 스스로 허물과 죄를 지었으나, 앞으로는 아버지의 가르침을 마음과 뼈에 새겨 다시는 거스르지 않겠습니다."

정인광이 감사해하는 모습과 삼가는 행동거지가 사람의 마음을 감동시켰으니 정삼은 의심을 거두고 자애로움을 더했다. 아들이 이렇듯 쾌히 깨달아 고치는 것을 보고서 어찌 계속 엄한 빛을 띠어 그 마음을 불편하게 하겠는가? 온화한 낯빛과 목소리로 나지막히 타이르고 이부자리에서 쉬도록 했다. 정인광이 순순히 인사하고 정인경을 이끌어 이부자리로 나아가는데, 옷을 벗으면서도 상처 때문에 속옷은 벗지 못했다. 정인경은 즉시 잠들었으나 정인광은 밤새도록 잠을 이룰 수가 없었다. 그는 비록 앓는 소리는 내지 않았지만 얼음차를 두어 번 마시니 호흡이 불편해져서 매우 아파 보였다. 정삼은 고요히 잠든 척하고 다시 말을 하지 않았으나 마음속으로는 아들이 애처롭고 걱정되어 잠을 잘 수 없었다. 새벽이 되니 정인광이 평소처럼 먼저 일어나 얼굴을 씻고 정인경과 함께 아버지의 옷을 받들어 섬기며 이부자리를 거두었다. 정삼이 물러가서 몸조리를 할 것을 명하니 정인광이 나직이 대답했다.

"할머니께서 걱정하실 듯하니 아침 문안 인사를 드린 후에 쉬고 싶습니다."

정삼이 고개를 끄덕이고 즉시 들어가 밤사이의 안부를 묻고 서태부인이 평소와 같이 편안하신지를 확인한 후 정인광에게 쉬라고 했다. 정인광은 비로소 명광헌으로 가 매를 맞은 곳에 약을 바르고 아침밥도 먹지 않은 채 한나절을 누워 있었다. 그리고 낮 문안 때가 되자 단정히 일어나 서태부인을 모셨다. 따스한 기운을 내며 맞은 상처가 심각한 것을 조금도 내색하지 않으면서도 내일은 조정에 가야 하는 날임을 은근히 생각하고 있었다. 정염이 웃으며 말했다.

"네가 그 상처를 입고도 내일 조정에 가서 일을 하려 하는구나."

그때 정삼은 마침 이곳에 없고 외루에서 손님을 맞고 있었다. 정인광이 웃으며 대답했다.

"조정에 가지 못할 일이 무엇이 있겠습니까?"

정염이 또 웃으며 말했다.

"너무 모진 체하지 말거라. 네가 그리 태연하면 내가 형님께 일러서 따로 또 백 장을 더 때려 네 거동이 어떻게 되는지 볼 것이다."

정인광이 봉황 같은 눈을 들어 정염을 우러러 바라본 뒤 온화히 웃으니, 미소가 맑은 귀밑에 은근히 스며 상쾌한 기운이 향기를 불어오는 듯했다. 정염이 이를 사랑스럽게 생각해 웃으며 말했다.

"너는 왜 나를 쳐다보느냐?"

정인광이 미소를 지으며 대답했다.

"어제도 우러러본 것에 대해 숙부님의 광명정대함을 기이하게 여겨서 새삼스럽게 보는 것이라 하셨습니다. 하지만 제 뜻은 달라 자식이나 조카에게 인자한 마음이 적으신 것을 의아히 여겨 우러러보게 된 것이었습니다. 그런데 오늘 또 은혜롭지 못한 말씀을 하시니 번번이 의아하여 우러러보지 않을 수 없게 됩니다."

정염이 웃으며 말했다.

"이놈이 이렇게 거만하여 어른을 두려워할 줄 모르니 이 죄를 어떻게 다스려야 미땅하랴? 육십 장을 더 쳐 백 장을 채우는 것이 좋을 듯하구나. 너는 원래 나를 이따금씩 쳐다보았는데 그건 또 어째서이냐?"

정인광이 웃으며 대답했다.

"신경 쓰실 것이 무엇입니까? 숙부께서는 대단하지 않은 곳이 아무 데도 없어 보이시지만 저희에게는 너그럽지 못하신 것 같습니다."

정겸이 크게 웃으며 말했다.

"재보의 말이 형님은 기품이 너그럽지만 자식과 조카들에게만 사납다고 하는군요. 형님이 엄격한 척하시다가 육촌 조카에게 큰 욕을 보셨습니다."

정염이 크게 웃고 꾸짖으며 말했다.

"이놈이 제 아내를 죽이려고 서두를 때부터 무슨 병에 들린 것 같더니 지금은 아예 다른 사람이 되어버렸는가? 어째서 갑자기 조카로서의 도리를 전혀 생각지 않고 말본새가 저리 버릇없어졌을꼬?"

정인광이 몸을 굽히며 말했다.

"제 말씀이 그리 버릇없을 일이 무엇이 있겠습니까? 한무제의 위엄으로도 급암이 직간하는 것을 벌하지 못하였으니, 숙부께서 비록 존엄하시나 한무제만 같지 못하십니다. 또 제가 비록 아랫사람이나 집안의 일은 임금과 신하의 관계와는 다릅니다. 간하는 자가 옳은 말을 할 때 아버지나 형의 앞이라도 거리끼지 않음을 생각하면, 제가 숙부님의 면전에서 직언을 한 죄가 대단치 않을 듯하고 장벌 백 대를 맞아야 한다고는 생각하지 못하겠습니다. 원래 제 천성이 미쳤다고 하시는 것은 그럴 수 있으나 제가 갑자기 미친 병이 들어 변해버렸다고 하는 것은 숙부님 눈의 총기가 변하셨기 때문입니다."

정인광의 말에 정염이 웃으며 꾸지람을 그치지 않았지만, 그 아끼고 사랑하는 정은 친자식을 사랑하는 것보다 더했다.

정인광을 걱정하는 정삼과 화부인

정인광은 어른들을 모시고 있다가 천천히 물러나 어머니의 침소에 이르렀다. 화부인은 태전에서 갓 돌아와 시녀들이 삼을 삶는 것을 살펴보고 있었는데, 여러 가지 편치 않은 회포에 마음이 어지러웠다. 특히 체찰사가 된 정인성이 만 리 밖 전쟁터에 나가 있는 것이 근심스러웠다. 떠난 지 이미 네다섯 달이 지났고 편지를 통해 무사히 도착했음을 알았지만 목소리와 모습이 아득하니 만날 기약이 멀었다. 내년 봄을 손꼽아 기다리나 십 년이나 남은 듯하여 간절히 생각하는 정과 그리운 마음을 지울 수가 없었다. 길이 탄식하니 별 같은 두 눈에 가을 호수 같은 눈빛이 어리는 것을 스스로도 깨닫지 못하여 슬프게 마음을 썩이고 있었다. 정인광이 다가와 어머니가 슬퍼하시는 것을 보고 놀랐지만, 어머니의 회포를 돋우어 근심을 끼쳐드려서는 안 되겠기에 밝은 얼굴빛을 하며 어머니 무릎 아래에 앉아 부드러운 목소리로 물었다.

"집안이 무사하고 형이 먼 곳에 갔으나 몸에 별 탈이 없다는 것을 아시는데 무엇 때문에 그러십니까? 무슨 다른 일이라도 있습니까?"

화부인이 눈물을 흘리며 대답했다.

"무슨 일이 있겠느냐마는 내가 원래 극히 복이 없는 사람이라 적은 자녀를 슬하에 두고도 어미와 자식 사이의 정을 펴는 것이 힘들구나. 너희들을 아득히 잃어버렸다가 겨우 다시 모인 경사를 얻었는데, 큰아이가 또다시 이역만리에 가서 험한 땅을 밟게 되었다. 또 너의 집안 일이 온전하지 못해 죄 없는 착한 며느리를 힘들게 하다가 결국 친정으로 돌아가게 하고, 네가 아버지께 꾸지람을 받아 매질을 당하는 괴로움을 당했으니 내 뜻이 어찌 편하겠느냐? 여러 가지로 내 운명을 탓할 수밖에 없지만, 네 아버지가 나무라시는데 내가 어미가 되어 아들의 행동에 대해 왈가왈부해서는 안 되므로 일찍이 너에게 말하지 않은 것이다. 네게 조금이라도 사람다운 마음이 있다면 며느리가 정실부인은 물론이고 천한 첩일지라도 어질고 죄가 없다는 것을 알 텐데, 어찌 차마 칼이나 독약이며 목을 맬 비단을 주면서 죽으라고 재촉했느냐? 네 험악한 마음을 생각하면 나도 모르게 뼛속까지 서늘해지는구나."

정인광이 고개 숙여 다 듣고 나자 어머니의 마음이 이러한 것에 애가 탔으나 끝내 걱정하는 기색을 나타내지는 않았다. 도리어 어머니의 얼굴을 바라보고 밝게 웃으며 소매를 들어 어머니 얼굴의 눈물 자국을 닦아드리고서 말했다.

"사람이 제각기 자신의 처지에 만족할 줄을 몰라, 복이 많고 귀한 자들도 한없이 비관하여 영화가 넉넉하지 못할까 탄식하니 이런 자는 끝없이 솟아나는 욕망의 샘과 같습니다. 어머니께서는 마음이 넓으시고 의리에 합당하시어 만남과 헤어짐이 다 때가 있고 기쁨과 슬픔이 운명에 달려 있는 것을 밝히 생각하시니, 세속의 용렬하고 꽉 막힌 부녀자들과는 다르시지요. 그런데 어째서 쓸데없는 슬픔으로 자꾸만 마음을 상하게 하십니까? 이전에 저희가 도적들에게 변을 당했을 때는 한꺼번에 흩어지는 재앙을 입어 살았는지 죽었는지 알려드릴 길이 없었습니다. 부모님과 할머니를 아득히 떠났던 심사는 다시 말할 필요도 없지만, 어머니께서는 다시 만날 것을 바라며 쌓인 아픔을 굳건히 참아내셨으니 그때와 지금을 비교하자면 그 슬픔의 정도가 매우 다릅니다. 형님이 이역만리에서 위태롭게 계시는 것이 염려되지 않는다고는 못 하겠지만 하늘의 운명과 사람의 일이 끝내 위험한 지경에는 이르지는 않을 것입니다. 내년 봄이 되면 반드시 공을 세우고 돌아와 충성과 효를 온전히 하실 것이니 이는 근심할 일이 아닙니다. 제가 못나서 아버지께 매질을 당한 일 또한 저의 죄가 깊고 벌이 가벼웠으니 거리낄 일이 아닙니다. 어머니께서는 제가 집안을 잘 다스리지 못하는 것을 근심하시고 저 사람(장성완)이 친정으로 돌아가는 것을 애달파하시지만, 제가 이미 아내를 내쫓고 이혼할 뜻을 세우지 못했고, 아버님께서 친정에 잠시 돌아간다는 명목으로 돌려보내신 것일 뿐입니다. 그러니 그 거취는 옛날과 다름이 없으며, 만일 저 사람을 불러오신다 하여도 제가 구태여 막을 이유가 없습니다. 그런데 어째서 어머님은 스스로 마음을 이렇게 번거롭게 하십니까? 제가 무식하고 꽉 막힌 사람의 욕설에 머리끝까지 화가 났지만 그 욕됨을 조금도 갚지 못했고, 저 사람에게 죽으라고 한 것이 도리어 큰 죄목이 되어 평생 처음으로 매질을 당해 죄를 갚게 되었습니다. 어머니께서는 다시는 제 모진 성격을 책망하지 마십시오. 저처럼 관대한 사람이 아니었다면 저 사람의 목숨이 지금까지 남아 있겠습니까? 둘 다 청춘이 한창이고 검푸른 머리가 셀 날이 멀었으니 잠깐 화목을 잃는다 한들 그게 무슨 큰일이라고 걱정거리로 삼으십니까? 사람들이 모두 아들 본 며느리라며 친하다 이야기해도 직접 낳으신 혈육 같겠습니까마는 우리 부모님은 며느리 본 아들로 아시고 저의 답답하고 분한 마음을 조금도 살피지 않으시니 정말로 서먹서먹한 사람에게는 친하게 대하시고 친한 사람에게는 박정하게 구십니다."

말을 마친 정인광이 어머니의 무릎에 이마를 대고 가슴팍에 손을 넣어 젖을 만지고는 웃는 얼굴로 다시 말을 이었다.

"제가 어머니 무릎 위에서 사랑을 받을 때는 세상의 근심과 괴로움을 몰랐는데, 어떤 운명으로 덕이 없는 자를 배필로 삼아 이렇게 화날 만한 일을 많이 보게 되는지 모르겠습니다. 부모님께서는 제가 처가를 잘못 얻은 것을 애달프게 여기지 않으시고 저 인간 같지도 않은 자들을 두둔하시는데, 그런다고 저 금수 같은 자들이 감격이라도 하겠습니까?"

부인이 손으로 그 머리를 밀며 말했다,

"아버지는 존경하지만 어렵고 어머니는 자애로워 가깝다는 말이 있다 해도 젊지도 않은 것이 왜 철없는 척 능청스럽게 구느냐? 네가 내 욕심이 끝이 없다 하는데 나는 정말로 만족을 모르는 사람이다. 내 너희들을 두어 보는 사람은 문채와 기질이 빛나니 자식을 못 낳지 않았다고 하겠지만, 나는 네가 망령되고 무지하여 가문의 품격을 추락시킬지도 모른다고 생각한다. 큰아이는 너처럼 모자라고 패악스럽지는 않으나 여러모로 마음이 편하지 않을 듯하니, 전쟁터에서 위기를 겪지 않은 때라도 내가 저들 부부에 대한 근심을 하지 않을 수가 없었다. 다만 내가 저들을 위해 우려하는 기색을 나타내지 못하는 이유는 큰아이의 효성이 남다르기 때문이다. 내가 근심하는 것을 보면 반드시 속을 태우며 불안해할 것이기에 도리어 모르는 척하였으니 내 마음이 어떻게 즐거울 수 있겠느냐? 너는 지금도 처가에 태연히 참담한 욕을 하며 망령된 말본새를 보이면서도 스스로 알지 못하니,

아버지 앞에서 매질을 당하고도 죄를 뉘우치지 못한 모양이구나. 내 부모를 효도로 섬기는 자는 남의 어른도 공경하는 법이거늘, 장공(장헌)이 너에게 덕을 끼치지 못하고 박부인이 잠시 말실수를 했다 해도 그게 무슨 대수라고 백 년 원수를 대하는 것처럼 마음에 원한을 품느냐? 모름지기 그만 풀어버리고 잊도록 해라."

정인광이 엎드려 듣기를 마치고 절하며 말했다.

"제가 못나고 망령된 바가 있지만 어머니를 어찌 욕심이 끝이 없는 사람이라고 하겠습니까? 사람이 만족을 모른다는 것을 말씀드리려 했는데 제 말이 총명하지 않아 그리 들으신 것입니다. 어머니께서는 어째서 제 말을 찰떡같이 알아들어 주지 못하십니까? 저 장씨 집안을 공경하라 하신들 제가 무슨 마음으로 부모를 해치려 하고 참담히 욕한 사람 같지도 않은 자를 존중할 수 있겠습니까? 제가 무식하고 꽉 막힌 박부인에게 욕을 먹어 하도 분하여 그 말을 자세히 듣지는 않았습니다만, 어머니께 무슨 편지를 부쳤다 하던데 망측하고 어그러진 내용이 이루 말로 할 수 없을 정도일 것이 분명합니다. 그 편지에 적힌 말들이 분명 사람을 놀라게 했을 터인데, 어머니께서는 그런 편지를 보아도 제게 내색하지 않으시니 이 또한 저를 사랑하시는 도리가 아닙니다. 제가 아는 어머님은 형님과 형수님이 위험에 처해도 근심하지 않으실 분이니, 사소한 일을 거리껴 우환으로 삼지 마십시오. 제가 평소에는 어머니께서 마음이 탁 트이고 큰 도를 숭상하시어 성인의 덕을 가지고 계시며, 총명하고 지혜로워 조그마한 일을 염려하지 않으신다고 생각했습니다. 하지만 결국에는 다른 부인네들처럼 불필요하게 잔걱정이 많으신 듯하니, 아마도 이는 어쩔 수 없는 여인들의 천성인가 봅니다. 천하에 운수가 박한 사람이 하나둘이 아니라 남녀 사이에 피붙이 한 명을 두지 못하고 생계가 어려워 보리죽 풀뿌리도 하루 두 끼를 차리지 못해서 슬퍼하고 근심하는 자가 많습니다. 어머니께서는 비록 공작이나 후작 집안에서 자라는 부귀영화를 알지는 못하시지만, 아버지께서 천자께서도 신하로 삼으실 수 없고 제후도 벗으로 삼을 수 없는 고고한 학자이십니다. 또한 아버지께서는 사사로운 정이 많아 부부의 인륜과 친구의 의리를 모두 저버리지 않는 분이니 이는 보기 드문 복이라 할 수 있습니다. 비록 저희가 아버지를 닮지는 못했지만 어머니께서는 사남매를 두셨으니 슬하가 적막할 일도 없으시지요. 또 저희가 재주 없이 헛된 영화를 누리는 것이 기쁘지 않을지언정 두 번 임금의 은혜를 받고 과거에 급제해 어머니 앞을 떠들썩하게 했으니 사람의 즐거움과 인생의 쾌락이 이것보다 나을 수 없습니다. 어머니께서는 정말로 좋은 아들을 두셨는데 무엇이 불쾌하시며 근심스러워 회포를 어지러이 하십니까?"

화부인은 아들이 몸 상태가 안 좋은 것을 내색하지 않고 이렇게 말을 많이 하는 것이 효성에서 비롯되었다고 생각하여 이를 사랑스럽게 여기며 기쁘게 말했다.

"네가 어디 가서 몹쓸 술에 취하였느냐? 왜 이렇게 모자란 말을 지리하게 하여 어미가 어린아이를 달래듯이 하게 하느냐? 박부인이 편지를 보낸 것을 바로 너에게 말하지 않았다 해서 내가 너를 친애하지 않는다 하니 그 미친 소리가 심하구나. 그 편지에 무슨 별다른 뜻이 있었겠느냐? 다만 우리 며느리의 병을 우려하였을 뿐이다."

그러고는 정인광에게 배개를 주며 잠깐 누우라고 했다. 정인광은 과연 앉아 있는 것이 어려운 터였다. 그가 화부인의 등 뒤에 드러누우며 웃고 말했다.

"제가 술을 입에 댄 적이 없습니다만 어머니께서 제가 취했다 하시니, 아무려면 취한 사람이 정신을 차리겠습니까? 다만 아침밥을 먹지 못했으니 배가 매우 고픕니다. 먹을 것이 있다면 주시지요."

화부인이 즉시 미숫가루 한 그릇과 참외 네다섯 개를 주며 말했다.

"네가 비록 스스로 강하다고 생각해 매질을 대수롭지 않게 여기지만 몸이 많이 불편할 것이다. 아침밥도 먹지 않았다고 하니 잠깐 쉬면서 기운을 차리거라. 네 아버지가 너를 벌주신 것이 어찌 아픔을 참고 기운을 짜내어 병을 키우고 변함없이 장모를 욕하라는 뜻이었겠느냐?"

정인광이 화부인이 주는 음식을 감사히 다 먹고 돌아누워 비로소 눈을 붙여 기절한 듯 아무것도 모르고 잤다. 식은땀이 구슬 구르듯 하고 미약하게 신음하니 부인이 아끼고 사랑하는 마음에 비단 수건으로 그 얼굴에 흐르는 땀을 닦았으나 정인광이 이를 알지 못해 구태여 깨우지 않았다. 이때 정삼이 문득 방으로 들어왔다. 화부인이 일어서서 아들을 깨우려 하자 정삼이 말리며 말했다.

"지난밤에 잠을 전혀 자지 못했으니 지금 자는 것도 이상하지 않소. 깨우지 말아주시오."

부인이 또한 옳다고 여겨 깨우지 않았다. 정삼이 아들의 곁으로 가서 앉아 손을 들어 그 머리를 짚어보니 뜨겁기가 불 같고 자는 소리가 편치 않았다. 이마를 찡그리며 말없이 있다가 천천히 부인을 향하여 말했다.

"아이에게 무엇을 먹이셨습니까?"

부인이 말했다.

"아침밥을 먹지 않았다고 해서 미숫가루와 참외를 주었습니다."

정삼이 웃으며 말했다.

"아이의 성격이 고집불통이나 효성이 지극하고 관대한 면이 있으니 잘못을 고치기가 어렵지는 않을 것입니다. 이후에는 며느리에게 큰 불편을 더하지 않고 처가에 고집을 피우는 일이 없을 듯합니다."

화부인은 아들이 깨기를 기다리며 몸보신할 음식을 준비하고, 정삼은 잠깐 앉아 정인광의 맥을 짚고 모습과 안색을 살폈다. 아들이 특출나고 비범하여 잠자는 모양이 더욱 기이하니, 그 모습이 새삼 안쓰럽고 사랑스럽게 느껴졌다. 정삼이 밖으로 나간 후, 정인광은 해가 기운 다음에 깨어나 앉아 어머니에게 말했다.

"벌써 날이 저물었으니 제가 오랫동안 잔 모양입니다."

부인이 저녁밥을 주며 말했다.

"몸이 아프더라도 밥을 거르지는 말거라."

정인광은 정말로 밥 먹을 생각이 없었지만 부모님이 걱정하시는 것을 우려해 억지로 참고 저녁밥을 먹었다. 그 후에는 즉시 일어나 서태부인께로 가서 저녁 문안 인사를 드렸다. 서태부인이 정인광을 어루만지며 저녁밥을 얼마나 먹었는지 묻고 몸이 불편하지 않은가 살피니, 정인광이 감사해하고 감격스러워하며 괜찮으니 걱정하지 마시라 하고 물러났다.

교차하는 시선들

다음 날 정인광이 조정에 들어가게 되니 부모와 어른들이 그가 불편한 몸으로 당직 서는 것을 걱정했다. 그러나 정인광은 무사히 조정에 들어가 일을 잘 마치고 십여 일 후에 돌아왔다. 게다가 황제는 그의 충직한 말이 당당하고 곧아 한나라 때 급암이나 당나라 때 위징과 같은 부류일 뿐 아니라, 나중에 조정의 큰 그릇이 되고 나라의 대들보가 될 아름다운 재목이라며 총애하고 예로써 대하여 간의태우 대원도찰사를 특별히 제수했다. 정인광은 나이가 젊고 재주가 부족하다는 것을 아뢰며 간절히 사양했다. 그러나 황제가 끝내 윤허하지 않으니, 진실로 분에 넘치고 기쁘지 않았으나 마지못해 절하고 물러 나왔다.

정인광이 집으로 돌아와 어르신들을 뵙는데 그 모습이 참으로 당당했다. 재상의 관자는 구름 같은 귀밑머리 위에 반짝여 소년을 빛내고 이름난 선비의 복식은 몸을 찬란히 돋보이게 했다. 허리에는 영광스러운 옥배가 다채로운 색을 뽐냈으니 구슬 소리는 맑게 울려 군자의 온화한 마음을 깨쳤다. 시원스런 풍채와 빛나는 얼굴에 고고한 기상은 바람 부는 가을 같고 높디높은 태산의 꼭대기 같았다. 정인광은 공손한 걸음으로 당에 올라 부드러운 목소리로 어른들께 인사를 드리고 그동안의 안부를 물었다. 서태부인은 정인광의 벼슬이 높아지는 것을 반기지 않았지만 내심 기쁨을 감추지는 못했다. 정삼 또한 부귀를 뜬구름처럼 여기고 공명을 헌신짝처럼 알기에, 정인광이 어린 나이에 높은 벼슬에 오른 것이 외람되며 기뻐하기 어려운 일이라고 생각했다. 하지만 정인광이 십여 일 동안 조정에 나가는 것이 서운하고 매질을 당한 상처가 염려되어 마음을 놓지 못했는데, 오늘 이렇게 만나니 온화한 바람과 상서로운 구름이 새롭고 벼슬이 높은 것이 엄연한 재상의 모습이어서 다시금 아끼는 마음이 동했다. 정인광이 안부 인사를 하자 기쁘게 답하고 불러와 옆에 앉게 했다. 정염 역시 정인광을 친아들과 다름없이 사랑하는지라 기쁘게 웃으며 말했다.

"형님은 그동안 안연의 안빈낙도와 자사의 청렴을 겸하여 구름과 소나무에 뜻을 부치고 부귀와 작록을 헌신짝처럼 여기셨는데, 오늘날 인광의 벼슬이 높아지는 것을 보고는 매우 기뻐하시는군요. 혹시 사람들과 거리를 두던 옛날 뜻을 돌이켜서 백이와 숙제의 맑은 마음을 가지고 이윤의 사업을 흠모하시게 되었습니까?"

정삼이 온화히 웃으며 말했다.

"내가 원래 수양산의 옛 뜻을 따르려고 한 것은 아니었다네. 재주가 없고 덕이 박하여 명성을 얻지 못한 것뿐이지. 자식이 아비보다 나아서 젊은 날에 영화와 복록이 충분하니 사람의 정으로 어찌 기쁘지 않겠는가? 또 마음속으로 기뻐하는 것이 무슨 허물이라고 그리 조롱하는가?"

정염이 기쁜 일을 칭찬하니 정겸이 수염을 어루만지며 즐거워하다가 정삼의 말이 그친 후 천천히 말했다.

"경조 형님이 시기하는 마음이 없다고는 못 하겠습니다. 아이들의 허물을 들추는 것은 스스로 말하신 것처럼 광명정대한 일이라 할 수도 있겠지만, 벼슬이 높아진 것은 일가친척이 함께 기뻐하면서 임금님의 은혜를 황공하게 생각해야 하는 일입니다. 재보가 갑자기 임금의 은혜를 받았으니 운계 형님이 비록 평소에 청렴하고 고고하여 부귀를 헌신짝처럼 보셨으나 조카의 영광에 기뻐하는 것은 《소학》에 이른바 '남의 근심을 걱정하고 남의 즐거움을 즐거워하는' 것으로 인정에 당연한 이치일 뿐입니다. 형님이 은근히 조롱하시는 게 배가 아파서인 듯합니다."

주변 사람들이 대답하기도 전에 정엄이 눈을 부릅뜨고 웃으며 말했다.

"내가 수백 너를 이런 사람으로 보지는 않았는데 갑자기 보잘것없고 옹졸한 말을 하는구나. 자식들을 다 겉으로는 친하게 대하면서 사실은 서먹서먹하게 여기는 것이 이상하더니, 오늘 또 아첨하는 말을 해서 나의 바르고 한결같은 말을 거만하게 흠잡는구나. 이는 장창이 맹자의 명예를 훼손한 것과 마찬가지이다. 운계 형님이 명예를 구하지 않아 '부귀공명이 나에게는 구름 같다'고 하니 천자께서 감히 부르지 못하시고 제후들이 감히 벗 삼지 못하였다. 나 또한 형님의 도덕과 성품을 존경하지만 뒤따를 길이 없어 '입신양명이 형님께서는 죄를 얻는 것'이라고 한 것이다. 조카의 공명을 순순히 기뻐하시고 오늘날 높은 벼슬 받은 것을 즐거워하심이 말씀과 얼굴빛에 나타나기에 백이의 맑은 마음으로 이윤의 사업을 옳게 여기셨다고 생각해 말한 것인데 내가 배 아플 일이 무엇이 있다고 이렇게 비꼬는가?"

정겸이 얼굴을 들고 크게 웃으며 말했다.

"저 같은 사람은 옹졸하고 아둔하기에 본래 뜻을 정한 바가 없고 사람이 각각 자신의 뜻과 장점을 따라 처신한다고 생각하여, 운계 형님의 성스러운 학문과 큰 도를 우러르면서도 별로 마음에 새겨두는 뜻이 없었습니다. 운계 형님의 온 누리에 드리운 문장가로서의 명성과 자식 조카들을 다스리는 비바람 같은 위엄에 탄복하면서도 이를 본받지는 못하여 그저 별일 없이 한가하게 살고 있었을 뿐이지요. 재보의 과거 일에 대해서는 제가 옳고 어질다고 한 적이 없으며, 마음으로는 잔인하고 포악하다 여겼지만 미처 입 밖에 내지 못했습니다. 그런데 형님께서 떠들썩하게 운계 형님께 고하여 재보가 매질을 당하게 하고는 급급히 재보에게 도움을 준 것처럼 해 공이나 세운 듯이 자랑하시다가 낭패를 당한 것을 보니, 제가 속으로 웃으며 차라리 잠자코 계시는 편이 낫다고 말한 것입니다. 이를 대수롭지 않다며 빈말을 하시니 신중치 못한 직언이 무익하다는 것을 알겠습니다. 재보가 십여 일 동안 조정에 나아가 벼슬이 높아져 집으로 돌아온 것을 보면 사람의 마음에 기뻐하는 것이 마땅한 이치입니다. 운계 형님 또한 그 독한 아들놈이 매질을 당하고 하루도 몸조리를 못 한 채 일을 하게 되어 자식을 사랑하고 아끼는 마음에 안심을 하지 못하시다가, 도리어 황제의 융성한 은총을 받아 돌아오니 비록 부귀를 기뻐하지는 않더라도 그 은혜에 감격하고 아들의 몸에 별 탈이 없음을 기뻐하신 것입니다. 운계 형님이 저와 함께 반기고 기뻐한 것뿐인데 형님께서 갑자기 말씀을 담백하지 않게 하고 조롱하시니 제가 직언을 했습니다. 저를 아첨하는 소인으로 밀어붙이시니 어떻게 원망스럽지 않겠습니까?"

정삼이 웃으며 말했다.

"내가 아들의 재주와 학문이 거칠어 공명을 이루지 못한다고 말했었는데, 은백이 전에는 안 하던 빈정거림을 심히 하다가 수백에게 책망을 받는구나. 사람이 나이가 많아지면 성격이 변하는가? 수백은 온순하고 조심스럽더니 갑자기 굳세어져 직언을 하려 하고, 은백은 공정하고 사리를 밝히 알더니 지금의 농담은 그와 거리가 멀구나."

정삼의 말에 정염과 정겸이 한꺼번에 웃었다. 정염은 다시금 다투는 말을 하며 자신은 당당하고 옳은 정론을 펼쳤을 뿐이고 정겸은 아첨을 했다고 주장했다. 이렇듯 농담을 주고받으며 한바탕 언쟁을 하니, 웃는 소리와 즐거운 이야기가 어지러이 넘쳐흘렀다. 서태부인은 화기를 띤 채 흡족해했고 정삼과 정태요는 간간이 칭찬하며 웃고 즐겼다.

점심 문안이 끝나자 정인광 또한 물러나 명광헌으로 나왔다. 공자들이 한꺼번에 그를 따라 나오며 물었다.

"형님이 상처를 조리하지도 않고 조정으로 가서 십여 일이 지났으니 아픔이 오죽하십니까?"

정인광이 대답했다.

"크게 아프지는 않지만 고름이 생겨 생활이 편하지 않단다. 침으로 고름을 짜내면 나아질까 싶구나."

정인홍이 보여달라고 하자 정인광이 웃고 물리치며 말했다.

"겨우 이런 상처 조리를 어떻게 남에게 시키겠느냐? 너희 같은 사람들은 보고 나면 경악할 것이니 물러앉도록 해라."

정인광이 관복을 끄르고 주머니에서 침을 꺼냈다. 매 맞은 곳에 생긴 고름을 스스로 쑤시니 고름이 끝없이 쏟아졌다. 즉시 씻어버리고 약을 바른 후 옷매무새를 가다듬으니 그 거동이 평소처럼 편안했다. 동생들이 놀라며 말했다.

"형님에게는 관우처럼 뼈를 도려내는 용맹스러운 기운이 있군요. 저 고름을 몸에 넣고 어떻게 임금님 앞에 계셨습니까? 침으로 상처를 쑤시고 별다른 조리를 하지 않아도 괜찮으신 겁니까?"

정인광이 웃으며 말했다.

"대장부의 기운이 원래 그러한 것을 동생들은 왜 괴이하게 여기느냐? 병을 다스린다며 누워만 있는 것은 해가 될 뿐 도움 될 것이 없단다."

그러고는 일어나 정심헌으로 가서 아버지와 숙부를 모시는데 한결같이 평온한 기색으로 조금도 아파하지 않으니 공자들이 그 씩씩함을 이상하게 여겼다.

한편 정월염은 시누이 장성완과 함께 장씨 부중으로 돌아와 시부모를 뵈었다. 장헌과 박씨는 딸의 병세가 위태로운 것을 근심하고 슬퍼할수록 사위를 원망하는 마음이 뼈에 사무쳤다. 특히 박씨는 날이 갈수록 끝없는 분노를 품으며 입에 담기도 어려운 욕설을 더해갔다. 장성완은 부모의 거동이 새삼스럽게 도척 같아 말로 해서는 고치지 못할 것을 보고, 죽어가는 자신의 이야기는 꺼내지도 못한 채 도리어 어머니의 병세를 위로하고 물러났다. 그녀는 응설각 옛 침소로 돌아가 노리개를 풀고 화려한 비단을 물리치며 수수한 이부자리를 펴고 좌우의 창문을 굳게 닫고서 베개에 의지해 가만히 눈을 감았다. 온갖 아픔이 번갈아 몸을 침범하니 뼈마디가 녹는 듯해 억지로 참고 있던 병세가 새삼 깊어졌지만, 부모의 걱정을 더하지 않고자 하여 온몸이 아픈 것을 일일이 말씀드리지 않았다. 아침저녁으로 식사가 이르면 평소처럼 밥을 먹었는데, 낮은 상에 한 그릇 반찬과 밥을 옮겨놓

고 물 두어 모금을 마셨지만 목구멍으로 넘어가는 것이 없었다. 정월
엽은 죽을 쑤어 장성완에게 권하고 한결같이 간호하며 정성을 다했
다. 장성완을 보낸 정씨 가문에서는 그녀의 병세가 쉽게 좋아지지 않
는 것을 염려했다. 정삼은 친히 약을 지어 자주 보냈으며, 서태부인
과 화부인은 난취에게 장성완의 곁을 떠나지 말고 간호할 것을 명하
고 입맛을 돋울 과일과 배 속을 감쌀 죽을 날마다 보내 먹으라고 당
부했다. 이에 장성완은 더욱 불안하고 죄송스러운 마음을 이기지 못
했다.

　박씨는 딸을 데려와서 화병이 조금 나았고 서태부인과 정삼 부부
의 지극한 성덕이 딸에게 은혜를 미치는 것을 보니 원망하는 뜻이 조
금이나마 풀어졌다. 다만 사위에 대한 원망으로 정인광과 소채강을
욕할 따름이었다. 박씨가 응설각으로 가서 딸을 보니 풀로 엮은 이부
자리와 삼베 이불이 완연한 죄인의 거처였다. 슬픔을 이기지 못하여,
시부모가 친정에 다녀오라고 너를 보내셨는데 왜 이렇게 하고 있는
지를 물었다. 장성완이 자신은 시부모께 참담한 욕설을 듣게 한 불효
가 넘치기에 그 벌을 받고 싶으며, 염치 있는 사람으로서 보통 사람
들처럼 편히 살지 못하겠다고 말했다. 그녀는 원래 엄숙한 예의와 맑
고 바른 말씨를 지녔으며 효성이 지극하기에 어머니가 덕을 잃고 망
언을 했다 하여 요란하게 탓하지 않았다. 다만 소문이 한심스럽다고
하면서 자신이 벌을 받는 것보다 어머니가 체면과 도를 잃는 것이 더
부끄럽고 중한 문제였기에, 박씨 부인을 향해 다음에라도 잘못을 버
리고 덕을 닦으시라고 애원했다. 장성완은 절절하고도 정대하며 간
절하고 처량한 말투로, 사람이 비록 처음 잘못이 있으나 허물을 고쳐

서 덕을 쌓는 것이 저 높은 하늘의 덕이라고 했다. 또한 자신의 죄목을 이미 글로 반박한 것이 오히려 백 가지 재앙이 되고 있다고 하며 자신이 사람을 살려준 소씨 가문의 은혜를 원수로 갚고 있다고 했다. 정인광에게 소채강 한 사람이 아니라 아리따운 부인 백 명이나 요염한 기생 천 명이 있다 하더라도 자신에게는 해가 되지 않는다는 것도 두루 말했다. 그 통달한 말이 이치와 도리에 맞아 넓고 뻥 뚫렸으니 맑은 가을 호수에 밝은 거울이 걸린 것 같고 탁 트인 창해에 물안개가 거두어진 듯하여 박부인의 무식한 마음과 아득한 뜻을 한꺼번에 씻어낼 만했다. 하지만 박씨는 본래 오장육부가 다 생기지도 않은 기괴한 인물이었으니 딸의 어질고 기특한 말이 골수에 사무쳐 도리어 딸을 붙들고 한바탕 통곡했다.

"내가 잠시 화가 나서 말의 앞뒤를 살피지 못했다 한들 그게 무슨 대수겠느냐? 정가 놈이 마치 대역 죄인을 다루는 것처럼 내 잘못을 너에게 씌우니, 아무리 생각해도 네 신세가 슬프고 정가 놈의 사나움이 놀랍구나. 내가 죽기 전에 소씨 여자의 계교가 정씨 가문을 어지럽히고 저 사람 같지 않은 인광에게 해를 끼친 것이 발각된다면 가슴이 뚫릴 것이다."

장성완이 당황하며 어머니를 붙들어 위로하고 강경히 충고하면서, 덕을 잃고 사리에 어긋난 말을 다시는 하지 말 것을 간절히 빌었다. 박씨는 사람의 탈을 쓰기는 해서 딸이 이같이 하니 차마 흉악한 말은 하지 못하고 다만 가슴 아프게 울 뿐이었다.

이때 연부인은 태부인의 병환으로 급히 친정으로 돌아가 약시중을 들었기에 다른 일은 미처 신경 쓸 수 없었다. 장희린에게서 장성완이 돌아왔다는 것은 들었으나 일이 수상하고 딸의 시종들이 문안 인사를 오는 일이 없어 의아해하며 염려했다. 태부인의 환후가 나아져 집으로 돌아오니 박씨가 사위와 사돈 부부를 나무라고 욕했다는 말과 장성완이 죄인을 자처한다는 말이 들려와 경악해 마지않았다. 박씨에게는 괜스레 딸의 신세를 망쳐 큰 화를 끼친 것이 매우 안타까우며 장성완이 편안히 처신하기 힘든 상황인 것이 옳다고 하면서, 장성완이 가족들이 모이는 자리에 나오기를 기다리지 않고 친히 응설각으로 가 장성완을 어루만지며 이 역시 운명이 예사롭지 않기 때문이라고 위로했다. 장성완의 병세가 가볍지 않은 것을 우려하며 지극정성으로 보호했는데, 그녀가 죽조차 쉽게 넘기지 못하고 비위에 거슬려 심하게 구토를 하니 근심을 놓을 수가 없었다. 정월염은 양혜완, 주성염과 함께 시누이를 위로하고 간호했다.

유월 초열흘께는 정씨 부중 양부인의 제삿날이었다. 정월염이 잠깐 본가로 돌아와 돌아가신 어머니의 제사에 참여했다. 정명염과 정월염은 아픔을 이기지 못하고 보이는 모든 것에 슬픔이 북받쳐 울다가 정신을 잃었다. 정태요와 화부인은 양부인이 떠난 세월이 오랠수록 참담한 슬픔을 더해갔으나 서태부인을 위로하고 두 조카딸을 다독이며 마음을 진정시켰다. 이자염은 비록 시어머니를 뵌 적은 없었지만 천성이 지극히 효성스러워 시누이들이 새삼 아파하는 것과 정인성이 만 리 밖에서 슬픔에 사무친 것을 두루 생각하고 더욱 근심했다. 정월염이 제사를 마치고 곧바로 돌아가려는데 서태부인과 정삼은 장성완의 병이 낫지 않았다는 소식을 듣고 염려를 놓지 못했다. 정인광은 장성완에 대해서는 굳이 묻지 않고 다만 누이를 대하여 언

짧은 기색을 나타내지 않았다. 정월염 또한 정인광을 대했으나 별다른 말을 하지 않았다.

찬 서리가 내리는 가을이 되었다. 소교완은 기러기들이 남쪽으로 돌아가며 바람이 냉랭해지고 낙엽이 산을 가득 채운 쓸쓸한 경치를 보니 슬픈 심사가 더해졌다. 이때 남편 정잠이 무엇을 하고 있는지를 생각하니 머리가 다 센 채 창대를 베고 추운 날씨에도 위태로운 전장에 나갔을 것이었다. 소교완은 반첩여처럼 슬픈 글을 쓰지 않아 물고기나 기러기가 짧은 편지조차 전하지 않았으며 소약란처럼 아침 해가 뜨고 석양이 질 때 남쪽 하늘을 바라보며 비단을 보내지도 않았다. 남편에게는 또 정다움이 없었으니 원한이 심장과 골수에 사무치고 남녘의 바람과 서리를 염려하느라 쓸쓸한 마음을 가누지 못했다. 다시 생각하는 것이 쓸데없고도 노여웠으니 문득 여자의 구차함을 원망하며 깊은 한숨을 쉬었다. 소교완이 스스로 신세의 비참함을 이기지 못하여 갑자기 이를 갈며 말했다.

"대체 누구 때문에 그렇게 했겠는가? 이게 다 그 귀한 아들을 위한 것이다. 내가 민자건의 계모처럼 편애하는 모습을 보이지는 않았지만 싹을 의심하여 뿌리를 자른 것이니, 정인성만 없었다면 뛰어난 아들을 둔 내 신세가 이럴 리가 없으리라. 이는 어쨌든 정인성 부부 때문이니 나와는 삼생의 원수로구나. 인성은 자질이 뛰어나 저 늙은이가 믿는 태산이자 만리장성이라고 할 수 있다. 내가 눈앞에서 이를 무너뜨려 자식 잃은 심정을 느끼게 할 것이다. 늘그막에 자식을 잃으면 한이 어찌 어린 딸을 잃은 한유에 그치겠는가? 내가 여자의 구구한 심정으로 정인성의 한 목숨만을 빼앗으려는 것이 아니다. 저 늙은

이가 비록 정정하나 북녘의 진지에서 한결같은 충의로 간담을 사르고 남녘의 황무지에서 나라를 근심하기는 피와 살을 가진 몸으로서 견딜 바가 아니리라. 이에 내 심사숙고하며 돌을 던져 쥐를 잡으려다 곁에 있는 그릇을 깰까 봐 망설였다. 그런데 다시 생각해 보니 이 늙은이의 기질은 바르고 밝은 기운을 한 몸에 오롯이 하여 천지에 특별한 사람이다. 그리 쉽게 해를 입지 않을 것이니 내가 눈엣가시를 기필코 빼고 견디리라."

(책임번역 남혜경)

완월회맹연 권45

고씨 집안의 풍파

여부인이 호부인을 죽여 교한필의 사랑을 얻고자 하니

교유현과 교숙란은 호부인의 사랑을 모른 채 크다

정인성 부부를 독살하려는 소교완

소교완은 이렇게 생각했다.

'저 늙은이(정잠)의 기질이 밝은 기운을 한 몸에 오롯이 했으니 천지에 특별한 사람이다. 그리 쉽게 해를 입지 않을 것이니 내가 눈엣가시를 기필코 빼고 말리라. 이 늙은이가 부부의 소중함과 반려의 무거움을 생각하지 않아 이유 없이 나에게 만 갈래로 괴로움을 끼치는구나. 한 집안의 아내와 남편 자리에 있어 얼굴이 익으니 인정도 돌아올 것인데 이 늙은이는 그렇지가 않다. 내가 비록 요조숙녀나 현숙한 성녀는 아니지만 여자의 바르고 깨끗한 행실에 부족함이 없는데 나를 다만 포악한 나찰로 알아 집에 있는 것을 불행히 여기는구나. 내가 굳이 구구하게 정을 바라는 것이 아니지만 저 늙은이는 사람에게서 단점을 버리고 장점을 취하지 않아 나를 밝히 알지 못하니 어찌 한스럽지 않으랴? 분명 나를 저의 집 살림에 얼씬도 못 하게 하여 자식에게 아픔을 끼치고 나의 신세를 영영 가려 영광도 없이 소박 맞게 할 것이다. 《논어》에 이른바 '군자의 덕은 바람이요 소인의 덕은 풀'이라고 하였으니 풀 위에 부는 바람이 군자의 덕이다. 저 늙은이가 당당한 성덕이 있는 군자로 학문의 경지를 이루는 데 부족하지 않으나 고집스러워 나를 쓸 것을 생각하지 않고 마치 뱀이나 전갈처럼 보는구나. 나 또한 그가 승냥이처럼 흉악하고 음험하다는 것을 알아 서로의 뜻이 이러하니 어떻게 《시경》〈상체(常棣)〉시에서처럼 집안을 화목하게 하며 가족들과 즐거워하여 당당한 인륜의 완전함을 얻을 수 있겠는가? 내 뜻이 이러하여 자연스럽게 가을 바람에 부채를 다시 손질하게 되었으니 어찌 나약하고 누추하지 않겠는가? 이처럼 여자 되는 것이 욕되고 불쌍하니 한탄하지 않을 수 없다. 우리 부모께서 성덕이 있으시니 내가 어릴 때부터 부모님의 교훈을 받들어 여자의 행실에 그릇됨이 없었다. 하물며 나는 부모님의 늦둥이로 태어나 받는 사랑이 비길 데가 없었으며 일가친척들의 사랑까지 독차지해 신세가 쾌활했으니 여자의 행실이 곧고 맑은 것은 뭇 숙녀 중 으뜸이라고 해도 내 사양하지 않을 것이다. 내 재주는 영설시와 회문시를 업신여기니 무엇이 부족하겠느냐마는 어찌하여 늙은이의 두 번째 아내가 되어 신세가 이렇듯 뜻 같이 살지 못하는가? 언제가 되어야 눈썹을 치켜들고 기운을 토해서 내 뜻을 펼 수 있겠는가? 오만 가지 생각이 드는구나. 정인성이 없었다면 내가 이렇지 않을 것이다.'

생각이 이에 미쳐 소매를 걷어올리고 이를 갈았으니 어머니와 아들 사이의 윤리를 보전하지 못해 효자에게 지극한 아픔을 품게 할 사람이었다. 정잠이 집으로 돌아올 날이 멀었으니 소교완이 때를 얻었다. 이때 그들을 제거하지 않으면 또 어느 때를 기다리겠는가? 드디어 녹빙 계월과 함께 은밀히 정인성을 죽일 간악한 계략을 꾀했다. 소교완은 자객을 보내 뜻을 이루는 것이 최선이지만 불행히 죽이지 못한 채 발각되면 괴로우니 저주로 정인성을 죽이겠다고 했다. 두 시녀가 명을 받들어 평생 쓸 간악하고 요사스러운 계책을 모두 짜내 저주로 정인성의 목숨을 끊을 방도를 찾았다. 소교완이 이전에도 저주를 했던 적이 한두 번이 아닌데 끝내 효과를 보지 못했으니 이번이라고 한들 어떻게 믿을 수 있겠느냐고 하자 두 시녀가 대답했다.

"그렇습니다만 이번에는 방연의 신술이 기묘하니 어떻게 남의 금화를 많이 받고서 효과가 없게 하겠습니까? 제가 직접 확인해 보니 전의 그자와 달랐습니다. 이번에는 설마 못 이루겠습니까? 도사의 말로는 그 검술이 전국시대의 형가와 섭정과는 비교도 안 된다고 하니 시험해 보는 것이 좋을 듯합니다."

소교완이 말했다.

"진정 도술의 신기함이 네 말과 같다면 일의 흔적이 없어야 마땅할 것이다. 만일 효과가 진짜인지 아닌지를 보아서 통하지 않는다면 검술을 쓸 것이니, 독살을 최우선으로 생각해 천하에서 제일가는 독초로 만든 독약을 많이 사오거라. 먼저 이씨(이자염)에게 도술과 독약을 시험해서 체찰(정인성)이 죽을지 살지를 판단할 것이다."

두 시녀가 명을 좇아 물러나니 정인중이 말했다.

"요즘 이 약이 제일가는 독초라고 하여 몇 달을 시험했지만 한 번도 효험을 보지 못했으니 어째서입니까?"

소교완이 눈썹을 찡그리며 말했다.

"정인성은 달인이어서 신령들의 기운이 곁을 보호하니 어떻게 사람의 힘으로 마음대로 해칠 수 있겠느냐? 내가 날을 잡아 하늘의 뜻을 받을 것이다. 사람이 많으면 하늘도 이긴다고 하니 내가 저들을 결코 용납하지 않을 것이지만, 매번 약효를 시험하는데도 끝내 움직임이 없으니 더욱 경악스럽구나. 이역만리에서 고생하다 돌아온 남은 인생이 기이한 도술로 깊은 병에 얽매인다면 이 계책이 최선이겠지만 도사의 신통력이 여의치 못한 것이 한이다."

정인중이 흡족해하며 어머니께 말했다.

"형수에게 오늘 시험해 보십시오. 제가 신통한 승려를 알고 있는데 방술의 고명함이 고금을 통틀어 대적할 사람이 없고 술법이 이보다 대단한 자가 없습니다. 저주가 신묘한 것은 방연이 바랄 바가 아니고 환술의 신기함과 점사의 기묘함은 곽박과 이순풍이 한 수 접어 간다고 해도 인정할 바입니다. 과거와 미래의 신통한 술법은 이 사람보다 뛰어난 자가 없을 것이니 아무쪼록 큰형의 운명을 점쳐 봅시다."

소교완이 대답했다.

"정말로 네 말 같다면 도움이 될 수 있을 것이다."

정인중이 매우 기뻐하며 즉시 장형노를 찾아갔다. 이때 장형노는 요술을 많이 쓰고 아무 이유 없이 노략질을 일삼아 하루도 살인하지 않으며 재물을 겁탈하지 않는 날이 없었다. 이러니 어찌 하늘이 주는 재앙을 면할 수 있겠는가마는, 하늘의 그물이 성기어 삿된 종자들을 놔주었으니 한탄스러울 따름이었다. 정인중이 도착하니 서로 맞이하고 반기는 정이 깊어 기쁜 회포를 펼치며 다정한 이야기를 그치지 않았다. 정인중이 말했다.

"대장부가 천하에 서면 신세를 쾌히 해야 합니다. 옛말에 차라리 닭의 입이 될지언정 소의 꼬리가 되지 말라는 말이 있지요. 재주와 덕행이 제게 따르지 않는 것은 우리 형이 세상에 있기 때문이니, 그 야말로 하늘이 주유를 내고 제갈량도 낸 아쉬움이라고 하겠습니다. 이번 생에서 큰형을 제거한 후에야 제가 천하에 설 수 있을 것입니다. 사부님께서는 헤아릴 수 없을 정도로 신통하셔서 제 마음을 굳이 고하지 않아도 아실 것이니 한가한 말씀을 번거롭게 드리지 않겠습니다."

말이 끝나고 소매 안에서 황금과 명주와 자금을 꺼내 내어놓았다. 장형노가 이를 보니 상서로운 빛깔과 보배로운 광채가 휘황찬란해 눈이 어지러웠다. 불같은 욕심에 허둥대어 소매를 들며 말했다.

"나 장형노가 공자의 뜻을 너무나도 잘 아나니 장법사의 수단을 보면 자연스럽게 알 수 있을 것입니다. 그대와 나의 마음이 서로 훤히 비치므로 한가로운 말은 부질없습니다. 요즘 나의 신기가 씩씩하고 기운이 밝으니 칼을 쓰는 것이 좋겠습니다."

정인중이 대답했다.

"제가 감히 청하지는 못했지만 진실로 원하던 바입니다. 일을 당하면 성사시키는 것이 최선책입니다."

장형노가 문득 눈썹을 찌푸리며 말했다.

"군자의 가문에 환술이 통하지 못하면 어찌합니까? 일을 시작하면 반드시 끝을 보리니 기묘한 계책을 쓸 것입니다."

장형노가 손가락을 꼽으며 점을 보다가 오랫동안 속으로 깊이 생각하더니 온갖 표정을 눈썹에 나타내며 말했다.

"묘하고 묘하도다. 정월 이후 첫 신일인 갑자일에 도술을 시작하여 일주일이 지나면 고질병이 깊게 들 것이니 그가 어떻게 피할 수 있겠는가? 시왕전 밑에 이름을 걸었으니 곧 죽은 목숨이로다. 그대는 걱정하지 마십시오. 나 장형노가 있으니 하늘과 귀신을 두려워할 것 없습니다."

정인중이 매우 기뻐하며 일어나 깊이 절을 하고 말했다.

"저를 아는 사람은 사부님이시니 제 죽어가는 목숨을 건져주십시오. 활불이신 사부님의 은혜에 비하자면 태산이 가벼울 것이니 제가 살든 죽든 사부님께 결초보은할 것입니다."

장형노가 정인중을 붙들어 그의 말을 멈추었다.

"감히 그럴 수 없습니다. 공자께서는 의심하지 말고 기다리십시오. 내가 힘과 정성을 다할 것이니 그대가 훗날에 뜻을 얻거든 나를 잊지 않는 것이 소원입니다. 갑자일이 내일모레니 방술을 행할 때 참여해 주십시오."

정인중이 기뻐하며 약속을 잡고 돌아와 어머니를 뵙고 일일이 전했다. 소교완이 고개를 끄덕이며 말했다.

"정말로 그렇게 되면 흡족하겠지만 인성은 군자이니 요망하고 사특한 것들이 마음대로 침입하기 쉽지 않을 것이다. 그가 별난 사람인 것이 매우 안타깝구나. 어쨌든 이 계책이 제일이니 온 힘을 다해서 요행히 우리의 뜻처럼 된다면 세상 사람들의 경사가 될 것이다."

이때 녹빙이 독약을 사서 돌아오자 소교완이 반찬에 약을 풀어 올리라 명하고 은밀히 이자염을 불렀다. 이자염은 소교완이 시키는 대로 바느질과 길쌈을 하고 비단을 짜고 있었는데, 기한이 촉박하여 재주 있는 소약란이나 삼 일에 비단 다섯 필을 짜는 난지도 쉽게 맞추지 못할 정도였다. 그러나 이자염은 근심과 우려를 나타내지 않은 채 묵묵히 일했는데, 기특한 재주와 지혜로운 솜씨가 고금을 통틀어 봐도 대적할 사람이 없었다. 소교완은 높은 베개를 베고 편히 누워 이자염을 앞에 두고 때때로 집 청소와 편지 대필과 자신의 머리카락 빗는 일을 다 시켰으니 이자염이 몸은 하나이건만 해내야 할 일들이 너무 많았다. 게다가 연약한 몸으로 먹는 것도 제대로 먹지 못하니 뼈와 살이 있는 인간으로서 어떻게 견딜 수 있겠는가? 하지만 하늘로부터 받은 특이한 자질이 튼튼하고 맑아 크게 힘들어하지 않았고, 소교완이 시키는 것을 모두 감당하여 미루는 법도 없었다. 소교완이 한편으로는 이를 기이하게 여겼고 한편으로는 더욱더 시기하여 못살게 굴었다. 이자염은 늘 바느질하고 베를 짜라는 촉박한 기한에 맞추기 어려운데도 불구하고 순순히 일을 마무리했는데, 만든 것 또한 볼품 없지 않고 오히려 정교하고 신묘했다. 이렇듯 이자염은 매사에 능통하지 않은 것이 없었다. 소교완이 그 뛰어난 재주를 보고 자신도 몰래 목이 쉴 정도로 칭찬하며 이렇게 말했다.

"슬프다, 이 사람이여. 하늘이 유의하여 내셨구나. 내가 한 수 아래라고 인정할 만하니 내가 하늘을 어기는 것이 어떻게 죄가 되지 않겠는가?"

그러고는 마음이 격해져서 조용히 칭찬하기를 그치지 않았다. 이자염은 이날 베짜기와 바느질을 다 하여 소교완에게 전하고 다시 명을 기다렸다. 소교완이 말했다.

"네가 날마다 바느질에 골몰하여 나와 함께 식사를 하지 못했으니 오늘은 내가 너와 함께 밥을 먹겠다."

이자염이 황공하고 감사해하며 소교완을 모셨다. 이윽고 밥과 반찬이 오르자 소교완이 기쁜 안색으로 이자염을 가까이 앉게 하고 자기 상에 있는 반찬을 먹지도 않은 채로 몇 개 주었다. 이자염이 감격하여 먹으려 하는데 독한 냄새가 코를 거슬렀지만 마지못해 입에 넣었다. 소교완은 유심히 살펴보다가 이자염이 다 먹은 것을 본 다음에야 밥상을 거두고 다시 집 안을 쓸고 닦으라고 했다. 이자염이 조용히 명을 받들어 빠르게 집안일을 했다. 이때 이자염의 모습은 구름 같은 머리칼에 대모 장식이 빛나 화려하고, 얇은 옷에 붉은 무늬가 영롱하며 자하 보대에 상서로운 빛이 서렸으니 치마는 소상강 여섯 폭 푸른 물결을 바른 듯했고, 귀밑에는 무산의 한 조각 시름하는 구름을 꽂은 것 같았다. 해와 달 같은 아름다운 모습은 단정하고 엄숙한 기상이었고 연꽃 같은 기질은 여유로웠으며 난과 혜초 같은 자질은 진실로 천하의 아리따움이었고 빛나는 눈동자와 흰 입술은 과연 한 번도 보지 못한 바였다. 육 척 키에 일 척 가는 허리를 하였으니 아리따운 모습은 중도에 맞고 일하는 수단은 이치에 맞았다. 그러나 난초 같은 기질로 베 짜기에 힘을 쓰고 힘든 일에 시달리며 형편없는 밥도 제대로 먹지 못했으니 이는 신분 낮은 종이라도 견딜 수있는 것이 아니었다. 얼굴은 점점 여위고 손은 차가워져 미풍에 쓸릴듯 가벼운 몸에 가는 띠를 늘어트렸으니 그 모습은 마치 신선이 되어훌훌 날아갈 듯해 보였다. 뱃속이 악의로 가득 찬 소교완이라도 얼빠진 듯 바라보며 그 기질의 온순함과 품성의 기이함을 신기하게 여길 수밖에 없었다. 소교완은 방금 이자염에게 독을 많이 먹였는데도 아무런 반응이 없는 것을 보고, 내심 일이 어그러졌다고 생각해 앉아 있어도 자리가 편하지 않았다. 이에 궤에 기대어 반쯤 누운 채 이자염을 유심히 관찰할 뿐이었다. 이자염이 청소를 끝내고 베를 짜러 가겠다고 했다. 소교완이 독약의 효험을 확인하지 못한 채 도리어 바보가 된 듯 오랫동안 잠자코 있었더니 이자염이 부인의 자리 밑으로 와 공경스레 몸을 숙였다. 소교완은 이자염이 약이 독해 독을 중화시키려 하는 것은 아닐까 걱정하며 수만 갈래 근심을 펼쳤으니 안색이 자연스레 자주 변했다. 그 어긋나고 포악한 마음 씀씀이를 어떻게 다 말할 수 있겠는가? 소교완은 또다시 바느질과 베 짜기 일감을 주어 기한을 더욱 바삐 독촉하며 맡겼다. 이자염이 온화한 얼굴로 일감을 받들어 침소로 돌아가는데 말하는 기운이 편안하여 조금도 독을 마신 것처럼 보이지 않았다. 소교완이 이자염의 상태가 어떤지 헤아리지 못해 녹빙을 불러서 물었다.

"네가 약을 잘못 사 와 이렇게 놀라운 거동을 볼지 내가 어찌 알았겠느냐? 이렇게 느려서야 어느 세월에 못된 며느리를 죽여서 한을 갚을 수 있겠느냐?"

녹빙이 울면서 대답했다.

"그럴 리 없습니다. 남은 반찬이 있으니 부인께서 직접 보십시오."

이자염의 밥상에서 밥 한 그릇을 내와 정원에 있는 검은 학에게 먹이니 새가 눈 깜짝할 사이에 죽어버리고 남은 밥을 땅에 버리니 연기와 불꽃이 진동했다. 소교완이 이를 갈면서 말했다.

"참으로 요사스러운 정령이며 별난 인간이다. 뼈와 살을 가진 사람이 저것을 먹는데도 꿈쩍도 하지 않으니 이상하고 기이한 것이 환술을 쓴 것이 분명하다. 내가 끝내 저 요녀를 죽여서 한을 갚고 말리라. 제가 어찌 항상 환술을 쓸 수 있겠느냐?"

그러고는 끊임없이 이를 갈았다. 정인중이 방으로 들어와 어머니께 물었다.

"오늘 형수가 온전하니 아마 이상한 요술을 쓰는 듯합니다. 마땅히 태형으로 벌해서 오늘날의 한을 갚을 것입니다."

소교완은 조용히 이부자리에 누워 아들의 말에 대답하지 않았다.

소교완은 요사스럽고 사악한 속내로 요조숙녀와 효성 깊은 군자를 죽이려는 생각만을 밤낮으로 하느라 다른 일에는 신경 쓸 겨를이 없었다. 꾀를 대충 내는 것이 아니지만 하늘과 귀신이 곁에서 돕지 않아 뜻처럼 되지 않으니, 갈수록 화가 나고 간장에 불이 일어나 화염이 가슴을 뒤덮고 울화통이 터졌다. 다만 생각하는 것은 어떻게 하면 정인성을 시원스레 죽여 평생의 소원을 이룰 수 있을까 하는 것이었다. 이렇게 삿되고 어지러운 생각이 가득해 가슴을 태우는데, 갑자기 희미한 바람이 시원한 향기를 실어 와 비단 장막을 서서히 열었다. 눈을 떠 바라보니 아들 정인웅의 빼어난 광채가 전날보다 두 배는 뛰어나 보였다. 정인웅이 소교완의 이부자리로 다가와 물었다.

"어머니께서 어디가 편찮으십니까? 얼굴이 초조해 보이십니다."

소교완이 답했다.

"네 어미의 마음이 편하시는 않지만 아픈 데는 없으니 깊이 염려할 일이 있겠느냐?"

정인웅이 어머니를 한참 모시고 있다가 물러나 명광헌으로 돌아갔다. 소교완이 아들이 나가는 것을 바라보며 말했다.

"저 아이의 기질이 과연 기특하며 효성 깊은 군자로구나. 이 아들은 나의 만금 같은 보배다. 하늘이 며느리의 버릇없음을 보상해 주고 선조들이 나찰 같은 나의 죄를 사하시는 것 같구나. 다만 내가 전생에 악을 쌓아 기어이 인성을 죽이려 하니 어찌 다시 죄악에 빠지지 않겠는가? 그러나 인성이 큰 현인임을 모르지 않음에도 인성을 죽일 뜻은 돌이킬 수 없으니, 내가 열 번 태어나서 아홉 번 죽더라도 인성이 눈앞에서 죽는 것을 보고 난 다음에야 그칠 것이다. 이런 나의 마음은 물리칠 수도 없으며 풀려고 해도 다시 감기니 뜻을 이루기 전에는 죽어서 지하로 돌아갈 수 없으리라. 인성을 죽이는 날 내 마음은 맑아지려니와, 다만 그렇게 된다면 인웅이가 형을 따라서 죽으려고 할 것이다. 어떻게 어린아이를 상하게 하겠는가? 난처하고 괴롭구나. 아이가 형을 따르는 것이 도리어 귤이 너무 시고 준치가 가시가 많은 것처럼 아쉽다. 인중이는 어린 나이에 아버지의 가르침을 좇지 않아서 제멋대로 외도하였으니 언제가 되어야 바른 길로 돌아올 수 있으랴? 이 아이의 품성이 아우와 달라서 스스로를 이른바 태평성대의 유능한 신하요 난세의 간사한 영웅이라 칭하니 어찌 안타깝고 애달프지 않겠는가? 인웅이는 어머니와 형의 지난 악행 때문에 평생토록 지극한 아픔을 품어 죽는 것이 사는 것보다 낫다 생각하고 세상에서 재물을 모으려고도 하지 않을 것이다. 어린아이가 이러할 것이 너무 불쌍하구나. 남의 자식을 해치려다가 나의 기특한 아들을 병들게 할 것이니 이는 나의 죄다. 하늘이 만든 재앙은 피할 수 있으나 자신이 만든 재앙은 피할 수 없다고 하는데, 내가 이를 모르지 않아 득과 실이 무엇인지도 환히 알지만 몸소 행하지 못하니 도저히 바른 길로 돌아갈 수가 없다. 내 마음이지만 정말 이상하구나. 내 인성 부부와 대대로 원수 집안이어서 이번 생에는 그 업보를 받고 있는 것이다. 저들이 착하고 효성스러운 것을 보면 내 마음에 시기하고 미워하는 마음이 한층 더해져 빨리 죽이지 못하는 것이 한이 되니 이 마음은 어찌할 수가 없구나. 내 뜻을 내 마음에 맡겨 죽이려면 죽이고 살리려면 살게 할 것이다. 일이 진행되는 것을 보아 요행히 내 나쁜 마음을 돌이켜 바른 길로 돌아가면 다행이거니와, 그렇지 못한다면 그것은 나와 저들 부부 사이의 팔자와 운명일 것이니 어찌할 수 있겠는가? 이렇듯 어지러운 생각들이 간과 폐에 얽매이니 나 역시 아프고 괴로울 따름이다."

이때 이자염은 소교완이 은혜로이 주는 밥과 반찬을 받아먹고서는 몸에 감춘 해독약을 즉시 머금었다. 소교완이 살피는 눈을 떼지 않았는데도 이자염의 처신이 신이해 흔적 없이 해독약을 머금고 장기에 퍼진 독기를 태워 죽지 않고 무탈히 살았으니, 이 또한 하늘이 성품 바른 사람을 도운 것이 틀림없었다. 이자염이 침소로 돌아와 이윽고 독을 다 토하자 몸이 평소 같으며 기운이 편안했다. 이자염이 저녁 문안 인사를 하러 오니 소교완이 그 모습을 보고 분노가 차올라 독한 눈빛으로 이자염을 오랫동안 쏘아보았다. 이자염은 삼가 두려워하며 고개를 숙이고 죄받을 것을 기다렸다. 소교완은 악한 마음을 먹고 여러 번 독을 먹였으나 뜻을 이루지 못했기에 문득 울화통이 터져 안색이 매섭고 냉엄해졌다. 아들과 며느리들은 어머니의 안색이 편하지 않은 것을 보고 잔뜩 움츠린 채 저녁 문안 인사를 마치고 침소로 물러났다. 정인웅은 어머니가 행하시는 바가 일마다 한심하고 인정이나 선한 마음을 찾아볼 수 없어 너무나 안타까웠다. 언제가 되어야 어머니가 바른 길로 갈 수 있겠는가 싶으니, 아득함이 뼛속까지 아프게 사무치고 슬픈 눈물이 베개를 적셨다.

한참 후에 정인중이 들어와 정인웅이 누워 있는 것을 보고 물었다.

"인웅 아우는 내당에서 언제 나왔느냐? 내가 너와 함께 나오려고 했는데 저녁을 먹은 후 이상하게 졸려 중당에서 누웠다가 잠이 들어 버렸더구나. 깨어보니 한밤중이 지났기에 놀라서 나왔다. 네가 나올 때 어찌 나를 찾아서 함께 나오지 않았느냐? 네가 홀로 나와서 이부자리를 차지하니 큰 이불과 긴 베개가 처량하다. 형제는 한 몸이건만 네가 나이가 어려 형제가 지극히 귀하다는 것을 모르는구나. 형님이 계셨다면 이런 일이 없었을 것인데, 오늘 네가 어리고 아둔한 것을 보니 형님이 언제야 돌아오실지 염려가 더해지는구나. 우리가 아버지와 형님을 멀리 이별한 채로 계절이 자주 바뀌어 우러러 그리워하는 정을 견디지 못하고 있으니, 오늘은 내 마음이 좀처럼 진정되지 않는다. 형님을 생각하는 노래를 한번 불러야겠다."

말을 마친 후 소리를 크게 돋우어 노래를 부르는데 그 소리가 열렬하고 가락이 탁 트여 하늘에 드높이 날렸다. 다시 음성을 가다듬으니 맑은 곡조와 상쾌한 목소리가 구천에 사무쳐 아스라히 하늘을 둘렀다. 정인중은 온갖 노래와 그 밖의 재주가 탁월하니 모든 일마다 통하여 모르는 바가 없었다. 이때 정인웅이 그 말과 행동을 보고는 말없이 눈물을 흘리기만 했다. 형제는 과연 한 몸인데 이유 없이 서로 원수가 되었으니 간절히 충고하는 말이 들릴 길이 없어 그저 슬플 뿐이었다. 둘째 형이 스스로 즐거워하여 부르는 노랫소리도 귀에 들어

오지 않고 같이 말을 나눌 뜻이 없기에 정인웅은 그저 자는 척했다. 한편 정인중이 노래를 한 것은 동생이 깨어 있는지 자는지 살펴보기 위한 것이었다. 정인웅이 조용히 아무 말도 하지 않으니 진짜로 자는 줄 알고는 다시 말을 걸지 않고, 얼른 옷을 끌러서 던지고 잠자리에 들었다.

정인웅이 일어나 얼굴을 씻고 정당에서 새벽 문안 인사를 드리려 하는데, 소교완과 형수 이자염이 평소 같은 안색으로 문안 인사를 하러 모였다. 어젯밤에 소교완은 이자염을 돌려보내고 정인웅을 쉬라며 서재로 돌려보낸 후에 심사가 어지러워 근심스레 혼자 앉아 있었으니 잠자리에 들 생각이 없었다. 황금 화로에 향을 더하고 밝은 촛불의 빛을 돋우어 버들잎 같은 눈썹에 한을 둘렀는데, 계월이 인기척 없이 다가와 뒤편에서 넌지시 기침했다. 이에 소교완이 계월을 안으로 들어오게 했다. 계월이 몹시 놀란 얼굴로 문을 열고 들어오며 부인에게 고했다.

"둘째 공자(정인중)가 서재 뒤에서 방술을 펼치고 계신데, 제가 그 주문을 들어보니 체찰 상공(정인성)을 죽이려고 기도할 뿐만 아니라 셋째 공자(정인웅)도 더욱 빨리 죽이려는 것이었습니다. 세간에서 저주를 하는 방법은 사람 뼈를 먹으며 사람 뼈를 저주할 사람의 침소 가까이에 묻어서 그 사람을 병들게 하는 것입니다. 셋째 공자는 나이가 어리고 골격이 깨끗한데 둘째 공사가 독한 술수를 쓰며 요사스럽고 더러운 인간을 측근으로 삼은 지가 오래되었으니 가슴에 병이라도 들어버리면 어떡합니까? 부인께서는 공자의 신상에 이렇게 위급한 일이 닥쳤다는 것을 알지 못하실 듯해 제가 듣고 슬픈 마음에 고

하오니 부디 선처해 주십시오. 오늘 밤의 일은 제가 우연히 알았으나 이전에도 몇 번을 이리했는지 어떻게 알겠습니까? 천하에 이렇게 허무한 일이 있습니까? 너무나 아깝습니다. 우리 공자는 기질이 난초 같아 이 병에 걸리면 한창때가 되기도 전에 죽을 것이니 그러면 부인의 신세가 어떻게 되겠습니까?"

계월이 말을 마치고 슬피 울었다. 소교완은 본인도 계교를 꾸미며 정인성을 죽이려다가 미처 하지 못했는데, 정인중이 세상을 초월한 자질을 가졌으면서도 어질지 않은 곳에 빠진 것을 불행하고 안타깝게 여겼고 그가 나쁜 일을 하려는 것을 꺼림칙하게 생각했다. 게다가 이번 일을 보고 들으니 더욱 크게 놀라서 몹시 한스러워하며 생각했다.

'어미가 자애롭지 않아서 자식을 잘못된 곳에 빠지게 하는구나. 나의 잘못이니 어찌 한스럽지 않겠는가? 그러나 인성만 아니었으면 내가 무슨 일로 허물에 빠지며 자애롭지 않은 행동을 하겠는가? 이것이 다 인성 때문이니 이럴수록 그저 원수가 되는 것이다.'

그러면서도 정인중을 한스럽게 생각하고 마음속으로 꾸짖었다. 요악한 자식이 금옥 같은 아들을 시기하고 죽이려 하니 어찌 한탄스럽지 않겠는가?

'인성은 당당한 군자로 한창 나이에 백 가지 신령들이 호위하는 사람이니 잡스러운 술법과 요사함이 마음대로 침범하지 못할 것이다. 하지만 인웅이는 옥처럼 맑고 수정처럼 티가 없으며 난초의 부드러움을 가진 데다 나이도 너무 어리다. 잡스러운 술법과 요사함이 침입하지 않을 줄을 어떻게 확신하겠는가? 이 아들을 살리지 못하면 내가 죽을 것이니 참으로 인중이가 원수 같구나. 내가 인중의 악행을 몰랐던 것은 아니지만 자식의 허물이라 차마 들춰내지 못했다. 다행히 타고난 성질이 선하여 비록 사악함을 숭상하더라도 훗날에는 회개하리라 기대했는데, 이렇듯 악한 일을 저지르니 앞으로 무슨 일인들 못 하겠는가? 내가 사람의 어미가 되어 바른길로 가르치지 못했으니 자식한테 잘못했다고만 말할 수 없을 것이다.'

이렇게 생각하며 소리를 나지막이 하여 계월에게 주의를 주었다.

"불행이 이와 같으니 다른 사람이 알까 두렵구나. 너는 내일 점쟁이에게 부탁하여 다른 사람 몰래 가만히 살펴 요사스럽고 더러운 것을 없애고 신통한 꾀를 써서 이 계획을 무산시키도록 해라."

계월이 명을 받들고 물러났다. 다음 날 아침 소교완은 문안 인사를 드리기 위해 정당으로 가서 서태부인의 안부를 물었다. 서태부인이 걱정스럽게 말했다.

"어젯밤에는 어디가 아팠느냐? 어째서 보이지 않았던 것이냐?"

소교완이 우아하고 온화한 기운을 띠고서 별 같은 장신구를 꽂은 구름 같은 귀밑머리를 잠깐 숙이고 옥구슬이 굴러가는 듯한 목소리로 대답했다.

"못난 저에게 특별히 타고난 병은 없습니다. 다만 며느리(이자염)가 저녁 이후 갑자기 기절해 오래도록 정신을 차리지 못했기에 당황하여 그 아이를 간호하느라 저녁 문안에 참여하지 못했습니다. 서운하고 죄를 지은 듯합니다."

서태부인이 말했다.

"며느리는 어떠한가?"

소교완이 대답했다.

"밤중에야 겨우 정신이 돌아왔는데 기운에는 별 탈이 없습니다. 그 아이가 요즘 심하게 야위었고 이상하게 기절을 자주 하니 걱정스럽습니다."

물 흐르듯 거짓말을 하는데 눈물마저 나오는 듯했다. 그러나 한집에 사는 사람들이 어찌 어젯밤 일을 모르겠는가? 마치 은나라 주왕처럼 말솜씨가 좋아 이야기를 꾸며내고 둘러대니 모든 사람이 원통해 마지않았다. 정인웅이 그 자리에서 어머니의 말과 행동을 보고 들으며 낯이 화끈거리고 귀가 뜨겁고 기운이 없어져 옥 같은 얼굴을 깊이 숙였다. 서태부인이 정인웅을 안쓰럽게 여기며 소교완의 말에는 다시 대답하지 않고 두 번씩이나 다시 보면서 버릇없이 여겼다. 이때 이자염이 문안 인사를 하러 왔는데, 옥이 여위고 꽃이 수척한 듯 안색이 파리하여 미풍에 쓸려갈 듯하고 온순하고 지혜로운 기질은 해골로 변한 듯했다. 서태부인이 크게 놀라 가까이 앉게 하고, 섬섬옥수를 어루만지며 야윈 것을 염려했다. 그 손과 팔을 보니 한 군데도 성한 데가 없이 터지고 으깨어져 피가 맺혀 있었다. 이미 아는 일이었지만 더욱 불행히 여기고 놀라워하며 물었다.

"어째서 이렇게 두루 상하였느냐? 요즘 몸이 성하지 못한 일이 잦아서 걱정했더니 어떻게 이렇게까지 된 것이냐?"

이자염이 황공해 어쩔 줄 몰라 하며 고개를 조아리고 감히 대답하지 못했다. 소교완이 낭랑하게 웃으면서 대답했다.

"이 아이의 나이가 어리지 않아 모든 일에 익숙해졌을 것인데, 어찌 된 일인지 몸이 아프면 부딪히고 입을 물어뜯어 상처를 냅니다. 성질이 왜 저러는 것일까요? 지난밤에도 제 방에도 가지 못하고 협실에 누워 있었는데 좁은 방에서 자꾸 부딪히더니 저렇게 피부가 상했습니다."

말을 마치며 웃는 소리가 여유로우니 옥쟁반에 구슬이 굴러가는 듯했다. 샛별 같은 눈동자를 굴려 이자염을 다시 보고는 말했다.

"날이 밝으니 상태가 더 나아 보이는구나. 어두운 새벽에 너를 보내고서 네가 발을 헛디뎌 넘어졌을까 봐 염려를 놓지 못했는데 오늘은 무사한 것 같아 다행이다. 하지만 어떻게 사람이 항상 우는 아이가 발버둥치듯이 행동하느냐? 그런 식으로 굴지 않았다면 몸에 멍이 들 리가 없었을 것이다."

이렇게 말하는데 그 표정이 무척 온화하여 사랑하고 귀중히 아끼는 듯한 모습이었다. 이자염은 감격하며 황공해할 뿐 말씀에 대답하지 못했다. 정인웅은 어머니의 말과 행동을 보며 차라리 죽어서 이 꼴을 보지 않는 것이 소원이라 생각했지만 나이가 제일 어려 먼저 물러나지 못했다. 그는 안색이 창백해진 채 옥 같은 얼굴을 깊이 숙였다.

교한필의 두 부인

처사 주공의 이름은 양이고 자는 진백이며 호는 수량자였다. 송나라 현자 염계선생 주돈이의 후예이고 예부상서 문연각 태학사 주필의 아들이니, 사람됨이 공손하며 인정이 후덕하고 학문과 도덕을 갖춘 효성스러운 마을 귀한 집의 높은 군자였다. 성정이 낙락하고 소박하여 스스로 명성을 구하지 않고 멀리서는 소부와 허유의 자취를 따르며 가까이는 엄광의 맑은 품격을 이으니, 평생 가난 속에서도 도를 즐기며 부귀를 뜬구름에 던지고 살아왔다. 문밖은 산과 들이었고 사립문은 가시나무와 대나무로 엮었으며 한 달에 아홉 번밖에 먹지 못해도 한가한 삶 속에서 즐거움을 찾았다. 주양의 아내 유부인 역시 남편의 청렴함과 집안의 가르침을 공경하여 후한 시대의 맹광처럼 양홍의 가난함을 달게 여기며 남편에게 밥상을 눈썹까지 들어올려 바쳤으니 아내의 도리가 온당하고 덕성이 맑았다. 유부인은 개국공신 성백 유기의 후손으로 시중 유운의 딸이었다. 부부가 서로 공경하여 금슬의 즐거움이 《시경》〈관저〉 시를 외울 만했고, 슬하에 아들 넷과 딸 둘이 있어 집안이 적막하다고 할 수 없었다. 하지만 주양과 유부인에게는 일찍이 마음과 뼈에 박힌 아픔이 있어 한유가 딸을 먼저 보내고서 층봉에 묻고 통곡했던 것을 도리어 부러워했으니 그 사연은 다음과 같다.

주양과 유부인은 십수 년 전 신령스러운 태몽과 함께 흐르는 자음성이 방 안으로 떨어지며 상서로운 빛이 나고 향기 나는 구름이 모이는 것에 감응하여 임신을 했고 열 달이 되어 아이를 낳았다. 한낱 여자아이였지만 사람됨과 성질이 속세에서 벗어난 듯 자연의 뛰어난 기운을 거두었고, 아름다운 옥조차 그보다 맑지 못하다 질책할 만한 보배였다. 태어나면서부터 이채로운 향기가 방을 가득 채웠으니 주양이 한번 보고 얼굴색을 고치며 말했다.

"내가 이미 두 딸을 낳았기에 딸이 귀하지 않지만, 이 아이는 당당히 규방의 성스러운 규범이 될 것이니 어찌 아름답지 않겠는가?"

아이의 팔 위에는 '자', '성' 두 글자가 금으로 쓰여 있어 씻어도 없어지지 않았다. 이름을 '성염'이라 하고 자를 '자희'라 하여 아버지와 딸의 천륜 이상으로 아끼고 귀중하게 대했다.

유부인이 주성염을 낳은 지 대여섯 달이 지났을 때 청천에 있는 본가에서 아버지가 병에 걸렸다는 소식이 들려왔다. 이에 급히 친정으로 돌아가는데 밤중에 길에서 한 무리 도적 떼를 만나 일행과 돈을 잃었다. 그뿐만 아니라 도적들은 갓 태어난 주성염을 빼앗아 비바람처럼 달아났으니 순식간에 어디로 갔는지 알 수 없었다. 유부인의 조카 유공자가 숙모의 행렬을 호위하며 갔지만 따라잡지 못한 채 속절없이 본가에 알리니, 방방곡곡 물어물어 찾아보아도 끝내 도적들의 본거지를 알아내지 못했다. 유부인은 곡하며 기운을 잃어 비참히 가슴을 상했으니 눈앞에 주검을 본 것 같았다. 유공자가 더욱 민망해하고 애태우며 겨우 위로하고 보호하여 본가로 돌아갔다. 이때 유부인 아버지의 병세는 잠깐 나아질 듯했으나 손녀 주성염을 잃어 마음을 상했으니, 유부인이 딸로 인해 슬퍼하는 마음이 간절하지만 병든 아버지의 마음을 더 요동케 할 수 없어 도리어 아버지를 위로하며 간호했다. 이후 아버지의 병세가 날마다 나아지자 드디어 친척들과 이별하고 경사로 돌아왔다.

주양의 상심하고 울적한 마음은 유부인과 마찬가지여서, 부부가 아침저녁으로 한스럽게 오열하는 것이 세월이 갈수록 더 심해져 갔다. 여러 자녀도 동기를 잃은 슬픔이 가시지 않았지만 부모의 아픈 심정을 절박하게 여겨 항상 기쁜 목소리와 즐거운 낯빛으로 위로했다. 유부인은 점점 병이 심해져 먹고 자기를 제때 하지 못했으나, 주양은 오히려 《주역》을 읽고 별자리를 살펴보며 만나고 헤어질 때와 길흉화복의 기미를 알게 되었다. 딸을 잃은 후에 별을 보고 운세를 헤아리니, 반드시 십오 년 내에 가족들이 모여 천륜에 남은 한이 없을 듯했으므로 조금이나마 위로를 받았다.

이전에 안성도위 교성의 장자 교한필은 두 부인을 두었으니, 첫째 부인 여씨는 왕비의 아버지인 여형수의 막내딸이었으며 둘째 부인 호씨는 병부주사 호규의 딸이었다. 원래 호규는 교성과 나이가 같은 더할 나위 없는 친구였는데, 교한필의 재주와 용모가 세상에 더없을 정도로 뛰어난 것을 사랑하여 교성의 집에 결혼을 청했다. 교성은 호규의 가세와 권위가 자기 집만 못한 것을 부족하게 여기면서도 호씨 집 규수가 절세미인이라는 것을 알아 즉시 허락하고 택일해서 예물을 보냈다. 그런데 호규가 갑자기 병을 얻어 딸의 경사를 보지 못하고 수염이 세지도 않은 창창한 나이에 세상을 떠났다. 호규는 원래 가문이 쇠퇴해 친척에 의지할 수가 없고 살림살이가 가난했다. 아버지를 잃은 고아와 남편을 잃은 과부로서 뜻하지 않은 재앙을 맞게 되니, 성이 무너질 듯 크게 곡하고 발버둥치는 소리가 세상의 빛을 잃게 할 정도였다. 장례를 다스리고 예의로써 염장할 사람이 없어 보고 듣는 사람이 애처롭게 여기면서도 저마다 호규가 살아 있었을 때의 청렴결백함을 칭송했다. 호규의 친구들은 그의 사람됨을 아까워하며 상주가 될 사람이 없음을 슬프게 여겨 은화와 비단을 가지고 장례를 도와 선산까지 보냈다. 그런데 교성은 인사치레로 조금 부의금을 내긴 했지만 마음속으로는 안타까워하지 않았고 그 딸을 거두어 며느리로 삼을 뜻은 더더욱 없었다. 호씨를 불쌍하게 생각하는 것은 교성의 부인인 안성공주뿐이었다. 그녀는 아들 교한필의 혼인이 잘못된 것을 아까워하며 비록 수천 리가 떨어져 있지만 모든 일을 두터운 인정으로 살폈다. 비단과 천금을 주어 생활의 가난함과 힘든 것을 위로하니 그 도리가 매우 은혜로웠다. 호규의 부인 방씨는 각골난망하여 결초보은하기를 기약하고, 호씨 또한 교씨 집안과 한 결혼 약속을 지켜 다른 가문에 시집가지 않으며 교씨 가문에서 버림당하면 빈 규방에서 윤리를 버린 사람이 되기로 결심했다. 은혜를 갚고자 하는 정이 지극하고 그 뜻이 심히 구슬펐지만 교성은 조금도 슬퍼하지 않았다. 도리어 여국구가 청혼을 하니 흔쾌히 허락해 혼례를 이루었다.

교한필의 첫 번째 부인인 여씨의 아름다움은 당나라 때 양귀비와 한나라 때 조비연과 같은 부류였으니 백 가지 자태와 천 가지 바탕이 매우 아름다워 세상을 초월했을 뿐 아니라, 왕의 장인 집안의 부귀와 존귀한 계통을 아울러 세간살이가 풍성했다. 이토록 모든 일에 호사스럽고 부귀가 극진하니 교성의 뜻에 맞고 마음에 쏙 드는 며느리였다. 교성이 어찌 시골의 빈곤한 호씨를 꿈속에서나 신경 써서 한집에 거둘 뜻이 있겠는가? 다만 안성공주는 교성이 죽은 친구를 저버린 것과 호씨를 이유 없이 거두지 않으려 하는 것을 안타까워하여 항상 아들에게 호씨를 버려서는 안 된다고 말했다. 그런데 호규의 삼년상이 채 끝나기도 전에 교성이 죽어 교한필 또한 큰 상을 치르게 되었다. 안성공주는 호씨 집안과의 혼사를 말하지는 못하나 마음속으로 호씨를 불쌍하게 여겨 밑천으로 쓰라고 비단을 보내주었다. 세월이 홀홀 쏜살처럼 지나 교성의 삼년상도 끝이 났다. 제사를 마친 교한필이 오래지 않아 문과에 급제하니 아름다운 명예와 부귀와 은총이 더욱 빛났다.

여씨는 열여섯 살을 넘기지도 않았는데 팔자가 존귀해 교만한 기운이 동서에 거칠 바가 없었다. 여씨는 안성공주가 이따금 호씨 집과 정혼할 계획을 말하며 호씨를 버릴 뜻이 없다고 하는 것을 그윽이 원망했지만, 호씨를 물리쳐 다른 곳에 가도록 하지 못할 바에야 차라리 여기로 불러들여 자신의 평판을 좋게 하고 모진 솜씨로 잘라버리는 것이 옳다고 생각했다. 그녀는 여후의 질투와 측천무후의 흉악함을 가슴 깊이 감추고 밖으로는 기쁜 표정과 질투하지 않는 모습을 나타내며 덕이 있음을 자랑했다. 호씨의 슬픈 심사를 걱정하는 척 탄식하며 교한필에게 특별히 그녀를 재실로 거두라고 권했으니 교한필 또한 여씨를 어질게 여겼다. 안성공주는 너무나도 기뻐하며 즉시 호씨 가문에 길일을 구할 것을 재촉했다. 호씨 가문에서는 그 말씀에 못 미칠까 두려워하며 빨리 날을 잡아서 혼례를 치르는데, 호씨 부중으로 내려가는 것이 번거롭다 하여 호씨의 어머니인 방씨로 하여금 딸을 데려와 경사에 있는 옛집에서 결혼하게 했다. 호씨 집은 교씨 집의 말이라면 그게 무엇이든 들었으니 비록 뜻과 다르더라도 어찌 거스를 뜻을 내겠는가? 방씨가 어쩔 수 없이 딸과 함께 교씨 부중으로 왔다. 안성공주가 호씨가 드리는 예를 받고 호씨를 살펴보니 생김새가 아리따운 절세미인이어서 전설 속 낙신에 비할 정도였다. 섬세한 행동거지가 현명하고 민첩하니 손님들이 저마다 여씨와 더불어 한 쌍의 미인이라며 칭찬했다. 안성공주는 마음속으로는 호씨를 친딸처럼 연민하나 여씨가 불편해할까 봐 사랑하는 태도를 크게 나타내지 않았다.

교한필은 그 아버지의 그 아들이어서 다만 권세를 중히 여기고 부귀를 흠모할 뿐이었다. 호씨의 뛰어난 재주와 용모를 사랑하지 않지는 않았지만, 여씨 집안의 당당한 권위를 생각하여 모든 일에 여씨를 공경하고 소중히 대하니 호씨를 대할 때와는 천지차이였다. 호씨가 비록 여씨의 높은 산봉우리 같은 기세에 맞서지 못하나 본래의 뜻은 오만하고 조금 고결해서 남에게 굴복하는 것을 달게 여기지 않았다. 호씨가 생각하기에 교한필은 원래 아내를 대하는 정이 두터운 사람이었다. 그런데 그가 호씨 자신의 모습과 기질이 여씨보다 아래가 아닌데도 친정의 빈부와 궁달에 따라 대접을 다르게 해 주인과 종의 관계 같으니 분노가 아프도록 차올라 구차하게 교씨 집에 있고 싶지가 않았다. 호씨는 어머니를 이끌어 차라리 궁벽한 시골인 처주에서 보리와 조밥을 먹고 나무뿌리를 캐 먹으며 궁하고 어렵게 살지언정 여씨가 괴롭히는 종이 되어 안성궁의 부귀를 누리고 싶지 않았다. 그녀는 이렇듯 시가에 머물 뜻이 없었기에 혼례식 후에 어머니가 시골로 돌아갈 때 같이 돌아가기를 청했다. 하지만 안성공주는 호씨를 아껴 차마 멀리 보낼 수 없기에 허락하지 않았다. 교한필도 신혼의 정을 누리고 싶어 호씨를 처주로 보내는 것을 아까워하며 가는 길을 막았으니, 호씨는 마음대로 어머니를 따르지 못하고 어쩔 수 없이 교씨 부중에 머물렀다.

여씨는 간악하고 포악해서 남들이 알지 못하고 보지 못할 때는 호씨에게 참담한 욕설을 해댔다. 나이 어린 호씨가 극한의 분노를 품어 자진하도록 꾀를 꾸몄으니 사람들에게 돈을 뿌려 인심을 모으고 요사스러운 술수와 간악한 계략으로 호씨를 괴롭혔다. 그리하여 교씨 집안의 친척들은 한결같이 여씨를 칭찬하고 호씨를 욕하니 영예는 여씨에게 오롯이 돌아가고 실수와 잘못은 호씨에게 돌아갔다. 호씨를 헐뜯고 꾸짖는 말들이 점차 귀에 스미고 하지도 않은 죄가 마음에 젖을 지경이었다. 이러하니 안성공주와 교한필이 어떻게 호씨를 어질게 여기며 여씨를 사납게 여기겠는가?

여부인의 명을 받고 호부인의 아들을 빼돌린 장손탈

그러나 원래 안성공주와 교한필은 호씨에 대한 생각이 남들과 달랐다. 그들은 호씨가 잘못했다는 말을 들었으나 책망하지도 않고 호씨가 저러는 것이 먼저 빙폐를 나누었지만 나중에 맞아 왔기 때문에 둘째 부인이 되어서 화를 내는 것이라고 여겼다. 안성공주는 매사에 구구히 신경쓰고 두둔하여 호씨를 더욱 특별히 보호했다. 교한필은 비록 여씨를 공경하는 데는 비할 수 없지만 호씨와 부부로서의 사사로운 은정은 변함없이 나누었다.

여씨와 호씨 두 사람은 일 년 차이로 임신해 열 달을 채우고 각각 아이를 낳았다. 여씨는 딸을 낳고 호씨는 아들을 낳았는데, 호씨의 아이는 사람됨이 매우 특출나 여씨의 어린 딸과 비교하자면 하늘과 땅 차이였다. 어진 아들을 둔 안성공주와 교한필의 기쁨을 어디에 비할 수 있겠느냐마는 그들은 여씨가 시기할까 염려해 두 아이를 한결같이 사랑했다. 그런데 일 년이 겨우 지나 여씨의 어린 딸이 병에 걸려 죽었다. 그리고 뜻밖에 호씨가 다시 임신을 했으니 여씨의 칼날을 벼린 마음과 화살을 겨눈 정신은 더 말해서 무엇 하겠는가? 그녀는 은밀히 무당과 점쟁이를 모아서 길흉을 점치며 호씨가 임신한 아이가 이번에도 남자인지를 물었다. 무당과 점쟁이들은 저마다 호씨의 아이가 반드시 남자일 거라며 호씨의 자식 복을 칭찬하고 여씨가 다시 아이를 얻는 경사는 없을 것이라고 말했다. 여씨는 이를 들을 때마다 화가 나 심장이 터질 듯하고 가슴에 하염없이 불꽃이 일어나 마음에 십만 마리 원숭이들이 요동치는 것 같았다. 하지만 여씨는 원래 흉악하고 간사해서 계책을 잘 썼으니 작은 분노를 참지 못해 큰 계략을 어지럽힐 일이 있겠는가? 비록 어린 딸을 먼저 보내고 마음이 상했으나 다시 임신했다는 거짓말을 지어내 남들 앞에서 점점 임산부의 느릿한 거동을 보였다. 호씨의 산달이 다다르자 자신 역시 열 달을 채웠다 하고, 은밀히 정신을 흐리는 약을 얻어 안성공주와 교한필과 호씨에게 모두 먹였다. 이들은 병든 것이 아닌데도 기운을 수습하지 못하고 정신이 어지러워 콩과 보리도 구분하지 못하는 바보가 되었다. 여씨는 또 활발히 말을 지어내어 공주를 비롯한 집안사람들이 독한 전염병에 걸려 사생이 위태롭다고 하여 그 왕래를 막았다. 그리고 한편으로는 유모 노씨와 함께 계략을 꾸미며 은화와 비단을 뿌려 신생아를 구했다. 원래 유모 노씨의 남편 장손탈은 산과 바다에 출몰해 남의 재물을 빼앗으며 백성들의 어린아이를 도적질하여 기생집이나 자식 없는 자에게 팔아 금은을 취하던 사람이었다. 그는 마침 처주 담양 사이로 노략질을 갔다가 주양 부인 일행을 도적질해서 태어난 지 대여섯 달 된 어린 소저를 빼앗아 왔었기에 이 아이를 유모 노씨에게 주었다. 유모 노씨가 매우 기뻐하며 급히 여씨에게 고하자 여씨 또한 기뻐하며 아이를 바로 데리고 들어와 협실에 감추었다. 그렇게 한 지 두어 달이 지나기도 전에 호씨가 아이를 낳을 기미가 보였다. 여씨는 유모 노씨를 시켜 호씨의 시녀들에게 모두 정신을 흐리게 하는 약을 먹여 잠시 그 정신을 잃게 했다. 호씨가 해산하여 또 남자아이를 낳으니 여씨는 이 아이를 급히 거두어 침소로 옮기고 장손탈이 도적질해 온 어린아이를 호씨 산실에 두어 새로 태어난 여자아이라고 했다. 이때 안성공주와 교한필의 정신이 온전했다면 태어난 지 대여섯 달이 되는 어린아이를 신생아로 알았겠는가마는 독약을 먹고 정신이 흐려졌기에 알아채지 못했다. 남자아이를 낳은 호씨도 남의 여자아이가 자기 소생이라고 하자 그대로 믿었으니 다른 사람들은 더 말할 바가 있겠는가? 여씨는 이미 시부모와 남편을 속이고 호씨가 낳은 아이를 훔쳐서 감추었다가, 호씨가 아이를 낳은 이틀 후에는 자신도 아이를 낳을 것 같다며 괴롭게 아파하는 소리를 냈다. 여씨는 그렇게 유모 노씨와 함께 한바탕을 덤벙이다가 문득 아들을 낳았다고 안성공주와 교한필에게 전했다. 안성공주 모자는 비록 이성이 희미하고 정신이 어지럽지만 여씨를 소중히 여길 줄은 알아서, 여씨가 어린 딸을 잃고 슬퍼하던 끝에 아들을 낳은 것을 다행으로 여기어 즉시 산실로 가 어린 아들을 보고 여씨를 보호했다.

여씨는 가짜 아들을 낳은 후 삼칠일이 지나자 유모 노씨와 함께 흉한 일을 꾀하여 호씨의 아들을 없애려고 했다. 이때 호씨의 장자는 어린아이였지만 걸음걸이가 알차고 말이 분명하며 높은 자질과 빼어난 기상이 있었다. 푸른 대나무와 오동나무에 난새와 고니가 춤추는 듯하고 짙푸른 바다에서 교룡이 처음으로 바람과 구름을 가다듬는 듯하니 품격의 비범함과 신령스러움이 사람들을 감동시켰다. 여씨는 그 비범한 됨됨이를 더욱 좋아하지 않고 한스러워했지만 안성공주와 교한필이 보는 앞에서는 자기가 낳은 듯 너무나 사랑스러워했다. 그러니 이 아이에게 간교하고 흉악한 계교가 닥칠 줄을 공주 모자가 꿈에서나 생각할 수 있었겠는가? 여씨는 독약 한 그릇을 어린아이 입에 붓고 아이가 소리를 지르지 못하게 싸매어 상자에 넣어 유모 노씨를 통해 장손탈에게 건네고는 아이를 강물에 버리라고 했다. 장손탈이 즉시 상자를 지고 강으로 갔는데 갑자기 몸에 오한이 들고 머리털이 곤두서며 몸과 마음이 두려워졌다. 그때 갑자기 노승 한 명이 앞에 다가와 한 번 발을 구르고 두어 번 진언을 외웠다. 장손탈이 등에 진 상자를 던지고 거꾸러지니 노승이 상자를 빼앗고 자신을 따라온 여승에게 칼끝으로 장손탈의 양팔에 이렇게 글씨를 쓰라고 했다.

'흉악한 도적 장손탈은 평생 불의와 나쁜 짓을 숭상하여 사람의 목숨을 해치고 재물을 탈취했으며, 바다에 출몰하고 깊은 산에 숨기를 능사로 하니 이미 죄악이 넘쳐 주살을 받아도 용납되지 않거늘 또다시 남의 가족을 어그러뜨리고 교공자의 시신을 강물에 띄우려고 한다. 비록 사람이 모를지라도 하늘에 해가 떠 있고 신령들이 곁에 있으니, 어찌 너의 흉악한 마음대로 귀하고 복이 두터운 사람을 부질없이 물고기 밥이 되게 하겠는가? 먼저 네 팔 위에 글씨를 새겨서 오늘의 악행을 표시할 것이니, 훗날 관아에서 심판을 받으면 머리와 몸이 떨어짐을 면치 못하리라.'

쓰기를 마치고 인적이 드문 곳에 상자를 가지고 가 회생단을 단 이슬과 섞어 교씨 아이의 입에 흘렸다. 교씨 아이는 원래 탁월한 수명과 복을 타고났기에 생기가 아득히 끊어졌는데도 문득 독을 토하고

숨을 내쉬었으니 아이의 죽은 넋이 구름 낀 하늘 저편에서부터 다시 돌아왔다. 여승이 매우 기뻐하며 이 아이를 예부상서 위국공 등침의 부인 유씨에게 주고 정성 들여 키우게 했다. 당시 유부인은 이미 어린 아이를 두어 젖이 풍부했기에 두 아이를 기르는 것이 힘들지 않았다.

교씨 아들을 데려온 혜안법사는 유부인의 외종 서숙모 강씨였다. 강씨는 나이가 미처 열네 살이 되지 못했을 때 정혼을 하고 예물을 교환했는데 식을 치르기도 전에 신랑이 죽었다. 강씨의 부모는 딸이 정절을 지키려는 뜻을 좇지 않고 다른 곳에 시집을 보내려 했다. 강씨는 부모와 여러 번 말다툼을 해도 마음을 지킬 길이 없기에 인류과 세상사를 끊고 절로 들어가 머리칼을 자르고 울타리 안에서 지냈다. 불가의 제자가 된 지 오십 년 만에 크게 득도했으니 과거와 미래의 일을 눈앞에 있는 것처럼 헤아렸으며, 자비롭고 현명한 마음이 있어 위급한 사람과 잔인한 일을 보면 간절히 구원했다. 유부인은 지아비인 등침의 엄정한 법령과 자신의 천성인 일관된 법도에 따라 평생 귀신을 믿지 않고 불도를 배척해 유학자 가문의 법과 제도를 어긴 적이 없었다. 하지만 혜안법사의 신령스러움은 이상하게 여겼으며, 그녀가 맑고 깨끗한 지조가 있어 세상 욕심과 염려를 끊어버리고 물정을 벗어난 것을 공경했다. 유부인은 등침이 나가고 집안이 고요한 때에 혜안법사에게 청해 길흉을 점치고자 했다. 혜안법사는 재상 가문에 왕래하는 것을 즐기지 않았고 지난 사오 년간 한 번도 유부인을 만나러 온 적이 없었다. 그런데 갑자기 교씨 아들을 데려와 그 근본과 성씨는 말하지 않고 다만 사대부가 자식이며 명문가 출신이라고만 하면서 돌봐주라고 했다. 혜안법사는 바람처럼 돌아가고는 전날 있었던 동화문 바깥 벽운암을 떠나 산천을 놀러 다녔으니, 유부인이 비록 혜안법사를 다시 청하려고 해도 그 거처를 알 수가 없었다.

등침은 원래 아이들을 매우 사랑하는 성격이었으며 유부인은 인자함이 남달랐다. 교씨 아이는 사람됨이 특이하고 속세를 초월했으니 두 사람이 그를 더욱 사랑하여 친자식처럼 길렀다. 등침이 남들을 대할 때면 친아들과 교씨 아이를 유부인이 낳은 쌍둥이라고 소개했다. 원래 곤산의 백옥과 여수의 황금은 성질은 다르지만 보배로운 광채가 서로 비슷하고, 천 리를 달리는 망아지와 북해에서 뛰는 큰 물고기는 조화는 같지 않아도 신기한 정도는 서로 비슷하니 등씨 아이의 특이함과 교씨 아이의 늠름함 역시 우열을 가리기 힘들었다. 하물며 남들이 볼 때는 두 아이가 등공과 유부인의 피붙이라고 하니 비록 각각 기질과 품격에 다른 점이 있더라도 품수와 성질은 비슷한 점이 많은가 여겼다. 그러니 어찌 등씨 아이와 교씨 아이가 서로 다른 집 아들이라는 것을 깨달을 수 있겠는가? 게다가 등침은 그때 하람윤에서 막 임소로 올라와 부임한 지 일 년이 채 못 되었을 때 교씨 아들을 얻었으며 친자식 역시 임소에서 보았다. 모든 친구와 친척들은 등심이 신실한 장부라는 것을 알아서 두 아이가 쌍둥이라는 말을 곧이곧대로 들었으니 무슨 의심을 두겠는가?

두 아이가 자라서 함께 열세 살이 되니 등침이 널리 숙녀를 골랐다. 등침은 개국공신 위국공 등유의 적장손으로 덕망과 글 쓰는 재주가 조정과 민간에서 두루 나타나고 유부인은 또 명문가의 숙녀로 성격과 행실이 온화했으니, 사람들마다 그 부귀를 사모하고 두 공자의 기이함을 칭찬했다. 딸이 있는 자는 누구나 저 집과 부부의 인연을 맺기를 목이 빠지게 기다렸으나 등침이 며느리를 고르는 것이 예사롭지 않았다. 등침은 재상 집안의 부귀롭고 교만한 아이를 구하지 않고 맑은 가문의 덕 있는 여자를 구했으며 비록 박색일지라도 현명했던 맹광 같은 며느리를 바라 퍼진 허리와 아름답지 않은 얼굴을 꺼리지 않았다. 상서 이상은 등침과 죽마고우로 그의 아들들을 매우 사랑했는데, 딸이 이제 《시경》 〈도요〉 시를 읊게 되었다고 하면서 등침에게 청혼했다. 등침은 두 아이의 좋은 배필을 한꺼번에 택하고 싶다며 이 아이들이 같이 컸으니 같은 때에 현명한 며느리를 보고 싶다고 했다. 이에 이상이 동생인 좌복야 이순의 장녀가 자랐음을 말하고 두 공자에게 구혼했다. 등침은 이상에게는 숨기는 일이 없었기에 이 아이는 직접 낳은 아이가 아니고 얻어 기른 아이라고 조용히 말했다. 이상은 동생 이순에게 그 됨됨이가 절대 천출은 아닐 거라며 교씨 아이를 강력히 추천하여 사위로 삼으라고 했다. 결국 이순이 교씨 아들을 사위로 삼고 이상은 등씨 아들을 사위로 삼았다. 이 이야기는 《성호연》에 자세하므로 여기에는 쓰지 않는다. 《성호연》을 보면 교씨 아들의 뛰어난 행적과 이소저의 현숙함을 밝게 알 수 있다. 교씨 아들은 자라며 장가를 들 때까지 등씨 아들로 행세해서 친부모가 있다는 것을 전혀 몰랐다. 훗날 장손탈이 형벌을 받아서 죽자 혜안법사가 그 가족들을 모이게 해, 장손탈의 팔에 글을 새기고 교공자를 구해 유부인에게 주었다는 것을 한바탕 자세히 설명했다. 이로 인해 교씨 아들이 드디어 본래 성씨를 회복했으니 '등재현'이 바뀌어서 '교유현'이 되었다. 교유현은 친부모를 찾아 만난 후에도 끝내 등침 부부가 키워준 은덕을 뼈에 새겨서 자식의 도리를 한결같이 했다.

한편 흉적 장손탈은 팔 위에 칼끝으로 글이 새겨지면서도 아프고 놀라움을 모른 채 거꾸러졌다가 반나절 후 겨우 정신을 차렸다. 주위를 둘러보니 공자를 넣은 상자는 간 데가 없고 제 팔 위에 새긴 글의 뜻은 너무나도 두려워 당황스러웠다. 팔을 깎아 불길한 글씨를 없애려고 했으나 아픔을 참을 수 없었으니 그 흉한 기운이 서리 맞은 뱀 같았다. 장손탈이 옷을 뜯어 팔을 싸매 곧 죽을 형상으로 돌아왔다. 여씨의 유모 노씨가 그를 따라 내달으며 왜 그렇게 괴이한 모습이 되었는지를 묻자, 장손탈은 손을 휘휘 젓고 방으로 들어가 팔을 내보이며 상자를 비구니에게 뺏겼다고 말했다. 유모 노씨는 몹시 당황하고 두려워 어찌할 줄을 몰랐지만 차마 여씨의 참담한 심사를 돋울 수 없어 놀라움을 억누르고 좋은 낯빛으로 여씨를 대하여 장손탈이 상자를 강물에 띄워 보냈다고 알렸다. 여씨는 매우 기뻐하며 금과 비단으로 후하게 상을 주었다. 여씨가 집안의 기색을 살피니 안성공주 모자는 어린아이가 오랫동안 보이지 않는 것을 괴이하게 여기고 있었다. 그들은 호씨 침소에서부터 두루 찾아다니며 후원과 행각 모두 살펴보지 않은 곳이 없었지만 끝내 아이의 그림자도 찾지 못했다. 아이를 보던 시녀와 유모에게 물어보아도 그들은 이구동성으로 '호부인이 품고 잠들었으므로 저희는 잠깐 물러 나왔다'고 말할 뿐이었다. 호씨는 또 '아이 곁에서 자려다가 눈을 붙였을 때 아이가 사라졌다'고 했다. 안성공주 모자는 몸소 끝까지 찾으며 노비들을 풀어 방방곡곡으로 찾으려고도 해보았지만 한 달이 지나도 아이가 어디에 있는지 알 수 없었다. 호씨가 비통하게 우는 것과 안성공주 모자의 마음이 슬프고 쓰린 것은 눈앞에 주검을 본 것보다 심했다. 여씨는 가짜로 슬퍼했는데 그 모습이 다른 사람들의 이목을 가려 간사한 가짜 표정이 호씨가 진정으로 애절해하는 표정과 같았다. 이러니 여씨가 간특하게 사람을 속인다는 것과 요사스럽고 사악한 진실을 그 누가 알겠는가? 여씨는 도리어 어질다는 칭찬을 받았으니 스스로 한 일을 흡족하게 여기고 유모와 함께 간사스럽고 흉악한 모략을 세워, 호씨를 구렁텅이에 빠트리고 부부의 즐거움과 정을 아주 끊어버리려 했다.

간통 혐의를 받고 호수에 몸을 던져 집에서 탈출한 호부인

여씨는 호씨의 필적을 모아 흉흉하고 음란한 내용으로 '아들이 교씨 가문의 피붙이가 아니니 진짜 아버지와 만나지 못해 천륜이 어그러지기에, 진짜 아버지를 만나게끔 보냈으나 어머니와 아들이 언제 모일 수 있을지를 몰라 슬퍼한다'는 회포를 일컬으며 처주에 있는 어머니께 보내는 듯이 편지를 썼다. 그리고 호씨가 없을 때 이 편지를 벼루집에 넣어 교한필이 먼저 보게 하고, 밤에 호씨를 불러 아무 말이나 하며 자신의 처소에 머무르게 했다. 또 여씨는 시녀에게 모습을 바꾸는 약을 주고 흉악한 일을 꾸몄다. 시녀가 가짜 호씨가 되어 건장한 남자와 몸을 붙이고 함께 누웠으니 그 정이 기쁘고 뜻이 방탕하여 보기에 역겨웠다. 교한필이 호씨의 처소로 들어오다가 이를 보고는 끔찍하고 놀라운 화를 이기지 못하여 크게 소리 지르며 간통한 남자를 잡으려 하다가 화가 복받쳐 거꾸러졌다. 가짜 호씨와 간통남은 급히 뒤에 있는 창문으로 달아났으니 미처 잡지 못했다. 교한필이 전날에 음란한 편지글을 본 후에는 의심이 들었으나 나중에 어떻게 되는지 지켜보려고 일단은 내색하지 않았다. 하지만 이 변고를 보고서는 놀랍고 화가 나 안성공주에게 전후사정을 고하고 호씨를 죽여 없애달라고 했다. 안성공주 역시 크게 놀랐으나 사람이 잔인하게 죽는 것은 차마 볼 수 없기에 급히 호씨를 찾아 후당 깊은 곳에 가두라고 했다. 여씨의 시녀가 말했다.

"전에 호부인이 급한 걸음으로 어쩔 줄 몰라 하며 우리 부인의 침소로 오셨는데 어째서인지를 몰랐습니다. 오늘 보니 이 변고 때문이었군요."

공주 모자가 더욱 분노하여 여씨를 불러서 호씨를 봤냐고 묻자 여씨의 대답이 시녀의 말과 같았다. 교한필은 호씨를 못 죽이는 것을 한스러워했지만 어머니의 명령을 거스르지 못해 호씨를 후당의 누추한 방에 가두었다. 새로 태어난 여자아이는 안성공주의 침전에서 길렀기에 어머니의 죄를 이어받지 않았다. 여씨는 호씨가 살아 있다는 것을 한스러워했기에 오히려 다른 사람의 아이를 얻어 기를지언정 호씨가 낳은 아이를 자신의 아이로 키우며 오래 곁에 두고 싶지 않았다. 가지와 잎을 쳐내고 뿌리를 아주 캐내듯 호씨의 흔적을 없애고 싶었던 것이다.

하루는 여씨가 호씨가 낳은 갓난아이의 입에 독을 부어 생기를 없앤 후 발을 구르고 곡소리를 내며 슬피했다. 공주 모자가 황급히 와서 보니 아이가 얼굴의 모든 구멍에서 피를 흘리고 몸이 파란색 물감을 쏟아 놓은 듯 푸르러 이미 목숨이 끊어져 있었다. 일이 이에 이르자 편작의 의술로도 살릴 수 없었다. 공주 모자는 아이를 붙들고 크게 울며 몸과 마음을 가누지 못했다. 여씨는 가슴을 두드리고 발을 구르면서 크게 슬퍼했는데, 문득 아이의 주검이 이상하고 의심스럽다며 좌우 시녀를 신문하라고 했다. 교한필이 이를 옳게 여겨 시녀와 종들을 엄하게 벌주며 캐묻자 그들은 한결같이 억울하다며 자신들에게는 주인을 거스르고 죽일 뜻이 없다고 했다. 하지만 그중에 여씨의 심복 시녀 한 사람이 있었으니, 이미 어린아이를 멋대로 죽이고는 죄를 호씨에게 떠넘기기로 여씨와 약속한 사람이었다. 그 시녀가 갑자기 크게 울며 호씨의 부탁으로 어린 공자를 죽였다고 털어놓았다. 교한필은 매우 놀라고 화가 나 원한이 골수에까지 미쳐 바로 호씨의 뼈마디를 부수고 장기를 물어뜯으려고 했다. 이에 칼을 잡고 화를 내며 말했다.

"원수인 호씨 집 딸을 천만 번 베어서 죽은 아이의 원수를 갚을 것이며, 아이가 뜻밖에 요절한 한을 갚은 후에 저 시녀도 칼로 다져 원한을 풀겠다."

말을 끝내고 급히 뒤뜰로 갔다. 호씨는 누추하고 깊은 곳에서 끝없는 원통함과 답답한 심사를 품고 있었다. 하늘에 소리쳐도 닿지 못하고 땅을 두드려도 통하지 못하니 모진 목숨과 덧없는 팔자를 서러워할 뿐이었다. 밤낮으로 저승에 있는 아버지와 처주에 외로이 있는 어머니를 부르짖으니 눈물이 옷깃을 적셨다. 호씨를 좇은 시녀 한 명도 비통한 회포에 눈물을 흘리며 목메어 울었는데, 천만뜻밖에 교한필이 문을 부수며 갑자기 뛰어들어 화를 내면서 욕을 했다.

"흉측하고 음란한 계집이 간통한 남자의 더러운 씨를 낳아 고고한 우리 가문에 욕을 미치게 했는데, 이제 자식을 치워버리고 흉한 일이 발각되나 관에서 처벌도 당하지 않고 뒤뜰 후미진 데서 고요히 쉬면 서도 만족할 줄 모르는구나. 너는 나와 무슨 원수이기에 요사스런 종을 시켜 여씨가 낳은 아들에게 독을 먹여 죽이기까지 했느냐? 정말 한순간이라도 살려둘 수 없는 원수다. 내가 당당히 한 칼로 음란한 여자를 베어 분한 원망을 갚겠다."

말이 끝난 뒤에 두 눈썹을 거스르고 눈을 높이 뜨니 금방이라도 호 씨를 베어버릴 것 같았다. 호씨의 젖동생 열섬이 그 기세가 매우 흉악한 것을 보고, 차라리 주인과 나의 목이나 온전히 해야겠다는 생각에 급히 호씨를 업고 나는 듯이 정원에 있는 연못으로 떨어졌다. 교한필은 열섬보다 느리지 않았고 호씨와 열섬을 연못에 빠뜨리고자 한 것도 아니었다. 그저 본성이 조급해서 분기가 북받치는 것을 잠시 진정한 후 바로 젓갈로 만들어버리려 했는데, 열섬은 벌써 호씨를 업고 하늘을 우러러 한마디 원통함을 부르짖으며 연못에 몸을 던진 것이다. 당시 교한필의 마음에는 한 조각의 인정도 없었으므로 눈앞에서 종과 주인이 물에 떨어져 죽는 것을 보아도 측은한 마음이 들지 않았다. 오히려 당장 목을 베지 못한 것을 아까워하며, 즉시 종들에게 명해 물을 푸고 시신을 건져내라고 했다. 그러나 이미 떨어지는 해가 산에 잠기고 가을의 매서운 바람이 불어와 물결이 세차게 일어나고 있었다. 원래 이 연못은 강물과 통했는데 교한필은 물의 흐름은 생각하지 않고 그저 연못 물만 푸라고 시켰다. 종들이 경황이 없어 밤에 거짓으로 물을 푸는 척했지만 실제로 시신을 건지고자 하지는 않았다. 교한필이 끝내 두 시신을 얻지 못하고 호씨를 썰어 죽이지 못한 것을 원통해하나 별수 없이 돌아와 아들을 죽인 시녀라도 베려고 했다. 그런데 호씨를 죽이려고 간 사이에 시녀가 도망쳐 어디에 있는지를 모르게 되었으니, 두루 화가 넘쳐 그저 아들의 시신을 어루만지며 한바탕 길게 통곡할 뿐이었다. 여씨가 거짓으로 뼈를 에는 듯 슬퍼하는 척했지만, 호씨가 익사한 것을 보았고 두 사람을 다 죽여 후환을 없앴으니 마음이 상쾌해 큰일을 이룬 듯했다. 채 몇 살도 안 된 어린아이에게 독약을 먹여 상자에 넣고 강물에 띄웠는데 아이가 살아서 등씨 가문의 귀한 아들로 잘 자랐다는 것을 어찌 꿈속에서나 생각할 수 있겠으며, 물고기 밥이 되었다고 여긴 호씨와 시녀가 사람을 살리는 혜안법사의 은혜로 살아나 처주에 있는 친정에 숨었다는 것을 어찌 알 수 있겠는가?

출생의 비밀을 알게 된 교숙란

여씨는 하나 남은 여자아이에 대해서는 호씨가 직접 낳은 아이도 아니며 훗날 없애려 해도 어렵지 않겠다고 생각했다. 여씨는 지금 당장 현명하다는 칭찬과 뛰어나다는 탄복을 듣고 싶었기 때문에 어린아이를 염해 장례를 치러주고 시어머니와 남편 앞에서 눈물을 흘리며 이렇게 말했다.

"호씨가 명문 사대부가 출신인데도 악독하고 비천한 성품과 흉악한 심술이 여후나 측천무후와 비슷했습니다. 호씨와 교씨 두 가문에 욕설과 부끄러움을 미쳤으니 죽은 것이 아깝지 않습니다만, 저 새로 태어난 여자아이는 태어난 지 몇 개월 만에 인륜의 변란을 만나 어머니가 물에 빠진 귀신이 되었기에 참을 수 없이 불쌍합니다. 저 아이를 시어머니와 상공께서 아끼고 사랑하시니 그 사랑이 어미가 있을 때보다 더하며 고고한 문벌 가문의 아이이자 황가의 자손으로 부귀가 빛날 것입니다. 하지만 아이가 장성했을 때 그 어미의 죄와 허물을 아는 자라면 병들고 누추한 사람이나 길가의 못난 사나이라도 저 아이와 성혼하는 것을 꺼릴 터이니 그 앞날이 어찌 불쌍하지 않겠습니까? 하물며 지금 상공의 피붙이는 이 아이 하나뿐이라 귀중하고 어여쁨이 만물에 비길 바가 없을 것이며, 저 아이의 기질은 보통 사람보다 훨씬 뛰어납니다. 호씨는 제가 낳은 아이를 죽였으나 저는 군자의 피붙이라면 창첩(娼妾)이 낳았다 해도 그 목숨이 중요하니 거두어서 기를 것입니다. 어찌 음흉하고 사나운 여자의 죄를 저 포대기에 싸인 어린 딸에게 연좌해 회포를 풀고 원한을 쌓겠습니까? 다만 이 아이가 호씨 소생인 것이 안타까우니 아이의 앞길을 위해 친척 중에 사정을 자세히 모르는 사람들에게는 제가 낳은 아이라고 하겠습니다. 부디 호씨가 죽었는지 살았는지도 알리지 마십시오. 그러면 상공에게 다른 부인이 있던 줄을 모를 것이며, 자연스럽게 세월이 많이 지나 호씨의 누추한 행동은 감추어지고 이 아이는 제가 낳은 것으로 될 것입니다. 그리하여 부귀가 완전해지고 혼삿길이 평탄해지면 시비를 걸 사람이 없을 것입니다. 어머님과 상공께서는 잘 생각하시어 결정하십시오.”

안성공주 모자가 듣고는 참으로 어질다고 생각하여 덕스러운 배포를 칭찬하고 일이 정말로 그렇다며 말마다 감탄했다. 어린 여자아이를 여씨 소생이라고 하여 시녀들에게 즉시 아이를 여씨의 침소로 옮기게 하고, 사내종들에게는 좋은 의도건 나쁜 의도건 호씨 이야기를 입 밖에 내는 사람은 죽이겠다고 했다. 이 일로 인해 교한필은 더욱 여씨의 손바닥 안에 있게 되어 모든 일을 결정할 때 먼저 여씨에게 고했으니 매사에 안사람의 명을 받드는 우스운 사람이 되었다.

교한필이 과거에 합격해 조정으로 나아갔는데 간사하고 교활하여 겉으로는 청렴결백을 나타내면서도 안으로는 욕심이 넘치고 어질지 않은 일을 많이 했으나 군자의 혜안이 아니면 이를 알아채기 어려웠다. 옛날에 왕안석을 여혜경이 탄핵하려 했던 것을 사마공이 놀라워했지만 훗날 왕안석이 간사한 짓을 하는 모양이 분명히 나타났으니 소인의 태도는 공교로우나 끝내는 악행이 드러나 임금님 안전에서 도망치기 어려웠던 것이다. 딸아이 교숙란은 나이가 들면서 말과 행동이 일찍 철들어 발을 뜰에 딛지도 않고 눈이 중문을 엿보지도 않아 예가 아닌 것은 행하지도 않고 듣지도 않았다. 자연스럽게 법도와 부녀자의 덕행을 지키니 안성공주가 만금처럼 귀중해하는 것은 말할 나위도 없었고 교한필에게는 다만 이 아이밖에 없었다. 교숙란은 어려서 지각이 없을 때 천륜의 변을 만나 어머니 호씨가 연못에 빠져 죽었는데 호씨의 흉흉한 죄악은 죽어서도 다 씻지 못할 정도였다. 이에 어머니를 바꾸어 여씨가 낳은 아이라고 했으나, 안성공주와 교한필은 교숙란이 친모를 잃어 운명이 슬픈 것을 불쌍하고 가슴 아프게 여겼다. 그들은 마음에 기묘한 꽃을 품고 품 안의 구슬을 어루만지는 듯 교숙란을 아끼며 사랑했다. 하루라도 못 보면 문득 병이 생기고 잠깐 떠나도 손 안의 옥구슬을 잃은 듯 섭섭했으니, 그 어여삐 여기는 정과 아름다워하는 뜻으로는 음란하고 악독한 여자가 낳았다는 것이 아무런 문제가 되지 않았다. 여씨가 이를 더욱 시기하고 미워하여 교숙란이 미처 다 자라기 전에 죽이려고 했지만, 교숙란은 독약을 먹어도 바로 토하여 내장에 약이 들어가지 않았다. 여씨는 안성공주와 교한필의 눈이 미치지 않는 곳에서는 교숙란에게 음식을 주지 않았지만 교숙란은 배를 곯는 기색이 없었다. 여씨는 교숙란의 남다름을 더욱 미워하며 오랜 세월 동안 절박히 임신을 바랐지만 끝내 아들 낳을 태몽을 꾸지 못했으니, 다른 자녀가 없었기에 교한필이 교숙란을 사랑하는 정이 한곳에만 집중됨을 한스럽게 여겼다.

여씨는 유모 노씨와 함께 또 다른 꾀를 내어, 임신을 한 것처럼 꾸미고 몰래 자질이 탁월한 신생아를 구하려 했다. 마침 같은 마을에서 유생 마은의 처 가씨가 쌍둥이를 낳고 바로 죽고 말았다. 마은의 유모 황씨는 노씨와 정이 깊고 오랫동안 사귄 사이였는데, 노씨가 황씨에게 두 아이 중 하나를 팔고 하나를 기르라고 했다. 황씨가 사리를 모르고 천금에 혹하여, 자신의 공자가 교씨 가문의 자식이 되면 끝없는 부귀를 누리겠다고 생각해 흔쾌히 허락했다. 유모 황씨가 마은에게는 아이가 죽었다 하고 하나를 노씨에게 주었으니, 노씨가 매우 기뻐하여 비단과 금으로 은혜를 사례하고 아이를 품 안에 넣고서 기쁘게 돌아왔다. 여씨가 남자아이를 낳았다고 하자 집안에는 난리가 나고 온 친척들이 축하했다. 여씨는 남편의 새로운 사랑과 무거운 지위를 독식했으나 다만 스스로 아이를 낳지 못한 것이 한스러웠고 포대기에 싸인 갓난아이가 무사히 자랄 것을 확신하지 못했다. 그래서 차라리 해마다 아이를 낳은 척하고 여러 명을 모아, 남들에게 슬하에 옥동자가 많다는 칭찬을 들으려고 했다. 이에 온갖 계책으로 귀한 집이든 천한 집이든 가리지 않고 남의 집 신생아를 가져와 잘 기르는 척했다. 해마다 이렇게 하여 세 명의 기특한 아이들이 옥 나무에 구슬 꽃이 꼭지를 이은 듯이 생겼으니, 안성공주 모자는 천지신명께 사례하고 자랑스러워할 뿐 꿈에서라도 그 간악한 계책을 깨닫지 못했다. 그러나 세 아이를 모두 귀중히 여기면서도 교숙란에 대한 모자의 사랑은 줄어들거나 나눠지지 않아 예전과 조금도 다름이 없었다.

교숙란은 본래 기이하고 뛰어나 가르쳐주지 않아도 알고 말해주지 않아도 배우니, 가짜 아이 세 명의 소소한 아름다움과 일천한 뛰어남으로는 감히 쳐다볼 수도 없을 정도였다. 그렇다 보니 여씨의 원한이 날마다 심해져 흉악하고 포악한 성질을 감출 수 없게 되었다. 사람들의 이목이 집중되지 않는 곳에서는 욱하는 노기와 독한 솜씨로 끝없이 죄를 묻고 꾸짖었으니 이는 사람이 견딜 수 있는 것이 아니었다. 여씨는 이따금 철로 된 채찍과 옥으로 만든 자로 온몸을 치는데, 뼈가 부러지고 가죽이 떨어져 흐르는 피가 땅에 쏟아질지라도 안타깝게 생각하거나 측은해하지 않고 한 번에 죽이지 못한 것만을 이를 갈며 한탄했다. 교숙란은 어린 나이에 여씨의 독한 술수를 당해 몸 보전이 어렵고 행동하는 것이 두려웠지만 천성이 지극히 효성스럽고 기질이 비상하여 아픈 것을 참고 설움을 마음속 깊이 담아 한결같이 효도로 순종하고 온화한 안색을 띨 뿐이었다. 이렇듯 원망하는 말과 분노하는 표정이 없었으니 안성공주 모자는 여씨가 자애롭지 않은 것을 전혀 알지 못했다.

교숙란은 대여섯 살 때부터 아버지가 욕심이 많고 교활하다는 것을 알았다. 이따금 지방의 군현에서 봉헌하는 예물과 각국 제왕들이 바치는 단자에 진귀한 보물들과 은화나 비단이 쌓이는 것을 보면 안색을 고치고 이렇게 충고했다.

"저는 나라가 풍족하고 군현의 창고마다 재물이 가득 찬 것보다 백성이 풍족한 것이 더 중요하다고 생각합니다. 백성이 풍족하다면 이는 나라가 잘 다스려졌기 때문이며, 사대부가 부유하다면 이는 백성의 재물을 노략질하여 관리가 부유해졌기 때문입니다. 스스로 탐욕을 멈추지 못한다면 《시경》〈절남산〉에서처럼 '빛나고 빛나는 태사 윤씨여, 백성들이 모두 그대를 우러러보도다.' 하는 칭송을 받지 못할 것입니다. 아버지께서는 모든 관리들이 발 아래에 있고 일국의 백성들이 우러러보는 사람인데 마음대로 시시비비를 가리고 기분에 따라 남들을 평가하십니다. 아버지께서는 대대손손 높은 벼슬을 한 집안 출신이자 천자 가문의 후예로서 이른 나이에 문과에 급제해 봉각의 병필학사로 지체가 재상 급이시니 군사를 움직이는 큰 권력과 혁혁한 위세가 대적할 자가 없습니다. 하급 관리들은 권위를 바라고 아버지의 마음을 도모하므로 공경하고 사모한다며 진기한 보물과 비단을 산을 넘고 물을 넘어 진상하니 이것들은 비단 민폐에 그치지 않고 백성들의 고혈을 짜내 도탄에 빠지게 합니다. 천하를 기쁘게 하는 재상은 나라를 편안하게 하고 재상을 기쁘게 하는 나라는 망한다고 합니다. 원컨대 아버지께서는 모든 선물을 엄히 물리치시어, 뜰에 금은보화를 실은 수레와 비단을 가진 사람이 밋대로 이르게 하지 마십시오."

교한필이 놀라며 물었다.

"어린아이가 말하는 내용이 정말로 뜻밖이구나. 이건 누가 가르쳤느냐?"

교숙란이 슬프게 탄식했다.

"제가 할머니와 부모님의 가르침을 받으며 사치를 누리면서 자라 세상 물정을 알지 못했는데, 이따금 역사책을 보니 옛날 사람의 현명함과 요즘 사람의 선악을 헤아릴 수 있었습니다. 진실로 덕을 쌓은 가문에는 꼭 경사가 오고 재앙을 쌓은 가문에는 화가 미치니 그렇게 되면 한탄할 수도 없습니다. 어질고 덕이 있으며 행실이 높고 청렴하지만 유독 복을 받지 못해 궁박하고 험하게 사는 자들도 있지만 이는 부끄러울 일도 아니고 슬퍼할 일도 아닙니다. 그 아름다운 이름이 살아서든 죽어서든 빛나게 일컬어진다면 탐욕스럽고 모질어 이름 모를 보화와 출처 없는 재물로 일생을 호화롭게 사는 것보다 낫지 않겠습니까? 할머님의 봉읍에서 나오는 재물은 온 집안을 호사스럽게 하고 더할 나위 없이 부귀롭게 할 것이며, 아버지의 녹봉은 일가친척을 먹일 수 있는 정도이니 여기에서 더 바랄 게 없습니다. 온갖 지방과 외국에서 진상하는 비단과 보물을 창고에서 썩혀 변고가 생기는 것은 상서로운 일이 아니므로, 앞으로는 영영 끊어버리시라고 말씀드리는 것입니다. 이는 다른 사람에게서 배운 것이 아닙니다. 양진이 밤에 금 받기를 사양하면서 '하늘이 알고 땅이 알고 자네가 아니 받을 수 없다'고 한 것은 저 하늘과 자신의 마음을 속일 수 없었기 때문이니 진실로 본받음 직합니다."

교한필이 어루만지며 칭찬했다.

"크나크구나, 우리 딸의 일침이여! 아비가 보잘것없어 너 같은 자식을 둘 줄을 생각하지 못했는데, 내가 비록 청렴하지 못하지만 어찌 어진 딸의 올바른 충고를 좇지 않을 수 있겠느냐?"

그러고는 이후 지방관들이 바치는 보물들을 비록 모두 물리치지는 못했지만 조금 덜 받게 되었다. 어느 날 교한필이 조용한 때를 틈타 어머니께 가만히 딸의 말을 전달하고 탄식하며 말했다.

"호씨의 잘못은 만 번 죽어도 아깝지 않으니 세월이 오랠수록 몸과 머리를 끊어놓지 않은 것이 한스럽습니다. 그러나 숙란이의 맑음과 고고함은 호주사(호규)의 품성을 많이 닮은 듯하니 남은 맥이 없지 않다는 것을 알겠습니다."

안성공주 역시 탄복했다.

"호씨의 잘못은 한심하나 그 딸이 저렇듯 아름다우니 스스로 강물에 빠지지 않았다면 목숨을 빌려 후당 한구석에서 천수를 마치게 해줬을 것이다. 네가 너무 급해 죽은 아이의 원수도 갚지 못하고 살아 있는 아이의 어미도 보전하지 못했으니 후회가 되는구나."

교한필이 슬프게 안색을 고치며 조용히 있었다. 그때 마침 교숙란이 당 밖에서 궁녀들이 수놓은 비단을 보다가 할머니와 아버지의 대화를 듣고 들어와 어떻게 된 일인지 물었다. 교한필이 놀라며 불행히 여겼으나, 딸이 못 들은 셈치고 있을 사람이 아니기에 대략적인 일을 말해주었다. 교숙란이 다 듣기도 전에 통곡하고 기절하여 정신을 잃으니 교한필이 다급히 약을 입에 드리워 보살폈다. 안성공주가 교숙란을 붙들고 슬픈 눈물을 옷깃에 적시며 말했다.

"자식 된 마음에 이러지 않을 수 있겠느냐마는, 네 어미의 잘못이 빻아 죽어도 갚기 힘들 것이기에 너를 여씨 소생이라 하고 호씨 가문을 끊어버려 아예 둘째 부인으로 들이지 않은 것처럼 했다. 너도 아버지의 뜻을 좇아 죄를 짓고 죽은 어미를 생각하지 말고 여씨를 의지해 친어머니가 아닌 것을 꺼리지 말거라."

교숙란이 겨우 말을 짜내 피를 토하며 통곡했다.

"할머님의 말씀은 절대 따를 수 없습니다. 예로부터 역적은 대의에 입각하여 정을 끊는다고 하여, 친척들이 버리고 마을 사람들이 침을 뱉어서 평소에 알던 사이였음을 말하지 않습니다. 하지만 천륜의 정과 모녀의 사랑을 어찌 다른 사람의 말만 듣고 그만둘 수 있겠으며 마음을 끊어내어 생각하지 않을 수 있겠습니까? 《시경》에서는 은혜는 아버지보다 큰 사람이 없고 나를 아는 것은 어머니보다 큰 사람이 없다고 하였습니다. 비록 아버지의 존귀함이 하늘과 나란하나 또 어머니의 지극한 정이 하늘의 기운과 통하니, 못난 제가 부귀를 누리기 위하여 죄를 짓고 원통히 죽은 어머니와의 천륜을 베어 영영 어머니를 바꾸게 된다면 금수보다 무지하며 하늘을 모르는 악인이 되는 것입니다. 그렇게 되면 비록 사람이 저를 벌하지 않더라도 위로는 맑고 트인 하늘과 아래로는 귀신과 땅신령들이 한마음이 되어 저를 벨 것입니다. 제가 아버지께 죽더라도 이 명은 차마 순순히 받을 수 없으니, 비록 세월이 오래되었으나 연못에 있는 어머니의 넋을 불러 가짜 위패로라도 삼 년 제사를 치르게 해주십시오. 저를 죄인이 낳은 아이라고 해서 더럽다 여기지 마시고 후당 한구석에 한 칸짜리 누추한 방을 빌려주신다면, 제가 평생 동안 시집을 가지 않고서 비록 죽은 호씨 어머니가 어머니로 치지 못할 사람일지라도 그 제사를 받들기 위해 죽지 않고 살겠습니다."

교숙란이 말을 끝내는데 또 눈물이 흐르며 가슴이 막혔다. 슬픈 낯빛이 참담하고 사정이 애절하니 안성공주의 슬픔과 상심은 더 말할 나위도 없었다. 또 교한필이 딸을 사랑하는 마음은 만금 보옥을 아끼는 마음에도 비할 수 없었기에, 교숙란이 여리디여린 몸으로 피가 마르도록 하늘을 부르짖으며 정신을 누차 잃는 것을 보니 이 일로 인해 교숙란의 몸에 병이 생길까 걱정되어 매우 초조해했다. 교한필은 호씨를 아껴서가 아니라 딸의 지극한 아픔 때문에 자기도 모르는 사이에 슬픈 눈물을 뚝뚝 떨어트렸다. 그는 딸의 향기 나는 몸을 붙들어 무릎 위에 가로로 놓아 안고 그 얼굴에 볼을 대며 아끼는 정을 억누르지 못했다. 그리고 어머니 안성공주에게 말했다.

"효는 백 가지 행실의 근본이고 정은 위력으로 강제로 끊을 수 없습니다. 아이가 낳아준 부모를 위해 사람의 도리를 다하려 하니, 꾸짖어 그만두게 할 일도 아니고 말린다 해도 듣지도 않을 것입니다. 차라리 아이의 뜻을 따라 모녀의 정을 온전히 하고 싶지만 아이의 효성이 지극하고 예가 너무 높으니 이러다 병이 생겨 약한 몸이 깊이 상할까 걱정됩니다. 제가 경솔히 말한 것이 후회되나 이미 늦었습니다."

안성공주 역시 눈물을 흘리며 말했다.

"끝까지 속이려고 한 것은 아니지만, 지금 알게 되어 어린 심장이 상하니 어찌 불행하지 않겠느냐? 호씨가 비록 죄를 짓고 죽었으나 자식은 어미를 버리지 않는 것이 당연한 인정이다. 또 네가 자식을 돌아보아 그 어미를 아주 폐하지 못할 것이니, 모름지기 잘 생각하여 숙란이의 아픔을 조금이나마 덜게 하거라."

교한필이 절하여 명을 받고 좌우 시종들에게 죽을 가져오게 했다.

교숙란을 쓰다듬고 죽을 먹도록 권유하면서 말했다.

"네가 아프고 절실한 마음이 남다르겠지만 할머니의 우려와 나의 근심을 생각해 음식을 먹으려무나. 그리고 연못에서 조용히 네 어머니의 영혼을 맞아 삼년상과 계절별 제사를 마음대로 치르도록 해라. 내가 설사 자식을 사랑하지 않는다 해도 죽은 어미의 죄를 딸에게까지 미루고 너를 후당 한구석에 두어 자녀 취급을 하지 않는 일이 있겠느냐? 너의 행동을 보니 나 역시 하루 종일 먹지 않아도 배고픔을 모르겠고 심장이 요동쳐 마음이 슬프니 너무나도 안타깝구나."

말이 끝난 뒤 한스러운 눈물을 흘리니 교숙란의 지극한 아픔이 한층 더해지고 슬픔이 쌓였다. 교숙란은 아버지와 할머니가 슬퍼하시는 것을 미처 생각하지 못했는데 아버지의 말씀이 이 같아 자신을 위해 종일토록 밥을 먹지 않고 아파했다 하니, 자신의 불효를 슬퍼하고 운명을 한스러워하며 목이 메도록 울었다.

"못난 제가 정이 아득하고 슬픔이 켜켜이 쌓여 할머니와 아버지께서 식사를 폐하시고 슬픈 심사를 요동치시게 하니 불효의 무거운 죄를 만 번 죽어도 갚을 수 없습니다. 할머니와 아버지께서 보듬어주시는 은혜가 불효녀인 저의 뼈와 살에 스미지만 죽은 어머니의 누명을 씻지 못한 이상 저는 명백한 죄인의 아이입니다. 무슨 면목으로 화려한 집에서 편히 살겠습니까? 당에서 나와 후미진 곳에서 살기를 원합니다."

교한필이 가슴을 두드리며 슬퍼하면서 말했다.

"잔인하고 슬픈 말을 다시 하지 말거라. 우리 모자가 너를 뒷방 깊은 곳에 두고 어떻게 여기 있을 수 있겠느냐?"

그러고는 죽 그릇을 들고 교숙란을 아기처럼 쓰다듬었다. 교숙란은 정말로 살고 싶은 뜻이 없었으나 죽은 어머니의 피붙이가 자기 한 몸뿐이라는 것을 생각하니, 자신이 자결하여 죽은 어머니에게 끝없는 누명을 쓰게 하고 저승에서 제사도 받지 못하는 슬픔을 더하게 할 수 없었다. 이에 아버지의 뜻을 너그럽게 생각하여 부득이하게 죽 그릇을 받들어 두어 번 마시고 다시 슬퍼했다. 교한필은 교숙란을 곁으로 오게 해 달래기를 그치지 않았다. 이윽고 밤이 깊었으니 딸에게 슬픔을 진정하고 편히 자라고 하며 친히 이부자리를 펴고 베개를 정돈해 주었는데, 아끼고 귀중히 대하는 것이 비길 데가 없었다. 교숙란은 하늘로부터 내려받은 효성을 지녔기에 할머니와 아버지의 근심을 더할 수 없었다. 스스로 지극한 아픔을 억누르고 밤이 깊었음을 말하며 아버지께 나가 주무시라고 권하니 교한필이 말했다.

"네가 나를 편히 자게 하고 싶다면 모름지기 울지 말고 할머니를 모시고서 잘 자도록 해라. 또 네 몸을 보호하고 쓸데없는 슬픔을 지나치게 품지 말거라. 네 아비는 너의 말이라면 아무리 어려운 일이라도 할 것이다."

교숙란이 지극한 자애에 감격하여 눈물을 거두고 절하여 명을 받으니, 교한필이 다시금 편히 잘 것을 당부하고 천천히 외헌으로 나갔다. 안성공주는 교숙란을 나오게 해 안고 근심하며 슬퍼하다가 잠깐 잠들었다. 여씨가 새로 산 시녀인 열앵은 여씨에게 가지 않고 안성공주를 침전에서 모시고 있었는데, 무언가 품은 뜻이 가득했으나 기회를 얻지 못해 교숙란에게 고하지 못하여 번민하고 있었다. 열앵은 안성공주가 깊이 잠든 것을 보고 인기척을 숨긴 채 교숙란이 누운 앞에

가 손으로 뒤쪽 창문을 가리키며 잠깐 나가자고 했다. 교숙란은 열앵이 똑똑하지만 조금도 교활하지 않다는 것을 알았기에 하고자 하는 말이 있다는 것을 눈치채고 잠깐 일어나 볼일을 보고 온다고 했다. 열앵이 눈을 둘러 좌우를 살피는데 사람 흔적 없이 적막했다. 북소리가 울리니 때는 자정이었으며 시간이 이내 사경이 되려 하여 아무 소리도 없이 고요했다. 열앵이 모든 방이 조용한 것을 보고 잠깐 마음을 놓아 머리를 땅에 대고 엎드리며 말했다.

"저 열앵은 처주 호주사 댁 출신 종입니다. 양인의 딸도 아니며 부모가 가난해 여부인께 은화를 받고 팔려 온 사람도 아닙니다. 옛날에 호부인께서 여차여차한 누명을 쓰셨으니 깊은 정원의 누추한 방에서 곤란을 겪으며 죄목과 재앙이 날마다 더해졌습니다. 어느 날에는 주인 나리가 검을 뽑아 살해하려 하시기에 저의 언니인 열섬이 호부인을 업고 급하게 연못에 몸을 던졌습니다. 누가 있어 간호를 해주며 또 어떻게 살기를 바라겠습니까마는 다행히 신이한 승려를 만나 그 넓은 덕과 높은 은혜로 주인과 종이 기특히 다시 살아났습니다. 호부인은 시골 처주로 돌아가 태부인 방씨를 모시고 슬픈 회포를 서로 위로하며 세월을 보냈으나, 심장과 뼈에 박힌 원망과 마음속에 얽힌 아픔에 스스로 목숨이 모진 것을 슬퍼하셨고 소저가 살았는지 죽었는지를 몰라 더욱 비통해하였습니다. 지금까지 호씨 집안의 시녀들은 감히 여기에 와 어른거리지 못했고, 언니는 궁중 소속으로 얼굴이 알려져 어설픈 계교를 쓸 수 없었습니다. 그런데 저는 올해 열네 살이고 궁중의 모든 사람이 제 얼굴을 알지 못하기에 가짜 양인인 척하고 이곳에 들어와 소저의 안부를 자주 전달하라는 호부인의 말씀을 따르게 되었습니다. 작년 4월에 여부인의 시녀가 되어 소저를 뵈었습니다. 세월이 오래 지나는 동안 감히 긴 이야기를 말씀드리지 못한 것은 소저께서 옛날 일을 전혀 모르시고 여부인의 딸인 줄 알고 계셔서 갑자기 모든 것을 알려드리기 어려웠기 때문입니다. 이에 오랫동안 세월을 지체하였습니다만 이제 소저께서 누구에게서 태어나셨는지를 분별하시고 부인이 세상에 계신 줄을 모른 채로 연못에서 초혼하고 가짜 위패를 세워 제사하는 것을 의논하시니 제가 비로소 전후 사정을 아룁니다. 만일 호부인께서 살아 계시는 것을 여부인이 안다면 다시 해치려 하고 심히 미워할 것입니다. 소저께서는 이 모든 것을 생각하시어 혼을 부르고 제사하는 일을 의논하지 마십시오. 부인께서 살아 계신데도 장례를 치르는 것이 괴이하다는 것을 생각하시기 바랍니다."

그러고는 품에서 편지 한 봉을 내어 전하며 말했다.

"이것은 부인의 편지입니다. 제가 여기에 온 후에 힘들게 연락을 취하여 호부인께 소저께서 뛰어나고 아름답다는 것을 알리자, 호부인께서 이 편지를 보내시며 언제라도 소저께서 여씨가 낳은 아이가 아니라는 것을 아는 날에 드리라고 하셨습니다. 이에 오늘 드립니다."

교숙란이 눈으로 열앵을 보며 귀로 그 말을 들으니 의심되고 당황스러워 얼이 빠진 듯 취한 듯 헤아릴 수가 없었다. 어머니의 글을 받고는 더욱 날 듯이 기뻐하며 바삐 봉투를 뜯었다. 편지에 가득 찬 애절하고 마음 아픈 심정은 말할 나위도 없었는데, 그 내용은 교숙란에게 오래오래 목숨을 보전할 것을 한없이 당부하는 내용이었다. 하늘의 도가 시종일관 자신에게 박하지는 않을 것이기에, 참담한 누명을 썼고 모녀가 살아서 만나면 천륜의 정에 남은 한이 없으리라 했다.
지극한 정성이 글에 펼쳐져 있으니 어여쁘고 귀중하게 여기는 마음
을 헤아릴 수 없었다. 교숙란은 전혀 생각지도 못하게 호씨 어머니가
살아 계시다는 것을 알고 편지까지 받아보니, 마음 가득 기쁨이 차올
라 망측한 재앙을 겪고도 지금까지 살아 있는 것을 더 이상 슬퍼하거
나 원망하지 않게 되었다.

(책임번역 남혜경)

완월회맹연 권 46

교숙란의 혼사

교숙란은 호부인과 상봉하고
여씨는 교숙란의 혼사를 방해하다

방부인을 경사로 초청하는 교한필

교숙란은 전혀 생각지도 못하게 어머니 호씨가 살아 계신다는 것을 알게 되고 또 호씨의 편지까지 받아 보니 마음 가득 기쁨이 차올랐다. 그동안 망측한 재앙을 겪고도 지금까지 살아 있는 것이 슬프고 원망스러웠는데, 이제는 비록 구차하고 슬프더라도 하늘의 보우함을 힘입어 세상에 살아 있게 된 것이 다행스럽고 기뻤다. 그러나 일곱 살이 되도록 누가 낳아주었는지도 모르고 생모의 극심한 원통함을 꿈에도 모른 채 아무 생각 없이 혼자 세월을 즐겼음을 문득 깨닫자, 그 슬픔에 숨 막힐 듯 눈물이 흘러내려 얼굴을 적셨다. 천천히 가슴을 어루만져 애통한 마음을 억누르고 시비 열앵에게 나지막하게 말했다.

"네가 영민하고 충성스러운 덕에 우리 모녀가 살아 있다는 것을 서로 알게 되었다. 어찌 너의 공이 높고 너의 덕이 깊지 않겠느냐? 그러나 생각해 보면 네가 이곳에서 신분을 숨겨 끝내 남을 속이는 것은 정직하고 바른 일과는 거리가 멀다. 네가 아버님을 주군이라 여긴다면 시비 된 도리로 안주인을 섬기는 것에 멀고 가까움을 두어 정당어머니(여씨)를 속이면서 처주 어머니(호씨)에게 어지러운 집안일을 자세히 아뢰는 것이 과연 옳겠느냐? 오직 내가 살아서 별 탈이 없다는 것만을 아뢰어라. 그리고 나중에 형편을 봐서 처주 어머니께 돌아갈 생각이면 더 이상 여기에 머물지 말고, 정당 어머니를 모실 생각이면 곁에서 충의를 다하여 한결같이 총애하시는 은덕을 갚도록 해라. 정당 어머니의 잘못을 함부로 드러내어 죄에 빠트리는 것을 달갑게 여기면 안 될 것이다. 내 이제 모친이 살아 계신 것을 알았으니 남몰래 답장을 써서 너를 통해 처주로 보낼 것이다."

교숙란은 모친의 편지를 가슴속에 감추고 즉시 방에 들어가 할머니 안성공주의 침상 곁에 누웠다. 이때 열앵을 향해 몰래 눈을 주어 은밀히 말하는 법이 없었으니, 모습이 단정하고 엄숙하여 부정한 것이 몸을 침범하기 어려웠다. 기운이 편안하고 숙연하며 조용한 것은 높은 하늘이 말이 없는 것이나 해와 달이 사사로움이 없는 것과 같았다. 그러니 열앵이 마음속으로 더욱 우러러 탄복하고 호부인이 지금 겪는 기박한 액운을 슬퍼하지 않았다. 이 딸 하나가 다른 사람들이 열 아들을 둔 것보다 나음을 매우 기뻐하며 여씨가 아무리 질투가 심하고 잔학하더라도 함부로 교숙란을 해치지 못할 것임을 굳게 믿었다.

다음 날 교한필이 내당에 들어와 어머니의 안부를 묻고 교숙란을 어루만지며, 날씨가 매우 추우니 따뜻한 죽을 먹으라고 권하며 말했다.

"우리 딸이 어미 잃은 아픔을 이기지 못하여 아비의 애타는 사정은 생각하지 못하고 하늘을 부르짖으며 슬퍼하다가 기운이 자주 막히니 내 생각을 말하지 못하였다. 그러나 아무리 생각해도 너처럼 어리고 약한 기질로 이미 죽어 육칠 년 된 어미의 상례를 이제 와 차리는 것은 정말 안 될 일이다. 너도 생각해 보아라. 기일이 되면 정성으로 받들고 철마다 향불을 지성으로 올리는 것은 괜찮지만, 새로이 상례를 차리면서 초상(初喪)같이 하는 것은 너의 몸을 상하게 할 뿐이고 사람들이 나의 처사를 비웃을 것이니 그 무엇이 유익하겠느냐? 우리 딸이 본디 효순하니 어머니의 은혜를 갚지 못할까 슬퍼하느라 아버지의 은덕을 잊지는 않을 것이라 생각한다. 비록 네 어미의 죄가 무겁지만 이미 죽은 몸이고 자식이 있어 이렇듯 서러워하니, 나중에 일이 되어가는 형편을 보아 네 아픔을 덜기 위해서라도 호씨의 죄를 벗기고 나의 계비라 하여 제사를 지내게 할 것이다. 너의 뜻이 어떠하냐?"

교숙란이 고개를 숙이고 눈물을 흘리며 아버지의 말씀을 들었다. 그러나 모친이 살아 계심을 이미 알았기에, 상사를 치르느라 초혼을 하고 살아 계신 분의 상복을 입는 괴이한 일을 할 필요는 없었다. 그래서 그저 아버지의 명을 받드느라 자신의 의견을 못 세우는 것처럼 하여 슬프게 울며 대답했다.

"제가 어리석고 못나 낳아주신 어머니를 지금까지 모르다가, 어제 비로소 망극한 변고를 들으니 사람의 자식으로서 참지 못할 고통이 었습니다. 간절한 마음으로 작은 정성이나마 드리고자 했던 것인데, 아버님께서 이렇듯 불가하다 이르시니 다시 이런 생각을 해보았습니다. 우리 집에서는 어머니를 폐하였으나 외할머니께서는 공연히 자식을 버리지 않으셨을 것입니다. 반드시 옷을 묻고 신위를 받들어 삼년상을 지내셨을 것이니, 아버님께서 만일 소녀의 처지를 불쌍하게 여기신다면 제가 더 자란 뒤에 어머니의 영위를 맞아 돌아오게 해주십시오. 몇 년 안에 처주로 가서 돌아가신 어머니의 낯을 대하듯 외할머니를 뵐 수 있게 해주시면 제가 아버님의 말씀을 받들어 새로이 상례를 차리는 일이 없을 것입니다."

교한필은 교숙란이 갑자기 생모가 누군지 알게 되어 지극히 슬퍼하는 것을 보고 마음이 좋지 않았는데, 그것은 호씨를 아껴서가 아니라 딸아이의 어리고 약한 기운이 상할까 걱정해서였다. 그러다 딸이 이렇게 마음을 돌리니 기쁨을 이기지 못해 팔을 벌려 딸아이의 가녀린 몸을 끌어안아 무릎에 앉히고 어루만지며 말했다.

"내 아이가 미덥고 효성스러운 것이 이와 같아 죽은 어미를 생각하여 슬픔이 각별한 중에도 아비의 말을 좇아 매사에 순조로울 도리를 생각하는구나. 아비가 걱정하지 않도록 네 몸을 편안하게 하고자 하니 이 어찌 큰 효가 아니겠느냐? 다만 처주로 가는 천릿길은 약한 여자가 가기에는 어려울 것이니 내 당당하게 수레를 갖추어 보내 호주사 부인을 경사로 모셔와 너를 만나게 하겠다. 그리고 나중에 네가 자라면 네 어미의 신위를 내가 친히 맞아 올 것이니 우리 딸은 마음을 놓아라."

교숙란이 아버지의 은혜에 황공해하며 거듭 절하여 감사드렸다. 이날 교한필은 처주의 방부인에게 글을 부쳐 교숙란의 마음을 알리고 잠깐 와서 보시기를 청하며 수레를 차려 보냈다. 교숙란도 외할머니께 편지를 올리며 가만히 어머니에게도 답장을 써서 보냈다.

교숙란과 호부인의 만남

열흘 뒤에 여씨가 친정에서 돌아왔다. 열앵이 교씨 집안에 오래 있기 위해 여씨에게 겉으로 아첨하고 교숙란을 헐뜯었는데, 교숙란이 생모의 일로 슬퍼하는 것을 끝내 감출 길이 없고 방부인이 경사에 와 교숙란을 만나게 된 상황은 더욱 속일 길이 없는 까닭에 주위에 사람이 없는 때를 타 여씨에게 가서 말했다.

"부인, 옥주(안성공주)와 주군(교한필)이 부질없이 말씀하시면서 이러쿵저러쿵 문답하신 까닭에 생모가 물에 빠져 돌아가신 것을 소저(교숙란)가 알게 되었습니다. 소저가 애통해 마지않으니 주군이 그 심사를 위로하고 망극한 고통을 덜어주고자 처주에 사자를 보내어 호주사 부인을 오시라고 해 외할머니와 손녀가 서로 만나게 하신다고 합니다. 제 짧은 생각으로는 부인이 친어머니가 아닌 것을 알고 소저의 정성이 변하게 되지 않을까 싶습니다."

여씨가 열앵을 시비로 삼은 지 한 해가 되지 못했으나 그 위인이 영리하고 재주가 뛰어나 자신의 뜻을 말하지 않아도 귀신같이 맞추니, 깊이 믿으며 매사에 심복으로 삼는 것이 유모 다음이었다. 그래서 이 말을 듣고 크게 화를 내며 이렇게 말했다.

"어머님과 상공이 내 말을 듣지 않고 공연히 호씨 죽은 것을 일컬어 숙란이 나의 소생이 아닌 것을 알게 하였으니 어찌 통탄스럽지 않겠느냐? 숙란이 육칠 세 어린아이지만 총명이 보통이 아니고 속이 깊으니 세속의 평범한 아이가 아니다. 내 벌써 없애고자 한 지 오래이나 그 요사스런 별종이 똑 부러지는 것이 보통 아이와 아주 다르구

나. 음식을 때맞춰 주지 않고 살이 터지도록 두들겨 패도 병들지 않고 앓지 않으며 원망하는 말이나 화난 기색도 없이 늘 담담한 것이 그 아이다. 그러니 내 더욱 없애지 못할까 걱정이었는데, 이제 그 할미까지 좋다고 올라와 숙란을 볼 것이라는 말이냐? 내가 가만히 불 낼 준비를 하여 그 할미와 손녀를 백희가 불에 타 죽었던 것처럼 화염 속 한 움큼 재가 되게 할 것이다."

열앵이 그 말을 듣고 자기도 모르게 모골이 송연했으나 안색을 침착하게 하고 웃으며 말했다.

"부인의 생각이 매우 묘하고 좋습니다. 방부인이 올라와 숙란 소저를 데려가거든 제가 쫓아가서 형편을 보아 불 놓을 날을 알려드리겠습니다. 부인은 밖에서 사람을 시켜 불을 잘 놓으십시오."

여씨가 고개를 끄덕여 승낙하고, 교숙란과 그 외할머니를 아울러 죽일 생각에 이후로는 숙란을 대해도 인정에 벗어나는 행동을 하지 않으며 짐짓 슬퍼하는 체했다.

몇 달 후 방부인이 경사에 이르렀다. 방부인은 교숙란을 빨리 만나고 싶었는데 교한필이 먼저 가서 방부인을 뵙고 먼 길 오신 수고를 위로했다. 호씨의 죄가 매우 크지만 딸아이가 너무 슬퍼하니 훗날 호씨의 신위를 맞아 올 뜻도 말씀드렸다. 방부인이 눈물을 흘리며 너그러운 마음을 사례하고 긴말을 하지는 않았다. 교한필이 돌아와 교숙란을 방부인에게 보내니 여씨가 열앵에게 남몰래 눈짓으로 불을 내는 날 안팎에서 잘해 보자는 뜻을 전했다. 열앵 또한 받들어 따르겠다는 뜻의 눈길을 전하고 교숙란을 모시고 방부인을 찾았다.

방부인은 딸인 호씨와 같이 경사에 올라왔으나 이목이 두려워 호씨를 협실에 감추어두고 자기 혼자 교숙란을 만났다. 외할머니와 손녀 두 사람이 서로 붙들고 목 놓아 울며 눈물을 흘리니 목이 메어 소리도 나지 않을 지경이었다. 교숙란이 먼저 슬픔을 진정하고 천 리 먼 길에 무사히 상경하신 것에 대해 기쁨을 전했다. 또 망극한 화변으로 지금까지 할머니와 손녀의 정을 펴지 못하고 태어난 바를 알지 못해 금수보다 더 무지했음을 뼈에 사무치게 애통해했다. 그 옥 같은 얼굴이 참담해져 별 같은 눈에서 눈물이 다투어 떨어지고 버들잎 같은 눈썹에 근심의 구름이 가득했다. 꽃이 바람을 만나고 달이 구름에 싸인 듯했고, 가녀리고 어여쁜 자태와 맑고 깨끗한 태도는 선향(仙香)이 감도는 것이 난초가 무르녹고 흰 연꽃 한 가지가 이슬에 잠긴 것 같았다. 붉은 입술을 움직여 천천히 말을 하니 옥 같은 소리가 맑고 그윽해 꾀꼬리가 아리땁게 노래 부르고 제비가 경쾌하게 말하는 것 같았다. 참으로 뛰어난 기질과 아름다운 모습이 비길 데가 없었다. 방부인이 황홀하고 사랑스러워 말하는 것도 잊은 채 손을 잡고 낯을 어루만지다가, 문득 딸의 운명이 슬퍼 자기도 모르게 비 오듯 눈물을 흘렸다.

날이 저물자 교숙란이 다른 시녀들은 다 돌려보내고 열앵만 소저를 모시고 있었다. 이때 비로소 호부인이 딸을 만나게 되니 호부인의 다급한 마음과 소저의 황홀한 심사는 무어라 말할 수 없었다. 그러니 모녀가 서로 만난 슬픈 회포와 지극한 원망의 마음은 사마천의 글과 백거이의 긴 시로도 다 쓰기 어려울 듯했다. 한참을 슬퍼하니 구슬 같은 눈물이 줄줄이 흘러 옷소매를 적시고 옥 같은 눈물이 흘러넘쳐 어여쁜 뺨을 적셨다. 교숙란은 여씨가 사납고 정 없이 하던 것에 대한 원망을 조금도 전하지 않고 집안의 괴이한 일도 말하지 않았는데, 열앵이 이에 더욱 감복하고 교숙란을 공경했다. 열앵은 호부인 삼대가 함께 회포를 펴는 자리에서 여씨가 불을 놓으려 하는 계획을 고했다. 그리고 끝까지 목숨을 보전하기는 어려울 것이니 차라리 계교를 써 모두 화염에 타 죽었다고 아뢰고 소저를 데리고 처주로 가 고요히 세월을 보내며 일이 되어가는 것을 지켜보자고 했다. 호부인 모녀가 이를 듣고 옳다고 여기어 열앵의 충의에서 나온 생각을 칭찬했다. 이 큰 공을 살아서 갚지 못하면 후세에라도 저버리지 않을 것이라고 하니 열앵이 머리를 조아리고 황송해했다. 호부인이 교숙란을 품고 누워서 말했다.

"이 어미가 죄 많은 몸으로 원하지 않던 인륜을 이루어 삼생의 원수 여씨와 함께 한 지아비를 섬기게 되었다. 교씨 문중에 들어가던 날부터 호랑이 굴이나 이리 소굴에 들어간 것같이 위태로웠지만 오히려 한 목숨을 이어온 것은 목숨이 모진 까닭이라. 내 흉한 원수의 발톱 아래 들어갔는데 그가 엄니를 드러내고 삼키려 하니, 두렵기는 범의 곁에 있는 듯하고 위태하기는 태산 위에 달걀을 포개어 쌓는 것 같았다. 지금도 차마 잊을 수가 없구나. 네가 아버지와 할머니를 속이고 이 어미를 좇는 것을 원하지 않겠지만, 내 너를 두고 아무렇지 않게 돌아서지는 못할 것이다. 이 어미의 깊은 정을 생각하고 네 몸에 닥칠 위험한 화를 피하여 잠깐 처주로 내려가 목숨을 보전하는 것이 어떠하냐?"

교숙란은 모친의 슬픈 마음과 크나큰 원한을 모르지 않고, 모녀가 훌쩍 이별해 이승과 저승처럼 멀리 떨어지는 것이 차마 못 견딜 일이라는 것도 알고 있었다. 하지만 일찍이 대의를 따르고 법규를 어지럽히지 않으며 하늘을 거스르지 않으려는 성품을 지녔기에, 할머니와 아버지를 두고 사람의 생사와 같은 지극히 중대한 일을 거짓으로 꾸밀 수는 없었다. 엄연히 살아 있으면서 죽었다고 고하여 할머니와 아버지가 뼈에 사무치는 고통을 당하게 하고 아무렇지 않게 처주로 향할 수는 없었다. 그래서 열앵의 계획이 불가하다 말하고 차마 처주로 도망가지 못할 이유를 갖추어 아뢰었다. 여씨의 잘못과 악행은 입에 올리지 않고서, 살고 죽는 일은 정해진 바가 있고 화와 복은 타고난 운명이니 인력으로 피해 면할 것이 아니라 말하며 부디 자기 걱정은 마시라고 했다. 그 간절한 말에는 지혜로운 이치가 빛나고 정대한 판단은 의리에 들어맞는 것이었다. 또한 지극한 효성은 민자건이 계모를 위해 추위를 거리끼지 않았던 뜻과 왕상이 계모를 위해 얼음을 깨고 잉어를 잡던 정성과 꼭 같았다. 비록 커다란 아픔을 이기고 변란에 대처하는 것이 힘겹고 어려워 마음속에 근심과 우울이 가득했지만, 겉으로는 온화하고 기쁜 빛을 띠어 모친의 아픔을 더하지 않으려고 했다. 호씨는 딸의 뜻이 맑고 밝아 속임수를 꺼리는 것을 보고, 그 곧고 깨끗한 성정으로 인해 목숨을 부지하기 어려워질까 근심이 되어 눈물을 뚝뚝 흘리며 말했다.

"여씨가 교묘히 죽이려 하면 끝내 어찌지 못할 것인데, 저 호랑이 굴에 좋다고 가서 어찌하려고 하느냐?"

교숙란이 온화하게 대답했다.

"어머니와 이별하는 심사가 아득하기는 하지만, 그것 외에 목숨을 보전하지 못할까 하는 근심은 없습니다. 원컨대 앞일은 걱정하지 마십시오. 정당 어머니께서 어머니와 불화한 것은 같은 지아비를 모시는 관계를 혐의하신 것뿐입니다. 소녀를 어여삐 여기시는 성덕이 넓고 큰데 어찌 그런 헤아릴 수 없는 일을 생각하여 끔찍한 일을 지시하시겠습니까? 불을 놓고자 의논한 것은 소녀가 구태여 생모를 찾아 외할머니를 모셔 온 것을 통한하신 것이니, 화염 속에서도 제가 무사히 돌아가면 부모 자식 간의 사랑이 전과 같을 것입니다. 그러니 열앵의 망언에 휘둘리지 마십시오."

방부인 모녀가 할 수 없이 탄식하고 슬퍼해 마지않았다.

여씨의 방화

며칠이 못 되어 여씨가 열앵을 불러 말했다.

"하루라도 더 미루는 것이 무익하다. 오늘 밤 불을 놓고자 하니 안에서 잘 처리하여 실수하지 않게 해라."

열앵은 교숙란 모녀가 상봉한 회포를 만에 하나도 펴지 못했는데 금세 멀리 이별하는 것이 슬퍼서 참을 수 없었다. 그래서 거짓으로 오늘은 여러 사람이 모여 있으니 불을 놓아도 끄기 쉬울 것이라고 하면서, 내일 일의 형편을 보아 깊은 밤이 되면 불을 놓으라고 했다. 그러고는 얼른 호씨에게 가서 바삐 행리를 차려 떠나라고 재촉했다. 호씨는 딸을 위험한 곳에 두고 돌아가는 마음이 꺾어지고 짓이겨지는 것 같아 딸을 붙들고서 사지를 선택하는 고집을 한스러워했다. 모녀가 살아서 다시 만날 것을 기약할 수 없어 목이 메도록 울음을 그치지 못했는데 교숙란의 갑작스럽고 아득한 슬픔이야 또 어찌 이를 것이 있겠는가? 일백 줄 눈물이 두 눈을 가리고 말을 하고자 해도 목이 메어 할 수 없어서 다만 얼굴을 맞대고 길이 편안하시기를 청하고 목숨을 부지하시기를 당부했다.

날이 저물고 밤이 다해도 잠자리에 들 뜻이 없었는데 벌써 새벽밥이 올라왔다. 삼대가 한 상에서 밥을 먹으니 모르는 사이 눈물이 그릇에 떨어져 피가 되고 한숨이 바람이 되어 애간장을 태웠다. 하지만 더 머물 수가 없어 교숙란은 어머니, 외할머니와 한바탕 눈물을 흘리는 긴 이별을 했다. 호씨는 차마 딸을 놓고 수레에 오르지 못하고 교숙란은 차마 어머니의 낯을 떨치지 못했지만, 날이 늦고 사람들이 알면 피차 유해무익하므로 좌우의 시녀가 교숙란을 붙들고 호부인을 모셔 수레에 올랐다. 교숙란의 외삼촌 호생이 교숙란에게 재삼 목숨을 보전하라 당부하고 수레를 돌려 처주로 향하니, 그 정경은 천지의 색이 변하고 귀신도 흐느낄 만한 것이었다. 교숙란이 누각에 기대어 떠나는 수레를 바라보는데 슬픔을 거둘 수가 없어 흐느끼는 소리가 자주 끊어지고 눈물이 내를 이루어 옷을 적시니 열앵이 여러모로 위로했다.

날이 저물자 열앵이 교숙란을 별처로 모셔놓고 한밤중 삼경에 장손탈이 밖에서 불을 놓자 집 안에서 어김없이 불을 놓았다. 큰 바람이 일어나 불기운이 맹렬하여 여러 사람이 있어도 이런 불기운은 잡을 수가 없을 정도였다. 하물며 성문 밖 궁벽진 곳이라 인가가 드무니 누가 있어 불을 끄겠는가? 장손탈이 산 위에서 집이 타 재가 되는 것을 보고 즉시 돌아가 날이 밝은 후 교씨 부중에 소식을 알렸다. 교한필이 크게 놀라서 정신없이 찾아와 빈집이 재가 된 것을 보고 딸이 죽었는지 살았는지 몰라 초조해했는데, 교숙란이 별당에서 교한필을 맞이해 자기는 외삼촌이 구해 여기에 옮겨주셔서 겨우 불에 타는 것을 면했다고 했다. 교한필이 딸이 그나마 무사한 것을 보고 조금 마음을 녹여 호생 모자의 거처를 물으니 교숙란이 대답했다.

"뜻밖의 화재를 당하여 노복이 많이 죽으니 외할머니와 외삼촌이 말씀하시기를 분명 원수진 사람이 있어 우리 모자를 해하여 돌아가는 길을 끊으려는 것이라 하셨습니다. 여기에 있으면 다시 해를 당하기 쉽다고 하시며 먼저 암자나 도관을 얻어 놀란 마음을 진정하고 행리를 챙겨 처주로 가시겠다 하고는, 날이 채 밝기 전에 산속의 다른 곳으로 가셨습니다."

교한필이 미간을 찌푸리며 말했다.

"나를 다시 보고 가는 것이 아니라 벌써 어디로 피했다니, 어찌 그리 경솔하단 말인가?"

옆에 있던 시종들에게 근처의 암자나 도관을 찾아 호부 일행이 머무는지 보라 하고, 가마 하나를 가져다 교숙란을 태운 뒤 호위하여 집으로 돌아왔다.

안성공주는 교숙란을 반기며 멀리 헤어졌다 다시 만난 것처럼 대했다. 그러나 여씨의 흉악한 마음에는 교숙란이 그 화염 중에 불타지 않고 멀쩡하게 돌아온 것이 분하고 원통해, 쏘아보고 이를 갈며 미워하는 것이 날로 더하고 때로 더했다. 가만히 열앵을 불러 말하기를 이번 계획으로도 무익하게 집만 태우고 방씨 모자를 못 죽인 것이 한스러우니 장손탈 일당을 보내서 호부의 수레를 따라가 치게 하자고 했다. 이에 열앵이 방씨는 쓸데없고 호생은 졸렬해 숙란 소저에게 조금도 도움이 되지 못하니 그들이 있어도 두려울 것이 없다며, 구태여 따라가 죽이는 것은 수고롭기만 할 뿐 유익함이 없다고 했다. 여씨가 평소에 능력과 지모가 있음을 자부했지만 열앵에게 정신을 뺏기고 중심을 잃으니 열앵의 말이라면 옳지 않게 여기는 것이 없었다. 덕분에 호부 일행에게 변을 짓지 않으니 이에 힘입어 호부 일행이 무사히 귀향했다. 교한필도 수하 관리들을 시켜 호부의 수레를 찾았지만 끝내 거처를 모르고 돌아왔다. 비록 화재가 여씨가 벌인 일인 것은 몰랐지만, 자기가 청해 와서 화재로 갑자기 떠나게 하니 마음이 불편했다. 또 딸아이가 외할머니를 훌쩍 떠나보내고 서글퍼하는 마음이 불쌍해서 모든 일에 애지중지하며 작은 탈도 없게 하려 안절부절했다. 안성 공주가 교숙란을 편애하는 것은 더욱 형언하기 어려우니 여씨가 이 일로 시기하는 것이 더해 꼭 교숙란을 없애고야 말겠다 생각했다.

열앵은 겉으로는 여씨의 뜻에 어느 하나 부족함 없이 영합하여 말마다 교숙란을 힐뜯고 일마다 교숙란을 없애고자 도모하는 듯했으나, 기실은 매양 여씨의 흉계를 헤아려 오직 교소저를 보호하려 했다. 위태하면 죽기로 붙들고 험난한 형세에는 목숨을 버려 구하니, 지극한 충심에 금석 같은 굳은 정성을 더했다. 거짓으로 간사한 무리와 한 마음 한 몸같이 말을 교묘하게 하고 꾀하기를 요괴같이 하여 여씨의 마음을 잔뜩 현혹했지만, 본심은 처주의 외로운 호부인과 이리 소굴에서 위험에 처한 교숙란을 받드는 데만 정신을 쏟아 밤낮으로 마음 놓을 겨를이 없었다. 교숙란은 비록 이때는 시운이 좋지 않아 초년 고생이 예사롭지 않았지만, 본래 귀인이라 끝내 하늘과 땅이 보우하고 온갖 신이 호위할 것이기에 아무도 모르게 악독한 수단으로 요절할 운명은 아니었다. 하지만 열앵의 충성이 아니라면 죽음 바로 앞에까지 나아가 한없이 위태로웠을 것이니, 어찌 열앵의 공이 크다 하지 않겠는가?

교숙란을 편애하는 교한필과 안성공주

이렇게 간악한 모계와 나쁜 일들이 이어지는 사이에 세월이 빨리 흘러, 사오 년 봄가을을 지내고 나니 교숙란의 나이도 열둘을 지났다. 옥이 날로 향기롭고 달이 점점 둥그레지며 꽃이 때맞춰 향기롭게 피어나는 것과 같으니, 비록 남모르는 위란을 당해 슬프고 괴롭기는 했지만 이보다 더 아름다울 수는 없었다. 친어머니와 천 리나 멀리 떨어져 눈물이 옷소매를 적시고 의붓어머니의 뜻을 얻지 못해 불효한 죄인이 될까 절박한 심정이 고운 마음을 태워 수심이 겹겹이었으나 타고난 어여쁜 자질이 너무도 빼어나니, 걱정과 근심의 험난함에도 불구하고 자라면서 보이는 아름다움 또한 조금도 미진함이 없었다. 한 쌍의 눈동자는 새벽별이 맑은 물에 잠긴 것 같고 눈썹은 푸르고 풍성했으며 앵두 같은 입술에는 단혈의 붉은 빛이 맺혔고 두 볼은 푸른 물 위에 솟은 부용화가 부끄러워할 정도였다. 늘씬한 키에 깁으로 묶은 듯 가는 허리는 풍만하지도 여위지도 않은 것이 딱 알맞았다. 모든 것이 빼어나고 온갖 것을 잘 갖추었으니 덕으로는 어질고 아름다웠던 장강과 같고 용모와 절개는 덕요나 채문희가 부끄러워할 정도였다. 교한필이 매양 칭찬하여 말했다.

"천고에 아름답기 짝이 없고 세간에 독보적인 숙녀로다. 어느 곳에 우리 아이와 짝할 옥 같은 군자가 있어, 학행으로 공자의 칠십 제자를 잇고 용모로는 반악과 하안을 비웃으리오? 어떤 사위를 고를까 한시도 염려하지 않을 때가 없는데도 마음에 드는 자를 만나지 못하니, 천하에 인재가 없는 것이 아닌지 모르겠도다."

그러면 안성공주가 이렇게 말했다.

"숙란은 옥 장막의 매화요 깊은 골짜기의 향기로운 난초라. 용모와 자질은 이를 것도 없고 성행과 부덕이 법도에 매우 합당하며 숙녀 현부로서 부족함이 없으니, 그 배필을 고르는 데 있어 세속의 평범한 집안과 대수롭지 않은 용모는 의논하지도 마라. 마땅히 높고 성대한 문벌에 아버지나 형의 가르침을 받고 자란 어진 젊은이로 도학이 안자나 맹자, 정자, 주자 같은 이를 구할 것이니, 여기에서 한 가지라도 부족하면 난초 같은 우리 숙란의 짝이 아니로다. 너는 모름지기 무심하게 굴지 말고 어진 선비를 동서로 널리 찾아서 저 아이의 평생을 저버리지 말아라."

교한필이 삼가 명을 받들어 진실로 사위 간택에 대한 생각이 천리에 미쳐 높은 가문의 어진 자제를 구하되, 한미한 집안의 가난한 자제라도 교씨와 혼인하고자 할 사람이 없었기 때문에 중매쟁이가 문에 이르지 않았다.

교숙란에게 음탕한 오명을 씌우는 여씨

참으로 슬픈 운명이었다. 처사 주양의 딸 성염은 이렇듯 운수가 사납고 험악하여, 태어난 지 반년이 못 돼 천륜이 흩어져 친부모를 아득히 잃었다. 그리고 교씨 집안에 의탁해 아무것도 모르고 있다가 문득 친모라고 하는 호씨와 잠시 만난 후 다시 이별하게 되니 멀리 있는 어머니를 사모하는 정이 심골에 박힌 병이 되었다. 게다가 여씨가 극악무도한 짓을 하는 통에 천금같이 귀한 자질로 괴로움을 면할 수 없었다. 부드러운 피부와 꽃다운 몸이 매질에 상하여 성할 날이 없었는데, 조용한 낮이나 인적 없는 깊은 밤이면 천한 아랫것들도 당하기 어려운 매질을 자주 당해 살이 문드러지고 피가 가득 흘러 보기에 참담했다. 그러나 여씨는 조금도 측은히 여기는 마음이 없고 숙란을 물어뜯지 못해 한스러워할 뿐이었다.

교숙란이 나이에 비해 성숙하고 빼어나게 아름다우며 높은 가문의 규방 숙녀로서 덕행을 잘 갖추었으므로 교한필은 그런 교숙란을 사랑하여 볼 때마다 더욱 칭찬했다. 또 안성공주는 아들 넷 딸 하나의 많은 손주들이 하나하나 깨끗하게 빛나는 것이 정에 이끌릴 만했지만 오로지 교숙란 한 사람만 알고 나머지는 등한히 잊은 듯했다. 그것을 여씨가 더욱 시기해 숙란을 해치려 꾀하고 흠을 내고자 하니 그 음흉하기가 헤아릴 수 없었다. 여씨는 어린 시비 무리 중에 자색이 뛰어나고 색기가 넘치는 시비를 골라 낮에 지분을 칠하고 머리에 구슬을 얽어 칠보로 찬란하게 꾸며놓았다. 그리고 꽃 피는 봄날과 국화와 단풍이 고운 가을이면 손에 꽃을 들고 두어 쌍 시녀에게 술병과 향을 받들어 좇게 해 원림의 누각과 바깥 정원의 손님들이 많이 드나드는 데를 찾아 나가 놀라고 했다. 그러면서 사람들이 묻거든 교병부 상서 집안의 하나밖에 없는 소저요 안성공주가 손안의 구슬처럼 아끼는 손녀라고 대답해, 근본이 시비임을 나타내지 말고 상서와 공주가 모르게 다니라고 했다. 요사하고 음란한 여종이 주인 댁 귀한 소저의 이름을 빌려 다니는 것을 영화롭게 여겨 매양 여씨의 지시를 받들어 따랐다.

삼춘 좋은 시절과 흰 서리 치는 가을 바람에 시 짓고 그림 그리는 무리가 교씨 부중의 화원에 드나들면서 봄꽃의 아름다움과 송죽의 꿋꿋함을 즐길 때면 가짜 교숙란을 자주 만났다. 선비의 무리라 이름해 유식한 체하는 사람들은 부채로 얼굴을 가리고 돌아갔지만, 술에 취하고 색에 정신을 잃어 음탕하고 무식한 취객들은 조금도 삼가지 않고 정을 나눴다. 그 음탕하고 어지러운 것을 직접 본 사람들이 무수하고 나무꾼이나 소 치는 아이라도 교부의 화원에 들어가기만 하면 가짜 교숙란을 만나기 쉬우니, 이 때문에 교숙란이 음탕하다는 소문이 이웃에 온통 회자되어 온 성에 모르는 사람이 없었다. 헛된 소문이 측량할 수 없을 만큼 퍼져 교숙란의 일신에 누명이 씌워지니 한미한 가문의 궁박한 선비라도 침을 뱉고 욕을 했다. 그러니 누가 기꺼이 청혼을 하겠는가? 이런 까닭으로 사람들이 다 교한필의 부귀를 흙같이 여기고 교숙란의 아름다움을 더럽다고 했는데, 이 가운데 교숙란의 진면목을 깨달을 자가 있을 리 만무했다.

하지만 진실로 교숙란은 맑고 고결한 것이 흠 없는 백옥 같고 푸른 서리보다 더하며 가을 달이 호수에 비추어 맑은 빛을 더한 것 같았다. 공강의 열렬함과 경강의 예의 바름에 백희의 고집을 아울렀으며 염씨의 곧음이 있었다. 또 맑고 깨끗해서 남자에게 잡힌 팔을 베어 버린 왕과부와 같은 강개함이 있으며, 당당한 열부로 요조숙녀와 덕 깊은 성녀에 비해 털끝만큼도 부끄러움이 없었다. 그럼에도 이 모든 고초를 겪는 것은 교숙란의 기이한 액운에서 비롯한 것이니, 운명을 슬퍼하고 시운을 한탄할 뿐 여씨만을 원망하지는 못할 일이었다. 장손탈이 교숙란을 데려다 여씨에게 주지 않았다 해도 장손탈의 손에 길러져 창루에 팔렸을 것이니, 만약 그랬다면 그 욕되고 한심한 처지가 지금 더러운 이름을 얻은 것보다 훨씬 더하지 않았겠는가?

택선루와 옥요패

여씨가 정도에 어긋나는 음흉한 꾀로 교숙란을 함정에 빠뜨리고도 오히려 부족하게 여기고 있는 중 교한필이 새로 넓은 집을 지으면서 길을 향해 택선루를 세웠다. 팔작지붕을 높이 하고 영롱하고 휘황한 단청에 드높이 지으니 그 모양이 인간 세상의 누각 같지 않았다. 그 런데 집을 다 짓고 나자 여씨가 교숙란에게 택선루에 있으라고 했다. 교숙란은 맑은 마음과 고결한 뜻으로 정도에 어긋나는 일을 할 의사 가 없었는데, 아버지께서 새로 누각을 지으신 깃이 너무 화려하고 넓 어 검약을 숭상하는 것과는 거리가 멀다는 생각이 들었다. 또한 집안 친척들이 모두 사치를 돕고 부귀를 탐해 삼가 몸을 닦는 것을 천하게 여기는 것이 개탄스럽고 불쾌해 마음속에 근심이 맺혔다. 그런데 여씨가 자기에게 택선루에 있으라고 하니 반갑지 않아 간절히 사양하며 말했다.

"소녀가 오히려 할머니와 어머니의 잠자리 시중을 밤마다 들지 못할까 근심하고 있는데 지금 처소를 따로 정하는 것은 원하지 않습니다. 저 높고 화려한 누각이 어찌 소녀가 머물 곳이겠습니까? 어머니의 곁방이 비지 않는 날은 할머니의 곁방에 몸을 숨기고자 하오니 어머님은 부질없이 소녀의 숙소를 정하지 마십시오."

여씨는 교숙란이 자신의 명을 거스르는 것이 크게 노여웠지만 교한필이 그 자리에 있었기 때문에 꾸짖거나 때릴 수 없어 거짓으로 웃으며 말했다.

"네가 어머님과 나의 품을 못 떠날 줄로 알아 처소를 따로 하는 것을 굳이 사양하지만, 얼마 안 있으면 집을 버리고 어미 품을 떠날 것이 아니냐? 그때에는 부모를 사랑하는 효성도 끝나게 될 것이니 내 어디 두고 보리라."

교숙란은 옥 같은 얼굴을 숙이고 말없이 있었다. 교한필이 사랑하는 정을 이기지 못해 숙란의 손을 잡고 등을 어루만지며 웃는 얼굴로 말했다.

"여자의 도리로는 부모 형제를 떠나기 마련이지만 구태여 세속의 정해진 법도를 좇을 필요는 없으니 훗날 군자에게 시집가더라도 즉시 돌아와 보금자리를 여기에 정할 것입니다. 무슨 일로 집을 버리고 어미를 떠나겠습니까? 또 비록 슬하를 떠나 멀리 가더라도 원래 우리 아이는 효성스럽고 정성되어 부모를 사랑하고 받드는 것에 정성을 쏟으니 순임금이나 증자보다 더한 효가 있어 정성이 변하지는 않

을 것입니다. 부인이 아무리 두고 보아도 우리 아이의 부모 사랑은
항상 다르지 않을 것입니다."

여씨가 비웃으며 숙란이 얼마나 오랫동안 정성을 들이는지 보리라
마음먹었다. 그러면서 지금 혼약을 정한 곳이 없는 것을 근심하고 염
려하는 척하니 그 간교함이 비할 데가 없었다. 하지만 교한필의 사람
보는 눈이 어둡고 못나 그 어질지 않음을 깨닫지 못했다. 여씨가 다
시 말했다.

"제가 각별히 살펴서 인력을 무궁히 허비하고 재물을 많이 들여 택
선루를 기묘하게 지은 것은 딸아이의 처소로 삼고자 함입니다. 하지
만 숙란이 따로 처하는 것을 원하지 않으니 억지로 권하지는 못하겠
고 그러면 누각을 헛되게 할 듯합니다. 그러니 제가 간간이 누각에
올라 길에 다니는 젊은이들 중 몸가짐이 빼어난 군자를 직접 살펴 뽑
고자 하는데, 당신의 뜻은 어떠십니까?"

교한필이 웃으며 말했다.

"길가에 얼핏 지나가는 객을 두고 경솔하게 사위 자리를 의논할 바
가 아니지만 부인이 사위 고르는 뜻이 저와 같습니다. 아무쪼록 우리
아이와 짝할 훌륭한 선비가 있는지 살피십시오."

말을 마치고 서로 웃고는 안성공주의 처소에 들어갔다. 어머니께
여씨가 택선루에 가서 지나가는 사람들 중 옥인군자가 있는가 보려
한다고 하니 안성공주가 웃으며 말했다.

"이는 한때의 희담이다만 지금 월하노인의 좋은 인연을 기약하지
못하니 어찌 답답하지 않겠느냐? 이 일로 깊은 걱정을 삼으니 그런
것인지, 어젯밤에 나이 많은 궁인 화일선이 말하기를 동기를 찾아보

고 오는 길에 어떤 신승이 옥요패 한 줄을 주면서 '이는 천상에서 단련한 기이한 보배라. 모름지기 반드시 임자를 만났으니 상궁이 가져다가 귀궁 옥주께 드리면 숙란 소저의 인연을 정하는 것이 될 것이니 가벼이 버리지 마라.' 하고 훌쩍 가더라는구나. 내가 일선의 위인이 젊어서부터 충성스럽고 신실해 늙도록 헛되고 요망함이 없음을 아는 까닭에 값을 정할 수 없는 귀중한 보배를 거리끼지 않고 받아 버들고리에 넣어두었거니와 그것으로 드디어 인연을 정할 수 있을는지 모르겠구나."

교한필은 남자라 무심하게 들었지만 여씨는 이 무슨 징조이며 기이한 일인가 싶어 기쁘지 않았다. 여씨가 그것을 보자고 하니 공주가 버들고리를 들추고 내어놓았는데 이는 바로 조왕의 연성벽이었다. 만든 솜씨가 기묘할 뿐 아니라 상서로운 빛과 기운이 영롱하게 어려 빙설같이 빛나니, 꼭 군자의 기질 같고 맑고 담박하고 고결한 것이 우아한 선비의 열렬함 같았다. 여씨가 한번 보고 크게 놀라 문득 자기도 모르게 욕망의 불이 일어났다. 기이한 보배와 패물 따위가 수레에 실을 정도로 많았지만 이런 품질의 옥과 상서로운 광채는 못 보던 것이었다. 재삼 어루만지며 손에서 놓지 못했는데 교한필이 기이한 보배인 것을 보고 직접 그것을 교숙란의 옷고름에 채웠다.

"진실로 주인과 물건이 한 쌍이구나. 옥이 임자를 신통하게 만났으니 네 신변에 두는 것이 욕되지 않을 것이다. 모름지기 항상 차고 있어라."

교숙란이 출처가 명백하지 않은 보물을 몸에 지니는 것이 좋지 않아 물리치고자 했으나, 부친이 직접 채워주시는 데다 화상궁의 위인이 진실로 허탄하지 않은 것을 알고 있었기에 부득이 사양하지는 못했다.

여씨가 누각에 올라가 아름다운 선비를 골라 사위를 정하겠다고 한 것은 교숙란이 음란하고 방탕한 것을 드러내 오명을 씌우고자 한 것이었는데, 안성공주와 교한필은 등잔 밑이 어두운 격이라 그 괴상한 거조를 막지 못했다. 여씨는 직접 시녀를 거느리고 누각에 올라가기도 하고, 영리한 시비를 시켜서 길 가는 사람을 살피다 어지간히 수려한 젊은이라면 패물을 던지며 얼굴을 반만 내어 정을 보내는 행동을 하게 했다. 그러니 사람들이 다 음란하고 참담하다고 침 뱉으며 욕을 했고, 교숙란이 예의에 어긋나는 행동을 한다는 더러운 소문이 날로 심해졌다. 이를 전혀 모르고 있는 사람은 안성공주와 교한필뿐이었다.

윤직의 구혼을 물리치는 교한필

이때에 백 년을 내려오는 높은 가문 가운데 제일인 인재는 운계 선생인 처사 정삼의 셋째 아들 정인경이었다. 풍채와 학문, 도덕과 선행이 부형을 이을 만한 사람으로 선조의 풍격을 오롯이 본받았다 하여 우러러 칭찬하고 공경하는 사람이 무수했다. 이에 교한필이 뜻을 기울여 여러 번 간절히 구혼했지만 정삼이 오랫동안 핑계를 대며 허락하지 않으니, 마음속으로 화가 나 맹세코 한을 풀 생각이었다.

마침 여씨의 외사촌 동생 윤직의 맏아들이 14세가 되어 외모가 아름답고 재능이 다른 사람들보다 뛰어나 칠보시를 짓는 재주에 주옥 같은 글과 글씨로 당대 제일을 자부했다. 윤직은 교숙란의 덕성과 기질을 본 것처럼 아는 까닭에 헛된 소문이 망측한 것을 꺼리지 않고 특별히 구혼했다. 여씨는 교숙란이 윤씨 집안에서 편안함을 누릴 것을 속으로 통한했지만, 윤직과는 본디 정의가 남다른 남매간이었기 때문에 윤직이 좋아서 구혼하는 것을 방해할 수는 없었다. 그리고 교한필이 윤직의 구혼을 허락하는 것은 손바닥 뒤집는 것같이 쉬울 것이라 생각했다. 그런데 교한필이 윤씨 집안의 청혼을 듣고 눈썹을 찡그리며 불쾌한 듯 한참을 말없이 있다가 이렇게 회답했다.

"명공이 한미한 가문의 딸을 낮게 구하시니 두터운 뜻이 매우 감사합니다. 그러나 우리 딸이 이미 외가를 여씨 가문으로 두어 명공과는 친척의 연이 있으니 혼인을 의논하는 것이 불가합니다. 시속에 사촌끼리 결혼하는 경우가 간간이 있으나 이는 오랑캐의 풍습입니다. 저는 차마 못 하겠으니 고지식하다고 웃지 마십시오."

여씨가 매파 돌아가기를 기다려 말했다.

"숙란이 이미 혼기가 찼는데 지금까지 마땅한 혼처를 얻지 못했습니다. 처사 정삼에게 낮게 구혼하여 거절당하는 욕을 보다니 실로 딸 두는 것이 어렵고 아들 둔 자의 위세가 크더군요. 저는 분한 마음이 터질 것 같던 차에 윤씨 집안의 구혼을 들으니 마음이 상쾌하여 깜깜한 밤에 밝은 달을 맞은 것 같고 한여름 뙤약볕에 맑은 바람이 일어난 듯합니다. 그런데 당신은 무슨 생각으로 당치도 않은 친척의 분의를 들먹이며 허락하지 않으십니까? 사돈댁으로 말해도 피차 덜함이 없고 가문의 수준도 서로 걸맞으며 윤씨 조카의 외모와 재주 또한 당금에 독보적입니다. 무엇이 부족하여 한마디로 시원하게 허

락하지 않으시고, 어디 가서 윤씨 조카보다 나은 사람을 얻으려고
하십니까?"

교한필이 눈썹을 찡그리며 말했다.

"그대가 윤가네 자식을 진실로 몰라서 이렇게 말하는 것입니까, 알
지만 사돈집의 부귀를 취하려는 것입니까?"

여씨가 얼굴빛을 고치고 말했다.

"윤씨 조카의 기특한 것만 알 뿐이요 허물은 모르나니 어찌 알고
권하겠습니까?"

교한필이 미소 짓고 말했다.

"윤씨 가문은 결코 길한 집안이 아니고 윤가네 자식은 여우 같은
맵시에 쥐 같은 장식을 한 이로 한갓 소인이라, 글재주가 높다고 이
른들 내 어찌 빈 수레의 요란함이란 것을 모르겠소? 정가로부터 욕
을 당한 것이 통한스러워 부디 한을 씻고자 했는데 윤씨 집안의 청혼
을 들으니 마음이 어지러워 정씨 집안에 설욕하려던 뜻이 줄어들고
다시 정씨 집안에 구혼하고 싶구려. 부득이 황제께 혼인의 명을 내려
달라고 해야겠소."

여씨가 억지로 웃으며 말했다.

"윤가 자제의 남달리 뛰어난 재주와 넘치는 부귀를 저렇듯 나무라
며 버리고, 정가에게 욕을 당하는 것을 감내하며 구차하게 정씨 집 아
들을 사위로 삼으려 하는 것이 무슨 뜻인지 생각도 못 하겠습니다."

교한필도 웃으며 말했다.

"조그만 제비나 까치가 커다란 고니의 뜻을 어찌 알리오? 정씨 자
제와 윤씨 자식은 하늘과 땅처럼 다릅니다. 그 사람됨이 하늘과 땅이

짝할 수 없는 것과 같이 다르니, 그대 비록 사람 알아보는 눈이 밝지 않아도 훗날 보면 알 것입니다."

여씨가 말로는 정씨 집안을 물리치지 못할 줄 알고 더는 입술과 혀를 헛되이 놀리지 않았다. 그러나 교한필이 윤씨 집안 자제를 세세히 나무라고 욕되게 한 것이 통한스러웠고, 구차한 괴로움을 거리끼지 않고 다시 정씨 집안 자제를 구해 집안의 영광을 더하고 숙란의 평생을 통쾌하게 하려는 것이 분했다. 겉으로는 엷게 웃으며 좋은 것처럼 했지만 속으로는 분하고 원통해 반드시 이 혼사를 훼방 놓고 교숙란의 앞길을 아주 끝내 일생을 볼 것 없이 만들어야겠다고 생각했다.

택선루에서 던진 옥요패에 맞은 정인경

하루는 여씨가 교숙란의 옥요패를 끌러 희롱하며 말했다.

"이 물건을 이상한 스님이 주면서 이것으로 너의 인연을 정할 것이라 하였지만 그 어떠한 연분인지 찾을 길이 없구나. 내가 누각에서 이것을 던져 맞는 자가 임자임을 알게 할 것이다."

교숙란이 다 듣기도 전에 그 해괴함을 견딜 수 없고 너무 부끄러워 자기도 모르게 낯빛이 파래진 채 천천히 낮은 소리로 대답했다.

"소녀가 원래 값진 패물을 좋아하지 않았습니다. 모친께서는 예를 중하게 여기시는데, 비록 우스갯소리라 하여도 이런 해괴한 말씀을 하실 줄은 몰랐습니다. 이런 말씀을 다시는 하지 마시어 소녀가 세간의 나쁘기 짝이 없는 소문에 잠기게 하지 마십시오."

말을 마치자 태연하고 온유한 것이 한결같으나 기운이 매섭고 정숙한 것이 눈 쌓인 봉우리의 추위 같고 계수나무 가지에 쌓인 가을서리 같아서, 예를 지키는 것이 천균보다 무겁고 절개의 매서움이 푸른 소나무는 약하다고 여길 정도였다. 여씨가 그 함부로 대하기 어려운 것을 더욱 미워해 위엄으로 꾸짖는 것을 미루고 웃으며 말했다.

"무식한 어미가 예의를 중하게 여기는 딸의 성미를 모르고 잘못 희롱했구나."

이렇게 말하고 옥요패를 가져가 주지 않으니 교숙란은 다시 가지려고 하지 않았으나 이것으로 이상한 변을 만들까 불안함을 이기지 못했다.

여씨가 옥요패를 가지고 누각에 올라 행인을 살펴, 외모가 수려하지만 이목구비에 요절할 상을 지닌 젊은이를 가려 그것을 던져보려고 했다. 하지만 뜻처럼 그런 젊은이를 만나지 못해 불만이었다. 이때 윤시랑은 밀서로 교한필이 허혼하지 않은 뜻을 물으며 이상하다고 했다. 여씨가 답할 말이 없어 안성공주께서 옥요패 하나로 혼인의 연을 정하고자 하므로 교한필이 마음대로 하지 못할 것이라고 했다. 그리고 계교를 꾸며서 조카가 누각 아래로 지나다니게 하면 시비를 시켜 옥요패를 던져 맞히고, 기이한 인연이라고 하며 공주 모자에게 권해 혼인이 되도록 도모하겠다고 했다. 윤직이 그럴듯하게 여겨 그 아들 경주에게 교씨 집의 누각 아래로 자주 오가다가 옥요패에 맞으라고 했다. 윤경주가 즉시 택선루 아래로 가면서 먼저 여씨에게 알리니 여씨가 이렇게 생각했다.

'내 직접 옥요패를 던져 윤씨 조카를 맞히면 어머님과 상서가 믿지 못하고 하늘이 정한 기이한 인연이라고 하지 않을 것이다. 열앵이 임기응변을 잘하고 매사에 영리하게 내 뜻을 어기지 않으며 윤씨 조카의 얼굴을 알고 있으니, 누각 위에서 아래로 지나가는 사람을 맞히라고 하는 것이 좋겠다.'

여씨가 열앵을 불러 옥요패를 주면서 윤경주에게 던질 것을 신신당부했다. 열앵이 명을 받고 누각의 난간에 기대어 멀고 가까운 곳을 살피고 있자니 심하게 북받치는 것이 있어 이렇게 생각했다.

'내가 목숨을 걸고 소저를 보호하려고 하지만, 하나의 나무로 기울어가는 집을 붙들기 어렵고 한 자루 흙으로 드넓은 바다를 막지는 못할 것이다. 우리 소저는 그 자질이 얼음같이 깨끗한데, 더러운 욕을 당해 말로 누명을 벗기지도 못하고 이런 까닭을 밝히지도 못하게 되었으니 어찌 원통하지 않으리오? 내 진즉 죽어서 더러운 말을 몰랐으면 좋았을 텐데 처주 호부인의 간절한 부탁을 저버릴 수 없어 시간을 끌며 오늘에 이르렀다. 여씨가 이렇게 사람이 생각도 못 할 일들로 소저의 일생을 훼방 놓으려 하니, 내 비록 이 짓을 그만둔다 해도 저 간흉이 소저를 더 미워하며 결국 옥요패로 윤경주를 맞히고야 말 것이다. 저 윤가는 흰 낯이 미려하고 붉은 입술이 선명해 용렬하고 비루한 골상이요, 글재주가 뛰어나다 하나 노야께서 말씀하신 대로 소인의 모습이다. 어찌 대현의 기질을 타고난 우리 소저와 짝할 자이겠는가? 차라리 행인들 중에 소저에 걸맞은 옥인 군자를 가려 옥요패를 던져 맞히면, 소저가 음탕하다는 더러운 말을 듣게 되더라도 평생을 그르치지는 않을 것이다. 누명이야 어찌 끝내 씻지 못하겠는가? 정절이 매서운 숙녀가 여러 해 누명을 쓴다고 해도 자신의 죄가

아니니, 우러러 하늘에 부끄럽지 않고 굽어 땅에 부끄럽지 않을 것이다. 그러니 차마 어찌하겠는가?'

생각이 이에 미치자 행여 어진 군자가 지나가지 않으면 어떻게 할까 마음이 급하고 윤경주가 누각 아래로 왔다 갔다 하는 것에는 분통이 터져 옥요패를 던질 생각이 없었다. 여씨가 또 시녀를 보내 열앵이 혹 일을 잘못할까 재삼 당부하면서 윤경주를 맞히라고 하는 한편, 따로 하인 두 명을 보내 누각 위에서 옥요패가 떨어지는 즉시 거두고 옥요패에 맞은 사람을 따라가 이름과 사는 곳을 알아 오라고 했다.

열앵은 윤경주를 맞히지 못한 죄로 죽임을 당할지언정 소저의 일생을 차마 그르치지 못하겠다는 생각에 윤경주를 피해 빈 땅에 옥요패를 던지기로 결심했다. 그런데 문득 두 젊은이가 넓은 도포에 띠를 두르고 말고삐를 나란히 하고 나타났다. 한창 젊은 나이라 푸른 구레나룻이 초산의 구름 같고 넓은 이마가 하늘이 드넓은 것 같아 지극히 귀하고 선함을 머금었는데, 눈썹에는 여덟 가지 빛이 환하게 빛나고 두 눈은 가을 밤 낭성이 비치는 것 같았다. 보옥 같은 두 뺨은 진주를 드리운 듯하고 하얀 얼굴이 깨끗해 조씨의 연성벽이라도 이보다 더 빛나지는 못할 듯했다. 품위 있고 정숙한 기운은 가을 하늘처럼 드높으며 군자의 원숙하고 뛰어난 도덕을 띠고 있었다. 열앵이 잠깐 바라보고 정신이 날뛰어 그 사람을 맞히기를 기원하며 빠르게 던지니, 과연 가까이 있는 윤경주는 말을 멈추어 옥요패를 기다리고 있었지만 맞지 못하고 아무 생각 없이 말에 채를 치며 지나가던 젊은이가 맞아 옥요패가 그의 소매 속으로 들어갔다. 윤경주는 옥요패가 다른 사람의 수중에 들어간 것을 보고 낭패스럽고 매우 실망해 즉시 돌아갔다.

누각 위의 시녀들이 여씨의 명으로 숙란 소저의 음탕함을 드러내려고 한꺼번에 떠들썩하게 웃으며 말했다.

"옥요패에 맞은 자가 진짜 소저의 배필이다."

하인을 시켜 옥요패에 맞은 자를 따라가 사는 곳과 이름을 알아 오게 하니 이 사람이 바로 정처사의 셋째 아들이라고 했다. 여씨는 열앵이 옥요패를 던져 윤경주를 맞히려 하다 잘못해 다른 사람의 수중에 떨어졌다는 것을 듣고 불쾌함을 이기지 못했다. 그러는 가운데 옥요패에 맞은 자가 천박하고 명 짧은 속되고 못난 인물이기를 마음 조이며 바라느라 머리가 어지럽고 애간장이 끊어지는 듯했다. 그런데 하인이 그 사람이 정공자라고 보고하니 진실로 일마다 뜻 같지 못한 것이 너무도 분했다. 그러나 이미 계교가 잘못된 것을 어찌하겠는가? 간사하고 교활해 입으로는 좋은 말을 하면서 속으로는 해칠 뜻을 잘 감추었다. 이 혼인이 성사되든 아니든 간에 숙란의 음란하고 어그러진 행동은 여러모로 드러나 만리 앞길을 영영 마칠 것이라 믿고, 겉으로는 기쁜 빛을 지어 안성공주와 교한필에게 열앵을 시켜 옥요패를 던지게 했더니 정가 아들의 소매에 들어갔다고 전했다. 그러면서 반드시 하늘이 정한 인연이니 서둘러 황제께 혼사의 명을 청하는 것이 좋겠다고 했다. 안성공주 모자가 평범한 속인으로서 저 흉악하고 교활한 뜻을 어찌 알겠는가? 역시 신이하다고 하며 끝내 정씨 집안을 놓을 뜻이 없는 데다 옥요패의 일까지 있으니 빨리 인연을 맺고자 안성공주가 바로 그날 궐에 들어가 조회하고 혼사를 명하는 교지를 얻어 돌아왔다. 정삼 또한 황제의 명을 좇아 더 이상 사양하지 않았다.

교숙란과 정인경의 혼사

여씨가 짐짓 교숙란의 음란한 패악을 정가에 알리려고 여원홍을 청해 택일을 알리고 이리이리하라고 했다. 여원홍이 여씨의 흉악한 속을 모르는지라 그 말을 하면 교숙란에게 누가 될 것도 모르고 가르친 대로 할 뿐이니 이런 일을 안성공주와 교한필은 알지 못했다. 윤직이 다시 여씨에게 글을 부쳐 혼사가 잘못된 것을 한스러워하고, 이미 황제가 교지로써 혼사를 명하신 바이니 도모할 길이 없어 애달프다 하며 무슨 꾀가 있을지 물었다. 여씨가 답장을 보냈다.

'일이 이렇게 되었으니 다시 손을 쓸 길이 없습니다. 정씨 가문에서 숙란을 나무라 버리지 않으면 당당히 길일에 육례를 행할 것입니다. 그러나 숙란의 난데없는 허명이 망측해 사람들이 침 뱉어 욕하는 지경에 있으니 정가의 아들이 숙란을 추하게 여기지 않겠습니까? 비록 화촉의 예를 이루어도 금슬이 좋을 수는 없을 것이니 그렇다면 숙란은 규방 처녀와 다름없을 것입니다. 우리 조카가 그런 숙란을 더럽게 여기지 않는다면 조용히 다시 상의하겠습니다.'

그러고는 교숙란의 흉하고 음란한 죄를 한없이 만들어내기 위해, 슬프게 탄식하며 안성공주에게 말했다.

"숙란의 혼사가 다가오니 마음이 좋고 흐뭇합니다. 다만 아이가 생모의 얼굴을 모르고 어머님의 은혜와 저의 보살핌을 받으며 자랐으니 갑자기 곁을 떠나는 것을 힘들어할까 걱정입니다. 측은하게도 그 처지가 다른 아이들과 다르기에, 신방에서 신랑 신부가 노니는 것을 어머님께서 보지 못하시고 집안사람들이 구경하지 못하는 것이 매우 서운합니다. 그래서 정씨 부중에 사정을 고하고 신랑을 여기에 머물게 해 삼 일 후 돌려보내겠다고 의논하면 어떨까 합니다. 저 집은 벌써 여러 자녀를 시집 장가 보내어 새들이 둥지 트는 재미와 슬하에서 짝짓는 재미를 갖추어 본 집이라, 신부가 시부모님 뵙는 예를 그렇게까지 급하게 생각하지 않을 것입니다. 우리 집에서는 드문 경사이지만 저 집은 범연한 예삿일일 듯합니다."

안성공주가 대의를 모르지 않으나 숙란을 자애하는 것이 병이 된지라 신랑 신부가 마주 보고 합환 교배하는 것을 보고 싶었다. 그래서 여씨의 말을 좇아 정씨 부중에 뜻을 통해 허락을 얻으니, 안성공주의 무한한 기쁨과 교한필의 흐뭇함을 어디에 비기겠는가? 재물을 물같이 써서 혼구를 성대하게 갖추고 온갖 물건들을 차리는데, 천승국 왕희인 공주의 부귀를 기울이고 교한필의 병부상서 권세를 아울러 금지옥엽 천손의 위세가 드높고 호령이 매우 엄했다. 말이 떨어지면 만사가 마음대로 되고 온갖 일에 귀신이 돕는 것 같았다. 장사치들은 물건을 까다롭게 골라 오고 장인들은 바치는 물건에 재주를 다하니, 은과 옥은 돌멩이같이 천하고 황금과 백은은 기왓장같이 흔하며 촉 땅에서 나는 고급 비단은 썩은 풀같이 흔했다. 사치스럽고 장려한 물색이 대궐에 사는 공주의 위의라도 여기서 더하지는 못할 정도였다. 집안의 모든 사람들이 모두 밤낮으로 바쁘게 일하느라 쉬지 못하는 것이 다 숙란 소저의 예복과 장식을 준비하기 위한 것이었다.

교숙란이 규방 여자의 처지로 자신의 혼사에 참견할 수는 없었지만, 열앵이 옥요패를 던지고 할머니와 아버지가 신이한 징조라며 황제께 혼사의 명을 청해 정씨 가문에서 원하지 않는 일을 밀어붙인 모양새가 되었기에 마음이 편치 않았다. 게다가 혼수에 억만금을 들여 사치하고 화려한 것을 취하며 조금도 절제함이 없으니 마음이 몹시 불쾌해 자기도 모르게 털이 솟구쳤다. 또한 인륜대사에 수치스러운 이름이 있어 혼사가 예에 어긋남을 더욱 부끄러워하니, 세상에 태어난 것이 한스럽고 몸과 마음이 찬 재와 같았다. 모친이 처주에 외로이 계시는데 소식을 알리지 못하는 것도 숙란에게 큰 아픔이었다. 자식의 길일을 당해, 보지도 못하고 알지도 못하는 것이 마치 저승과 이승이 떨어진 것과 같아 슬픔을 가눌 수가 없었다.

교숙란은 무엇보다 자신의 본디 모습과 다르게 공연히 있지도 않은 일로 오명을 쓰게 된 것이 너무나 슬프고 억울했다. 숙란은 평생 예를 따르고 수행하여 시를 배우지 않고, 오직 《내훈》의 〈여계〉를 보고 《효경》과 《논어》를 배우며 《여교》와 《열녀전》을 읽을 뿐 재기를 나타내며 자랑하지 않았다. 비록 혼자 있는 때라도 잡스럽고 황망한 것을 보지 않아 예가 아니면 보지도 않고 듣지도 않았으며, 나이 서너 살이 되자 집안의 남자는 나이가 적건 많건 멀리 피하고 바깥뜰을 엿보지 않아 친족이라도 같은 집에 사는 사람이 아니면 촛불을 밝히는 밤에는 보지 않았으니 그 예의가 정숙하고 법도가 삼엄했다. 그런데도 뜻하지 않게 종신토록 씻지 못할 오명을 얻게 되니, 사람들의 비난은 말할 것도 없고 스스로 꺼림칙하고 비위에 거슬리는 것이 마치 거름 구덩이에 빠진 것과도 같았다. 그릇된 소문이 갈수록 디해졌기에 차라리 당장이라도 죽어 모를 수 있기를 바랐지만 실행할 겨를을 얻을 수 없었다. 남몰래 명을 끊을 마음을 먹고 목숨이 모진 것을 한하며 먹고 자는 것을 물리치니 몸을 가눌 기운을 차릴 수가 없었

다. 본디 숙란은 게으른 빛은 찾을 수 없고 누워 있기를 즐기지 않았
으나, 요사이에는 한번 머리를 베개에 던지면 다시 일어나는 것이 괴
롭고 힘들어 단장을 하지 않고 머리를 빗지 않으며 세수하는 것도 그
만두었다. 빛 없는 녹색 저고리에 색 바랜 붉은 치마를 입고 제 한 몸
을 수습하지 않은 채, 만사를 꿈같이 여기며 은연히 세상을 끝내고자
하니 안성공주와 교한필은 무슨 병이 있는가 근심했다. 혹여 교숙란
이 슬퍼하는 것이 죽은 어미를 생각해서인가 하여 교한필이 갖가지
로 위로하며 달랬다.

"네가 이제 혼인을 하기에 이르렀으니 내 당당히 네 모친의 신위를
맞이하여 제사를 정성으로 받들게 할 것이다. 원통함을 풀고 마음을
조금 누그러뜨려 병이 나게 하지 말거라."

그러고는 기운을 돋울 음식이며 향기로운 과일을 가져다 권하는
데, 아버지의 엄격함에 어머니의 자상함까지 겸해 숙란을 그지없이
아끼고 사랑했다. 교한필은 숙란이 불편한 것을 보면 뼈마디가 쓰리
고 아리는 듯하고, 슬퍼하는 것을 보면 따라서 같이 울 것처럼 마음
이 초조해 견디지를 못했다. 숙란이 맹세코 살 뜻이 없다가도 아버지
가 이같이 하시는 것을 보고는 차마 불효를 더하지 못해 여러모로 마
음을 너그럽게 먹고 기쁜 빛으로 대했다. 그러나 이번 혼사는 더러운
소문을 참기 힘들고 예사롭지 못한 절차가 부끄러워 근심과 원망을
물리칠 수 없었다. 교한필이 아우들에게 바깥일을 살피라 하고, 자신
은 직접 딸아이를 붙들고서 세상의 기이한 이야기와 들었던 포복절
도할 일을 들려주며 그 마음을 어루만지고 음식을 때맞춰 권하며 달
랬다. 또 금비녀를 주어 고운 머리를 다듬으라 하면서, 혹 장난을 치

기도 하고 우스운 모습으로 위로하기도 하니 한결같은 자애가 다시 없을 정도였다. 이에 교숙란이 죽기를 결심하지 못하고, 아버지의 근심을 풀어드리기 위해 다시 힘을 내 웃으려 하고 아픈 마음을 참으며 아버지를 위로했다. 교한필이 매우 기뻐 딸을 재삼 어루만지면서 더 이상 걱정하고 슬퍼하지 말라고 당부했다. 안성공주는 교숙란이 단장을 하지 않은 채 근심하고 걱정하는 것이 큰 변고를 만난 것 같아, 평소 같지 않음을 꾸짖고 직접 물을 가져다 세수를 시켰다. 그러나 교숙란이 진정으로 즐기지 않으니 붉은 연지와 칠보로 성대하게 꾸미라고는 할 수 없었다.

교숙란과 정인경의 혼사를 방해하는 여씨

여씨가 여원홍을 시켜서 교숙란의 음란하고 어지러운 행실을 정씨 집안에 자랑삼아 고했지만 정삼은 혼사를 물리지 않았다. 그렇게 길일이 임박하니 여씨는 마음이 몹시 급해 장손탈에게 자객 한 명을 구하라고 했다. 비록 사람을 죽이지는 않더라도 정인경을 놀라게 해 금슬에 흠이 되게 하라 하니 장손탈이 말했다.

"무리 중에 왕술위가 마침 노모와 처자를 보려고 정씨 부중의 행각에 와 있으니 만나서 의논하겠습니다."

장손탈이 즉시 왕술위를 찾아가 자객을 구하니 왕술위가 말했다.

"장후섭이라는 협객이 있는데 사납고 날쌔기가 남달라, 아무리 귀하거나 부유한 집이라도 자취 없이 나는 듯 오가고 비수로 사람을 풀

썰듯 하니 추천하면 좋겠네. 그런데 정부의 둘째 도령 인중 공자와 깊이 사귀어 점점 존귀한 자와 어울리려고 하니, 우리 같은 천한 것들에게는 기꺼이 마음을 열지 않는 것은 아닐까 걱정이네."

장손탈이 크게 웃으며 말했다.

"자네는 어찌 그런 못난 말을 하는가? 장후섭이 어떤 협객인지 모르겠지만 우리라고 용맹이 저만 못하겠는가? 그저 경사에서는 본모습을 드러내지 않으려고 하는 것뿐이네. 그가 어찌 우리를 낮다 하여 사귀기를 꺼릴 것인가? 어쨌거나 서로 만나게 해주게."

왕술위가 웃고 장손탈을 이끌어 서화문 밖 벽광사에 이르렀다. 한 승려와 두어 소년만이 그곳에 있었다. 서로 성명을 통하니 승려의 법호는 회은장로라 하고 성명은 감춘 지 오래되었다고 했다. 곁에 있는 한 소년은 장후섭이요 다른 한 소년은 원경자라고 했는데 둘 다 용맹이 뛰어났다. 원경자는 문사고적을 두루 보아서 처신을 장후섭보다 더 높이 하고, 장후섭은 용사 협객에 지나지 않으니 형가나 섭정 같은 자객을 흠모했다.

장손탈이 깊이 사귀기를 언약하고 돌아와 여씨에게 고하니, 여씨가 즉시 백금을 봉해 주고 한 장 편지를 써 장후섭에게 주어 정씨 집에 버리고 오라고 했다. 편지에 적힌 '원'이라고 하는 사람은 없는 이름을 지어 쓴 것인데, 뜻밖에 원경자가 원씨 집안의 둘째 아들이라 장후섭 등이 '원이랑'이라 부르고 있었기에 여씨의 편지를 보고는 원경자가 난데없이 흉심을 내어 말했다.

"이렇게 정인경이 교씨를 버리면 이 원경자가 수고하지 않고 재상가의 사위가 되리로다."

회은장로가 웃으며 말했다.

"일이 다 이루어진 것을 보고 말할 것이지, 어찌 그리 경솔한 말을 하는가?"

원경자도 웃었지만 은근히 그렇게 되기를 바랐다. 여씨가 교숙란을 원수같이 여겨 흉적의 손을 빌려 독하게 해치고자 한 것이 뜻밖에 원경자의 흉심을 동하게 하니, 그 어지러운 욕을 어디에 비하겠는가?

원래 요승 회은장로와 원경자, 장후섭은 한 무리 간특한 도적이었다. 회은의 성명은 장형노이니 장사성의 후예였다. 명 태조가 원 말기 군벌이었던 장사성과 진우량 등을 멸해 남은 혈족이 없었는데, 행여 보잘것없는 후손들이 남았다 해도 타국을 떠돌며 오랜 세월을 보냈을 뿐이었다. 장형노도 교지, 남월 등을 돌아다니며 요괴로운 술법과 요사한 약으로 인심을 현혹하여 재물을 탈취하니, 전 교지 참정 왕흠이 대노해 장형노를 잡아 죽이고자 했다. 이때 절도사 석흥이 장형노의 집을 포위하여 요술로 탈취한 금백을 빼앗아 임자들에게 돌려주고 장형노를 힘써 추심했는데, 장형노가 급하게 머리를 깎고 중이 되어 도망쳤다. 조카 장후섭과 제자 원경자와 더불어 경사에 와서 머물 곳을 못 얻고 있을 때 다행히 정인중을 만난 것이었다. 장형노가 본디 관상을 신묘하게 잘 보고 사람의 마음을 신통하게 알았기에 정인중의 품은 뜻과 비범한 기질을 갖추어 이르고 관상을 칭찬하니 정인중이 홀딱 빠져서 틈만 나면 서로 만나게 되었다. 장형노가 물 흐르듯 요사스러운 말로 끊임없이 정인중의 마음을 기쁘게 하고, 요망하고 방탕한 말과 흉하고 잡스러운 이야기를 적은 괴이한 글을 모아 책을 엮어주었다. 정인중이 더욱 크게 기뻐하며 금은보화로 장형노의 생활을 도왔다. 이로써 장형노가 드디어 서화문 밖 벽광사의 장로가 되었고, 원경자와 장후섭 등은 유학을 공부하는 선비인 체하며 머물러 있었다. 정인중은 회은장로와 원경자 등에게 속마음을 감출 수가 없어 정인성을 해할 꾀를 의논했는데, 이때 남이 들을 리가 없을 것으로 여기었다. 그러나 정잠의 서기 홍윤이 죽을 고비를 넘기고 살아 와 겨우 정씨 부중으로 돌아올 때 숲속에서 장형노와 원경자 등이 하는 말을 우연히 듣게 되었다. 홍윤은 심골이 서늘해 정인성에게 고하고자 했으나, 조용한 때를 타지 못했을뿐더러 장후섭 등이 대체로 정인성에게는 손을 쓸 수 없을 것으로 여기며 잠깐 근심을 놓았다. 그러다 출정할 때에 이르도록 미루며 말하지 못했던 것이다.

원경자와 장후섭 등이 태운산 그윽한 곳에 숨어 왕술위를 시켜 정인중을 불러 서로 만났다. 정인중이 보니 장후섭이 허리에 큰 칼을 비스듬히 찼는데 눈 같은 칼날이 칼집에 감춰져 있어 웃으며 말했다.

"장군이 허리춤에 대도를 비껴 차고 사람의 기색을 눈여겨 살피며 소리를 듣는 것을 보니 품은 회포가 있구나. 무슨 도모하는 일이 있느냐?"

장후섭이 크게 웃으며 말했다.

"공자는 너무 총명한 체 마시오. 비록 대도를 찼지만 무슨 도모하는 일이 있으리오? 오래 산사에 숨어 있으니 뜻을 펴지 못해 울울하여 날을 다듬어 산짐승이나 물고기를 죽여보려고 한 것이오."

정인중이 웃으며 말했다.

"내 비록 밝지 못하나 그대들 두 사람의 기색은 쾌히 알아보네. 원군은 머리 모양이 바르지 않고 걸음을 높이 디디는 것을 보니, 그 마음이 들떠 있고 뭔가 바라는 것이 있는 듯싶군. 내게 감추지 말게."

두 사람이 다 듣고 나서 크게 웃고 귓속말로 오늘 밤에 정인경을 놀라게 하려 한다고 이르니 정위중이 말했다.

"내 교씨의 불미스런 행동을 많이 들었는데 그것이 진실인지 알지 못하겠더군."

원경자가 웃으며 말했다.

"대략 정숙한 열녀는 아닌 것 같지만, 어미가 딸을 사지에 빠뜨리려 하니 헛소문이야 어찌 말할 것이 있겠소?"

정인중이 이상하게 여겨 말했다.

"교한필에게 다른 부인이 없고 규수가 여씨의 소생이라고 하더니 어찌 어미가 딸을 이렇게 해하는 것이냐? 분명 친모가 아니로다."

장후섭이 말했다.

"우리가 그런 곡절을 어찌 알리오? 오직 그 청을 듣는 것뿐이오. 공자의 사촌 형제들이 늘 한 방에서 같이 잔다고 하여 공자께 미리 고하는 것이니 이 일을 입 밖에 내지 마시오."

정인중이 웃으며 말했다.

"그대가 이런 당부를 하든 말든, 상관도 없는 일을 내가 아는 체하리오? 다만 우리 작은아버지(정삼)는 천 리의 일을 앉아서 헤아리는 선견지명이 있고 사촌 형(정인광)은 산을 뽑는 용력이 있으니, 밤중에 들어왔다가 위태로운 일을 만나지나 않을까 그것이 걱정이오."

장후섭이 말했다.

"그것은 전혀 근심되지 않소. 잡혀도 무엇이 그리 놀라우리오? 죄를 교씨에게 미루고 낌새를 보아 몸을 뺄 것이오. 부질없이 정인경을 좀 놀라게 했다고 그 정도로 죽이기야 하겠소?"

정인중이 말했다.

"그렇기는 하지만 내 마음이 놓이지 않으니, 오늘 밤에 사촌 형이 자는 곳을 그대에게 다시 알려주리라."

정인중이 돌아와 저녁 식사를 하고 부모님의 잠자리를 봐드렸다. 그런 다음 살펴보니, 정인광이 정삼을 모시고 자고 정인경이 명광헌으로 물러 나오기에 매우 다행으로 여겼다. 거짓으로 뒷간에 가는 체하고 나와 장후섭에게 정인경이 명광헌으로 온 것을 이르고 난 뒤, 방에 들어가 여러 사촌 형제와 한 이불을 덮고 아무 일도 없는 듯 잠들었다. 잠시 뒤 자객이 침입해 깨어났지만 이미 아는 일이라 무엇이 놀랍겠는가마는 거짓으로 놀란 척하고 자객 잡을 의논을 서둘렀다. 정인중이 크게 놀라 자객을 잡자고 하는 것이 그의 간흉한 뜻임을 모두 알지 못했지만, 홀로 정인웅만이 근심하며 형의 사람됨에 대해 안타까워했다.

장후섭이 이미 정인경을 놀라게 했으니 그만하고 돌아가고자 했는데, 장손탈이 또 금덩이를 가져와 공을 사례하며 도중에 이러저러하게 사람들이 다 같이 보는 데서 변을 일으키라고 했다. 장후섭이 또한 어렵지 않은 일이라며 금덩이를 받고서는, 혹여 여부인이 소저의 친모가 아닌가 물어보았다. 장손탈이 사실과 다르게 말하기를, 친모가 맞으며 여부인이 이렇게 하는 것은 소저를 해하려는 것이 아니라 소저가 이미 정을 둔 곳이 있어 정가를 물리치고자 하는 것이라고 했다. 장후섭이 그럴듯하다 여기고, 가는 길의 숲에 몸을 숨기고 있다가 정인경의 신랑 행차가 나온다고 하면 활을 쏘기로 했다. 비록 맞히지는 못하더라도 모든 사람이 보는 가운데 흉악한 일을 이루고 요술을 써서 자취를 감출 계획이었다.

길한 달 좋은 때, 바로 정인경이 교숙란을 친영하는 날이었다. 이날 맑은 새벽에 아침 해가 동쪽에서 솟으니 만방이 훤해지고 날씨도 화창해 기분 좋은 바람이 한가롭게 불었다. 《시경》에서 '요조숙녀는 군자의 좋은 짝이라, 들쭉날쭉 자란 마름을 여기저기서 캐듯이 좋은 짝을 찾는다'고 했지만 정인경과 교숙란은 시운이 순조롭지 못해 요망한 것들이 장난을 치는 것이 이렇듯 혹독하니 어찌 통한하지 않으리오? 교한필이 만금같이 귀한 딸의 길일을 맞이해 큰 잔치를 베풀고 친척과 마을 사람들을 모두 모아 육례를 거행하면서 백 량의 수레로 신부를 시집보내는 날, 비단으로 꾸민 좌석이 휘황하고 좋은 향이 기이하며 보배로 장식한 화촉이 밝았다. 그 가운데 고금에 겨룰 자가 없을 정도의 신랑을 맞게 되니, 교한필의 기쁨과 즐거움은 비할 데가 없었다.

시간이 흘러 신랑이 교씨 부중에 이르렀다. 그런데 행차가 미처 문에 들어오지도 못했을 때 사람 소리가 떠들썩하며 많은 사람들이 물밀 듯 하는 가운데 화살 하나가 신랑의 뒤통수를 향해 날아왔다. 정인경이 크게 놀라며 머리를 잠깐 기울여 살을 피했으나, 모든 사람이 경악한 것은 말할 것도 없고 정공자의 위급함은 누란(累卵)의 위태함에 비할 바가 아니었다. 도적이 살을 비껴 쏘아 맞히지 못한 것을 크게 노여워하더니 공중에서 서리 같은 비수를 휘두르며 말했다.

"정인경, 이 도적놈아! 네가 교가 여자를 백 량의 수레로 데려가며 만세를 함께 즐길까 여기지만, 내가 먼저 거문고 줄을 이어 청산녹수를 두고 굳은 맹약을 한 바 있으니 이를 결코 저버리지 않을 것이다. 교씨의 부탁을 받은 바 있으니 너의 풀잎 위 이슬 같은 목숨을 내 어찌 놓아주리오? 너같이 입에 젖비린내도 가시지 않은 것이 이 대장군의 위엄에 항거해 이 칼을 피할 수 있을 것 같으냐?"

이렇게 외치는 한편 칼을 휘두르며 달려드는데, 이 놀라운 광경은 천지간의 큰 변이었다. 모든 사람이 당황해 어찌할 줄 몰랐으나 신랑의 행차인 터라 칼과 창을 갖고 있지 않았다. 천만뜻밖에 이런 상황을 당했으니 정공자의 신상이 어떠할까? 정공자가 갑작스러운 적변을 당해 목숨이 위태할 때, 홀연 화살이 날아와 도적의 칼 잡은 손을 맞혀서 칼이 떨어졌다. 도적이 칼을 미처 거두지 못하고 뛰어 달아났는데, 잡으려 해도 그 도적이 반쯤 공중에 떠 있고 창검이 없어 치켜 찌르지도 못하여 속절없이 도적을 놓쳤다. 교한필은 경황없이 위급한 가운데 적이 달아나는 것을 다행으로 여기며 신랑의 말고삐를 직접 이끌고 들어가려 했다. 정인경이 이 지경을 당해 비록 불행히 그 집 문에 들어왔지만 홍안을 전할 뜻이 없으니 빨리 돌아가려고 했다. 그런데 이 혼사는 평범한 중매로 성명이나 통한 것이 아니라 천자가 명하신 혼인이라며 교한필이 말고삐를 놓지 않고 계속 다투었다. 사실 이 연분은 상제가 명하신 바 삼생의 다하지 못한 연분이라서 벌써 그 집 문에 들었으니 그만둘 수 없는 형세였다. 정인경이 꾹 참고 천천히 말에서 내려 홍안을 전하고 초례는 끝냈지만 그 집에 머물 뜻이 전혀 없어 돌아가려 했다. 교한필이 길월영신 좋은 때를 겨우 맞이해 인간의 흥취가 이보다 더한 것이 없다며 재산을 기울여 혼구를 준비한 것이 일마다 그 뜻에 맞았고, 오늘 만금 같은 어린 딸을 혼인시키느라 온갖 흥이 차올랐다가 이런 지경을 당하니 놀란 정신이 진정되지 않아 얼굴색이 파랗게 질렸다. 신랑을 겨우 달래 초례를 치렀으나 더 머무르게 할 염치는 없었다. 창검과 화살을 점검해 신랑을 호위하여 집으로 돌아가게 하니 이날의 흉하고 참혹한 상황을 어찌 다 이르겠는가? 숙란의 신세를 생각하는 것은 말할 것도 없고 교한필 집안의 놀라움과 원통함을 이를 곳이 없으니, 사돈어른과 신랑이며 정씨 집안 사람들을 다시 볼 면목이 없었다. 성대하게 베풀었던 잔치 기구를 거두어 치우라 하고는, 눈을 감고 누워서 이리저리 생각해도 뾰족한 방법이 없어 정신이 아득했다.

이때 정씨 부중에서도 이 변을 듣고 온 집안이 매우 놀라 사람마다 혼이 나갔는데 조금 있으니 신랑이 돌아왔다. 여러 손님이 아직 돌아가지 않고 있다가, 아까 있었던 변괴를 저마다 위로하고 무사히 돌아온 것을 또한 치하했다. 드디어 빈객이 돌아간 후 정삼이 아들과 조카들을 거느리고 내당으로 들어갔다. 이때 서태부인이 꿈에도 생각지 못한 놀라운 변고에 날아가 버린 정신을 거두지 못하고 있다가, 정인경이 당에 올라와 인사를 하니 미처 그 절하는 것을 기다리지 못하고 손을 잡으며 등을 어루만졌다. 놀라워하는 모습과 반기는 형상이 글로 쓰기 어려울 정도였으며, 화부인과 온 집안 사람들의 마음도 표현할 길은 없으나 서태부인의 심회와 한가지였다.

정인경을 위기에서 구한 홍윤

이전에 정잠의 서기 홍윤이 돌아올 때의 일이다. 날은 저물었는데 수중에 돈이 없어 인가를 찾지 못하고 수풀 사이에 엎드려 밤을 보내고 있었다. 그때 문득 사람의 말소리가 수풀 속에서 낮게 들려왔다. 반가운 뜻이 솟구쳐 그 소리를 찾으려 하다가, 다시 생각하니 이런 황야에서 몰래 말하는 것은 결코 좋은 사람들은 아닐 듯했다. 안 그래도 십생구사로 목숨을 겨우 건져 돌아가는 길이라 더욱 두려움이 생겼다. 가만히 귀를 기울여 들으니 서너 사람이 몰래 이야기하는데 다 교씨 집안에 대한 것이었다. 여씨의 악행과 교숙란의 앞길을 아주 망치려는 모의에 대해 이야기하며, 금은보화에 주옥과 비단을 많이 받아 일을 처리하고자 하는 내용이었다. 이 가운데 여씨의 지나친 악행과 숙란의 남다른 열절이 그 자리에서 밝게 드러났다. 이때에는 홍윤이 교씨 집안이 어느 집인 줄 몰랐으며 그 규수가 처한 위급함과 일신에 뒤집어쓴 참담한 누명이 모질다 여길지언정 누구인 줄 모르고 들을 뿐이었다. 그런데 자기 집의 둘째 도령이 그 가운데 같이 앉아서 맏형의 목숨을 도모하느라 바쁜 모습까지 보게 되니 너무 놀라서 정신을 차릴 수 없었다. 애통하고 안타까운 나머지 머리털이 솟구치고 분한 마음에 하늘로 오르고 땅속으로 들어갈 것 같았다. 하지만 이때 엿들은 것을 적의 무리가 알게 되면 자신의 목숨을 보전할 길이 없었기 때문에 분을 참고 소리 없이 엎드려 있었다. 들어보니 한밤중에 적의 무리들이 온갖 계교를 모의하는데 흉악하고 참담한 말이 미치지 않은 데가 없었다. 약속을 정하고 모의를 끝내는 것을 다 들은 후 홍윤이 돌아와 그 어미 심파랑에게 이 일을 전했다. 여씨와 교숙란의 일을 듣고 심파랑이 놀라서 말했다.

"교상서가 높은 누각을 지어 사위를 고르면서 옥요패를 던져 셋째 공자를 맞히고 중매를 놓아 구혼하더니, 천자가 혼인의 명을 내려 이 혼사를 거절하지 못할 형세였다. 규수의 아름답지 못한 이야기가 온 성에 파다하여 매우 좋지 않았는데 이런 해괴한 변이 그 집에 있었 구나. 교소저의 신세가 모진 것이 애석하고 참담하도다. 우리 부인의 외가댁이 호참정 댁이라 호주사 댁에 대해 익히 들어 알고 계시고, 이것이 아니라도 우리 부인의 덕으로 이를 괄시하실 리 없을 것이다. 교소저의 위태한 신세를 돌아보시어 혼인을 거절하지 않고 소저를 더러운 소문에서 벗어나게 해 하늘이 낸 아름다운 자질을 저버리지 않으려 하실 것이다."

홍윤이 손을 모으고 하늘에 빌며 말했다.

"덕을 쌓은 집안에는 반드시 좋은 일이 있다 했고 성덕이 이와 같 으시니, 그들이 아무리 꾀를 낸다 해도 우리 대군의 당당한 천명과 깊은 도덕을 어찌하겠습니까? 제가 슬프고 애통하여 오장이 문드러 지고 고통이 골수에 사무쳤는데, 이제는 천지신명께서 주군을 도와 주시겠지요."

홍윤은 사람됨이 성실하고 영리해 문자를 깨우쳤으며 매우 날래 고 용맹해 무예에 징통했다. 정인경의 혼인날 신랑을 호위하여 교부 에 이르렀는데, 남모르는 염려가 마음속에 있어 활과 살을 허리에 감 추고 뒤에서 멀리 따르고 있었다. 좌우 전후를 살피면서 불의의 변이 있을까 긴장하고 있었는데, 나는 살이 급히 시위를 떠나며 소리가 휙

획 나니 홍윤이 미처 손을 놀리지 못해 하마터면 정인경이 위태할 뻔했다. 홍윤이 매우 놀라고 화도 나 급히 시위를 메워 적의 손을 맞히니, 활 쏘는 법이 백 걸음 밖에서도 버들잎을 맞히는 명궁을 얕볼 만했다. 화살촉에 독약을 발라두었기에 적이 화살에 맞자 아픔을 이기지 못해 칼을 버리고 달아났다. 정신없는 가운데 홍윤이 정인경을 보호해 돌아올 때 적의 칼이 발아래 채였다. 급히 보아도 상서로운 빛이 찬란하며 보배의 기운이 가득하니, 보통 사람은 몰라도 홍윤은 그것을 알아보고 비상한 신검인 것을 깨달았다. 거두어 허리에 꽂고 돌아와 자세히 보았는데 천하에 없는 보배가 분명했으니 물건이 임자를 만난 것이라 할 만했다.

황혼이 되었을 때 홍윤이 마음을 놓지 못하고 인경 공자를 모시어 청사에 머물렀다. 칼을 벽에 걸고 잠을 자지 못한 채 경계하고 있을 때, 삼경 즈음 찬 바람이 소슬하게 부는데 얼핏 눈에 보이는 것이 있었다. 홍윤이 칼을 들려 하자 별안간 벽에 걸어둔 검이 쇳소리를 내며 뛰어나오더니 적의 두 손을 베어 내리쳤다. 홍윤이 경황없는 가운데 적을 잡으려 하자 적이 한 줄기 바람으로 변해 달아났다. 칼이 신검이라 적의 두 손을 끊었으나, 홍윤은 천한 아랫것이요 군자가 아닌 까닭에 적이 환술을 마음대로 하여 달아난 것이었다. 이렇듯 친영하던 때에 적을 놓치고 오늘 밤에 적을 또 잃으니, 어느 때에 교숙란의 누명을 밝힐 날이 있으리오? 애석하도다!

교숙란 행세를 하는 여씨의 시비

여씨가 금은과 주옥을 흩어 요상하고 못된 꾀를 널리 펼쳐 교숙란의 앞길을 영영 끝내고자 하다가, 오늘 사위 될 군자로 하여금 실신하여 도망가는 흉악하고 참담한 행악을 직접 겪게 했다. 저 군자는 훌륭한 가문의 자제로 도덕이 높은 경지에 오르기에 부족함이 없었는데 이런 광경을 몸소 당했으니 숙란이 무거운 형벌을 어찌 면하겠는가? 삼척동자라도 침 뱉고 거둘 뜻이 없을 것이니, 하물며 정씨 일문의 처분은 보지 않아도 알 것이었다. 여씨가 기분이 좋고 재미로워 거짓으로 놀라는 체하며 기세등등하게 숙란을 찾았다. 교숙란은 기절하여 인사를 모르고 불러도 대답이 없으며 숨길이 막혀 혼이 나간 지 오래였다. 이에 시녀에게 숙란을 끌고 나오게 해 후당으로 가 높이 앉아서 옳고 그름을 가리지 않고 크게 꾸짖었다.

"요망한 음부가 높은 가문에 이런 변괴를 지어내더니, 거짓으로 죽은 체하여 또 무슨 요악을 부리려 하느냐? 하늘과 땅의 귀신이 여기 있으니 오늘은 네가 이러한 죄악을 짓고 목숨 보전하기를 꾀하지 못할 것이다. 나의 매질에 죽으리라."

말을 마치고 큰 매를 들어 한없이 치는데, 숙란의 옥골이 부서지고 흐르는 피가 땅에 가득해 다시 살아나지 못하니 나무를 두드리며 돌을 치는 형상이었다. 여씨가 이를 갈며 말했다.

"이 요물이 갈수록 자기 죄를 감추어 죽은 체하고 숨도 쉬지 않으니, 차고 넘치는 죄악은 이 요녀를 가루로 만들어도 갚지 못할 것이로다. 조정에 아뢰어 그 죄를 바르게 하리라."

그러고는 시녀로 하여금 후원 해심옥에 교숙란을 가두게 했다. 그리고 난혜를 시켜 시비 소아에게 개용단을 먹여 교숙란의 얼굴이 되게 하고, 숙란의 의복과 같은 옷을 입혀 숙란인 체하게 했다. 오늘 있었던 해괴한 일은 조금도 거리끼지 않는 듯 화장을 진하게 하고 울긋불긋 단장을 새로 하고서, 높은 누각에 올라 부채로 얼굴을 반만 가리고 지나다니는 사람들을 쳐다보며 태연하게 있으라고 했다.

안성공주는 숙란으로 변한 시비의 모습을 보고 다시금 놀랐다. 숙란의 높은 열절은 흠잡을 데가 없었건만 지금의 일이 뼈에 사무치게 괴이한 것이 측량치 못할 지경인 데다, 지금 보이는 예쁜 얼굴은 분명 숙란이지만 괴상한 행동거지는 숙란이라 하기에는 가당치 않았다. 귀신이나 요괴의 장난인가 의심되었으나 진짜 숙란이 있는 곳을 찾을 길이 없으니 속이 문드러져도 어떻게 할 도리가 없어, 그저 죽지 못함을 한스러워할 뿐이었다.

교한필이 집안의 변을 당하고서 분한 마음에 이를 갈며 생각했다.

'나는 높은 벼슬을 하는 번듯한 집안에 천자의 자손으로 귀하게 태어났으며, 일찌감치 입신하여 높은 벼슬에 올라 부귀와 화려함을 나와 겨룰 사람이 없었다. 또한 내 딸은 현숙하고 아름다운 요조숙녀로 세간에 독보적이라 귀한 자손으로 사위를 고르는 것에 여의치 않은 바가 없었다. 그런데 전세에 죄를 지었거나 아니면 금세에 재앙이 무거워서인지, 뛰어난 딸이 사라져버려 진실로 죽었는지 살았는지 어디에 물어볼 곳이 없도다. 오늘날의 이 부끄러움과 분통을 이번 생에서는 씻을 길이 없으니, 이 일은 위엄으로도 없애지 못하고 쏟아지는 비방은 나의 부귀로도 멸하지 못할 것이다. 이 분함을 어떻게 씻겠는가? 아무리 생각해도 좋은 계책이 없구나. 숙란은 고결하고 행실을 높게 하니 분명 자결했을 것이다. 어머니와 내가 아들을 잃은 슬픔에 눈이 멀었던 자하처럼 될 것을 어찌 면하겠는가?'

생각이 여기에 미치자 가슴이 미어지고 숙란의 일이 견딜 수 없게 참담해 눈물이 수염에 맺힐 새도 없이 줄줄 흘렀다. 진짜 친자식도 아닌데 이렇듯 하니 이것도 하늘이 숙란을 내시며 교한필에게 맡긴 뜻의 하나일 것이었다. 교한필이 친자식과 다름없이 숙란을 위하니 그 정이 참으로 처연했다. 교한필은 이내 떨치고 일어나 내당에 들어가 모친 안성공주에게 절하고 숙란의 생사를 물었다. 안성공주가 자리에서 일어나지 못하고 세상일에 대해 생각하지 않고 있었는데 숙란의 말에 다다라서는 대답할 말이 없었다. 시비를 시켜 숙란을 불러오게 했는데, 숙란이 면전에 이르기 전에 교한필은 이렇게 생각했다. 딸아이의 고결하고 깨끗한 열절로 이런 더러운 이름을 얻은 것은 강물에 빨고 가을볕에 쬐어도 희게 하지 못하고 벗어나지 못할 것이니, 비록 아비의 명을 기다려 한 목숨을 끝내려 죽지 않고 있다 하더라도 슬픔과 아픔으로 뼈가 부서지고 형체가 없을 것이었다. 더욱 안타깝고 분하여 탄식이 나오지만, 잘 어루만지며 아직 죽지 말고 나중을 보아 진실을 밝힐 기회를 기다리는 것이 당연하니 목숨을 보존하라고 달래려 했다. 그런데 문득 숙란이 화난 기운을 드러내며 앞에 와서 큰 소리로 가슴을 치며 말했다.

"아버지께서는 어째서 이 딸의 신세를 이렇게 만들어 나로 하여금 세간의 흥취가 없게 하십니까? 내 하늘이 낸 특별한 용모로 얼굴이 눈보다 흰 데다 부귀한 집안의 귀한 자식이라 나와 겨룰 이가 없습니다. 하물며 신승(神僧)이 옥요패를 주어 혼인할 연분을 지시하니 당당하게 월하노인이 정하신 인연은 인력으로 미칠 바가 아닙니다. 소녀가 스스로 결연하여 백년낭군과 맹세함이 금석같이 굳으니 버들가지로 엮은 침상에서 낙수(洛水)의 신 복비(宓妃)가 예(羿)와 사랑하는 꿈을 이루고 탁문군(卓文君)이 사마상여(司馬相如)의 봉황곡에 응한 것과 같이 했습니다. 깊은 규중의 아가씨가 부모가 인연 맺어주기를 기다리지 않고 《시경》〈건상〉 시에 나오는 치마를 걷고 진수(溱水)를 건너는 여자처럼 지조도 없이 남자를 따르려고 한다며 저를 누추하고 그르다 꾸짖겠지만 소녀는 본디 왕교랑이나 가운화와 탁문군을 그르다고 생각하지 않았기 때문에 이렇게 된 것이 다행입니다. 그런데 아버지께서 정인경 같은 보잘것없는 속물에게 소녀를 보내려 하시니 제가 어찌 참을 수 있겠습니까? 이런 까닭으로 정가 자식을 죽이고 영웅호걸과 짝하여 산과 바다 같은 맹세로 꽃 피는 아침과 달 밝은 저녁 좋은 때에 서로 그림자를 좇으며 그 자취를 따를 것입니다. 견우성과 직녀성을 갈라놓은 은하수라도 우리 사이는 갈라놓지 못할 것이니 젊은 얼굴이 주름지고 백발이 쇠하도록 길이 백 년 세월을 기약했습니다. 그러니 누가 옳다 그르다 할 수 있겠습니까?"

말을 마치고는 대답도 기다리지 않고 훌쩍 택선루로 돌아가려 했다. 교한필이 이 광경을 직접 눈으로 보니 이는 분명 숙란이 아니었다. 매우 화가 나고 놀라워 큰 소리로 외쳤다.

"요녀를 산 채로 잡아 오라. 내 너를 죽이고 내 딸이 있는 곳을 찾으리라."

숙란이 큰 소리로 울며 말했다.

"내가 분명 숙란이거늘 아버지께서 천륜을 끊으려 하시는군요. 어찌 서럽지 않겠습니까? 소녀가 어려서 어머니를 일찍 여읜 궁박한 인생인데 그나마 아버지의 자애를 받아 자랐습니다. 그런데 이제 저를 죽이려 하시면서 숙란이 아니라 하시니 이 설움을 어찌하겠습니까? 사랑하는 낭군도 귀찮고 천륜을 끊을 일이 서러워 죽고 싶습니다."

그러고는 미친 듯한 망령된 말과 괴이한 행동거지를 쏟아냈다. 교한필이 딸을 자애하는 것이 보통 아버지와 아주 달랐기에 문득 숙란의 거동을 보고 아마도 실성을 했는가, 귀신이나 도깨비가 숙란을 죽여 없애고 숙란의 얼굴이 되었는가 싶어 미처 분한 것을 풀 뜻이 없었다. 어이없고 경악스러워 얼굴빛이 질리고 어떻게 할 줄 모르다가 숙란이 처연하게 우는 모습을 보니 문득 심사가 꺾여 마음이 아팠다. 죽일 뜻이 없어져 하인들에게 숙란을 맡겨 소당에 안치하라 하고 그가는 것을 바라보다 망연자실 눈물을 흘리며 슬프게 울었다.

"이 어쩐 일이며 저 무슨 형상인고? 우리 딸의 현숙함으로 저런 변을 당했으니 아픈 사람의 패악한 행실과 미친 말을 어찌 따지겠는가?"

말을 마치고 역시 취한 듯 미친 듯 가슴속에 불같은 열이 차올라 간장에서 불꽃이 일어나니 살 뜻이 없어 식음을 전폐했다.

어느 날 아침 모두가 정당에 함께 앉아 있는데 어린 시비가 눈을 모로 뜨고 허둥지둥 급한 걸음으로 달려와 고했다.

"소저께서 낙태를 하셨습니다."

교한필이 여러 날 식음을 전폐하고 잠을 자지 못해 속은 허한데 독한 술로 위장을 채우며 겨우 참고 정신이 아득한 채 앉아 있다가 이 소리를 듣고 물었다.

"허망한 아이가 무엇이라 말하는 것이냐?"

여러 사람이 미처 대답하지 못하고 있는데 시녀가 또 그릇에 담은 것을 모두 앞에 드렸다. 함께 보니 그릇에 붉은 피를 가득 담고 그 가운데 낙태를 같이 담았는데 아이의 형상이 완연했다. 교한필은 무심중에 이것을 보고 기절해 엎어지고 다른 사람들은 눈을 감고 보지 않았으며 안성공주는 놀라고 분해 소매로 낯을 가리고 자기도 모르게 통곡했다. 소당에 안치한 것이 숙란인지 아닌지는 말할 것도 없고 이렇게 참혹한 누명이 천금같이 귀한 소저에게 씌워져 이생에서는 벗을 길이 없으니 너무나 참담할 따름이었다. 모두가 숙란을 생각하며 지극히 고통스러워하니 온 집안이 상사가 난 것과도 같았다.

이때 시어사(侍禦史) 매봉은 여씨의 외사촌이었다. 여씨가 매봉을 부추겨 숙란의 음행에 대해 표를 올려 죄상을 책망하게 했는데 그 내용이 참혹해 군자가 들을 바가 아니었다. 황제가 놀라고 화가 나 안성공주에게 엄한 교지를 내렸다. 천자의 자손으로 이렇듯 심한 음행을 훈계하지 못한 것을 다스리지 않을 수 없으니, 우선 공주의 석 달 녹봉을 거두고 교한필은 벼슬을 빼앗아 고향으로 내쫓으며 교녀는 교수형에 처해 풍화를 다스리라고 했다.

교한필은 큰 난리를 당해 황제의 처분이 이와 같으니 두려워 떨면서 궐하에 대죄하고, 안성공주는 숙란을 대신하여 죄에 대한 명을 바꾸어주기를 엎드려 청하며 지극히 애가 타 슬피 울었다. 이때 교숙란의 시비 설영은 교숙란이 누명을 쓴 일이 너무나 슬프고 원통해 갑자기 등문고를 쳐야겠다는 생각이 들었다. 다음이 어떠할지 빨리 보시오.

(책임번역 전진아)

완월회맹연 권 47

교숙란의 수난

여씨는 교숙란을 납치할 계획을 세우고

교숙란은 화부인의 도움을 받다

등문고를 울려 주인의 억울함을 호소하는 시비

이때 교숙란의 시비 설영은 교숙란이 누명을 쓴 일이 너무나 슬프고 원통해 갑자기 등문고를 쳐야겠다는 생각이 들었다. 그러나 교숙란은 타고난 효녀로서 차라리 자신이 누명을 쓰고 죽을지언정 여씨의 심한 악행이 드러나지 않도록 항상 시비들을 엄하게 경계하고 꾸짖었다. 그것은 해와 달같이 밝은 효행에서 나온 자연스러운 행실이었다. 두 여종을 심복으로 여겨 속마음을 드러낼 정도로 친할 뿐 아니라 친자매와 같은 정까지 있었어도 스스로 병에 마개를 틀어막듯 입을 닫고 성을 방어하듯 뜻을 삼가 두 여종을 경계한 것이다. 두 시비가 깊은 원망을 품은 지 몇 년이 되었지만 주인이 엄하게 경계하니 그 뜻을 차마 저버릴 수 없어 감히 입을 열지 못하고 지극히 슬퍼할 뿐이었다.

그런데 이와 같은 일을 당해 주인이 누명을 쓰고 꽃같이 고운 몸을 형틀 아래 마치게 되니, 설영이 뼈에 사무치게 분하고 원망스러워 세상을 살아갈 생각이 없었다. 그러므로 주인의 가르침을 생각하지 않고, 여씨의 시비 소아가 교숙란 행세를 하고 있다는 사실을 알고 있었기에 거리낌 없이 등문고를 울려 주인의 결백을 밝히고 자신은 죽음으로 주인에게 사죄하겠다고 뜻을 정했다. 그래서 동료에게 말하지 않고 북을 울리니 옥관이 설영을 잡아 물었다. 설영이 소아가 약을 마시고 주인의 얼굴을 하여 많은 악행을 저지르더니 지금 낙태해 그 더러운 이름을 온 성에 모르는 사람이 없다고 말했다. 숙란 소저의 금옥 같은 행실로 이런 누명을 썼으니 한시도 세상에 머무를 바 아니지만 나중에 요행히 사실을 밝힐 수 있을까 싶어 아직 한 목숨을 보전하고 있었는데, 나라에서 소저를 처형하라고 처분하시니 오늘은 죽을 것 같은 지극한 원통함을 품고 형틀에 엎드릴 것이라고 했다. 여자가 한을 품으면 오뉴월에도 서리가 내린다고 하니 밝게 살피시라 이르는데, 하는 말이 모두 자세하며 옳고 그름이 분명해 충성스러운 뜻이 넘쳤다. 옥관이 다 듣고 나서 민가의 시녀가 유식하고 충성스러운 것을 기특해하며 사정을 측은하게 여겼다. 이에 명령을 내려 가짜 숙란을 잡아 오게 해 엄하게 문초했다. 소아가 잡혀 와 생각해 보니 교숙란의 얼굴을 계속 하고 있으면 별다른 도리 없이 형틀에서 죽게 될 것이었다. 그래서 큰 소리로 이렇게 말했다.

"내 본디 교씨가 아니라 교씨의 탈을 썼으니 본모습을 드러낸 후 곡절을 자세히 갖추어 아뢰겠습니다. 옭아맨 것을 조금 풀어주십시오."

옥관이 이 말에 일리가 있다 생각하여 묶은 것을 조금 늦추어 주라고 명했다. 이에 가짜 교숙란이 옷 속에서 붉은 단약을 꺼내 삼키니 이윽고 얼굴이 변해 완전히 다른 사람이 되었는데, 산뜻하고 고운 모습이 서시와 같더니 지금은 평범한 시녀의 얼굴이 되었다. 자리에 있던 사람들이 모두 놀라 괴이하다 하며 어리둥절해했다.

그런데 그사이에 갑자기 공중에서 홀연 모래가 날리며 찬 바람이 뼈에 사무치고 흰 안개가 사방으로 일어났다. 잠시 후 안개가 없어졌는데, 모두 보니 설영과 소아 두 사람의 머리가 베어져 간데없고 몸만 남아 있었다. 사람들이 크게 놀랐지만 어떤 요술인지 도무지 알 수 없었다. 이 일을 황제에게 아뢰니 황제가 놀라고 괴이하게 여겨 다음과 같이 처분했다. 소아가 약을 먹고 본모습을 드러내어 요악한 행적을 모두가 보았으나 죄를 채 자백하지 않아 교씨의 누명을 씻지는 못했으니, 교씨의 죄를 낮추어 사형의 명을 거두고 멀리 유배를 보낼 것이지만 안성공주의 사정이 불쌍하므로 교한필의 죄는 없는 것으로 하고 교숙란은 시골로 내쫓으라고 했다. 이에 교한필의 집에도 황제의 처분이 내려왔는데 교숙란이 변해 문득 소아가 되었다는 것에 모두가 어리둥절해했다. 그런 가운데 설영과 소아가 목숨을 잠시라도 더 보존했더라면 교숙란의 누명을 씻고 소아의 원수를 갚을 것이었는데, 요술인지 환술인지 귀신이나 도깨비의 훼방인지 순식간에 죽어버려 영영 근거가 없어졌으니 누명을 밝힐 길이 끊어진 것이 더욱 원통했다.

교숙란이 당장 사형을 받는 것을 면하자 교한필이 매우 기뻐하며 집으로 돌아와 숙란을 찾았다. 그런데 다시 마주한 교숙란 역시 여전히 택선루에 있으면서 울긋불긋 차려입고 화장을 진하게 한 것이 지난번의 가짜 숙란과 같을 뿐 교숙란의 절의 높은 모습이 아니었다. 교한필이 크게 놀라고 상심하며 이상하게 여기지 않을 수 없었는데, 교숙란이 흔연히 말했다.

"임신부가 낙태하는 것이 그 무슨 괴이한 일이라고 나를 소당에 안치하더니 지금은 무슨 일로 찾으십니까? 들으니 황제께서 나를 시골로 내쫓으신다고 하는데, 나를 자옥과 취란에게 비기며 음란한 여자라고 하는 것이 부끄럽지 않습니다. 하늘이 놀라고 땅이 노한다 해도 남녀의 속정이 변하기는 어려운 것이니 어찌 진실로 바라던 바가 아니겠습니까?"

말을 마치고는 바람을 일으키며 돌아갔다. 교한필은 법부에서 소아가 제 본모습을 드러내고 교숙란의 얼굴을 벗은 것을 모든 사람이 보아서 알기에 집에는 진짜 교숙란이 있을 것이라 생각했다. 그런데 소아가 죽었는데도 또 교숙란이 이와 같으니, 요얼의 기운이 왕성하다 한들 어찌 이렇게까지 할 수 있는가 싶어 어안이 벙벙했다. 차라리 죽어서 이 흉악한 거동을 보지 않는 편이 낫겠다는 생각마저 들었다. 그런데 진짜 교숙란이 어디 가서 죽었는지 살았는지 찾을 길이 없으니 이 의심을 어찌 풀 수 있겠는가? 밤낮으로 생각해도 해결할 방법을 얻지 못하고 울화가 심해져 찌를 듯이 슬프고 분할 뿐이었다. 이에 분산에 돌아가 일이 조용해지기를 기다려 돌아와야겠다 생각하고, 어머니 안성공주에게 하직 인사를 하고 분산으로 갔다.

여씨의 부탁으로 설영과 소아를 죽이는 장형노

이 일에 대해서 더 얘기해 보자. 여씨가 흉한 소문을 널리 퍼트려 교숙란의 앞길을 망쳐놓자 만 명이 침을 뱉고 천 명이 욕을 하니 여씨는 통쾌하고 의기양양했다. 그래서 심복 시녀 설화를 시켜 새끼 밴 원숭이를 죽이고 그 새끼를 빼서 그릇에 담은 뒤 시비들이 모인 데서 보게 하니 누가 이것이 원숭이인지 사람인지 구분하겠는가? 어린 시비가 크게 놀라 정당에 가서 고하게 하고 또 어리석은 시녀를 시켜 낙태라고 하며 그릇에 담아 사람들이 모인 데 갖다 드리니, 어느 하나 흉악하고 교묘하지 않은 것이 없었다. 이 모든 일이 다 여씨가 지휘하고 설화가 시키는 대로 받들어 따른 것이었다. 여씨는 진짜 교숙란이 누명을 쓰고 살 도리가 없어 죽으려 해도 죽을 수 없는 지경이 되자, 안성공주와 교한필이 교숙란을 애중하던 일에 대해 쌓인 자신의 원한과 분노를 통쾌하게 씻어낸 듯했다. 게다가 이 대란으로 인해 황제의 마음도 떠나 교숙란을 처형하라는 명이 내려왔으니, 이제 곧 교숙란은 형을 당할 차례였다. 여씨가 이 일을 스스로 기특하고 통쾌하게 여기고 있는데, 뜻밖에 설영이 등문고를 쳐 소아를 일러바치니 두 시녀의 입에서 자신의 지난 허물과 악행이 밝게 다 드러날 지경이었다. 맑은 하늘에 벼락이 내린 것처럼 얼굴색이 질려 금방이라도 쓰러질 듯 경황이 없었다. 이에 시녀 설화를 시켜 천금과 주옥을 들고 회은장로 장형노에게 가서 일의 다급함을 말하고, 법부에 가 두 시녀를 죽여 이 일을 없는 것으로 만들어달라 할 것을 당부해 보냈다. 설화가 급하게 장형노를 찾아갔는데 그때 장형노는 법연을 열고 제자를 모아 요술을 강론하고 있었다. 설화가 나타나 만복을 청하니 장형노가 눈을 감고 미소를 지으며 말했다.

"심부름꾼이 오늘 이를 줄 내 벌써 알고 있었다. 수고롭게 말을 번다히 하지 말고 돌아가면, 지시하신 바를 명심해 처음부터 끝까지 명대로 하겠다고 고해라."

말을 마치고 소매를 떨치며 바람이 되어 사라지니 간 곳을 알 수 없었다. 설화가 돌아와 여씨에게 장형노가 뜻을 따르겠다고 한 말을 전하니 여씨가 다 듣기도 전에 손을 모으고 하늘에 빌며 말했다.

"나를 낳은 것은 부모요, 나를 살린 것은 회은장로다."

여씨는 조이는 간장에 불이 일어 불꽃이 온몸을 사르는 것 같았다. 조금 있으니 소아와 설영이 갑자기 죽어 교숙란이 사형을 면했으나 시골로 내친다는 소식이 왔다. 이렇듯 일마다 그 뜻에 맞으니 윤경주의 부탁을 마저 들어줄 수 있을 것 같았다. 여씨가 교활한 삶의 웃음을 띠며 의기양양해하는 것이 조금 전 모습과는 아주 달랐다.

이날 밤에 촛불을 켜고 교숙란을 취봉산으로 보낼 때 장차 윤경주가 겁탈할 계교를 쓸 생각을 하고 있었는데, 촛불이 찬바람에 흔들리며 장막 밖에 은은하게 인기척이 있었다. 어떤 사람인지 작은 소리로 시녀를 불러서 여씨가 설화를 깨워 장막 밖으로 보내 누구인지 보라고 하니, 사람은 보이지 않고 설영과 소아의 머리만 섬돌 위에 놓여 있었다. 여씨가 아는 일이지만 놀라 마시않았는데 설영의 죽은 목을 보니 분한이 풀리지 않아 화를 내며 꾸짖었다.

"요악한 년이 죽을 줄을 모르고 내 심려를 허비하게 하니 네 어찌 목이 떨어지지 않겠느냐? 네 극악한 대죄를 저질렀으니 황천에 돌아가 지옥을 면치 못할 것이다. 이 여부인의 매운 솜씨를 잘 안다면 지옥의 고초를 받아도 감히 원망하지 못할 것이다."

이렇게 말하고 설화에게 두 시녀의 머리를 연못에 던져 넣으라고 했다. 설화가 너무 두려워 머리털이 솟구칠 것 같았지만 담력을 크게 내어 한 손에 하나씩 겨우 들고 연못으로 가려고 했다. 그때 가늘게 빛나는 달빛이 희미했는데 두 시녀의 머리가 문득 이렇게 말했다.

"몹쓸 사람 같으니라고! 하늘에 닿을 죄악으로 무고한 인명을 살해하였으니 앙갚음으로 받을 재앙이 두렵지 않느냐? 소아는 그 죄악이 지옥을 면하지 못할 것이지만 설영은 당당한 충의열절을 하늘이 기특하게 여기시어 상을 내리실 바이거늘, 흉교한 네년이 사람을 함부로 죽이고 감히 시키는 대로만 할 것이냐?"

여씨와 설화가 이 소리를 듣고 혼이 달아나 정신을 차릴 수 없었다. 잠시 후 여씨는 정신을 차렸으나 설화는 일곱 구멍으로 피를 흘리고 이미 죽어서 깨어나지 못했다. 여씨가 더욱 놀랍고 털이 곤두서 두 시녀의 머리를 연못에 넣을 뜻이 없어졌다. 그러나 날이 밝으면 사람들이 알 것이라 어찌할 바를 모르다가, 심복 시녀에게 촛불을 밝히고 베와 비단으로 머리를 싸게 하고서 빌었다.

"내 이미 못된 짓을 행하여 너희를 죽게 했으니 내 죄가 맞지만, 너희를 살리면 내가 죽을 일이었다. 짐승도 제 몸을 아끼는 정이 있는 것이다. 거룩하게 수륙재를 올려 다음 생에는 너희를 극락으로 이끌 것이니, 잘 돌아가 인간으로 다시 태어나라."

여씨가 말을 마치고 머리 싼 것을 힘을 다해 끌어다 연못에 던져 넣고 돌아왔다. 정신을 수습하고 보니 설화의 시신을 처리할 길이 없어 그냥 두고 이불로 설화의 몸을 덮었다. 다음 날 새벽에 여러 시녀가 깨어 설화를 발로 밀며 말했다.

"이 아이가 어찌 그저 자고 있느냐? 일어나라."

그런데도 일어나지 않기에 이상하게 여겨 이불을 들쳐 보았더니, 설화가 일곱 구멍에서 피를 흘리며 온몸이 퍼렇게 되어 죽은 것이 보기에 흉하고 참담하며 무서울 지경이었다. 여러 시비가 파랗게 질려서 거꾸러졌는데, 여씨가 거짓으로 놀라는 체하고는 어젯밤에는 성하더니 어찌 이렇게 죽었는지 의심하면서 분명 동료들 중 누가 독을 썼다고 하며 어지럽게 충동질을 했다. 시녀들이 억울하다고 하며 크게 원망했다.

교숙란의 결백을 믿는 사람들

이전의 일이다. 정삼의 부인 화씨는 우아한 자질과 현숙한 덕량으로 사람을 잘 알아보고 너그럽고 어질며 공명정대하고 현명했는데 호주사 부인 방씨와는 외사촌 사이였다. 서로 소식을 주고받는 사이라서 호공자의 길례에 친척의 두터운 정으로 잔치에 참석했다. 호주사 부인 방씨와 정이 매우 깊어 자리를 마련해 화목한 분위기에서 정담을 나누고 있었는데 교숙란이 이르렀다. 방부인이 교숙란을 반기며 사람들에게 절하게 했다. 화부인이 보니 소저의 나이가 어려 아직 피지 않은 꽃이 봄바람에 흔들리는 듯했는데, 화장이 담박하고 목소리가 낭랑해 천지의 맑은 정신과 봄바람처럼 따뜻한 기운을 가지고 있었다. 비유하자면 가벼운 기운이 향수에 어리고 깨끗한 잔월이 봄 하늘에 비낀 것 같고, 여덟 가지 광채가 나는 눈썹은 진산이 솟아 있는 것 같으며, 아름다운 귀밑머리는 곤산의 백옥 같고, 뺨에 어린 봄빛은 요지의 복숭아 같았다. 가까이 보니 해와 달 같은 모습이 단정하고 엄숙하기도 하며 부드러운 기질이 여유롭기도 했다. 버들가지 같은 허리에 칠보로 장식한 고운 비단 띠를 맸는데 상서로운 빛이 어리었고 비단옷은 광휘가 찬란했다. 양대의 선녀가 구름을 밟고 낙포의 선녀가 물결을 희롱하는 듯 옥패 소리가 쟁쟁하며 꽃 같고 달 같은 태도가 사랑스러운데 귀밑은 무산의 한 조각 구름을 쓸어버린 것 같았다. 난초 같은 자질은 진실로 천하에 없는 아름다움이요 밝은 눈동자와 흰 이는 과연 인간에서 보지 못한 것이었다. 또 보옥으로 꾸민 머리 장식이 성대하게 빛나니 단정하고 한결같으며 성실하고 장중한 덕이 고금에 비할 사람이 없었다. 화부인이 감탄하며 말했다.

"아이가 어찌 이리 남달리 뛰어나며 단정하고 장중합니까? 잘 자라면 규방의 모범이 될 것입니다."

이렇게 치하해 마지않으며 교숙란을 무릎에 앉히고 귀여워하는 것이 비할 데 없었다. 종일 교숙란을 예뻐해 슬하를 떠나지 못하게 하니 교숙란이 네다섯 살 어린아이지만 속은 다 큰 숙녀와 같았기 때문에 화부인의 하늘 같은 성덕과 정숙한 거동을 연연해하며 차마 떠나지 못했다. 화부인이 집으로 돌아와 교숙란의 기질과 품성을 항상 생각하며 말했다.

"숙란을 슬하에 둘 수 있으면 죽어도 여한이 없겠다."

그러다가 나중에 들으니 호부인이 시댁에 죄를 얻어 세상을 떠났다 하고 호주사의 집안이 다 낙향하여 서로 소식이 끊어졌다. 그러나 화부인은 한결같이 교숙란을 잊지 못하여 서운하고 섭섭한 마음을 금할 수 없었다. 그런데 근래에 교숙란의 음란한 행실에 대한 소문이 돌아 사람들이 귀를 가리고 듣지 않을 정도이니 화부인이 민망하게 여기며 걱정했다. 그 기특한 자질과 단정하고 장중한 성품이 남자였다면 유학의 높은 경지에 이르렀다 하기에 부족하지 않을 정도이건만 이럴 리가 없다고 생각했다. 교숙란의 시운이 막혀 둘째 부인에게서 태어나고 자애롭지 못한 의붓어머니를 만났으니 외척의 정분으로 이 아이를 어떻게 구해 내 기특한 자질을 저버리지 않을까 하는 생각을 하지 않을 수 없었다. 그런데 천만뜻밖에 혼인을 명하는 전지가 내려오고 교씨 집안에서 간절히 청혼을 했다. 여원홍이 월하노인이 되어 중매의 소임을 맡았는데 그러면서 경솔하게 교숙란의 음란하고 못된 행실이 드러나도록 들추어 감추지 않으니 이는 분명 규수를 모함하는 것인 줄 누구나 알 만했다. 그러므로 흔쾌히 청혼을 허락해 교숙란을 슬하에 들이는 것이 지극한 소원이었던 마음을 서태부인께 말씀드리고, 정삼에게 교숙란의 불쌍한 신세에 대해 전후로 아는 바를 전했다. 정삼이 본디 호주사와 매우 두텁게 사귀었기 때문에 교숙란이 어릴 때에 자주 보았는데 소문이 너무 이상한 것을 의심하고 있다가 화부인의 말을 들었으니, 정삼의 선견지명으로 어찌 교숙란의 사정을 모를 까닭이 있겠는가? 흔쾌히 혼사를 허락하고 교숙란을 거둘 뜻이 굳으니 화부인은 진실로 자신이 바라던 바에 맞았다. 화부인은 교숙란을 며느리로 맞이해 슬하에 둔다면 평생에 여한이 없겠다고 생각하고 있는데, 천만뜻밖에 많고 많은 괴상한 변고를 들으니 분하고 울적한 마음을 이길 수 없었다. 그러다가 정인경의 유모 빙섬에게 채월과 홍매를 데리고 교부에 가서 이렇게 저렇게 하라고 하며 상황을 면밀하게 살펴 다른 사람들이 어떻게 하나 알아보고 교숙란에게 더 이상 해를 끼치지 않게 하라고 당부하여 보냈다.

정인경은 나이 12세에 성현의 후손답게 도학이 이루어지고 몸집이 완연히 15세는 된 것 같아서, 비하자면 맑은 하늘의 밝은 해처럼 훤하고 맑은 바람이나 비 갠 뒤 달처럼 티끌 없이 깨끗한 마음이었다. 품위가 맑고 높으며 정신이 드높아 높은 눈썹은 강산의 정기를 거두었고 맑은 소회는 천지의 조화를 감추었으니, 공자의 제자 안연과 같은 덕이 있어 온화한 바람과 상서로운 구름 같았다. 또 문천상의 의로움와 진중자의 청렴함을 가졌으니 사람들이 자연히 그를 공경하게 되었다. 교숙란과는 삼생에 다하지 못한 인연이 있고 상제가 명하신 백 년의 금슬을 월하노인이 맺은 것이니 이는 우연한 연분이 아니었다. 《시경》〈관저〉의 시처럼 요조숙녀는 군자의 좋은 짝이니 무슨 흠이 있겠는가마는, 군자와 숙녀의 시운이 좋지 않고 액운이 아직 다하지 않아서 요얼이 만든 재앙을 만나 원앙이 짝을 잃을 지경에 이른 것이었다. 아름다운 숙녀는 구해도 구할 수 없는 것인데 천자께서 혼인을 명하시고 부모가 이에 따르니 정인경 또한 어찌 기쁘지 않았겠는가? 그렇게 부부 사이의 기쁨만을 즐길 줄 알았는데, 어찌하여 거문고 줄이 끊어져 부모님이 깊이 걱정하시고 자신도 놀라게 되었나 하는 생각이 들었다. 그러나 숙녀가 이렇게 참혹한 누명을 쓰게 된 것이 두려웠고 이미 이렇게 된 이상 윤리나 예의의 중요함은 따질 필요가 없다고 생각해 침착하고 담담하게 거리끼지 않게 되었다.

하루는 이빈이 딸 이자염을 보러 왔다가 이윽고 외헌으로 나와 정인광 등과 이야기를 나누었다. 이빈이 말했다.

"어린아이가 우물에 빠질 것 같으면 원수라도 못 본 척할 수 없는 것이 인정에 당연하네. 교상서(교한필) 집안이 어지러워 들리는 소문이 이상하니 보기에 참담하고, 자네 동생이 변을 당한 것이 또한 불행하지 않은가? 교씨가 어진 숙녀라고 하기에 흠잡을 것이 없었는데 지금 죽음으로도 씻지 못할 누명을 쓰고도 스스로 목숨을 끊지 않았네. 그것은 과연 그 행실이 빙옥같이 깨끗하기가 가을볕에 표백하고 강물에 씻은 것과 같아 부끄러울 것이 없다는 뜻일 걸세. 앞으로 좋은 날이 올 수도 있는데 부모님께서 주신 몸을 누명 때문에 마친다면 효행에 죄가 될 것을 헤아려 한 목숨을 남긴 것이지. 또 교상서가 자식을 사랑하는 정이 특별한데도 요즘 딸을 피해 선영에 가 있다고 하니, 그 아비가 여느 사람 같다면 딸의 앞날이 저러할 리 없을 것인데 모두 다 한필이 못난 탓인 듯해 매우 안타깝군. 이런 사람에게 어찌 교씨 같은 요조숙녀가 있는지 이상한 일일세. 내 친척이나 친한 벗은 아니지만 이웃에 살고 있어 자연히 그 규수의 아름다운 명성을 들었는데, 이에 이르러서는 착한 사람이 원망을 품고 죽어버리지나 않을까 염려가 깊네. 자네 동생도 이런 원통한 일이 있다는 것을 아는가? 여자가 한을 품으면 오뉴월에도 서리가 내린다고 했는데 태평성세에 어찌 이 같은 불행이 있겠는가? 영존당(정잠)이 돌아오시면 교씨의 지극한 한을 명백히 밝힐 것이네."

정인광이 가만히 듣고는 교숙란이 어릴 때부터 뛰어난 자질을 갖추고도 희한한 변고를 당한 것을 탄식했다.

"시운이 돌아 운수가 트이면 자연히 요얼이 뒤집어지고 어진 사람이 밝은 하늘을 볼 것이니, 때를 기다려 아우의 일을 처리하겠습니다."

이때에 정인경이 그 자리에 있으면서 이빈의 말을 추측해 보았다.

'교씨에 대한 더러운 소문이 억울한 것이라면 그 집의 어지러운 일이 무엇 때문에 그렇게 괴상하며, 규수의 몸으로 더러운 누명은 어찌 된 연고이기에 이렇게까지 심한가? 교한필이 사치스럽고 교만하며 본데없이 무도하다고 하나, 어찌 제 집안을 다스리지 못해 조정을 시끄럽게 하고 온 도성 사람들이 더럽다고 침 뱉어 하나뿐인 딸의 평생을 어지럽게 하는가? 이것이 어떻게 된 일인가? 이상서는 성실한 군자시니 부질없는 의심을 하지는 않을 것이다. 이 또한 나의 운수가 좋지 못한 까닭이로다.'

그러더니 이내 다시 생각했다.

'군자는 눈으로 사악한 것을 보지 않으며 예가 아니면 보지도 않고 듣지도 않는다. 교씨 집안과 내가 피차 간섭할 것이 없으니 이런 생각이 부질없구나.'

그러고는 더 이상 마음에 두지 않았다.

정인경의 꿈

절기가 빠르게 바뀌어 가을바람이 쌀쌀하고 밤기운이 맑으니, 기러기는 남쪽으로 날아가고 귀뚜라미가 침상 아래로 들어왔다. 정잠 일행이 아직 돌아오지 않아, 정인경이 계절이 세 번 바뀌도록 백부와 형을 멀리 이별하니 우러러 그리는 마음을 이길 수 없었다. 달빛을 타 계속 거닐며 잠을 이루지 못하다가 문득 눈을 드니 한 쌍 앵무새가 손님이 왔다고 알리는 것처럼 앞을 인도했다. 한 곳에 다다르니 흰 구름이 뫼를 가리고 붉은 꽃이 물을 둘렀는데 인간 세상이 아니요 거울에 비친 것처럼 말끔한 강산이었다. 저절로 정신이 상쾌해지고 발걸음이 가벼워 신선이 될 뜻이 훌쩍 일어났다. 문득 보니 한 누각이 공중에 어렴풋하게 멀리 보이는데 상서로운 노을이 둘렀고 서늘한 안개가 자욱했다. 수정 기둥은 높이 하늘에 닿았고 해와 달과 별들이 비끼어 높은 하늘에 빛나는데, 백옥으로 만든 현판에 황금글씨로 크게 '천장지구삼청전(天長地久三淸殿)이요 학년난명십선부(鶴年鸞命十仙府)'라고 새겨져 있었다. 멀리서 바라보니 정신이 황홀하고 가까이 대하면 눈과 귀가 어지러웠다. 한참 문밖에서 배회하고 있는데 문득 황죽 피리 소리가 끝나고 백옥 통소 소리가 그치더니 한 여동이 별 같은 눈동자에 달 같은 뺨을 하고 구름 같은 치마에 안개 같은 저고리를 입고 앞에 와서 말했다.

"바야흐로 삼도부인과 서왕모께서 이곳에 모이신 것은 성군께서 오늘 오실 것이기 때문입니다."

정인경이 여동이 인도하는 대로 좇아 들어가니 복사꽃 아래에서는 봉황새 울음을 듣고 흰 연꽃이 핀 연못에서는 물고기가 노니는 것을 굽어볼 수 있어, 항아의 월궁이 아니라면 서왕모의 요지인 것이었다. 먼저 구슬발을 높이 걷고 모여 있던 옥녀가 모두 일어나니 별 무리나 구름같이 많은 손님들이 차례에 따라 온화한 말로 인사를 마쳤다. 정인경이 말했다.

"오늘 이 자리에 참여하니 영화가 더할 수 없고 은혜가 깊습니다. 여러 선인께서는 제게 은혜를 베푸시어 속인의 꿈을 깨닫게 해주시기 바랍니다."

윗자리에는 한 부인이 있었다. 구름 같은 치마에 안개 같은 저고리를 입고 별같이 높은 관에 달 모양 노리개가 쟁쟁거리는데, 귀밑머리의 빼어난 기운은 곤륜산의 백옥 같고 꽃 같은 뺨의 봄빛은 요지의 복숭아 같았다. 붉은 입술을 열어 옥 같은 목소리로 그윽하게 말했다.

"삼청궁에서 오래 있었던 것을 완전히 잊었구나. 오늘 옥경에 조회하고 영소전 방사천태를 받들어 돌아가는 길이라서 너를 보고 잠깐 정을 이르고자 한 것이다."

그러고는 여동을 돌아보고 말했다.

"속세의 꿈을 깨우는 것은 신선의 술 한 잔이로다."

잠시 후 백옥잔에 자하주를 내왔다. 정인경이 한번 잔을 들어 마시자 문득 운무를 헤치고 맑은 하늘을 보는 것 같았다. 이에 그 부인이 정인경을 나오라고 해 앞에 앉히고 손을 들어 정인경의 이마를 어루만지며 그윽한 목소리로 말했다.

"나는 바로 너의 백모 양씨다. 내 네가 태어나기를 기다리지 못하고 돌아왔으니 나의 얼굴을 네가 알지 못할 것이다. 그러나 네가 군자 된 것이 이와 같으니 내 어찌 흐뭇하지 않겠느냐? 또 네 형의 성덕이 성인의 높은 경지에 가까이 이르고 예절과 효행이 특별하니, 내 비록 삶과 죽음의 길이 다르지만 흐뭇하고 즐겁구나. 그의 액운이 다하지 않아 민자건이나 왕상과 같은 일이 있으니 내 깊이 슬펐지만, 제 운수가 궁하지 않으니 길운이 형통하는 때가 있을 것이다. 네가 또 잘 성장해 숙녀를 취하니 그녀는 상제가 명하신 배필이요 삼생의 다하지 않은 연분이다. 주씨네 딸이 초년 운이 험하여 부모를 잃고 교씨 집안에 의탁하여 천륜이 막연하니 이 모두 여씨의 잘못이란다. 누가 교숙란이 주성염인 줄 알겠느냐? 오래지 않아 여씨는 패운이 들 것이니 교한필이 깨달아 숙란이 고행에서 훌쩍 벗어날 것이다. 여씨가 입을 열어 숙란의 친부모를 찾아낼 것이요, 주씨네 딸의 팔 위에 '자성' 두 글자가 있으니 결국 이것으로 징조를 경험할 것이다. 여씨의 죄악이 차고 넘치니 하늘이 내리는 벌을 어찌 피하며 지옥의 고초를 어찌 면하겠느냐? 주성염과 전세의 원업이 무거워 의붓어미라 칭하고 그 목숨을 온갖 방법으로 해쳤지만, 주성염이 성인과 같은 덕이 있고 숙녀의 착한 성품임을 하늘이 특별히 알아 계모가 죽이려고 우물에 빠트려도 우물의 곁에 구멍을 뚫어 목숨을 보존한 순임금처럼 살아나니 어찌 착하고 기특하지 않겠느냐? 자기 몸에 누명을 썼지만 주성염의 바른 행실과 맑은 열절은 밝기가 해와 달로 빛을 다투고 효행이 특출한 것은 인성이보다 못하지 않단다. 요조숙녀는 군자의 좋은 짝이니 그 어린 시절 겪은 궁한 액운은 뜬구름이나 흐르는 물과 같은 것이다. 오늘 특별히 너를 청한 것은 다름이 아니다. 너와 나는 숙모와 조카 사이인데도 이승과 저승의 길이 떨어져 있어 네가 비록 나의 얼굴도 모르지만 내 마음에는 너를 생각하지 않을 수 없구나. 또 너의 짝을 정하는 중요한 일에 금슬의 마가 낀 것이 이와 같으니, 주성염을 청하여 너와 서로 만나 그녀가 백옥같이 티 없다는 것을 알게 해 네가 숙녀의 평생을 저버리지 않도록 부탁하려는 것이다."

말을 마치고 한 선녀를 나오라고 하여 곁에 앉히고 정인경에게 말했다.

"이 사람은 계궁의 직녀로 아까 말한 주성염이란다. 네 평생의 배필인데 비록 초년 운명이 험하여 친부모를 잃고 전세의 과보로 흉악한 여씨의 수중에서 곤욕을 치르느라 누명을 썼지만, 옥같이 고고한 행실이 맑고 밝으니 부끄럽지 않을 것이다."

이에 그 선녀의 옷소매를 걷어 고운 팔을 내어 보니 힘줄이 글자처럼 생겼는데 '자성' 두 글자였다. 이 두 자를 정인경에게 보여주며 말했다.

"네가 이것을 보고 나중에 저 아이의 친부모를 찾을 때 징조로 삼아라."

정인경이 보니 그 선녀가 나이는 12세가 못 되어 아직 피지 않은 꽃이 봄바람에 쓸리는 것 같아서 청량한 맑은 정신과 초승달 같은 은은한 기질이 있었다. 옥패 소리가 쟁그랑거리고 꽃과 달 같은 태도가 아름다웠는데 여섯 폭 치마는 소상강 푸른 물결을 잘라 지은 것 같고 귀밑은 무산의 한 조각 구름을 쓸어버린 것 같았다. 한 쌍 눈썹에는 그늘이 드리웠으니 눈 같은 피부와 꽃 같은 얼굴에 밝은 기운이 사라지고 별 같은 눈동자와 꽃 같은 뺨에는 봄빛이 초췌했다. 이 과연 세상에서 보지 못한 아름다운 숙녀였는데 고운 팔에 글자가 분명하고 한 점 앵혈이 찬연해, 비하자면 흰 눈 위에 연지를 뿌린 것 같아 천지의 정숙한 기운과 서릿발의 서늘한 정신이 있었다. 정인경이 한번 보고 놀라 마지않았는데 선녀가 푸른 눈썹에 온갖 근심을 띠다가 잠깐 수습하는 모양을 하며 얼굴을 반만 숙이고 눈썹을 잠깐 찡그렸다. 15세가 되지 못했는데도 온갖 아름다움을 갖추었으니 멀리서 바라보면 천상의 부인이요 가까이서 마주하면 요지의 서왕모였다. 가는 눈썹은 변경에 버들이 푸르른 것과 같고 냉담한 안색은 옥병에 매화가 하얀 것 같았다. 근심이 미미하게 눈동자에 어리었고 꾀꼬리 같은 목소리임에도 오래 입술을 닫고 말없이 한참을 있었는데, 고개를 숙이고 말씀을 듣다가 일어나 하직하고 돌아가려 하자 부인이 다시 말했다.

"너의 액운이 오래지 않아 사라질 것이니 부모를 찾아 돌아가 효로써 공경하고 평생 배필과 금슬 좋게 부부의 즐거움을 누리며 잘 살거라. 내 친히 너의 속세의 꿈을 깨워 돌아올 때가 있을 것이다."

정인경이 선녀가 나가는 곳을 바라보다가 부인의 옥 같은 목소리가 귓가에 낭랑해 다시 말하고자 하니 부인이 정인경에게 말했다.

"내 아이(정인성)의 도학과 효행이 안연이나 증자보다 못하지 않고 의로운 충렬은 기신 장군이나 무안왕 관우에게도 뒤지지 않을 것이다. 수복이 높고 무거워 곽분양보다 더할 것이라 내가 항상 기뻐했는데, 형세가 비록 다르지만 문득 순임금과 흡사한 일을 당하니 제 몸이 위태한 것이 계란을 포개놓은 것보다 더 다급하구나. 모두 하늘이 정한 운명이요 저의 전세의 과보이니 누구를 원망하고 누구를 한하겠느냐마는 이 저승에서도 슬퍼지지 않을 수 없구나. 그래서 이 단약 한 알과 작은 거울을 주겠다. 이 약은 이름하여 금단이라고 하는데, 한번 삼키면 비록 독약을 목구멍으로 넘겼다 해도 금단을 삼킨 후에는 독기가 들어가지 못해 장과 위가 녹지 않으니 내 아이의 목숨이 완전하여 염려가 없을 것이다. 또 훗날 진사년 오일에 자객의 환란이 있을 것이니 이 거울을 신변에 두면 요사한 환술이 감히 힘을 쓰지 못하여 위태하지 않을 것이다. 이 두 가지를 날짜를 어기지 말고 서기 홍윤을 시켜 보내어 내 아이가 반석같이 안전하게 하거라."

정인경이 정인성의 위태한 형세에 대해 마음속으로 지극히 슬퍼하고 있었는데, 양부인의 가르침을 듣고 주신 것을 받아 보니 기특하고 신기했다. 매우 기뻐하며 미처 대답하지 못하고 있는데 뜰에서 학의 울음소리가 들렸다. 놀라 깨달으니 이 모든 것이 침상의 한바탕 꿈이었는데, 꿈에서 깨어도 손에 거울과 단약이 그대로 있었다. 이상하면서도 다행스러운 가운데 양부인의 장중하고 단아한 모습과 존엄하고 위엄 있는 모습에 자애 가득하시던 것이 눈앞에 역력하니 처연히 그립고 비통했다. 정인성이 지금 망극한 일을 당해 저승과 이승이 멀리 떨어져 있음에도 음덕을 베푸시는 성의를 생각하니 슬픔을 이길 수 없었다. 또 교숙란의 행동거지와 모습이 눈앞에 아른거렸는데, 이는 구태여 생각하는 것이 아닌데도 저절로 뚜렷해져 마음속으로 이렇게 생각했다.

'이 일이 또 이상하니 교씨가 아니라 주씨라 하시고 완전히 억울하다 이르시는데, 과연 꿈속의 일처럼 주씨가 되어 나로 하여금 짝을 잃는 탄식이 없게 한다면 어찌 다행이 아니겠는가?'

그러나 이내 또다시 이렇게 생각했다.

'그것은 남의 집 일이니 내가 생각을 어지럽게 하는 것은 군자의 단정한 도리에 옳지 않도다.'

그래서 정인경은 더 이상 그 일을 마음에 두지 않았다. 이때는 한밤중이라 아침 문안을 드리기에는 이른 때였다. 내당에 들어갈 수 없어 일어나 세수하고 머리를 빗고 뜰을 거닐며 하늘을 보고 정잠과 정인성의 별자리를 헤아려 보니 정인성의 액운이 멀리 있지 않았다. 경악하여 얼굴빛이 질릴 정도였지만 문득 금단과 보배 거울을 얻었으니 마음이 좋지 않은 가운데에도 매우 다행스러웠다. 홍윤에게 맡겨 만 리 밖의 형님에게 보내야겠다고 생각했지만 숱한 근심 걱정을 이길 수는 없었다.

동방이 밝아 오자 내당에 들어가 인사하고 밤사이 존후를 물었는데, 서태부인이 화부인과 같이 정잠 일행이 돌아올 때를 말씀하셨다. 정인경이 잠자코 모시고 있다가 오누이들과 형수들이 아침 문안을 왔다 돌아간 후 서태부인 곁에 가까이 앉아 밤사이 자신이 꿈꾼 일이 또렷한 것을 말했다. 그리고 단약과 거울을 보여드리며 오늘 아침에 보낼 것이라고 고했다. 서태부인이 다 듣기도 전에 서글프게 눈물을 흘리고 어루만지며 말했다.

"우리 며느리의 혼백이 멀리 있지 않구나. 내 저를 여읜 슬픔이 층봉에서 딸을 잃은 한유의 한보다 못하지 않거늘, 늙은 어미에게 일찍이 서로 알리는 것이 없어 내 더욱 슬펐다."

화부인이 역시 눈물을 흘리며 서태부인을 위로하고, 즉시 심부름꾼을 보내면서 편지를 써 거울과 단약을 붉은 비단 궤에 담아 보냈다. 하지만 철저히 비밀에 부쳤기에 집안에 이 일을 아는 사람은 없었다.

매를 맞고 해심정에 갇힌 교숙란

여씨는 설영이 갑자기 죽은 일이 통쾌했지만 소아를 잡아 바친 것이 매우 한스러웠다. 그 한을 설영의 아비 장박에게 풀려고 했으나 아직 교숙란을 윤가로 보낼 것을 도모하느라 미처 다른 일을 꾀할 겨를이 없었다. 매란을 시켜 날마다 보리죽을 삶아 해심정에 두고 교숙란의 병이 행여 차도가 있는가 물어보았는데, 매란이 한결같이 위중하다고 하다가 이제는 처음에 정신을 못 차리던 때에 비하면 조금 낫다고 하니 여씨가 말했다.

"성문 밖으로 내친 죄인을 지금 집안에 두는 것이 불안하고 가짜 숙란으로 변신한 난혜를 먼저 보냈으나 끝내 마음이 놓이지 않으니 어느 정도 정신을 수습할 만하거든 말해라. 내가 숙란을 취봉산으로 보낼 것이다."

매란이 명을 받아 그대로 계영에게 전했다. 이때 계영은 설영이 등문고를 울린 일이 허사가 되어 교숙란의 누명을 밝히지 못하고 못된 시비 소아와 같이 갑자기 죽었지만, 한갓 동기를 잃었다고 슬퍼하고 있을 수만도 없었다. 설영은 열렬한 충의와 당당하게 곧은 기운이 고관이나 열사와 비교해도 부끄럽지 않았으나, 하늘이 낸 주인의 큰 효성을 감히 훼손할 수 없어 여씨의 요악하고 간교한 것을 바로 고하지 못하고 어리숙하게 소아를 잡아 바쳐 주인의 억울함을 씻으려 하다가 도리어 긴 명을 지레 마치고 말았다. 그러니 이제 계영이 충성하는 방법은 다른 것이 아니라 오직 교숙란의 유배를 푸는 것뿐이었다. 원통하고 슬프기가 인간 천지에 이 같은 것이 없어 온갖 아픔으로 애가 끊어질 지경이니, 차라리 언니의 뒤를 이어 대궐의 북을 울리고 원통한 일을 고할까도 했지만 소아가 죽었기에 여씨를 거든 다른 사람을 댈 수가 없었다. 또 이렇게 되면 숙란 소저가 자신을 원수나 역적 같은 시비로 알아 살아생전에도 용납지 않을 것이고 죽은 뒤에 혼백이라도 감히 소저를 모시지 못할 것이었다. 사사로운 정으로 일러도, 장박은 딸 둘뿐이었는데 설영이 갑자기 죽어 절통함이 미쳐 날뛸 정도이니, 계영마저 잘못되면 아비의 명을 마치게 하는 것이나 마찬가지였다. 게다가 언니가 이별할 때에 충효를 완전히 하라고 당부하던 말을 생각하면 또 차마 저버릴 수가 없었다. 그래서 소저를 받들며 아비에게 효도하고자 하여 살아 있기는 했지만, 하류의 천한 신분임에도 불구하고 귀한 집안의 소저처럼 깨끗한 아름다움과 맑은 기질을 지닌 사람이었기 때문에 이런 일을 당하자 기운이 소진되어 목숨을 부지하기 어려울 지경이었다.

계영이 슬픈 한을 억누르고 안색을 꾸민 채 상처에 약을 붙이기 위해 교숙란에게 갔다. 교숙란은 밤새 정신을 차리지 못하고 물에 잠긴 것처럼 세상을 모르는 듯 있었는데, 목숨이 모질어 한 줄 명맥이 걸려 있는 것이 처절해 작은 울음이나 말 한마디조차 꺼내지 않았다. 그러다 계영이 약을 붙이자는 소리를 듣고 비로소 몸을 돌려 눈을 가늘게 떠 계영을 보며 물었다.

"설영이 너와 같이 고초를 달게 받으려고 하더니 어디 갔느냐?"

계영이 교숙란을 더 슬프게 할까 싶어 사실대로 고하지 못하고 이렇게 대답했다.

"아비 병이 요사이 매우 잦아서 보러 갔습니다."

교숙란이 약 붙이는 것은 놔두고 또 말했다.

"네 거동을 보니 매우 슬퍼 경황이 없고 울음이 터지는 것을 힘들게 참는 형상이다. 나의 옥중 고초를 새삼 슬퍼하여 이러는 것은 아닐 터이다. 설영의 거처를 바로 고하지 않겠느냐? 내 아까 잠깐 잠들었는데 설영이 앞에 와서 눈물을 흘리며 머리를 조아리고 말하기를 '제가 못나고 충성스럽지 못해 일을 어설프게 하고 생각을 잘못하여 소저의 억울한 누명도 밝히지 못한 채 도리어 소아 그 못된 것과 더불어 갑자기 죽게 되었습니다. 원한 맺힌 혼백이 하늘에 부르짖어 서러운 바는 주인과 종의 정이 벅차고 부녀의 정이 한이 없는데, 살아서 충효를 펴지 못하고 죽어도 한을 품은 귀신이 되는 것을 면하지 못하는 것입니다.'라고 했다. 그 밖에도 여러 말이 있었으나 내가 기운이 미치지 못하고 정신이 어지러워 다 옮기지 못하겠다. 병중에 허약하여 실상 없이 허탄한 꿈을 꾼 것이면 다행이되, 그렇지 않다면 설영이 무사하지 못한 것인가 싶은데 어찌 감추느냐?"

말을 마치는데 두 눈에 맑은 눈물이 솟아 옷과 자리가 젖을 정도였다. 계영이 더 이상은 감추지 못하고 전후사를 대강 고했는데, 목이 메고 가슴이 꽉 막혀 소리를 내지 못하니 붉은 눈물이 순식간에 내를 이뤘다. 교숙란이 비록 묻지 않으며 듣지 않고도 자기가 갈 곳을 대신 간 것인 줄 짐작했으나, 차마 흉하고 더러운 누명을 덮어쓴 것이 이 지경에 이르고 법부에 소송을 내기까지 할 줄이야 어찌 알았겠는가? 다 듣기도 전에 마음이 놀라고 머리털이 솟구쳐 저절로 떨리는 것을 깨닫지 못했는데, 설영이 죽은 것에 다다라서는 너무도 크게 슬퍼하며 그 열다섯 청춘을 아깝게 여기고 진실된 충심을 절절하게 애도했다. 본디 세 사람은 겉으로는 주인과 종이지만 실상은 규방의 벗이었기에 정이 더욱 간절했다. 교숙란은 시비들의 뛰어난 인물이 속세에 물들지 않은 것을 사랑하고 흐뭇하게 여겨, 바느질과 베 짜기며 옛 책들의 글을 가르쳐 모르는 바를 깨닫게 하고 알고자 하는 것을 일러주곤 했다. 설영은 성격이 강직하고 솔직해 온화하고 자애로운 계영의 성격과 다르니, 교숙란이 늘 설영에게 계영을 배우라고 했지만 그 천성을 고치지 못했었다. 그러나 설영이 일찍 죽은 것은 그의 운명이 아니라 숙란의 환난으로 인한 것이니, 이는 바로 동진의 왕도가 주백인의 죽음을 두고 나 때문에 죽은 것이라고 했던 일이 아니겠는가? 다만 한편으로는 소아와 설영이 죽은 것이 다행한 일이기도 했다. 그들이 죽지 않고 살아남아 자기의 누명을 밝혔다면 여씨의 잘못이 모두 드러나 어떻게 할 수 없을 것이었기 때문이다. 그래도 교숙란은 설영의 사람됨을 아끼고 충의를 불쌍히 여겨, 고운 손으로 땅을 치고 슬프게 부르짖으며 눈물을 줄줄이 흘렸다.

"슬프도다, 설영아! 내 비록 못났으나 너의 주인이다. 어찌 등문고를 울리는 큰일을 혼자 결정해 진실한 충성심으로 속절없이 긴 목숨을 지레 그쳐 내가 충성스러운 시비를 마저 잃게 하느냐? 내 본디 재앙이 많은 몸이라 모질게 죽지 않아서 화를 너에게 끼쳤으니, 어찌 내 손으로 너를 죽인 것과 다르겠느냐? 초나라 숲에 불이 나자 타 죽은 잔나비처럼, 충성스러운 시비가 억울하고 참혹하게 죽은 것은 박덕하고 못된 주인으로 말미암은 것이로구나. 그런데도 네가 요절한 것을 슬퍼하면서 한편으로 또 다행으로 여기니, 너를 저버린 것이 아니고 무엇이겠느냐?"

말을 마치고 슬퍼해 마지않으니 계영 역시 더욱 원통해하며 슬픔을 이기지 못했다. 그러나 일이 벌써 그렇게 되었고 슬퍼해도 어찌할 길이 없는 바에 소저의 슬픔을 더하게 할 수 없어 마음을 넓게 가지라고 위로했다. 또 최근 매란이 전한 말을 고하기를, 못된 여씨가 요사한 난혜를 교숙란으로 변하게 하여 먼저 취봉산으로 보내고 소저의 병세가 나아지기를 기다렸다가 뒤쫓아 보내려 한다고 아뢰었다. 그러나 교숙란은 눈을 감고 아무 말도 하지 않았다. 설영이 죽은 것을 절절히 슬퍼하고 자신이 입은 흉악한 누명이 뼈에 사무치게 한심해 아예 세상일을 끝낼 뜻이 급했던 것이다. 계영이 위로하고 보호하는 정성이 살뜰하여, 지금 죽으면 억만년이 지나도 소저의 누명을 씻을 길이 없다고 하며 마음을 넓게 먹고 나중을 보라고 애걸했다. 교숙란이 충성스러운 시비의 지성에 더욱 감동했으나, 살아 있는 사람의 은혜는 갚기를 기약할 수 있어도 죽은 사람의 은혜는 갚을 길이 없음을 슬퍼하며 마음의 병이 더해졌다. 그러나 부모가 낳아주신 몸을 칼아래 던져 원통하게 죽은 혼백이 되는 일은 차마 할 수 없기에 저절로 기운이 다해 숨이 끊어지기를 기다렸다. 위태로운 숨이 이어지는 가운데 세월이 흐르니 해심정에서의 시간도 석 달이 지났다.

교숙란을 취봉산으로 보내는 여씨

가을이 깊어지자 날씨가 싸늘하고 찬 바람이 매서워 계영이 매란에게 말했다.

"부인이 소저를 취봉산으로 보낸 후에는 더 이상 살려두지 않을 것이지만, 이 춥고 누추한 옥에서 목숨을 보전하는 것도 어려운 일이구나. 차라리 빨리 결단을 내어 내일이라도 소저를 취봉산으로 보내게 해라."

매란이 알겠다 하고 여씨에게 말했다.

"소저의 상처가 나았는데도 춥고 누추한 옥에 있으니 몸이 무척 위태롭습니다. 그만하고 취봉산으로 보내시는 것이 옳겠습니다."

여씨가 말했다.

"내 친히 가서 살펴보고 보내려 하였다. 움직이는 것이 어려워 미루고 있었는데, 내일 새벽에라도 얼른 보내야겠다."

이날 밤 공주궁에 속한 사람들이 다 돌아간 후 여씨가 하인에게 명하여 오경 북이 울릴 때 원문 밖에 수레를 대기시키라 하고 소교를 타고 북원으로 갔다. 매란 등이 촛불을 들고 해심정에 이르렀는데 계영은 잠깐 쳐다보지도 않았다. 여씨가 북원에 다다라 안에 향을 피우고 자리를 깨끗이 하라 하고서 소교에서 내려 교숙란을 보았다. 교숙란은 정신이 혼미한 채 거적에 누워 있었는데, 밖이 어수선하고 불빛이 밝으며 향 연기가 자욱하더니 매란 등이 옥 안을 쓸어 자리를 깨끗이 하면서 여씨 부인이 오신다고 전했다. 교숙란은 자기가 사람의 도리를 아주 모르는 것이 아니고 아직 한 줄기 숨이 붙어 있기에 어머니를 맞이하지 않을 수 없었다. 하지만 또한 자신의 흉한 누명을 생각하면 이렇게 죽지 않은 것이 목숨이 모질기 때문이라 차마 낯을 들고 일어날 수가 없었다. 그저 머리를 거적에 박고 무릎을 꿇은 채 오열할 뿐이었다. 여씨가 들어와 자리에 앉으니 교숙란이 머리를 조아리고 눈물을 흘리며 말했다.

"불초녀가 극심한 재앙을 얻어 천고에 없는 흉한 누명을 쓰고 벌을 받은 몸이 되었으니 부모님 뵙는 예를 감히 행하지 못하옵니다. 세상 천하에 소녀같이 모진 목숨이 어디 있겠습니까? 구차하게 살기를 꾀하여 참담한 욕과 더러운 소문이 점점 더해지는 것이 너무나 애통합니다."

해칠 듯이 급한 여씨의 눈에도 짚자리에 꿇어 엎드린 교숙란의 모습은 남다르게 보였다. 구름 같은 머리카락이 어지럽게 찬 바람에 날려 드러난 살쩍은 흰 옥을 닦은 것같이 아름답고, 어깨는 나는 제비가 엎드린 것같이 우아해 누추한 곳의 더러움을 찾아볼 수 없었다. 그러나 호흡이 가쁘고 명맥이 위태로워 저승길을 재촉하는 것을 보니 독사같이 모질고 독한 여씨임에도 조금은 측은한 마음이 들었다. 게다가 교숙란을 이렇게 만든 것이 다름 아닌 자신이었으니 어찌 천지의 신이 두렵지 않겠는가? 처음 뜻은 교숙란을 몰래 보내되 병이 다 나았으면 다시 한바탕 때려 반 주검을 만들어 공주 모자가 편애할 때 뼈에 사무치게 밉고 분했던 뜻을 마저 시원하게 풀려 했던 것이었다. 그런데 이렇듯 위태하고 가련한 모습을 보니 차마 손을 들 수 없어 도리어 요사한 눈썹을 찡그리고 눈물을 흘리며 말했다.

"누구를 한하고 누구를 원망하겠느냐? 여자로서의 행실이 고결하지 못하여 이에 이르렀으니, 네가 욕되고 괴로운 것은 말할 것도 없고 조상의 명예가 추락하고 문호가 불행한 것을 어찌 이를까? 네가 나를 생모가 아니라 하여 적을 불러들여 칼로 찌르려 하나 나는 실로 친생 자식과 달리할 뜻이 없다. 지나간 일은 이미 흘러간 물과 같으니 이후로는 자신을 책망하여 부디 착해지기를 바란다. 지난날 홧김에 심하게 다스리고 나서 이내 네가 너무나 불쌍하게 여겨졌지만, 너의 죄가 또한 창대하니 어찌 될 줄 몰라 너를 이곳에 두고 조정의 결정을 기다렸다. 다행히 사형을 내리는 전지를 거두시고 성문 밖 궁벽진 곳으로 옮기라는 명이 내렸으니 불행 중 기뻐서 위로가 되었으나, 너같이 위태로운 약질이 억울한 누명을 쓰고 나가면 산촌의 흉완한 인심에 또 무슨 욕을 볼까 두려웠다. 그래서 환술을 부리는 이인을 구해 먼저 그곳에 보내어 생각지 못한 변이 있어도 방비할 도리를 했는데, 간 지 한 달 남짓 되었으나 놀라운 소문은 없구나. 너를 집에 감춰두는 것이 도리가 아니므로 오늘 밤에는 이렇게 직접 와서 이별하고 새벽에 너를 취봉산으로 보내려 하니, 모름지기 조용히 있으면서 마음을 가라앉히고 착한 도를 닦도록 하거라."

말을 마치며 손을 잡는데 애석해하는 뜻이 조금 보였다. 이는 당연한 인정이었지만 여씨는 물욕에 물들어 간사하고 흉악한 성격이 어릴 때부터 생겨나 열 살도 안 되어 천성을 잃은 사람인데, 오늘 홀연 인정이 동한 것은 교숙란의 가련하고 처절한 모습을 보았기 때문이다. 이때 교숙란이 귀를 막지 못하고 여씨의 말을 들으니, 자기의 만리 앞길이 볼 것 없이 끝날 것은 새로이 이를 바가 없으나 마음이 더욱 무거워질 따름이었다. 모친이 하늘과 땅의 귀신을 피하지 않고 마음과 사람을 속여 꾀는 말과 간사한 말로 자신의 불인함을 감추고 덕을 드러내 이른바 '은악양선(隱惡佯善)'의 윗자리를 차지할 것을 생각하니, 모녀의 명분이 지극히 무겁고 크며 타고난 효성이 출중하므로 그 악을 쌓는 일이 걱정되었던 것이다. 슬프게 탄식하고 오열하느라 오래 말을 잇지 못하더니 이윽고 머리를 조아리고 말했다.

"불초한 저의 죄명이 천지간에 둘 곳이 없으니 신세와 운명은 이를 것도 없고 불효와 문호의 부끄러움을 생각하건대 일만 번 죽어도 능히 갚지 못할 것입니다. 그러나 하늘이 알고 귀신이 알고 있습니다. 살아서 죄를 입었으나 죽어서 저승의 백골에는 부끄러움이 없으니 지극하게 원통한 일을 당하고도 지금 죽지 못하는 것이 한스럽습니다. 어머니께서 천한 소녀를 생각하시어 시골의 사나운 인심 때문에 사람을 대신 보내 안위를 시험하셨다고 하니, 이는 다 소녀를 사랑하시는 은애에서 비롯된 바입니다. 그러나 모두 공명정대한 바른 도가 아니니 소녀의 죄를 더하는 것이 됩니다. 이후로는 사정이 절박하여도 술수로 사람을 속이지 마시고, 불초한 저는 아예 없던 이로 알고서 걱정하지 마십시오. 부모님을 모시고 아랫사람들을 거느려 편안히 계시면 소녀가 비록 누명에 얽히고 죄명에 잠겼으나 어지러운 근심을 족히 잊을 수 있을 것입니다."

말을 마치고 길게 한숨을 쉬었다. 여씨가 비록 몹시 간악한 마음을 가졌으나 숙란의 온순하고 공손하며 강개한 태도가 자신의 바르지 못한 간흉함을 꺾으니 이내 안색이 참담해져 말없이 탄식했다. 그러다 거짓으로 운명을 탓하는 척하며 짐짓 교숙란의 뜻을 떠보려고 마음에 없는 눈물을 뿌리며 말했다.

"너의 죄가 참혹하니 정씨 집안에서 한번 묻지 않는 것을 어찌 한스러워하겠느냐마는, 원래 정씨 집 아들이 매우 박정하여 불미스런 소문이 없을 적에도 싫어하는 것이 낯빛에 드러났었다. 요사이에 와서는 침 뱉어 욕하기를 마다하지 않고 정씨 부중의 어리고 천한 종이라도 입 있는 사람마다 침 뱉어 욕하면서 납폐 문명을 찾아 파혼하는 것이 옳겠다고 한다 하니 이것이 다 주인이 가르친 말인 것이다. 반드시 빙물과 혼서를 찾는 폐단이 있을 것이니 내 집에서 아니 내어주지는 못할 것이요 그렇다면 정가와는 남이 되는 것이다. 옛날에 흉노의 포로가 된 이릉이 자신을 데리러 온 입정에게 말하기를 '내 이미 호복을 하였으니 몸을 두 번 욕되게 하지 못할 것이다.'라고 하고서 한나라로 돌아가지 않았다. 충신과 열녀의 절개는 한가지다. 이릉이 본디 한나라 황제를 저버리고자 한 것이 아니라 그릇되게 목숨을 사랑하여 큰 절개를 세우지 못한 것이다. 여자의 절개도 본디 낮은 것이 아니지만 신세를 그르쳐 의탁할 곳이 없어지면 그 절개를 지킬 수 없는 것이다. 하물며 정씨 집안에서 너를 초개같이 여기면 너도 그 집안을 미천한 사람들같이 대해야 할 것이다. 너의 아버지가 너를 다시 자식으로 알지 않으니 너는 삼종의 첫머리를 바랄 것이 없고 남편이 없으니 자식을 낳을 길도 없다. 다시 어디로 돌아가 의지할 것이냐? 하물며 마냥 젊은 나이가 아니니 청춘의 빛이 변하기 전에 대계를 정하는 것이 이릉이 오랑캐 옷을 입은 일과 같을 것이다. 사마천의 《사기》에 나오는 진평의 처를 보아라. 호유의 부자 장부의 손녀로서 여러 번 시집가서 번번이 남편이 죽었으니, 그때 어찌 진평이 있어 장씨의 박명을 복되게 하며 부귀를 이룰 줄 알았겠느냐? 지금 형세가 비록 예전과 다르지만, 나쁜 운이 다하면 좋은 운이 오는 것이니 너의 괴로움과 슬픔이 한결같지는 않을 것이다. 이제 또 진평이 있을 줄 어찌 알겠느냐? 스스로 몸을 보호하고 덕을 닦아 과부였지만 소열 황제의 정비로 책봉되었던 오씨의 영화를 바라거라."

교숙란이 이 말을 듣고는 옷소매로 귀를 가리고 고요히 엎드려 있다가 의기가 복받쳐 말했다.

"소녀 비록 더러운 소문에 잠기어 관청의 형을 받고 형틀에 엎드렸으나 한 조각 바른 마음인즉 위장공의 부인 장강이 〈백주(柏舟)〉 시를 노래했던 것처럼 변함없이 절개를 지키고자 합니다. 어머니는 저의 앞길을 걱정하시고 세월을 애석해하시나 고사에 비겨 이르지 마십시오. 소녀가 모질어서 목숨을 태산같이 여기오나 만일 불의한 일로 더러운 소문을 얻을 것 같으면 실낱같은 목숨을 기러기 털처럼 가볍게 여기는 것이 무엇이 어렵겠습니까?"

말을 마치는데 그 기운이 매서워 더 이상 말을 건넬 수 없었다. 여씨는 숙란이 당당하고 깨끗하며 굳은 마음으로 죽더라도 뜻을 굽히지 않을 것임을 알았다. 기분이 매우 나빴지만 슬픔과 괴로움은 세월이 흐르면서 더할 것이고 붉은 옥 같은 청춘에 텅 빈 규방에서 인륜을 폐한 사람이 되어 산촌의 적막하고 원통한 것이 만고를 통틀어 비길 데 없을 것이니 시간이 지나면 마음을 돌릴 것이라 생각했다. 이에 두어 가지 과일과 따뜻한 음식을 가져다 권하니 교숙란이 그 마음을 짐작하고 취봉산에서도 무사하게 있지 못할 것 같아 슬퍼했다. 살고 싶은 마음은 없지만, 여씨가 한 조각 인정을 보이는 거동이 희귀하고 이미 죽지 못했으니 변을 당할 때에나 죽어야겠다 생각하여 권하는 것을 사양하지 않고 두어 번 먹은 후 그릇을 물리고 말했다.

"어머니께서 어찌 새벽을 기다리시겠습니까? 정당으로 돌아가시는 것이 마땅합니다."

여씨는 교숙란이 곧 죽을 것같이 위태로운 것을 보니 취봉산에 미처 가지 못할까 걱정할지언정 할머니와 아버지에게 인사하고 가겠다고 할 걱정은 없다고 생각했다. 또한 태어난 뒤로 이런 허름한 집은 본 적이 없었기 때문에 털가죽을 입었어도 밤기운이 괴로워 교숙란의 말대로 돌아가고자 했다. 숙란의 손을 잡고서 무사하기를 당부하고 매란에게 교숙란이 가는 것을 보고 오라 하니 매란이 그러겠다고 했다. 교숙란은 눈물을 흘리며 긴 말을 하지 못하나 할머니와 아버지께 인사드리지 못하고 떠나는 것이 슬프고 여씨가 비록 악착같이 못된 짓을 했지만 모녀 사이에 마침내 긴 이별을 하게 되니 서글픈 마음이 일었다. 이에 재삼 강건하시기를 청하니 그 지극한 효성의 정성스러움이 고스란히 드러났다. 교숙란을 낳은 것은 주처사와 유부인이지만, 숙란은 자신을 낳아주신 부모가 따로 있다는 것을 알지 못했다. 타고난 혈맥이 서로 응하는 것이라고 한다면 안성공주와 교한필과 호씨는 교숙란과 전혀 다른 핏줄이니 혈맥의 정이 있을 것이 아니었으며, 더욱이 여씨는 심상치 않은 원수인데 부모가 된 운명이 막대하니 효성의 지극함을 능히 막지 못한 것이었다. 더구나 안성공주 모자가 천륜이 아닌데도 교숙란을 사랑하는 것이 병이 될 정도였는데, 교숙란의 죄가 커 벗어날 수 없게 되고 그 사람됨이 하늘과 땅이 다른 것처럼 전후가 달라지니 애가 타고 미쳐 버릴 지경이었다, 평범한 정과 사랑이라면 이러하겠는가? 주처사 부부라도 안성공주 모자보다 더하지 못할 것 같으니, 이 부녀는 하늘의 명으로 그 의를 맺은 것이라 이렇듯 아버지가 사랑하고 딸이 효도를 하는 것이었다.

교숙란을 위해 화부인이 보내준 사람들

여씨가 매란에게 당부하고 돌아간 후 매란이 홀로 교숙란을 모시고 있었다. 계영이 잠깐 나가 아비를 보고 여씨가 돌아간 후 즉시 들어왔는데, 교숙란이 고요히 누워 깊이 생각하는 바가 있는 듯 아무 말을 하지 않았다. 매란이 계영에게 헤어지는 정을 말하며 슬퍼해 마지않으니 계영이 그 마음에 감사해하고 자신들이 이 생에 하늘의 해를 볼 수 있다면 은혜를 갚을 것이라고 했다. 매란이 좋아하지 않으며 정색하고 말했다.

"영낭(계영)은 괴이한 말로 어찌 나를 몸 둘 바 모르게 하는 것이냐? 소저는 우리 주인이다. 믿고 바라는 것이 영낭과 다르겠는가마는 궁중에 요얼이 성하고 간사한 일이 흉하니 감히 입을 열어 소저께 해를 더할 수 없었다. 그래서 명령을 좇아 사사로운 의견을 두지 못하나 도척이 공자를 해친 것처럼 소저를 해칠 수 있겠는가? 그대가 은혜를 이르니 괴이하고 황당할 따름이다."

계영이 이내 사과하고 교숙란이 두 시비가 말을 많이 하는 것을 좋아하지 않으므로 말을 그치고 가만히 모시고 있었다. 그러다 교숙란이 갑자기 흩어진 머리를 쓸고 손을 들어 말없이 생각하더니 문득 얼굴색이 변하며 놀란 얼굴로 외쳤다.

"슬프도다, 설영아! 나를 위하여 속절없이 죽다니. 살아서 이 위태로움을 당하지 않으려는 것이냐?"

말을 마치고 도로 쓰러지니 계영이 나아가 아뢰었다.

"제 아비가 언니의 원통한 죽음을 슬퍼하고 소저를 모실 시비가 마땅하지 않은 것을 민망해하여, 충성스러운 유모 한 명과 영리한 어린 종 두 명을 얻어 행차를 시위해 취봉산으로 모시고자 하오나 소저의 뜻를 몰라 여쭙습니다. 제가 세 사람을 보니 진실로 소저를 모실 만합니다. 새삼스레 죽은 언니를 생각하고 슬퍼하시는데, 만일 쓰실 곳이 있으면 저들을 불러 소임을 알려주십시오. 저 또한 비록 불충하오나 언니의 대를 이어 죽을 곳이라도 사양하지 않을 것입니다."

교숙란이 눈길을 주어 한참을 바라보다가 이윽고 대답했다.

"내가 죄인 신세가 아니라도 시비를 쌍으로 모아 어지러이 하고 싶지는 않다. 하물며 지금은 더러운 누명을 쓰고 있지 않느냐? 두 명의 시비 중 하나는 나의 재앙으로 죽었으니 너도 내 앞에 두는 것이 달갑지 않은데 어찌 평생 못 보던 잡인을 모으겠느냐? 네 아비에게 일러라. 내가 한 고조처럼 창업을 하는 것도 아니거늘 세 인걸이 있어도 쓸데가 없으니, 부질없이 시녀를 구하지 말고 다만 새벽에 수레나 대령하라고 전하거라."

계영이 놀랍고 의아해서 물었다.

"소저의 행거를 부인이 명하여 오경 북이 울리면 원문에 대기하라 하였는데, 또 어찌 아비에게 수레를 대령하라 하십니까?"

교숙란이 힘없이 몇 번 탄식하더니 두 줄기 눈물을 가볍게 떨구며 말했다.

"구차하게 욕을 면하고 한목숨을 부지하려는 것이 일마다 흉하고 모질게 되는 까닭이니, 더러운 누명을 썼다고 한스러워하지도 못하겠구나. 그러나 네 말을 듣고 내 결단하고자 한다. 한나라 고조의 창업이 아닌 다음에야 유방의 모습으로 꾸미고 항우의 군사를 유인했던 기신처럼 하는 것이 어려운 줄 모르는 것이 아니지만, 네가 유약하지 않고 최파와 잠깐 의논한 바도 있기에 말하는 것이다. 궁노들이 대령하는 수레에 네가 오르고 최파가 따라가다가 몹쓸 변을 만나거든 이리이리 하여 적을 물리치도록 해라. 그렇게 목숨을 보전하여 우리가 살아서 다시 만난다면 설영이 생각 없이 죽은 것에 비하겠느냐? 네가 만일 내 말대로 한다면 나는 네 아비가 대령한 수레에 올라 취봉산으로 갈 것이다. 매란이 나라고 생각해 너를 쫓으려 할 터인데, 네가 일을 그릇하고 응변을 잘못하여 명을 이루기 위해 죽는다면 내가 너를 마저 죽이는 것이 된다. 임금이 신하를 위하여 죽는 일은 없으니 평상시라면 종을 위하여 죽지 않겠지만, 나의 궁진한 형세는 너를 죽인 후에는 더 부지할 길이 없으니 장차 죽지 않고 어찌하겠느냐?"

계영이 엎드려 말씀을 듣고는 절을 하고 머리를 조아리며 말했다.

"제가 비록 불충하고 민첩하지 못하오나 소저의 간곡한 말씀과 저 같은 하인에게 사생을 기약하시는 하늘 같은 은혜를 아무렇지 않게 저버리고 편벽되게 죽어 갚기를 바라겠습니까? 소저는 존체를 보중하십시오. 그리고 저 세 사람을 매몰차게 거절하지 못할 곡절이 있으니 어찌 진즉 아뢰고자 하지 않았겠습니까마는, 소저께서 일상사는 마음에 두지 않고 사람들의 성심만을 청하시니 제가 감히 어지럽게 많은 말을 하지 못했습니다. 저 유모는 주군 정상공(정인경)의 유모 빙섬이라 하고 어린 종은 유모의 딸 홍매이며 한 사람은 정씨 부중의 화부인이 일을 맡기시던 채월입니다. 화부인은 소저의 극심한 원통함과 슬픔을 멀리서 짐작하시고 유모 모녀와 채월을 보내시어 소저를 보호하게 하려는 것이니 밝으신 은택이 달에 비길 만합니다. 어찌 그 은혜를 뼛속 깊이 감사해하지 않겠습니까? 세 사람이 소저를 모시고 취봉산으로 가기로 정했으니, 설사 그들을 내치신다 해도 주인인 화 부인의 명을 받들어야 하기에 헛되이 돌아가지 못할 것이라 합니다. 소저께서 받아들이지 않으셔도 저들은 물러나지 않을 것입니다."

교숙란이 듣고 나서 이미 짐작한 바임에도 낯 뜨겁고 부끄러워 얼굴이 붉게 물들었다. 한참을 있다가 이렇게 말했다.

"나의 죄명이 망극하여 누명을 쓰고 세 가지 인륜이 다 끊어져 사람 무리에 들지 못하게 되었다. 비록 혼담이 진행되던 것에 의지하여 몸을 마치고자 해도 그 실상은 파혼을 밝히지 않았을지언정 죄명이 드러나 의절한 것이다. 무슨 뜻으로 정씨 집 하인들을 머물게 하겠느냐? 모름지기 내 뜻이 사람 보기를 원하지 않는다 하고 돌려보내거라."

계영이 대답했다.

"명대로 하겠습니다만, 이 사람들이 아비 집에 있은 지 열흘이 넘었는데 한결같이 움직이지 않고 있습니다. 화부인께서 이들에게 소저를 모시고 보호하게 되거든 시간이 오래 걸리더라도 세상 소식을 끊고 다만 소저의 누명이 밝혀지기만을 기다려 예로 받들어 돌아오는 날에 같이 만나기를 부탁하신 것이라 합니다. 그러니 소저께서 용납지 않으시면 죽을지언정 돌아가지는 못할 것이니 소저 앞에서 죽겠다고 합니다. 저의 하찮은 말로는 이 사람들을 돌려보내지 못할 듯해 걱정입니다."

교숙란이 눈살을 찌푸리며 말했다.

"만승천자의 존엄으로도 필부의 뜻을 빼앗지 못하는 것이니, 그들이 비록 고집스럽게 머물려 해도 내 구태여 두고자 하지 않는다면 어찌 억지로 계속 있을 수 있겠느냐? 네가 사리를 자꾸 말하는 것이 나의 아픈 마음을 알지 못하고 우리 집안의 불미스러운 일을 외인에게 전파하는 것이 된다. 그리하여 내가 누명을 쓴 데다가 만고에 없을 불효의 죄까지 더하려 하는 것이니 어찌 불행하지 않겠느냐?"

말을 마치고 깊이 생각에 잠긴 듯하니 그 기운이 엄정해 말을 붙이기 어려웠다. 계영이 황송하여 머리를 땅에 조아리며 사죄하고 밖으로 나왔다. 아비에게 다음 날 새벽에 수레를 대령하라 하고 최파와 임기응변할 것을 의논하며 모든 일을 잘 처리하고, 빙섬 등에게 소저의 뜻을 전하며 집으로 돌아가라고 청했다.

원래 빙섬은 정인경의 유모이고 홍매는 빙섬의 딸로 정인경과 같은 나이였다. 채월은 화부인이 신임하는 어린 종이었는데, 화부인이 홍매와 채월을 정인경의 부인에게 주려고 정해둔 것이었다. 빙섬은 매우 충성스럽고 성실했는데 정인경을 젖 먹여 키우면서 우러르는 정성이 비길 데가 없었기에 그 원통함은 계영보다 못하지 않았다. 홍매와 채월은 교숙란이 어떤 사람인지 보지 못했지만 누명이 해괴하기가 세상에 다시 없으니, 정인경의 금슬의 즐거움이 미처 시작되기도 전에 종고가 깨지고 아교나 옻칠같이 친밀한 부부 사이가 어긋난 것이 애달파 마음이 좋지 않기는 빙섬과 한가지였다. 화부인이 큰아들 부부와 둘째 며느리의 병에 대한 근심으로 마음이 어지러워 교숙란의 일까지 마음 쓸 여유가 없을 것 같았지만, 교숙란의 죄명이 법부에 떠들썩하고 황제까지 아시게 되니 본디 천 리를 앉아서 헤아리는 밝은 식견을 가진 터라 그 지극한 원통함을 듣지 않고도 훤하게 깨달았다. 그래서 빙섬 등에게 명해 근처에 가 소식을 탐문해 소저를 찾아 보호하고 쉽게 돌아오지 말라고 하며 두어 줄 글을 주어 소저에게 보게 하라고 했다. 빙섬 등이 엎드려 명을 받고 8월 초순부터 9월 초에 이르도록 교숙란의 소식을 탐문하는데, 정성을 다해 먹지도 못하고 자지도 못하며 찾아다녔다. 그러다 요행히 최파를 만나 소식을 묻다가 설영이 죽은 소식에 이르러서는 최파가 원망스럽게 부르짖는 것을 듣게 되었다. 빙섬 등이 그동안의 일을 물어 바야흐로 교숙란의 원통함과 슬픔이 화부인이 헤아린 것과 같음을 알 수 있었다. 그러나 소저가 누명을 쓰고 북원에 갇혀 있어도 그 뜻이 강철처럼 단단하고 구정(九鼎)처럼 무거워 허탄하고 요망한 것에 의지하는 바가 없음을 듣고는, 감히 뵙기를 청하지 못하고 그저 최파의 집에서 날을 보내고 있었다. 그러다 교숙란이 상처가 나아 성문 밖으로 나가려 한다는 것을 듣고서 계영에게 비로소 자신들이 왔음을 고하라 하고 받들어 모시기를 바라고 있었다. 그런데 교숙란이 스스로 죄명을 무릅쓸지언정 양어머니의 허물을 외인에게 말하지 않기 위해 빙섬 등을 머무르게 할 뜻이 없어 매몰차게 돌아가라고 한 것이었다. 빙섬 등이 탄복하며 말했다.

"진실로 큰 효성이로다. 우리가 비록 흙이나 나무같이 미천한 존재이지만 세 치 혀를 어지러이 놀리고 말을 퍼뜨려 소저의 타고난 대효를 상하게 할 리가 있겠는가? 우리 부인께서 이미 소저의 뜻을 알고 글을 써 주셨으니 소저로 하여금 뜻을 돌이켜 우리를 받아들이게 하시려는 것이다. 영낭이 가져다 소저께 드리도록 하게."

빙섬이 상자에서 봉서를 내어주니 계영이 가지고 서둘러 돌아와 교숙란에게 이를 아뢰고 봉서를 드렸다. 교숙란이 부득이 몸을 일으켜 뜯어 보니 필법이 먼저 눈에 들어오는데, 금과 옥이 빛을 다투는 것 같아서 이사의 필체도 이보다 신기할 수 없고 위부인의 신령스러운 필법도 이에 미치지 못할 것이었다. 숙녀의 깨끗한 마음과 어질고 사리에 밝은 부인의 규모가 나타나며 수려하고 영롱해 오채가 황황한 것이 교숙란이 태어난 후로 한 번도 본 적이 없는 필체였다. 마음속 깊이 공경하지 않을 수 없어 글의 뜻을 보니 불과 두어 줄의 글임에도 교숙란의 깊은 원통함을 꿰뚫어 비추고 있었다. 그 내용은 주공이 모함을 당하고 증삼이 살인의 누명을 쓴다 한들 그 무엇이 허물이 되겠는가 하며 빙섬 등을 머무르게 하는 것이 해롭지 않고 쫓아 보내는 것이 편벽된 고집에 가깝다는 것이었다. 문장에 법이 있어 대가의 뜻이 나타나고 글의 뜻이 간략해 번쇄한 것을 취하지 않았으나 조금도 매몰찬 것이 없었다. 시어머니의 사랑이 모녀의 정보다 덜하지 않으니 얼굴을 못 보았으나 멀리서 그 억울함을 알아채고 목숨을 부지할 것을 당부하는 뜻이 참으로 간곡하고 지극했다. 교숙란이 타고난 대효로 뼈에 사무치는 은혜를 어찌 감사하지 않겠는가마는 스스로 죄명을 얻은 때로부터 세상의 일을 마음에 둔 것이 없었기 때문에 그저 편지를 공경스레 간수할 뿐 고요히 아무 말도 하지 않았다.[2] 계영

---

2 아비에게 다음 날 새벽에 수레를 대령하라 하고(362쪽) ~ 아무 말도 하지 않았다: 이 부분은 장서각본 47권의 53~56면에 내용상 착종이 있어 순서를 재구성하여 옮겼음.

이 그 뜻을 몰라 명을 청하니 교숙란이 눈을 감고 가만히 있다가 별 같은 눈을 가늘게 뜨고 말했다.

"삼종의 도가 끊어지고 삼강오륜이 끝난 죄인이 어찌 조심하는 예의와 공경하는 염치를 알겠느냐마는, 저 부인께서 가르치시는 은혜는 덕화를 겸하였다. 나는 어린 사람이요 저분은 어른이시니 어린 사람은 어른의 가르침을 따라 어기지 않아야 할 것이다. 하지만 못내 두렵고 불안함이 더해지는구나."

계영이 기뻐하며 바삐 나와 전하러 가려는데 교숙란이 또 말했다.

"끝내 내외할 것은 아니나 취봉산에 가서 보아도 늦지 않으니 아직 저들을 이곳으로 부르지는 말거라."

계영이 명을 받고 나와 빙섬 등을 보고 교숙란의 말을 일렀다. 빙섬 등이 다행스러운 마음을 이기지 못했는데 채월이 이렇게 말했다.

"저희가 소저를 기다린 지 오랩니다. 소저 또한 저희를 영낭과 다르게 대하실 것이 없지만 지금은 오히려 저희가 서먹하실 테니 영낭이 소저 곁을 일시도 떠날 수 없는 형세입니다. 제가 불민하고 착실하지 못하지만 주인을 위해 견마지심(犬馬之心)을 다하고자 하니, 외람되지만 기신의 고사를 이어 수레를 타고 먼저 가겠습니다. 최파가 뒤를 이어 쫓아가 응변하기를 전에 의논하셨던 대로 한다면 제가 죽지 않고 취봉산으로 들어갈 것이니 영낭과 두 분은 소저를 모시고 가십시오."

빙섬과 홍매가 다 옳다고 하며 계영이 하려고 한 계획을 채월에게 말하라고 했다. 계영이 교숙란의 뜻을 알 수 없고 또 채월의 기상이 매서워 잘못하면 죽지 않을까 두렵기도 해 소임 바꾸는 것을 허락하지 않으니 채월이 미소를 지으며 재삼 청했다. 그러다 문득 닭이 새벽을 알리고 옥루의 종고가 자주 울리자 채월이 계영의 말을 기다리지 않고 돌연 일어나 옷을 고쳐 입으니, 비록 죄명을 입은 사람의 복색을 했지만 여느 어린 여자 종들과는 달랐다. 계영의 손을 이끌어 원문으로 보내 달라 하여 소저의 명을 듣지도 않고 계영의 소임을 앗아가니 당돌한 죄를 면하지 못할 것이었다.

"취봉산으로 가면 죄를 받을 생각입니다. 지금은 일이 급하니 제가 먼저 수레에 타겠습니다. 영낭은 두 분과 함께 소저를 모시고 평안히 가십시오."

계영이 제가 해야 할 일을 소저 모르게 채월에게 미룰 수 없다고 다투었으나, 채월이 듣지 않고 북원에 이르니 최파가 또한 그 계획대로 하고자 채월을 쫓아갔다. 여러 사람이 권하는 것과 채월이 진정으로 행하는 충의에 계영이 감격해 따지고 다투지는 못했지만 불안하면서도 걱정해 마지않으니 채월이 웃으면서 걱정하지 말라고 했다. 계영이 채월을 북원에 머무르게 하고 들어가 교숙란에게 아뢰었다. 교숙란이 더욱 좋지 않게 생각하며 채월이 가는 것을 말리려 했지만, 저 시비가 스스로 원해 그런 것이라 말해도 듣지 않을 것이고 자신의 점괘에 계영이 아닌 다른 사람의 응함이 있었던 까닭에 작은 일도 운수대로 된다는 것을 깨달아 딱 잘라 막지는 않았다. 또 명분상 주인과 시비일지언정 평생 들어본 적 없는 저 시비가 충심으로 위험을 무릅쓰고 홀로 사지에 나아가는 것이 진실로 천고에 드문 충의이므로 그를 기특히 여겼다. 그러나 자기 집의 좋지 않은 일이 점점 더 드러나 알려지는 것이 안타까워 힘없이 몇 번 탄식하더니 말했다.

"예양의 충성으로도 범씨와 중항씨에게는 보통 사람의 예로 갚았고 지백에게는 국사로서 갚았다. 하물며 나는 저 사람들의 얼굴도 모르니 보통 사람의 예로도 알아주지 않았는데, 저 사람들이 문득 예양이 지백에게 갚은 것과 같이 하는 것은 어찌 된 일이냐?"

계영이 대답했다.

"진실로 드문 충성일 뿐 아니라 화부인이 부탁하신 말씀이 범상하지 않은 듯싶습니다. 옛날에 오자서가 초에서 망명할 때 어부와 빨래하던 여인이 자신의 뜻을 증명하기 위해 물에 빠져 죽었는데 이는 목숨을 아끼지 않고 대사를 이루고자 한 것입니다. 소저가 당하신 일은 오자서가 부형의 복수를 한 것과 다르기는 하지만 궁한 형세는 고금에 비할 곳이 없습니다. 그런데도 알아주는 사람이 없었는데 화부인이 멀리에서 알아채시고 이 사람들을 보내주셨습니다. 세 사람이 죽기를 기약하고 갚고자 하니 예양의 충성도 이에 이르지 못할 것입니다."

교숙란이 길게 탄식할 뿐 아무 말도 하지 않았다.

장손탈 등이 원문에 수레를 대고 교숙란의 출발을 재촉했다. 매란이 나가 채월을 이끌어 수레에 태우니 최파가 그 뒤를 쫓아갔다. 매란이 멀리 가도록 바라보며 그 의기와 어진 충성심에 감탄하다가 들어가 교숙란에게 이별을 고했다.

"제가 감히 오래 머물러 소저의 수레를 배웅하지 못하는 것이 서운합니다. 그러나 부인이 기다리시는데 시간이 오래되면 걱정이 더해질까 싶으니 이만 돌아가겠습니다. 바라건대 소저는 건강을 잘 돌보시어 존체를 상하게 마시고 훗날을 보십시오. 열앵이 괴이한 병을 얻어 여러 달 인사를 차리지 못해 소저의 화변을 모르나, 정신이 돌아오게 되면 원통한 슬픔이 계영과 다르지 않을 것입니다."

교숙란이 다만 어머니를 모시고 무사히 있으라 하고 열앵을 힘써 구호해 죽지 않게 하라고 하니 매란이 대답했다.

"열앵의 병은 걱정하실 것이 아닙니다. 부인이 온갖 치료법과 약으로 부디 살리려 하시니 제 명이 길다면 죽지 않을 것입니다."

교숙란이 알았다고 했다.

매란이 정당으로 들어간 후 잠깐 있으니 동방이 밝아 왔다. 장박이 비로소 수레를 가져와 교숙란이 타기를 기다렸다. 교숙란이 겨우 몸을 일으켜 여씨의 처소를 향해 네 번 머리를 조아리고 여덟 번 절하는데 피눈물이 끊임없이 흘러 두 소매를 적시고 흐느끼는 소리 끊어져 숨이 막힐 듯하니 계영이 붙들어 간곡히 권유해 수레에 올랐다. 교숙란이 화부인의 글월과 혼서와 빙물을 가지고 가마에 올라 자물쇠를 채운 뒤 수레를 굴려 원문으로 나갔다. 가을바람이 싸늘하게 옷소매를 파고들고 가을 기러기가 슬프게 부르짖었다. 추위가 오동을 물들이고 찬 서리 내리는데 날씨가 차갑고 수풀이 처량해 나그네의 슬픔을 돋우었다. 빙섬 등이 등나무 덩굴을 헤치고 서리와 이슬을 무릅쓰며 수레를 따라갔는데, 주인의 원통하고 억울한 누명과 혹독하고 통렬한 회포를 생각하면 모두가 슬픔을 이길 수가 없었다. 그러니 교숙란의 슬픔 가득한 아픈 마음이야 어떠하겠는가? 이러한 운명의 기구함과 험한 시운은 만고에 없는 것이었다. 평생 몸을 닦아 도를 행한 것이 그림의 떡이 되어 음란한 제나라 문강과 선강보다 덜하지 않게 되고 천륜을 넘는 자애를 베풀던 아버지도 그 은애를 베어냈으니 어디를 향해 슬픈 원망을 고하겠는가? 천만 가지 억울함과 슬픔을 머금고 집을 떠나면서 직접 뵙고 하직하지 못하니, 색동옷을 입고 춤추며 부모님을 즐겁게 해드릴 일을 이룰 날이 없을 것 같았다. 온갖 시름에 간장이 녹고 원통한 눈물이 피가 되어 옷소매를 적시니 완연히 붉은 꽃을 뿌린 것처럼 핏빛이 낭자했다. 생모가 이 모습을 본다면 어찌 여씨를 만 개의 검으로 베고 싶지 않겠는가?

취봉산 설원정에 은거하는 교숙란

길을 떠나 취봉산에 이르니 산봉우리가 뛰어나고 지세가 활달해 천 길 낭떠러지에 험난한 절벽이었다. 무성한 소나무와 대나무가 시내를 따라 길을 덮었는데 서릿바람에 단풍이 산에 가득해 비단옷을 차려입은 듯했다. 산수의 풍경이 매우 수려해 서시나 양귀비가 화장을 한 것처럼 빼어난 미녀의 모습이었다. 그러나 빙섬 등은 그런 것을 즐길 뜻이 없어 오직 수레를 따라 별원에 들어갔다. 여씨가 먼저 교숙란 행세를 하고 있던 난혜에게 통보해 오늘 교숙란이 나간다고 일렀기에, 그날 난혜는 성안으로 가 안성공주를 모시고서 밤을 지내고 돌아오겠다 하고 수레를 차려 궁으로 향했다. 궁의 노복들이 갇혀 있던 죄인으로서 이같이 하는 것을 속으로 욕했지만 진짜 교숙란의 수레가 이르사 겉으로는 인사를 느리셨다고 했다. 그러나 계영이 소저가 몸이 좋지 않다고 하여 물리치고 수레를 바로 난간 앞에 댔다. 홍매가 중문을 닫고 빙섬이 좌우를 살펴 궁의 비복 무리가 없음을 확인하자 계영이 교숙란을 부축해 방으로 들어갔다. 빙섬 모녀가 처음

뵙는 예로 절을 마치고 잠깐 바라보니, 그 옷 입은 것은 죄인의 모양이었지만 완연히 규수의 몸단속을 하고 있었다. 처량하고 서글픈 모습은 보지 않아도 알 것이나 다만 그 자태와 품격은 우러러 공경할 만했다. 빙섬 등이 본디 지체 높은 분들을 모시면서 선비와 부인들의 아름다운 얼굴을 익히 보아 온 터라 다른 하인배들보다 눈이 높았음에도 교숙란의 모습을 우러러보고는 놀란 숨을 내쉬었다. 그 슬프고 괴로운 모습과 초췌한 기질이 더욱 소담해 아름답기 짝이 없으니, 옥 같은 뺨이 발그레하고 여덟 가지 광채가 빛났다. 가을 달이 때를 타 봄볕을 거둔 것처럼 온갖 모습에 갖가지 아름다움이 더해져 나타나니, 난새의 기질과 봉황의 높은 재주가 평범한 무리보다 빼어나 훌륭한 덕이 빛나는 것이 은은히 성인의 맥을 이었다. 그 선명하게 빛나면서도 정숙하고 우아한 것이 정인성의 부인 이자염과 정인광의 부인 장성완에 비하면 비록 더 윗자리에 있지는 못해도 세 번째 자리를 사양하지는 않을 정도였다. 이렇게 교숙란의 기품이 가볍지 않고 본디 주인을 섬기는 예가 신하가 임금을 모시는 것과 같은 까닭에 이들이 오직 공경하고 삼가는 예를 지킬 뿐이었다.

교숙란이 네 살 때에 안성공주가 누에를 치는 것을 보고자 해 여기에 와 며칠을 머물렀는데 교숙란도 따라와 별원을 두루 본 일이 있었다. 그런데 이제 이곳에 안치 죄인으로 왔으니 십년 사이에 인사가 달라진 것이 더욱 마음에 북받쳤다. 또 이곳에서도 자신을 가만히 두지 않을 것을 생각하니 혼과 넋이 놀라 달아날 지경이어서 오늘날 아주 궁벽진 곳에 숨어 완전히 세상을 끊고자 했다. 옛날 어렸을 때 집 형태를 본 기억이 모두 뚜렷했는데 설원정이라는 집이 생각났다.

그곳에 벽실이 있는데 밖으로는 겹문이 있어 아스라하게 문이 높으니 안은 조용한 방이고 밖은 높은 다락 같았다. 집 모양이 공교한 것이 신선이 놀더라도 헤매게 된다는 수 양제의 미루(迷樓) 형상 같아서 어둡지 않아도 사람이 그 방에 있는 것을 알 수 없었다. 이곳은 안성후(교성)가 살아 있을 때 인력을 많이 들여 지은 곳으로 혹 누가 이곳에 들어오기라도 하면 중벌을 내렸다. 교숙란이 계영에게 자기 대신 별원에 있으라 하고 자기는 벽실에 있었는데 계영이 계책을 올렸다. 채월이 계교를 이루고 돌아오면 교숙란이 숨을 거두었다고 소문을 내어 적들의 변을 막는 것이 옳다는 것이었다. 교숙란이 탄식하며 말했다.

"내가 본디 격렬하지 못해 구차하게 험난한 일을 당하고도 목숨을 부지하고 있는 터에 네 말대로 하고 싶지 않은 것은 아니다. 그러나 원래 환술하는 도사가 삿된 법이 많으니 음양의 수를 점쳐 나의 생사를 모르지 않을 것이다. 만약 속인 것이 드러나면 설원정 벽실에 숨을 것이다."

계영이 깨달아 엉성한 꾀를 다시 말하지 않고 오직 명을 받들어 교숙란의 몸을 대신했다. 교숙란이 계영을 별원에 두고 자신은 벽실에 숨으니 빙섬 모녀가 머리를 조아리며 쫓아가 모시기를 청했다. 교숙란이 계영을 별원에 두고 자신만 혼자 벽실에 있기가 어렵고 빙섬 등의 충성스러운 뜻에 감동해 스스로 갚을 길이 없는 것이 매우 한스럽기는 했으나 매몰차게 거절하지 못하고 같이 벽실에 들었다. 그런데 이곳은 인적이 끊긴 지 팔구 년이나 되었는데 이런 일이 있었기 때문이다. 공주궁의 비복들 중 난화라는 시비가 있었는데 괴이한 신기가 내려 잡귀와 요신들을 받들어 모시다가 죽을 때가 되자 설원정 벽실로 옮겨달라고 하더니 방 안에 요신을 잔뜩 벌여놓고 나와서 죽은 일이 있었던 것이다. 그 후 다른 사람이 벽실 틈을 들여다보면 피를 흘리고 죽을 것이라고 해 궁의 노복들이 감히 쳐다보지 못하고 봄가을로 이 방을 향해 정성을 드렸다. 때를 어겨 조금이라도 소홀히 하면 분명 징벌이 있을 것이 두려워 부모의 제삿날보다 더 정성을 드릴 정도였다. 하지만 교숙란이 어찌 이런 일을 알았겠는가? 다만 오래 닫아두고 인적이 이르지 않아 그런 줄 알고 속으로 탄식하며, 북원에 인적이 없던 것과 같이 이곳도 폐쇄되어 귀신들이 사는 저승과 같다고 생각했을 뿐이었다. 또 액화를 당한 자신에게는 으슥하고 궁벽진 것이 도리어 해롭지 않다고 여기기도 했다. 빙섬 등과 계영이 힘을 다해 닫힌 문을 여니 방 안에 요신을 벌여놓은 것이 가득했다. 놀라서 서로 돌아보다가 갑자기 거꾸러지며 정신을 잃으니 교숙란이 나아가 세 사람을 살펴보았다. 약을 쓰지는 않고 작은 소리로 귀신을 쫓는 글을 읊으니, 오래지 않아 세 사람이 정신을 차리고 교숙란을 우러러 머리를 조아리며 절을 하고 엎드려 말했다.

"저희들을 소저께서 구하시지 않았다면 비록 죽지는 않더라도 온전한 사람이 되지 못했을 것입니다. 처음에 창문을 열고 머리를 들이밀어 볼 때 정신이 현란하고 두려워지더니 무서운 귀졸과 요괴들이 살과 칼이며 밧줄을 가지고 위협했습니다. 그러던 중 남녘의 탁상에 앉은 귀신이 '이 사람들은 천상에서 별을 시위하고 지상에서 귀인을 모셨으니 궁 안에 있는 벌레 같은 무리와는 다르다. 마음대로 혼백을 탈취하지 못할 것이니 다만 우리를 엿본 것에 대해 작을 벌을 쓰리라.'라고 하더니 문득 발을 구르며 말하기를 '자음성이 친히 임하셨으니 우리가 어찌 감히 머물겠는가? 잘 모르고 큰 죄를 범할까 싶다.'라고 하며 일시에 물러났습니다. 음풍과 같이 어두운 정신이 따라가고 저희들의 정신이 밝아져 인사를 되찾았으니 어찌 소저의 덕택이 아니겠습니까? 과연 요사스러움은 덕을 이길 수 없고 삿된 것은 바른 것을 범할 수 없다는 것을 알겠습니다."

교숙란이 허망하고 터무니없는 것을 좋게 여기지 않기에 말없이 있었다. 계영에게 어지럽게 말하지 말라고 이르고 싶었지만, 빙섬의 모녀가 옆에 있으니 처음 보는 날 책망하는 말을 하는 것이 너무 급한 듯해 그저 가만히 있었다. 세 사람이 또 교숙란의 뜻을 헤아리고 황공해 다시 말을 못 하고 다만 방 안에 벌여놓은 것을 거두어 멀리 가서 불태웠다. 그러고 나서 교숙란이 이곳에 머물렀는데 궁의 노복들은 이를 알지 못했다. 계영이 따뜻한 미음을 가져와 교숙란이 다 마시는 것을 본 후 별원으로 가고 빙섬 등이 교숙란을 모시고 이곳에 숨어 있으니, 하늘의 해를 보기 어려우나 조금도 괴로움을 한스러워하지 않고 교숙란을 받들어 정성과 의기로 죽기를 기약했다. 교숙란이 비록 입을 열어 말로 상대하는 일이 없었지만 어찌 이 은혜를 기억하지 못하겠는가? 자신이 끝내 누명을 쓰고 죽는다면 빙섬 등의 충의를 조금도 갚지 못할까 싶어 깊이 참담해했다.

앞서 채월은 종과 주인 사이의 의리를 매우 중하게 여겨, 임금과 신하 사이의 대의와 다름이 없다고 생각했다.

(책임번역 전진아)

완월회맹연 권 48

정인광의 후회

정씨 집안 사람들이 정인광과 장성완의 일을 논하고

장세린은 흉물 여씨와 혼인하다

교숙란으로 위장하고 장손탈을 속인 채월

채월은 종과 주인 사이의 의리를 매우 중하게 여겨, 임금과 신하 사이의 대의와 다름이 없다고 생각했다. 비록 교숙란을 만난 적은 없었으나, 주인이 지극히 원통한 누명을 썼다는 것을 알고 있었기에 자신도 원통하고 분한 마음이 극에 달했다. 임금이 치욕을 당하면 신하가 목숨을 바친다고 했으니, 한 고조의 모습을 하고 항우의 군사를 유인했던 기신 장군의 옛일을 본받아 교숙란 대신 수레에 올라 성문을 나섰다. 장손탈 등이 조심스럽게 수레를 굴리는 체하며 일부러 천천히 가더니 동문 밖으로 나가자마자 수십 보를 외진 길로 갔다. 아직 새벽빛이 어두워 깜깜한 밤 같았는데, 그때 갑자기 수풀 사이로 한 떼의 사나운 도적 무리가 서릿발 같은 칼날을 번득이며 내달아 수레를 에워싸고 말했다.

"우리가 교소저 행차를 기다린 지 오래되었다. 너희가 살고자 하거든 수레를 붙들고 있으라."

장손탈은 이것이 자기가 맞춰 둔 일이므로 괴로이 다툴 것이 없었지만, 최파의 눈이 있고 교숙란의 뜻을 몰라 거짓으로 당황하는 체하며 어찌할 줄 모르는 것처럼 허둥댔다. 도적들이 거센 기세로 일시에 들이치니 장손탈이 수레를 버리고 먼저 달아났고, 가마꾼들도 목숨이 아까워 장손탈을 따라갔다. 최파 역시 이미 예상한 일이라 놀랄 것이 없었지만 교숙란의 지시를 거스를 수 없기에, 정신없이 놀란 듯 손을 휘젓고 발을 구르며 장손탈과 노복들에게 수레를 적의 손에 던지고 어디로 가느냐고 소리치며 애통해했다. 도적들이 장손탈 등을 쫓아버리고 수레를 밀며 득의양양하게 달아나려 하는데, 최파가 따라오는 것이 못마땅해 그녀를 죽이려고 했다. 그때 수레 안에서 교숙란이 가늘고 고운 목소리로 말했다.

"최파는 쓸데없이 슬퍼하지 마라. 내가 애초에 북원에서 죽지 못한 것이 죽을 때까지 부끄러울 일이었다. 구차하게 살 도리를 생각하며 궁궐 울타리 안에 갇힌 죄인으로 세월을 보낼까 했는데, 또 뜻밖의 변을 당하니 죽지 않고 어찌하겠느냐? 작은 칼이 내 손에 있으니 이제 명을 마치고자 한다. 그대에게 부탁하니 나의 시신을 빈 산에 버려 까막까치의 밥이 되게 할지언정 도적들의 소굴에 던지지는 마라."

그러더니 곧이어 외마디 소리가 들려왔다. 최파가 도적들의 칼도 피하지 않고 황급히 수레에 뛰어올라 휘장을 들추어 보고는 문득 목 놓아 부르짖었다.

"소저여! 온갖 슬픔 중에도 부지하던 목숨을 오늘 스스로 끊으시다니요. 하늘이시여, 하늘이시여!"

말을 마치고는 원통한 슬픔과 분노가 북받쳐 이내 따라 죽을 듯이
하였다. 도적의 무리가 비록 사납고 모질었지만 이 상황에 놀라고 낙
담하지 않을 수 없었다. 도적 우두머리가 횃불을 들고 수레의 휘장을
헤쳐 가마 안을 살펴보았는데, 가마 안에는 교숙란이 달 같은 모습과
꽃 같은 태도로 온갖 원통함을 품고서 두 눈을 고요히 감고 있었다.
백설 같은 안색이 푸르렀으며 하얀 가슴을 세 치 단검으로 내리그어
명맥이 끊어지고 흐르는 피가 낭자해 저고리와 치마가 젖고 수레 안
을 다 적셨으니 참담하고 애절한 것이 비길 데가 없을 정도였다. 그
러나 실은 이것이 진짜 교숙란이 아니라 기신 장군이 유방으로 꾸민
것과도 같은 모습이었지만, 도적들이 이를 어찌 알며 또 그 명이 끊
어졌는지 아닌지를 어찌 깨닫겠는가? 도적들이 크게 놀라면서도 저
희들이 본래 떳떳하지 못하며 지은 죄가 무거운 데다 경성의 죄수였
으므로 지체하다 잡힐까 두려워했다. 이에 서로 눈짓을 주고받더니
이내 물 흩어지듯 사라져버렸다. 최파가 무척 기뻤지만 보는 눈이 두
려워 짐짓 수레를 붙들고 한참을 통곡했다. 그러다가 얼마 뒤 지나
던 행인에게 술값을 쥐여주고 수레를 몰게 하여 그곳에서 멀지 않은
제 언니의 집으로 향했다. 바삐 들어가 언니에게 사정을 대강 이르고
조용한 방을 얻었다. 채월을 부축해 방에 들이고 약물로 구호하는데,
날 선 칼로 가슴을 그어 보기에 놀랍고 참담했지만 목숨이 끊어진 것
은 아니었다. 최파가 가죽 모자에 양의 피를 담아 채월이 가슴을 그
을 때 들이부어 끔찍하게 보이게 한 것일 뿐 깊이 상하지는 않았던
것이다. 채월이 짐짓 정신을 잃었다가 이내 기운을 차리고는 상처에
약을 붙이고 따뜻한 미음을 마셨다. 상처가 큰 것이 아니었기에 며칠

조리한 후 최파와 같이 취봉산에 이르렀다.

이때 계영은 교숙란을 대신해 별원에서 문을 굳게 닫고 머리를 내밀지 않고 있었는데 궁의 노복들이 서로 이렇게 말했다.

"소저가 처음에는 활발하고 쾌활하여 조금도 죄수 같지 않더니, 이번에 성안을 다녀온 후로는 갑자기 틀어박혀서 비복들도 보지 않는군. 어찌 이렇게 전후가 다른 사람이 되었는가? 실로 운명이 슬프구나."

그러면서도 아침저녁으로 식사를 바치는 것에 소홀하지 않아 계영이 생활하는 데는 근심이 없었다. 그러나 교숙란의 식사를 장박이 갖다 주는 것으로 몰래 챙겨드리고 있었기에 자연히 수고로움이 심했다. 그러다 채월이 오자 살아 돌아온 것도 기쁘고 소저를 모시는 수고를 나눌 것도 좋아서 얼싸안으며 서로 겪은 환란에 대해 묻고 답했다. 교숙란이 설원정에 은거한 일을 말하자 채월이 탄식하며 말했다.

"소저의 밝은 지혜와 식견으로 그림자도 보지 않고 실상을 꿰뚫으시어 도중에 당할 화를 면하셨구나. 우리 마님이 천리를 앉아서 헤아리고 막힘없이 통하시는데, 그 자취를 이을 며느리가 되실 것이 분명하니 참으로 다행스러운 일입니다. 그런데 내가 적들의 기세를 살펴보니 미친 개와 정신없는 여우 같아서 교묘하거나 면밀하지는 못한 듯이 보였습니다. 잠시 놀라 승냥이와 이리가 날뛰는 것처럼 하다가 지은 죄가 많아 두려움에 스스로 자취를 숨기는 것을 보니 근심할 바가 없을 듯한데, 어찌 후미진 방에 숨어 그대로 기다리십니까?"

계영이 말했다.

"소저께서는 불의의 변을 깊이 근심하여 스스로 벽실에 숨어 계신 것이네. 그간 염려하신 바가 헛되지 않았으니 적들의 기세가 허황하다고 후환을 근심하지 않을 수 있겠나? 나는 명을 거스를 수 없으니, 그대는 다른 생각은 말고 나와 더불어 아침저녁 식사를 제때 받드는 것에 신경 쓰는 것이 좋을 듯하네."

채월이 알겠다 하고 벽실에 나아가 먼저 홍매에게 화를 벗어나 돌아왔음을 아뢰게 하고 뒤쫓아 들어가 교숙란을 드디어 만났다. 엎드린 채 눈을 조금씩 들어 힐끔 훔쳐보았는데, 그 모습은 진실로 화부인의 며느리이며 장성완 등의 동서라고 할 만했다. 비록 고금에 없는 흉얼을 당해 누명을 쓰고 벽실에 머리를 움츠리고서 자멸을 기약하고 있으나, 단엄한 위의와 속되지 않은 기질이 영롱하고 찬란했다. 총명함과 문채와 사려 깊음이 자연스럽게 우러나오는 품격은 검소한 궁전에서 살았던 요임금과도 같았으며, 온화하고 공손하고 믿음직스럽고 성실한 것은 그대로 순임금의 모습이었다. 채월이 진실로 존경스러워 곁에서 모시게 된 것을 평생의 경사와 같이 여기며 몹시 기뻐했다.

한편 채월이 만났던 도적들은 원경재와 장후섭의 무리였다. 애초에 원경재는 교숙란이 정이 많다는 음란한 거짓말을 지어낸 것을 인연의 굳은 징조로 생각하고 흉사에 참여하게 되었다. 교숙란의 맑은 행실과 높은 절개를 미처 모르고 장손탈과 결탁해 취봉산으로 가는 길에 겁탈하여 자신의 바람을 이루고자 했던 것이다. 하지만 채월의 꾀를 깨닫지 못하고 교숙란이 자결한 것으로 생각해 크게 놀랐을 뿐 아니라, 만일 발각되면 이전의 죄악에 더하여 살길이 없어질 것이므로 급하게 흩어지느라 다시 시신을 살피지도 않았다. 이에 장손탈은 어쩔 수 없이 거짓으로 수레를 도적들에게 빼앗기고 온 체하며 여씨에게 고했다. 여씨가 교숙란을 죽이지 않고 취봉산의 궁으로 보낸 것은 모두 윤경수를 위한 것이었기 때문에, 매우 놀라서 즉시 뒤져 찾고자 했지만 난혜가 이를 말렸다.

"소저의 운수를 점쳐 보니 도적의 손에 떨어지지 않았을 것입니다. 부인은 걱정 마시고 공주궁의 소식을 알아보십시오. 장손탈이 수레를 빼앗긴 것은 간사한 뜻이 아니지만, 소저의 신묘하고 비밀스러운 계교로 저들의 흉계를 깨뜨리신 것이 아닌가 합니다."

여씨가 급히 시비를 시켜 알아 오라고 하니 일의 사정이 과연 그러했다. 여씨가 놀란 마음을 진정하고 난혜에게 말했다.

"사부의 신묘한 지혜가 아니었으면 내가 심려를 많이 허비했을 것입니다. 숙란이 남들보다 더 사리에 통달하더니 이번 적화를 잘 방비한 듯싶은데, 저 별원 깊숙한 곳에서 누구와 더불어 계획을 모의했는지 가늠하지 못하겠습니다."

난혜가 말했다.

"소저는 신이며 현인입니다. 기운이 정정하고 행동이 엄숙해 온갖 신들이 소저의 기운을 지키고 길한 신이 좌우에서 따르니 속인이 마음대로 해할 수 없지요. 그 마음이 신령스러워 사광의 밝은 귀와 이루의 밝은 눈을 가졌으니, 비록 보고 듣지 않아도 저절로 앞일을 꿰뚫어 신묘하게 알 수 있습니다."

여씨가 다 듣기도 전에 더욱 시기심과 증오심이 크게 일어 이렇게 말했다.

"사부는 숙란이 기특한 것만 일컬으며 속인이 해하지 못할 것이라고 하는데, 그렇다면 내 조카가 끝내 숙란의 배필이 되지 못하겠습니까?"

난혜가 웃으면서 대답했다.

"어찌 그렇겠습니까? 소저가 기특한 만큼 복록이 무거우니, 윤가에 시집가는 날에는 온갖 걱정을 떨치고 모든 서운함이 사라져 영록이 더욱 크게 될 것입니다. 윤공자는 오직 길시를 기다려 소저를 맞이하라고 하십시오. 아직까지는 인연이 닿지 못한 것일 뿐입니다."

여씨는 고개를 끄덕이면서도 숙란의 영록이 더욱 커질 것이라는 말에 기분이 좋지 않았다.

요물과도 같은 난혜는 미래를 훤히 알고 있었기에 교숙란의 액운이 다하는 날에는 여씨의 허다한 죄악이 발각될 것도 내다볼 수 있었다. 그러므로 여기에 계속 있으면서 여씨를 도울 생각이 없었고, 이미 여씨의 금은과 보옥을 무수히 받아냈기 때문에 한시바삐 여씨 곁을 떠나고자 했다. 거짓으로 사부님이 돌아오라 재촉하신다며 이제 떠나겠다 하니, 여씨가 더 머무르게 할 수 없어 경사에 왕래할 때 자주 보자고 청할 뿐이었다. 난혜가 어물쩍 대답하고서 훌쩍 교씨 부중을 떠났다. 이후 난혜는 재상가나 제후 집안의 투기가 심하고 사나우며 요악한 여자들과 결탁해 요술을 부리고 다녔는데, 그러면서도 여씨를 다시 돕는 일은 없었다.

여씨는 정씨 부중에서 혼인 예물을 돌려 달라고 하지 않고 절의(絕義)의 뜻을 밝히지도 않는 것이 못마땅하여, 직접 혼서와 예물을 돌려보내 정가와 절혼하기 위해 교숙란의 상자를 두루 살펴보았다. 그런데 다른 것은 그대로이나 오직 예물과 혼서가 보이지 않았다. 놀랍고 이상해서 공주궁의 모든 노복과 시비들에게 죄를 물으려고 하니 안성공주가 말렸다.

"숙란의 상자에 있던 금붙이며 패물들이 다 귀한 보배라 정가의 빙물에 비길 바가 아닌데, 그런 물건은 하나도 없어지지 않고 오직 예물과 혼서만 없지 않느냐? 이는 숙란이 정씨 집안과 인연이 없는 것이지 궁인들이 훔친 것은 아닐 것이니 그냥 두거라."

여씨가 안성공주의 명을 거스를 수 없어 더 묻지는 못하고, 화나고 답답한 마음을 이기지 못해 조용히 탄식했다.

"난혜 법사가 있었다면 바로 알 것을 한스럽구나."

그러고는 심복 시비를 정씨 부중에 보내 교한필의 말이라고 하면서 파혼하는 뜻을 아무렇지도 않게 전했다. 그러면서 못난 딸자식의 음흉한 죄악이 세상에 용납할 수 없는 것이기에 혼서와 예물을 돌려보내려 했는데 까닭 없이 잃어버리고 찾지 못해 몹시 안타깝다고 했다.

정씨 집안의 근황

이전에 태운산 정씨 부중에서 경조공 정엽이 정인경과 더불어 추석 제사를 위해 태주로 향한 지 한참이 되니 서태부인이 우울하고 섭섭한 마음을 이기지 못했다. 또한 정잠과 정인성 부자는 출정한 지 거의 세 계절 만에 교지국을 진압하고 군대를 남쪽으로 돌렸다고 보고하는 글을 조정에 올렸다. 그리고 부모와 형제들에게도 서찰을 부쳤는데, 정성스러운 효성과 우애가 가득 담겨 있는 글이었다. 자신들은 탈없이 있으니 행역의 수고를 안타까워하거나 떨어져 있는 그리움에 연연해하지 말라고 하며 자신들의 처량한 회포는 나타내지 않았다. 글이 얼굴을 옮기고 말이 소리를 전해 정잠과 정인성이 부모님을 기쁘게 해드리고자 쓴 편지에 서태부인은 그리운 정을 더욱 억제하지 못했다. 만 리 밖 전쟁터의 위험 또한 커다란 근심이었는데, 덕과 재략으로 공을 성취하고 싸우면 반드시 이길 것으로 기대했지만 그런 기대만으로 눈앞에 보이는 것 같은 전쟁터의 위험을 걱정하지 않을 수 없었다. 꽃 피는 아침과 달 밝은 저녁처럼 좋은 때면 먼 하늘을 바라보며 슬퍼하고, 아침저녁으로 아들과 손자를 생각했다. 잠을 자려 해도 쉽게 잠들지 못하고 안색에 쓸쓸함이 나타나며 말하는 중에 문득 코가 시큰한 일이 잦았다. 화부인이 전장에서 겪을 정인성의 위험을 걱정하고 며느리의 액운을 슬퍼하는 마음도 작은 것은 아니었지만, 시어머니를 더 슬프게 할 수는 없기에 시누이와 더불어 온화한 얼굴빛과 부드러운 목소리로 기쁘게 해드리고자 노력했다. 또 정인광도 밤낮으로 어른들을 모시며 밝은 기운과 끊임없는 담소로 서태부인과 화부인을 기쁘게 했다. 색동옷을 입고 춤추고 일부러 넘어져 부모를 기쁘게 했던 노래자처럼 아이 같은 장난이 그치지 않았고, 여러 사촌 형제와 바둑을 두며 호탕하고 활발하게 담소를 나누어 온갖 근심을 없애고 즐거움을 돋우기도 했다. 그럴 때면 서태부인이 자연히 위로가 되어 근심 어린 얼굴에 기쁜 빛이 조금씩 돌곤 했다.

팔월 초에 황제가 성묘하고 인재를 뽑으니, 상연과 정태요의 세 아들(안국·정국·광국)이 웅장한 문장을 떨쳐 합격자 명단에 떠들썩하게 이름을 올렸다. 달나라 계수나무로 어사화를 하고 청삼을 입고서 서태부인 슬하를 더욱 영광스럽게 하니, 그 기뻐하는 마음이야 어찌 외손자들이라고 차이가 있겠는가? 서태부인이 손자들을 어루만지며 너무나 대견스러워했다. 다만 그 문장과 학문으로 이제야 급제한 것이 늦다고 할 정도임에도, 서태부인은 너무 차고 넘치게 집안이 번성하는 것을 꺼려 손자들에게 길이 새겨들을 말을 전했다.

"부인네는 옳다 그르다 말할 수 없으니 노모의 슬기로 어찌 손자들을 가르치겠느냐? 다만 너희 아비의 작위가 높고 중하며 집안의 문호가 번성한데, 너희들까지 한꺼번에 과거에 합격해 부귀와 영화가 크게 빛나니 나는 도리어 근심이 생기는구나. 모름지기 가문의 맑은 덕을 이어 부지런히 노력하고, 필요할 때는 겸손히 물러날 줄도 알아야 할 것이다. 부디 학문과 덕을 닦아 복을 기르고 덕을 넓히거라."

상안국 등이 거듭 절하고 말씀을 듣고는 머리를 조아리며 그 가르침을 간과 폐에 새겨 잊지 않겠다고 대답했다.

한편 교숙란의 음란하고 더러운 누명이 점점 퍼져 나가 법부를 떠들썩하게 하고 조정을 어지럽히니 화부인이 놀랍고 괴상하게 여기지 않을 수 없었다. 하지만 그런 중에도 화부인은 교씨의 원통함과 고통을 모두 알기에 참으로 측은하고 불쌍하다 여기었다. 듣는 이들 모두가 저마다 침 뱉으며 교숙란을 욕했는데, 화부인은 아무리 자신의 식견이 밝다 해도 교숙란에 대해 분분하게 변명하는 것은 지나친 일일 것이기에 말을 더 보태지는 않았다. 다만 모두가 교숙란의 소문에 놀라 욕하여도 화부인은 처음부터 끝까지 그녀를 믿었기에, 조용히 글을 써 빙섬 등 세 시비에게 보내 흔들리지 않는 마음을 보여주었다.

이렇듯 화부인이 보지도 않은 며느리에 대해 측은해하는 마음이 친딸과도 같음을 다른 집안사람들은 알지 못했지만, 오직 서태부인만이 이를 알아채고 안타까워했다.

정인경은 이빈이 하는 말을 듣고 혹 교숙란이 억울한 것인가 잠시 생각도 했으나, 흉하고 음란하다 여기는 마음이 더 컸기에 조금도 마음에 두지 않고 그저 담담히 여기며 교숙란에 대한 말을 입에 올리지 않았다. 부부가 될 중요한 관계라는 생각도 당연히 하지 않았다. 별다른 생각 없이 교씨 집안에 신랑으로서 기러기를 안고 간 것만을 자신의 허물로 여기고 그 밖에는 이미 의를 끊었으니, 교숙란이 비록 선강이나 문강과 같은 음란한 행동을 한다 해도 자기가 부끄러워할 일은 아니라고 생각했다. 집안 친척들이 그 뜻을 모르기에 자주 생각을 물었지만, 정인경은 질문을 물리치고 아무런 대답도 하지 않았다.

정인광의 쓸쓸함

정인광은 장성완과 소채강을 매몰차게 거절한 후로 그 뜻을 조금도 풀지 않으니 할머니와 여러 숙모가 마음을 헤아리기 어려워 눈치를 보았다. 정인광은 장성완에 대한 이야기는 절대 꺼내지 않았고, 숙모와 누이들이 장성완이 오래 돌아오지 못하는 것을 한탄해도 들은 체도 하지 않고 다른 말을 시작했다. 가족들은 본디 장성완에 대한 마음이 옅었던 것인가 의아해하며 장성완을 안타까워했다. 소채강은 정인경의 혼인을 위해 시어머니가 불러 돌아왔으나 원래 뜻이 장성완을 좇아 거취를 함께하려고 한 것이었기에, 장성완이 돌아오지 못했는데 자기가 편안하게 시댁에 머무는 것이 불편해 어찌할 바를 몰랐다. 또한 진정으로 장성완을 우러러 사모하는 마음이었으니, 장성완에게 닥친 액화를 슬퍼하는 마음이 자신이 화를 당한 것보다 덜하지 않았다. 그래서 마지못해 부모님께 아침저녁 인사를 하고는 있으나 마음이 불안하고 죄를 범하고 있는 듯한 생각에 정인광의 시중을 들지 않으려 했다. 정인광은 임자 없는 경운당에 머물렀는데, 화부인의 시녀 미협이 집안의 모든 일을 총괄해 살피면서 정인광의 시중을 젖동생 소학에게 맡겨두고 있었다.

소채강이 돌아온 뒤 시간이 한참 흘렀다. 날씨가 서늘해지니 저마다 가을옷을 입었는데 정인광만 홀로 여름옷을 껴입고 있었다. 정자염이 마침 친정에 와 있었는데 이를 보고 나직하게 말했다.

"오라버님의 옷이 매우 얇아 추워 보이니 가을옷을 입는 것이 좋겠습니다."

정인광이 말했다.

"아직 몸이 춥지 않아 구태여 가을옷을 찾지 않았는데, 네 말대로 옷을 바꿔야겠다."

정명염이 남몰래 웃고 말했다.

"아내를 내치고 첩에게 소박맞아 공연히 근심 어린 거동을 하는 홀아비가 되더니, 가을 날씨가 차가운데 여름옷을 바꿀 길이 없구나. 무죄한 사람을 박대한 탓에 자기 몸에 해가 돌아간 것이다."

정태요가 정인광의 마음을 알아보려고 엄숙하게 말했다.

"장씨(장성완)를 친정으로 돌려보낸 것은 재보(정인광)의 잘못이지만, 소씨(소채강)가 있으니 어찌 집안에 남편에게 제철 옷을 받들 처자가 없다 하겠느냐? 그러나 소씨가 여기에 머무는 것을 차마 못 할 일로 여기고 있으니 이는 실로 지나친 일인 듯하구나. 오늘부터 재보의 물건들을 희운당으로 옮겨두고 소씨에게 시중을 책임지게 하는 것이 옳을 것이다."

말을 마치고 미협을 불러 말했다.

"태우(정인광)의 물건들을 희운당으로 옮기고 소씨에게 여차여차 이르되 구태여 우리 명이라는 것은 말하지 말라."

미협이 명을 받고서 즉시 물건들을 가지고 희운당에 이르러 소채강에게 고했다.

"부인(장성완)께서 언제 돌아오실지 모르고 하인들이 때에 맞춰 나리를 받들지 못하는 것이 민망하고 답답하여 장씨 부중에 가 여쭈니, 시중드는 일을 희운당 소저께 맡길 것이지 어찌 와서 묻냐 하셨습니다. 그러니 오늘부터 여기로 나리 물건을 옮기겠습니다."

소채강이 눈썹을 찡그리며 말했다.

"이 소임은 내가 할 일이 아니다. 부인이 돌아오시는 것이 몇 달이 되든 그대들이 맡아 받들도록 해라."

미협이 대답했다.

"하인들이 서너 달 시중을 들었지만 감히 높은 위풍을 제대로 받들기가 어려우니, 절기에 따라 바꿀 의복이 있어도 찾지 않으시면 먼저 드리지 못합니다. 어찌 여러 달을 맡아 살피겠습니까? 지금도 여름 옷을 바꾸지 않고 계시니 소저께서 법도에 따라 시중을 드셔야 할 것 같습니다."

소채강이 대답했다.

"그대는 경서를 알지 못하느냐?《춘추》에 따르면 임금을 세우지 않고 개상이 일은 결정하다가 여왕이 체 땅에서 돌아가시자 비로소 태자를 세웠다고 하니, 떳떳한 법은 이러한 것이다. 내 어찌 감히 부인이 안 계신 때에 부인의 소임을 차지하겠느냐? 비록 어른들의 명이 있을지라도 내가 감당할 수 없어 죽기로 사양할 것인데 어찌 그대의 말을 따르겠느냐? 빨리 거두어 돌아가 그대가 살피면서 부인이 돌아오시기를 기다리고 나에게 다시 이르지 말라."

미협이 더 이상 억지로 청하지 못하고 돌아와 일의 전말을 고하니 서태부인이 탄식하며 말했다.

"인광이가 성품에 병통이 많은 아이라 허물이 없지 않은데, 두 며느리가 다 어질고 사리에 밝으며 믿을 만하니 어찌 기특하지 않겠느냐? 도리와 예를 모두 갖춘 사람을 딸아이가 떠보려 한 것이 잘못이다. 도리어 부끄러울 따름이구나. 인광의 물건들은 경운당에 두고 전같이 왕래하며 소학이 시중을 들게 하거라."

미협이 명을 받고 물러났다. 여러 부인이 혀를 차며 탄식해 마지않는데, 정인광은 아무렇지 않게 어른들을 모시고 태연히 있을 뿐이었다. 또 장성완과 소채강을 구태여 아름답게 여기는 것도 없고, 모두가 칭찬하는 것에 대해 화를 내거나 괴롭게 듣지도 않았다. 그 기개와 도량이 늠름하고 엄숙해 깊이를 헤아리기 어려웠다.

정인광의 처사를 논하는 정씨 집안 사람들

서태부인을 비롯한 집안의 여자들은 그런 정인광이 도리어 이상했다. 정인광이 사촌 형제들과 더불어 물러간 후 서태부인이 화부인에게 말했다.

"우리 며느리에 대한 인광이의 이전 은애가 진실로 변한 것이냐? 인정 없이 죽기를 재촉하다가 친정으로 돌려보내고 나서도 기색이 도무지 풀리지 않으니 장차 어찌해야 한단 말이냐?"

화부인이 대답했다.

"어머님께서 걱정하시는 것이 마땅합니다. 자녀를 두는 것에 점점 해가 될 것이니 오래지 않아 다시 맞이해 올 것입니다. 올해에는 일의 형세가 달라져, 말은 하지 않았지만 이제는 전과 달리 집안의 훈계를 받든답니다."

서태부인이 고개를 끄덕이며 말했다.

"소씨의 기질이 아름답고 착한 것이 장씨 아이(장성완) 아래 일인자이고 온갖 일을 감당할 만한데, 인광이의 기색이 또한 냉담하니 어찌 괴이하지 않겠느냐?"

화부인이 대답했다.

"인광이가 고집이 세고 확고해 성품이 거만하다 하지 않을 수 없는데, 소씨 또한 보통 사람들과 달리 매우 비상합니다. 인광이가 지아비라는 명분만으로 소씨를 억눌러 굴복시키기 어려울까 싶어 도리어 기상을 엄하게 해 부녀자의 소소한 사정과 괴로운 마음을 내보이지 못하게 하는 것이니 이 또한 군자의 엄숙함은 아닌 듯합니다."

서태부인이 웃으며 말했다.

"그렇지만 이 늙은 어미는 처음에 인광이가 소씨를 많이 경애하고 정이 더해 가는가 여겼는데, 오히려 정실을 존경하고 제 기상을 잃지 않더구나. 원래 아이의 성정이 매우 견고해 백 명의 미인과 천 명의 요염한 여자들을 맡긴다 해도 경우 없이 한눈을 팔 성품은 절대 아닌 듯하다."

정겸의 부인 서씨가 웃으며 말했다.

"고모님은 재보의 강한 성격을 좋아하시지만 저는 참으로 마음에 들지 않습니다. 부모가 모욕당한 것을 복수한다 한들 어찌 그토록 사나울 수 있습니까? 재보와 장씨를 보면 남자가 잘날수록 여자가 괴롭다는 것을 잘 알겠더군요. 우리 엄서방이 만일 숙염에게 재보가 장씨에게 하는 것처럼 한다면, 딸아이가 죽기 전에 제가 먼저 분이 나서 죽고 말 것입니다. 장공(장헌) 부부는 스스로 지은 죄도 있지만 아마도 성정이 너그러워 잘 참고 견디는 모양입니다."

정태요가 웃으면서 말했다.

"하늘이 지은 재앙은 오히려 어떻게 해볼 수 있으나 자기가 지은 재앙은 벗어날 수 없는 법이지요. 재보가 아버지를 위해 모욕당한 것을 씻고자 하는 마음이 지나치게 조급하긴 하지만, 또 지극한 효성에서 비롯한 것이니 어찌 큰 허물이라 하겠습니까? 수백(정겸)과 올케가 엄서방에게 장공 부부와 같은 잘못을 한다면 엄서방도 분명 숙염을 죽이려 할 것인데, 올케가 무슨 낯으로 엄서방을 원망하겠습니까? 장공 부부가 성품이 너그러운 것이 아니라 스스로 죄과를 쌓아 이렇게 된 것이니, 재보의 화가 어떤 지경에 미친다 해도 맞서거나 탓하지 못할 것입니다."

서부인이 웃으며 말했다.

"형님은 마음이 일관되지 못하십니다. 전에 장씨를 가엾게 여기며 슬퍼하실 때에는 재보를 사납고 못된 사람이라 하시더니, 지금은 재보에게 허물이 없고 장공 부부가 그 죄를 갚는 것이며 재보의 처사가 당연하고 옳은 일이라 하시는군요. 장씨를 위하던 정은 어디로 가고 없습니까?"

정태요가 낭랑하게 웃으며 말했다.

"내가 장씨를 위하는 정은 예전이나 지금이나 한가지인데, 올케가 재보의 처사가 그른 것만 알고 옳은 것은 모르기에 장공 부부의 허물을 이른 것입니다. 내 마음이야 지극히 공평하고 사사로움이 없으니 어찌 일관되지 않겠습니까?"

소화부인이 소리 없이 웃으며 말했다.

"형님께서 재보를 위해 그리 말씀하시는 것도 마땅한 일입니다. 하지만 장씨의 일을 생각하면 마음이 그저 애달프기만 하고, 재보가 장씨에게 칼과 끈이며 약을 주어 죽으라고 재촉하던 일은 사람의 마음이라고 하기 어려웠습니다. 그러니 서부인의 말씀은 아마도 딸 둔 자의 억울함과 분함 때문인가 합니다."

이렇듯 이야기를 나누는 중에 정겸이 들어와 여러 부인이 일어나 맞이했다. 정태요가 웃음을 띤 채 서부인과 소화부인의 말을 전하면서 자기가 인광을 위해 변명한 것을 이르니 정겸이 웃으며 말했다.

"장씨가 얌전하고 어질며 사리에 밝은데도 남편으로부터 소중한 대접을 받지 못하였고, 허물 하나 없이 시댁을 하직한 채 스스로 죄명을 썼습니다. 그렇다 보니 여러 부인네들이 수군거리고 근심하며 인광이 장공에게 무슨 잘못이라도 한 것처럼 말하고, 장씨에게《시경》〈백화〉의 시 내용과 같이 첩을 둔 본부인의 슬픔이 있다고 안타까워했지요. 이는 곧 토끼가 죽자 여우가 슬퍼하는 것과 같습니다. 도리어 인광이가 홀아비 된 것이 더욱 불쌍하지 않겠습니까? 전에 인광 조카가 장씨에게 죽으라고 다그친 일은 지나친 것이었지만, 아무리 온화하고 무던한 사람이라도 자기 부모에 대한 욕이 그 지경에 이르면 가만히 있을 수 없을 것입니다. 그 말을 듣고도 아무렇지 않게 못 본 듯 지나칠 수는 없어 분노가 급하게 일어나고 말과 행동이 과격했던 것일 뿐이지요. 이를 어찌 괴이하다고만 할 수 있겠습니까? 누이께서 조카를 편드시는 말씀이 옳습니다."

서태부인이 미소 지으며 말했다.

"유유상종하며 이리저리 논하는 모습이 참으로 인색해 보이는구나. 인광이가 홀아비 된 것이 불쌍하다고 조카가 말하는 것은 어른으로서 그럴 수 있는 일이지만, 딸아이가 인광이를 위해 과도하게 변명하는 것은 불필요한 말인 듯하구나. 어쨌든 장씨 아이가 죄도 없이 죄인을 자처하는 것은 인광이가 온화하게 포용하지 못한 탓이니 어찌 〈백화〉의 슬픔과 다르다고 하겠느냐?"

정겸이 웃으며 대답했다.

"그렇지 않습니다. 인광이의 사람됨이 비록 고집스러우나 사리에 통달하여 군자의 덕행을 잊지 않았고, 아버지의 가르침을 잘 받들어 과격하고 급한 성격도 많이 고쳤습니다. 지금에 와서는 현보(정인성)의 밝고 큰 도에 어느 정도 가까이 갈 수 있을 듯합니다. 그러니 어찌 무죄한 아내를 오래 죄인으로 두겠습니까? 머지않아 다시 맞이해 올 것입니다."

서태부인이 소리 없이 웃으며 자신도 그렇게 여겼지만, 장성완이 오래도록 눈앞에 없음을 잊을 수 없어 우울한 마음이 깊어질까 걱정했다.

장성완의 별을 보고 그 운명에 놀라는 정인광

이날 밤 정인광이 서태부인과 화부인에게 저녁 문안을 드리고 물러나 명광헌으로 돌아오니 정인경과 정인웅은 정겸을 모시고 자고 있었다. 정인홍과 정인유는 당번을 서고, 정인영과 정인명은 외할아버지 화내사를 따라 밖으로 나갔으며, 정인중은 사촌들과 함께하는 일이 좀처럼 없는 까닭에 이날도 역시 이곳에 있지 않았다. 집안이 텅 빈 듯하고 주위가 고요하니 인광은 자기도 모르게 감상에 젖게 되었다. 먼저 백부 정잠과 형 정인성이 멀리 전쟁터에서 위험을 당하며 고생하는 것이 걱정되었고, 또한 아버지께서 돌아오실 날이 아직 한 달이나 남았으니 효자가 아버지를 그리워하는 마음이 간절해 잠을 이룰 뜻이 없었다. 밤이 깊도록 명광헌 뜰에 인적이 없기에 정인광은 문득 하늘을 우러러 별자리를 점쳐보았는데, 부형의 별을 보니 기거하시는 것이 편안함을 알 수 있었다. 백부께서 집을 떠나 형제가 이별한 것은 바야흐로 여덟 달이 되어가는 터였다. 봄을 보내고 여름을 지나 다시 가을 날씨가 쌀쌀하니 계절이 세 번 바뀐 셈이었다. 가족

간의 이별이 잦고 함께 모이는 일이 드문 것을 생각하니 슬픔이 몰려왔다. 인광의 눈에서 가만히 눈물이 흘러내리는데 그 마음 아프고 서글픈 모습은 마치 밝은 달이 구름에 가려 아름다운 달에 그림자가 지는 것과도 같았다. 또한 서리 내리는 밤하늘에 북풍이 일어나려 하는 것 같고, 천년 묵은 늙은 용이 짙은 그늘을 지으려고 하는 것 같기도 했다.

정인광은 맑은 하늘을 우러러 흰 달을 쳐다보았다. 머나먼 하늘이 담담해 조각구름도 없는데 계수나무에는 찬 달이 걸려 있었다. 옥으로 만든 활이 둥글게 휘어진 듯하고, 깨끗한 빛은 보배 거울을 닦아 허공에 걸어두어 온 세상을 비추는 듯했다. 달빛이 하늘에 가득해 천리마가 빠르게 달리는 듯 밝은 빛이 대낮 같아서 태양의 빛을 빌리지 않아도 될 정도였다. 가을 하늘의 화창함과 밝은 달의 깨끗함이 형 정인성의 풍채와 기상을 닮아 있어서 정인광은 반갑고 기쁜 마음에 얼른 계수나무를 헤치고 밝은 달을 잡으려고 했지만 이내 공허한 생각임을 깨달을 수 있었다. 그립고 아픈 마음에 쉽사리 당에 오르지 못하는데, 옥 같은 이슬이 가득해 비단 버선을 적시고 가을바람이 서늘해 가을옷을 재촉했다. 이미 매미가 쇠한 지 오래고 연밥이 말랐으며 초목이 황량하니, 장마도 다 지나고 바야흐로 찬 기운이 시작되는 날씨였다. 국화는 봉오리가 피려 하고 난초는 비로소 무성해져 그윽한 향이 맑게 일어나 코에 쏘였다. 소나무 정자 아래에는 쌍학이 마주해 졸고 있고, 연못 속에는 원앙이 녹수에 제 모습을 비춰 보고 있었다. 정인광은 당당한 군자로서 색을 좇거나 함부로 구하려 하지는 않는 사람이었다. 그러나 얌전한 숙녀로 좋은 짝을 삼았다가 하루아침에 원앙이 녹수에서 짝지어 노는 즐거움을 깨뜨려, 금슬의 줄과 종고 소리가 끊어지고 풍류가 갑자기 사라진 신세가 되어버린 것은 흔쾌한 일이 아니었다. 정인광은 항상 윤리와 기강을 중요하게 여기고 효성과 우애가 뛰어나기에, 사람 같지 않은 장인의 배은망덕함과 망령된 장모의 무례한 욕설을 생각하면 심신이 어지럽고 놀라워 분노가 뼈에 사무칠 지경이었다. 그렇기에 그 미움과 죄를 자식에게까지 이어 장성완과 부부의 의를 끊기로 정한 것이었다. 지금까지는 그 뜻이 단호해 조금도 미련이 없었다. 그런데 오늘 밤, 부형과 백부를 그리워하는 회포가 간절해 별자리를 점쳐 보다가 문득 장성완의 별이 눈에 비쳐 우연히 살펴보게 된 것이었다. 장성완의 별을 보니 길한 기운과 생기 넘치는 기상이 당당히 오랜 복을 기약할 바였지만, 한편으로는 불길한 병의 기운이 일어나 목숨이 위태한 모습이었다. 길흉화복을 음양으로 다시 계산하고 하늘에 비치는 운수를 또다시 살펴보았는데, 놀랍게도 금년과 내년 사이에 액운이 비상해 위독한 병이 들어 삶과 죽음이 갈릴 운명이었다. 진중하고 흔들림 없는 인광의 마음으로도 목숨이 위태롭다는 것에는 크게 놀랄 수밖에 없었으니, 장성완의 운명을 안타까워하는 마음이 구름이 모이고 안개가 피어나는 것처럼 자연히 일어났다.

정인광은 가만히 장성완의 평생을 생각해 보았다. 장성완은 효성과 열절이 고금과 만세를 통틀어 그 같은 사람을 찾기 힘들 정도이며, 어질고 정숙한 행실은 당대 부인 중 홀로 성현 되는 것을 사양하지 않을 사람이었다. 그런데 어쩌다 잘못 태어나 못된 부모의 딸이되고 험한 참변에 몸이 능히 견디지 못할 지경이 된 것이었다. 다행히 천지신명이 한가지로 보우하심을 힘입어 얼굴을 헐고 귀를 잘라 강에 빠져 죽은 자가 다시 살아나고, 기특하게도 옛 혼약을 완전하게 하며 부부가 되었다. 그러나 이 혼인은 두 사람 모두에게 그리 좋은 일은 아니었다. 하나는 지극한 효성으로 인해 아버지와 숙부를 해하려는 못된 사람의 자식인 것을 통한하고, 하나는 부끄럽고 참혹하여 스스로 세간에 머무는 것을 슬퍼하며 가만히 죽어 아침 이슬처럼 사라지기를 원했다. 그리하여 모진 풍파와 함께 깨진 거울이 떨어져 버리니, 어진 덕과 맑은 지혜와 향기로운 기질과 옥 같은 자취가 집안에 머물지 않은 지가 벌써 네 달이 되어버린 터였다. 정인광이 이렇듯 지난 일을 돌아보는데, 구태여 사모하는 마음을 품은 것은 아니지만 그 심회가 불쌍하고 처지가 억울한 것을 생각하니 서글프게 마음이 움직였다. 자기가 부인과 헤어져 집안의 일이 어긋나고 세상에 부인 없는 사람이 되었다는 것을 깨닫자 우울한 마음을 이길 수가 없었다. 밤이슬이 내리고 밤이 깊어지는데 괴로이 뜰의 소나무 숲을 거닐며 밤을 샐 수는 없기에, 천천히 방에 돌아와 베개를 벴지만 침상이 차갑고 잠이 오지 않았다. 마음이 서글퍼 잠을 이루지 못하는데, 서늘한 바람은 뜰에 어지럽고 풀벌레는 창문에서 울며 벽에서 들려오는 귀뚜라미의 울음은 실을 드리운 듯 가늘었다. 옥루의 종소리는 자주 시각을 알리니, 천 년 묵은 소나무 아래에서 졸던 학이 깨어 가을밤 경치를 마디마디 알렸다. 심사가 어지러워진 정인광은 가을 경치로 절구 한 수를 지어 두어 번 읊다가 책에 끼우고 속으로 탄식했다.

'예로부터 어질고 성스러운 군자와 사리에 밝고 성스러운 부녀자들 가운데 그 운명이 기구하고 복이 엷은 자가 한둘이 아니었지만 장씨 같은 이는 매우 드물 것이다. 처음에 얼굴을 헐고 귀를 잘라 신체를 상하게 할지언정 실낱같은 목숨을 이으려고 한 것은, 그 부모로 하여금 자기를 죽인 과실을 면하게 하려 한 것이니 이는 곧 순임금과도 같은 대처였다. 또한 내가 죽으라고 핍박하며 인정과는 먼 거조를 보였지만, 장씨는 오히려 시간을 끌면서 그 명을 끊는 일이 태산같이 무거움을 나타냈다. 진실로 살고자 하여 산 것이 아니었고, 그 지식이 통철하고 효성이 빼어나 우리 할머님과 부모님이 알아주신 은혜를 차마 저버리지 못했던 것이며, 나로 하여금 잔인하고 경박하다는 허물과 아버지의 명을 어기는 큰 죄를 면하게 하려 한 것이다. 분노가 가슴속에 가득할 때는 아득히 깨닫지 못했으나, 아버지의 가르침을 좇아 이전의 잘못을 뉘우치고 나서 보니 어찌 다감한 생각이 전혀 들지 않겠는가? 그럼에도 박씨의 참담한 욕을 생각하면 뼛속 깊이 놀라움을 이길 수 없어 영영 맞이해 올 뜻이 없었다. 그런데 이제 그 별자리를 보니 액운이 쌓여 병의 기운이 일고 위태롭기가 그지없구나. 만일 다시 화평함을 보지 못하고 그 부모의 어리석음과 불인함으로 인해 오랫동안 마음을 썩였던 병이 더해져 아름다운 사람이 죽는다면, 부모님에 대한 불효는 말할 것도 없고 나의 이 참혹하게 아픈 마음도 죽기 전에는 풀 길이 없을 것이다. 스스로 신숙의 어리석음을 본받아 타인과 더불어 금슬의 즐거움을 두지 않은들 저에게 무엇이 유익하겠는가? 통한스럽도다! 짐승 같은 장헌이 비록 그렇다고 해도 해도 박씨조차 그토록 망령되고 괴이하여 나로 하여금 부인과 화목하지 못하게 하고 긴 밤을 궁상맞게 온갖 생각에 잠겨 보내게 하는가? 소씨는 높은 가문의 난초같이 귀한 자손으로 여자의 네 가지 덕을 갖춘 정숙한 여자이다. 부인의 성스러운 자애와 어진 인품으로 화목하게 규문을 다스린다면 내 어찌 〈관저〉의 시처럼 화목하지 못하겠는가? 정실을 내치고 소씨를 총애하는 것은 나의 뜻이 아니요, 소씨 또한 죽어도 따르지 않을 것이다. 이러한 상황에 내 어찌 홀아비로 사는 괴로움을 면하며 구구한 장부의 회포를 벗어나겠는가? 이것이 다 짐승 같은 장헌 부부 때문이니 증오하지 않을 수가 없구나. 그러나 장씨가 무죄한 것은 너무도 명백하여 백옥이 흠이 없는 것과도 같으니, 모쪼록 부모님의 명을 좇아 다시 맞이해 와야겠구나.'

그러더니 이내 또다시 홀연 경계하는 말을 했다.

"천하에 중한 것은 부모님이거늘 사람의 아들로서 부모를 욕한 사람의 자식을 윤리와 기강이 중하다 하여 너그럽게 여길 수 있겠는가? 백부님과 형님이 만 리 밖에서 위험에 처해 계신 것이 근심스럽고 아버님이 먼 길을 떠나신 것에 애가 타건만, 어느 겨를에 장씨에게까지 생각이 이르러 헛되이 시간을 허비하는가? 이 또한 나의 효가 천박하기 때문일 것이다."

말을 마치고는 장성완을 염려하는 마음을 지워버리고 부형을 그리워하는 마음을 더욱 단단히 했다.

집안 부인들에게 장성완에 대해 말하는 정인광

밤새 근심이 이어져 정인광은 잠을 이루지 못했다. 그러다 원문의 북소리가 옥루의 닭 소리를 좇아 어지러울 때 즉시 일어나 세수하고 아침 문안을 드렸다. 서태부인이 정인광에게 말했다.

"장씨 집안 셋째 아들의 길일이 오늘이다. 네가 박씨를 보고 싶지 않겠지만 잔치에 참여해 신랑을 인도하는 일쯤은 할 수 있지 않겠느냐?"

정인광이 엎드려 절하며 대답했다.

"말씀이 마땅하시지만 제가 장씨 집안에 왕래하며 흔연히 뵙는 것은 차마 하지 못하겠습니다. 게다가 장계승(장희린)의 혼인 잔치에도 가지 않았는데 세린의 혼인이라고 어찌 구태여 가겠습니까?"

서태부인이 그 뜻이 굳은 것을 보고 묵묵히 있다가 말했다.

"그렇다면 끝내 장씨를 버리고 처가와 절의할 것이냐?"

정인광이 절하고 아뢰었다.

"제가 장씨를 맞은 것이 큰 불행입니다. 어찌 부부의 의를 완전히 하고자 하겠습니까? 다만 아버지께서 절의할 수 없다 이르시고 장씨를 본가로 돌려보낸 것이 폐출한 것이 아니니, 아버지의 명을 거역하여 두 번 잘못을 저지를 수는 없을 것입니다. 그러나 장씨 집에는 전에도 가서 인사드리는 일이 없었는데, 갑자기 정성을 들여 그 슬하를 채우고자 잔치 자리에 가는 것은 차마 할 수 없는 일입니다."

서태부인이 말했다.

"그렇다면 구태여 권하겠느냐? 다만 너의 집안일이 완전하여 부부가 화합하고 화목한 기운이 피어나길 바라기에 내가 너의 고집스러운 성정을 걱정하는 것이다."

정인광이 서태부인의 걱정을 더한 것에 대해 죄를 청하고 이내 다른 이야기를 시작하니, 할머니와 숙모가 그 뜻을 꺾어 다시 장씨 집에 가라고 하지 못했다.

이날 정인홍 등이 당직을 마치고 장씨 집안의 잔치에 참예했다. 정염의 부인 화씨와 정겸의 부인 서씨도 정태요와 더불어 며느리들을 거느리고 장성완을 보기 위해 장씨 집안의 내빈을 위한 잔치에 갔다. 이날 역시 박씨의 망령되고 괴이하며 난잡한 행동은 다시 말할 바가 아니었다. 다만 연부인이 정씨·양씨·주씨 등 여러 며느리를 거느리고 가사를 총괄해 살피니 법도가 가지런하고 범절이 예에 맞아 시끄럽게 어긋나는 일이 없었다.

장성완은 스스로를 죄인으로 자처하며 여러 사람이 모인 곳에 나타나지 않았다. 그래서 서부인과 화부인, 정태요 등 세 부인이 여러 소저와 더불어 그 처소에 가보았는데, 침상과 베개가 완전히 죄인의 거처였으며 베 이불과 짚자리를 보면 그 고집스런 지조를 알 수 있었다. 보기에 처량할 뿐 아니라 병세가 심각해 위태로운 것이 정씨 부중에 있을 때보다 더하고 조금도 나아진 것이 없어 보였다. 옥 같은 모습이 크게 야위고 부드럽고 하얀 피부는 향기만 남아 곧 사라질 것 같았다. 세 부인이 놀라 한참 동안 어루만지며 음식을 권하고 보살피면서 종일 떠나려 하지 않았지만, 날이 어두워지므로 끝없는 마음을 다 전할 수가 없었다. 병든 몸이 회복되어 한집에 모이기를 기약하고 잘 조리할 것을 재차 당부했다. 세 부인과 여러 소저가 헤어지며 펑펑 눈물을 흘렸는데, 장성완도 황공하고 감격해 푸른 산 같은 눈썹이 다 젖을 지경이었다. 얼굴색이 파리한 채 나직하게 감사의 뜻을 전하고 겨우 일어나 어른들을 배웅하며 여러 소저와 이별했다.

부인과 소저들은 정씨 부중으로 돌아와 서태부인을 뵙고, 장씨 집안 신부의 모습이 괴상하고 험했던 것을 아뢰었다. 그리고 장성완의 병세가 아직 쾌차하지 못한 것을 고했는데, 크게 위독하다는 것은 말하지 않았기에 서태부인은 장성완이 그렇게까지 심각한 상태인 것은 알지 못했다. 다만 장세린이 못생기고 어리석으며 사람 같지 않은 신부를 얻은 것을 안타까워하면서 말했다.

　"장씨 집안의 셋째는 아직 예의를 배우지 못해 단련하지 않은 황금 같지만 품성은 매우 비상하거늘 아내를 잘못 만났구나."

　정겸의 부인 서씨가 말했다.

　"신부의 기질이 참으로 놀라울 정도이니 그 어떤 통 큰 군자라 해도 정을 품어 그런 아내를 즐겁게 하지는 못할 것입니다. 더욱이 장씨네 아들은 호방하고 걸출한 기남자로 남다른 승부욕이 있는 듯하니, 신부가 그토록 추악한 것을 견디어 인도할 덕이 있을 것 같지 않습니다."

　서태부인이 고개를 끄덕이며 말했다.

　"장씨네 아들이 다재다능한 뛰어난 인재요 기남자는 되겠지만 온화하고 인정 많은 군자는 아니다. 제나라 추녀 무염의 어짊과 양홍의 처 맹광의 덕이 있다 해도 용모가 맹광이나 무염같이 추하다면 세린이 박대할 것이 분명한데, 하물며 신부의 언사와 거동이 어리석고 사나우며 망령되기까지 하다면야 더 말할 것도 없다. 이 때문에 장씨 아들이 더욱 행실을 삼가지 않고 한바탕 이상한 거조로 선비들의 웃음거리가 되겠구나."

　여러 부인이 그렇다 하며 이야기를 나누다가 각각 처소로 물러났다.

소화부인이 봉일루에 이르러 화부인을 만나 장성완의 병세가 갈수록 위태하던 것을 전하고 거처와 모습을 생생하게 전하니 화부인이 탄식하며 말했다.

"난취가 고한 것을 듣고 병이 위중하며 상황이 심상치 않은 것은 잘 알고 있었네. 들을수록 근심이 깊어지지만 그 처지를 편안하게 해 주지 못하고 심사를 안온하게 하지 못하며 병을 낫게 하지 못하니, 어디에 고부의 정이 있다고 하겠는가?"

말을 마치고는 슬프게 탄식했다. 정인광과 정인경이 들어와 화부인의 이런 모습을 보고 물었다.

"어머니 얼굴이 불편해 보이시는데 어디가 안 좋으십니까? 이미 밤이 깊었건만 왜 침구를 펴지 않으셨습니까?"

화부인이 말했다.

"딱히 아픈 곳은 없다. 몸이 안 좋은 것이 아니라 동생(소화부인)이 장씨 집 잔치에 갔다 와서 전하는 말을 듣고 마음이 불편한 것이다. 우리 며느리가 죄인으로 자처하며 스스로 갇혀서 문을 닫아걸고 하늘의 해를 보지 않으며 병세가 전보다 더 위중하다는구나. 질녀(정월염)와 난취가 전하는 말을 듣고 전부터 며느리가 극악한 죄인으로 자처한다는 것은 알았지만 병세가 더해진 것은 자세히 몰랐는데 오늘 그런 말을 들었구나. 너는 부인이 죄가 없다는 것을 훤히 알면서도 공연히 내쫓고 그 고집을 부리더니, 너도 사람이라면 이런 말을 듣고 느끼는 것이 없느냐?"

정인광이 머리를 숙이고 말했다.

"소자가 어리석은 제 마음을 한번 아뢰어볼까 합니다. 제가 장씨를 취한 것은 진실로 하늘이 정한 인연이나 기이한 만남이 아니라고는 하지 못할 것입니다. 피차 어린 나이에 양가 아버님께서 금석같이 굳은 맹약을 두시니 혼인의 예를 치르지 않았을 때에도 그 사람은 제 아내이고 저는 그 사람의 남편임을 서로 알았습니다. 그런데 중도에 저 집이 배신하여 약속을 어기고 은혜를 원수로 갚고자 하여 사람 같지 않은 짓을 허다하게 하니, 제가 잘못된 방법을 써서 간사하게 여장을 하고 장가(장헌)를 속였습니다. 그것은 부득이 살길을 구한 것이긴 하지만 소자가 죽을 때까지 부끄러워할 일입니다. 제가 가까스로 죽음의 위기를 벗어난 이후 아버님은 옛 약속을 이루고자 하셨는데, 장가가 저를 해하고자 한 것만 생각한다면 그렇게까지 통한스럽지는 않았을 것입니다. 그러나 화상의 일로 아버님과 숙부님을 해하고자 했던 일을 알고 있는 이상, 저는 사람의 아들 된 마음으로 장씨 집안과 결코 혼인할 수 없었습니다. 그런데 소위공(소수)의 속임수와 아버님의 명으로 인해 저는 연씨인 줄 알고 아내를 취했다가 나중에야 장씨인 것을 깨달았던 것입니다. 분노를 이길 수 없었지만 아버님이 서로 믿고 화락할 것을 명하시고 장씨의 절조와 열행에 대해 느끼는 것이 있었기에 윤리와 기강의 무거움을 돌아보아 박절하게 끊지 않았습니다. 또한 소자가 여자 행세를 하지 않았다면 장가의 사람 같지 않은 것을 다 알 수도 없었을 것이니 소자에게도 잘못이 없지 않기에, 제 허물을 생각하고 장가의 허물만 생각하지 않기로 했습니다. 그런데 그 괴상망측한 박씨가 소씨의 존재를 꺼려 자기 딸에게 삿된 방술을 권해 소씨를 없애고자 하는 만행을 저질렀습니다. 장씨의 사람됨을 보면 이상한 도와 괴이한 일에 빠질 리가 없다는 것을 모르겠습니까마는, 크게 불쾌하지 않을 수 없어 모시던 자들을 꾸짖었으나 깊이 책망한 것은 아니었습니다. 도리에 어긋나고 사나운 말로 저를 모욕하는 것이 어떤 지경이 되든 부모님께 욕이 미치지만 않는다면 소자가 어찌 사리와 체면을 모르는 여자에게 똑같이 화를 내겠습니까? 지난겨울 잔칫날에도 소자가 그 참담한 욕을 직접 들었으나, 그 것이 다만 저와 소씨만 욕하는 것일 뿐이라 마음에 거리끼지 않았습니다. 비록 거칠고 거만한 말이라도 집안에서 자기들끼리 무심히 나누어 제 귀에 들어오지만 않는다면야 제가 무엇을 어찌하겠습니까? 그러나 갑자기 우리 집안에 찾아와 참담하고 어지럽게 부모님을 욕하기에 이르니 이는 소자를 흙이나 나무같이 여기는 것이 분명했습니다. 제가 불행히 그 어지러운 말을 듣고 말았으니, 강물에 빨고 가을볕에 말린다 해도 그 더러움을 어찌 씻을 수 있겠습니까? 소자가 못나서 부모님께 효를 이루지 못하고 도리어 욕을 당하게 하니 분하고 답답하여 죽고 싶을 뿐이었습니다. 그러니 어찌 차마 견딜 수 있겠습니까? 장가의 씨와 더불어 백 년을 함께 늙어갈 부부가 될 수는 없는 노릇이었습니다. 그런데 아버님이 저의 마음을 돌아보지 않으시니 엄명을 따라 그 사람을 아주 내쫓지는 못했지만, 장씨가 모녀의 천륜을 끊지 못하여 달라지는 바가 없는 이상 부모를 욕한 원수를 아무렇지 않게 대할 수는 없었습니다. 그 사람에게 내 뜻을 보여 죽기를 재촉한 것은 부모를 욕한 원수를 시원하게 갚고자 한 것이니, 선비의 온화하고 포용하는 태도에는 맞지 않는 것인 줄을 압니다. 그렇지만 한 무제가 종사를 위해 구익 부인이 죄가 없음을 알면서도 죽였고, 송제는 마음을 끊기 위해 궁인이 자고 있을 때 가만히 죽인 일이 있습니다. 두 황제의 일이 정대하지는 않지만 밝은 결단이니, 부모께서 받은 욕을 복수하기 위해 그 자식을 죽이는 것을 성현은 나쁘게 여기실지언정 영웅 걸사의 의기는 될까 합니다. 그래서 죽음을 재촉한 것인데 지금에 와서 생각해 보면 이렇습니다. 부모님이 그 사람을 사랑하시는 것이 저보다 더하여 그 기질을 인정하시고 무죄함을 불쌍하게 여기셔서, 저로 하여금 죽으라고 하지도 말고 살아서 의절을 하지도 말라 하셨지요. 그러하니 제가 박씨를 미워해 그 딸을 죽인다면 부모님이 사랑하시는 사람을 죽이는 것이 되어 도리어 커다란 불효가 되는 것임을 뒤늦게야 깨달았습니다. 목숨을 살리고 아내로서 받아들이라는 명을 받들고도 얼마 지나지 않아 부디 죽기를 바랐으니 이는 부모님을 거역한 것이 분명합니다. 그 사람의 어미가 한스러워 그 딸을 죽이려 했던 뜻은 제 거친 성미 때문이었을 뿐 아버님을 속이려 한 것이 전혀 아닙니다. 그런데 장씨가 제 말을 따르거나 거스르거나 간에 죽고 사는 것을 가볍게 결정했다면, 제가 잔인하다는 허물이 될 뿐 아니라 아버님의 옛 벗에 대한 체면도 없어졌을 것입니다. 또한 아버님이 집안을 엄하게 다스리지 않았다는 오명과 제가 아버님의 명을 거역한 죄가 부끄럽게 남았을 것입니다. 그러나 장씨는 벙어리나 맹인처럼 희로애락을 알지 못하는 것같이 하면서 한결같이 아버님의 뜻을 받들고 한 조각 사사로운 의견을 두지 않았습니다. 스스로 어리석고 불민한 숙맥처럼 굴지언정 영리하고 민첩한 사람인 양 법석을 떠는 일이 전혀 없으니, 제가 미처 정신을 차리지 못했을 때는 그 어리숙하고 고집스러운 것이 이상하게만 여겨졌습니다. 하지만 아버님의 가르침을 좇아 깨달으니 오히려 그것이 무척이나 다행스럽게 여겨지고 마음에 감동이 일었습니다. 그러나 이미 그 사람이 스스로 죄인을 자처하여 갇혀 지내게 된 후에는 마음대로 쉽게 맞이해 올 수도 없으니, 잠깐 세월을 기다렸다가 용서하여 옛 자리에 두는 것이 마땅합니다. 헤어지고 만나는 것은 잠깐 사이이고, 그 사람이 비록 병이 있지만 바야흐로 한창 나이입니다. 죽을 정도의 고비는 아닐 것이니 너무 걱정하지 마십시오. 만일 병이 정말로 심각하다면 내일이라도 당장 부르실 수 있으니 어찌 이만한 일로 그리 걱정을 하십니까? 그 사람을 친정으로 보내면서 죄를 이른 적이 없고, 부모님께서 아끼는 마음으로 당당히 귀령을 보낸 것일 뿐 절대 쫓겨나서 간 것이 아닌데 죄인으로 자처하는 것이 어찌 그렇듯 과도한지 모르겠습니다. 비록 그것이 자기 생각을 지키는 것이라 해도 그럴 일은 아닌 듯합니다.”

화부인이 정인광의 말을 듣고 나니, 깨달음이 있어 고집을 버리고 생각을 돌이킨 듯하기에 무척 기뻐하며 말했다.

“네가 하는 일이 참으로 한심하더니 이제 이렇듯 후회하며 허물을 고치려 하는 것이 무척 대견하구나. 너의 말이 이러하나 장씨 현부는 네 뜻이 풀어진 것은 모르고, 남편에게 자신이 하늘을 함께할 수 없는 원수로 죽이고 싶은 사람이 되었다 생각하여 세상에 몸 둘 곳이 없다고 여길 것이다. 그러니 어찌 그 처지가 평온하겠느냐? 스스로 아침저녁으로 죽음을 기다리는 사람이 되어 죄인처럼 행동하고 있는 것이다. 지초나 난초같이 약한 기질에 묵은 병이 도져 온몸을 괴롭히는 데다, 이른 아침부터 밤늦게까지 두려워하고 슬퍼한 것이 오래이니 어찌 죽고 사는 걱정이 없겠느냐? 모름지기 빨리 용서하여 부르고, 시간을 지체해 후회할 일을 만들지 말거라."

정인광이 순순히 말했다.

"그 사람이 돌아오는 것은 그리 어려운 일이 아니니 걱정하지 마십시오. 다만 그곳에 잠깐 있으면서 그 어미의 뜻을 돌이킨 후 오게 하는 것이 마땅할 것입니다."

이어서 희미하게 웃으며 말했다.

"얼굴을 훼손해도 능히 회복하고 천 길 강 속에 떨어져도 또 능히 살아나며, 사람이 곁에서 칼과 독약을 주어 죽으라고 재촉해도 끄떡없던 모진 목숨입니다. 그런데 무슨 작은 병 때문에 죽을 것이라고 숙모님들께서는 부질없이 놀라시며 어머니를 걱정하게 하십니까? 그래서 제가 세 분 숙모께서 그 잔치에 참석하시는 것을 마땅치 않게 여겼던 것입니다."

소화부인이 가만히 웃으며 말했다.

"장씨 집에 간 것은 너를 생각해 저들의 간청을 물리치지 못한 것이었다. 또 기왕 간 김에 질부를 찾아보고 그 병세와 거처를 본 대로 고한 것이지 깊은 걱정을 더하고자 한 것이 아니란다. 너 또한 소식을 들으면 걱정하던 마음을 위로할 수 있을 것인데, 어찌 우리가 장씨 집에 간 것을 쓸데없다고 하느냐?"

정인광이 부드럽게 대답했다.

"걱정할 것이라면 직접 가서 볼 것이지 구태여 숙모님들의 입과 귀를 빌리겠습니까?"

말을 마치고는 인경과 더불어 모친의 침구를 펴고 편히 쉬기를 청했다. 이어서 소화부인이 돌아가고 화부인이 또 두 아들에게 나가 쉬라고 하며 침상에 들었다. 정인광 형제는 태전에 가서 할머니의 잠자리가 편안하신지 살피고 비로소 명광헌으로 물러가 쉬었다.

호방한 장세린

장씨 집안 셋째 아들 장세린의 자는 문승이다. 나이가 열다섯이 되자 신장과 기골이 엄연히 대장부의 위풍을 이루었을 뿐 아니라 몸가짐이 장수 같고 얼굴이 깨끗했다. 난새나 봉황같이 귀한 자질이요 용이나 기린과 같은 뛰어난 기상이었다. 여덟 가지 빛을 띤 눈썹은 이마에 드높이 떨치었고 봉황 같은 두 눈의 별 같은 빛은 은은하게 귀밑에 비치었다. 붉은 입술은 물감을 칠한 것 같고 꽃 같은 뺨엔 하늘의 향기가 어리니 얼굴 가득 아리따움이 넘치고 온몸에 온화한 기운이 가득했다. 웃거나 찡그리는 행동거지에 거리낌이 없어 단산의 봉황새 같고 해구에 내려온 난새 같았다. 가는 허리는 날렵해 버들이 흔들리는 것 같으며 가을 달이 밝은 듯 주유의 옥 같은 기질에 송옥의 탁월한 정신을 겸했으니, 아름다운 문장은 은하수의 근원에까지 이를 만했다. 이백과 두보의 호방하고 뛰어난 자질을 본받아 한번 붓을 떨치면 구름 같은 그림자가 땅에 떨어지고, 경치를 보고 시를 지으면 귀신을 울릴 재주가 당대에 독보적이었다. 평범한 속세의 됨됨이라도 아들 중에는 막내를 사랑하는 것이 흔한 인정이거늘, 하물며 장세린의 문재와 기상이 이렇듯 비상하게 뛰어나니 장헌과 박씨가 만금같이 아끼는 것은 비할 데가 없었다. 바라보면 웃는 입이 벌어지고 즐거워하는 눈썹이 춤을 추었으며, 말마다 자랑스럽고 일마다 기특해 마음속으로 이렇게 생각했다.

'공자와 주공 같은 성인과 안연·맹자·정자·주자의 도라도 우리 아이보다 더할 수는 없을 것이다.'

그렇기에 장헌 부부는 장세린의 행동에 전혀 흠을 잡지 않고 터럭만큼도 가르침을 두는 도리가 없었다. 원래 인품과 성질은 여러 가지인데 나면서부터 아는 성인은 백대 이전으로부터 백대 이후까지 공자뿐이니, 그 외에는 배운 것을 때때로 익히고 공손하게 유지해야 하는 법이었다. 증자 같은 큰 효자의 경우에도 그 아버지 증석의 유별난 가르침이 있었고, 맹자 같은 큰 도를 이룬 성인도 그 어머니가 세 번 이사하는 수고를 하며 힘써 가르친 바가 있었다. 하물며 세대가 멀어지고 성인은 이미 돌아가셨으니 천하에 도가 없어진 지 오래된 터였다. 그러니 지금 말세의 풍속 가운데 온 세상이 염치를 모르고 윤리와 기강이 스러지고 있거늘 어찌 사람마다 나면서부터 아는 성질과 흔들려도 변함 없는 성질이 있겠는가? 장세린의 품성이 속된 무리들과 비교하면 백배는 뛰어나고 아름답지만, 배운 것 없이 자라 어버이를 섬기며 기쁘게 해드리는 효도와 웃어른을 존경으로 모시는 예의를 차리는 일이 없었다.

장세린이 7세가 된 후에야 형 장창린이 돌아와 가족이 다시 모였는데, 장창린은 그 성품이 온화하고 인자하며 아랫사람들에게도 겸손했다. 효성은 증삼을 벗할 만하고 충성됨은 이윤과 같고 열렬한 것은 관용방을 따르고 청렴한 것은 숙제에 가깝고 의로운 것은 관우보다 더했다. 또 사물을 밝게 보는 것은 이루에 견줄 만하고 잘 듣는 것은 사광과 같으니, 모든 행동이 완전하고 특이해 세린 형제가 처음 보는 것이었다. 비록 모든 것을 따르고 배워 완전히 같아질 수는 없었으나, 강퍅하고 조급한 성품을 고치고 망령된 말과 무례한 거조를 줄여 형님의 지극하고 효성스러운 성품을 백분의 일이라도 본받고자 했다. 그래서 둘째 공자 희린은 본디 성격을 다 버리고 온전히 따라 충직하고 온순한 인물이 되었다. 강포하고 교만한 성격을 버리고 온량하고 겸손한 성정을 갖추게 된 것이었다. 총기 있고 영리한 것보다는 온화하고 점잖은 사람이 되고자 하니, 얼굴은 변하지 않았지만 성격은 완전히 다른 사람이 되었다.

장세린도 형의 가르침을 받들어, 어린 시절 차마 보기 어려울 정도로 무례했던 것을 뉘우치고 부끄러워했다. 다만 장세린은 어버이를 사랑하고 어른을 공경하는 데는 모자람이 없었지만, 타고난 품성이 호탕한 것을 고치지 못해 형의 눈길을 벗어나기만 하면 실없이 웃으며 잡담하거나 술을 마시고 어지럽게 구는 일이 잦았다. 원래 주량이 남다르고 색욕이 심해 미인들 중 정을 둔 여인이 너덧 명이었지만 교묘하게 일을 처리해 집에서는 전혀 알지 못했다. 장세린이 기생집을 지나가면 자신이 그럴 뜻이 없어도 분 바른 미녀들이 손가락으로 가리키며 소곤거리기를 '적선이 다시 살아나고 반악이 돌아온다 해도 어찌 이 풍채와 기상에 미치리오?'라고 하며 다투어 귤을 던지고 정을 보냈다. 미녀들은 장세린이 한 번 돌아보는 것을 만고의 풍류로 삼고자 했지만, 세린은 어느덧 형님의 정대하고 엄한 경계를 좇아 청루와 술집에 발길을 들이지 않았다. 그러나 안목이 높고 배필에 대해 원하는 바가 넘치는 것이 문제였다. 자기의 사람됨이 형님과 비교하면 백의 하나밖에 안 되는 것을 모르지 않으면서, 아내는 맏형수 정월염의 높은 성덕과 빛나는 얼굴이 아니면 누이 장성완의 천고에 드문 정숙하고 난초 같은 자질을 바라고 있었다.

"덕요를 어질지 않다고 하는 것이 아니라 용모가 좋지 못하니 결벽증이 있는 준걸과 짝지을 것이 아니고, 문희를 곱지 않다고 하는 것이 아니라 절행이 낮으니 깨끗하고 곧은 성품의 군자들이 침 뱉을 바이다. 덕이 있으나 색이 없으면 족히 일컬을 것이 없고, 색이 있으나 덕이 있지 않으면 더불어 같이 늙어갈 수 없도다."

장헌과 박씨는 그 말이 마땅하다며 더욱 기뻐했으나, 장창린은 장세린의 배필에 대해 적잖이 근심했다. 세린의 언사가 무식함을 꾸짖으며 부녀자를 용모로 논하는 것이 경박하고 방탕하다고 경계했지만 세린은 천성을 쉽게 버리지 못했다. 그러던 중 창린이 관서 지방을 살피라는 명을 받고 서쪽으로 행하게 되니, 희린과 세린은 큰형님과의 이별에 슬픔을 이기지 못했다. 장희린은 부모를 효로써 모시는 틈틈이 옛 책들을 두루 보아 공부가 쌓이고 학문의 도가 깊어져 큰학자의 자리를 잇고 군자의 풍모를 더해갔다. 하지만 장세린은 넘치는 기운을 스스로 걷잡지 못해 호탕한 뜻을 여기저기 펼치며 마음대로 방랑하기를 좋아했는데, 장창린이 관서 지방으로 간 후에는 더욱 거리낌이 없는 듯 행동했다. 희린이 간간이 꾸짖어 경계하며 학업에 힘쓰라고 당부하면 세린은 얼른 잘못을 인정하고 기꺼이 형의 말에 응했다. 형제가 같이 문답을 주고받으면 희린이 알지 못하는 것을 세린이 오히려 깨우쳐주기도 했다. 그 재주가 천문 지리의 미묘한 곳을 꿰뚫고 병서의 이치와 술법에 통달해 있으니 문장 재주만 무리보다 뛰어난 것이 아니었다. 그러니 희린이 어찌 다시 꾸짖을 말이 있겠는가? 다만 이렇게 넌지시 이야기할 뿐이었다.

"재주가 덕을 이기지 못하는 자는 소인의 자취를 잇고 욕심이 의를 이기는 자는 간사한 무리의 꽁무니를 뒤따르는 법이다. 너의 학문과 재주가 보통의 뛰어난 사람들로는 따라올 수 없을 만큼 대단하건만 군자의 큰 도를 우러르지 못하고 있으니, 도리어 재능 없고 총명하지 않은 사람만도 못한 것이 아닌가 걱정이구나. 모름지기 행동을 삼가며 말은 점잖고 믿음직스럽게 하여, 학문을 숭상하는 형님의 큰 도를 우러러 어진 군자가 되어야 할 것이다."

세린이 순순히 그러겠다고 답했지만 잠깐 돌아서면 또다시 호방한 거조를 보이곤 했다. 그러나 능력이 뛰어나고 총명한 것이 남달랐기 때문에 오히려 자신이 매우 호탕한 것을 다른 사람들이 알게 하지는 않았다.

여원홍에게 속아 장세린의 혼사를 약속하는 장헌

장헌과 박씨는 그릇된 자식 사랑과 유별난 애정을 가지고 있어, 아들의 좋은 짝을 구하고자 하는 뜻이 세린의 분에 넘치는 희망과 비슷했다. 그리하여 장성완이나 정월염의 아름다운 용모와 효성과 덕행에 비할 만한 사람이 아니면 세린의 배필이 될 수 없다고 생각해 일찍이 인연을 정해 둔 바가 없었다. 이때 국구 여형수의 장남 여원홍이 젊은 나이에 과거에 급제해 작위가 높아져 추밀사에 이르고 권세와 위엄이 당당했는데, 바로 그에게 딸이 하나 있었다. 여원홍은 장세린이 뛰어나게 비상한 것을 잘 알고 있었기에 장헌이 혼자 있는 때를 틈타 얼굴을 마주하고서 사돈을 맺어 서로 자녀를 바꿀 것을 간절히 청했다. 장헌은 부귀를 탐하고 권위를 취하는 비루한 마음을 고질병처럼 갖고 있었는데, 여원홍이 나라의 재상이요 황후의 동생으로 명성과 존귀함이 비교도 되지 않는 상대였으므로 규수가 아름답거나 어진지는 생각하지도 않고 과분한 구혼에 도리어 황공해하며 감사하게 여겼다. 여원홍은 장헌이 줏대가 없다는 것을 알고 있었기 때문에 그가 쾌히 허락하자 혹 다시 마음이 변할까 두려워 그 자리에서 날짜를 정하고자 했다. 그렇게 정한 길일이 열흘 뒤였고 빙례를 행하는 날은 당장 모레였다. 정한 날에 예를 이룰 것을 당부하자 장헌은 여원홍이 걱정을 하는 것이 억울해 웃으며 말했다.

"장부가 한번 말을 내면 죽을 일이라도 고치지 않고 백 년 안에 변함이 없을 것인데, 하물며 피차 자녀를 가지고 혼약을 정하는 일이야 어떠하겠습니까? 명공(여원홍)이 이렇게 서두르지 않으시면 제 장남이 돌아오기를 기다려 막내의 혼처를 의논할 것이지만, 명공이 겨를 없어 하셔서 직접 만나 열흘 뒤로 정한 혼약을 오히려 그릇될까 걱정하시니 이는 저를 신의 있는 선비로 여기지 않으시는 것입니다. 빙례 날이 모레이니 명공의 걱정을 풀기 위해 여기서 바로 혼서를 쓰십시다."

말을 마치고 종이와 붓을 가져다 혼서를 쓰는 한편 술과 안주를 내와 함께 즐겼다. 장헌이 다른 뜻 없이 기뻐한 것은 여원홍의 외동딸이 재상가의 귀한 자식인 데다 후비의 친척이기 때문이었다. 부귀한 집안에서 자랐으니 그 아름다움이 반드시 고운 옥을 다듬은 것 같고 밝은 구슬이 빛나는 것과 같을 것이라 생각하여, 장헌은 스스로 며느리를 잘 얻었다고 여겼다. 여원홍은 장세린이 남달리 뛰어난 것을 아는 까닭에 구태여 만나 보기를 청하지 않았다. 또한 오히려 장헌이 약혼에 대해 다시 뜻을 바꾸지 못하게 길일을 즉시 정하고 혼서를 쓰는 것을 보고 즐거움을 이길 수 없었다. 한참 동안 한담을 나누다가 여원홍이 돌아가니 장헌이 즉시 내당으로 들어가 두 부인에게 여씨 집안과 세린의 혼약을 전했다. 박씨야 어찌 정한 뜻이 있으며 멀리 생각하는 마음이 있겠는가? 다만 귀한 가문의 딸인 것이 기뻐서 이렇게 말했다.

"사람의 인품이나 외모는 천차만별이지만, 재상가 출신과 대갓집 딸이라면 기질과 성품이 낮은 사람이 드문 법이지요. 여씨 집 규수가 추밀공의 만금 보배와도 같은 자식이요 성모의 친조카이며 국구의 귀한 손녀이니, 높은 가문의 빛난 가르침을 받아 성질이 빼어나고 안목이 높은 것이 한미한 가문의 아이들과는 다를 것입니다. 하늘이 내 아이를 내셨는데 배필이 어찌 빛나지 않겠습니까?"

박씨가 이렇듯 즐거워했지만 연부인은 기뻐하는 기색 없이 이렇게 말했다.

"큰아이가 떠나면서 상공께 고하기를 '셋째가 훤칠하게 장성하여 어린아이의 미숙한 몸을 면한 지 오래라 배필을 함부로 가리지 못할 것이니, 잠깐 소자가 돌아오기를 기다려 합당한 곳을 얻어 정혼하기를 바랍니다.'라고 했는데, 상공은 어찌 창린이가 돌아올 때를 기다리지 않고 경솔하게 여씨 집안과 정혼을 하십니까? 원래 아녀자가 대사에 참여하여 논하는 것이 불가하지만, 일찍이 여원홍의 부귀에 대해서는 들었을지언정 맑은 덕에 대해서는 듣지 못하였습니다. 또한 사람들이 그의 세력이 대단하다고 이를지언정 그가 청렴하고 검소하다고 하지는 않으니 그가 어진 재상이 아님을 알 것입니다. 이런 가문과 사돈을 맺는 것이 무엇이 좋다고 묻지도 않으시고 막내의 인륜대사를 경솔하게 정하십니까? 이러니 어찌 애석하지 않겠습니까?"

말하는 사이에 장희린이 장세린과 더불어 들어오니 장헌이 여씨 집안과 정혼한 일을 얼른 말했다. 두 사람이 놀라움을 이기지 못했고, 세린이 화를 내며 말했다.

"여원홍이 감언이설로 아버님의 경솔한 허락을 얻었지만, 저는 아내를 얻지 못한 채 머리가 희어진다 해도 여씨 집에 장가를 가고 싶은 마음이 없습니다. 모레 빙례를 행하는 것은 당치도 않은 일이거니와, 사실대로 저의 뜻을 밝히고 혼사를 물리시는 것이 마땅합니다."

장희린이 한참 동안 가만히 있다가 말했다.

"진실로 불행한 일이지만 피할 수도 없는 일이다. 차라리 정한 날 조용히 신부를 맞이하는 것이 옳지 않겠느냐?"

장세린이 더욱 화가 나서 말했다.

"우리 집에서 물리치면 여씨 집안에서 무슨 염치로 청혼을 하겠습니까? 만약 청해도 들어주지 않는다면 모를까, 무슨 일로 피하지 못할 것이라 미리 짐작하여 구태여 원치 않는 신부를 맞이하겠습니까?"

장희린이 정색하며 말했다.

"과연 네가 바라던 바와 같지 않고 진정으로 괴로운 일이지만, 물리친다고 해서 끝날 상황이 아닌 듯하다. 아버님이 이미 저쪽과 대면

하여 굳게 약속하면서 먼저 혼서를 써 변하지 않을 뜻을 보이셨는데, 네 마음에 맞지 않는다고 하여 부모님이 약혼하신 것을 감히 물리치지 못할 것이다. 아버님이 비록 네가 죽기로써 사양한다 이르고 혼사를 물리신다 해도, 여원홍이 천자께 알려 아버님의 신의 없음을 드러내고 이미 혼서를 썼던 것이라며 외척으로서 혼인을 명하는 전지를 얻어 혼사를 이루려 하지 않겠느냐? 그게 아니라면 우리 집을 한바탕 모해할 수도 있는 노릇이다. 이런 일이 모두 네 처신에 달려 있으니 참으로 안타까운 일이구나. 또 한바탕 풍파를 겪고서라도 다행히 그의 사위 되는 것을 피할 수 있을지 모르겠으나, 그가 마음만 먹는다면 아버님의 신의 없음을 빌미로 삼아 반드시 해를 끼치고자 할 것이다. 이러한 상황이라면 너는 불효와 불행을 피할 수 없지 않겠느냐? 이 또한 운명이니 어쩔 수 없을 듯하구나. 네가 싫다 하여도 여씨 집의 딸을 취하는 것밖에는 다른 방법이 없느니라."

장세린이 듣고 나서 생각하니 과연 일의 형세가 그러했다. 안 그래도 아버지가 신의와 의리가 없는 사람임이 부끄러웠는데, 이 혼약을 물리쳐 또다시 아버지의 신의 없음을 드러내서는 안 된다는 생각도 들었다. 자기가 여씨 집안의 사위가 된다면 권세를 좇는 아버지의 비루함을 일컬을지언정 굳게 맹세한 혼약을 물리쳤다고 해서 신의 없는 죄를 논하는 일은 없을 것이었다. 세린으로서는 자신으로 인해 아버지를 욕되게 하는 불효와 세상의 손가락질은 피하고 싶은 일이었다. 스스로 그런 아버지를 만난 운명의 기구함과 배필을 잘못 만난 것을 한탄할지언정 혼사를 물리치기 어려울 것임을 헤아려 도리어 온화하게 무릎을 꿇고 머리를 숙여 말했다.

"제가 조급하고 마음이 넓지 못해 일을 크게 생각하지 못하고 여씨 집안을 물리칠 수 있을까 하였습니다. 형님의 말씀을 듣고 보니 과연 그렇게 되기는 어려울 듯하니, 이 역시 저의 액운이 아니겠습니까?"

장희린이 위로하며 말했다.

"여씨 집안을 만나는 것이 바라던 바는 아니지만, 하늘이 정한 인연이 무거우니 인력으로 어쩌지 못할 듯하구나. 또 문벌로 치자면 더없이 빛나는 집안이 아니겠느냐? 규수가 만일 재상가의 요조숙녀라면 이 또한 너의 복일 것이다."

세린이 말없이 가만히 있는데, 박씨가 문득 희린을 꾸짖었다.

"동생이 복이 많아 재상가 높은 집안의 사위로 들어가게 되었는데 너는 도리어 배가 아파 바라던 바가 아니라고 하느냐? 여추밀이 비록 현명한 재상은 못 되지만 저 이름 없는 산림 처사 주수량에 비할 것이며, 여씨가 비록 뛰어나지 못해도 아름답지 않고 어리석은 것이 주씨와 비교할 것이겠느냐? 길일에 보면 알겠지만 부귀로 일러도 저희들이 감히 우러러보지 못할 것이다."

장세린이 들을수록 한심하고 놀라웠지만 애써 부드러운 목소리로 말했다.

"어머니는 어찌 주씨 형수의 덕행이 미진하다고 여기십니까? 하물며 주씨 집안은 빈곤한 집이 아니고 재물과 곡식이 산처럼 쌓여 있으며 노복이 그 수를 알 수 없을 정도입니다. 그럼에도 주선생과 유부인이 청렴하고 검소하여 사치를 원수같이 여기고 농사와 양잠에 힘써 양홍과 덕요의 고사를 이으니 그저 감복할 따름입니다. 소자에게 주씨 형수의 시비를 취하라 하셔도 오히려 여원홍의 재상가 높은 문벌보다 나을 것이거늘, 일이 제 뜻 같지 못하니 더 이상 말해도 쓸 데가 없겠습니다."

박씨가 크게 웃으며 말했다.

"비교하기에도 너무 같잖으니 다시 이르지 마라. 주처사가 열 번 죽었다 깨어난들 여추밀의 부귀를 쳐다볼 수나 있겠느냐? 규수가 분명 남달리 뛰어날 것이니 모름지기 길일을 기다려 살펴보도록 해라."

말을 마치고는 매우 기뻐하며 어쩔 줄을 몰랐다. 장헌은 연부인이 기꺼워하지 않고 둘째가 그토록 꺼리며 불행해하는 것을 보니 기쁜 마음이 사그라들었다. 경솔하게 정혼한 것인가 하여 그윽이 뉘우쳐도 보았지만, 달리 물리칠 계교가 없어 묵묵히 아무 말도 하지 못했다.

장세린의 혼삿날

이윽고 빙물을 전하는 길일이 되고 혼서와 폐물이 전해지며 열흘이 훌쩍 지나 혼례일이 되었다. 장헌이 큰 잔치를 열어 친척과 마을 사람들을 모두 모으고 육례를 다 행해 신랑을 보내고 신부를 맞이했다. 이날 장세린이 예를 갖추어 여씨를 맞이하는데, 괴롭고 싫은 마음이 절박한 나머지 병도 없이 머리가 아프고 입이 썼다. 그렇다고 능히 물리쳐 예를 행하지 않을 수도 없어 부득이 여씨 집에 기러기를 전하고 신부를 맞이해 성대한 행차로 돌아왔다. 신랑의 빛나는 모습은 태양과 빛을 다투어 하늘의 신선이 하강한 것인가 의심될 정도였다.

집으로 돌아와 중청의 비단 자리가 휘황하고 좋은 향이 기이하며 아름다운 촛불이 환한 가운데 신랑 신부가 맞절의 예를 드릴 차례였다. 세린은 신부에게 전혀 관심이 없어 지금껏 신부를 살피지 않았는데, 이때 갑자기 괴이한 숨소리가 귓가에 들려오는 것이 유월 무더위에 쟁기를 맨 소의 숨소리와 같아 문득 놀라지 않을 수 없었다. 자리를 향해 오는 신부의 발걸음은 둔하고 어지러워 옥난간이 흔들리고 합환례를 올리는 자리가 밀려나 바르게 놓이지 못한 채 비틀어져 버릴 정도였다. 지저분하고 괴상한 모양새가 미친 돼지를 이끌고 사나운 이리를 붙든 것과도 같기에 장세린이 의아하여 두 눈을 살짝 뜨고 형상을 살펴보았다. 수많은 시녀들이 우두나찰 같은 모습의 신부를 앞뒤로 막아선 채 깃털 부채로 가리고 있었으며, 온몸과 얼굴을 다 보옥으로 뒤덮고 비단으로 꾸몄으니 보석의 광채가 눈부시도록 빛났다. 그러나 그 뒤에 감춰진 사나운 몸짓과 험하고 괴상한 모습은 오히려 더욱 도드라져 흉악하며 추하기가 비할 데 없는 형상이었다. 세상에 어찌 이 같은 사람과 이 같은 흉물이 있을 줄 그 누가 알았겠는가? 저절로 넋이 날아가고 혼백이 흩어지는 가운데 분노가 솟아나, 신부와 여씨네 집 종들을 다 쫓아 내치고 싶은 뜻이 순식간에 일어났다. 그러하니 어디에 동방화촉을 둘 것이며 아무렇지 않게 서로 마주할 마음이 있겠는가? 겨우 예를 마치고서 장세린은 분연히 소매를 떨치고 외루로 향했다. 그러자 신부가 거칠고 쉰 목소리로 빠르게 말했다.

"혼례는 인륜대사라 두 가문의 합을 이루는 것에 만복의 근원을 구하니 소소하게 작은 일이라도 절차에 따라 법도를 다할 것이다. 그런데 낭군이 나이가 어려 깨닫지 못하고 집안이 어지러워도 능히 지휘하지 못하며, 좋은 자리에서 합환주를 나누지도 못하고 신방에서 서로 마주하는 예를 행하지 않은 채 걸음을 돌리는구나. 중요한 대례를 폐할 수는 없으니 모름지기 도로 청하여 법규에 어긋남이 없게 하라."

여씨 집 종들이 일시에 신부를 막으며 말을 그치라고 청했지만, 신부는 조금도 주저함 없이 높은 목소리를 낮추지 않고서 재차 신랑을 부르라고 했다. 장세린이 나갈 때 어찌 이 소리를 듣지 못했겠는가? 더욱 놀랍고 처참하여 미간에 찬바람을 일으키며 말없이 나가 버리니, 어떤 담 큰 하인도 그 앞을 막고 도로 들어오라 청하기는 어려웠다. 그저 신부를 붙들어 신방으로 데리고 가 단장을 다시 고칠 뿐이었다. 신부는 신랑이 다시 들어오지 않는 것을 크게 한스러워하여, 합환주를 나누지 못하고 동방에서 상대하지 못한 것을 억울하고 분하게 여기며 말했다.

"인륜의 큰 예로 혼인보다 더한 것이 없으니 홀로 폐할 수 없는 법인데, 저 낭군은 어찌 법도도 없이 내가 청해도 따르지 않는 것인가? 저 사람이 먼저 예를 다하지 않으니, 내 무슨 뜻으로 저의 부모에게 폐백을 올리고 절을 하겠는가?"

그러더니 갑자기 크게 소리를 지르려 했다. 그러나 연부인이 엄하게 막고 여씨네 집 종들이 좌우에서 끼고 입을 가려 잡스러운 소리와 도리에 어긋난 말을 하지 못하게 해 겨우 절을 올리게 되었다. 그 행동거지는 다시 논할 만한 것도 아니지만, 움직임이 둔하고 걸음걸이가 난잡한 것이 볼수록 괴상망측해 비위가 상하고 보기 힘겨울 지경이었다. 장헌이 놀라고 기분이 상해 즉시 외루로 나가버리려 했는데,

박씨와 연부인이 말리고 희린도 그러면 안 된다고 하여 겨우 분을 가라앉혔다. 그러고는 다시 말을 하지 않으니 온 집안에 무슨 화기가 있겠는가? 주인이 즐겁지 않으니 여러 손님들도 축하의 말조차 전하지 못한 채 일찍 잔치를 파하고 각자 집으로 돌아갔다.

정씨 집안에서도 정태요와 소화부인이 서부인과 더불어 며느리들을 거느리고 잔치에 왔다가 신부를 잠깐 보고 놀라움을 금치 못했다. 그리고 웅설각에 이르러 장성완을 만나 한참 동안 이야기를 하다가 돌아갔다. 장성완이 죄인으로 자처해 문을 닫고 하늘을 보지 않는 것이 중죄를 짓고 큰 허물을 쌓은 사람 같으며 병세가 가볍지 않아 위태로운 모습이었기에 모두가 슬퍼하고 염려했다.

이날 장세린은 신부의 흉하고 비루한 자질과 미친 듯 어지럽고 거친 말들을 잠깐 보고 들으니 마음속에 더없는 미움과 분노가 일어났다. 평생 배필에 대한 기대가 태산보다 높았던 사람이 평범한 보통 사람조차 만나지 못하고, 천고에 듣지 못하던 흉한 박색에 걷잡을 수 없이 거친 사람을 만난 것이었다. 세린은 아버지 복이 기구하여 일생이 괴로운 이로 자신보다 더한 이가 없을 것 같았다. 또 여원홍이 자기 집을 업신여기고 자기를 한낱 흙이나 나무로 알아 그처럼 사람 같지 않은 비루한 딸을 슬그머니 밀어 맡긴 것을 생각하면 분노가 솟구칠 수밖에 없었다. 여씨를 몰아내고 여원홍을 면전에서 한바탕 욕한 뒤 그 눈에 재를 넣고 낯에 침을 뱉는다 해도 분을 씻지 못할 것 같았다. 그런데 도리어 머리를 굽혀 추하고 비루한 저 여자를 맞이한 욕을 달게 여기고 집안에 머물게 하여 그 분을 털끝만큼도 풀지 못하니, 애달프고 화가 나는 것이 뼈마디에 사무칠 지경이었다. 장세린은 마음속으로 이렇게 생각했다.

'여원홍이 나 장문승을 흙이나 나무같이 업신여긴 한은 씻을 수 없다 해도, 어찌 집이 추하고 비루한 딸과는 부부의 의를 끝낼 것이다. 아내와 화합하는 즐거움을 두지 못하는 나의 회포가 괴롭겠지만, 장부는 여자와 같지 않으니 나중에는 반드시 숙녀를 구해 아내와 흡족한 즐거움을 이루고 말리라. 그러나 여원홍은 한 딸에 두 사위를 얻지 못하고 그 딸은 늙어 죽을 때까지 남녀가 서로 어울리는 부부의 즐거움을 알지 못하는 박명한 사람이 될 것이니 무슨 기쁨이 있겠는가? 이것으로 나의 분이 조금이나마 풀리게 될 것이다.'

그러더니 홀연 굵은 눈썹을 치켜올리고 봉황 같은 눈을 크게 뜨며 말했다.

"흉악하고 음란하며 비루한 여자를 한시도 상대하기 어려운데 어찌 내 집에 두고 비위를 다스려 견딜 수 있겠는가? 훗날 덕과 용모를 모두 갖춘 숙녀를 취한다 한들 먼저 취한 사람이 이렇듯 비루하고 끔찍하니 내 처복이 참으로 괴이한 것을 알겠다. 나의 액운이 어느 정도이기에 이렇듯 참지 못할 슬픔과 억울함을 당하는 것인가?"

생각이 이에 이르자 자기도 모르게 취한 듯 미친 듯 정신이 혼미해졌다. 술을 내오게 하여 수십 잔을 기울이고 나서 침상에 비스듬히 누워 저녁도 먹지 않고 날이 어두워지는 것도 알지 못한 채 술에 취해 정신을 차리지 못했다. 장희린이 들어와 장세린을 향해 소리쳤다.

"이미 날이 어두워졌거늘 어찌 저녁 문안 드릴 생각을 않고 술에 잠겨 이렇게 누워 있느냐?"

장세린이 마지못해 일어나 말했다.

"제가 본디 마음이 굳지 못하여 낮에 잠깐 여씨 집 흉물을 보고 놀라 저도 모르게 정신이 흩어져 날아가 버렸습니다. 취할 것을 모르지 않았지만 혼자 술이라도 마셔 놀란 마음을 진정하고자 한 것인데, 어느새 날이 어두워 오는 줄도 몰랐습니다."

장희린이 눈썹을 찡그리고 탄식하며 말했다.

"비록 바라던 바와 다르다고 하나 어찌 말을 그렇듯 지나치게 하여, 사람됨이 어떠한지도 모르면서 흉물이라 칭하느냐? 너의 집안 일이 참으로 깊이 근심되는구나. 모름지기 형님이 항상 경계하시던 바를 좇아 덕을 흠모하는 군자가 되고 색을 취하는 경박함을 버리도록 해라."

장세린이 옷을 고쳐 입고 손사래를 치며 말했다.

"제가 양홍 같은 군자가 된다 해도 이미 맹광을 만나지 못하고 음흉한 추녀를 짝으로 맞게 되었으니, 양홍이 맹광과 화락했던 것을 부러워하여도 얻지 못할 것입니다. 하물며 제가 경박한 성격으로 색을 취하는 사람인데 말해 무엇 하겠습니까? 서시를 흉내 내던 동시가 한 번 찡그리면 이웃들이 다 놀라서 부자는 문을 닫고 가난한 사람은 얼른 달아나 버렸으며 미친 개와 주린 범같이 여겼다고 합니다. 하물며 제가 만난 위인은 추녀가 찡그리기를 좋아하던 것보다 백배 더 괴이하니 저의 약한 비위로 이렇듯 아니꼬운 것을 어찌 견디겠습니까? 하늘의 위엄이나 천자의 명이라 할지라도 차라리 죽어 없어질지언정 맹세코 여씨 집 비루한 여자와 더불어 부부의 관계를 온전하게 하지는 못할 것이니, 색이든 덕이든 간에 다시 이르지 마십시오. 제가 비록 불민하나 사람 보는 눈이 흐리지 않기에, 여씨 집안 흉물이 외모만 추한 것이 아니라 눈의 정기가 음란하고 잡스러우며 시기심과 불인함이 얼굴에 가득한 것을 훤히 알 수 있습니다. 그 흉하고 불길한 기운이 우리에 갇힌 범이나 그물에 걸린 고기처럼 스스로 날뛰다 빨리 죽을 운명이라면 괜찮겠지만, 그렇지 않다면 결국 집안을 뒤엎고 가문을 멸하게 하고 말 것입니다. 그러니 어찌 놀랍지 않으며 흉하고 참혹하지 않겠습니까?"

장희린이 정색하며 괴이한 말을 그만두라 했지만, 장세린은 분노를 도무지 억누를 수가 없었다. 여씨의 모습이 추하고 험악한 것은 말할 것도 없고 포악하며 불길한 기운마저 강하게 느껴지니 더욱 놀랍고 걱정스러울 따름이었다. 이날 밤 형제가 함께 부모님께 저녁 문안을 드렸는데, 이때 장헌은 권세를 좇는 비루한 마음으로도 차마 아들에게 신방으로 가라고 이르지 못하고 신부를 재상가의 외동딸이라 하여 떠받들지도 못했다.

(책임번역 전진아)

완월회맹연 권 49

만나지 못하는 마음

여씨는 장세린의 모습에 반해 사납게 달려드나

장세린은 정성염의 초상화를 보고 애를 태우다

추악한 여씨가 마음에 들지 않는 장세린

장헌은 권세를 좇는 비루한 마음으로도 차마 아들에게 신방으로 가라고 이르지 못하고 신부를 재상가의 외동딸이라 하여 떠받들지도 못한 채 근심스럽게 눈썹을 찡그리고 묵묵히 아무 말도 하지 않았다. 박씨는 비로소 장헌이 찬찬하게 혼인을 정하지 못해 아들의 인륜 대사를 그르친 것을 원망하고 여씨 가문을 참담하게 욕했다. 그녀는 재주와 풍격이 있는 아들이 그저 그런 사람조차 만나지 못하여, 고금을 다 뒤져도 못 찾을 듯한 험악하고 기이하게 생긴 사람과 짝을 짓게 되니 이보다 욕되고 더러운 일은 없다며 경악하고 화를 냈다. 결국 저녁 상을 물리친 채 이불에 몸을 던지고는 병이 없는데도 마음을 앓아 자기도 모르는 사이에 눈물을 비처럼 흘렸다. 여러 며느리들이 크게 근심했으며 연부인 역시 불행하고 놀랍게 여겼다. 박씨가 장세린의 박한 부인 복과 기구한 인연을 슬피 탄식하니, 연부인이 박씨를 위로하며 장세린에게 이렇게 말했다.

"신부가 아름답지 않은 것이 평소에 바라던 바가 아니니 어머니로서 어찌 기쁠 수 있겠느냐마는 이것 역시 하늘의 연이다. 조그만 일도 운명 밖에 있지 않거늘 더욱이 인륜의 큰 일은 어떻겠느냐? 하지만 그 사람됨이 현명한지 아닌지를 아직 알지 못하니 그저 얼굴이 아름답지 못하다 하여 먼저 대접을 박하게 한다면, 그 허물은 너에게 있는 것이지 신부에게 잘못이 있지 않다는 것을 생각하거라."

장세린이 미처 대답하지 못하는 중에 박씨가 화를 내며 말했다.

"부인은 그 못생기고 누추한 여자의 사람됨이 어떤지를 다시 말하지도 마십시오. 옥쟁반을 깨트리고 시부모 뵙는 예를 이루지도 않으며 말투 또한 그렇게 거칠거늘, 그 여자가 어떻게 어진 사람일 수 있겠습니까? 성격도 모습과 비슷할 것이 분명하니, 아마도 험하고 방자하기 짝이 없을 것입니다."

장세린이 더욱 놀라 옥쟁반을 깨트린 것에 대해 물으니 박씨가 어떻게 참을 수 있겠는가? 그 자리에서 신부가 옥쟁반에 개암을 던지고 말투가 여차저차 흉악하고 불순했던 것을 낱낱이 전했다. 장세린이 다 듣기도 전에 화난 기색이 점점 더해져 자리에서 내려와 머리를 조아리고 말했다.

"이는 모두 못난 소자의 잘못입니다. 여원홍의 딸이라는 것은 차치하고 궁궐의 공주라 해도 성정과 행실이 저러하다면 차마 후하게 대접하기 어려울 것이니, 어찌 여씨 가문의 권위를 두려워해 그냥 머무르게 하겠습니까? 처음부터 세차게 내치지 못한 것이 한일 뿐입니다. 내일 당장 이러한 바를 글로 써서 여씨 가문에 알리고 그 딸을 돌려보내 집안을 어지럽히지 않는 것이 좋겠습니다."

장헌이 탄식하며 말했다.

"불행히도 이미 만남을 이루었으니 내일 돌려보낸다는 것은 온당치 않은 일이다. 저 집이 원한을 품으면 네 아비인 내가 재앙에 빠지는 것을 면하지 못할 터이니, 너는 모름지기 너무 과격하게 생각지 말고 온순한 마음으로 나를 편하게 해주거라."

장헌이 말을 끝내고 길게 한숨을 쉬고는 촛불을 지긋이 바라보았다. 두려움과 무안함과 번뇌와 난처함이 한꺼번에 머릿속에 일어나니 도무지 어떻게 해야 할지를 알 수 없었다. 무엇보다 경솔한 처사로 성급히 정혼하여 사람 같지도 않은 추녀를 장세린의 배우자로 삼게 되었으니 참으로 무안하지 않을 수 없는 노릇이었다. 이로 인한 불행은 둘째 치고, 장세린이 처음부터 원하지 않던 사람과 결혼을 시켜 증오가 극에 달한 것을 보니 스스로가 부끄러워졌으며 남의 중매를 잘못 서준 것처럼 마음이 불편했다. 박씨가 거친 말로 신부의 화를 덧내고 세린의 거동이 신부와 화락할 길이 없는 것을 보니 만일 여원홍의 분노를 사게 된다면 자신에게 해가 미칠까 싶어 자기도 모르게 머리카락이 곤두섰다. 괴로움은 여씨 가문이 자신을 업신여겨 누추한 딸을 신선 같은 장세린과 짝을 지어준 것이었으며, 난처함은 재상 집안의 딸을 마음대로 배척해 쫓을 길이 없다는 사실이었다. 마음을 가득 채운 근심과 백 가지 절절한 염려들이 얼굴에 나타나고 말에도 드러나니, 그 추하고 못남을 어디에 비할 수 있겠는가?

이때 장창린의 장자 장현윤은 여섯 살이었는데, 의젓한 어린 장부가 되어 어르신들 앞에 손을 모으고 선 모양이 남다르고 시원스러웠다. 모습이 잘생기고 행동거지가 법도에 맞으며 말을 삼갈 줄 알고 행실이 반듯하니 어찌 보통 사람들과 같은 모습이겠는가? 장세린이 어지러운 노기와 원망스러운 증오를 품고 신부와 여원홍을 원망하는 와중에, 장현윤은 할아버지 장헌이 근심하는 이유는 깨닫지 못한 채 할아버지가 여씨를 신부로 정해 부끄러워하고 절박한 마음을 더해 가는 것을 민망하게 생각하여 장세린 앞에 무릎을 꿇고 말했다.

"효는 반드시 어버이를 편하게 해드리는 것이 핵심이며 배우자 역시 중요하여 윤리와 기강이 가볍지 않습니다. 새 숙모님이 비록 뜻에 맞지는 않으시나 양가 부모께서 서로 약속하신 일이고, 작은아버지께서 기러기를 전하고 육례를 갖추어 이미 숙모를 맞이해 오셨습니다. 오늘 오신 분을 날이 밝자마자 바로 쫓아내고자 의논하는 것은 사리와 체면이 뒤집히는 것이라 다른 사람이 듣게 해서는 안 될 정도의 일입니다. 할아버지께서 기뻐하지 않으시니 어리석은 제가 그 뜻을 받들고 위로해 드릴 바는 아니지만, 작은아버지께서 새 숙모를 과도하게 싫어하시고 마음의 분노를 이기지 못하시는 것에 대해서는 제가 감히 어린 소회로 아뢰고자 합니다. 옛말에 이르기를 '마음에 맞지 않는 사람이더라도 부모님께서 네 아내가 나를 잘 섬긴다고 하시면 아들은 그 아내를 공경해야 한다'고 했습니다. 작은아버지께서 새 숙모를 내쫓으려 하시나 할아버지께서 쫓지 말라고 하셨으니 부모님을 봉양하는 도리와는 다툴 수 없는 일입니다. 바라건대 작은아버지께서는 위로는 할아버지의 뜻을 받드시고 가운데로는 뭇사람들이 시시비비를 따지는 것을 취하지 마시어 집안의 화평함을 생각하십시오. 그렇게 하신다면 매우 다행스럽겠습니다."

이렇게 말하는 현윤의 목소리가 더욱 기이하고 안색이 또렷했으니, 손에 잡힐 듯한 온화한 기운은 목련이 봄바람에 춤추는 듯하고 은은하고도 그윽한 품성은 봄빛이 꽃 위에 더해진 듯했다. 천지 만물을 자라게 할 조화는 외가의 풍도를 은근히 닮아 있으며, 또한 그 아버지의 성스러운 행동과 효성을 제대로 이은 모습이었다. 현윤의 아름다운 낯빛을 대한 자들은 백 가지 불편한 마음을 태워버리고 부드러운 소리를 듣는 자들은 천 가지 분노를 풀어버려 마음이 편안해지고 기분이 자연스레 온화해졌다.

장세린은 원통스러운 분노를 억제하지 못해 내일 당장 여씨를 보내기로 결단하려 했는데, 장현윤의 말을 듣고서 그 아버지 장헌의 불편하고 민망한 심정을 깨닫게 되었다. 스스로 어린 조카의 큰 효성에 미칠 길이 없음을 탄식하면서, 손을 잡고 등을 쓰다듬으며 몇 번이나 칭찬하여 말했다.

"네가 참으로 현명하구나! 형님의 아들이며 형수님의 아들이니 너무도 당연히 현명할 수밖에 없는 것이로다. 못난 나는 마음의 분노를 참지 못해 아버지의 불편한 심정을 우러러 헤아리지 못했는데, 여섯 살짜리 어린 조카의 충고를 통해 비로소 깨닫게 되는구나. 네가 현명하고 효성스러운 것을 보니 내가 얼마나 못나고 어리석은지를 더욱 잘 알겠다."

장현윤이 다시 절을 하고 무릎을 꿇으며 말씀이 과분하다고 아뢰니, 자리에 있는 자들이 다시금 더욱이 사랑스럽게 느낄 수밖에 없었다. 장헌은 기쁨에 가득 차 눈썹을 머리끝까지 올리고서 장현윤을 어루만지며 말했다.

"세린이가 말한 것처럼 너는 창린의 아이고 어진 며느리의 아들이다. 가문의 경사요 천리마로구나. 우리 장씨 가문이 드높아 주나라의 창대함을 이을 것이니, 나에게 무슨 복덕이 있어 창린이 같은 아들과 정현부(정월염) 같은 며느리를 두고 또다시 이런 손자를 두었을까? 이는 모두 부인의 성대한 음덕 덕분이다."

이렇듯 기뻐하며 사랑해 마지않으니, 다들 사람 같지 않은 신부 이야기는 더 이상 하지 않고 각자 침소로 돌아가 편히 쉬었다. 이때 연부인이 장세린의 행동거지를 보니 꽁꽁 묶어서 신방에 들여보내도 순순히 밤을 지내고 나오지 못할 듯했다. 그리하여 다시 권유하지 않고 그저 묵묵히 탄식하면서, 비록 하늘의 인연에서는 도망칠 수 없으나 장헌이 신중치 못하게 결혼을 허락한 것을 애달파했다.

장희린과 장세린은 부모가 편히 쉬는 것을 보고 물러나 책방으로 나왔다. 장희린이 촛불을 밝히고《시경》을 외우면서 웃으며 말했다.

"내가 너와 함께 들어가 함께 물러 나왔지만 구태여 일찍 잘 뜻이 없구나. 너도 신방에서 자는 것을 급하게 여기지 않는다면 나와 같이 글을 읽으며 밤을 새우자꾸나."

장세린이 머리를 흔들며 말했다.

"어찌 말도 안 되는 신방 이야기를 제게 하십니까? 다만《시경》을 대하니 저의 뜻이 더욱 어지럽습니다. 문왕은 성현이신데 요조숙녀를 자나 깨나 생각하여 얻고자 했지만 그럴 수 없어 밤새 뒤척이셨으며, 요조숙녀를 얻은 후에는 풀을 이리저리 삶아 북을 치며 즐기고 금슬 좋게 사귀었다고 합니다. 〈상체〉 시에서는 '너의 집안을 화목하게 하고 너의 처와 즐겁게 지내며 처자식과 잘 화합하는 것이 거문고

와 비파를 타는 것과 같다'고 했습니다. 인류의 지극한 즐거움이 부부가 화락하는 것보다 나은 것이 없는데, 저는 세상에 다시 없을 못생기고 흉악한 사람을 짝으로 삼게 되었습니다. 스스로 마음을 다스려 운명의 기구함을 생각하지 않으려고 하지만, 여씨 집안을 원망하는 마음이 잘 풀리지 않으니 제 심사가 편안하지 않습니다. 다시 술을 마시고 깊이 잠들고자 하니 형님도 책 읽기를 그만두고 함께 주무시지요."

말을 마치고 글방 아이에게 술을 가져오라고 하여 과음을 하니 장희린이 술병을 빼앗아 물리치려 했지만 동생이 회포를 잊고 자려 하는 것을 슬프게 생각하여 더 이상 만류하지 못하고 함께 침상으로 가 밤을 보냈다.

장세린의 사랑을 갈구하는 여씨

이때 신부 여씨는 신랑이 들어오기를 눈이 뚫어지고 목이 빠지게 기다리느라 몸과 마음에 불이 일어나는 것을 스스로도 깨닫지 못하고 있었다. 하지만 마침내 장세린의 발걸음이 이르지 않았으니 헛되이 긴 밤이 다하여 관아 문에서 오경을 알리는 북소리가 아침을 울리는 닭 소리를 따라 어지러이 퍼졌다. 가을바람은 나무에 일어 그림자가 창문을 어지럽히고, 흰 달은 어두운 방을 비추며 비단 초롱에서 나오는 빛은 수놓은 창문을 통해 비단옷을 움직였다. 서리 맞은 기러기들은 용마루를 지나 하늘가에서 슬피 부르짖고 이슬은 오동나무에 떨어졌으며 귀뚜라미 우는 소리가 신방을 채우니 경치가 자못 쓸쓸했다. 찬 서리가 내리는 듯 빈방이 적막했지만 옥 같은 호걸이 기분 좋게 돌아봐 주는 눈길을 얻을 수는 없었다. 여씨가 장씨 집으로 시집을 왔음에도 하늘과 땅이 서로 만나고 음양이 조화를 이루는 일은 아직도 천 리 밖에 있었고, 초나라 무산의 회왕과 신녀처럼 사랑하는 마음은 바랄 수도 없는 것이었다. 장세린은 신혼 첫날밤부터 여씨를 멸시하는 뜻을 보이며 한방에서 같이 대하기조차 꺼렸으니, 차려놓은 비단 이불 위에 군자의 자취는 조금도 깃들지 않았다.

여씨는 밤을 홀로 지내는 것을 슬퍼하여 밤이 지나도록 이부자리에 오르지도 않고 초조하게 기다렸다. 그러나 집에 있는 모든 사람들이 닭 소리를 듣고 일어났으니, 이미 바라는 바가 어그러져 무안하고 화나는 마음이 솟구쳐 올라 스스로 큰 소리를 낸다는 것도 깨닫지 못한 채 슬피 울었다. 원망과 욕설이 쌓이고 쌓이니 놀랍고 참담한 아픔을 비할 데가 없었다. 유모와 시중드는 시녀들은 애타는 마음을 이기지 못해 온갖 말들로 여씨를 달래면서 시부모에게 아침 문안 인사를 해야 한다고 아뢰었다. 그러나 여씨는 분노와 슬픔을 참을 수가 없어 사람들이 모이는 곳에 가지 못하고 이부자리에 머리를 박고 누워서 울 뿐이었다. 결국 아침 문안 인사를 드리지 않으니, 장헌과 연부인은 구태여 이유를 묻지 않았고 박씨는 오히려 여씨가 오지 않은 것을 속 시원히 여겼다. 이후로 여씨는 이부자리에 누워 흉악한 원망의 말들과 포악한 욕설을 내뱉으며 슬프게 울어댔는데 그 행동거지가 날이 갈수록 해괴해질 뿐이었다. 하지만 집안사람들은 이를 아는 척하지 않았고, 장세린은 여씨가 누운 채로 일어나지 않는 것이 여러 사람 앞에 나다니는 것보다 낫다고 여기며 여씨가 있든 없든 잘 지내든 말든 신경 쓰지 않으려 했다. 그러면서도 여씨가 흉하고 추하여 분한 마음을 좀처럼 잊지 못하고 괴로워했다.

여씨는 음란하고 패악한 마음을 지니고 있어, 장세린의 영걸스러운 풍채와 옥같이 고운 얼굴을 혼례식 화촉 밑에서 잠깐 보고 사랑의 정을 이기지 못해 다시 그 얼굴을 만나보고 싶었다. 그래서 지금처럼 방에 드러누워서는 백날이 지나도 얼굴을 보기 어렵겠다고 생각해 갑자기 일어나더니, 못생긴 바탕에 화려한 화장을 하고 시부모에게 안부 인사를 드렸다. 장씨 집에 온 지 십여 일 만에 비로소 시부모에게로 가 부모님과 동서와 시누이를 멀리서 바라보니, 장헌의 화려한 풍채와 박씨의 절세의 아름다움은 마치 봄날이 한창인 듯했다. 하지만 두 사람 모두 엄숙한 군자 숙녀라고는 할 수 없었다. 연부인은 위엄 있고 엄숙하면서도 말씨가 편안해 옛 현사와 군자의 분위기를 지녔으니, 온화한 성품은 따뜻한 봄 같으며 바르고 엄한 기운은 가을 하늘과도 같았다. 겉으로는 높고 맑으며 안으로는 넓고 정대하여 사람들이 탄복하고 놀라워할 만한 성품이었다. 정부인 효열군(정월염)은 동서들의 우두머리가 되어 시부모를 모시고 시누이들을 인도해 여러 일들을 순리에 맞게 처리했다. 장창린의 두 번째 아내 양씨(양혜완)와 정월염의 동서 주씨(주성혜)는 정월염이 하는 모든 일과 일상에 그림자처럼 함께하며 희로애락을 나누는 사람들이었다. 정월염은 맑고 달빛 같은 자태를 지녔으며 엄숙한 풍모와 조용한 태도가 눈에 띄는 사람이었다. 부드럽고 고운 꽃이 거울에 비껴 있는 듯하며, 화씨벽이 밝고 위수가 깊은 것과도 견줄 만했다. 맑은 덕성은 눈매에서도 나타나 그 효도하는 뜻과 열절이 임금님께서 직접 금으로 쓴 글씨를 내려 정문에 기려 주신 바와 같이 지극한 덕을 지닌 성광 현부인 효열군임을 묻지 않아도 알 정도였다. 또한 양혜완의 신선 같은 우아한 모습과 인자하고 슬기로운 행동거지는 정월염보다 모자라지 않았으니 아황과 여영의 꽃다움을 따를 만한 사람이었다. 주성혜는 맑고 빛나는 모습을 지니고 있었는데, 그 자태가 아주 아름다운 것은 아니지만 마음씨가 좋고 어질며 늘 기쁘고 편안하여 자연스레 깨끗하고 순수한 기운이 일어났다. 높은 이마와 긴 눈썹이며 깊은 눈은 아리땁거나 사랑스럽다 하지는 못할지라도, 높고 거침없는 기질은 기러기가 국화에 옥구슬 같은 눈물을 떨어뜨린 듯하고 가을의 계수나무가 맑은 서리를 뒤집어쓴 듯했다. 이는 도리어 그 남편인 장희린이 맑고 아름다운 것보다 더욱 높았고 정월염과 양혜완과는 천지 차이였다. 여씨는 시누이인 장성완의 기이함이 오히려 정월염보다 더하다는 것은 알지 못한 채 정월염과 양혜완의 여유롭고 온화한 기질을 우러르며, 세상에 저렇게 특별한 사람들이 있나 싶어 한참을 바라보았다. 그러다가 자신의 못생기고 누추한 모습을 돌이켜 생각해 보니 다시금 부끄러워질 따름이었다. 또한 밉고 한스러운 마음이 일어나 이런 생각을 하게 되었다.

'신랑이 저들 같은 자태를 보고 모든 사람이 저렇게 생긴 줄 알다가 내가 미색이 빼어나지 못한 것을 보고는 나를 거리끼게 된 것이로구나. 내가 온 지 십여 일이 넘었는데도 얼굴을 보지 않고 극심히 박대하니, 내 팔자가 사나운 이유는 정씨와 양씨가 너무 특출나기 때문

이다. 그러니 어떻게 저들이 나의 원수가 아니겠는가?'

그러고는 눈물을 머금고 원통한 정을 펴려고 했다. 장세린은 여씨가 나와 있다는 것은 알지 못한 채 현윤의 손을 이끌고 들어왔는데, 푸른 관복이 휘날리며 가는 허리에는 비단끈이 바람을 따라 움직이니 풍채가 시원하고 행동거지가 당당했다. 얼굴은 옥처럼 밝아 남전 땅에서 캔 흰 옥이 티끌을 씻은 듯했고 맑은 눈썹은 미남 장창종의 담박한 기운을 지녔으며 빼어난 눈매는 제갈량의 신통한 계책을 감추어 볼수록 기이하고 황홀했다. 여씨가 한 번 바라보고는 그 미모에 정신을 잃으니 숨소리를 크게 내고 살찐 몸을 재빨리 움직이는 모습이 차마 표현할 수도 없을 정도였다. 얼굴에는 반기는 표정과 화내는 기색이 한꺼번에 나타나 무척이나 기기괴괴했다. 이때 여씨가 갑자기 '낭군' 두 글자를 어지러이 부르며 절절한 심정으로 장세린과 가까이하려 했는데, 무언가에 홀린 듯한 음탕한 욕심은 스스로도 억제할 수 없는 것이었다. 장세린은 저 누추한 인물이 처소에 든 후 다시 여러 사람 앞에 나오지 않는 것을 다행스럽게 생각해 내헌에 출입할 때 만나지 않는 것을 기쁘게 여겼었다. 그런데 오늘 뜻밖에 흉악한 사람이 여기에 있어 험한 얼굴을 높이 들고 시퍼런 입술과 검은 이를 움직이며 자신을 맞이해 나오면서 말을 걸려 하는 것을 보니 새삼 분노를 이길 수가 없었다. 너무나 놀랍고 흉물스러워 장현윤의 손을 놓아 버리고 몸을 돌이켜 빨리 나가려 하는데, 그 걸음걸이가 나는 듯하여 여씨가 따라갈 수가 없었다. 여씨가 사사건건 무안하고 화가 나 원한이 뼈에 사무치니 어떻게 제정신일 수 있겠는가? 문득 시부모의 면전에서 한바탕 통곡하며 정씨와 양씨 등 동서들을 요사스러운 미색이라 이르고, 탕자 장세린이 이들을 보고는 눈과 뜻이 병들어 그와 같은 미색을 바라다가 맹광처럼 덕이 있고 못생긴 자신을 만나니 자신에게 한 터럭의 죄가 없는데도 싫어하고 박대하는 것이라고 했다. 해괴하고 어그러진 말이 실처럼 끊어지지 않으니 좌우의 사람들이 모두 크게 놀라며 질색했다. 장헌 역시 참으로 분하고 놀라웠지만 여씨 집안의 눈치를 보느라 한 마디 말도 하지 못하고 괴로운 마음으로 일어나 밖으로 나갔다. 지켜보던 장희린이 아버지를 모시고 나갔다.

정월염은 이렇듯 불인한 사람이 동서로 들어온 것을 깊이 한탄했지만, 여씨의 사람됨이 헤아릴 수 없이 음란하고 흉하며 무지했기에 비록 성인들의 현명한 말을 일컬어 가르친다 해도 잘못을 뉘우칠 사람이 아님을 단박에 헤아렸다. 그래서 불필요한 말은 하지 않고 다만 시녀 유아에게 명해 처소로 모시고 돌아가 화난 것을 진정시키라고 했다. 박씨에게는 너무 화를 내거나 괴로워하지 말라고 나지막이 타일러서 여씨와 박씨가 말싸움을 하며 요란해지는 일을 미리 막았다. 정월염은 여씨가 위장도 크고 탐욕이 강한 사람임을 알기에, 아침저녁 식사를 다른 사람들보다 두 배를 더 주어 굶주리지 않게 했다. 여씨는 정월염이 어질고 기특하다는 것은 잘 알고 있었지만, 현명하고 능력 있는 사람들을 질투하는 소인배다움이 남달랐다. 여씨가 정월염이 가진 성현 집안의 풍격과 숙녀의 덕성을 헤아리고 자신의 성질을 돌아보니, 천 번 죽어 만 번 환생해도 자신은 그 시녀 무리에도 끼지 못할 것 같기에 조용히 원망하며 미워하는 마음을 품고 간간이 패악을 부렸다. 집안사람들은 비록 여씨를 도마뱀처럼 보고 개돼지처럼 알아 사람 취급하며 혼내지는 않더라도, 성스러운 덕성을 가진 정월염이 비루하고 교활한 여씨에게 참담한 욕설을 듣는 것에는 분노해 마지않았다. 그러나 오직 정월염만은 여씨를 보아도 못 본 척하고 들어도 듣지 못한 척하면서 그 놀랍도록 부끄러운 인물에 대해 말하는 법이 없었다.

이후로 장세린은 안채에 드나들 때면 좌우를 자세히 살펴 사람 같지도 않은 여씨를 만나지 않으려고 신경을 썼다. 그러나 여씨는 또 염치와 정신을 내다 버린 인물이기에 밤낮으로 장세린을 만나기 위해 노력했다. 시부모의 침소를 자주 왕래해 장세린의 자취를 찾으며 흉악하고 음란한 뜻을 자제하지 못했으니, 바깥채에 나가는 것도 전혀 어렵게 여기지 않았다. 결국에는 사람들의 관심이 사라진 때를 틈타 장세린의 흔적을 따라 바깥채에 이르러 그를 잡고 정과 회포를 펴려고 했다. 장세린이 화가 나서 옷을 떨치고 일어나 멀리 피하니 소매가 찢어지고 옷이 미어져 오히려 여씨의 손에 쉽게 잡히게 되었다. 하지만 장세린은 구름을 타고 오르는 용과 바람을 타고 달리는 범 같은 기상으로 이내 사라져버렸다. 날쌔기가 나는 호랑이 같고 가볍기가 바다의 학 같아서 순식간에 어디로 갔는지 알 수가 없었다. 여씨는 너무나 무안하고 원망스러워 자기 몸을 세게 부딪고 벼락처럼 소리를 내며 통곡했다. 이때 장희린이 무심코 바깥채로 나오다가 이를 보고 매우 놀라워하며 이렇게 생각했다.

'세린의 지나치게 급한 성격 때문이 아니더라도 이 사람과는 화락할 길이 없겠구나. 아마도 이제 여씨는 더욱더 미쳐 날뛰게 될 것이고, 집안은 어지럽고 어수선하여 더 이상 고요할 수 없게 되었다.'

불행하고 놀랍기가 말로 다 할 수 없었지만 저 미친 사람을 서실에 머무르게 할 수는 없겠기에, 시녀를 불러 여씨를 부축해 안채로 들어가게 했다. 그리고 이후로는 중문마다 사내종을 두어 안채의 시녀들이라도 이유 없이 오지 못하도록 했다. 여씨는 마음대로 움직일 수도 없게 되자 더욱 큰 분노와 원망을 품고 장희린을 미워했다.

　장세린은 여씨와 혼인한 후로는 마음이 화로 가득 차고 답답하여 스스로 놀랍고 아픈 심사를 풀어버리고 잊으려 했지만 잘 되지 않았다. 여씨를 없는 사람으로 생각해 신경 쓰지 않고 싶었으나 마음에 흉하고 추한 기억이 맺혀버렸던 것이다. 가만히 있어도 취한 듯 미친 듯할 뿐이어서, 배움에 마음을 두지 않고 날마다 술을 마셔 어지러이 취하고 숲과 산으로 놀러 다니기 일쑤였다. 이전에 정을 두었던 옥운이나 경난 등 다섯 여자들과 함께 놀고 즐기며, 그렇지 않을 때면 활과 화살을 차고 말을 달려 산짐승을 죽이고 멧돼지를 쫓기도 하면서 호탕한 기운을 펼쳤으니 유학자의 평온함과 고요함은 조금도 찾아볼 수 없었다. 이에 장희린이 크게 근심하며 이러한 행동이 유학에 큰 죄를 짓는 것임을 이야기하고 동생을 책망했다. 장세린은 겉으로는 사죄하는 듯 행동하면서도 마음으로는 터럭만큼도 반성하는 뜻이 없어 그저 날마다 방탕하게 지낼 뿐이었다. 그럼에도 아버지인 장헌은 전혀 훈계를 하지 않았고, 박씨는 그가 배필을 잘못 만난 것을 애달프게 생각해 오히려 두루 놀러 다니며 심사를 진정시키라고 권했다. 사정이 이러하니 장희린이 밤낮으로 장세린을 붙들고 단속할 수도 없는 형편이었다. 장세린은 조급하고 사나운 성질머리를 고쳐 점잖아진 후에는 부인네들처럼 온순해지고 강맹함이 약해진 면이 있었다. 장희린은 동생이 거리낌 없이 놀고 매일 술을 마시며 즐기다가 혹여나 미쳐버리는 것은 아닐까 염려가 되기도 했지만, 엄하게 꾸짖고 단속하여 자신 곁에 머물도록 잡아두지는 못했다. 한순간 바른 도리로 훈계하다가도 잘못했다는 말을 들으면 더 이상 타이르거나 잡아 앉혀두지 못했으니, 장세린은 자연스레 제멋대로 방탕하게 놀게 되었다.

하루는 장세린이 옥운 등과 함께 엄청나게 취하여 놀고 있었는데, 날이 저물고 즐거움이 지극할 즈음 옥운 등이 마침 일이 있다며 물러가기를 청했다. 장세린은 밤새 말을 달릴 생각이었기에 옥운 일행을 돌려보내고 천리마를 끌려고 했다.

청의동자가 건네준 정성염의 초상화

이때 갑자기 한 아이가 빠르게 들어와 머리를 조아려 절하고 금실로 수를 놓은 보자기에 싼 한 폭의 그림을 받들어 바쳤다. 장세린이 몽롱히 취한 눈길을 들어 아이를 보니 나이가 열 살은 되어 보였는데, 행동거지가 총명하고 기질이 맑아 보통 사람이 아닌 듯했다. 옷차림은 산에서 도를 닦는 아이 같고 몸가짐은 마치 관아의 사령 같았기에 의아해하며 물었다.

"너는 어떤 아이길래 무슨 일로 나를 찾아왔느냐? 또 네가 주는 것은 무엇이냐?"

아이가 땅에 엎드리며 말했다.

"저는 다만 사부님의 명을 받들어 공자님을 뵙는 것입니다. 무슨 다른 뜻이 있어 이곳에 찾아왔겠습니까? 저의 사부님이신 화산 옥화 진인은 송나라 때 돌자리에서 백 일을 잠잤던 진도남의 후예입니다. 공자님과는 한 번도 만난 적이 없으니 공자님은 알지 못하시겠지만, 사부님은 전생과 현생을 상세히 아시고 세속의 비루함이나 인색함과는 거리가 먼 분입니다. 지금 공자님께서는 월하노인의 한순간 짓궂은 장난으로 인해 덧없는 인생의 괴로움을 참을 수 없게 되었고, 하늘의 인연이 매인 곳을 깨닫지 못하게 되셨습니다. 이렇게 적막한 침소에서 밤새 잠들지 못하고 뒤척이며 생각에 잠기는 날이 많아지면 병이 생기고 말 것입니다. 사부님은 공자님과 전생의 절친한 친구였기에 공자님을 잊지 못하고 이 그림을 드리고자 합니다. 공자님은 약수 삼천 리를 지척에 두고 은하수 바로 옆에 있어도 오작교의 서신을 전하지 못하고 계십니다. 사부님은 공자님이 어리석고 완고하신 이유를 알고자 하십니다. 공자님께서 이 그림을 보면 깨달으실 수 있을 것입니다."

말을 끝내고는 다시 일어나 거듭 절하고 바람처럼 걸음을 돌이켜 자취를 감추었다. 장세린이 만일 어지러이 취하지 않고 본심이 온전해 광증이 분분히 일어나지 않았다면 그 아이의 말이 허무하고 황당해 믿을 만한 것이 아님을 어찌 몰랐겠는가? 하지만 요즘은 멍청한 듯 미친 듯하여 뜻이 굳지 못한 데다 독한 술이 위장을 흐리게 해 뼈마디가 다 풀어지고 정신이 혼탁해 안개 속을 헤매는 사람이 되어 있었다. 더구나 이전에는 술 한 말을 한꺼번에 마셔도 만취하지 않아 체면을 잃고 실언을 하는 일이 없었지만, 그제 산에서 말을 달리고 어제 내려와 길가의 주모에게서 술 한 병을 사 마신 후에는 정신이 흐려져 총명하고 밝은 본성을 속절없이 잃었기에 스스로 미친 사람이 되었음을 미처 깨닫지도 못했다. 그렇다 보니 아이의 말을 매우 미덥다고 여기며 얼른 그림을 펴 보았다. 종이에는 미인도가 그려져 있었는데 채색의 영롱함과 화법의 기묘함은 말할 나위도 없고, 머리칼이 생생해 해와 달의 신령스러운 기운을 거두었으며 기이한 자질과 탁월한 문채가 있어 사람인지 그림인지를 깨닫지 못할 듯했다. 기상은 안개 같고 귀밑 채색은 선명하며 태도는 꽃 같고 골격은 고상하며 정신은 상쾌했다. 농옥공주가 학과 난새를 몰아 바람에 올라 취미궁의 옥 난간에 기대 있는 듯하고 남악의 위부인이 옥경에서 돌아오는 듯하며 항아가 달에 있는 계수궁의 옥 창문을 여는 듯하고 서왕모가 자개봉에서 수정 주렴을 걷은 듯했다. 보면 볼수록 취한 눈과 흐린 정신이 상쾌히 깨었으니 그믐날에 밝은 달을 맞은 듯하고 무더운 여름날에 맑은 바람을 대한 듯하여 헤아릴 수 없이 신기하고 이상하며 황홀하고 놀라웠다. 장세린이 바로 촛불을 밝히고 집 안으로 들어와 그림에서 눈을 떼지 않으며 거듭 탄식했다.

"내가 큰형수나 누이의 덕과 재능을 보며 그와 비슷한 요조숙녀를 바라고 있었지만, 한편으로는 큰형수와 누이가 있는 것도 괴이하니 그와 비슷한 이가 어찌 또 있겠는가 생각했었다. 그런데 이 그림 속 미인을 보니 큰형수와 누이가 이 사람과 함께 앉는다면 상석을 마다하고 세 번째가 되기를 꺼리지 않을 것 같구나. 덕성과 용모를 겸비한 아리따운 요조숙녀가 한두 명이 아니라는 것을 알겠다."

옷매무새를 추스르고 관과 허리띠를 바로 하며 말했다.

"이 사람의 문채와 맑은 바탕이 이렇듯 평온하고도 남다르며 성인의 기운을 은은히 타고났으니, 비록 여자이나 이 같은 어진 사람의 그림을 어찌 공경하지 않을 수 있겠는가?"

그러다가 이내 문득 실소하며 탄식했다.

"내 꼴이 우습구나. 이 같은 사람을 대하여 공경하는 것은 우스운 일이 아니지만, 이것은 다만 한 폭의 그림에 지나지 않는다. 그림자를 볼 수 있으나 실제 모습을 보기 어렵고 그 사람의 풍채를 어림잡아 보지만 진짜 모습을 대하기 어려우니, 헛되이 그림만 바라보고 사람은 찾지 못하는 것이 바보 같은 일이 아니겠는가? 모르겠구나. 그 아이가 약수 삼천 리를 지척에 두고 은하수 앞에서 오작교를 통해 전하지 못하는 것이 내 의식이 흐리기 때문이라고 했는데, 하늘이 정해 주신 아름다운 숙녀는 어디에 있단 말인가? 대체 어떻게 찾을 수 있을까? 정성이 지극하면 하늘의 신령들도 감동한다는데, 나는 요조숙녀를 자나 깨나 생각하여 밤낮으로 마음이 편한 날이 없었다. 이런 마음으로 정성을 다해 이 미인도의 진짜 주인공을 찾는다면 끝내는 만날 수 있지 않겠는가?"

뜻이 이에 미치니 산으로 놀러 가려던 것을 그만두고 밤새 그림을 보며 사모의 마음을 펼쳤다. 날이 밝자 미인도를 거두어 깊숙이 간수하고 부모님께 급히 문안을 드리는데, 사람 같지도 않은 여씨를 만날까 두려워하여 오래 있지 않고 즉시 나왔다. 그리고 이후로는 온 마음을 다해 갈망하여 미인도의 근본을 알고 그 사람을 취해 배우사의 자리를 빛내며 규방을 바로잡아 평생의 소원을 다하고 싶은 마음이 간절했다. 그래서 다른 일에는 신경을 쓰지 않았고 옥운 같은 기생도 다시 부르지 않았다. 주변에 사람이 없이 고요한 때가 되면 문득 그림을 내어 책상에 놓고 뚫어질 듯 쳐다보기도 하고 멍하게 바라보기도 하면서 이렇게 생각했다.

'그림을 날마다 보며 정과 마음을 쏟았지만 그 사람을 만날 길이 없으니, 그림 속 사람을 찾는 것이 거울 속의 꽃이나 물에 비친 달을 잡을 수 없는 것과 같구나. 내가 직접 화산을 뛰어다니며 옥화진인을 찾아서 그림이 온 곳을 알아볼 것이다.'

그러고는 문득 집을 떠나 화산으로 향하려고 했지만, 그림의 내력을 묻고 다니는 것이 우습고 이유 없이 부모의 슬하를 떠날 수도 없어 시간을 지체했다. 또한 화산 진인을 찾고 싶은 뜻은 굴뚝같았으나 정신이 점점 어지럽고 기운이 점차 사그라들어 옥 같은 기골이 초췌해지고 온화했던 혈색이 사라져 가니 당장이라도 큰 병이 날 것 같았다. 스스로도 의아해하며 이렇게 생각했다.

'내가 여씨 집안의 흉물을 취해 분하고 울울한 것이 마음의 병이 되었지만, 식욕이 줄지 않았고 또 괴롭게 병을 앓지는 않아서 기운이 파리해질 일이 없었다. 그런데 요즘 갑자기 이렇게 되었으니 누우면 일어나기 어렵고 일어나면 걷기 힘들구나. 내가 모르는 사이에 무슨 병이 깊이 들어 창창한 나이인데도 기운이 자꾸만 수그러지게 되었는가?'

하지만 기력이 이전과 다르다는 것을 구태여 남에게 말하지는 않았으며, 그림에 마음을 쏟고 밤낮으로 간절히 그리워했다. 보는 눈이 없을 때면 그림을 곁에 놓고 문득문득 놀라고 탄식하면서 그림인지 사람인지를 분간하지 못했다. 이때 정인중이 자신이 왔다는 것을 말하지 않고 소리 없이 문을 열고 들어왔는데, 장세린은 온통 그림에 정신을 쏟고 있어 사람이 오가는 것을 알아차리지 못했다. 정인중이 그제야 소리를 내며 말했다.

"오래도록 형님을 보지 못해 찾아왔는데 손님이 오는 것을 봐도 주인이 전혀 움직이지 않고 아는 척을 하지 않으시니 제가 얼마나 무안한지 모르겠습니다. 형님이 저를 생각하는 뜻이 제가 형님을 우러러보는 뜻과 같지 않은가 봅니다."

이렇게 말하며 다가와 그림을 잠깐 들여다보았는데, 그 순간 정인중의 얼굴빛이 달라지더니 크게 놀라며 어쩔 줄 몰라 했다. 장세린이 정인중의 소리를 듣고 그 역시 놀라 급히 그림을 거두어 책상에 엎으려고 했다. 하지만 정인중이 벌써 그림을 자세히 보고 놀라며 당황스러워하는 기색이 역력하니 이미 들킨 것을 급히 감추기 어려워 천천히 거두어 소매에 넣고 말했다.

"내가 어찌 친구를 사모하는 마음이 깊지 않겠는가? 하지만 최근에는 병이 생겼고 원래 출입을 게을리하는 터라 오래도록 이보 자네를 찾지 못했네. 오늘 이보가 특별히 우리 집에 왔는데도 내가 바로 알지 못하고 빨리 맞이하지도 못했지만, 어떻게 보고 나서도 아는 척하지 않겠는가? 그건 억지라네. '다른 사람이 품고 있는 마음을 내 마음으로 미루어 헤아린다'고 하니 자네가 손님을 보고 그렇게 하는 것이구먼그래."

말을 끝내고 온화하게 웃으며 자리에 앉을 것을 청하자 정인중이 오히려 당혹스러운 얼굴색을 감추지 못하고 말했다.

"아까 한 말은 농담이었습니다만, 형님이 그윽히 바라보며 정신을 잃고 대하던 그림은 어디에서 난 것입니까? 제가 구태여 물을 일은 아니지만 그 그림 속 사람의 외모가 눈에 익은 것이 의아하여 연고를 알고 싶습니다."

장세린은 그림을 전한 동자의 말이 허무맹랑하다고 생각해 얼버무려 대답했다.

"오륙일 전 여러 그림을 파는 사람이 있었는데 그중에 미인도 한 폭이 있어 살펴봤더니 솜씨가 너무나 비상한 그림이었네. 내가 그림과 글씨를 좋아해 우연히 산 것이니 무슨 연고가 있는지는 어떻게 알겠는가? 다만 그림 속 미인이 요즘 옷을 입고 있으니 옛 그림이 아니고 요즘 사람인가 하네. 그림의 출처는 그림 파는 아이도 모른다고 하여 내가 다시 묻지 못하고 마음이 답답해서 여러 번 보고 있다네. 자네가 그림을 보고 누구인지를 알겠다 하는데 이 사람은 원래 어떤 사람인가? 아끼지 말고 한번 말해주게."

정인중이 가만히 혼잣말로 말했다.

"상운각 누이(정성염) 서랍 속에 문승(장세린)의 그림이 있는 것도 이상한 변고인데, 누이의 그림이 어떻게 문승의 손안의 보물이 된 것인가? 정말로 헤아릴 수 없는 일이구나."

이렇게 혼잣말을 하고는 장세린은 못 들었다 생각하고 그가 묻는 이유를 문득 깨달아 이렇게 말했다.

"형님이 미인도를 가지고 마치 진짜 사람을 대한 듯이 황홀히 빠져드는 것이 너무 우스웠기에, 제가 거짓으로 그림 속 사람이 눈에 익다고 하여 그림의 출처를 자세히 알려 한 것입니다. 그림을 산 형님께서도 그 연고를 알지 못하는 것 같은데 어떻게 제가 알 길이 있겠습니까? 그림을 다시 꺼내보십시오. 구경이나 좀 더 하고 가겠습니다."

장세린은 정인중이 가만히 하는 소리를 이미 다 듣고 그림 속 미인을 알면서도 모르는 척하는 것을 보니 마음이 조급해져, 그림을 다시 내어 정인중의 앞에 펴고 간절히 물었다.

"이보 자네가 처음 이 그림을 보고 놀라는 기색을 보니 그림 속 사람을 알고 있는 것이 틀림없네. 한갓 농담으로 연고를 알려고 하는 게 아님을 내가 모르지 않는데, 왜 잠깐 사이에 말을 다르게 하여 모른다고 시치미를 떼는가? 이 그림이 만일 사대부집 규수의 그림이라면 내가 손안에 넣고 밤낮으로 보아서는 안 될 것이니, 누구인지만 알면 바로 자네에게 주고 다시는 생각하지 않겠네. 부탁이니 살짝 말해주게. 내 성격이 원래 급하여 아무리 상관없는 일이라도 알고 싶은 것을 모르면 답답해서 미칠 것 같다네. 자네는 친구 사이에 비밀을 두지 말게."

정인중은 그림을 볼수록 헤아릴 수 없을 정도로 놀라워하는 기색이 얼굴에 그대로 드러나 묵묵히 아무 말도 하지 못하고 있었다. 하지만 장세린이 계속 간절히 묻자 시치미를 뚝 떼며 말했다.

"제가 만일 그림 속 사람을 안다면 말하는 것이 뭐가 어렵다고 끝내 감추겠습니까? 하지만 정말로 형님과 마찬가지로 아는 것이 없고, 그저 그림이 기이해서 감탄하고 있는 것뿐입니다. 형님과 제가 남자의 몸으로서 여자의 그림을 대해서는 안 되니 거두어 간수하거나 불에 태워 없애는 것이 마땅하겠습니다."

정인중이 말을 끝내고는 그림을 말아 책상에 얹고 다시 쳐다보지 않았다. 장세린은 그 낯빛이 수상할 뿐 아니라 '상운각 누이'라고 한 것을 분명히 들었기에 마음이 더욱 동요되었지만 더 이상 물을 수 없어 그만두었다. 다른 말을 꺼내어 한가히 이야기를 나누다가 정인중이 돌아가니 다시 그림을 가지고 생각했다.

'이 그림이 분명 정씨 가문 딸의 그림인 듯싶은데, 나를 그린 그림이 또 저 집에 있다고 하니 그건 어떻게 된 일인가? 도인이 하늘의 인연이며 기이한 만남임을 깨닫게 하려고 각각 그림을 만들어 남녀에게 보낸 것일까? 이 그림을 현윤에게 보여주면 자기 외갓집 규수 중에 아무개인 줄을 빨리 알 수 있을 텐데, 아이가 너무 의젓하고 총명해 내가 사모하는 뜻을 먼저 깨닫고는 바로 말해주지 않을 것 같구나. 누구에게 물어야 할까?'

그러다 갑자기 깨달은 듯 말했다.

"며칠 전에 산에서 정참군 섬의 아들 인의를 보니 매우 성실하고 어질어 세태에 따라 속이는 일이 없을 듯하고 하늘이 내려주신 풍모가 엿보이는 아이였다. 그 아이에게 그림을 보여주고 누구 같은지를 물어보면 반드시 속이지 않고 대답해 줄 듯하구나."

그러고는 그림을 몸에 지니고 산과 계곡으로 나가 정인의를 만나려고 했다. 정인의는 시골에서 올라온 지 얼마 되지 않은 사람이었는데, 외가에 가 친척들을 뵙고 돌아오다가 장세린을 만나자 손을 모으고 절을 했다. 장세린은 기쁜 마음으로 정인의를 서실로 청해 마음에도 없는 말을 시작했다. 무슨 글자를 배웠는지 묻고 시골의 풍속을 묻는 척 둘러대며 말하더니, 갑자기 소매에서 그림을 내어 그에게 보여주며 말했다.

"자네는 이런 명화를 구경하지 못했을 것 같아서, 내가 자네에게 보여주기 위해 남이 가져가려 하는 것을 빼앗아 두었다네."

정인의가 눈을 들고 그림을 보더니 그저 기이하게 여길 뿐만 아니라 무척 놀란 듯 얼굴빛을 바꾸며 조용히 있었다. 그러고는 천천히 공손하게 말했다.

"공께서 시골뜨기의 무딘 눈을 빛내려고 이런 기이한 그림을 보여주시니 그 정성에 감격을 이기지 못하겠습니다. 하지만 이 그림은 요즘 사람의 그림이고 옛 그림이 아닙니다. 어디에서 얻으셨습니까?"

장세린이 미소를 머금으며 말했다.

"그림의 출처를 묻지 말고 그림 속 사람이 누구 같은지 알려주게."

정인의는 나이가 적고 세상사를 겪지 못했을 뿐 아니라 천성이 충직하고 순박해 다른 사람이 물을 때 제 뜻을 숨기거나 남을 속일 염려가 없는 사람이었다. 그렇기에 장세린이 묻는 말에 이렇게 대답했다.

"그림 속 사람의 모습과 기운을 보면 제 사촌 여동생인 상운각 소저(정성염)와 매우 비슷합니다. 하지만 소저의 그림을 그린 적이 없고 또 있다 해도 그것이 상공께 있을 일이 없으니, 소저와 닮은 사람의 얼굴을 그린 것이 아닐까 싶습니다."

장세린은 그림을 얻은 후로 그 사람이 실제로 있는지 없는지, 어떤 사람인지를 알지 못해 슬프고 답답했다. 다행히 정인중의 혼잣말을 통해 정씨 집안의 소저들 중에 있다는 것을 짐작했지만 누구 딸이며 어느 소저인지는 모르고 있었다. 그러다 정인의의 말을 듣고서 정염의 천금 같은 딸임을 깨달으니 가슴이 상쾌하여 기쁨과 놀라움을 이길 수 없었다. 하지만 당당한 얼굴색을 바꾸지 않고 마음이 뛸 듯이 기쁜 것도 내색하지 않으며 흐뭇하게 말했다.

"요즘 일과 옛일이 다르고 의복과 모습으로 논해도 요즘 풍속이 옛날과 다르다네. 내가 생각하기에 사람도 옛날과 요즘이 같지 않으니, 이 그림은 옛날 사람을 본떠 그린 듯하고 요즘 사람은 아닌 것 같군. 그저 장난으로 자네에게 한번 물은 것일 뿐 구태여 진짜 누구인지를 알려고 한 게 아닌데, 자네의 사촌 동생과 비슷하다 하니 얘기가 곤란한 데까지 미친 것 같아 미안하구먼. 이 그림은 당장 없애는 것이 맞겠네."

말을 끝낸 후에는 그림을 빼앗고 다른 이야기를 시작했다. 정인의는 그림을 보고 진짜 성염 소저가 아니라고는 깨닫지도 못하고 이상하게도 닮은 것을 따져볼 겨를도 없어 무심히 외사촌 누이 같다고 해버린 것이었다. 장세린의 말을 듣고는 실언을 했다는 생각에 잠시 후회했지만, 장세린의 기색이 조금도 신경 쓰지 않는 듯 무심해 보였기에 정인의 또한 마음을 놓고 다른 이야기들을 나누다가 늦게 돌아갔다.

상사병에 걸린 장세린

장세린은 그림 속 인물의 진짜 정체를 알게 되어 매우 기뻤으나, 그 사람과 인연을 맺을 가망이 없는 것은 과연 약수 삼천 리를 사이에 둔 것과 다르지 않았다. 무산 선녀의 소식을 들었지만 초나라 협곡에서 운우지정의 즐거움을 누리지 못하는 근심이 가득 차니, 답답하게 번민하는 것은 그 사람을 알지 못하던 때보다 한층 더했을 뿐 아니라 동자가 말한 것처럼 지척에서 바라만 보고 있는 것과 같았다. 뒤뜰의 동산과 높은 누각과 수풀 속을 끝없이 배회하며 남몰래 정씨 집을 바라보는 심정이 뒤숭숭하고 애달팠다.

"정경조(정염)의 심함이여! 아무런 이유 없이 우리 집안을 배척하여 나의 재주가 세상에 뛰어난데도 전혀 사윗감으로 생각한 적이 없었다. 내가 장가를 가지 않은 총각으로 있어도 그 딸과 부부의 연을 맺기가 하늘에 오르는 것처럼 어려울 텐데, 하물며 이미 여씨 집안의 어질지도 않고 흉한 자를 취했으니 어떠하겠는가? 만일 하늘이 맺어준 인연이 아니라면 소저의 그림을 내가 구할 수 없고 소저가 있는지 없는지를 내가 알려고 하지도 않았을 텐데, 다른 사람이 그림을 보내 기이한 인연이 있다는 것을 깨닫게 하니 이로 보아 정씨 집 소저가 내 아내가 될 수 있지 않겠는가? 하지만 정의계(정염)의 고집을 내가 아는 바, 우리 집을 원래부터 기꺼워하지 않아 나는 눈에 차지도 않을 테니 천금 같은 딸을 쾌히 허락하여 나의 둘째 부인이 되게 할리가 없다. 그렇다면 그림의 신이한 일은 거짓이 되고 나는 속절없이 소저를 사랑하여 젊음이 가시기도 전에 목숨을 버리게 될 것이다. 부모님께 끼치는 불효는 둘째 치고 내가 건장한 장부의 빛나는 기상을 가지고도 못나고 어지러이 한 여자를 사랑해 헛되이 한을 품은 원귀가 된다면, 구천을 떠도는 혼백이라도 나를 부끄러워해 귀신 무리에 끼워주지도 않을 것이다. 이러한 불행을 어떻게 말할 수 있을까? 아프구나. 이게 누구의 탓인가? 모두가 여씨 집안 흉물 때문이니 같은 하늘 아래 있을 수 없는 원수로다."

생각이 여기에 미치니 여씨를 증오하는 마음은 날이 갈수록 깊어지고 정염의 딸을 생각하는 마음은 때때로 더해졌다. 간혹 취하고 미친 마음이 들 때에는 유학의 죄인이 되어 선비 무리에 끼지 못하고 마을 사람들에게 배척당해 영웅의 자질을 버리게 될지라도, 담을 넘고 향을 훔치는 음란하고 천한 일이라도 해야 할 것 같았다. 그러다가도 문득 형의 빛나고 엄숙한 가르침을 생각하면 자신의 무식함과 방탕함을 스스로 꾸짖어 헛된 마음을 다잡고 어긋난 짓을 하지 않고자 했다. 하지만 결국에는 사랑하는 마음을 끊지 못했으니 앉을 때는 무릎을 끌어안고 걸을 때면 한숨을 쉬며 머리를 푹 숙인 채 내내 망연자실한 모양을 했다. 생각하는 정이 깊어 넋을 훌훌 태우니 대장부의 구곡간장이 당장이라도 녹아내릴 것 같았고, 영웅의 담대한 마음이 타버린 듯해 긴긴 밤 동안 자지 못하고 긴긴 낮 동안 먹지 못했다. 노심초사하고 뒤척이며 가만히 한숨만 쉬다가 한밤중이 지나 새벽의 물시계 소리와 닭 울음소리를 들으니, 금석 같은 심장이 마디마디 끊어져 영웅의 풍모가 줄어들고 옥 같은 골격은 점점 가벼워져 잠도 못 자는 위태로운 형편이었다. 아버지와 형과 두 어머니가 그 얼굴을 대할 때면 근심에 겨워 눈썹을 찌푸리고 이렇게 말했다.

"네 거동을 보니 오래 지나지 않아 죽게 생겼구나. 도대체 왜 이러는 것이며 무슨 병 때문에 한창 나이에 장가를 갔는데도 이렇듯 놀라운 몰골이 되었느냐? 네 천성이 산악처럼 굳센가 했더니 오늘 보니 난초처럼 약하구나. 모르겠다. 아내를 잘못 만나서 화병이 난 것이냐? 아니면 다른 일이 마음에 거리껴 몸이 상하고 기운이 쇠해진 것이냐? 네가 사정을 말해준다면 우리가 도와 네 뜻을 편하게 하고 근심을 덜 수 있을 텐데, 조금 민망한 게 무슨 상관이겠느냐? 네가 원하는 대로 해줄 테니 부모와 형제의 정을 봐서 묻는 바를 피하지 말고 남모르는 회포를 마음속에 감추지 말거라."

장세린은 그 어머니의 성격을 알기에 괜한 말을 했다가 인연의 길이 아득해지고 도리어 정엽에게 한바탕 모욕을 당할까 봐 두려웠다. 그는 비록 상사병으로 죽을지언정 마음을 있는 그대로 말할 수는 없다고 생각했다. 그래서 아무렇지 않은 듯 목소리를 꾸미고 애써 기운을 내어 답하기를, 걱정하시는 바와 같은 일은 없으며 아내를 잘못 맞긴 했으나 이로 인해 근심이 커진 것은 아니라고 했다. 또 우연히 병이 들긴 했는데 고통이 큰 것은 아니고, 다만 먹고 자는 것이 편치 못하여 조금 야위었을 뿐 심한 병은 아니므로 걱정할 일은 없다고 답했다. 이에 연부인이 탄식하며 말했다.

"부모와 형제에게 말하지 못할 마음이라면 특별히 부끄러운 일인 줄은 알겠다. 하지만 부모가 낳아주고 길러준 은혜를 티끌처럼 생각하고 방탕한 춘정과 어지러운 마음을 다스리지 못하여, 스스로 목숨을 재촉하며 부모에게 자식 잃은 슬픔을 안겨줄 것을 전혀 꺼리지 않으니 어찌 이리 버릇없고 못난 게냐?"

장세린은 엎드려 들은 후 참혹하고 창피하여 머리를 조아리고 죄를 청할 뿐이었는데 차마 그런 일이 없다고도 말하지 못했다. 장헌은 장세린에게 일어나라 했고, 박씨는 아들이 뼈마디가 약해지고 수척해진 것을 크게 걱정했다. 장세린은 부모가 절절히 걱정하는 것이 면구스러웠지만 정성엽을 사랑하는 뜻을 끊지도 못했으니, 그림을 손안의 보물로 여기고 아끼며 결코 무심히 대하지 못했다.

9월 중양절이 되자 정인흥이 완월대에서 술잔치를 열어 여러 친척 형제와 즐기면서 장공자 형제도 초대를 했다. 장희린과 장세린은 원래 이따금 정씨 집에 왕래해 정삼을 만나고 그 집 소년들과 교류하곤 했다. 하지만 장성완이 친정으로 온 후 정인광은 박부인이 자신의 부모를 모욕한 것에 대한 원한을 갚지 못하여 분을 품고 장생 등을 박절하게 대했으며 사람들이 모인 데에서 그들을 만나도 매우 서먹하게 대했다. 장씨 집안 공자들이 인사를 하면 사양하며 답례하고 말을 하면 몸을 굽혀 듣고는 아무 말도 하지 않았으니 장씨 공자들이 부끄럽고 무안해서 차라리 보지 않는 편이 낫다고 생각했다. 그들은 정인광이 있을 때는 정씨 부중에 가는 것을 더욱 어렵게 여겼다. 하지만 그날은 정인흥이 오라고 청했을 뿐 아니라 정인광이 조정에 갔다고 해 마음 놓고 완월대에 방문한 것인데 과연 정인광이 보이지 않았다. 정인흥과 정인경이 장희린 형제를 맞이해 완월대 위에 자리를 마련했다. 정인유와 정인명이 웃으며 말했다.

"계승(장희린) 형제는 바람 맑고 달 밝은 밤과 즐거운 초봄에 뒤뜰의 동산과 풍림 소나무 밑에서 술을 마시며 즐기고 시를 읊으며 한가한 흥겨움을 누리면서도 일찍이 우리를 청해 즐거움을 나누지 않았으니 친구를 향한 뜻이 박하다는 것을 알겠습니다. 우리는 형님들을 그리워하는 정이 간절하여 형제들이 모일 때면 꼭 형님들을 오시라고 했지요. 이제 중양절이 되니 완월대의 가을 경치가 또한 볼만합니다. 각각 보잘것없는 술이라도 가지고 여기에 모였고 형님들이 자리를 빛내주시니, 오래도록 만나지 못한 정을 위로할 수 있겠습니다."

장희린 형제가 웃으며 말했다.

"형님들은 임금의 은혜를 입어 온갖 관리들이 우러러보는 명망을 지녔고, 말 한마디로 정책을 결정하고 나라의 번영을 꾀하는 조정의 큰 그릇이며 나라의 대들보가 될 아름다운 재목입니다. 옥 술잔에 담긴 향기로운 술에는 임금님의 은총이 가득하고 여러 고장에서는 산과 바다에서 나는 온갖 고기를 바쳐 형제들이 모이면 잔치를 여니, 초나라와 월나라 여인 같은 미인들은 맑은 노래와 아리따운 춤으로 흥을 돋우며 옥 술잔에 담긴 좋은 술은 사람들의 배를 채우고 있습니다. 이렇듯 형님들은 기쁜 일이 쌓이고 쌓여 이 시대의 이름난 무리와 과거에 급제한 선비들과 함께 술을 마시고 즐기지만, 이 아우들은 그저 숲속의 서생에 지나지 않는답니다. 초야에 묻혀 있기에 있기에 고관대작의 출세가도와는 길이 다르니, 어찌 감히 누추한 곳에 오시라 초대할 수 있었겠습니까? 결코 정이 박하여 그런 것이 아니거늘, 형님들이 우리를 불러 술상을 나누려 하면서 무척이나 관대하게 대접하는 척 말씀하시는군요."

정씨 형제들이 크게 웃고 말했다.

"계승 형제는 잘하는 게 궤변이군요. 몸이 조정에 나가지 못하는 것을 스스로 한스럽게 생각해 관리들을 비웃지만, 그대들은 소부와 허유 같은 맑은 사람이 아닙니다. 훗날 벼슬에 올라 임금의 은총을 받는다면 방금 우리에게 말한 부귀영화를 그대들도 누릴 것이니, 그때가 되어 내 노래에 그대가 화답하려 한다면 내가 타박할 수밖에 없을 것이외다. 우리는 어렸을 때부터 나이 든 지금까지 풍류를 전혀 몰라 사두의 방탕함을 배우지 않았으니, 월나라나 초나라 미인이 아니라 직녀와 농옥 같은 선녀라도 눈을 기울이지 않을 것이지만 그대들은 다를 것 같소."

장세린이 웃으며 말했다.

"인생이 백 년이 아니고 남자가 여자와 다르니, 한창 즐길 때에 월나라 미녀의 흰 얼굴에 관심을 갖고 초나라 미녀의 가는 허리를 좋아하는 것이 무슨 큰 잘못이겠습니까? 형님들이 석가모니의 참선하는 마음과 신선 여동빈의 맑은 뜻을 가진 것은 아닐 터이니, 어찌 미인을 사랑하지 않을 수 있겠습니까? 다만 집안의 법도가 엄해 바깥에서 즐기는 것을 허락하지 않은 것뿐이지요. 너무 두려워하지 말고 살아 있을 때의 즐거움을 누리도록 하십시오. 설마 위징의 처처럼 투기를 하고도 당당한 여자가 또 있겠습니까?"

모두가 웃고 서로 대화를 나누며 가을 경치를 감상하면서 선출봉에 올랐다. 물가에는 초가을 단풍이 산을 덮어 비단옷을 입은 듯했고 아미산의 온갖 골짜기에는 푸른 나무가 빽빽하게 둘러 있었는데 붉은 단풍이 겹겹이 물들어 봄빛을 빼앗았으니 산 빛과 물 빛이 더욱 아름다웠다. 금빛 비늘을 가진 물고기들이 와룡탄에서 뛰놀아 파도를 일렁이게 하는데 시냇물은 잔잔해 도리어 요지부동이니, 푸른 산이 번갈아 붉어지고 달이 다투듯 걸렸다. 이마에 푸른 털이 자란 신령스러운 거북이가 냇가를 오가고 부드러운 풀을 문 흰 사슴이 앞길을 인도하며 오색 빛깔의 산새 떼가 날아가면서 은은히 울어 대답했다. 온갖 풍류를 베푼 듯 오솔길이 푸르르니 몸을 일으켜 작은 배에 기대고 눈을 들어 그 경치를 보노라면, 신비한 경치와 신령스러운 조화가 인재를 빚어내어 천지의 조화를 거둔 듯했다. 흰 바위는 들쭉날쭉하여 눈앞에서 도약하는 맹호를 보는 것과도 같았다. 멀고 가까운 산과 물의 경치가 눈앞에 벌어져 있으니 소년들이 흥이 돋아 한꺼번에 운을 부르고 시로 대답하여 은하수의 근원을 뒤집었다. 그 시의 뜻이 높고 말의 정취가 아득하여 금과 옥이 울리는 듯했으니, 귀신

을 놀라게 할 만하고 이백의 호방함과 소동파의 탁월함을 모두 가지
어 조금도 모자람이 없었다. 모두의 시가 훌륭했지만 그중에도 유독
뛰어나 이백·두보·한유의 난숙함으로도 능히 우러르지 못할 사람을
꼽아 보자면, 정인옹이 제일이었고 그다음이 정인경이었다. 장세린
의 시는 마음에서부터 우러난 것이니《중용》에서 이른바 '나라에 안
좋은 일이 있을 때는 거북점에 점괘가 나타나고 사지가 움직인다'는
격이었다. 문장이 뛰어나고 필법이 휘황하여 말마다 주옥같고 글자
마다 비단 같아 바람과 구름이 뒤바뀌고 귀신이 출몰하는 듯한 가운
데, 그 뜻이 외롭고 품은 정이 가득하니 은근히 그리워하는 시에 가
까웠다. 정씨 형제들이 그 시의 뜻을 아름답게 여기지 않았으나 굳이
내색하지는 않았다. 하지만 정인흥만은 친구 사이에도 해줄 말은 해
야 한다고 생각해 장세린을 돌아보며 말했다.

"문승(장세린)의 뛰어난 자질과 탁월한 문장력으로 어째서 뜻을 밝
고 바르게 하지 못하며 헛되이 사모하는 마음을 두었는가? 그대는
듣지 못했는가? 책 속에 관옥 같은 미인이 있어 남아가 책을 읽어 뜻
을 이루면 차지할 수 있다고 하니, 자네가 뛰어난 재주로 장차 과거
에 합격한다면 어떤 집이든 요조숙녀를 자네에게 시집보내고 싶어
할 것이네. 지금 문승의 아내가 원하던 사람이 아니라는 것을 대강
들었지만, 대장부가 어찌 한갓 숙녀를 만나지 못할까 하여 답답하게
괴로운 회포를 요동시키는지 모르겠군. 사촌 아우 운보(정인경)는 아
내를 들였는데 실로 해괴망측하여 교씨 집의 더러운 이름과 재앙이
크게 나타나 궁궐을 어지럽히고 간언하는 관리까지 탄핵되기에 이르
렀지만, 운보가 조금도 거리끼지 않아 전혀 괴로워하지 않고 요란스

레 걱정을 하지도 않는다네. 운보는 여국구(여형수)의 외손녀를 맞고 자네는 친손녀를 맞았으니, 자네는 모름지기 운보의 담담하고 걱정하지 않는 모습을 본받도록 하게나."

장세린이 몸을 일으켜 사례하며 말했다.

"참으로 밝은 이야기로다! 나의 잘못을 말해주는 사람은 스승이다."

그가 또 말했다.

"허물이 있으면 그것을 아는 사람이 반드시 있다고 하더니, 이 동생이 평생 동안 정씨 집 형님들의 덕스러운 행동을 우러러도 만 개중에 하나도 본받지 못한 것을 오늘 다시금 깨닫게 됩니다. 원래 제가 작은 괴로움을 참지 못하는데 이제 정말로 견디지 못할 두통을 겪으니 걱정이 됩니다. 저는 구태여 그리워하는 사람이 없는데도 밤새도록 뒤척이며 만나지 못하는 것을 안타까워하여 글귀에까지 부정한 기운이 나타났습니다. 그러니 어찌 운보의 도덕과 선행을 바라겠습니까? 다만 형님이 정성으로 꾸짖어주시는 것에 크게 감사할 따름입니다."

정인홍은 감사의 말을 사양하며 공자들과 함께 어울려 하루 종일 노닐었다. 그런데 이때 장세린의 눈길은 이미 산의 경치에 가 있지 않았다. 주산 꼭대기에 올라 정씨 집안을 유심히 살펴보니 과연 듣던 대로 '상운각'이라 쓰인 집이 있었다. 어렴풋이 팔작지붕을 한 작은 집이었는데, 좁은 난간이 화단을 둘렀고 노을이 은은히 비추었으며 붉은 구름이 수정 발에 어리고 맑은 바람이 소슬히 일어 향기를 풍겨왔다. 마치 남몰래 신선들의 정원을 엿보는 것 같은 느낌이 들기도 했다. 한참을 그렇게 바라보니 마음이 취한 듯 일렁여, 장세린은 스스로 소리를 내는지도 깨닫지 못한 채 말했다.

"그윽한 산골짜기 속에 신선의 꽃을 감추었다고 하는 것은 바로 이를 말하는구나. 원래 두 사람의 마음은 매한가지이고 남녀 간에 다른 것이 없는 법이다. 내가 저를 위한 마음으로 정신을 잃기에 이르렀거늘, 저 사람이라고 혼자서 담담하고 아무 염려가 없겠는가?"

말을 끝내고는 길게 탄식하더니 갑자기 난간에 거꾸러져 아득히 정신을 잃고 말았다. 정씨들이 크게 놀라고 장희린이 파랗게 질려 바로 붙들어 완월대로 데려가 약을 써서 간호했는데, 장세린은 아무 정신도 없어 얼굴색이 찬 재 같고 손발이 얼음장 같았다. 정씨 집 공자들은 원래 온갖 기술에 능통하고 해박하여 의술을 꿰고 있었다. 좌우로 둘러앉아 얼굴빛을 자세히 들여다보고 맥박을 살펴보니 이미 상사병이 깊은 고질이 되어 뜻을 이루지 못하면 반드시 죽을 것 같았다. 또한 요사스러운 약이 장기를 상하게 하여 타고난 당당한 정기가 흐려지고 엄숙하게 빛나는 품성도 사그라져 있었다. 비유하자면 마음의 누각에 놀란 벌레가 어지러이 우글거려 눈·코·입·혀·귀가 멀쩡한 것이 없는 듯했으며, 열두 봉우리에 구름이 켜켜이 쌓여 모진 짐승과 어지러운 가시나무가 무성하고 만 가지 사악한 기운과 부정한 것들이 함께 모여 해와 달의 밝은 빛을 가린 것 같았다. 온몸이 상하지 않은 곳이 없기에 정씨들이 경악하며 장희린에게 말했다.

"우리가 문승이 수척해져 죽을병을 앓는 사람 같은 것을 염려하고 있지만, 문승은 원래 건장하여 조그만 병을 근심할 사람이 아니었네. 또 혈기 왕성할 나이여서 젊음이 저물 날이 멀었기에 생사는 염려하지 않았다네. 그런데 갑자기 안색이 막힌 듯해 좌우 손의 맥박을 보니 병이 보통이 아니고 괜히 신음하는 것이 아니군그래. 또 이상한 약이 장기를 마비시켜 병을 위중하게 하고 타고난 총명함을 빼앗았으니, 정말 모르겠네. 누가 문승을 미워해 요상한 약을 가지고 천년의 장대한 기운을 상하게 한 것인가?"

장희린은 동생이 위태한 것을 보니 심장이 마구 뛰어 동생을 붙들고 하염없이 눈물을 흘렸다. 그러다가 정씨 형제들의 말을 듣고는 더욱 놀라워하며 대답했다.

"제가 못난 탓에 동생이 함부로 외입하는 것을 까마득히 몰랐습니다. 다만 동생이 저번 달에 아내를 맞은 후로 미워하는 마음을 걷잡지 못해 높은 산과 먼 정원이나 기생집과 술집에 다니는 줄만 알고 막지 않았습니다. 그러다 최근에 갑자기 병이 들어 먹고 자기를 전혀 못 하기에 근심거리가 있음을 깨달아 물어보았더니 숨기고 말을 하지 않더군요. 부모님께서 이 때문에 매우 걱정하셨으나, 제가 못난 탓에 동생을 꾸짖어 올바른 길로 인도하지 못하고 동생을 달래어 일을 잘 처리하지도 못했기에 끝내 불행한 일이 있을까 슬프고 걱정이 됩니다. 요사스러운 약물이 장기를 흐리게 하고 병세가 이처럼 빠르고 급해 목숨이 경각에 달렸다는 것은 생각하지도 못한 일입니다. 형님들께서 오늘 동생의 숨이 넘어가는 것을 보고 그 속을 꿰뚫어 이렇게 말씀해 주셨으니, 상사병을 고쳐 잡생각을 그치게 할 수는 없더라도 일단 요사스러운 약물의 기운을 없애 병증을 덜고 정신을 맑게 하여 침침한 안개라도 거두어주고 싶습니다. 형님들께서는 약을 마련해 동생을 구해주십시오."

정인흥은 즉시 정인명·정인웅과 함께 증세를 상의해 요사스러운 약물을 풀어낼 처방전을 적어 장희린에게 주고 정성스럽게 간호했다. 저녁이 되자 비로소 장세린이 정신을 수습해 숨을 내쉬고 눈을 떠 좌우를 살폈다. 장희린이 기뻐하고 정씨 형제들이 장세린에게 그가 갑자기 기절했다는 것을 알려주었다. 장세린은 자신이 병이 든 원인을 부끄러워하면서 총명한 정씨 형제들이라면 분명 상사병을 눈치채고 자신을 더럽게 여길 것이라 짐작했다. 기운이 없는 채로 다만 미미한 신음을 내고 괴롭게 눈썹을 찡그리며 말했다.

"제가 크게 아픈 병은 없었지만 먹고 자지 못한 지 여러 날이라 저 스스로도 이상하다고 생각했습니다. 오늘 뜻밖에 기절하여 잔치를 망쳤으니 병을 가지고 술자리에 참여한 것이 후회됩니다".

말을 끝내고 장희린을 돌아보며 말했다.

"제가 몸을 움직일 기운이 없으니 가마를 타고 집으로 돌아가고 싶습니다."

장희린이 시동에게 가마를 가져오게 해서 동생을 태우고 돌아갔다. 장헌과 박씨는 두 아들이 정씨 집안 공자들과 함께 완월대에 놀러 갔다는 것을 알았기에 굳이 찾지 않았는데, 장세린이 가마에 실려 책방으로 와 누워 있다는 소식을 듣고 크게 놀랐다. 즉시 아들에게 와 아픈 데를 물으며 걱정하니, 장세린은 불효를 저지른 것을 슬퍼했으나 병을 참을 길이 없었다. 장희린은 동생이 기절했다는 것은 말하지 않고, 동생은 원래 튼튼하니 일시적인 병이라 대수롭지 않다고 알렸다. 그러나 장헌과 박씨는 눈앞의 모습을 보고 더욱 초조해 할 뿐이었다. 장희린이 절박한 심정으로 정씨 형제들이 말해준 처방전대로 약을 쓰니, 장세린이 약을 마시는 족족 누렇고 괴이한 물을 수없이 토해 냈다. 박씨는 사악한 기운이 침범했다는 것을 모르고 지금 먹는 약이 맞는 약이 아니라고 했지만, 그 약은 정인웅과 정인홍이 상의한 대로 만든 약이었다. 성인의 기와 맥으로 천지간의 아름다운 풀들을 가려내 모든 더러운 기운을 몰아내니, 장세린이 역겨운 검고 누런 물을 토했다. 장세린은 연기 마신 고양이처럼 얼굴을 찌푸리고 안개에 싸인 바보처럼 정신이 흐려졌었는데 약을 먹으니 바로 구름이 갠 듯 맑은 상태가 되었다. 정성염을 사모하는 뜻도 같이 없어진 것은 아니지만 요사스러운 약 때문에 상했던 것은 금방 나아서, 며칠 뒤에는 병풍을 걷고 몸단장을 한 후 부모님께 인사를 드리며 오랫동안 병에 걸려 걱정을 끼친 것을 사죄했다. 시원한 풍채와 윤이 나는 얼굴이 완전히 옛날 모습을 되찾아 숨이 끊어질 듯 야위었을 때와는 딴판이 되었으니, 비로소 약효가 신기함을 수없이 칭찬하고 기쁨을 이기지 못했다. 장헌 또한 뛰어난 정씨 형제들이 만물의 이치에 능통하지 않은 것이 없다며 탄복하고, 아들의 큰 병이 쾌히 나은 것을 기뻐하여 온 집안에 기쁨이 넘쳤다.

여씨가 탄 약을 먹고 정신이 이상해진 장헌과 박부인

여씨는 장세린을 원망하는 마음이 나날이 더해지고 사모하는 마음이 새로이 지극해져 상사병에 걸리고 말았다. 그러다 장세린이 병에 걸렸다는 소식이 들려오자, 그의 정신이 흐릿할 때를 틈타 뛰어나가서 음란한 뜻을 펴려고 했다. 하지만 그가 안채에 있을 때와 다르고 자신도 중문을 마음대로 드나들지 못하게 되자 분하고 원망스러워 미칠 지경이었다. 이후 장세린이 병이 나아 일어나는 것을 보고는 자신의 더러운 피가 물거품이 된 것에 울분을 품어, 가득 찬 원한을 편지로 써서 부모와 조부모에게 억울함을 토로했다. 하지만 여형수와 여원홍이 무슨 염치가 있어 장세린을 원망하겠는가? 게다가 시녀들이 전하는 말로는 장세린이 여씨와 결혼한 것에 분노하다 죽을병이 생겨버렸다고 하니, 부부 사이의 은밀한 일까지 위세를 통해 협박할 수는 없는 일이었다. 마음속으로는 불쾌했지만 여씨가 다른 사람과 같지 않기에, 어쩔 수 없이 다만 며느리의 도리를 지키라고 주의시킬 따름이었다.

여추밀의 부인 만씨는 못생기기 짝이 없는 딸과는 달라서 안색이 빛나고 말이 여유로우며 간사하고 잔꾀가 많은 인물이었다. 딸이 더럽고 추악해 장씨 가문에서 꺼리는 것이 이상하지 않음은 알고 있었으나 사사로운 정에 휩쓸려 딸의 앞날을 도모하려 했으니, 요사스러운 계략으로 사위가 박대하는 뜻을 바꾸게 하고 장헌 부부의 괴상한 성질을 이용해 딸이 시부모의 사랑과 남편의 존중을 얻을 수 있도록 하려고 했다. 사악한 무당들과 도사들을 모아 산과 냇가에서 기도하고 천지에 축원해 딸의 장수와 행복을 빌었으며, 은화를 널리 흩어 요괴로운 약재들을 구하여 딸의 유모 맹유랑에게 주고 장헌 부부와 장세린이 먹는 음식에 섞으라고 했다. 그런데 장씨 집안에서는 연부인이 집안일을 총괄하므로 가법이 엄숙할 뿐 아니라, 정월염이 어른들의 식사를 받들어 뜨거운지 차가운지를 직접 확인하고 있었다. 정월염은 윗사람을 받들고 아랫사람을 사랑하여 행동을 삼가는 아름답고 현명한 며느리로서, 스스로 아는 바를 드러내지는 않는 중에도 만사를 밝게 알아채는 것이 마치 신령과도 같았다. 또한 정월염은 멀리서 바라보면 촉촉이 비를 내려주는 구름 같고 가까이 나아가 보면 따스한 햇볕 같은 사람이었다. 자질구레하고 까다롭게 살피는 것은 아니었지만 허술하고 흐리멍텅하게 살피지 못하는 것도 없었으니, 귀 밝기는 사광 같고 눈 밝기는 이루와 같았다. 그 눈빛은 마치 귀신을 비출 수 있다는 조마경을 맑게 닦은 듯하여 사악하고 부정한 것들이 감히 어른거리지 못했다. 또 정월염에게 내려주신 임금의 은택이 온 집안에 덮이고 먼 친척까지 흘러갔으니, 뭇사람들이 그 교화에 감동하고 노비들도 은혜를 입어 마치 갓난아이가 어머니를 바라보듯 따랐다. 집안의 종들이 윗사람에 대한 원망이나 복수의 뜻을 품을 일이 전혀 없거늘, 누구를 통하고 누구와 함께 꾀하여 장헌 부부의 밥상에 요괴로운 약물을 섞을 수 있겠는가? 맹유랑은 주인을 위하는 충성심이 적지 않았지만 감히 손을 놀리지 못한 채 날을 보낼 뿐이었다.

그런데 이때 박씨가 아버지의 병 때문에 친정으로 가게 되었다. 맹유랑은 이를 틈타 여씨가 보내서 왔다며 가짜로 문병하는 척하고 자주 박씨 집을 왕래하다가 그 집의 시녀들과 사귀어 정이 지극해졌다. 그러다 간혹 박씨 집안에서 밤을 지내어 날이 저물 때 박씨의 밥상에 요사스러운 약물을 섞으니, 시녀들이 전혀 관심을 두지 않았으며 맹유랑의 일 처리가 간사하고도 신속하여 눈치챌 수 있는 사람이 없었다. 그리하여 결국 박씨가 요사스러운 약을 먹게 되니, 원래부터 망령되고 어수선한 심정이 남들보다 곱절은 더해져 이전보다 훨씬 더 심하게 변덕을 부렸다. 박씨는 약을 먹은 지 이삼일이 지나자 아팠던

배도 나아지고, 문득 여씨의 신세를 불쌍하게 여기는 마음이 일어났다. 아버지의 병세가 나아진 것을 확인하고 빨리 집으로 돌아오는데, 여씨가 정월염과 양혜완, 주성혜 등을 좇아 박씨를 맞이했다. 박씨는 평소에는 여씨의 흉흉하고 지저분한 모습에 메스꺼움을 느낄 정도였으나 그날은 그 못생기고 더러운 외모가 도리어 덕이 있어 보이고 순해 보여 밉게 느껴지지 않았다. 기쁜 얼굴로 손을 잡고 그사이에 별 탈이 없었는지를 물었다. 여씨는 본디 흉악하고 미친 듯한 사람이었으나 어머니가 음란하고 패악한 거동을 참으라고 당부하는 말들이 날마다 편지에 가득한 것을 기억했고, 또 어머니가 바르지 못한 계략을 써서 자신의 앞길을 살피고 있다는 것을 알고 있었다. 이에 마음을 가다듬어 시부모의 사랑을 얻기 위해 효도하고 순종하는 척하고, 박씨 아버지의 병세와 박씨의 몸 상태가 빨리 좋아진 것을 축하했다. 시부모의 은혜 덕에 자신의 몸이 건강해졌노라는 말도 덧붙였다. 박씨는 여씨의 기구한 팔자를 하염없이 슬퍼하고 그녀가 순순히 효도하는 것을 사랑스럽게 여겨, 이날부터 여씨의 모든 일에 구구히 신경을 쓰고 볼 때마다 어여삐 대했다. 박씨는 여씨가 집에 온 첫날에는 길게 말싸움을 해 여씨를 삼켜버릴 듯 미워하고 뼈아픈 한을 품어 죽일 듯이 굴었는데, 갑자기 여씨가 불쌍하다며 아껴주고 애지중지 걱정하니 이는 예삿일이 아니었다. 연부인이 이상하다고 생각했으며 양혜완과 주성혜도 의심을 품었지만, 요상한 약을 먹어 그 마음이 바뀌었다고는 전혀 생각하지 못하고 있었다. 정월염은 박씨의 마음이 굳지 못하다는 것을 알고 있었을 뿐 아니라, 요사스러운 약을 먹고 본성을 잃은 것을 많이 보았었다. 그래서 박씨가 다시금 본성을 잃고 그릇되게 행동하는 것을 불행하게 생각했지만 겉으로 내색하지는 않았다.

박씨가 마음이 변해 여씨를 지극히 사랑했고, 여씨도 시어머니의 사랑을 얻고는 정성을 다해 친정으로부터 산해의 진수성찬을 가져와 박씨에게 드리기도 했다. 박씨가 그 효성을 칭찬하면서 장헌과 함께 술을 마시며 식사를 했다. 장헌 역시 본성이 태양처럼 당당한 이가 아니었으니, 무슨 덕이 있어 요괴로움을 물리치며 무슨 정대함이 있어 사악한 기운을 멀리할 수 있겠는가? 부질없이 요사스러운 약을 먹고 정신이 바뀌어 여씨 하나 외에 다른 며느리가 있다는 것을 모르는 듯 행동했다. 장헌은 장세린이 막내아들이라 지나치게 사랑하여 일찍이 그가 잘못된 행동을 해도 그 행동이 온당하지 않음을 알지 못해 지적하지 않고 오히려 기뻐하여 눈썹을 들썩이던 사람이었다. 하지만 요즘에 와서는 장세린이 여씨를 박대하는 것이 인정에 가깝지 않고 정실부인의 외모를 따져 얼굴이 빛나지 않음을 혐오하는 것은 경박한 자의 방탕함이요 유학자에 어울리는 행동이 아니라며 꾸짖었다. 그러면서 아들의 눈을 제대로 마주치지도 않으니 장세린은 부모가 어느 날부터 이렇듯 변한 것이 너무나 의아했다. 부모가 여씨를 너그럽게 보라고 할수록 차라리 부모의 명을 거스른 죄를 받아서 죽을지언정 부부의 윤리를 온전히 할 수는 없다고 했다. 장세린은 평생 부모에게 사랑을 받아 조금이라도 핀잔을 들어본 적이 없었는데, 천만뜻밖에 부모가 여씨를 편애하고 자신을 꺼려 볼 때마다 여씨에게 잘 대하라고 당부를 하니 마음이 더욱 어지러웠다.

장세린은 요괴로운 약으로 인해 얻은 병이 빨리 나아 총명한 본성을 회복했지만, 그림과 관련된 일에서는 하늘이 정해준 인연과의 백년에 한 번 있을 만한 기이한 만남을 담담히 내팽개치지 못했다. 그는 규수의 그림을 곁에 지니고 매일 그리워하며, 그림 속 실제 인물과 함께 하늘에서는 비익조가 되기를 원했고 땅에서는 연리지가 되기를 바랐다. 그는 이러한 마음이 음란하고 이지러진 것임을 모르지 않았지만, 또 완전히 잘못되었다고도 생각하지 못했다. 온 정신이 막혀 밤낮으로 상운각을 바라보며 넋을 태우고 애간장을 끓였으니, 당장이라도 두 날개를 펴고 초나라 누대로 가서 무산 선녀의 자취를 엿볼 뜻이 불을 붙인 듯 화살을 쏜 듯 빠르게 일어났다. 헛된 곳에 혼을 태우고 정신을 잃어 죽을 듯이 기절하니 그 벗들이 장세린을 비루하다고 여길 따름이었다. 그가 비록 남자의 쾌활함이 있다고 한들 어찌 이런 마음으로 성인군자를 대하면서 부끄럽지 않을 수 있겠는가? 그럼에도 장세린은 자신의 허물을 깨닫고 바른 길로 나아가지 못했다. 병세가 나아져 기운이 평상시와 같고 정신이 온전해진 다음에는, 온갖 괴로움으로 마음이 어지러워 먹고 자기를 아예 하지 못했던 이전의 일을 스스로 이상하게 여기기도 했다. 하지만 정성염을 그리워하는 뜻은 점점 바다처럼 깊어지고 금속처럼 단단해졌다. 만일 정성염을 자신의 아내로 삼지 못한다면 그리워하는 마음을 이기지 못해 속절없이 황천길로 가리라고 기약했으니, 참으로 장기 깊숙이 얽힌 고질병이라 하지 않을 수 없었다. 배에 두루 퍼진 요사스러운 약을 처음 씻어냈을 때는 병이 바로 나아 맛있게 먹고 편안히 잘 수 있었지만, 시간이 지나자 그리워하는 회포가 요동치고 마음이 혼란하여 아팠을 때보다 더 심각해져 갔다. 다시금 밥을 굶고 밤을 새우기 시작하니 용모와 기운이 도로 수척해지고 초췌해질 뿐이었다. 연부인과 장희린은 그를 무척 걱정했지만 박씨와 장헌은 아들을 보면 얼굴빛을 바꾸고 화를 내면서 어진 여자를 이유없이 박대한다며 크게 꾸짖었다. 연부인이 장헌과 박씨의 행동을 기괴하게 생각했지만 그 마음이 심상치 않게 바뀌어버린 것을 말로는 돌이키지 못하고, 다만 장세린을 각별히 보호해 장희린에게 약을 잘 지어 동생의 병이 심해지지 않게 하라고 했다. 그리고 장세린에게 기이한 음식과 몸보신할 반찬들을 가지고 와 어린아이를 대하듯 어루만지며 먹으라고 권했다. 장세린은 어머니가 근심하시는 것을 민망해하며 마지못해 음식을 먹었지만 그 맛이 어떤지는 알지 못했다. 누우면 정신을 잃고 자는 것 같았지만 사실은 자지 못했으니, 얼마 지나지 않아 또다시 큰 병이 날 것만 같았다. 장헌과 박씨는 아들에 대한 염려는 꿈속에 던져두고 여씨를 불쌍히 여기고 사랑하여 그 기구한 신세를 애처롭게 생각했으며, 다른 자녀가 잘 있는지 아닌지는 미처 신경 쓸 겨를이 없어 알지 못했다.

이때 정인광의 부인 장성완은 그동안 쌓인 병이 점점 심해져 조금도 걷지 못한 지가 오래였다. 그러나 아버지와 두 어머니가 우려하는 것을 부끄럽게 여겨, 괴로이 아프고 놀랍도록 피를 토하는 모습을 보여주지 않았으며 아프다고 말하지도 않았다. 부모가 와서 병이 어떤지를 물을 때에는 이불을 살짝 밀고서 병을 참으며 아무렇지 않은 얼굴로 맞이하고, 밝은 목소리로 병이 대단하지 않다고 대답하며 절대 근심하는 얼굴을 보이지 않았다. 장성완은 비록 자신을 쫓겨난 죄인으로 자처했지만 구구절절 신세를 탓하면서 팔자를 슬퍼하지 않았으니, 그의 따뜻하고 편안한 기색은 한 조각 근심도 품은 것 같지 않아 보였다. 하지만 음력 5월 이후로 여름이 다 가고 가을이 끝나도 짙푸른 긴 머리를 빗어 내리지 않고 얼굴도 씻지 않았으며, 봉황관과 화려한 신발을 벗고 푸른 베 치마와 흰 단삼만을 입고 다른 옷을 입지 않았다. 장헌이 이를 더욱 슬퍼하고 박씨는 차마 보기 힘들어 말마다 사위를 원망하며 사사건건 욕하기를 그치지 않았다. 그러면서도 딸에게 평상시처럼 행동하며 좋은 옷을 입으라고 하지 못했는데, 이는 장성완의 기운이 화평하고 말투가 부드러우면서도 의리가 당당하고 예의가 엄숙했기 때문이었다. 장성완은 열흘 동안 석고대죄를 했지만 정씨 집에서 자신을 죄인으로 다스리지 않아 친정에 인사를 간다는 명분으로 명복을 입고 돌아올 수 있게 되었기에 시부모의 사랑과 은혜가 뼈에 사무쳤다. 자신의 도리대로라면 무엇이 진실이고 무엇이 거짓인지가 밝혀지지 않아서 죄인의 옷을 벗지 않았으나 굳이 어르신들께 말씀드려 자신의 액운을 슬퍼하지 않았다. 하지만 처지는 그렇지 않다는 것을 사람들이 굳이 말하지 않아도 알 정도였는데 하물며 박씨는 자기 때문에 비롯된 풍파였으니 어떤 말을 하겠는가? 그저 뜬 기운으로 소채강을 참혹히 욕하고 정인광을 원망할 뿐이었다. 하지만 정삼 부부와 서태부인의 크나큰 은혜는 한결같이 지극하여 장성완이 친정인 이곳으로 돌아왔는데도 글로 위로하고 약을 권유하는 정성이 한집에 머물 때보다 덜하지 않았으니, 박씨가 무엇을 부족히 여겨 정씨 가문을 욕하겠는가? 박씨는 공명정대하며 중도를 지키는 딸이 해주는 따뜻하고 온순한 충고를 많이 들었기에 자신이 요망하고 정도에 어긋난 것을 스스로 조금이나마 반성했다.

그래서 정잠 부부와 서태부인에게는 더 이상 욕설과 거친 말들을 하지 않았지만 정인광과 소채강을 원망하는 것은 끝내 그만두지 않았다. 그러나 딸의 병세가 점점 위중해진다는 것은 오히려 깨닫지 못하여, 그저 딸의 신세를 슬퍼할 뿐 병을 염려하는 마음은 없었다. 훗날에 소채강을 없애고 딸이 정씨 집에 다시 돌아가 오래도록 부귀영화를 누릴 것을 바라지만 지금은 그저 버려진 며느리가 되었다는 것을 슬퍼하고 아까워할 뿐이었다. 박씨는 딸을 사랑하는 어머니의 마음으로 연부인을 찾아 날마다 딸에게 가서 어루만지며 탄식하곤 했다. 그런데 여씨의 요사스러운 약을 먹은 후에는 딸도 잊은 것인지 발길을 끊고 좀처럼 찾아오지 않았다. 이에 연부인이 장헌과 박씨에게 말했다.

"무릇 사람이 자식을 사랑하는 정은 마르는 것이 아니어서, 비록 아이가 여럿이라도 어여쁨과 귀중함이 다 각각입니다. 그런데 상공과 동생(박부인)은 며느리와 딸 중에 하나만 아끼고 그 나머지는 다 등한시하여 잊었으니 정말로 이상합니다. 여씨 며느리의 기구한 신세를 슬퍼하며 다른 일은 신경 쓸 겨를이 없었다 해도, 셋째 아이(장세린)가 야위어가는 것과 딸이 죽을 듯이 아파하는 것은 생각지도 못하십니까?"

장헌 부부가 비로소 잠시 깨달아 바로 딸에게로 갔다. 하지만 장성완을 살피지는 않고, 여씨의 미색이 아리땁지는 못해도 덕성이 뛰어난데 장세린이 죄 없는 사람을 박하게 대한다고 하며 마치 여씨가 친딸인 것처럼 슬퍼하고 근심했다. 장성완은 여씨가 집에 오던 당일에 여씨를 내쫓지 못해 안달하던 어머니가 지금은 애정을 쏟고 아끼는 것이 너그러운 성덕에 따른 것이 아니라고 생각했다. 또 여씨가 박색이라 해도 무염과 맹광처럼 현명한 사람이 아니어서 부모의 사랑을 얻기 어려웠을 텐데, 부모가 갑자기 저렇게 변해버린 것을 보니 분명 마음을 돌릴 만한 이상한 일이 일어났음을 깨달았다. 이에 별 같은 두 눈을 들어 아버지와 어머니의 얼굴을 우러러보니 원래 갖고 있던 탁월하지 못한 기운과 신기하지 못한 정기마저도 많이 잃어, 떠도는 뜬 기운과 헛된 마음들이 눈동자에 머물러 있었다. 장성완이 크게 놀라며 나직이 물었다.

"아버지와 어머니의 기운이 이전과 너무나 다릅니다. 요즘 드시고 주무시는 것이 어떠합니까? 제 작은 병은 몸조리를 잘해야 하는 것이라 방 밖으로 나갈 수가 없기에, 곁에서 모시지 못하고 작은 효도도 제대로 하지 못했습니다. 그래도 비록 오라버니(장창린)는 없으나 두 동생이 있어 슬하에서 모시며 정씨 올케(정월염)가 식사를 받들고 밤낮으로 공경하니, 늘 편안하시고 건강하시어 인생의 행복이 이보다 나은 것이 없겠다고 생각했었습니다. 그런데 어째서 갑자기 이렇게 수척해지신 것입니까?"

말을 마치고는 깨닫는 바가 있으니 옥 같은 얼굴색이 시들고 눈썹이 찌푸려져, 한여름에 근심스러운 구름이 침침하고 달이 먹구름 낀 하늘에 모습을 감추는 것 같았다. 그럼에도 빼어나게 빛나는 모습과 유달리 고운 태도가 근심으로 인해 오히려 더욱 빛나고 있었다. 장헌과 박씨가 비록 마음이 요상하게 변하여 여씨 한 사람만을 어지러이 예뻐했지만, 장성완의 총명하고 아름다우며 덕스러운 바탕을 마주 대하니 딸에 대한 애정이 다시금 생겨났다. 딸이 자신의 괴로운 운명을 슬퍼하지 않고 오히려 부모의 모습이 야윈 것에 놀라고 근심하며 슬퍼하는 것을 보니, 토목처럼 무지하고 요사스러운 약물에 정신이 상했을지라도 핏줄의 정이 하염없이 솟아올랐던 것이다. 이에 딸의 곁으로 가 귀밑을 쓰다듬고 등을 어루만지고는 탄식하며 슬픈 표정으로 말했다.

"우리는 대궐 같은 집에 안락하게 누워 먹고 자기를 편안히 하고 옷은 계절대로 바꿔 입어 일찍이 몸을 상한 적이 없으니 잠깐 야윈 것이 무슨 큰 염려가 되겠느냐? 하지만 너는 가냘픈 몸이 난초와 혜초 같아서 사람들이 겪지 않을 재앙과 풍파를 모두 겪고, 지금은 허무하게도 정씨 가문에서 버려진 며느리가 되어 여기로 도망쳐 왔구나. 시부모를 공경하지 않은 적이 없고 남편을 따르지 않은 적이 없어 칠거지악 중 하나도 범하지 않았는데, 그저 어진 부모의 딸이 되지 못한 탓에 은근히 내쫓김을 당해 스스로 죄인이 되었다. 풀베개와 짚 이불에 여름옷만을 입어 먹고 자고 입는 것이 뼈와 살을 가진 사람이라면 견딜 수 없는 형편인데도, 오히려 병 때문에 죽겠다고 말한 적이 없으니 이는 불행 중 다행이구나. 하지만 부모의 참담한 심정과 너의 깊은 상심을 어떻게 표현할 수 있겠느냐? 너는 부질없이 우리가 병들까 봐 근심하지 말고 네 몸을 보호하여 우리가 자식을 잃은 슬픔을 느끼지 않게 하거라."

말을 끝내고 눈물을 흘리며 애처롭게 여기며 어여뻐하니, 장성완이 자신의 불효를 매우 한스러워하는 한편 부모가 변했던 것이 요사스러운 술법 때문이라는 것에 경악했다. 그러나 자신이 슬퍼하는 얼굴빛을 나타내면 부모의 아픔을 더하게 될까 염려하여 도리어 기쁜 목소리와 즐거운 안색으로 어머니와 아버지를 위로했다. 곁으로 가서 어린아이처럼 어리광을 부리고 부모에게 웃기를 청하더니 천천히 말했다.

"제가 요즘 셋째 동생(장세린)을 보니 또다시 고단하고 야위어 곧 큰 병이 날 것 같습니다. 그 아이가 고집불통이어서 아버지와 어머니의 가르침을 어기며 정실부인을 박대해 윤리와 기강을 가볍게 여기고 있는 것은 큰 잘못입니다. 하지만 원래는 넘치는 사랑을 받아 일찍이 꾸지람을 들은 적이 없던 아이인데, 요즘은 아버지와 어머니께서 밉게만 여기시니 동생이 울적해하며 어찌할 바를 모르고 있습니다. 혹시라도 지나치게 몰아세워 마음의 번민을 더하게 한다면 병에 좋지 않을 것이라 걱정입니다. 그러니 너무 엄하게 꾸짖지 말고 조용히 가르치셔서 스스로 잘못을 깨닫게 해주십시오."

장헌과 박씨가 머리를 가로저으며 말했다.

"매사에 부모의 뜻을 따르는 것이 자식의 큰 효란다. 사람이 모두 효자가 되는 것은 쉽지 않은 일이지만, 세린이 같은 아이는 백만 가지 일을 모두 극성스레 거역하고 버릇이 없으며 무식하기까지 하단다. 부모의 정을 조금도 생각하지 못하고 부부 사이의 윤리를 끝내려 하며, 미색을 취하고 덕을 가볍게 생각하니 천하의 경박한 사람이다. 우리가 엄하지 않고 밝지 못해 사랑만 두터이 주고 일찍이 가르침을 주지 않았기에, 저 못난 자식이 아버지를 꼼짝 못하게 하고 어머니를 없는 것처럼 여기는구나. 천 번 달래고 가르쳐도 귓가에 바람이 지나간 듯 따르지 않으니 어찌 기막히지 않겠느냐? 세린이가 병에 걸리고 야위는 것을 염려하지 않는 것은 아니지만, 그 불효가 너무 심하여 보면 꾸짖게 되고 그러면 또 문득 원망하는 기색을 보이며 행동거지가 점점 사나워지더구나. 저런 아이가 어질고 효성스럽다며 사랑하던 옛날 일이 도리어 분할 뿐이다."

장성완은 부모의 마음이 이렇듯 돌변한 것을 보니 더 말해 부질없겠다는 생각이 들었다. 하지만 부모가 세린을 너무 다그쳐 그가 조급한 성격에 억울한 회포를 이기지 못하여 병을 더 키울까 근심이 되어, 부모에게 사랑으로 지도하고 너무 구속하지 말 것을 다시금 당부했다. 그리고 부모님의 두 손을 받들어 잠깐 진맥을 했는데, 더럽고 부정하며 요사스러운 기운이 뱃속에 가득 차 있음을 알 수 있었다. 집안에 사특하고 부정한 사람이 들어와 부모님이 이처럼 자주 변심하게 된 것과 온갖 독초로 만든 요사스러운 약을 먹어 기운이 크게 상한 것을 걱정하며 말했다.

"아버지와 어머니께서는 몸에 별 이상이 없다고 하시지만, 맥박이 상하고 약해져 평온하지 않고 상태가 매우 불안합니다. 눈빛도 사그라들어 평소와 다르시니 제가 어찌 초조한 근심이 없겠습니까? 바라건대 약을 드시고 침을 맞아 치료하시고 기운을 돋우도록 하십시오."

장헌 부부가 웃으며 말했다.

"너는 부모가 항상 젊었으면 하고 바라겠지만, 우리의 나이는 이미 봄날을 지나갔으니 얼굴의 생기가 젊었을 때와 같을 수 있겠느냐? 병 없이 약을 먹는 것은 정말로 곤욕스러운 일이다. 그것만큼 괴로운 것이 없으니, 무슨 일이 있다고 입맛을 거슬러 비위를 상하게 하겠느냐?"

장성완이 그렇지 않다며 재차 말씀드렸지만 장헌 부부는 들을 생각도 하지 않고 이내 돌아갔다. 장성완이 겨우 일어나 배웅하고, 추홍을 보내 정월염에게 와달라고 부탁하니 정월염이 찾아와 말했다.

"아침에 만났을 때는 별말이 없더니 무슨 일로 불렀습니까?"

(책임번역 남혜경)

완월회맹연 권50

앓아누운 장세린

장헌 부부는 장세린을 심하게 구타하고

장세린은 상사병으로 앓아눕다

장헌과 박씨에게 구타를 당한 장세린

이때 장성완이 겨우 일어나 부모님을 배웅하고, 추홍을 보내 정월염에게 와달라고 부탁하니 정월염이 찾아와 말했다.

"아침에 만났을 때는 별말이 없더니 무슨 일로 불렀습니까?"

장성완이 조용히 정월염에게 자리에 앉기를 권하고 어깨와 무릎을 마주하여 천천히 말했다.

"제 어리석은 식견을 말씀드릴 것도 없이 언니는 매우 총명하시니 부모님께서 쇠약해진 까닭을 환히 생각하셨을 것 같습니다. 어찌 특별히 덧붙일 말이 있겠습니까? 하지만 오라버니께서 아직 돌아오지 못하셨고 동생 둘은 생각이 짧아 언니가 한번 보시는 것만 못할 것입니다. 저는 부모님께서 여위어가는 것을 간절히 근심만 할 뿐이지 약을 써서 돌봐 드리는 일에 대해서는 잘 알지 못하니, 언니의 밝은 의견을 듣고 싶어 감히 와주시기를 부탁드렸습니다."

정월염이 말했다.

"어리석은 저는 시부모님께서 수척해지시는 것을 보고 두려워하며 슬퍼하기만 했지, 어떻게 해야 할 줄을 모르고 제 모자람과 얕은 효성만을 깊이 한탄할 뿐이었습니다. 아우님의 밝은 식견은 제가 따라갈 수가 없을 테니 시험 삼아 약방문을 지어보세요. 저 또한 부족한 의견을 내겠습니다."

장성완이 겸손히 사양하다가 한참을 생각해 약방문을 적어 정월염에게 보여주니 정월염이 칭찬하며 말했다.

"아우님의 신명함으로 틀린 것이 있겠습니까? 그렇지만 시부모님께서 요사한 약을 수십 일 동안 잡수시는 바람에 배 속에 약이 두루 퍼진 지가 오래되었습니다. 그러니 약재를 더 넣어 짓는 것이 어떨까요?"

장성완이 말했다.

"알려주신 약방문에 따라 약을 만들긴 하겠지만 변변찮은 저는 신명하신 언니와는 다르니 혹시라도 잘못 지을까 두렵습니다."

정월염이 흰 이를 드러내 미소 지으며 말했다.

"저는 생각이 모자라 제대로 다 적지 못한 것이고 전부터 아는 것을 숨기지 않고 겸양하는 말도 하지 않았습니다. 그런데 아우님은 나와 동기의 정과 자매의 의를 아울러 마음을 터놓는 사이라고 하면서도 말마다 겸양하고 거리를 두시는군요. 제가 둔하고 보사라 진심으로 대할 상대는 아니라고 생각하시는 것입니까? 아우님은 태어나면서부터 모든 것을 아는 자질과 신기한 밝음을 가졌으니, 어디 부족한 곳이 있어 수십 개 단약을 잘못 짓겠습니까?"

장성완이 탄식하며 말했다.

"그리 말씀하지 마십시오. 저는 어릴 적부터 재앙에 다치고 근심 걱정에 둘러싸여 험한 고난에 얽혀 있을 따름이고 온갖 세상일에는 관심이 없으니 무엇을 알겠으며 무엇을 배웠겠습니까? 그래서 총명하고 매사에 통달하신 언니보다 못하다 생각하는 것이지 일부러 겸양하는 것은 아닙니다."

정월염 또한 자기가 겪어온 고난을 떠올리고 탄식했으나 슬프고 괴로웠던 일을 구태여 길게 말하지는 않았다. 다만 장성완을 위로하여 온화하고 재밌는 이야기를 하며 회포를 풀고, 약재를 가지고 함께 의논하여 약을 만들었다. 정월염은 본래 규방의 치마 두른 성인이고 비녀 꽂은 어진 선비였다. 담 밖에서도 사람 몸속을 환히 알던 편작의 신통함이 있었고 만물의 근원을 통달하던 기백의 조화와 온몸의 안팎을 꿰뚫어 보던 헌원의 역량을 가졌으니, 어찌 요사한 약에 잠깐 상한 몸을 원래대로 돌리지 못하겠는가? 차분히 환약을 만들어 연부인에게 드려 장헌과 박씨에게 전하고자 했다.

장헌과 박씨는 딸 장성완이 자애로운 마음으로 장세린에게 주의를 주라고 충고했음에도 여전히 여씨를 딱하고 애석하게 여기니, 참으로 사람의 마음이라고 할 수가 없었다. 그들은 친하게 대해야 할 사람에게는 박하게 대하고 박하게 대해야 할 사람에게는 친하게 대하여, 자식에 대한 지극한 사랑과 특별한 애정도 이제 와서는 본래의 마음이 한 조각도 남아 있지 않았다. 그리하여 아들 장세린을 향한 특별한 사랑도 이상한 미움이 되었고 무궁히 아끼던 마음도 사라져 소홀히 대하게 되었다. 여씨의 사나운 팔자를 들며 신세를 보살피라고 아무리 말해도 아들이 듣지 않자, 그들은 매우 화를 내며 큰 소리로 꾸짖곤 했다.

하루는 장헌과 박씨가 여씨의 원통한 회포와 안타까운 사정을 듣고는 뼈마디가 저리며 너무나 불쌍하고 가엾다는 생각을 했다. 이에 장세린을 더욱 원망하면서 얼른 불러내 타일러 보았는데, 나중에 가서는 마구 꾸짖으며 여씨를 위로해 주라고 다그칠 뿐이었다. 하지만 장세린은 죽을 각오로 명령에 거역한 죄를 청하고 여씨와는 부부의 의를 끊기로 결단했다. 그러자 장헌과 박씨는 더 이상 말하기를 포기하고, 무식하며 어그러진 본성을 드러내 미친 개와 굶주린 호랑이가 날뛰듯 이성을 잃었다. 장헌은 옆에 있던 목침으로 장세린을 마구 치고 박씨는 쇠로 된 자를 들고서 장세린의 온몸을 가리지 않고 두들겨 팼다. 이때 연부인과 정월염은 응설각에 있는 장성완을 만나고 있었고 장희린은 서헌에 있어 소식을 모르니 장세린을 구할 사람이 아무도 없었다. 무식하고 사나운 장헌과 박씨가 마구 때리니 장세린의 머리뼈가 깨지고 몸이 상하여 곳곳에 피가 솟아났다. 그럼에도 장세린은 머리를 땅에 두드리며 거역한 죄를 청할 뿐 여씨를 절대 상대하지 못하겠다고 했다. 장헌과 박씨가 화를 누르지 못해 한참 동안 아들을 때리다가 장헌은 손을 잡아끌고 박씨는 등을 밀어 세린을 여씨의 침소에 강제로 몰아넣었다. 그리고 사방 창과 문을 바깥에서 걸어 잠그고 문밖에서 지키고 서 있었다. 장세린은 온몸을 다쳐 머리부터 일굴까지 살갗이 두루 벗겨지고 곳곳에 붉은 피가 낭자했다. 그래도 정신을 아주 잃지는 않았으니 어찌 죽을 작정으로 달아날 줄을 모르겠는가? 하지만 부모가 이렇게 덕과 체면을 잃었는데 자기마저 부모도 모르는 무도한 자식이 되지는 못하겠기에, 마음을 굳게 다지고 넓은 소매로 얼굴을 가리고서 방 한구석에 쓰러져 버렸다. 그는 맞은 곳이 괴롭게 쓰라리고 몸을 제대로 가누지 못하는 것도 미처 깨닫지 못한 채, 그저 흉악한 여씨가 곁에 있는 것이 분하여 울화가 불붙듯 일어났다. 하지만 부모님이 여씨를 사랑하는 것을 생각하여 감히 때리거나 하지 못하고, 도리어 죽은 듯이 꼼짝하지 않고 화를 마음 깊이 눌러 담으며 누워 있었다. 못난 여씨는 이렇게 어지러운 와중에도 장세린과 한방에 누운 것이 기쁘고 좋아서 그의 곁에 다가가 천 가지 더러운 행태와 만 가지 음란한 거동을 보이는데, 어리석고 분수에 넘치며 미친 듯한 것이 가늠할 수가 없을 정도였다. 여씨는 장세린을 희롱하기도 하고 그 괴상한 모습을 비웃기도 하다가, 계속 그렇게 하면 장세린 자신에게 해롭고 부모님을 받드는 도리도 아니라며 득실을 따져 두루 설득하려 했다. 여씨가 위엄 있는 척하며 으르고 달래니 오히려 만 가지 분노가 솟구쳐 참기 어려웠지만, 장세린은 들은 척도 하지 않고서 조용히 눈을 감고 입을 움직이지 않았다. 하지만 여씨가 문득 얼굴을 가리고 있던 소매를 들추고 가만히 뺨을 맞대어 음란한 뜻을 펴고자 하는 데에 이르자 장세린은 더 이상 참을 수가 없었다. 밖에 부모님이 계시다는 것을 알고 있었지만, 울분을 참지 못해 양옆의 방문은 잠긴 채로 두고 사람이 없는 뒤쪽 벽을 있는 힘껏 발로 차 버렸다. 장세린은 원래 산을 뽑아내고 무쇠솥을 한 팔로 움직이는 힘이 있었으니, 쇠와 돌처럼 단단했던 벽이 발길질 한 번에 힘없이 무너지고 말았다. 장세린은 나는 듯이 소매를 떨치고 나가 서헌으로 갔다. 벽이 무너지는 소리를 듣고서 여씨는 조금도 생각지 못한 상황이라 너무 놀라 미처 붙잡지 못했고, 장헌과 박씨도 속절없이 장세린을 놓치고 말았다. 장헌과 박씨가 장세린을 한 번에 꺾지 못한 것이 한스럽다며 하릴없이 혀를 차고 여씨를 위로하여 말했다.

"못난 자식이 어버이 말을 듣지 않고 더할 데 없이 미치광이가 되었으니 이 또한 어진 며느리의 액운이다. 나이가 차고 철이 들면 나중에는 잘못을 깨닫지 않을까 싶구나. 너는 박명함을 조금도 슬퍼하지 말고 마음을 넓게 가져 남편의 마음이 움직이기를 기다리거라."

그러나 여씨는 시부모의 위로를 듣지도 않은 채 머리를 부딪치고 울며 죽기로 떼를 쓰니 차마 보기 어려운 행동이 더욱 이상하고 놀라웠다. 장헌과 박씨는 다시금 여씨를 위로하고 어루만져 자리를 옮겨 편히 쉬게 했다.

몸져누운 장세린

여씨를 피해 서실로 온 장세린은 아득한 정신으로 자신의 몸을 살펴보았다. 머리에는 관이 없고 발에는 신이 없으며 찢어진 옷과 핏자국이 비참하고 놀라웠으니, 미쳐서 날뛴 모양이거나 악귀와 잡신이 들린 형상이었다. 장세린은 형 장희린이 좋지 않게 여길 것도 걱정되었지만, 그전에 종들이 보기에 괴상한 모양새인 것이 더욱 수치스러웠다. 그래도 사람 같지 않은 여씨의 처소에서 빠져나온 것이 무척 후련하여 엎어질 듯 걸음을 옮겨 죽화원으로 갔다. 장희린이 책상 앞에 앉아《예기》를 소리 내어 읽다가 장세린을 보고는 깜짝 놀라 얼른 일어나 동생을 붙들고 손을 잡으며 놀란 얼굴로 말했다.

"부모님께 문안드린 후 너를 보지 못해 찾으려고 했는데 이게 대체 무슨 꼴이냐? 제수씨가 비록 네 마음에 꼭 들지는 않겠지만, 부모님 께서는 어질다 하시고 네가 부부의 윤리를 끊지 않았으면 하신다. 집 안을 화목하게 다스려 부부 사이의 즐거움이 있지는 못하더라도, 부 모님을 기쁘게 해드리고 말씀을 받들어 억지로라도 부인을 상대해야 하지 않겠느냐? 이렇듯 윤리를 잊고 의를 끊는 모습은 부모님께 보 이지 않는 것이 옳다. 제수씨를 만나고 석 달 동안 한결같이 고집스 럽게 박대하고 업신여겨 얼굴도 보지 않으니까 부모님께서 그릇되게 여기시어 매를 치는 지경에 이른 것이 아니냐? 꽉 막히고 불순한 네 행동은 이보다 더 심하게 매를 맞아도 그 죄를 다 씻지 못할 정도이 다. 본래 네가 부모의 지극한 사랑을 받아 크게 벌을 받았다는 말을 평생 듣지 못했는데, 갑자기 이렇듯 참혹한 모습을 보니 내 마음이 끊어질 것 같구나. 네 몸은 모두 부모님께서 주신 것이니, 온전히 낳 아주셨으면 그것을 온전히 보존해야 하는 법이다. 그런데 너는 지금 살점이 떨어져 피가 쏟아지는데도 몸을 아끼거나 슬퍼하지 않고 분 기가 어린 채 도리어 원망하는 기색이 있으니 참으로 해괴하구나."

장희린이 이렇게 말하면서 이끌어 자리에 눕기를 권했는데, 처량 한 얼굴빛으로 두 눈에 쓰라린 눈물을 뚝뚝 흘리며 동생의 다친 모습 을 차마 바라보지 못했다. 장세린은 형이 이렇게 슬퍼하며 찬찬히 타 이르는 것을 듣고 자기도 처량하다 생각하여 느끼는 바가 있었다. 그 제야 두루 상한 곳이 아득히 아픈 줄을 깨달아 앉지도 못하고 이렇게 말했다.

"못난 제가 본래 효성이 얕아 부모님의 각별한 사랑을 모르고 스스로 몸가짐을 배우지 못했습니다. 부모님의 뜻을 받들지 않고 가르침을 어겨 버릇없고 못난 점이 허다하기에 진실로 죄를 헤아릴 수가 없으니 만 번을 죽어도 아깝지 않습니다. 그러나 부모님께서 음흉한 여씨를 위하여 갑자기 저를 지나치게 책망하시는 것만은 도무지 헤아리기가 어렵습니다. 저는 흉악하고 음란한 여씨에게 이를 갈지언정 감히 부모님을 원망하지는 않습니다. 형님은 어찌 제 마음을 몰라주시고 못난 자식이라 부모님을 원망한다며 뜻밖의 의심을 하십니까? 다만 제 몸이 다쳐도 아낄 줄을 몰랐는데 형의 가르침을 듣고 보니, 옛날의 효자 악정자춘이 다쳤을 때 부모님이 주신 몸을 상하게 했다고 자책했던 것과 크게 다른 것을 알겠습니다. 부끄럽고 슬플 따름입니다. 그러나 애초에 저는 음흉한 여씨를 처음 만난 날부터 부부의 의를 끊기로 마음을 정했습니다. 이제 부모님의 뜻을 어겨 매를 맞아 죽을지언정 흉악한 여씨와는 얼굴을 마주하지 못할 것이니, 이 이야기는 다시 하지 말아주십시오."

장세린이 말을 마치고는 속이 울렁거려 그릇을 꺼내 구토를 했다. 여씨가 음란하게 굴던 모습을 생각하니 비위가 상하여 아침 먹은 것을 소화시키지 못하고 모두 토하게 된 것이었다. 장희린은 동생에게 여씨와 사이좋게 지내라고 권해 봤자 소용이 없음을 깨닫고 다시 말을 꺼내지 않았다. 그저 상처에 약을 발라 싸매주고 주머니에서 입맛을 살릴 단약을 꺼내 구토하는 동생을 진정시킬 뿐이었다. 장세린은 상처가 쓰릴 뿐 아니라 온몸이 구석구석 끊어지는 듯 아프고 태산이 짓누르는 듯하여 머리를 들기 어려우며 팔다리도 잘 움직일 수가 없었다. 스스로 쉽게 일어날 수 없다는 것을 깨달으니 문득 우울해지면서, 아픔을 참기 힘들어하고 기운을 차리지 못했다. 장희린은 깊이 근심하고 염려하며 동생의 아픔을 나누지 못하는 것을 한스러워했다. 하지만 부모님 앞에 나아갈 때면 봄바람과 따뜻한 햇살 같은 온화한 얼굴을 하여 근심스러운 기색을 보이지 않았다.

이날 장헌과 박씨는 장세린을 무수히 난타하여 살가죽이 벗겨지고 상해 피가 솟는 것을 보고도 조금도 안타까운 생각을 하지 못하고 억지로 여씨가 있는 곳에 몰아넣은 것이었는데, 장세린이 조용히 있지 않고 쇠처럼 단단한 벽을 박차고 나가버리자 더욱 원통해했다. 본래 위엄과 법도로 자식을 대하지 못했기에 다시 잡아 오지도 못하고 겨우 여씨를 위로하며 장세린의 사람됨을 한탄할 뿐이었다. 장헌과 박씨가 둘째 장희린이 문안을 드릴 때 왜 동생과 함께 오지 않았는지 물으니, 장희린은 동생의 상처가 걱정될 정도라며 잠깐 조리하고 있으라 하고 혼자만 왔다고 대답했다. 이때 연부인이 응설각에서 이제야 돌아와 이야기를 듣고는 사정을 알게 되었다. 장헌과 박씨가 더할 데 없이 마음이 변하고 본성을 잃은 것을 놀랍고 이상하게 여기며 말했다.

"친하게 대해야 할 사람에게 박하게 대하고 박하게 대해야 할 사람에게 후하게 대하는 것은 사람의 마음이라고 할 수 없지요. 며느리가 아무리 사랑스러워도 아들에게 속한 사람이니, 세린이는 상공과 부인의 아들이고 여씨는 며느리입니다. 며느리를 친자식처럼 애지중지하더라도 어찌 며느리를 위해 아들을 심하게 매질해 다치게 할 수 있겠습니까? 여씨 입장에서 보더라도 자신으로 인해 남편이 벌을 받는데 어찌 마음이 편하겠습니까? 세린이가 원래 고집불통이라 부모 말을 듣지 않고 뜻을 따르지 않지만, 이미 사나워진 버릇을 이번에 잠깐 잘못했다고 벌을 주어서 고칠 수는 없습니다. 인의로 화합하고 자애로 뜻을 맞추는 것이 옳거늘 어찌 있지도 않은 위엄을 그렇게 갑자기 드러내십니까? 동생(박씨)은 더군다나 평소 자식 사랑이 지나쳐 아들을 크게 꾸짖고 다스리지 못하더니 아들이 큰 병이 날 정도로 수척해지는 것을 빤히 보면서 거기에 매까지 쳐 밖으로는 상처가 심해지게 하고 안으로는 병의 뿌리가 더 자라나게 했습니다. 이는 대체 무슨 생각입니까?"

말을 마치고 언짢은 기색으로 잠자코 있으니 박씨가 언뜻 뉘우치며 말했다.

"제가 어찌 아들을 미워해 마구 때린 것이겠으며 며느리만 편애해 이러겠습니까? 아이가 남달리 고집불통이니 너무나 답답해 순간적으로 화가 나 다른 생각은 못 하고 벌을 준 것입니다. 아들이 많이 다친 듯하니 말씀을 들으며 저도 후회를 하고 있습니다."

장헌이 또한 장희린에게 동생의 병을 잘 돌봐 상처를 얼른 낫게 하라고 했다. 하지만 그러면서도 여씨의 신세를 슬프게 여기는 말을 그칠 줄 몰랐다. 연부인이 그 마음 바꾸는 것을 우습게 여겨 다시 말을 꺼내지 않고, 장세린에게 죽과 반찬을 자주 보내어 먹기를 권하며 하루빨리 회복하기를 당부했다. 장세린은 잠깐 몸져누운 것도 답답하게 여기던 데다 부모님께 벌을 받아 오래도록 일어나지 못하게 되니 무척 절박한 마음이었다. 하지만 갈수록 음식이 거슬리고 병세가 위중해져 온몸의 상처가 덧날 뿐 아니라, 갈비뼈까지 부러져 마음대로 앉지도 눕지도 못하는 상황이었다. 그러니 어찌 쉽게 낫기를 바랄 수 있겠는가? 그 와중에도 못난 여씨를 생각할 때마다 화가 불같이 일어나고 아니꼬운 마음에 비위가 상해 계속해서 구토를 하니, 진실로 하늘의 위엄과 왕의 명령으로도 장세린의 뜻을 돌이키기는 어려웠다. 여씨를 싫어하고 미워하는 마음에 걸핏하면 화를 내게 되면서, 그림 속 미인을 그리워하는 마음은 오히려 날이 갈수록 커져갔다. 비록 거동이 어렵고 손발도 겨우 움직일 정도였지만, 주변에 사람이 없는 것을 확인하면 상자를 열고 그림을 꺼내 보곤 했다. 그러고는 그림 속 인물의 뛰어나고 아름다운 자질과 우아한 풍모를 거듭 칭찬하며 실제 사람을 대한 듯이 반기고 신기해했다. 그러다 인기척이 있으면 얼른 감추었는데, 자꾸만 그립고 생각이 나 밤낮으로 잠시도 잊을 수가 없었다. 이로 인해 장세린의 병세는 시간이 지날수록 악화되었고, 완전히 딴사람처럼 뼈만 남아 비단 같던 피부와 수정 같던 뼈대가 다 상해 한낱 해골이 되었다. 그저 얼음을 깎고 눈을 뭉쳐 만든 사람 같을 뿐 예전의 아름답고 준수하던 장세린이 아니었다. 장희린은 밤새도록 동생을 간호하면서 그 끔찍한 아픔과 마음의 근심을 나누지 못하는 것을 슬퍼하고, 집안사람들 역시 어쩔 줄 몰라 하며 걱정을 했다. 그러니 집안의 분위기는 자연스레 가라앉을 수밖에 없었다.

후회하는 장헌과 박씨

이때 정월염은 시부모님의 마음이 변하고 집안에 근심거리가 잇따르자, 잠시도 틈을 내지 못해 오랫동안 이씨 부중에 가지 못했다. 친가가 가까이 있고 올케 이자염이 훤칠한 아들을 낳았다는 기쁜 소식을 들었는데도, 가서 집안의 큰 경사를 축하하지 못하고 마음으로만 즐거워할 따름이었다. 장성완 역시 정월염을 만나 경사의 기쁨을 나눌 뿐 두 사람이 직접 가서 인사를 할 겨를이 없었다. 이때 여씨는 요망한 계략을 뻗치지 않은 곳이 없었는데, 심복 여종들과 함께 은밀히 계책을 의논하고 많은 돈을 써 마음을 변하게 하는 약을 산 뒤 틈을 얻어 아침저녁 밥과 함께 시부모에게 올렸다. 그러자 장헌과 박씨가 열흘이 채 되기 전에 마음이 변하고 본성을 잃어 완전히 어리석은 사람이 되어버렸다. 정월염은 간사한 여씨의 흉악한 계책을 눈치챘지만, 여씨의 음란하고 사특한 수단이 어디까지 미칠지는 알 수가 없었다. 그래서 친정에도 편히 가지 못하고 다만 장성완과 의논하여 단약을 만들고 연부인께 드려 시부모께서 드실 수 있도록 했다. 장헌과 박씨가 약을 삼키고서 얼마 후 구토를 하는데, 괴상한 냄새가 나고 피가 섞인 누렇고 더러운 물을 연일 나오는 대로 토하다가 사오일 후에야 그쳤다. 이상하게 변했던 두 사람의 눈동자가 평소와 같아져 가을빛 같은 눈을 굳세게 떠 보였다. 얼굴을 덮었던 검은 기운과 누런 빛도 완전히 걷혀 다시 고운 빛이 났고, 문득 봄꿈에서 깬 듯 원래의 마음이 돌아왔다.

장희린이 밤에 부모의 잠자리를 봐드리고 이른 아침 밤새 안부를 물을 때 조카 현윤만 데리고 오니, 장헌과 박씨가 장세린을 오래 못 본 것을 답답해하며 물었다.

"세린이를 못 본 지 한 달이 넘었구나. 그 병이 어떠하기에 지금까지 일어나지 못하느냐?"

장희린이 대답했다.

"병세가 가볍진 않지만 그렇다고 크게 위중한 것도 아닙니다. 어찌 일어나 걸어 다니지 못하겠습니까? 그렇지만 날씨가 추우니 찬 기운에 병을 키워 오래 고생할까 싶어 아직 몸조리를 하고 있습니다."

장헌이 눈썹을 찌푸리며 말했다.

"그렇지 않다. 아이가 기질이 활달하여 느긋하게 누워 쉬는 성격이 아니니, 병이 무겁지 않다면 조리한답시고 오래 누워 있지 않을 것이다. 내가 요즘 혼이 어른거리는 듯하고 기운이 편치 않아 아들을 보러 가지 못했는데, 지금 가 살펴보면 병의 경중과 앞으로의 차도를 짐작할 수 있을 듯하다. 세린이가 혹여 죽을 지경에 처한 것은 아닌가 모르겠구나."

말을 마치고 급히 일어나 죽화헌으로 갔다. 박씨 또한 천륜의 정이 절로 일어나 아들이 보고 싶었으니 어찌 외헌으로 가는 것을 꺼리겠는가? 즉시 서동들을 물러가게 하고 장헌을 따라 서실로 갔다. 이때 장세린은 온몸의 상처가 심하게 곪아 크게 쓰릴 뿐 아니라 머리가 유난히 무겁고 사지육신을 마음대로 움직이지 못하는 데다, 가슴속과 마음이 두루 아프고 불같은 열이 올라 기력이 심하게 떨어져 있었다. 죽을 제대로 소화시키지 못하고 약을 잘 삼키지 못하여 계속 토하니 기운이 끊어질 듯했고, 어지러워 자주 정신을 차리지 못하니 사람이 오가는 것을 모를 때가 많았다. 이날도 마음이 끊어질 듯 정성염을 그리워하여 속절없이 그림을 어루만지고 슬프게 탄식하며 말했다.

"이 문승(장세린)이 정소저의 맑은 자태와 달 같은 풍모를 그림으로 보면서 우러르고 사모하며 그 아름다움에 감탄하니, 온 정신이 다 상운각(정성염의 처소)에 가 있구나. 하지만 인연이 닿을 길이 아득하여 은하수 한쪽에서 견우와 직녀가 오작교 너머 서로 소식을 전하지 못하는 것과 비교할 수가 없으니 이번 생에 적승(赤繩) 노파가 맺어준 인연은 바라지 못하겠다. 장부의 굳은 마음이 재가 되고 가루가 되어 젊은 나이에 한결같이 정소저를 그리워하다 끝내 거친 들판에 버려진 백골이 되기를 면하지 못하겠구나. 부모의 자식 잃는 슬픔과 동기의 형제 잃는 아픔을 돌아보지 않고 귀한 가문의 딸을 사랑하여 병으로 죽는다면, 죽은 뒤에도 불효하고 비루한 귀신이 될 뿐 쾌활한 혼백은 되지 못할 것이다. 살아서는 지극히 부끄럽고 죽어서도 맑은 귀신이 되지 못하니, 이 얼마나 비루하고 추한 운명인가? 하지만 마음을 끊지 못하여 정소저를 선뜻 잊을 수가 없으니 그림을 얻게 된 것이 차라리 원수처럼 느껴지는구나. 모르겠다! 정소저는 내가 자기를 위해 목숨을 버리는 것을 꿈에라도 알고 있는가? 만약 알고 있다면 절개 있는 여자로서 어찌 일생의 거리낌이 되지 않겠으며, 그림을 내 수중에 두고 다른 가문 사람과 혼인하는 것이 옥의 티가 아니겠는가?"

그리고 길게 한숨을 내쉬며 말했다.

"내가 정씨 가문의 아름다운 딸을 사모함은 스스로 죽음을 재촉하는 것일 뿐이니, 불행하게도 그림을 얻어서 이렇게 된 것이다. 정소저는 깊은 규방의 규수로서, 가문에서 대대로 내려오는 덕을 이어받아 행실이 맑고 강직하며 성품이 정숙한 사람이다. 혼인 전에 남자와 정을 통하는 왕교랑이나 가운화 같은 무리를 분명 더럽게 여길 것이니, 부모가 정해주는 짝을 기다리지 않고 비루한 뜻을 품는 것은 상상도 할 수 없으리라. 그러니 이 장문승의 애타는 그리움을 정소저가 어찌 알 수 있겠는가? 나는 다만 저를 위해 잠자코 애태우며 근심하다 죽을 따름이다."

말을 마치는데 문득 열이 솟구치고 가슴에 불이 일어나며 숨이 가빠지고 정신이 혼미해졌다. 실낱같은 기운에 괴로운 열이 올라 이불을 밀치고 몸을 일으켜 앉으니 어지러움은 더욱 심해져 갔다. 그러더니 이내 소리를 크게 지르며 도로 거꾸러져 기절해 버리고 말았다. 주변에 있던 서동들은 당황하여 어찌할 줄 모르다가, 박씨가 온다며 주위를 물리라 하기에 한꺼번에 물러났다. 장헌과 박씨가 도착해 기절한 아들을 보고 놀랍고도 슬퍼 크게 울며 간절히 아들을 불렀지만 장세린은 듣지 못했다. 장희린은 동생의 병이 갈수록 깊어지는 것이 걱정일 뿐 아니라, 부모님이 크게 걱정하며 슬퍼하는 모습에 마음이 아팠다. 이렇게 걱정하시는 것을 보니 차라리 본성을 잃어 자식 사랑을 알지 못하던 때가 낫겠다는 생각마저 들었다. 부모님께 세린이 초조한 마음에 잠깐 기절한 것이니 과도하게 슬퍼하지 말라고 당부하며, 동생에게 약을 먹여 깨어나기를 기다렸다. 이윽고 장세린이 숨을 몰아쉬고 눈을 떠 좌우를 살피다가 부모님이 곁에서 손을 잡고 머리를 짚은 채 슬퍼하고 있는 것을 보았다. 정신이 없고 눈앞이 어질어질한 와중에도 크게 반가워하며, 또 불효를 끼친 것이 슬퍼 급히 일어나고자 했다. 하지만 기운이 없어 그저 아버지 어머니 손을 받들고 머리를 조아리고는, 오래 앓아누워 아침저녁으로 안부를 묻지 못했음을 사죄했다. 그 목소리가 자주 끊어지고 옥 같은 얼굴이 파리해져 아름답던 풍채가 완전히 변했는데, 비단 같은 피부에 얼음 같은 뼈가 드문드문 비치니 쌓아놓은 달걀처럼 위태로워 보였다. 장헌과 박씨가 바야흐로 봄꿈에서 상쾌히 깨어나 검은 안개를 헤치고 연기와 불꽃을 물리쳐 천성을 회복했으니, 아들을 사랑하고 아끼는 마음을 어디에 비할 수 있겠으며 무엇으로 형용할 수 있겠는가? 그러나 장세린의 병이 위중하여 살기를 바라기 어려울 지경에 이르렀으니, 그 병의 괴이한 원인은 모르고 자기 부부가 마구 때린 바람에 앓아눕게 된 것이 아닐까 하여 참담히 뉘우쳤다. 후회하는 마음에 자신의 몸을 때리고자 했으나 그러지 못하고, 다만 아들을 붙들고 눈물을 비처럼 쏟으며 길게 탄식하여 말했다.

"너로 하여금 배필을 잘못 만나게 하고 또 긴 수명을 지레 끊어 꼼짝없이 뜻하지 않은 죽음을 맞게 하니, 이는 다 어질지 못한 아비와 어미 탓이다. 이제 자식을 잃은 슬픔을 겪게 된들 누구를 한하며 무엇을 탓하겠는가? 아름다운 자식을 내 손으로 잔혹하게 해쳐 부질없이 죽게 하니, 그 아픔이 살아서는 백 개의 칼을 삼킨 듯하고 죽어서는 눈을 감지 못하는 귀신이 될 듯하구나. 게다가 내 아들이 탁월한 문장과 기질을 가지고 있으면서도 그 재능을 전혀 펼치지 못하고, 불행하게도 사나운 부모의 자식이 된 까닭에 제명을 살지 못하고 일찍 죽게 된다면 가엾은 혼백이 하늘을 향해 부르짖으며 오래도록 원통함을 품을 것이다. 만일 저승이 있어 생진의 잘못과 악행을 정죄하는 것이 분명하다면, 너는 아비와 어미라 하여 망설이지 말고 너의 원통함과 우리의 못남을 낱낱이 저승의 왕에게 고하여라. 그래서 다음 생에는 어진 부모의 자식으로 태어나 영화로운 복록과 긴 수명을 다 누리고 우리는 염라대왕의 심판을 받게 해야 할 것이다. 모르겠구나. 내가 미치지 않았고 병들지 않았는데, 죄 없는 어진 자식을 살이 떨어지고 피가 흐르도록 두들겨 이 몰골이 되게 한 것은 무슨 뜻인가? 하늘이 명하고 귀신이 재촉하여 아들을 잔인하게 해치는 악한 일을 하게 한 것인가? 다친 곳을 보니 억센 종이라도 살아남기 힘들 정도인데 네가 어떻게 나을 수 있겠느냐?"

말을 마치고 간절히 부르짖어 울며 장세린의 상처를 어루만지는데, 아끼고 슬퍼하는 모양이 완전히 시신을 대하는 것 같았다. 장세린은 부모의 이런 모습을 보니 자기 불효를 생각하면 죽어도 묻힐 땅이 없게 느껴졌으며, 또한 마음이 마디마디 찢어져 눈물로 얼굴을 적시면서 죄를 청했다.

"못난 제가 부모님의 특별한 사랑을 받고 호화롭게 자라 세상사 즐거움만 알고 괴로움은 몰랐습니다. 천성이 강인한데 어찌 뜻대로 되지 않는다고 병이 날 정도로 근심하며, 잠깐 꾸지람을 듣고 매를 맞았다 하여 깊은 병이 나 보름 가까이 앓아눕겠습니까? 다만 요즘 먹고 자는 것이 불편하고 기운이 불안하여 금방이라도 병이 날 듯해, 한번 누우면 쉽게 일어나지 못해 여러 날 정신을 잃었습니다. 매 맞은 데는 조금도 아프지 않습니다. 아버지 어머니께서는 어찌 차마 자식으로서 듣지 못할 말을 하시고 또 마음을 과도히 상하시어 못난 자식의 무거운 죄 위에 다시 큰 죄를 더하십니까? 엎드려 빌건대 너무 걱정하지 마시고, 못난 저를 처음부터 없던 자식으로 생각해 마음에 거리낌을 두지 마십시오. 그러면 제가 조금이나마 안심하고 몸을 조리하여, 겨울이 지나 날이 따뜻해질 때면 다 나을 수 있지 않을까 합니다. 부모님께서 지나치게 걱정하시면 제가 조급해져 병이 낫기를 기다리기 힘들 듯합니다. 못난 제가 죽고 사는 문제를 중요하게 여기는 것이 아니라, 부모님께서 제가 조금 아픈 것에도 이렇듯 지나치게 걱정하시니 더욱 불행한 일은 의논하지 못할 듯해 드리는 말씀입니다. 다 낫지 않은 채 일어나 다니면 증세만 악화될 테니, 병이 더 무거워지면 화타나 편작 같은 뛰어난 의원이 와도 고치기 어려울 것입니다. 만약 병이 낫지 않고 약이 제대로 듣지 않으면 더할 수 없이 위태로워질 테니 부모님께서는 제 초조한 마음을 굽어살피시어 가만히 두어주시기를 바랍니다."

장헌과 박씨는 아들이 정신을 차리고 하는 말을 듣고서, 그 상처 입고 수척해진 모습을 차마 바라보지 못했다. 자식을 애지중지하는 마음이 뼈를 깎고 살을 베는 것 같았으며 눈물이 끊임없이 흐르고 가슴이 막혔다. 지난번 부질없이 다그친 것을 뼈저리게 뉘우치고 슬퍼했지만 어쩔 수가 없었다. 그제야 의원을 부르고 약을 갖추어 장세린을 지극히 돌보기 시작했다. 집안사람들이 모두 놀라 죽을 받들어 오고 여종들은 발이 땅에 닿을 새 없이 바삐 움직이며 하인들은 숨 돌릴 틈 없이 분주히 의원을 부르니, 초상이라도 난 듯 집안이 뒤숭숭했다.

쫓겨난 여씨

장세린은 아픔을 참지 못하는 중에도 부모가 걱정하며 분주한 것을 보자 병난 마음을 진정하지 못해 정신이 전보다 더 아득해졌다.

불효를 저지른 것이 슬프고 부모가 지나치게 근심하는 것이 민망하여 걱정하지 말고 마음을 놓으시라고 계속 부탁했다. 장헌과 박씨는 아들이 아픈 와중에 더 애타게 할 수가 없어 밤낮으로 병소에 머무는 것을 마지못해 그만두었다. 의원은 장세린의 위태로운 병은 반드시 근심 때문에 생긴 것이고, 만일 마음에 품은 뜻을 이루지 못하면 기백이나 편작과 같은 훌륭한 의원이 다시 살아 와도 회복하지 못할 것이라며 상사병이 틀림없다고 했다. 이 말을 들은 장헌과 박씨는 아들의 마음은 알지 못한 채 배필을 잘못 만나 근심하다가 병이 난 것이라 생각해 더욱 한스럽고 답답해하니, 여씨를 애틋하게 여기던 뜻은 그 어디에서도 찾을 수 없었다. 박씨가 가슴을 두드리고 발을 구르며 아들의 위태로운 상태를 세 며느리 정월염·양혜완·주성혜에게 말했다.

"흉악하고 못생긴 여씨를 만나지 않았다면 내 아이가 어찌 근심 때문에 병까지 들었겠는가? 만일 세린이가 살지 못한다면 내 당당히 흉악한 여씨의 간을 회 떠서 먹으리라."

그러고는 발을 구르며 몹시 슬퍼하니, 그 거동이 망령된 원숭이가 날뛰고 작은 개가 미쳐서 도는 것 같았다. 세 며느리는 장세린의 나이가 한창때이고 기운이 산악 같으니 잠깐 앓는 병이 걱정될 정도로 위태롭지는 않을 것이라고 가만히 위로했다. 그럼에도 박씨는 심장이 타들어 가고 마음이 갈기갈기 찢어져 계속해서 애태우고 슬퍼했다.

여씨는 박씨가 마음이 변하여 한결같이 자신을 아끼고 사랑해 주는 것을 깊이 믿고 있다가, 이제 도로 본심이 돌아와 전보다 더 미워하고 분하게 생각하는 것을 보고 새로운 원한이 하늘을 찔렀다. 이에 이를 갈며 박씨에게 달려들어 불손한 말로 욕하고 오장육부를 회 쳐 먹을 원수가 무슨 일이냐며 닦아세웠다. 그러니 박씨가 또 체면을 지키고 몸가짐을 엄하게 하며 가만히 있을 리가 있겠는가? 사람 같지도 않은 자의 미친 듯한 말을 듣고는 벌떡 일어나더니, 여씨를 끌어 잡고 모질게 성을 내며 물어뜯고 싸우려 했다. 그러자 여씨가 또 흉악하고 억센 힘을 다해 시어머니의 두 손을 한 손으로 잡고는 다른 한 손을 들어 세게 밀쳐 엎어뜨리려고 했다. 그 순간 정월염이 급히 박씨를 붙들고 양혜완과 주성혜가 있는 힘껏 여씨를 막아 다치는 것은 겨우 면했으나, 시어머니와 며느리 사이의 참혹하고 상스러운 말을 어디에 비할 수 있겠는가? 장헌이 이 거동을 보고 놀랍고 참혹하여 맹파를 불러 여원홍에게 말을 전하고자 했다. 아들이 병으로 생사를 넘나들고 있는데 며느리가 패악한 행동으로 우환을 더했으니, 잠깐 여씨를 데려갔다가 아들의 병이 나은 후 다시 돌려보내는 것이 좋겠다는 이야기였다. 맹파가 여씨의 잘못된 행실을 보았기에 감히 원망하지 못하고 여원홍에게 가 장헌의 말을 전했다. 여원홍이 공손하고 관대한 성품과는 멀긴 하지만, 딸 여씨의 모든 행동이 다 어질지 않으며 흉악하고 방탕하기 짝이 없는 것을 알고 있으니 어찌 장씨 집안을 조금이라도 원망할 수가 있겠는가? 불쾌하여 한동안 말없이 있다가 천천히 가마를 보내 딸을 데려오려 했다. 여씨는 장세린을 원수처럼 원망하면서도 그 풍채와 골격을 사랑하여, 비록 장세린과 온전한 부부가 되지는 못하더라도 버려진 채 장씨 집안을 떠날 생각은 없었다. 그래서 병을 핑계로 빈 가마를 돌려보내려 했다. 그러자 장헌이 맹파를 재촉하여 일단 여씨를 데려가라 하고, 박씨가 또 큰 소리로 욕하며 어서 가라고 다그쳤다. 맹파 등이 억지로 여씨를 붙들어 가마에 태우는데, 여씨가 두어 번 뛰쳐나와 박씨와 한바탕 말싸움을 하며 끝없이 서로를 욕했다. 장씨 가문의 여종들과 맹파가 힘을 합쳐 다시 여씨를 가마에 태우고 얼른 집 문을 나섰다. 여씨는 장세린을 사모하는 정과 원망하는 뜻을 다스리지 못해 가마 안에서 길게 통곡하며 친정으로 돌아갔다. 여씨의 어머니 만씨는 딸을 위로하면서도, 괴이한 행동을 하지 말라고 경계하며 타일렀다. 또한 만씨는 은화를 많이 써 마음을 바꾸는 약을 샀는데도 길게 효과를 보지 못하고 장세린에게 시험해 보기도 전에 장헌과 박씨가 쉽게 본성을 되찾은 것이 너무나 안타깝고 속상했다. 이에 하는 일마다 여씨의 운명이 박한 것을 한탄하니 맹파가 탄식하며 말했다.

"부인의 은밀한 계책이 어찌 소저의 앞날을 도모하는 데 모자람이 있었겠습니까? 다만 소저의 성품과 행실이 시댁에 받아들여지지 못할 정도인 데다 또 불행히 사람을 잘못 만났기에 일이 이렇게 된 것입니다. 시부모 두 사람은 사광처럼 귀가 밝거나 이루처럼 환히 보는 것과는 거리가 먼 이들이지만, 엄정한 연부인과 탁월한 정부인(정월염)은 지금 시대에 없는 현명한 부인들입니다. 맑고 정숙한 법도를 가졌을 뿐 아니라 덕행이 자연스럽게 쌓여, 비록 겉으로 드러내지는 않으나 재주와 도량이 비상해 당 태종의 기량과 한 고조의 포용력을 겸하였습니다. 밝은 눈빛이 닿는 곳마다 사람의 마음을 환히 꿰뚫어 보니, 높이 달린 조마경이 요사한 자취를 비추어 귀신을 물리치는 것과 같습니다. 더욱이 그 집 정부인은 서슬 퍼런 호랑이가 노려보는 듯하며 얼음과 서리가 매서운 것과도 같아 더러운 파리 떼가 달라붙을 수 없는 사람입니다. 변심 약의 효과가 길지 않았던 것은 정부인이 의심이 생겨 장헌 어르신과 박씨 부인에게 본심을 회복시키는 약을 썼기에 그런 것이 아닌가 합니다. 장량과 진평의 지혜와 소진과 장의의 말솜씨로도 정부인은 속일 수 없을 것입니다. 그러니 오직 소저께서 잘못을 고치고 부녀자의 행실을 닦으셔야만, 장낭군(장세린)에게 후하게 대접받지는 못할지라도 시부모님이나 시누이와 동서들이 가엾게 여겨 줄 수는 있을 것입니다. 그렇게 되면 장낭군의 군은 마음도 조금이나마 돌릴 수 있지 않을까 합니다. 소저께서 장씨 집안에 수개월 머무시는 동안 정부인의 빛나는 덕을 자주 살펴보니, 천한 제가 보기에 매번 존경스러웠을 뿐 아니라 모질고 간악한 마음이 완전히 없어질 때도 있었습니다. 장씨 어르신과 박씨 부인에게 괴이한 약을 쓴 것이 부끄러워져 늘 죽을죄를 지은 듯했으니, 지금 소저께서 돌아오신 것은 모두 다 스스로 초래한 재앙입니다. 다른 사람을 탓할 수도 없고 귀신을 원망할 수도 없습니다. 이후로는 요사하고 괴이한 술법으로 앞날을 도모하지 마시고 잘못을 뉘우쳐 선한 행동을 하시는 것이 큰 복이 될 것입니다."

만씨가 슬프게 오열하고 길게 탄식하며 말했다.

"네가 정씨를 매번 칭찬하는 것을 들으니 나도 모르게 정씨를 우러르게 되는구나. 사람 성품은 모두 제각각이니 어찌 모두가 어질고 기특할 수 있겠느냐? 그렇지만 내 딸은 세속의 평범한 사람들보다도 못하니 너무나 애달플 따름이다. 변심 약을 어렵게 구해 길게 효과를 보지도 못하고, 사위는 다른 아내나 첩이 있는 것도 아닌데 처음 만났을 때부터 너무나도 딸을 싫어하니 내 딸의 앞길이 환히 보이는 것 같구나. 이러니 어찌 다시 바랄 것이 있겠느냐? 혹여 마음을 고쳐 덕을 닦은들 사위의 마음을 움직이기는 어려울 것이다. 도척의 개가 공자를 보고 짖는 것은 공자께서 어질지 않아서가 아니라 그가 자기 주인이 아니기 때문이다. 네가 비록 정씨를 존경하지만 그래도 그는 네 주인이 아니기에 정씨를 모시지는 못할 것이니, 너는 좋든 싫든 내 딸을 따라야 한다. 아무리 생각해도 딸의 신세를 바꿀 도리가 없다. 장공 부부를 속이는 것은 어렵지 않지만, 연부인과 정씨가 그토록 밝고 뛰어나다면 엉성한 꾀를 내밀 수는 없을 테니 참으로 사람을 잘못 만났구나."

만씨와 맹파가 서로 바라보며 이렇듯 탄식했다. 하지만 당장 장세린이 위독하고 딸이 박씨의 구박을 받아 친정으로 쫓겨나 다시 장씨 집안으로 돌아갈 방책이 없었다. 그저 마음속에 분노를 쌓아두기만 할 뿐 장씨 집안에 소란을 일으킬 생각은 차마 하지 못했다.

장성완의 속마음

이때 장세린은 여씨가 친정으로 돌아갔다는 말을 듣고 기쁜 마음이 없지 않아, 자기 병이 굳이 여씨 때문에 마음고생을 하여 난 것이라고 말할 필요가 없었다. 하지만 그리운 사람과 만날 기약이 묘연하여 마음이 날이 갈수록 복잡해지고 그리운 회포가 시시각각으로 더해졌다. 그러니 여씨가 없다는 사실만으로 병이 나을 수가 있겠는가? 점점 곡기를 끊고 약을 토하여, 비록 간절히 삼키려 해도 이미 속이 얽히고 응어리져 삼킬 수가 없었다. 밤새도록 잠을 자지 못하고 하루 종일 먹지 못하여 온갖 세상일에 대한 생각이 재처럼 사라지고 연기처럼 흩어져 갔다. 그러나 그 와중에도 그림을 아껴 기이한 보물로 여기고 그림 속 사람을 끊임없이 그리워하는 마음을 잠시도 내려놓지 못했다. 이렇게 먹고 자기를 그만둔 지 오래였는데, 밖으로는 상처가 깊고 안으로는 걱정으로 마음을 끝없이 허비하니 몸이 온전할 수가 있겠는가? 흙이나 나무처럼 무지한 것도 아니고 쇠나 바위처럼 굳세고 단단하지도 않으니, 피와 살로 이루어진 어리고 약한 몸으로 능히 살기를 바라기란 어려워 보였다. 열이 오르면 가슴이 막히고 정신이 흐려져 자꾸만 몸부림치다가 홀연 정신을 잃고, 열이 내리면 힘없이 자리에 몸을 던진 채 눈을 뜰 기운도 없이 한숨을 쉬며 탄식하니 거의 죽기 직전이었다. 수풀처럼 들어찬 의원들은 모두 손을 떼고 입을 다물어 약을 어떻게 써야 할지 의논하지 못했다. 또 보는 이들은 모두 놀라 새파랗게 질려 장세린의 젊음과 재주를 아까워하며 슬퍼했다.

이때 장헌 부부가 참담해하고 슬퍼하는 모습은 마치 곧 죽을 사람을 대하는 것과 같았다. 그들 역시 음식을 먹지 않고 잠을 자지 않으며 아들이 있는 죽화헌을 오가면서 시간을 보냈다. 위로는 우러러 하늘에 빌고 아래로는 땅에 빌어 자기 목숨을 가져다가 아들의 목숨을 대신하고자 하니 그 모습이 실로 참담했다. 연부인은 장세린이 살길이 막막해진 것을 보니 칼을 삼키고 돌을 머금은 듯 가슴이 아팠다. 하지만 그가 타고난 기질을 보면 열다섯 어린 나이에 쉽게 죽을 것 같지는 않았다. 또 병이 예사롭지 않아 오래 위태로웠음에도 당장 죽지는 않고 정신을 차리지 못하면서도 긴 탄식과 짧은 한숨에 무궁한 회포가 담겨 있는 것을 보고는, 간절히 그리워하는 것이 있음을 알게 된 지 이미 오래였다. 이에 장희린과 함께 온갖 방법으로 꾸짖고 달래며 속내를 밝히라고 했지만, 장세린은 차라리 죽을지언정 차마 말을 꺼낼 수 없어 입을 꾹 다물어버렸다. 연부인이 하릴없이 장성완에게 장세린의 병세를 낱낱이 말해주었고, 그 병이 상사병임은 알아챘으나 누구를 어떻게 그리워하게 되었는지는 끝내 알 길이 없었다. 장성완이 오래 생각하다가 말했다.

"셋째의 병이 위태롭긴 하지만 절대 열다섯 어린 나이에 죽을 기질이 아니니 크게 걱정하지 마시고 그 머리맡을 유심히 살펴보십시오. 마음에 품은 뜻을 다른 사람에게 들키면 난감하고 부끄러운 것이 있어 어머니와 계승(장희린)의 물음에 답하지 못한 것 같습니다. 아무리 학문이 미진하고 행실이 정숙하지 못하다 해도 이런 한심한 변고를 일으킬 줄 알았겠습니까? 마음이 어수선하고 정신이 아득해 사람을 그리워하는 생각을 놓지 못해도 시를 짓고 읊는 일은 예전과 같이 하고 있으니 병세가 위태롭지 않다면 생사는 마음에 달려 있을 듯합니다. 세린이가 머리맡에 감춘 것이 있는지 한번 들춰 보면 그 사람이 누군지 짐작할 수 있지 않겠습니까? 하지만 밝혀내더라도 불쾌하고 어지러움이 여기서 더하지는 않을 듯합니다."

연부인이 장성완의 말을 듣고 고개를 끄덕이며 말했다.

"이 늙은 어미가 정신이 흐려져 깨닫지 못하고 있었는데 네 말을 들으니 사정을 알겠구나. 희린이에게 말해 세린이가 머리맡에 감춘 것이 있는지 보라고 해야겠다."

그러고는 장희린을 불러 장성완이 한 말을 전해주니 장희린이 환하게 깨친 듯한 얼굴로 말했다.

"누님이 과연 참으로 총명하십니다. 그림자도 없는데 실제 모양을 알아채시니 어리석은 저와는 다르신 것을 알겠습니다. 사람이 없을 때면 문승(장세린)이 홀로 무언가 보는 것이 있다고 유모가 알려줬었는데, 제가 무심히 듣고는 당연히 서책을 보는 것이라 생각했습니다. 그런데 누님이 짐작하는 말씀을 듣고 보니 여기에 무슨 비밀이 있는 것 같습니다. 예전 중양절에 정씨 집안 사람들이 완월대에서 술을 마시며 즐길 때 저희가 함께 모여 가을 경치를 즐기면서 시를 써 화답하고 있었는데, 그때 세린이의 시가 은근히 그리움을 읊는 것 같았습니다. 정씨 집 사람들이 이상하게 여겼지만 세린이가 마음을 돌리지 못하고 뒷산 꼭대기에 올라 넋을 잃고 무언가를 바라보는가 하더니 문득 여차여차 말하고 기절했습니다. 정원보(정인홍) 등이 맥을 짚어보고는 세린이가 누군가를 그리워하는 마음이 깊은 것을 알고 요상한 약이 속을 흐린다며 겨우 해독약을 알려주었는데, 그대로 약을 쓰니 과연 약효가 매우 좋았습니다. 그런데 이번에 병으로 누웠을 때는 정원보 등이 찾아와 맥을 짚어보고서 약을 써도 낫지 않을 것이고 음식이 기운을 북돋지 못할 것이라 하더군요. 이 병은 오직 자기 마음을 가다듬는 데에 달려 있다면서, 깊이 한심해하고 위태롭게 여겨 친형제가 병에 걸린 것처럼 날마다 문병하고 걱정하고 있습니다. 그런데 이 가운데 참으로 매정한 사람은 재보(정인광) 형님입니다. 비록 처음부터 길을 잘못 들었으니 지나치게 탓할 것은 없으나, 누님께서 죄가 없다는 것과 저희가 그렇게 하도록 한 일이 아님을 재보 형님이 어찌 모르겠습니까? 그런데도 의를 끊어 말과 기색 모두 매몰차게 대하니, 군자의 드넓고 관대한 덕이란 찾아볼 수도 없습니다. 게다가 동생의 병이 아침저녁으로 크게 달라지는 지경인데도 몸소 문병 한번 오지 않았습니다. 사람이 어찌 이렇게까지 매몰찰 수가 있습니까?"

연부인이 탄식하며 말했다.

"시작할 때 방법이 잘못되면 스스로 일을 망치게 되는 법이다. 허물을 쌓고 잘못된 행동을 해 결국 효자의 부모를 욕보이니 정태위(정인광)가 어찌 분노하지 않을 수 있겠느냐? 이미 딸을 돌려보내고 부부의 의를 끊었으니 너희들을 함께 묶어 벌을 주는 것이 분명하다. 또한 우리 집에 발을 디디지 않으려 하기에 세린이의 병을 묻지 않는 것이니 괴이한 일이라 할 수는 없다. 그런데도 너는 어찌 도리어 각박하다고 여기느냐? 스스로 잘못을 헤아리고 정태위를 원망하지 말거라."

장희린이 또한 탄식하고 즉시 일어나 장세린의 병소로 향했다. 연부인은 장성완을 어루만지며 그 병이 깊고 기운이 실낱같으면서도 억지로 참고 위태로움을 숨기는 것을 불쌍히 여기었다. 그 운명을 안타까워하며 어두운 얼굴로 말했다.

"세린이가 사모하는 사람은 어떤 여자인가? 세린이의 효성이 얕지 않건만 끝내 몸가짐을 잘 배우지 못했고 공자 문하의 문지방도 엿보지 못하였다. 탁월한 재주와 출중한 기질을 가지고도 경박한 탕자의 허랑방탕함이 있으니 진실로 완벽한 군자가 드물다는 것을 알겠다. 괴이한 병을 앓아 부모의 심장을 태우는 것이 부모 마음을 기쁘게 하는 효도와는 너무나 다르구나. 그런데 이는 너 또한 마찬가지이다. 네가 원래도 연약하기가 난초 같은데 오랜 근심으로 생긴 병이 점차 위중해지고 있지 않느냐? 내가 가만히 살펴보니 네가 임신한 것이 틀림없는데, 한결같이 아픔을 참고 위태로운 모습을 부모에게 보이지 않는구나. 물론 이는 효와 의에서 나온 것일 게다. 하지만 네가 앓는 모습과 행동거지를 보아하니, 아이 밴 부인의 위태로운 증상에 매 맞아 난 병을 더한 듯하여 끝내 크게 근심할 일이 있을 듯하다. 만일 너로 인해 자하처럼 자식을 잃어 눈이 멀 정도로 슬프게 된다면, 지금 같은 성품과 효행은 모두 헛된 것이 아니겠느냐? 모름지기 몸을 잘 보호하고 병을 조리하되, 부질없이 아픈 것을 억지로 참지 말고 애써 아무렇지 않은 척하는 일도 없게 하거라.”

장성완이 이때 임신한 지 일곱 달이 되었는데 장헌과 박씨는 전혀 모르고 정월염이 짐작은 했지만 아는 체하지 않으니 집안에 아는 사람이 없다고 여겼었다. 그런데 연부인이 이미 알고 이렇게 말하는 것을 들으니 모녀 사이라도 임신했음을 보이는 것이 부끄러워 옥 같은 얼굴이 자연스레 붉어졌다. 이에 아름다운 이마와 눈썹을 더욱 숙이고 천천히 말했다.

“셋째 아우가 사모하는 사람은 오히려 쉽게 알게 되시겠지만 사정을 알아도 즐겁지 않고 불행만 커질 것입니다. 제 병은 이미 생긴 지 오래되었습니다. 저 스스로 괴로울 따름이지 큰 우려가 되지는 않을 것이니 너무 걱정하지 마십시오. 또 정말 임신했는지 판단치 못했으니 혹 그저 배에 다른 병이 난 것인지 어찌 알겠습니까? 소문이 두루 퍼져 요란해지고 웃음거리가 될까 두렵습니다.”

연부인이 다시 말했다.

"내가 어찌 그것을 모르겠으며, 네 아버지를 몰라 부질없이 가벼이 말해버리겠는가? 다만 너에게 물어보고 싶구나. 네가 지금 돌아온 지 대여섯 달이 지났으니 임신한 지 일고여덟 달이 된 게 아닌가 싶은데, 어찌 과하게 부끄러워하여 모녀 사이에도 숨기고 피하느냐? 너는 어릴 적부터 온갖 재앙을 거듭 만나 평안한 시절을 보내지 못하였고, 스스로 죄인을 자처하여 이 혹독한 추위 속에 고집스레 베옷을 입고 풀로 만든 자리도 제대로 갖추지 않고 있다. 허다한 괴롭고 슬픈 회포는 차마 남에게 말할 수 없을 정도이지만, 그럼에도 아버지와 남편이 모두 살아 있고 이제는 복스러운 경사가 있어 달수가 찼으니 어찌 기특하지 않겠느냐?"

장성완이 푸른 눈썹에 그림자를 드리우고 옥 같은 얼굴에 시름을 띤 채 나직하게 탄식하며 말했다.

"제가 겪어온 재앙과 고난을 생각하면 지금 숨이 붙어 있는 것은 목숨이 모질어서이고, 또한 저는 마침내 부모님께 불효를 끼친 자식입니다. 털끝만큼도 효도해 드리지 못한 채 욕을 끼쳐 죽을 지경을 겪고, 위태로운 병에서 살아나 꿈에도 원치 않는 임신을 하여 일곱 달이 되었습니다. 저는 다만 그 처음만 알고 다른 것은 모르고자 하니 아버지와 남편이 모두 살아 있다고 해서 다행일 게 뭐가 있겠습니까? 저는 깊은 방에 박혀 문밖에 나가지 않기에 겨울 해가 차갑고 눈바람이 세차도 베옷이 추운 것을 알지 못합니다. 그러니 그런 것에는 마음을 쓰지 않으셔도 됩니다. 또한 제가 어머니 말씀을 받들어 목숨을 태산처럼 무겁게 여기므로 차마 자결할 수가 없거늘, 병을 조리하고 몸을 보호하는 일을 소홀히 하겠습니까? 다만 병이 몸 깊숙이 침투하여 쉽게 낫지 못한 것뿐입니다."

말을 마치자 두 눈에서 눈물이 흘러 쓸쓸한 뺨을 적셨다. 장성완은 한 가닥 목숨을 끊지는 못했으나, 정씨 집안에 굳이 돌아가는 것을 평생의 불행으로 여겼다. 그 부모의 허물이 크기는 하지만 극악한 죄는 없는데 정인광이 숙부들과 이야기하며 아버지 장헌을 들먹일 때마다 장씨 짐승이라 하고 사사건건 흙이나 나무, 벌레처럼 여기는 것을 뼛속 깊이 한하고 있었다. 또한 자신이 진실로 행실이 천하지 않고 규방의 법도를 어긴 적이 없건만, 정인광은 사납거나 경박한 사람도 아니고 예의 법도가 반듯한 사람임에도 정실인 자신을 대할 때만은 가볍게 여겨 예의를 갖추어 대하지 않았다. 이는 분명 부모의 허물을 자신에게까지 미루어 인간 같지 않은 사람의 자식을 업신여기는 것이니 또 어찌 분하게 생각하지 않겠는가? 다만 스스로 숙맥인 듯 눈과 귀가 어둡고 말을 못 하는 사람인 듯 담담히 내색하지 않고 마음속에 그저 품고만 있을 뿐이었다. 하지만 효성스러운 자식이 되지 못해 부모에게 부끄러운 이름을 더하고 욕을 끼친 것이 마음 깊이 아팠다. 물론 인륜이 온전하고 가족이 모두 무사히 살아 있는 것을 기대하지 않았다가 풍파를 겪고 돌아오게 된 것을 생각하면 아주 한심한 신세는 아니었다. 하지만 정인광이 어머니 박씨를 더할 데 없이 욕한 것을 생각하면 혼이 나갈 정도여서, 진실로 정인광의 부인이 되어 그에게 후하게 대접받으려는 뜻은 꿈에도 없었다. 그런데 뜻하지 않게 임신까지 하게 되었으니, 부부의 의를 끊는 것이 확실치 않아진 것과 부인이 자식을 낳으면 내쫓지 않는 법도를 생각하면 비록 말을 꺼내지는 못해도 내심 무척이나 불행하다 여기고 있었다. 그러던 차에 연부인이 묻는 말을 들으니 자기로 인해 부모가 욕을 듣는 것이 슬퍼 자신도 모르게 눈물을 흘리게 된 것이었다. 연부인이 그 마음을 알고 더욱 슬퍼하며 어여삐 여겨 슬픔을 달래주고 또 재미있는 농담도 하면서 모녀가 서로 위로하니, 그 애틋한 정과 지극한 사랑이 어찌 친모녀 사이와 다름이 있겠는가? 오히려 장헌과 박씨에게 임신한 사실을 숨긴 것은 그들이 정씨 집안에 요란하게 말을 전해 자식이 있으니 쫓아내지 말라고 떠들썩하게 이를까 봐 두려웠기 때문이었다.

밝혀진 병의 원인

장희린이 동생의 병소에 가니 장세린은 정신을 차리지 못하고 누워 있었다. 그동안 무슨 일이 있었는지는 구태여 물어보지 않고 동생이 누운 자리 주변을 살펴보았는데 특별히 감추어놓은 것이 없었다. 장세린이 누군가가 주머니와 주변 상자를 열어보는 소리를 듣고는 눈을 동그랗게 뜨고 벌떡 일어나 급히 소리를 질렀다.

"누가 내 상자를 뒤지는 것이냐?"

장희린이 그림을 후다닥 치우며 말했다.

"누가 네 상자를 뒤지겠느냐? 전날 환약을 넣어두었기에 내가 열었다가 약이 없어 도로 닫은 것뿐이다."

장세린이 깜짝 놀라 말했다.

"상자 속의 약은 이미 오래전부터 없었습니다."

그러고는 머리를 돌려 상자를 보고 떨리는 팔로 뚜껑을 열어 그림을 찾았다. 그런데 이미 그림이 없는 것을 보고 얼굴이 하얗게 질리며 망연자실해하는 것이 귀한 보물을 잃은 것보다 더했다. 장세린은 상자를 멀리 던지고 겨우 소리를 내 탄식하며 말했다.

　"누가 내 보물을 훔쳐 갔는가? 실제 그 사람을 만날 기약은 아득하지만 한 폭 그림에 그 풍모가 담겨 있기에, 내가 무수히 많은 돈보다도 더 소중하게 여겼었다. 이제 그림마저 빼앗겼으니 이는 내 명을 재촉하는 것이로구나."

　장세린은 말을 마치고 또다시 기절하고 말았다. 장희린이 황급히 약을 먹이고 돌보니 얼마쯤 시간이 흐른 뒤에 장세린이 살아나는 듯했다. 장희린이 장세린을 어루만지고 부르며 말했다.

　"문승아, 너는 어찌 이리도 고집을 부려 부모와 형제를 속이는 데까지 이르렀느냐? 네 상자 속 그림을 내가 잠시 봤다가 다시 원래 있던 곳에 두면 무엇이 해롭다고 이렇게 놀라며 매정하게 구느냐? 모르겠구나. 간절히 묻거늘 이 그림은 어디서 난 것이냐? 내가 비록 못나고 어리석지만 죽어가는 너를 살리기 위해서라면 내 목숨도 아끼지 않을 것이다. 어찌 아무것도 힘써 보지 않고 아무렇게나 던져두어 죽기만을 기다리겠느냐? 네 병이 누군가를 그리워하다 마음 깊이 박혀 생긴 것이니 그 사모하는 사람을 얼른 말해보거라."

　장세린이 희미한 정신에도 형의 말을 듣고 그림을 아주 잃지는 않은 것을 기뻐했다. 그러나 차마 정염의 외동딸을 사모하여 병이 이 지경에 이르렀다고는 말할 수 없어 탄식하며 떨기만 하다가 천천히 입을 열었다.

"제가 패악하고 방탕하여 어려서부터 맑고 고아한 행실이 없었습니다. 그런 와중에 병이 드니 제가 한 사람을 사모하기 때문이라며 부모님께서 모두 해괴하게 여기시고 형도 의심하여 이렇게 물으시는군요. 그렇지만 저는 정말로 그 사람이 누군지 모릅니다. 사실 우연히 지나가는 상인에게 초상화를 산 후 그림 속 사람에 대해 생각하는 마음이 없었던 것은 아니지만, 그렇다고 해서 그것 때문에 죽음에 이르지는 않을 것이니 이것이 어찌 상사병이겠습니까? 이것 말고 다른 뜻은 없습니다."

장희린은 동생이 솔직하게 말하지 않는 것을 보고 구태여 깊이 캐묻지는 않았다. 다만 그림을 가지고 가서 누나 장성완에게 보여주려고 천천히 일어나 응설각으로 갔다. 응설각에 도착해 보니 연부인이 아직 돌아가지 않고 장성완과 조용히 대화를 나누고 있었다. 장희린이 소매에서 그림을 꺼내 장성완 앞에 놓으며 조금 전 장세린이 하던 말과 기절하던 모습을 다 말해주고 버들잎 같은 눈썹을 찡그리며 말했다.

"세린이의 상자를 열어보니 그림이 들어 있기에 꺼내 왔습니다. 그림을 한번 봐주십시오. 세린이가 분명 부끄럽고 난감한 사정이 있어 깊이 숨기는 게 아닌가 싶습니다. 그런 것이 아니면 진작 말하지 않았겠습니까?"

장성완이 그림을 펼쳐 보니 한 폭 비단에 상서로운 구름이 자욱하고 아름다운 무늬가 빛나는 가운데 한 여인이 단정하게 앉아 있었다. 생김새와 마음씨가 모두 갖추어져 있고 온화한 덕이 있으니, 깊이 있는 품격과 그윽한 풍모가 마음이 활짝 펴진 듯 즐거워 보였다. 강물에 씻고 가을 햇빛에 말린 듯 맑고 흰 얼굴에 빼어난 눈썹은 꿈틀거리고 머리카락은 온화한 기운을 뿜었다. 봄의 신이 훈훈한 바람을 보내면 상서로운 해가 따뜻한 봄볕을 일으키는 것과도 같았다. 만물이 서로를 길러주어 온 세상이 즐거운 듯하고 얼음 호수에 가을 달이 뜨며 큰 바다에서는 찬 연기가 티끌을 없애는 듯했다. 한없이 수려한 풍채가 끝없이 맑아 먼지 쌓인 세속에서 벗어난 모양이었으니, 경조공 정염의 귀한 외동딸 성염 소저가 아니면 누구겠는가? 마치 실제 사람을 대한 듯하여 비단 위에 채색된 얼굴임을 알지 못할 정도였다. 그 아래에는 장세린이 사운 율시를 지어 인연의 길이 아득함을 한탄하며 주체할 수 없는 그리움을 담아내고 있었다. 그 마음이 크게 기울어 한 조각 쇠와 돌이 되었으니, 이번 생에 인연을 이루지 못하면 상사병으로 인해 열다섯 젊은 나이에 목숨을 버려 거친 들판에 버려진 백골이 되어 원귀 신세를 면하지 못할 것 같았다. 장성완이 그림을 들여다보자마자 경악했고, 연부인과 장희린 또한 평범하지 않은 화법과 미인의 기이한 모습을 보고는 무언가에 홀린 듯 말을 잇지 못했다. 연부인이 장성완의 안색이 달라진 것을 보고 말했다.

"그림의 기이함을 보니 세린이의 허랑방탕한 춘정을 나무라지 못하겠구나. 그림 속 미인의 모습과 기질이 세속의 평범한 사람들과는 다를 뿐 아니라 탁월한 덕과 뛰어난 재주를 가졌으니, 맑고 깨끗한 빛과 엄숙하고 높은 기운이 정씨 집안 사람들과 비슷한 듯하다. 이 사람이 정씨 집안 규수라면 너는 그림을 보고 누구인지 짐작할 수 있을 것이다. 네 얼굴빛이 흔들리는 것이 또한 수상하구나. 이 그림과 얼굴이 같은 사람이 있는 것이냐?"

장성완이 그림을 오래 바라보다가 거두어 상에 올려놓고 나직이 대답했다.

"그림을 보고 실제 사람의 얼굴을 지목하지는 못하겠고 또 닮은 사람을 말해보라 하시니 매우 어려워 말을 꺼내서는 안 될 것 같습니다만 모녀와 남매 사이에 어찌 꺼릴 것이 있겠습니까? 그림 속 미인의 생김새를 보니 경조(정염) 대인의 외동딸 정소저와 조금도 다르지 않기에 놀라지 않을 수 없었습니다."

장희린이 깜짝 놀라 말했다.

"그렇다면 이번 생에 만나기를 기약할 수 없을 것이니 문승은 속절없이 상사병으로 젊은 나이에 죽고 말겠습니다."

장성완이 두 눈썹을 찡그리며 말했다.

"우연히 닮은 사람을 말한 것뿐이다. 이 그림이 어디서 난 것인지 모르고 문승이 정소저를 사모하는 것인지 아닌지도 모르는 마당에 어떻게 상사병이라 장담할 수가 있겠느냐?"

장희린이 말했다.

"제가 지금에야 문승의 뜻을 짐작해 볼 수 있을 것 같습니다. 정경조 어른께서 엄격하고 고집스러워 우리 집안을 심히 배척하였기에, 우리와 사돈 관계를 맺을 의사가 없으리라 생각하여 죽어도 말하지 않으려 한 것이겠지요. 이 그림은 정소저의 초상화가 틀림없습니다."

장성완이 탄식하며 말했다.

"문승의 뜻이 네가 말한 것과 같으니, 경조 대인께서 엄격하신 것을 알고 차마 말을 꺼내지 못하는 염치는 있으면서 어찌 사모하는 마음은 버리지 못하는가? 해괴하고 망측하구나. 원래 경조공께서 외동

딸을 두어 특별히 편애하고 귀중하게 여기실 뿐 아니라 정소저가 매우 아름다워 사위를 고르는 눈이 태산처럼 높다. 그러니 어찌 세린이 같은 방탕한 사람을 사위로 삼을 생각을 하시겠는가? 게다가 불미스러운 소식을 들으시면 정소저를 평생 혼인시키지 않고 홀로 빈 규방에서 지내게 할지언정 문승의 방탕한 마음에 맞추어주지는 않을 것이다. 이제 이렇게 되었으니 정소저를 아무 이유 없이 혼인시키지 않아서는 안 된다고 경조공을 두루 설득해 오랜 세월이 지난 후에라도 마음을 돌리시게 해야 할 것이다. 다만 아직은 이 사단을 들으면 놀라고 분통해하실 것이니, 모든 것이 불행하고 부끄럽기 짝이 없구나."

연부인이 자식들의 말을 듣고 근심스런 기색을 거두지 못한 채 말했다.

"세상일은 참으로 예측할 수가 없다. 정씨 집안 사람들이 다 예법이 엄격하니 규방 안 여자의 초상화를 그려 외부인에게 보여주지 않을 것이고 정소저 또한 마찬가지이다. 그런데 어떻게 그 초상화가 세린이의 손에 들어와 일이 이렇게 불행하고 민망하게 되었는가? 화법이 묘하고 신기하니 보통 사람이 그린 그림이 아니다. 허무한 가운데 신이한 징조와 기이한 일이 있어 세린이의 마음을 움직이고 아름다운 인연을 이루도록 하려는 것인가? 정말로 그림의 출처를 모르겠구나."

장성완이 말했다.

"어머니 말씀이 마땅하시지만 신이한 징조와 기이한 일이라 하신 것은 잘못되었습니다. 정소저가 행실을 닦고 예를 지키는 것은 흰 옥이 흠이 없고 맑은 얼음이 깨끗한 것과 같습니다. 도리를 아는 여자는 백희가 불이 나도 마루에서 내려가지 않은 것과 백영이 난리를 못 들은 듯이 한 것을 따르고자 합니다. 지금 같은 태평성대에는 말할 것도 없고 화란으로 험난한 때에도 반드시 얼굴을 숨기는 예를 엄하게 지킬 것이니 그 얼굴을 어찌 외부인이 구경할 수 있겠습니까? 또 정씨 집안에서 초상화를 그려 바깥으로 유출할 사람이 어찌 있겠습니까? 하지만 가만히 생각해 보니 혹시 그 집에 어질지 못한 자가 있어 세린이의 방탕함을 틈타 일부러 초상화를 보여주어 일을 어지럽히는 것이 아닌가 합니다. 이 역시 운명이라 할 수 있겠지만, 굳이 신이한 징조와 기이한 일이 있어 그렇게 된 것은 아닙니다."

연부인이 끄덕이며 말했다.

"네 말이 맞다. 하지만 원래 정씨 집안에는 망령된 사람이 없고 정경조 부부는 덕이 있어 사람의 원한을 사지 않을 것이다. 더군다나 정소저는 규방의 어린 여자아이다. 태어나서 누군가에게 해를 끼친 적이 없을 것이니 싫어하는 사람이 있을 리가 없다. 그런데 대체 누가 무슨 심술로 정소저의 앞길을 망치려고 공교한 그림으로 세린이의 마음을 어지럽히고 병으로 죽을 지경이 되게 하며, 정소저로 하여금 평생 슬프고 분한 마음을 품도록 하는가?"

장성완은 의심 가는 부분이 있었으나 직접 보지 못한 상황에서 말하는 것이 부담스러워 다만 이렇게 말했다.

"경조 대인께서 밝고 정이 많으신 것과 소화부인께서 어질고 은혜로우신 것을 온 집안사람들 가운데 누가 기쁘게 칭찬하지 않겠습니까? 다만 인심이 한결같지 않은 사람이 있어 정소저에게까지 그 해가 이른 것이 아닌가 싶습니다. 하지만 제가 직접 보고 듣지 못했으니 그 사람이 누구인지는 알 수가 없습니다. 오히려 이 초상화가 정말 정소저의 얼굴을 그린 것인지도 분명하지 않고, 세상에는 간혹 똑같이 생긴 사람이 있을 수 있습니다. 그러니 만일 정소저의 초상화가 아닌데 제가 경솔히 말해버리면 허물이 되는 데다 도리어 해로울 것입니다. 어머니께서 계승(장희린)과 함께 병소에 가셔서 그림이 어디서 난 것인지 다시 간곡히 물어보시면 세린이가 굳이 끝까지 숨기지는 않을 것입니다."

연부인이 옳다고 여기며 고개를 끄덕이고, 즉시 장희린을 데리고서 장세린의 병소로 갔다.

장세린의 혼인을 위해 고민하는 가족들

장헌과 박씨가 병소에서 아들 장세린을 어루만지며 통곡하다가 장희린이 온 것을 보고 왜 동생 옆에 있어주지 않느냐며 다그쳤다. 장희린은 민첩하게 행동하지 못한 것을 깊이 사죄했다. 연부인은 금방이라도 숨이 끊어질 듯 위태한 장세린의 모습을 마주하니 볼수록 놀랍고 슬펐다. 하지만 장세린의 타고난 기질을 믿었고, 또 그림으로 인해 생긴 상사병임을 시원히 알게 됐기에 길이 보인다는 생각이 들었다. 비록 일이 아름답지 않고 사람들에게 알려지는 것이 기쁘지 않았지만, 부끄럽고 불쾌하다 하여 사람의 힘으로 할 수 있는 일을 해보지도 않고 죽게 놔둘 수는 없었다. 수치스럽고 구차하더라도 그 근심을 어떻게든 달래 볼 방법이 있음을 속으로 매우 기뻐했다. 하지만 장헌과 박씨가 염치없는 인물들임을 알기에 그 앞에서 불미스러운 일에 대해 서둘러 말을 꺼내 장세린에게 물을 수가 없었다. 그런데 마침 장헌이 손님이 왔다는 소식을 듣고 대서헌으로 나가자, 연부인이 박씨를 내당으로 보내 장세린이 먹을 죽과 반찬을 가져오라고 했다. 그 후 주변에 다른 사람이 없는 것을 보고 연부인은 장세린의 머리를 쓰다듬으며 손을 잡고 그림이 어디서 난 것인지를 간절히 물었다. 장세린은 비록 정신을 아득히 구름 위로 흩어버렸으나, 정성염을 사모하여 그 그림을 세상에서 가장 귀한 보물로 여기는 마음이 한 조각 금석처럼 굳어 백골이 먼지가 되어도 잊을 길이 없었다. 그러니 어머니의 간절한 물음이 그저 일의 옳고 그름을 알려 하시는 것이 아님을 생각하고, 비록 당장은 부끄럽지만 그래도 다행스러운 마음이 들어 순순히 대답했다.

"그림 속 미인의 실제 얼굴은 누님과 큰형수님께서는 한번 보시면 거의 아실 듯합니다. 이 그림은 제가 어느 날 우연히 얻게 되었는데, 누구를 그린 것인지는 알지 못한 채 다만 절묘한 화법과 비상한 풍모만을 우러르고 있었습니다. 그러던 중 얼핏 들으니 이 그림이 정씨 집안 규수의 초상화라고 하는 것이 아니겠습니까? 즉시 치워 없애고 주변에 두어서는 안 된다는 것을 모르지 않으나, 탄복하는 마음과 사모하는 정을 억제하지 못해 지금까지도 그림을 없애지 못하고 있었습니다. 스스로 유교의 죄인이 되고 선비의 무리에 속하지 못할 줄을 알면서도, 몸에 깊이 박힌 병을 물리치지 못해 부모님께 큰 걱정을 끼치고 형이 밤낮으로 초조해하시게 하였습니다. 제 천박한 효성과 우애, 버릇없는 행실은 죽어도 용서받지 못할 것입니다."

연부인이 이 말을 들으니 새삼 부끄럽고 놀라웠지만, 장세린의 위태로운 모습을 눈앞에서 보고는 열 가지 큰 죄를 지었더라도 차마 강하게 꾸짖을 마음이 나지 않았다. 게다가 그 소원을 이루지 못하면 금방이라도 죽을 것 같으니 특별한 자식 사랑을 가진 어머니로서 어찌 마음이 급해지지 않겠는가? 그래도 한결같이 부드러운 목소리로 말했다.

"네 병의 원인이 아름답지 않은 것은 이미 알고 있었다. 그렇지만 이 한 폭의 그림을 보고 정씨 집안 규수를 사모하고 있었다고는 꿈에서라도 생각했겠느냐? 네 누이가 네 병이 이상하다는 소식을 듣고 반드시 누운 자리 주변에 감춘 것이 있을 것이라 하기에 희린이를 보내 그림을 얻어 보니, 정경조 대인의 딸과 풍모와 기상이 비슷해 의아하고 기이하게 여겼다. 네가 애초에 정씨 집안 여자임을 알고서도 사모하는 뜻을 거두지 못했으니, 이 사정을 정씨 집안에 알려 청혼을 해 봐야겠다. 하지만 예를 실천하는 군자 앞에서 이 일을 말하기가 부끄럽구나. 게다가 정의계(정염)는 성격이 불같은 장부이니, 분명 해괴망측하게 여겨 흔쾌히 혼인을 이루려 하지 않을 것이다. 큰아이 부부와 딸아이는 두 집안 사이에서 난감하고 무안할 것이며, 정소저의 앞길은 네 손으로 방해한 것과 같으니 이제 어디로 시집을 갈 수 있겠느냐? 빈방에서 평생 홀로 사는 것을 면하려면 자연히 장씨 집안에 몸을 맡겨 네 부인이 될 것이니, 시기를 정하지는 못하겠지만 혼인은 틀림없이 이룰 수 있을 것이다. 진작 말하지 않고 꾹 참으며 숨겨 아무도 모르게 사모하는 회포만 쌓은 것이 네 병을 위태롭게 하였다. 그로 인해 부모가 온 마음으로 초조해하고 걱정하는 것은 생각지 못하니 네 고집이 과한 것 같구나."

연부인에 이어 장희린이 온화한 얼굴로 말했다.

"방탕하고 경박한 네 행실이 정말 부끄럽구나. 괜히 큰 병에 걸려 생사를 오락가락하는 것이 한심하고 해괴하지만, 요행히 살길을 도모할 계책이 있으니 이 또한 불행 중 다행이다. 선선히 말해 즉시 알게 하지 않고 여러 달을 망설여 네 병이 몸 깊숙이 박히게 했으며, 부모님을 먹고 자기를 그만둘 지경으로 초조해하시게 한 이유가 무엇이냐? 정경조 어른께서는 본래 우리 집안과 사돈을 맺을 뜻이 없고 너를 그리 기특하게 여기지 않으셨다. 그러던 차에 이미 네가 여원홍의 사위가 되었으니 다시 자기 사위가 될 줄은 꿈에도 생각지 못했을 텐데, 이 이야기를 듣게 되면 분명 분노하실 것이다. 하지만 외동딸을 평생 홀로 살게 하지는 못하실 테고, 또 다른 가문에 시집보낼 생각도 못 하실 것이니 저절로 네 소원이 이루어질 것이다. 더욱이 네 나이가 한창이고 정소저도 어려 인홍이보다 아래라고 하는구나. 앞날이 만 리나 되고 검은 머리가 하얗게 셀 날이 아득히 먼데 무엇이 그리 급한 것이냐? 비록 썩 내키진 않지만 네 상황을 정씨 집안에서 알게 하여 경조 어른께서 다른 곳에서 사위를 고를 마음을 갖지 못하시게 하고, 훗날 화가 풀어지기를 기다렸다가 육례를 갖추어 혼인하면 될 것이다. 그러니 부디 방탕한 마음과 요란한 잡생각은 버려두고, 밥 잘 챙겨 먹고 몸을 잘 보호해 얼른 회복하도록 하거라."

장세린이 조용히 어머니와 형의 말을 듣고는 예의와 염치를 잊은 채 그저 너무 기뻐 아득하던 심신이 탁 트이고 어지럽던 마음이 평안해지는 것 같았다. 화타와 편작과 같은 뛰어난 의원의 솜씨를 쓰지 않고도 몸에 깊이 박힌 병이 나아 금세 예전 모습을 되찾았으니, 누운 풀에 이슬이 맺히고 마른나무에 새잎이 나는 것 같았다. 몇 달 동안의 근심을 한꺼번에 씻고 끊어질 것 같던 기운을 수습하여 어머니와 형을 우러러 사죄하며 말했다.

"제가 무식하고 방탕하여 선비 축에 끼지 못할 부끄러움이 있을 뿐 아니라, 괴상한 병이 들어 부모님께 불효하고 형에게 근심을 끼쳤으니 죽어도 죄를 씻기 어려울 것입니다. 제 스스로 잘못을 모르지 않지만 어지러운 근심을 없애지 못하여 병에서 회복하지 못하고 있었습니다. 그런데 밝으신 어머니와 정대한 형님이 제 어둑한 마음을 꿰뚫어 그림에 담긴 사정을 밝히 알아내 주셨습니다. 불행히 그림을 얻게 되어 뒤척이며 그리워하다 이미 골수에까지 박힌 병이 되었으며, 그 사람을 이번 생에서 만나지 못하면 입을 꾹 닫고 그 사람을 위해 부질없이 죽을 따름이었습니다. 하지만 어머니와 형님이 제 목숨을 아끼시어 죽을죄를 시원하게 용서해 주시고 도리어 살길을 도모해 주시니, 제가 토목이나 금수 같은 무식한 사람이지만 어찌 마음을 돌이켜 행실을 닦을 뜻이 생기지 않겠습니까? 지금부터는 방탕하게 멋대로 행동하지 않으려 합니다. 다만 흉악한 여씨가 다시 눈앞을 어지럽히게 될까 봐 그것이 걱정입니다."

말을 마치는데 스스로 쾌활한 기색을 내보이려 하는 것이 아닌데도 아득히 넋이 나가 정신을 차리지 못하던 이전의 거동과는 완전히 달랐다. 기운 없이 뼈만 앙상하게 남아 옥을 깎아 새긴 것 같으면서도, 눈가와 말에는 기쁜 기색이 완연하여 따뜻한 봄기운을 회복한 모습이었다. 상서로운 태양이 봄볕을 흘리는 듯 금방이라도 사라질 것

같던 기운이 당당하게 죽을 길을 물리치고 살길을 찾아든 듯 보였다. 연부인과 장희린이 이 거동을 보고 더욱 망측해하며 장세린의 사람 됨을 애달프게 여겼다. 그러나 당장 꾸짖어서 고쳐질 것이 아니므로 그저 아껴 주고 위로하며 마음을 편하게 해주려 했다. 또한 정씨 집 안과의 인연을 도모하지 않으면 장세린이 살기 어려울 것이기에 정 월염을 보내 정씨 집안에 이 사정을 알리려 했다. 하지만 말의 모양 새가 살지 않는 데다 대쪽 같은 정염이 이 혼인을 평화롭게 허락할 리가 없었다. 그래도 끝내 자세한 사정을 숨긴 채 대수롭지 않게 구 혼해서는 일이 이루어질 수 없었다. 이에 연부인은 장세린에게 장창 린과 정월염 부부를 통해 정씨 집안에 말을 건넬 것임을 이야기하고, 다시 웅설각에 돌아와 장성완에게 장세린이 하던 말을 전했다. 장성 완은 이미 기미를 알아차리고 있었지만 들으면 들을수록 해괴하게 여겨질 뿐이었다. 또한 정염의 성품이 강직하여 음란하고 패악한 일 을 원수처럼 배척하는 것을 생각하니 앞날이 어둡게만 보였다. 한참 을 아무 말도 하지 못하다가 천천히 입을 열어 물었다.

"이 일을 앞으로 어떻게 하려 하십니까?"

연부인이 대답했다.

"백 가지 방법을 생각해 봐도 마땅한 것이 없구나. 하지만 불미스 러운 일을 숨겨서는 일이 되지 않을 것이다. 일단 며느리를 보내 정 경조 대인 부부에게 세린이의 병을 사실대로 알리고, 외람되고 부끄 럽지만 사람 목숨의 중차대함과 인연의 기이함을 생각해 세린이가 비루하고 더럽다 하여 물리치지 말아달라고 부탁해 봐야겠지. 하지 만 순순히 혼인을 허락해 주지는 않을 것이다. 하물며 세린이가 아직 혼인하지 않은 사람도 아니고 이미 여씨 집안과 어울리지 않는 인연을 이루었으니 일이 더욱 쉽지 않구나. 게다가 여씨가 형편없고 종잡을 수 없는 인물임은 소화부인도 직접 본 적이 있다. 딸을 세린이의 둘째 부인으로 보내어 여씨에게 구박받는 종으로 삼고 싶지는 않을 테니, 이 혼인을 이루기가 아주 어려울 것 같구나."

장성완이 고운 두 눈썹에 근심스러운 기색을 띠며 말했다.

"못난 저희 남매는 부모님께 기쁘고 즐거운 일을 하나도 드리지 못하고 도리어 근심을 더하고 욕을 끼치기만 하는군요. 스스로 그렇게 하려고 한 것도 아니었는데 어찌 이렇게 못날 수가 있겠습니까? 세린이의 음란하고 방탕한 성질은 용납할 곳이 없습니다. 간혹 이를 대수롭지 않게 여기는 집도 있고, 정씨 부중의 문풍도 충분히 너그러우며 도량도 보통 사람들과는 크게 다르긴 할 것입니다. 하지만 예의범절과 엄숙한 법도로 말하자면 보잘것없는 천한 노비들도 제 동생 같은 음란한 뜻은 두지 않을 것입니다. 만약 이 혼인을 저희 시부모님께서 주관하신다면 해괴하고 부끄럽다는 것을 모르지 않으시겠으나, 그래도 사리에 어긋나는 말이 이 지경에까지 이르지는 않게 하려 하실 것이며 불미스러운 소문이 퍼지기 전에 딸 하나를 버린다고 생각하고 빨리 결심하여 허락하고 서둘러 혼례를 치르실 것 같습니다. 하지만 경조공께서는 관대하신 시부모님과는 조금 달라 엄격하고 위엄이 있으십니다. 사정을 늘으시고서 흔쾌히 혼인을 허락하기란 쉽지 않을 것입니다. 게다가 경조공께서는 위로 아들 셋을 두셨고 정소저는 넷째입니다. 아직 셋째 아들이 혼인하지 못했으니 정소저의 혼인은 급하지 않습니다. 셋째 아들의 혼인날을 잡지 않은 상황에 좋지 않은 사정을 먼저 듣게 하는 것이 이로울 것이 없어 보입니다. 조용히 기회를 봐서 언니(정월염)에게 시부모님께 사정을 알리게 해 경조공께 전달하고, 구혼은 천천히 하시되 세린이에게는 정씨 집안과 이야기가 된 듯이 하시어 병든 마음을 위로하고 쾌히 나을 수 있게 하십시오."

연부인이 고개를 끄덕이며 말했다.

"네 말대로 하겠지만 훗날 경조 대인이 혼인을 허락하지 않으면 세린이가 지금처럼 또 실망하여 우울해할까 걱정되는구나."

장성완이 대답했다.

"그렇지 않습니다. 지금 세린이가 상사병에 걸려 생사가 오락가락하는 것은 다른 까닭이 있어서가 아니라 인연을 이룰 길이 막막하여 이번 생에 정소저를 만나지 못할까 봐 초조하고 마음이 상해 그런 것입니다. 이 사정을 알리면 경조공께서는 화를 내고 미워하시면서도 정소저를 다른 가문으로 시집보내지는 못하실 것이니, 결국은 정소저가 세린이의 부인이 될 것입니다. 세린이는 정소저와 만날 기약이 있다는 것만으로도 다행으로 생각하고, 혼인 소식이 언제 있을지까지는 생각하지 않을 것입니다."

연부인이 말했다.

"일이 네 말대로 된다면 불쾌한들 어떻게 하겠는가? 하지만 경조 대인은 아주 엄격한 사람이다. 세월이 오래 지난 후에 화를 풀어 세린이를 사위로 삼을지도 알 수 없고, 그림 한 장 보고서 상사병이 나는 마당에 좋은 소식이 늦어지면 또다시 우울해져 병이 나지 않는다고 어떻게 장담할 수 있겠느냐?"

장성완이 다시 대답했다.

"인연의 길이 아득하지 않음을 한번 알게 되면 세린이가 다시 초조해하고 걱정하여 병이 들지는 않을 것입니다. 다만 먼저 여씨와 혼인하여 집안이 흐트러졌으니 정소저의 초년이 많이 괴롭지 않을까 걱정됩니다."

연부인이 장세린의 방탕함과 여씨의 어질지 못함을 개탄하여 집안일이 온전할 길이 없음을 새삼 근심했다. 하지만 눈앞에서 죽기만을 기다리던 우환에서는 다행히 벗어났음을 기뻐하며, 맛있는 반찬과 향기로운 과일을 장세린에게 보냈다. 그리고 침소로 돌아와 주변이 고요한 틈을 타 정월염에게 장세린이 병이 나게 된 곡절을 알렸다. 연부인도 아름답지 않은 사정을 정씨 집안에 알리는 것이 내키지 않고 민망했지만, 사실을 숨긴 채 혼인을 청할 계책이 없어 마지못해 정월염에게 사정을 낱낱이 말하고 늦든 빠르든 혼인 허락을 받아달라고 부탁한 것이었다. 정월염은 장세린의 병의 징후가 수상한 것을 의심하여 걱정하고 있었는데, 정성염의 초상화를 엿본 것으로 인해 상사병이 깊게 든 것은 생각지도 않던 일이었다. 사정을 들으니 너무나 놀랍고 망측하게 여겨졌으며, 또 정염의 성격을 생각해 보건대 순순히 혼인이 이루어질 것 같지가 않았다. 두 집안 사이에서 참으로 민망하고 불행했으나, 놀랍고 당황스런 기색을 드러낼 수 없어 얼굴빛을 바꾸지 않고 부드러운 목소리로 대답했다.

"셋째 시숙께서 오래도록 병을 앓고 계시어 걱정되고 초조했으나 이런 불상사가 있을 줄은 생각도 하지 못했습니다. 원래 작은 연고로 인해 위중한 병이 생긴 것인데, 이 또한 운명이고 하늘이 정해준 인연이니 물리치려 해도 면치 못할 것입니다. 종숙부께서는 하나밖에 없는 외동딸을 특별히 아끼고 사랑하시므로 딸이 재실이 되는 것을 꺼려 쉽게 허락하지는 않으실 듯합니다. 하지만 결국은 혼인이 이루어질 것입니다. 시숙께서는 환히 통달하신 분이니 이 혼인이 결국은 이루어질 것을 알고 계시리라 생각됩니다. 그러니 오로지 시숙의 병을 잘 다스리고 마음을 편안하게 하여 좀 더 수월하게 혼인할 수 있다면, 이는 우리 집안에 참으로 다행스러운 일이겠습니다. 종숙부께서는 셋째 아들 인홍이를 아직 장가보내지 못했기에 사위 보는 일에는 더욱이 신경을 쓰고 있지 않습니다. 그러니 조용히 틈을 타서 사정을 전해 보겠습니다."

연부인이 탄식하며 말했다.

"이 말을 전하는 일이 참으로 민망하겠지만, 네가 아니면 이 사정을 알릴 수 있는 사람이 없을 것이다."

(책임번역 정유진)

현대역 **완월회맹연** 5: 갈등하는 부부들

1판 1쇄 발행일 2024년 8월 19일

완월회맹연 번역연구모임

발행인 김학원
발행처 (주)휴머니스트출판그룹
출판등록 제313-2007-000007호(2007년 1월 5일)
주소 (03991) 서울시 마포구 동교로23길 76(연남동)
전화 02-335-4422 **팩스** 02-334-3427
저자·독자 서비스 humanist@humanistbooks.com
홈페이지 www.humanistbooks.com
유튜브 youtube.com/user/humanistma **포스트** post.naver.com/hmcv
페이스북 facebook.com/hmcv2001 **인스타그램** @humanist_insta

편집책임 문성환 **편집** 윤무재 **디자인** 박진영
조판 홍영사 **용지** 화인페이퍼 **인쇄** 청아디앤피 **제본** 민성사

ⓒ 완월회맹연 번역연구모임, 2024

ISBN 979-11-7087-233-7 04810
      979-11-6080-422-5 (세트)